作家出版社
建社70周年
珍本文库

1953 — 2023

作家出版社建社70周年珍本文库

策划 / 鲍　坚　张亚丽

终审 / 颜　慧　王　松　胡　军　方　文

监印 / 扈文建

统筹 / 姬小琴

出 版 说 明

　　1953年，作家出版社在祖国蒸蒸日上的新气象中成立，至今谱写了70年华彩乐章。时代风起云涌间，中国文学名家力作迭出，流派异彩纷呈，取得的成绩令世人瞩目。作为中国出版事业的中坚力量，作家出版社在经典文学出版、作家队伍建设、文学风气引领等方面成就卓著，用一部部厚重扎实的作品，夯实了新中国文学的根基。为庆祝作家出版社成立70周年，向老一代经典作家致敬，向伟大的文学时代致敬，我们启动"作家出版社建社70周年珍本文库"文学工程，选取部分建社初期作家出版社首次出版的作品重装出版，彰显中国风格、中国气派和文学价值观上的人民立场，共同见证新中国文学事业的勃发和生机。相信这套文库的文学价值和社会意义，将随着时间的推移而日益显示出来。需要说明的是，由于一些原因，未能尽数收录建社初期所有重要作品，我们心存遗憾。衷心感谢中国作家协会、各位作家及作家亲属给予本文库的大力支持。

作家出版社

内容简介：

　　《过去的年代》以二十世纪初叶旧军阀统治下的东北为背景，反映了贫苦农民受地主的欺骗、剥削、压迫，以及彼此展开的你死我活的斗争；同时描写了走投无路的农民被迫当胡子，以及这支胡子队伍的真实生活经历。作品具有浓郁的时代气息和明朗的地方色彩，故事情节曲折，人物性格鲜明，语言文字反映了作者当年的写作特色。

萧军

（1907—1988）

原名刘鸿霖，笔名除萧军外，另有三郎、田军
等。其代表作品有短篇小说集《跋涉》（与萧
红合著），长篇小说《八月的乡村》《五月的
矿山》等。

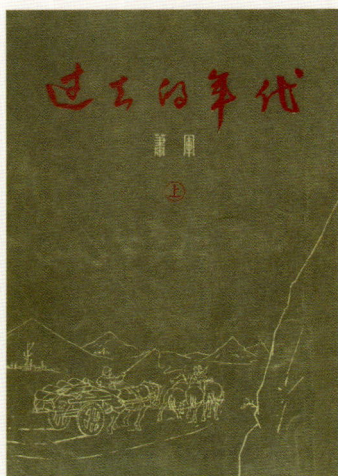

作家出版社 首版封面

《过去的年代》

萧军 著

作家出版社1957年6月

过去的年代

萧军 ○ 著

作家出版社

图书在版编目（CIP）数据

过去的年代 / 萧军著 . -- 北京：作家出版社，2023. 10
（作家出版社建社 70 周年珍本文库）
ISBN 978-7-5212-2474-0

Ⅰ. ①过… Ⅱ. ①萧… Ⅲ. ①长篇小说—中国—当代
Ⅳ. ① I247.5

中国国家版本馆 CIP 数据核字（2023）第 162438 号

过去的年代

策　　划：鲍　坚　张亚丽
统　　筹：姬小琴
作　　者：萧　军
责任编辑：杨兵兵
装帧设计：棱角视觉
出版发行：作家出版社有限公司
社　　址：北京农展馆南里 10 号　　　邮　　编：100125
电话传真：86-10-65067186（发行中心及邮购部）
　　　　　86-10-65004079（总编室）
E-mail:zuojia @ zuojia.net.cn
http://www.zuojiachubanshe.com
印　　刷：北京盛通印刷股份有限公司
成品尺寸：142×210
字　　数：379 千
印　　张：16.75
版　　次：2023 年 10 月第 1 版
印　　次：2023 年 10 月第 1 次印刷
ISBN　978-7-5212-2474-0
定　　价：90.00 元

目录

第一部

第二部

第三部

第四部

第一部

一　冬夜的驼铃

　　驼铃丁……零……当……啷……夹杂在狗们癫狂了似的吠叫声中，由远而近既温和又端庄地响着。车夫们故意抽响着鞭子，尖声不甚必要地吼叫，骂着各样粗野的言语；呼唤着牲口们各种古怪的名字和绰号，似乎企图想裂碎这夜的安宁，使村庄里睡得正温暖、正香甜的人们清醒一些。

　　从什么地方呢，第一次的鸡鸣声飘过来，那像从辽阔的海洋的那岸，还是无止尽的森林的深处徐徐响起来的银笛——声音狭窄而悠长；接着，所有的村庄，就全被这声音鱼钩似的贯串起来了。

　　"呸！贱骨头们……全让鬼抓去吧！……"

　　等到一切的声音不再那样喧嚣了以后，祖母才向着这声音消逝的方向骂了一句，而后她又开始了从这个屋角到相对的那个屋角来回地踱走起来。如果地上摆设着的什么家具有时障碍了她，她也要站在它们的面前，像对着一个人似的，磨动着秃秃的牙床，鸟雀似的侧转着头：

　　"全应该烧掉呀！……为什么不烧掉呀？贱东西们！"

她在寻找谁呢？眼睛鹞似的回翔着；又似乎在等待着这些废物们对她这诅骂会有什么回答。——屋子里只有她自己的影子活动地随伴着她；回答她的只有她自己的呼吸。

"嗯！嗯！……"

她哼哼着无选择地颓然地坐进了一只椅子的怀里。

从对面的房里，才沉断下去不久的女人的呻叫，又开始接续起来了。它起始是微弱的，断续的，像被困制在多重岩石的缝际委曲回环泻流出来的泉水似的；接着，这声音尖锐得相同电线柱上金属的裸线过度被暴风吹绞着那样，尖锐地响起来了。

"生一个孩子……要这样艰难吗？"不再忍耐了，她来到窗下，厉声地问着：

"怎样了呀，这样叫？整个的村庄全要叫翻转了，究竟是怎样了呀？究竟……"

屋里面嘈杂和呻唤的声音听得出勉强断落了一个瞬间，回答的却不是呻叫的本人，是林老太。

"怎样了呀？你问过一百遍……这是生孩子呀！……又不是鸡下蛋……为什么你这样性急呀？你生孩子许像吐口痰那样容易吗？我算没见过你这样人！……"

祖母困惑了，手抓紧着窗台的边沿支持着身子，她为了表示愤怒照例是空空地切动着自己的秃牙床。接着，屋子里却又是一阵骚乱："抱住她的腰呀！……不许躺下，不许……"接着就是一声奇拔的尖叫……她——祖母——忘了呼吸，她要沿着窗台的墙壁萎落下来了，周身起着近似癫狂的颤抖：

"让他是个男孩呀！……让他是个大命的人物吧！让他……"

她向天空祈祷着，嘴在开开阖阖，却听不到她的声音。——

天空的星们，杂乱地闪动着不安定的光芒；月亮残破地照耀在天西。

婴儿洪亮的啼声听到了，——从远方又银笛似的飘起了第二遍的鸡鸣声。

二　凌河村的人民

冬天，凌河村的农民们，如果遇到天气晴好，再没多大的风，全喜欢从自己的家里活动出来闲走在街上，或是聚集在谁家院墙的前面，在有太阳光最多的地方，蹲下身子；也许把背脊倚靠了墙壁，手交叉地藏在袖筒里，消遣地唾着口水，发挥着各种奇妙的意见，讲谈着各样的事情。如果大家伙同意了一件值得笑的故事，便各自放纵地大笑一场。

这个村庄，没有酒馆，也没有吃茶的地方，这里的人们不大喜欢吃茶，也不大喜欢吃烧酒。除开赌博和打猎以外，在冬天，人们唯一的趣味就是盼望能够发生一点值得谈论的谣言，即或是为了这谣言而发生一两场决斗，也觉得是分内的勾当，这总是比一条冬眠的虫似的常僵卧着要有趣味些。

为了距离城市太远的缘故，城市里已经成了古旧的故事，在这村庄里，却还照常被人们珍奇地嚼咽着，反刍着，必须要等到另一件较新的事发生才能够替代了它。

"杨家的小寡妇……生了一个崽！这叫做'遗腹子'呀！哼！他妈的'私生子'！"朱三麻子抹着鼻子，眼睛细成一条缝，说话并不固定地看着人，他常是悠然地看一看天，或者是向远方连绵的山峰打着超视。

"是个公（男）的吗？"这是汪大辫子。

这人虽然有着过大的头和过大的眼睛，而辫子却是特殊的苗细，相同一条瘦猫的尾巴，毛茸茸地贴挂在脊背后面。他的鼻孔朝天，鼻头相同半片圆肉球，没有根源地平贴在那宽阔的脸幅上。他从来不喜欢谁的话白白浪费在空气里而得不到回答。

"杨家有那样德行哪！……"杨五爷只要一听到无论有谁提到关于杨氏族中什么事，他总是耳朵尖起来，如今他更接近一点挨近汪大辫子，从衣襟上把佩悬着的银胡梳拿在手里，细致而经意地开始梳理着自己那白色的菱角式的胡须。——他身上那羊皮的大坎肩更显得破败了，布面子被磨破的地方显露出羊皮的光板，已经发了黑色，还有点闪光……可是在人的眼睛里，他的胡子却总是那样特殊地整齐，好像从来没有一根曾经错乱过自己原来的位置。他接着说："……我说的满不算……让你们说，这不得德行……得什么？我们的二奶奶……娘家是什么样的根源？……"

杨五爷总喜欢述说别人的根源，更是关于杨春二奶奶的根源。这是一位专喜欢讲别人的高贵来增加自己光辉的人。

"好德行！根源好……就能生好子弟？……狼、狐狸……可全是……全是什么种生什么崽……差不了……人……哼！谁知道人？"汪大辫子用他的惯于说俏皮话和专喜欢同别人抬杠的哑嗓子，固执地回答着。说话的时候，他还总要把原本就很惹人眼睛的大额头，像是故意挺露向前面，一只要准备决斗的公牛似的，毫不转动地瞪起那大眼睛——眼尾有点斜上。

杨五爷从他的面前退开了一步，加紧捻弄着另一只手里的珠串说：

"大辫子……你怎么什么事全喜欢和人不一样哪？……年轻的人……应该学随和一点……才有出息！……"

风把杨五爷的胡须摆乱了，他急忙又掏出了已经揣进怀里的银胡梳："……真的……年轻的人，是应该得和气点……比方你爹就不这样……"

还不等杨五爷把话交代完，汪大辫子从背后把辫子一手捋过来安置在胸前说："我爹是我爹……我不是我吗？……你能够说一只狐狸是一只兔子吗？……早先是大清国，有皇上……现在还改了大总统哪！……"

"我的话……不过是这样说一说……听不听由你！……"杨五爷从汪大辫子的身边离开了，又接近了宋七月，"你说是不是？……要孩子好……总得有好根源……根源不好……就不能有发达的指望……"

宋七月半同意地点一点他的秃头，并没有言语。从围聚着朱三麻子和汪大辫子的人群却腾起了一阵哄笑，人们的眼线也全向杨五爷这面集中过来。其余的人们也开始遭了引诱，从自己原来立着，或是蹲的地方，虫似的蠕动过来，脸上作着要笑的准备，尖起了耳朵。从什么地方呢，滚转出来一团孩子，吵叫，忙乱，企图要从人和人的缝隙中钻到更前面。

"妈的——乱钻什么呀？"

孩子们挨了大人的耳光，并不灰心，吐一吐舌头，再开始寻找第二条路……最终在这人环的第一排的便全是孩子们。被围绕着的朱三麻子脸上的天花斑正发散着光辉：

"……城里大街上点的灯……全不用人点……一到天黑它自己就会亮啦……也不用添油……你说他妈的神不神？那些

个灯……全像茄子似的倒挂着……火车也不用马拉……它就会跑……要站住就站住……也不用人吆喝……"

"这不能信呀……这全是洋鬼子的玩意儿……不能信……"一个曾参加过"义和团"的老英雄井泉龙伸一伸拳头截断了朱三麻子的话头，"不能信呀……洋鬼子挖了我国人的心……我亲眼见过……拘了我国人的魂灵……逼着他们点灯，推车……我的肉眼看不见……哼！若有我们的祖师爷……一看就知道了……看吧，洋鬼子一天比一天多了，……我们的心就要被挖净了……还要把魂灵成车成车地运到外国去啦！……替他们推车，点灯——去，去，小孩子不要听这些，……你们这些小崽子们的心，……将来全得教鬼子挖净了呀！……全得……"

他开始驱逐着小孩子们了，他又好像回复了几多年前，头上缠着红布……向洋鬼子们开战时候的英雄。——眼睛圆起来抖擞着银白的胡须……

"洋鬼子进过北京城？……这些驱使魂灵的方法……全是从我国的国库里偷去的呀！……《三国》上诸葛亮的三卷天书……姜子牙的杏黄旗，……还有，……全落在鬼子的手里了。还有……"

井泉龙为的要想寻找证明，用眼睛在这人环内外旋动着，为的要向人表示自己强壮，一只手捋着那时时要飘动起来的白胡须；一只手的大拇指还跷起来。

"杨五爷……"他在人群中终于寻到了胡子和他差不多白的老伙计，"杨五爷他见过……你们这些黄嘴丫还没褪尽的孩子们……妈妈怕还没生你们哪！……你们问一问杨五爷……他见过……我们那时候……哈哈……他们族中的……二奶奶，若不是为了年头乱……能嫁到这儿来吗？现在怎么？听说也生了孙子了？……人真是……嗳嗳，这些小东西们……生得该多么快呀？一转眼……全像雨后蘑菇似的……就冒出土来——"

"你是蘑菇……你是老蘑菇……"孩子们喧叫着，笑着，向井泉龙钻过来，要拔他的胡须。青年和壮年一点的嚷叫着助威："拔他的胡子……叫他请黄天霸下来，……不——请张飞……哇呀呀地叫……——不，要猪八戒，呀，——还是孙悟空呀……"

井泉龙扭着每个孩子的耳朵把他们扯开去，可是孩子们是潮浪一般地无止息，推开又回来，……还在不断地加增着新的……老英雄终于遭了围困。

朱三麻子为了这老头打断他的故事，以致他被遭了遗忘，要报复，他比孩子们几乎叫得更尖锐：

"小家伙们……不要退……上呀……上呀……扭他的胡子……要他装孙悟空给我们耍一套'金箍棒'……"

杨五爷知礼地，一面摆着手调解，一面还是小心地梳理着自己的胡子。可是他这调解毫没有什么用处，连自己全像一粒沙似的，被这潮浪戏弄似的推移着了……他叫："这对老年人是不成样子的呀！……这……"

"小蘑菇们……不要闹了……林老头给你们来拉胡琴啦！……老林——"

井泉龙向林青和杨三来的方向招着手叫着："老林……救一救吧！……老英雄受困了——"

老林青的样子似乎并没听到这声音，胡琴挟在一条臂下；另一只手里提着一些冬天的干菜蔬，一只装满了酒的酒瓶，还有一只活公鸡。他和杨三前后地行走着，他们好像各自在思索着什么；林青的头有点发软地勾垂到胸前，脚步也近乎有一点空茫，这不是他平常的样子。杨三却还没什么改变——昂起着尖锐的小鹰鼻，身子一条柱似的挺直着，胸脯凸出，总像一只要寻找决斗似的小公鸡。

凌河村位置在山脚下一带断崖的上面，崖下面便是凌河。如今河水完全冻结，在太阳下面抖闪着炫惑人眼的光芒。每处山阴遗下来的积雪，看不出变更；山头和河滩全是光秃秃的再也看不到了那夏天绿绿的茸毛。自从凌河暗哑了它的骚鸣，整个的凌河村就变得孤独和落寞，真是成了一条冬眠的虫。

——啊，这又算是一代！

老林青看一看苗长的、标挺地走近他身边的杨三，想到了女儿这新生的孩子，不能自制地就滑想到自己的儿时，轻轻地发了一声喟叹。他熟悉这所有的山头和河流：那几座山头是他所常常爬走的；那几段河流在夏天是他和一些牧羊的同伴们洗澡和洗羊的地方……坐在山坡光平的石头上，他拉着胡琴，同伴们唱着山歌，山谷起着酬答。……那几块田地是他所耕耘过的；那里的水草茂盛，那里的林子容易藏着熊和狼，那里的……这全和昨天相似啊！他熟悉这凌河村，相同熟悉他的胡琴上的每条琴弦。

——真是和昨天一样啊！

他轻轻地用那挟着胡琴的一只小手捻转着胡子的尖梢，起始一种温和的陶醉，柔软的生了绒毛的小虫似的感情轻轻地贯穿着他的每颗心孔窍，久了，人不能忍受，他要笑，终于咯咯地笑出了声音。

"你总是这样乐！"杨三一半是叹息，一半在赞成着林青的笑，侧过脸来对着这老人那被冻得发了红的小尖鼻子微笑着说。

"唔……这里堆这些人哪……"林青惊讶地望向那人群。

"林青——救一救呀——"他——林青——看见井泉龙被孩子们围困在核心，也注意到了井泉龙那呼救的叫声。——他又乐了。

"老林头——"

"'乐不够'——"

"'胡椒粒'——"

老林青的绰号像天上的星那般多，孩子们，小伙子，和他年纪相仿的伙伴们……总是按着自己所喜欢的，或者是自己所发明的来叫他。人接待他总是相同接待春天；他对于人是一颗磨刀的石头，只要接近他，无论是覆盖得怎么厚和坚牢的泥锈，他总会使这铁放出它应该有的亮和光。

"到哪里去呀？到女儿家里？"

"到女儿家里去，你们不去吗？看看我的外甥……喂！老家伙——你怎么惹起他们？"

井泉龙已经被孩子们拖倒了……

"把你的酒……就在这里喝了吧？……"当人们开始拥过来，孩子们才放了井泉龙，开始在老林青的手里来寻找可以吃的东西；有的开始拔着公鸡的翎毛。

"这哪成呀？"林青旋转身子躲闪着，孩子们也跟着旋转，"活着就拔毛？"公鸡嘎叫着，老林青的小尖鼻子变得更红，更尖锐，"小东西们……不能这样做呀！这样……我的胡琴要被你们挤碎了！……"

"拉胡琴——"孩子们这简直是在命令，"让他给我们拉一段胡琴……放他走……"

壮年人分别地约束住了孩子们，把老林青安坐在人家门边一块石头上，别人替他抱了公鸡，拿了菜蔬，接了酒瓶……老林青先悠长地叹息了一口，四外看了看围着他的长短不等的人群：——孩子们贪吃似的张着嘴；大人们却静穆地把眼线集中向他正在调整着琴弦的手，如果有谁偶然破坏这统一，人们的眼睛便会残酷地集中到他，或者是咳着恶意的嗽声。

琴音像似慑服了这整个村庄和人群，孩子们沿着嘴角流着涎水；大人们慢慢地温柔地闭上了眼睛……

老林青的头勾垂着，他把整部的灵魂和呼吸全搅荡在这琴声里。这拉的应该不是胡琴，发出的声音不是胡琴的声音：拉的是他自己的每条神经纤维，是他的每条神经纤维在震响。……公鸡在别人的怀抱中安稳地阖闭了眼睛，它不知道在这琴声终了的时候，便是自己生命终结的开始。

"老伯……够了吧？应该去看一看生产的人——"

这是谁呢？人全被这声音激怒了，但胡琴的声音却还没有终止下来。

"滚开……把你扔下崖子去……填冰窟——"

"他不能再拉下去——"

起始发言的人更固执地提高了他的声音，林青像才从一个悠远梦幻的旅程里奔波回来，脚步还没有放牢，便停止了手里琴弓的抽动。

"这是谁呀？"

从人群闪开的裂缝中，人们看见了挺立在他们面前的杨三。

"小伙子……为什么这样性急？"林青微笑地望着杨三那闪光的小眼睛。

"等得你这样久啊！……你还是不肯住手，……你总是这样……"

"好，就走，我们就走……拿过我们的鸡来……喂！——酒瓶为什么干了？"

人们腾起破裂的笑声，叫着：

"就这样不成……再拉一段……还得唱一段……我们把喝了的酒……一滴不少还给你，另外还送一只鸡和两瓶酒……算贺你的外甥……"

"再拉一段——"叫声随着人群的推动，把林青和杨三之间又给隔离开了。

林青从来是喜欢自己的听者的，他不忍拒绝了他们，在嘴里虽然像抱怨似的在咕哝着，他的手指却终于又按上了胡琴弦。

"把杨三也拉进来……今天非得也叫他唱一段不可……懂了吗？今天非得叫他唱一段……"

汪大辫子把酒抢喝得过多了，说话的时候，舌头常常起着阻拦。

杨三被挤进了人群，立在林青的旁边，他和林青对比起来，老林青相同一株过于低矬的有了年代的小松树；杨三却是一条过于苗细的穿天杨似的，正在弹力地生长着。

杨三的一只眼尾有点向上歪斜，笑起来就形成一条迷人的缝；有着蒙古人式的颊骨和一张很好看弯曲得像女人似的嘴，一具微微有点勾曲的小鹰鼻。在他发笑的时候，人只能从唇外看到他一排白白的牙齿的尖梢，辫子已经剪掉了，头发齐到脖子后，轻轻地被风动荡着。

"今天不能唱——"他静静地说，但却是固执的。

"不唱不放你走——"

"我自己要走就走……"

人们没有言语了。平常人们知道当杨三固执起来，即使是皇上的圣旨也不会有什么效力。

"那么……还是老林拉一段胡琴吧……"有人这样提议，意思要和解了这僵起来的局面。

"杨三……你这小家伙……放和气点……小白蛇[1]……"人群后面谁在玩笑然而是谨慎地说着。

正月里村庄里扮秧歌，杨三总是扮白蛇的。戴着大檐的有珠穗的凉帽，满身穿着白绫绸的衫裙，背上交插着两支柄上系坠着大绸球的银色的剑，扭起来人像白蝴蝶似的飘飞着，这癫狂了所有村庄里的姑娘们。

"改日见吧……好伙计们……今天有事……"杨三从林青的手中拿过了胡琴，眼睛眯着微笑地看了看周围的人们继续斩截地说道，"今天有事——"

他架起了老林青的胳臂准备要走，人们却并不为他们闪路：

"告诉我们……那孩子好吗？"

"为什么不好？"

"好就好吧……但不知道他像谁？长大也教他学着唱白蛇——"

朱三麻子说完冷峭地笑着眼睛，这使杨三爱俏的脸，显明地起了涨红：

"……不论像谁……他万不会有麻子吧？"

遭了羞辱的朱三麻子被人们的哄笑蒸腾似的激怒了，他点一点头说：

"杨三好，——"他切动了一下牙齿，"你不要这样……早晚你会认识我……"

"麻子哥……烧碎了你的骨头！……我全认得你的灰……瞧

---

1. 白蛇就是民间故事中的白娘子。

着你的就是了——"

"是呀……骑驴看唱本，咱们走着瞧好吧？……"

两个全是这村中出名的射手和有力者，但平时彼此却蔑视着。人们知道总有一天，他们之间谁的手再毒狠些就会把谁消灭掉。

朱三麻子是杨洛中得意的炮手，杨洛中是凌河村杨氏族中的族长。

杨三当过兵，也当过炮手，有时也会很久不回村中来到什么地方去浮荡或赌钱……他不常隐瞒什么。

"买卖好呀？"人问他。

"对付着活吧……"

人没有看见过他有过多余的钱，也没故意穿过好衣裳。在农忙的时候他也耕田，在耕到中间不高兴的时候，他也许放下镰刀或锄头就走。他从来不向田主说一声，也从来不和他所不喜欢的姑娘们说闲话。姑娘们全是喜欢他，不喜欢朱三。全说：

"嫁了杨三……受穷也甘愿……吃口冷水也是甜的呀！……"

除开和林青的女儿——那是他族中的嫂嫂——人们公开地知道了这关系以外，他从来没称说过谁家的姑娘。

"杨三这小伙子……闹得有点不是样！"

当杨三和老林青离得远一些了，杨五爷将顺着每根胡子，带点感伤味地说。其余的人们却沉默地望向那两条高低不同的背影——走去了。

"年轻的……总得像这样才对哪！……比方我年轻……就比我的爹厉害多了！……我要去打洋鬼子他哭着要先割自己脑袋……不管他……我还是去干了'义和团'……他的脑袋也没

舍得就割下来……还是一直等到躺在炕上……好好地咽了最后一口气。年轻的人总得要这样！我说……"

井泉龙竖起拳头，跷开拇指称赞着杨三。

"你不能这样夸奖一个人……他上山打兔子还不如我咧……"汪大辫子拐着他那不甚灵便的身子又出现在人环的当中。

"他那样的枪法……也配……就是有吊姑娘的本事，早晚要有天……"朱三麻子拍一拍身子，表示自己准备要走不屑再听下去。

"朱老三还是讲城里新闻吧！……"

有谁留住了他。

杨三和林青挨得虽然那样地靠近，两个人起始却全是沉默着的。

林青一时看看那空了的酒瓶；一时又提拎提拎手里的菜蔬和公鸡，他们全好像忘了后面的人群。在快要转过一处墙角的时候，林青为的要证明那些人们是不是还在那里，回头望了望——别的人们全不怎样清明了，只是站在一些人们前排的老"义和团"井泉龙（村中人们全这样称呼他）还是特殊地耸着他那高大的身材，两只手臂横插在腰间，被风拂荡着的白胡子，一丛倒垂的缨毛似的依然可以看得很真切。

"这家伙也够岁数了啊！"林青叹息着点一点那头发存留得不多的小脑袋。

"你的胡须也快了……还忙吗？"

杨三一半是嘲弄地，一半是爱抚地摸一摸老林青的胡子说。

"哪！我们到了那样的年纪……怎能比他呀？他是一头不要脸的公牛！活得这样长远，……还是那样强壮！——你们青年小伙子……一转眼……只要一转眼，嘴巴上的毛，就会冒得我和他那样地长呀！……'少年莫笑白头翁！'……"

这惹起了杨三一阵破格的高笑，挥舞着手里的胡琴。

"还这样孩子似的笑呀！"林青安详地看着这个青年人，"我的姑娘全生了孩子了！……"

"人为什么不该生孩子呢？"杨三说着，还没能够完全收敛起笑容。

"她是寡妇呀！……人要怎么说？谁信这是'遗腹子'呢？嗯？你说……"

"谁爱信不信——猪不是全可以自由生崽子吗？寡妇生孩子有什么稀奇？"杨三脸上的笑容完全不见了，忽然竟枭鸟似的笑起来了。这使老林青有点惊愕和窘迫，眼睛翻上来，注意地看着杨三的脸——他是那样傲岸地高高地仰着自己的头，眼睛不是在故意注视什么，为了笑的缘故，在那只微微有点上斜的眼尾的地方不甚明显地堆积了一些很直爽的褶纹；左面一只耳朵的垂上，有着一颗大黑痣，那上面还有一根曲卷的大毫毛——这全是林青所熟悉的。

"人，全会想到他们的老，连你也是一样！为什么我从来不这样想呀？"杨三低低地说。

"你还没有到应该想的时候……我在你这年纪也是一样，啊！谁能想到这一些哪！"

"我很喜欢'义和团'那老头……"

"哼！年轻的时候，连姑娘们全喜欢他……你知道，姑娘们全喜欢好汉的呀……比方我的姑娘……她为什么喜欢你？……"

"我也并不是好汉……"杨三勉强咬锁住这一次要腾起来的笑声，轻微地摆着头。老林青心里想着：自己为什么一时浑迷了心窍，把女儿竟配给了那样一个病痨虫？——他指的是女儿在不久以前死去的丈夫。

"你要进去？"来到了杨家的门前，林青警告着杨三，"那老虫，她看到你……会和你啰嗦，……"

"你自己进去就是啦，不要说我跟了你来。我自己在墙外偷偷听一听那孩子的哭就行了！……告诉你女儿……好好关心自己的身子，……我杨三不是没有良心的人……总要对得过她，……不用凭天起什么誓……"

杨三开始垂下了头，用手指尖拨弄就近矮墙头上的泥土，把胡琴给了林青。

"我嘱咐你……此后，你不要和朱三麻子这些人计较长短……他们是作奴才的……有好主人……会搬弄是非……"

当林青转入了弄口，还在嘱咐着杨三，杨三向他摆摆手，林青才一直转进了大门。

三 "生儿莫喜欢"

祖母盘旋在地上，她的脸色更显得苍白；脸骨更显得突出而傲岸……不时要到婴儿睡着的地方来察看，还要用自己那生着长甲的手指企图替婴儿挖掘下障碍鼻孔呼吸的泥污。四姑娘的妈妈，却每次总是警告住她：

"你不能动他呀，你……"

"你说……亲家母……他能是个大命的人？按理……这孩子应该不是你们的血统……你知道，我们的血是两样的啊！……

可惜……他为什么这样小呀？前额这样窄……头发这样地多，……怎能像个大命人呢？……嗯？"

"这只看你们杨家过去的德行了……"

林老太讽刺地冷冷地说着，看一看沉沉昏迷着的女儿——她那过多的头发为了髻头松落，一部分委散在枕上，一部分和着汗水粘贴在额头上——那额头很像自己，宽广而明亮——她正想要替她梳理起来。

这句话是一条尖锐的针；祖母的话却是一只刚刚从壳里准备活动出来的蜗牛正在挺伸着的触角，竟被这"针"给停止住，开始缩短：

"我们好久不见啦……"祖母扯一扯袍袖，赔罪似的笑着说，"到在一起还是这样吵嘴……你的女儿孩子全生啦……我们也老啦……应该和气点……不过，我们的血统你是知道的啦……那是多么非凡呀？嗯？"

为了祖母这尖声的争吵，四姑娘醒转来，她用舌尖轻轻试探地舐舐嘴唇，微微感到一点咸味，娇气地唤着妈妈：

"给我点水喝——不要争吵了吧，我求求你们。"

她把那将将闪开的眼睛又重新阖闭上，接着悄静地有两条泪水汇合地沿着眼尾滴落到枕头上来了。仅仅是一夜的工夫，她好像苍老了十年，那平常宽厚而鲜红的嘴唇竟有些变白了，在那原来不甚深的眼盂的周围，暗色的云似的增加了一层青青的晕环。

"水，——好孩子！你的心里安静吗？"

四姑娘默默地从妈妈的手里把水喝干了，从被里把自己的手伸出来握紧了妈妈的手，她没有声音。

"产后不准哭呀！听妈妈的话……好孩子！"林老太看着女

儿那一掀动一掀动的肋骨，在她自己嘴里说着"不准哭"的时候，自己的眼泪却滴进了女儿的头发中间来了。

"这是一个什么样的孩子呀？……不像爷爷……也不像爹……"

祖母不注意别的，只是一只陀螺似的独自在地上旋走着……

春二奶奶的丈夫早死了，儿子也死了……全没有成为她所希望中的伟大人物，现在她只好又把这希望建筑到这婴儿的身上来。

"你，哎哎……忘了你的孩子吗？那是我们的命啊！……他爸爸死后给留下这条小根芽！嗯？"

四姑娘从妈妈的手上把脸抬起来，看着站在她头前的祖母——四姑娘的眼睛为了几夜不眠，变得赤红，一股愤怒的光闪亮着：

"他还没有死？我盼望他不要活了！不管是男还是女……活起来，……至多也是个下贱的种子，……他是我生养的呀……不纯是你们杨家的骨血……他……"她被自己的眼泪哽塞住，说不下去了。

"这不能，……他有我娘家的高贵的骨血在里面……你们的血在里面并不多……至多只有一滴滴……将来他如果作了恶……那就是你们那一滴滴下贱的血！……就是那一滴滴……我说，就是那一滴滴！"

"这是什么日子呢，你们还在吵？"

当林青走进来，对于别人好像春天，他本身又好像一只会蹬轮盘的小鼠，快活地动着自己的肩膀和胡须——他申斥着争吵的人。

"去，宰掉它——"他把那只老公鸡提在了空中——公鸡惊慌地嘎叫起来了。

"要弄得香喷喷的。"他命令着林老太，同时向着春二奶奶，"亲家母……你的脾气少来一点好不好？嗯？……我们如今看到又一辈子的人啦……大家应该欢欢喜喜地……乐一场……拿出青年时候的本领来……我去打酒——"

林青又出去打酒了。祖母只要一看到林青这个小老人，她感到自己的青春是浮荡在天空着了风的云，急速地打着舒卷，从这舒卷里面，偶尔地她会发现她所不能挽留的往迹，那冰絮似的绒毛，拂活了她的心！她茫然地翻摆着身上的大袍子——这是她翎毛凋残的途程上最末的一条了，它是黑色缎子的，随处闪着油渍渍的光。

"小老鼠……"外祖父打酒回来，林老太已经到厨房去杀鸡。祖母勉力地拭擦着眼睛，手指抖颤着，样子像要扑捉一颗球似的，张向着林青，声音也带着抖颤地说："……我不能看到你呀！小老鼠！……我真像在做梦……一直是个梦呀！我嫁到这里来……你还没娶你的老婆……如今你的女儿竟全生了崽！……"

外祖父漫然地从胡须上抹去那被积留下来的冰溜——太阳有点偏斜了，但还能照满了这屋子的全窗，颜色有点焦红。

孩子安详地睡在一边，生产过的母亲也似乎入了睡。

大家喝干了第一杯烧酒，林青把胡琴拿到了手中，谛听着什么似的看一看孩子和女儿。

"你不许唱呀——"林老太冷冷地禁止着丈夫。

"我不唱……就唱也不用大声音……杨三在外面……他也要进来看一看孩子……"他自言自语着。

外祖母没有回答。春二奶奶也没有回答。

林青的头开始勾垂下去——这是他拉胡琴的习惯——调整好了每根琴弦。祖母的嘴唇看起来更显得陷入，使人会联想到一颗没有成熟就摘离了母秧而干瘪下来的葫芦，又被谁恶意地，不，或是完全不注意地给靠在下颏上划了一刀，那刀痕是贪婪地陷下去了。

　　一连串幽咽的琴声流过去以后，林青终于还是和着唱起来。他并不去看其余的人，只是把金刚石似的小眼睛，安详牢固地盯向了那初生婴儿睡着的小脸上。

　　　　生儿莫喜欢，

　　　　生女莫埋怨；

　　　　生儿和生女，

　　　　全是命里摊。

　　　　生儿莫当兵，

　　　　生女莫嫁远；

　　　　当了兵的儿郎不种田，

　　　　嫁远的闺女见面难啦！

　　　　凌河的流水呀……东又东。

　　　　山坡上的草……

　　　　一年老了一年生，

　　　　一年反比一年青！……

　　　　你家富贵我贫穷，

　　　　富也不常富，

　　　　穷也不常穷，

　　　　太阳不在一家门前红。

　　　　你的儿子我女儿，

如今又生了一个胖外甥！

　　……呀呀……胖外甥！……

　　……

　　小老头的歌和琴声忽然断了下，他急速地喝干了面前的酒杯；两个老女人谁也和谁没有关联各自静静地坐着，尤其是祖母，她的眼睛好像忘了转动，琴声又响起来了：

　　你的儿子我女儿……呀呀呀咿哟……

　　如今又生了一个胖外甥！……胖外甥！

　　……

　　他忽然自己扬声地笑起来了——放下了胡琴。

　　"为什么不唱下去啦？"祖母说话的声音低哑得几乎要听不到了。

　　"再唱就不好听了。——这小东西在替我唱呀！"

　　为了孩子的哭声，炕头上的四姑娘也醒转过来，但她却只是宁静地看着那发了黑色的屋顶棚。

　　邻居的女人们全来了。她们麻雀和喜鹊似的从院外就腾起了嘈杂，这使祖母的牙床又感到疼痛：

　　"哪！哪！哪！……全是贱货们！"她喃喃地诅咒着，骂詈着。

　　她不存在似的被人们遗落在屋角一具蹩脚的椅子里，两只苍白的小手，鼠似的不安定地在那扶手上空空地在扒搔……

　　"小寡妇做了妈妈啦……"

　　"孩子像谁呢？头像爸，眼像妈……"

"你快给吃一口吧……疯老婆……总是你浪嚼舌头……"

一个厚嘴唇棕色的女人，夸张似的挺出了自己的乳头，把婴儿搂抱到怀里：

"记住呀……小东西……将来长大了……做了官……不要忘了我……第一口奶是吃我的呀……"

每个女人全要到四姑娘的头前，低声地问长问短：

"心里跳得厉害吧？"这是一个生了过多儿女的女人，发黄的脸板上，刻画着繁乱得网似的纹皱，好像在写记着她那过去的被过度的忧伤和儿女们侵蚀着的一条一条的账簿。她是四姑娘的近邻，男人是个驮煤的。

四姑娘翻上着眼睛，静静地看着她。那女人拧了一下鼻涕摔在了地上，用那为了喂猪仔、煮饭……而黏满了各样渣滓和水渍的宽大的衣袖口，在鼻尖上随便地揩抹了一下，顺带地在那常年流泪的不甚大的眼睛上也揩抹了一下：

"这辈子算没办法了，上一辈子没有做过好事……这一辈子投生了女人……这辈子死……见了阎王老……我非给他两个大嘴巴……下一辈子变驴、变马……也别再投生女人……变驴、马……也要变一个公的呀！……托生到有钱的人家去——"

她用衣袖揩抹着鼻子和眼睛，并不是每次全必要，只是她已经这样习惯了。眼泪和鼻涕流淌得越多，她的话也就越多，没有人能够截断它，那像着了风的风车，除非来了她的丈夫，或是从什么地方传过来她丈夫吆喝驴子的骂声。

她的肚子无顾忌地突出着，在说到痛彻心胆的时候，她飙急地便把那三角形的拳头举起来，准备要投向自己的肚子，可是在还没有贴到肚皮，拳头却变成了巴掌，并且还是那样抚爱而轻松地贴抚下去：

"……你们看哟！这该死的肚子……不是又鼓起来了吗？哎哎！我真是狠不起心来哟！每个孩子我全想要半路上就把他们弄下来……可是该死的……总也下不去手脚呀……每个该死的……全安安稳稳地爬下来……还爬下来就活着……比方有钱的人家……有十个二十个儿女又算得啥？我们这样人家有了儿女……简直是狼……是虎……吃你的血！嚼你的心、肝、肺！——"

"滚开……多嘴的老婆……人家初生第一个孩子……你竟来说这些丧气的话——四妹子……不要听她这狗放屁……这样乳水要不好呀！"

四姑娘的思想，被这多嘴的女人像一根翎毛围陷在一阵旋风里似的，没有主张地被升沉，旋转……经过了这个胖女人的截断，才好像从什么茫茫远远的地方悄默地沉落到地上。她复苏过来，颧骨上微微起了一点燃烧，没有回答，只是把头轻轻地摇动了两下，而后又把脸埋下在手掌中。

"乳水是大事情呀……怎能不好呢？一定要吃下乳的药……待一会儿我给你送药方过来……我生第一个孩子的时候，也是乳水不好呀，吃了药就好了……"

善心肠的胖女人，喘着气抚摸着四姑娘的头发，用眼睛白亮着那个脸瘦得相同个母猿猴，牙巴骨突出，肚子葫芦似的下垂，将才诉过苦的女人说着。

四姑娘的肩头微微地显出一点颤动。

整个屋子里几乎全是旋转着女人，和主人们攀谈，彼此地攀谈……祖母不被谁注意地冷冷地自己颤点着那发白的小脑袋；小眼睛，却是不调和地鹞似的孤独和傲岸监视着她的邻人们。

"贱货们……全变得这样无礼貌了。这孩子一定要是个大命的人物吧！他会恢复了我的光荣！"她自己在咕咕哝哝。

人们和祖母之间，有着一层看不见的生疏和隔离的网，谁也不来接近她。当她向人们夸耀着婴儿的时候，她说：

"……你们看，他会是个平常的孩子吗？他的小身子里有的是尊贵的血……他妈妈的血在里面只有一滴滴……我说的是只有一滴滴……就是这一滴……它会……"

"这很对呀——"这是外祖父，他从人们的缝际中钻拥进来，喷涌着烧酒的气息；女人们有的掩起鼻子，准备要大笑。

"对呀——"林青的小身材在女人的丛中，依然也显得那样不出群，两条臂膀伸直在顶空，手掌彼此击打着，为了酒的缘故，小鼻子更显得尖锐而发红。

忽然，他从正在喂孩子吃乳的那女人怀里竟把婴儿抢抱过来，捧到手里，旋走在每人的面前，说：

"看呀，这将来一定是个了不起的家伙呀！……若不是我们一点下贱的血在里面，他会成一条有翅膀的龙哪！……现在不成了……就是龙……也没有用了……如今改成中华国了……听说不要'皇上'了，皇上变成了大总统。那么……那么，这个孩子只好叫他屈尊一点，做个大总统吧……好不好？亲家母……诸位好邻居……"

他用那发红了的小眼睛向所有的人寻找解答。遭了失败，人们只是梦似的昏头昏脑地向他猜哑谜似的呆望。一个有咬舌音而又是尖声的女人这样叫了：

"什么是'大肿腿'呀？'大嘴腿'是干么行子的呀？"

"连什么是'大嘴腿'"——外祖父学着她的咬舌音说——"全不懂得吗？难为你……'皇上'是戴顶子、翎子的，……穿黄马褂……带辫子……杀人用刀砍……大总统就不同啦……穿外国式的衣裳……头顶的帽子上有尺多长的一簇缨……像古时候兵马大元帅似的……一走路乱颤抖……腰里挂洋刀……不挂宝剑了……肩膀头上有那样两个也是带穗的大牌牌……牌上有金星……穗子也是金的……"他本想要用手比量那肩章的大小给人看，手里捧的婴儿却妨碍了他，只好把那小眼睛尽可能地再睁大一些来替代。

"你见过真大总统吗？"

明显地这是个恶意的质问。说话的是个脸上生满着雀斑的女人，她嘴尖着，露着不整齐的牙齿。

"哎呀呀！凭咱们这肉眼凡胎还能见到真的大总统吗？不过在洋画片上看来的呀，再听别人讲究讲究，自己再想一想……就得了……过兵的时候，你们看，不是没有黄龙旗了吗？换了五色旗……反正不论换了什么样的旗吧——喔呀！……这小家伙浇了我啦！……他浇了我！"

忽然腾起了一片哄笑，使整个屋子全蒙到了震荡。从顶棚上轻轻地有被断落的尘土丝和着细土粒飘落下来。

当外祖父说到"皇上"被大总统替代了的时候，祖母离开了这个屋子，开始到自己的屋子里去盘旋。

她牙齿空空地切动着，零落地扯落着身上脱了针线的补丁。

墙壁上悬挂的几幅画像，虽然这屋子并不缺乏天光，那些画像们的轮廓和颜色已经不再鲜明，看得出的只是一些高额貂帽朝珠补褂的人头像，也有装了胡须的，也有虽然有胡须，但是并不过长。

沿着屋墙脚裸露着各式各样的耗子洞。耗子们从这个洞口溜到那个洞口，很大方地彼此打着交际，有的时候，它们还要举起那发红的小鼻子向空中嗅着，离开应该行动的范围，拱起脊背，安详地散步着……

靠近东墙，原来的一只脚折断了用半段别的不伦不类的木材接上去的黑色硬木的方桌子上面，还摆设着一具很大的瓷香炉，上面原来是蓝色的花纹，模糊了，看样子，那不像花纹本身的剥落，也许是久远没有人来擦抹以至于变得近似一只古铁铸成的东西。香炉后面，并没有供奉着什么神像，仅仅立着一个很小的红色 Ω 形的木牌位。牌位的前面，半卧半倚地立着一个小小的包袱。无论是那木牌上面的字迹，还是那包袱布本来的颜色，全已经分辨不清，虽然这在祖母的记忆里那清明得会相同自己所最痛恨的敌人。那是若干年月她亲手放在那里的当今皇帝的牌位；包袱是她亲手用黄色缎子包裹起来的皇帝的"圣旨"和她娘家安氏门中的谱书。多少岁月了呢，忘了关心它们。今天她洗净过了手，把小包袱谨慎地取下来，抖去了上面的尘土，当解开的时候，她先带颤地把那黄绫的圣旨舒展开——在折叠的部分，隐隐地已经透出了被虫侵食的变成了纱似的透明的褶纹——她是半屏止了呼吸观摩它的。这时候，西屋的高笑声和胡琴声扭绞成一条带有芒刺似的绳，又来锁紧她的心。

"贱东西们呀！他们要反了天啦！"

她把一半屏止住的呼吸，现在才完全透落出来，叹息着，怀着无限眷恋慌忙地把这圣旨并不遵照原样折叠起来，接着又把那有着更多虫洞的谱书来摊开——更响亮的胡琴声和着女人们的没有节制的笑声，使她的手停止住，陡然地尖叫起来：

"贱奴才们，要反了我的家呀！"

正在安闲散着步的耗子们，却意外地遭了这叫声的狙击，每个全狂乱地撞着墙壁，没有选择就撞进了就近的洞窟。起始是连整条尾巴也缩进了洞里，可是工夫不久，那每个尖尖的小嘴巴和黑宝石似的小眼睛，又开始在每处洞口伸伸缩缩——胡琴的声音依然是水似的在流走……

　　　　你家富贵我贫寒，
　　　　你家居官我种田；
　　　　你家居官靠皇上，
　　　　我家种田靠老天。
　　　　如今你穷我还穷，
　　　　穷人的闺女又生了个……呀呀呀……穷……

　　这唱着的似乎不仅是林青自己一个人了，正在流走着的琴音忽然中断下来；喧腾的女人们的笑声，响到院子里来了，响到大门外去了……

　　祖母，像正行走在一条无止尽的幽凉的石洞的小路上，手指在到处摸抚着这洞壁，到处检查那遗剩下来的自己生活的斑纹，她正困惫地停止在一块记忆的岩石上——这琴声正如使她惶惑的，从洞口偶尔透进来的一缕天光，使她的眼睛遭了迷乱！

　　"哎！哎！无怜悯的贱货们哟！"

　　她顾不了把那摊展开的家谱和圣旨收拾起来，竟把脸掩盖在这些上面——她像一只干枯的老猴儿似的伤心地大哭了。

　　"这是什么呀？"老林青突然出现在她的面前，她茫然地抬起眼睛，又把折叠好了的圣旨舒展开，又叠上，又展开……显然她是不能克制了自己手指的颤抖。老林青看着她发笑，这笑却激怒了她，嘴巴从深陷变得裂开：

"你狗！在'圣旨'前面，敢这样大笑吗？你无礼……不敬……该遭天谴呀！……"

"呜——这不中用喽！……"林青趁着祖母气结得要停止了呼吸的时候，他轻妙地从她的手中把那腐朽得只要手指甲一不经心就会碎烂了的"圣旨"拿了过来，"呜！这不中用了呀！亲家母……这玩意儿不中用了……现在金銮殿上坐的不是皇上了……是大总统！我们一样了，我的女儿嫁给你们也正合适！……你不要再骂谁是贱货了……"他代她却把这些全折叠好了放在了她的面前说："好好收起来吧……我们是亲家……不能分贵贱……不是吗？我的女孩全生了崽了——"

祖母遭了突击，从凝结了似的站着的姿势，退避开，并且大叫："你贱货……你不干净的手呀！在牲畜粪里养大了的手呀！你玷污了这御物……"

"既是玷污了……那么就爽快地烧掉它们吧……来，我代你烧了赎赎我的罪过——"

外祖父虽然似乎在开玩笑，却从身边的腰带上真的把火镰和火石解脱下准备在手里，用着怜悯的眼睛望着祖母。

"你敢呀……"她把小包袱贴压在胸脯上，双手反叠地护在那上面，更尖声地大叫起来：

"你贱骨头终是贱骨头呀！……我娶了你的女儿……为了你的胡琴，……呸！这是错误的恩典呀！……我的儿子并不喜欢她……去……滚出去呀！连你的女儿……孩子给我留下……我不要再看到你们……"

林青任她推拥到门外，他一贯是笑着，一直到门扇做着很大的轰声，祖母把门扇关闭了，从里面隐隐地听出了扭绞着什么似的抽搐的声音，林青才叹息了一声，从脸上把那不甘愿装上去的微笑扯落下来，寞寞地回到女儿的房中。

第一眼使他看到杨三也来了——他正坐在先前祖母曾经坐过的那只有围手的椅子里。

"爹，你又和她吵什么？"女儿的声音忽然好像变得特别轻妙好听起来，鸟雀似的琳琳琅琅地还有点金属味地响着了。

屋子空荡荡的走尽了所有的人，四姑娘的妈妈还是坐在女儿的枕边，她正在为孩子缝着什么应用的东西。

"你还是不要在这里吧，这个老家伙也变得更不像样子了，……也许会发疯！"

外祖父坐近了杨三身边一只凳子上，并不回答女儿，只是一面向杨三说着话，一面企图把那断了的琴弦续接上。他看见原先女儿从枕头上抬得像一只小鹅似的脑袋和脖子，眼睛叮咛着他们，现在忽然又挨落到枕头上去。

"你还是不走吧！"

他笑笑地拍了杨三的大腿一下。杨三摆弄着披到额前的短发，眼睛从一个屋棚角移到另一个屋棚角……

琴弦已经被外祖父续好，嗡……嗡……地拉了两声，声音有点沉浊和低哑，没有原先的完整。

"这不全是你的错吗？"外祖母又开始了她的埋怨，"我早先说过一千遍，一万遍……有女儿嫁不出……宁可填粪坑……也不嫁这样的人家……"

从她的说话的姿态上，看起来似乎她要比林青贤明，在那光阔的前额上并没有多少纹皱，看起来和她的年龄有点不相称，她还是那样渲染着青春般的红润在自己的脸颊上。

林青并不回答她，似乎这话不是在向他说。为了要试验这琴弦是否还好听，拉过了一支小曲他又唱起来：

> 呀呀咿哟！
> 你怨我，我怨谁？
> 人生好比那凌河的水……
> 流去不能回！
> 过去的年月不可追！
> 做错了的事儿也不要……悔！
> 悔也没有用，
> 追也追不回！
> 追也追不回！……

崩——的一声琴弦又断了，同时两只门扇霍地闪开几乎震落下来，接了祖母那整个骨色的脸，更显得拉长地出现在门口，她嘴唇疯狂似的开阖着，没有秩序地挥动着手臂——那像螳螂的两只脚——钩向了杨三和外祖父坐着的地方：

"你给我碎了它！……碎了它——"她要来夺取林青手中的胡琴，但是林青却很巧妙地逃避开，转到了另一个屋角，她又投向了杨三："你杀了我……你碎了它……"

四姑娘的眼睛扩大得不能转动了，外祖母却是不动声色地坐着，停了手里的针线，用一只手臂揽过了女儿：

"不怕呀！……好孩子！不怕！"

"他要打她啦！——妈！"

"你快点给我滚开去——老妖婆。"杨三从座位上站起来，把分流到耳前的头发安详地撩开去，一只手擒住了祖母的两只手，静静地看着她说，"你要怎的？"

"我要杀尽了你们这些恶狗——"

"你自己先死了吧——"

只是轻轻地一送，祖母已经从杨三的手中轻快地脱离出来——绝了声音。

"这回许是完结了！……"

外祖父柔软得像一只谨慎的猫似的走过来说着——声音有点带颤。

四　沫一般的谣言

凌河村变成了一只被蒸煮着的螃蟹了，随处喷布着沫一般的谣言：

"杨三把春二奶奶打死了！"

虽然昨夜落了很好的雪，今天汪大辫子却不马上就到山上去打兔子，他把围枪空空地挂在肩头上，腰里的药袋也扎得停当，却从村东至村西地走着，只要看到多有几个人停止着的地方，他也就停止下，一只手停留在嘴上，向前半弯着身子："杨三这回可要偿命了！"他使用的像是舞台上面演员们发低音时候似的声音。

天气如果冷一点，他的大头额就不露在外面了，头上虽然戴的是真正狐皮帽，那狐皮耳扇却只是那样矜贵地卷翘起来，像两片鸟翅膀似的展向两边，而不使它们的全部挨到耳朵。据他说，这就够暖和的了，如果太挨近耳朵，不独白白磨坏了毛梢，而且还要烧坏了人。他也常常教训着别人："戴狐皮帽不相同戴狗皮帽子……不能把皮毛太挨近肉呀……只要戴在头上，雪花离三尺远就自己会溜开；无论怎样的风一到脸上它就变暖了。"他还正确地指出："我说的这可得是真正火狐皮……比方你们看我的帽子……至少……哼！还能两辈的儿孙可以他妈的戴四十年！"

可是每年冬天，他的耳朵、鼻子、颧骨……也还是照样被冻破了；到春天发着红肿，淌流着脓水。这样，他也还是不肯轻易地使那耳扇整个地落下来：

"自己忍耐一点算什么呢？把它好好地留给你的儿孙……"

当他从他的父亲手中承受下来这顶狐皮帽的时候，这信念就被密密地缝进了自己的心！

"还不滚你的蛋吗？——下了这样好的雪！"

宋七月用手里的粪叉——拾牲口的粪便用的——漫然地在雪地上画着女人似的人头像，人们起始并没有谁来注意它，只是彼此谈论着推测着这次杨三事件的结果。

"这是大逆的事情呀！在前清……砍头还算轻罪过……恐怕要剐咧！"

"'民国'……恐怕也不能轻……'民国'听说也用的是'大清律'……不过剐是不能剐了……用枪毙……"

"你们说的这些全没有用……这总得看杨洛中的意思了……前清，民国全是一样……只要杨洛中一句话……官家就是知道了也不能管了，俗语说得好：'私不举官不究。'……这总得看杨洛中的意思了……你们知道……"说话的人忽然把他的声音低落下来，并且把一只手掌遮在了嘴边，"你们知道？平常因为杨三眼眶太高……太傲慢……他瞧不起他们的族长……哼！谁喜欢一个瞧不起自己的人呢？这回早就把杨三给看守上了，并且还派的是朱三麻子……这小子又是杨三的对头……恐怕这不是好兆头了……"

"村中人大家应该保留保留呀！……"

"谁能领这个头呢？有点面子的人……全说这太不成话……"

"喂！你这画的是个人吗？"一个人正在一心一意看着宋七月在地上画的东西，那不像个女人，也不像男人……嘴要小于眼睛，鼻子的部位安置得也不正当；他——七月——却在嘴似的那个圈圈的右角上面又圈了一个小圈圈；两只耳朵也坠上两只耳环。"再栽上两根胡子不是更像样了吗？"谁在给七月补充着意见。

"滚你的蛋……妈的，瞎眼鸟……这是个女人呀！"

宋七月笑着，用手里的粪叉在画好了的女人的脸上捣打了两下——这样，女人的脸上便多了几颗麻子——回答着鉴赏他的画的人，汪大辫子他听厌了那边滚着的球似的讨论杨三事件人们的话，那是没有结论也没有边际……他便更仔细地观摩着宋七月的画。

"可惜这是麻子脸！真的，嘴上添了那颗点可就像个人了——还像个美人咧！"

"打你的兔子去吧！——"

宋七月推了他一掌，而后把那在雪上画好了的人头像涂得模糊了，还用脚踏平了那所有的纹沟。

"人真是生活在雾里头的船！……"那面说话的声音和叹息的声音又漫浸过这面来了，"比方春二奶奶，她生前怎能想到会死在杨三这样人的手里？"

"杨洛中偏派朱三麻子去看守他……为了一个娘们子……真是'不是冤家不聚头'……"

"官罢？还是私休？"

"这又得看杨洛中的意思了……不过杨三这家伙也不是一块好料……如果他嘴头上软一点……平常老实点……"

"你这话一点也没有用……人老实还干不出这样事来呢……"

谈话又像球一般地没有棱角地滚回去了。

人在人们中间说话，或是背地说到什么人总欢喜不坚持自己的意见。比方自己认为这是一个好人，如果有比自己多几倍的人说他坏，他也会水似的随流着说："可不是吗！真是有点不大好……"凌河村的人民大半是用这办法来表示着自己的温和和聪明。

"杨三若是我……哼！"汪大辫子准备要走了，但他觉得自己应该发表一点意见了，这样才能表示自己的存在，"……若是我……早就跑了……哼！这傻瓜……打死人还装硬汉唎……只要向南山一挪动……凭他那样的枪手……妈的，挂个'柱'是容易的；不然去当兵……过几年回来……弄个一官半职的……也就没有事了……话又说回来，反正他们杨家全是一族人，狗咬狗……"

他看一看别人的话仍是各自继续着，并没有谁怎样听取他；又看一看自己脚底下的靸鞡——扎缚得是那样俏皮和停当——无论怎样今天也得弄一只兔子回来，在家里临出来已经满口答应了要给孩子们吃一顿兔儿肉的丸子。因为他发现没有人来听取自己的言论；别人也没有了值得留恋他的新闻讲出来……便把脚上的靸鞡互相磕打磕打，一只手臂勾勒着围枪的背带，微微向前俯着点身子，好像在向谁告别地说：

"你们在这里吧……我得去打兔子喽！"

"你早就该走——"宋七月冷冷地挥动着手里的粪叉说。

"七月,你为什么这样烦恶我?"汪大辫子又停止住。

"去,去……别又在这里闲斗劲,放着自己的兔子不打……尽扯王八蛋……回来晚了,打不到兔子,你的老婆又该揍你啦!……"

别人用了带刺的言语劝着他,推着他……村中人全知道大辫子是怕老婆的,只要在他的脸上发现一点新的伤痕,即使这伤痕是在山上穿林子被树枝划破的,人也嘲弄着他:

"喂!老乡,脸上又挂了彩啦!护膝盖肿了吧!撸起裤子让我们验看验看……昨天又跪了几个时辰呀?"

"我跪一整夜……也该不着你们操心哪!怕老婆也算不了寒碜的事呀!古语说得好:'怕老婆有酒喝'……"汪大辫子平常就是这样为自己解着嘲。

这村中除开四姑娘以外,就要轮到汪大辫子的老婆呱呱叫了。这女人有着两片血红的小嘴唇和一双缝似的小眼睛;牙齿既整齐又洁白,头发又那样多,那样黑……她简直不像一个从乡村生长大的姑娘,这使全村女人们嫉妒她,背地说着蒺藜似的诅咒的话:

"这是一个什么女人哪!小妖精似的……没有福相……又是那样厉害……哪里像个乡村里的人……"

在这女人说起话来或者骂起人来的时候,那嘴唇又真像两片菲薄的刀。

"如果我摊到那样一个老婆……哼……"

宋七月当汪大辫子已经拐着腿脚准备到山上去了,他留止了他。宋七月说话的意思也只是想使大辫子发一发脾气。当真他又拐回来,并且这次还把围枪从肩头上取下来。像一根杖似的一头挂着地，一头抱在手里，看样子他好像没有心肠离开这里了，准备长谈，或者是倾听下去。平常他对于无论谁的话，即使和他一点没有关联，在他也总好像沾满着糖味并且生着有倒刺的钩；自己是一头贪婪的苍蝇或泥鳅，必须要追求出一个头绪才能安心。

"你，宋七月，哼什么？你能摊那样一个老婆？"在他说话过度急速的时候，他的嘴就要变成结结巴巴，眼睛也开开阖阖，"你应该修积得一条好，好，命……命！"

他换出一只手把头上的狐皮帽爽利地推开，那冬瓜似的，平常就惹人眼睛的大额头，现在威胁谁似的又出现在人们的面前，还升腾着热气。……但他并不揩掉那汗，却用手在那带着汗的额头上响亮地毫无怜惜似的打了两掌说："……哼！我，知，知，知……道……你们全看我这长相不配有这样的老婆……是不是？这得命……我老子积存了一辈子血汗的钱……才给我娶了这样一个老婆……她是我们全家的命！一个人谁不爱惜自己的命呢？宋七月……你若有我这样一个老婆……得来得又是不容易……你要供起她来啦……你笑话我吗？'笑话人不如人，拍拍屁股追上人。'……人没有经过一件事……他就没有权利笑话人哪！等他自己经过了再来说话……你觉得你能打自己的老婆就英雄了吗？那是炕头上的英雄……没有人宾宾又服服……"

和汪大辫子的老婆相反，宋七月的老婆是这村中最丑陋和最呆气的一个。她的嘴总是那样开张着，整年流着涎水；一只眼睛被七月打瞎了，另一只眼睑上还有个大疤，拐带得那只眼睛也没有了正规的形状。她不懂得哭，人没有看过她流眼泪，就是在宋七月打她的时候，除非太重了也许皱一皱眼睛，但很快她又笑了。她涎水流得过多和笑声越高的时候，那也正是宋七月打得她正起劲的时候。为了这样，宋七月便成了这村中打老婆的能手。

"宋七月……你为什么低头啊？"人们全不再谈论别的了，他们把注意拖到了这两个人的身上。在人们意想中，一刻他们也许像两条狗似的厮打在雪地上——打落谁的一两颗牙齿，咬出血来……

宋七月垂着头，嘴上噙着轻蔑的微笑，任别人和汪大辫子说什么，他却只用手里的粪叉，在将摊平了的地上画着女人的头。画过了用脚踏平，摊平了再画……每次所画的大小不一样，眉眼的部位也许安置得不适宜；也许少掉一只耳朵……可是每一次他却总忘不了那位置在嘴唇上面一个类似代表着痣的小圆点。

"你画的这是谁呀？"汪大辫子蹲下身子向这个画像认真地看了一个时辰，站起来说，"你在惦念着我，我，我的老婆呢，是不是？"

"女人有的是，我怎么必得惦记你的老婆？你的老婆在你的眼睛里是'天仙'；在别人的眼睛里她还是吗？"

宋七月的脸红了。

"老七，你不用嘴头强……也用不着脸红……咱们要说真心话，'真金不怕火炼'……我的老婆嘴唇上面有一个痣，这是尽人皆知的事……你画过的这些女人头——不论男人头也罢——哪一个在嘴上面你没点一个痣呢？不用说了……我们各人心里全明白……不过你得酌量酌量自己的本领……她不是一只绵羊啊！……"

汪大辫子并没忘了把他的狐皮帽照旧戴好，并且更小心地用手指把耳扇上的毛梢舒顺了一下——他的手指有点带颤了——背起围枪出乎别人意料外地走了。

当他已经爬上了那上山的小路，人还可以看得出他那背影，左左右右起着很大的扭摆，意味着那也许是在加强着愤怒。

宋七月被围困在人们的笑声里，他不知道应该怎样，只是模模糊糊地自己解释着说：

"人真是……我为什么要惦记着他的老婆呢？我……"

"那因为你比大辫子脑袋要小一点啊！……"

宋七月也从这个人群中把自己解救出来。在前一个时间，自己也还拧在别人中间评论着杨三不该结交了四姑娘，这是丢体面的事，现在不知为什么，别人再说到关于杨三每一句话，好像全是水银似的，变换了方向，注向了自己的每个毛孔，身子微微起了点颤抖：

"莫非大辫子这小子听到了什么不好风声？那样真是不大妙……"

五 刘元

汪大辫子从村庄爬下了河滩，背后人们的笑声今天使他厌烦了："有什么值得这样笑？吃饱草料无事干的驴头们，只懂得哇哇叫。"

凌河的冰上被新鲜的雪覆盖着，连同河滩一直到山脚下，相同一整幅白色的广大的羊毛毡。因为夜间没有风，覆盖得是这样地平匀。

汪大辫子平常打围总是一个人，除开打狐狸以外，他从不喜欢约同伙伴，他觉得这有点不上算，还是自己寻觅吧。

"今天这样大的雪，狐狸也许有哪。"他不确定地问询着自己。

这整座座的山好像是完全属于他自己的了，每一块石头全是可爱的。他想着，今天如果自己能单独地打到一只狐狸，那真是老天爷的照应。无论什么样的狐狸总也比兔子强，兔子是只能吃一吃肉，皮是不值钱的。——他忽然想念到杨三。每年冬天只要落了这样的雪，他就要会同杨三出来打狐狸了。杨三的枪法才是他在心眼里真正佩服的，虽然背地在别人的面前他会说：

"杨三的枪法算什么呢？打兔子那比打狐狸也不容易；杨三只能打打狐狸……有时候也落空哩。……"

爬上了一个山头，拣选了一块石头，弄掉了上面的雪，他坐下来，把围枪夹在两腿的中间，用腰带的一端揩抹着头上的汗，索性也把那狐皮耳扇立直起来，自语着：

"这皮毛不能被汗浸了，一被汗浸，就不能多挺年月……"

对面的村庄像一具模型似的安置在北面山脚下，所有的树林也挂着白白的霜雪，人们在村中只是一些黑点似的游动着。适才他参加过的那人群是靠近一所庙宇的近边，现在看起来那里的黑点似乎又增多了一些，这使他联想到春天在随处池塘里所看到将成形的蝌蚪……他吐了一口唾沫在脚下的石头上，轻蔑地骂着：

"蛤蟆崽子们——"

他卑视这村中所有的人们的聪明，无论谁做了一点值得惊奇的事，他总是说：

"那算什么呀？若是我……还能做得比他更好点……"

他对无论什么事或什么人总是有意见和批评的，并且批评的结尾总也是喜欢把自己提出来："若是我……"今天对于杨三的事情，他也曾提出过意见了：

"杨三若是我……"

宋七月打算到他的老婆，这却使他意外地有点慌乱了。在临来的路上，思想像将被关进闸笼里面没有经验的小老鼠，没有端绪地各处探伸着嘴巴，忘了留心察看兔子的踪迹，连自己的围枪什么时候从肩上摘下来改提在手中也忘了，竟不觉地从腰间的药袋里摸了一个"弹子"放进了嘴里：

"这是怎么了呀？"

骂着自己，将铅子急速地吐落了出来，铅子一挨到雪面便消灭了似的沉没下去，于是又得把那就近的积雪扒开，赶到铅子寻到手里的时候，手被积雪刺激得发红了，像涂染了新鲜的血！他不顾这些，只是周转地察看着铅子，骂着自己：

"要死吗？想吞铅！这是给兔子预备的。——看吧，浑蛋！竟咬了这样深的两个牙印。"

把铅子从枪口装进去，再倒出来；再装进去，再倒出来，这样试验了三次，才把那个铅子珍贵地又放进了药袋中。又把药袋掀开数了一遍其余的铅子；检查了一遍所有药袋里面的炮子（即引火）铁沙、火药包……才像安了心。

宋七月那个狡猾的月亮头，从什么时候打算到他的老婆呢？——他呆坐在石头上冥想着那所有经过来的可疑的日月。这时候一只兔子真的在他的眼前出现了，距离得是那样地近！为了雪深的缘故，那只胆怯的小东西，简直是滚爬在雪里，为了看见了人，企图要急速一点逃走，虽然把雪弄得成了烟雾样，但是比较起好天气来那是迟缓得多了！人甚至可以徒步追到它。现在只要汪大辫子把夹在腿中间的围枪一顺，枪机一起落，这条倒霉的小生命，就会很安稳地、连跳也不能跳一跳就属于自己的了。他可以笑着眼睛任便地提起它的一只耳朵或是一只腿来看着那半睁半闭胆小的大眼睛，让那一滴一滴的鲜血花片似的散落到雪地上；还可以在那没有冰冷的小肚子上温暖温暖自己的手。……可是今天大辫子却没有这样做，他眼看着任着那个小东西带着过度的惊恐和不安，小气地滚爬在雪里，没了。……他似乎还在要这样说：

"慢一点啊！……小家伙……忙什么呢？我今天饶了你啦……"

靴鞍上的积雪融解了，这使他不能不站起来，兔子不想打下去，却要去看看杨三。

"我应该劝劝他，不能玩硬汉，应该走——为什么等着别人送到监狱里去呢？人是人，人也不是一只鸟，要装就装进笼子里……"

路上凡是想到关于杨三的坏处，他总是像时才看过的一只兔子，把它放过了：

"人，骄傲点算什么呢？只要他正直，不尽弯转着心眼打算着别人……"

他又联想到宋七月的时候感情便完全不同了。宋七月像一头蜘蛛似的，总是在他的记忆里面纺织着发亮的丝。这丝一刻比一刻加多，从发亮而发黑；他的心竟像一只被缠陷住的小昆虫，起始他和这丝斗争着，要飞开去，接着他能够飞的翅膀被整个地黏结住了，接着所有的手和脚也遭了束缚，接着呼吸也迫促起来，但是他还没有停止了可能的挣扎……这正说明了他起始要竭力把宋七月从他的可怕的怀疑中解放出来：

"宋七月……他不会呀……一个并不漂亮于我的月亮头……我的老婆会看中了他？凭什么呢？如果若是杨三……"

想到杨三，他的心脏的跳动忽然加急了两下，接着又平静下来，自己笑着安慰自己：

"为什么会想到他呢？他不会爱我的老婆……就是她想……他也不会……村中全知道，他只爱他族中嫂子——四姑娘……"

对于杨三他好像更关心了一些，脚下的靰鞡有的时候隔了雪被荆条的楂尖刺伤了，他也没有工夫来看它。

从这面下山的道路，在平时就很少有人经过它，现在完全被雪迷漫了，人一踏下去，常常要陷没到膝盖；狐狸和兔子们在山梁上寻觅着可吃的东西，因为发现了人便疯狂似的滚爬在雪里飞跑着。狐狸的尾巴扯成一条黄色的窄窄的旗；兔子的耳朵在太阳下面显得透明而鲜红。

"啊呜！……啊呜！……"

汪大辫子叫着，拍着手，于是这些小兽们就跑得更癫狂了，一刻的工夫已经是无影无踪……

"混账东西……乱叫什么？"

对面山梁上忽然出现一个人，接着又是一个……清明地在肩头上全挂着枪，只是脸孔还看不清明。一个在向他招手，并且把手还圈在嘴上做着喇叭口叫他：

"大辫子，上来……我们有点事托你……"

他已经明白了这些全是什么人，不过使他奇怪的是为什么他的绰号会被叫出来。

"有什么事啊，朋友们？"

"你滚上来呀……你乱叫喊什么？"

他看见一个人从肩头上把枪取下来了。他——大辫子正在肚子里打算着平常记得的几句行家话，这使他又停止住了，声音有点带颤地说：

"朋友！有什么就在这里说吧！我听得见……"

"你滚上来呀！……你还怕谁稀罕你那支打兔子的枪吗？白给我们全不要……痛快点上来……不然，我要开枪揍你啦……"

一个人真的把枪口对向了他，这使汪大辫子身上感到一阵森凉。

"别和他开玩笑了，他胆小——喂！大辫子，放心上来吧，有我在这里，……我是刘元——"

刘元和他在一起打过围，他们是住得很近的邻居，他知道刘元还只有十八九岁吧，竟也当了胡子啦！

"还是你们呀！……阿弥陀佛！老天爷！"

当他爬上了山梁，他的狐皮帽已经浸透了汗水。

六 "上马容易下马难"

多少夹着些雪花，一阵不甚大但却感觉到很刚硬的风从山下吹上来，在山坡上打着回旋；一些挺露在雪上面的野蒿、小树和荆条便呜呜地尖声地起着嚎叫。汪大辫子心脏跳动现在归复到平常的平和了，他随在这几个人的后面，像和他们生活在一起有了若干的日月，完全自然。自己的肩头上也挂着枪，走在他前边的人们也挂着枪，不过人家挂的却全是一色的"快枪"，一颗子弹能够飞出二三里路；自己却挂的是一支年龄已经很老了装火药的围枪，兔子跑在半里外就不中用了。

"他们的这个吃饭的家伙，比我这要妙多了啊！"

为了枪的不相同，使汪大辫子感觉到和这些人们又起了距离！

"他们是强盗！他们的枪是预备打人的；我的枪是预备给兔子和狐狸的呀！我们不相同……"

"喂！大辫子……我们村庄里的人全好吗？那个井老头儿……还有那个会拉胡琴的老林头……"

刘元停止了脚步，等待和汪大辫子并肩走。

"他们全好……你还想念着我们的村子吗？"

汪大辫子虽然平常自己也曾劝说过别人：

"好汉子……总得去干干……尽趴在炕头上守老婆、看孩子……算什么呢？如果我有那一天……我总得干干……家，家算什么呢？"

现在刘元忽然问到了自己的村庄，并且还关心到一些不相干的人，他想：莫非干了这行业的人也会想家吗？

"你想家了吗？刘元——"

当第一句问他"你还想念着我们的村子吗？"的时候，没有得到回答，他看那刘元只是抽一抽鼻子；第二句他不敢那样坦白地问了，他低下着声音——他知道这些人们的脾气全是暴躁的，只要一句话不相投就会发怒——他说着，一面察看着刘元脸上的动静。他比刘元要大十几个年，可是从刘元的脸上，如今却看不出那二年前女人似的温和，孩子似的红润，只是板板地安置着一条柱似的鼻子，搭配着两只很大的，但是毫没有表情的眼睛，上唇和下颏的地方已经生了很真切的短胡须，眉毛浓黑得却更显得重浊而呆板了。

"家，想的什么家？——你的老婆和孩子全好吗？"

"你怎么不问问你的家呢？"

"我没有家……"

"你妈妈想你……整日哭哪！……"

"少说他们……我早就不是他们的儿子了！——你今年的兔子打得多少？"

"不如往年。"大辫子郑重地叹了一口气说，"我想不再打兔子了……也不想再种那点地……"

"为什么呀？"

"打一辈子兔子有什么出息呀？并且这山上的野物们一天比一天少了……种地……纳租纳粮……种一年到头……除去官家的还不够一家吃的哪！……我也要跟你们来混一混。"

"怎么？你要跟我们来混一混吗？咻！……"

走在他们前头的那个瘦而小，脸上骨角崚崚，眼光像两只钉似的中年男人说话了。他扭回头来，迅速地从头到脚把汪大辫子看了一下尖声地说：

"你还是打你的兔子吧！做个安善的良民……"

"'上马容易下马难'[1]……懂得吗？"

前头第二个高个子这样说着，但是他并没有回头。汪大辫子从来没有认清楚过这人的面貌，除开两只眼睛以外，几乎整个的脸全包围在一条灰色绒布的围巾里，和别人一样的步枪背在他的肩头上，竟是那样地显得不调配，孩子们的玩具似的显

---

1. "上马容易下马难"，原言当胡子去容易，想要不当就难了。从前的满洲胡子多骑马。

得太短了。

"早早晚晚吧……总有一天要跟着你们哥几个来混一混……比方杨三——"汪大辫子显得聪明地言不由衷地追说了这样一句。

爬下了一带山梁，下面就是一个大谷。靠近南谷壁的中段，有着翠蓝色的烟苗，从林木的尖端安稳地升腾着。汪大辫子知道那里有一个很大的石洞，这石洞的地方平常是很少有人敢来的。

"我们还要到那个洞里去吗？"他轻声地问着刘元。

"嗯——"

"真的，不知道有什么事？"汪大辫子又担心地追问了一句。

"到那里……'当家的'[1]就告诉你了。"

汪大辫子自己也觉得有些奇怪，为什么自己今天会变得这样谨慎和小心呢？他竟没敢和谁抬过一句杠，说话的时候自己还在极力检点着，也忘了自己的狐皮帽。

"在这等一等——"那个瘦子先进去了。什么时候呢，这洞口已经被石头封垒起来，只是靠近洞壁的一边，留了一个类似门的洞口，人也就是从这里出入。适才在山梁上看到的那烟苗，也就是从这个孔口和那旁边更小的孔口溜走出来的。洞门外一片不甚宽广的平地上，乱印着人们的脚踪，大半全是靰鞡的。

"这能有你在家舒服吗？"刘元轻轻地笑着向汪大辫子说，那个大个子像个鸟似的侧着头也用眼睛盯着他。

"你们不是不常在这样地方住吗？"

1."当家的"，过去我国东北"马贼"头领的普通称呼。

"这地方不是享福的地方吗？"那大个子插进来说，同时他从肩上也像摘玩具似的把他的步枪取下来，接着说，"谁和'享福'有仇？谁都乐意在冬天自己有个温暖的窝……有个知疼知热的老婆……自己眼看着长大起来的孩子！……冬天住山洞……这是人的生活？……每天提拎着自己的'血脑袋'换口饭吃……"那大个子把他的头布取下来了，他是一个完全的秃头，那上面热气蒸腾地发散着，脸是过度地长，颜色完全棕紫；有一只竹节鼻；生着浓厚的眉毛和乱七八糟的大髭须快占据了半个脸，也几乎要遮没了嘴巴和眼睛。

"进来——"那个瘦人猿猴似的从门口探出身子来——这回他却没有挂着枪。

"把你的围枪交给我……'当家的'问你什么话……知道的照实说……不要怕……不许说谎……"

刘元接过汪大辫子的围枪同时亲切地嘱咐着他，他只有唯诺地低着头，取下头上的狐皮帽来，抖一抖上面沾结的冰球。他在取开帽子的时候，小辫子不再在头顶上盘卷着了——它垂溜到背上来了。

"好家伙！你还留着这个玩意哪！看我们——"刘元把帽子掀起来，闪给汪大辫子看，"……看我们……早就干它去了……"他嘲弄着那条辫子。

汪大辫子抽动着半片球似的鼻子笑着，当低头挨进这洞门的时候，忽然一个思想从他的头脑中突露出来，像春天苗芽似的新鲜：

"呶！这是哪里的事！当胡子还得把一条辫子先白搭了？这我可不能来……"

七　海交

久久呼吸在外面自由的冷空气中，久久被炫耀在外面那银似的世界里，如今初次一踏进这山洞，好像自己正在行路，不自觉地被沉陷进一口不知深浅的森凉的古井，只是昏然地下坠着，忘了挣扎，忘了记忆，也忘了恐怖。……汪大辫子被引在一只小灯的近边一块石头上坐下，他先发现在洞底正生着一堆篝火，火光不安地在洞壁上滚着，有时从那洞顶和洞壁牙齿似的闪出来的石尖，在这鲜艳的红光中，更增加了狞恶和凶残。慢慢地，他也发现在篝火近边睡的一些尸首似的人身，最后他才想应该注意到靠近小油灯正吸着鸦片烟的那个小老人，他瘦小得相同一个孩子，只是已经有了很稀疏的胡须。他的手边正随便地放着两支发着金属暗光的手枪——这使汪大辫子的身上又感到了一次阴凉，虽然还没有说一句话。鸦片烟被燃烧，吱啦……吱啦的声音悠长地叫了两声，突然停止了，那小老人猛然地从卧着的姿势直直地坐起来，用手抚摸了一下小小的光秃头，眼睛毫不转动地一个幽灵似的瞧着汪大辫子，平静着声音说：

"听说你很会打兔子吗？"这小幽灵笑了。

"不敢说会……对付……"汪大辫子谨慎地但有点安心地回答着。

"今天打住几只？——雪很好啊！兔子全要出来寻食……狐狸你也打吧？"

"打狐狸得人多才行……"他渐渐忘了拘束。

"对了，人少不能打狐狸……我年轻时也打过狐狸……那时候做大官员的和有钱的人全喜欢穿狐狸身上的一点点东西，比方：仅要额门，或者仅要一条'犬子'[1]……现在的狐狸也没有原先多了！是不是？并且还尽是'草狐'……哪有真火狐了！"汪大辫子想不到在这里竟遇到一位"同行"，他感到有趣了，眼睛开始睁大起来……

小老头儿说话的声音一句比一句尖锐和响亮，不断地相同庙角上被风摇曳起来的小铜铃；那身子也一刻比一刻坐得更标直，现在汪大辫子已经看清楚了他那满是骨角棱透露的小脑袋，前额头发完全脱落了开始在闪光；更是那眼珠，完全和上下的眼睑绝了缘，孤独地常常是位置在全眼白的中间，看得出他久久为了什么而操劳，在两条眼眉中间，针似的悬着一条很深的纹沟，即使在他的眼眉不移动的时候，也是很显明地存在着。

"我不是你们这村庄附近的人……"这小老人说着又倒侧下身子去开始擎起那支小小的鸦片烟枪来，从灯旁一个不甚大的圆的牛角制的盒儿里，用烟签搅了一团烟膏挑出来，拖断了那联结的丝，在那小灯的顶上旋转地烤烧着，"……看见吧？我们做'马鞑子'[2]，也是不容易咧！只能白天'躺桥'[3]，夜间走路——你来吃一口吧？"

"不啊！"汪大辫子被这意外，不，而是破格的邀请有点

---

1. "犬子"，狐腋下的两条近乎白色的毛皮。
2. "胡子"另一名。
3. "躺桥"，即睡觉的意思。

迷乱了，他把一双短粗粗的手掌在胸前摇晃着，"您请吃啊！您……"

"对了，年轻人不应该接近这东西……"

汪大辫子的狐皮帽落到地上了，他又端正地托在手里。他一面勉强镇定下自己被这意外尊敬所引起的要飞腾起来的感性，一面出神地看着这个幽灵似的小老人怎样巧妙地把那烟膏烤成功了很大的一个泡泡，待到这泡泡快要到从签子的尖端上拖长得滴流下来的时候，他又把它卷提上去，在手指和掌心揉转着，散发着香气！——这使汪大辫子要呕吐——而后再烧烤，再揉转……才把那泡泡又滚成一个小塔似的形状，端正地安置在烟枪的斗门上，只是三两吸，那小塔便在灯火烧烤里不见了。当吸烟的时候，那小老人贪婪得如同一尾久久被断了水的鱼。

"你和这村子里的杨洛中认识？当然要认识了——他是村中的唯一大户——你要向我说实话……他这人平常够朋友吗？"

汪大辫子到现在才明白了，他们弄了他来，原来要他"拉线"绑杨洛中的票。这使他感到为难了，该怎样办呢？如果这是在什么辽阔的地方，他也许会冒着被打死的危险，跑开去。从打围里他经验过，一只跑得快一些的狐狸或兔子，无论在怎样好的枪手之下，有的时候也可以脱走的。但是今天他不能够，只要他一跑到洞门，那个小老人就会用他身边的手枪留住他的——在说话的时候，那小老人的眼睛不是一直两只尖锐的钉似的盯着他吗？他感到这洞里的空气有点不足用了！他说：

"这怎能叫我说呢？'当家的'！他是我们这村中有身份的人！"

"我别的全知道了，不用你说，……刘元也全知道……我只问他家现在还有几个炮手？……全叫什么名字？大约有多少枪？……你告诉我这些就够了……还有一个杨三……你知道他吗？他和一个寡妇……"

"杨三常常和我打过狐狸……"汪大辫子盼望着这谈话转一转方向，他急急地截断这老人的话。

"他是一个很好的枪手是不是？……"

"哪！……"汪大辫子又感到有点为难，平常在人前，他总是不肯称赞过任什么人的，总是说："那算什么呢？比方我……"而今天该怎样说呢？他声音含糊起来。

"是不是一个很好的枪手？"那老人却直接地追问着。

"他快枪比我放得好……可是打兔子……他还不如我——这要用围枪……"

汪大辫子觉得这答话对于自己很适宜，又补充了一句：

"放围枪……这要另一股劲……"

"当家的"眼睛看着洞顶——从顶上常常要有水滴落下来。洞那一头的篝火已经不再那样旺盛了，从洞口孔洞爬出去的烟氛也显得稀薄，并且也文雅得许多了。原先那些睡着的人有的摸索着爬出洞外去，在洞外渐渐有了说笑的声音。

"这里有两封信……托你一封带给杨洛中；一封给杨三……这对于你没有关系……记住……可不准乱说……这是一点钱……送你买一双靰鞡穿……喏！还没看见……你这年轻轻的人还带着辫子哪！哈——哈……哈……"小老头的声音震响了这整个的山洞子。

汪大辫子的脸感到从来没有过的燃烧，他没有力量制止自己不从那小老头的手中把那两封信和五只银元接过来，自己平常的智慧现在全泥似的糜烂了，他说：

"杨三，现在摊了人命——"

小老头并没有显出什么动静，他又准备用手去取那支小烟枪：

"人命？摊几条？是不是为了那个寡妇？"

"他摔死了那寡妇的老婆婆春二奶奶——那是一个早就该死的老妖精……"汪大辫子下着结论。

"官家拿了他去吗？"

"没，还在村子里，杨洛中的炮手们看管着他……不知要怎样办咧？——杨洛中没有几个好炮手了，只有一个朱三麻子，其余的全是饭……桶！"

"把给杨三的，连那封给杨洛中的信全给我……"这小老人得了什么启示似的猛然地说。

汪大辫子把两封信一齐还给了他，只是那五只银元还留在他手里——它们已经浸满了汗渍。

"你见了杨三……就说我们今天夜里去迎接他……无论怎样……你得把这'口信'给带到……这信你不用带去了……你就说'海交帮'……他就知道……戴上你的帽子再出去……小心着了外面的风。"

"'当家的'……"汪大辫子站着准备把帽子要戴到头上了，说了半句话，他又不说下去，海交一面吃着烟一面问着他：

"你还有什么事？"

"没有什么事……我好不好也跟你来混混啊？"

这小老人第二次尖声的大笑比起第一次更要没有拘束，他说：

"你？你不是这样的材料……还是做你的一分安善良民吧！这里不能要你们这样的人……"

"我也能吃苦哎！……我……有胆量……"汪大辫子装作坚

决的样子挺了挺胸。

"这不单单是吃苦……这行生意要比你种地要不容易得多啦!……去吧!这不是你这样人应该走的道路……"

汪大辫子把小辫子盘卷好了,经心地戴好了狐皮帽,使帽耳扇上的毛梢更距离耳朵远一点,使他心里最充实的就是在衣袋里竟有了意外的五只大银元:

"那么……谢谢'当家的'吧!……这'口信'我一定能带到……杨三和我很相好……"

"应该剪掉你那条小辫子了……"那小老人讥讽地笑着向大辫子提出了这轻妙的建议。

"我早晚就割掉它啦……我……"他这当然是一种聪明的欺骗,同时心里偷偷地否定了这回答:"说得倒好,我怎能剪掉它呀?我……"

围枪被安置在洞门外,这里却没了一个人,他们多半在山岈和山头上黑点似的在游动。

经过来时的原路,刘元却正坐在一块突出的没有积雪蛙似的蹲着的岩石上,步枪横担在两腿上。

"刘元,我要走了,你要向家里带一个信息吗?"

"没有什么信息要带——'当家的'怎样嘱咐你的?"

刘元从岩石上爬下来,一踏到那已经冻结成冰齿的积雪,那雪便响出碎瓷片似的声音,"我送你到山脚下……啊!已经几年了,我们没有在那凌河上玩冰了!……今年你常洗澡吗?水还是那样深浅?"

"比往年浅了一点……'当家的'叫我给杨三带一个口信——"

"怎样,不是杨洛中吗?"刘元好像显出一点惊愕。

"原先本来要带两封信……后来又不带了。——杨三摊了人命啦……你还不知道吧？"

"打死了谁？是不是为了那个寡妇？"

"对了……"

"我们这次来……本来是要绑杨洛中的'票'也不想给他知道……我念起一点家乡的情谊……同'当家的'讨了一个人情……先写一封信给他……如果他若懂好歹呢……给我们送一点崽子¹来……我们也不要他多少钱和额外的东西……就完了……他如果还像早先那样可恶……讲不了我们就得动手……我知道你常到这附近打兔子，已经等了你三天了，你这家伙才冒上来……"

"不下雪……我上山干什么？"汪大辫子用一只手插在药袋里安定着那银元，不让它们发出声响来。

盘旋地沿着山道——虽然现在被雪封闭了，他们也是摸得清的——到了山脚下，再一转，就可以看见了整个的凌河村。

"把这点东西带给你的孩子们吧！"刘元从身上什么地方呢，摸出一副孩子的手镯递给了他。

"这成什么话呀？——你自己留着吧！"汪大辫子看着那精工刻雕在镯子上面的每条小龙是那样生动啊！两条龙的中间正镶着一颗很小的红珠，他懂得这不是平凡人家的孩子们能够享受的，手有点带颤地要还给刘元，但是他并没有爽快地就递出去，只是嘴里推让着说："还是你自己留着吧！……等你自己有了儿子……"接着是自己儿子的小手腕胖胖地出现在眼前了，自己为孩子套上了，老婆在一边异常地笑着……

"哪！等我自己有儿子？"刘元冷冷地笑了一声，把脚上

---

1. 崽子，指子弹。

056

冻硬了的靴靿在地上磕打了两下说，"你该回去了……好好地揣起来……我想你的孩子戴起来一定很合适……常常带在我身边……早晚也是落在别人手里……如果我——"他深思地停顿了一下："也许落在那些狗们的手里……"

汪大辫子明白刘元为什么把话拖断，那个"死"字是胡子中所忌讳的。

"你应该给你家里的人带一个什么信息啊！不吗？——这镯子合适可真是合适！我的孩子已经五岁了。"他把这镯子和那五只银元分隔地装在药袋里面，省得它们碰出声音来。他看着刘元的头垂着，用脚正踩碎着地上的雪片！

"好，如果……你见到我的妈妈和第三个妹妹……你就说我告诉她们：不要惦记我……我的脑袋还很好地长在脖子上……不，这要得过几天才能向她们说，等我们离开这里——不准说给家中别的人……"

刘元说完这话，连头也没有再抬一抬就爬向了上山的道路，在离开了几十步以外，他忽然才又回头向汪大辫子扬一扬手叫着：

"再会啦——大辫子。"

八　翠屏

和着渐渐寒峭得有点近乎尖刻的晚风，听得出，是从村庄的西端有唢呐和大鼓的声音飘过来了。同时又像这吹唢呐的人，时时有意把他们的喇叭口，一刻转向东方，一刻转向西方；有时仰向天，有时又俯向地……这声音一只狡猾的蝴蝶似的使人不能捉摸到它；鼓声却不同了，它只是嘣……叭……隆……咚……嘣……叭……隆……咚……牛似的行走着。

"鼓乐手们也来了？这老家伙死得还不错，还有送葬的喇叭。"汪大辫子明白了这是为春二奶奶在办丧事。

他起始是无意识地踏着这鼓声从山坡上走下来。太阳虽然已经完全沉落，借了雪的映衬，下山的那条蚯蚓似的小路还是分明的。他身体感到快活而又轻松，肩头上挂着的围枪，腰下的药袋，全好像不存在自己的身上了，就连头上的狐皮帽也忘了和平常那样，当走下山坡珍惜地察看察看，是否被自己的耳朵磨落了几根毛梢？——从药袋里继续响着的那银元和银元相碰轧的声音，却一刻也不能使他忘怀它们；也不能够一刻使他不幸福地胡思乱想……并且那小声音在他听来还好像时时在扩大着，要代替了那鼓乐声，又像那些小东西们和他在交谈着了。

"刘元这孩子真是变得不像个孩子了！还有'当家的'那个老猴儿精，他竟笑我的辫子啦……我说要入伙……他还不要……其实我怎能干这个呢？我有老婆有孩子……有自己的田地……出的粮食也够一家吃用……不过，人得聪明……见到什么人就得说什么样的话……宋七月这小子……从什么时候惦记上我的老婆了呢？他是白费心……我的老婆不能喜欢他……呐！女人的心也说不定哪！'人不保心，木不保寸'，'十个女人九个肯，就怕男人嘴不稳'……那就得看机会了……宋七月也是个没有辫子的人，和杨三一样……一样的人，就有一样的心！"

他的一只手正隔着药袋的布层交换地掐摸着每只银元，好像一个瞎子似的，像是要从这相同的五只银元里硬要寻出它们不相同的特征来，以便记忆。银元是那样圆得可爱，他摸出一个来，在手掌上颠转了两下，察看着那上面的花纹，和那个很生疏的人头像。他晓得那人头像就是当今的大总统——是那样地胖！接着，他把那小手镯也取出一只来，比较着银子的成色！

"还是镯子的成色好啦！"他赞美着，"这一定是有钱人家的孩子戴的，它怎能够有坏的呢？银元就靠不住了……这是国家造的呀……造钱的官……至少得掺上一点铜……"

汪大辫子懂得"皇上"和"国家"的不同才是近一年的事。一次他到城市里去卖兔子皮睡在小客栈里，有人讲过："大清国的皇上是鞑子……现在管理国家的大总统……不是鞑子了……"

无论皇上还是大总统，这对于大辫子全没有像对一只兔子那样感到亲切，他没有想过做皇上也没有想过当大总统。他知道做官的是另一种人；种田和打围的又是另一种人。

"要皇上有什么用呢？要大总统又有什么用呢？咱真不知道……庄稼人有田种……山上有围打就完了……好容易打一只狐狸……收一点粮……还要养活皇上，养活大总统……连做官人家的狗也得我们养活着……还要他们来杀头……世间的事真是他妈怪的呢！……"

"为什么你的'大'辫子还留着呢！"

"这是皇上留下的规矩呀！"

"现在换了大总统了。"

"换了大总统……"

汪大辫子喜欢自己的聪明相同孔雀喜欢自己的尾毛一

般，平时人如果一提到他的辫子问题他总是含糊下去，或是这样说：

"你们懂得什么呀？"

他知道万一大总统再变了皇上，现在如果把辫子剪掉，那时皇上一怒，也许把没有辫子的人全杀掉。

今天想不到"当家的"那老猴儿精，因了这辫子竟笑得他的脸发了烧！

"剪辫子的人太多了啊！也许大总统不会变皇上了？商量商量老婆……若不，我也剪掉吧！也许这算是个剪辫子的年代？"他对于保留辫子的思想有了动摇了。

唢呐的声音响得更凄清了。他从山坡上已经爬到了河滩，遥远地看到了自己房子上面还有暗蓝色的炊烟在打着盘旋，他知道老婆和孩子们正在盼望着他，等待吃新鲜的兔子肉。

他的心从来没有像今天这样不安过。在临去的时候，他被宋七月和杨三烦扰着，而回来又添了那个老猴儿精似的"当家的"和刘元。……

"他们今夜要来接杨三……那么杨三……也要和刘元一样当胡子了……正月里扮秧歌……少了一条小白蛇……"

他想到了正月里的秧歌，也想到了打狐狸：

"除开杨三……在哪能搭到这样好伙计呢？宋七月……那家伙枪虽然打得不错……照杨三可差多了……也不如杨三够朋友……"

到家的时候，天已经完全昏黑，老婆正在整理着晚饭；孩子们张着希望的嘴，等待着爹爹。

"爹——"大的孩子叫着从大辫子的一只手看到另一只手，两只手全是空的；小的孩子还不会说话。

"爹——兔子呢？"孩子围着汪大辫子身边转了一周，仍复回到他面前仰起头来问，"爹——兔子呢？"

"没有兔子——饭好了吗？"他解脱着身上的围枪和药袋，没有心肠和孩子们来周旋，有点烦乱地问着老婆。

"没有打回一只兔子来……还要吃饭吗？怎么对得起孩子们！……"

和往常他打不回来什么一样，老婆开始了絮叨，小嘴唇菲薄的小刀似的动着了，笑着的脸也阴沉了："这样好的雪，为什么空着手回来呢？你在山上睡过去了吗？"她抱怨着，为他准备晚饭。

大孩子被妈妈打了一巴掌，躲在炕角哑着声音去啼哭；小的孩子搂在妈妈的怀里。在往常，孩子们被打了，总是汪大辫子来结局，或者允许给他们打兔子；或者背着老婆从小贩宋七月那里买一个制钱两只角的落花生，领在人不见的地方，剥落了皮，看着孩子吃净了再领回来。老婆还常常要到宋七月那里去问询："大辫子又给孩子买什么啦？"

"你们的大辫子是铁铸的公鸡……从来不肯到我这里来落一根毛……你真……哎哎……"宋七月每次全是为大辫子隐瞒着。

"孩子们怎能惯着他们吃零食呢？"她也每次警告着丈夫。

"吃几个制钱的花生算什么？你总是尖嘴啄木鸟似的察看着……这孩子们得亏是你的亲生自养……不然……"他也总是憨憨地笑着这样回答。当然他对于自己的主张是存在着一种看不见的固执的，因为他是个男人。

今天他却例外地没有这样做，只是一碗一碗地把饭向嘴里送，嚼动的时候，使两面或一面的腮帮肉突起着很大的包，一动一动地像一个正在吹着唢呐的人。——唢呐的声音现在又呜呜哇哇地响叫起来了。

"为什么你连屁也不放一个，只顾吃？"

"吃完了再说——"他抬起眼睛来看一看老婆那尖出来的，比平常更显得通红的小嘴唇，又把脸投向饭碗去。特别今天他看到她嘴唇上那个黑痣，好像一个什么最使他憎恶的小动物，趴伏在那里，他要弄碎了它。

焦红的煤油灯的火焰，像一只过于尖锐的毛笔似的，从梢端上透起着一缕很苗细但是却很浓黑的烟，无疲倦地向顶棚上渲染着，虽然有时也打几个断颤。——那灯，只是一只装过洋药用的短颈的玻璃瓶做成的。

大孩子哭得疲乏了，已经摊睡在那里。当妈妈放下睡着的小孩子而后，一面剥脱大孩子的衣服，一面还哑着声音在诅咒：

"小该死的们……你们全累死了我……阎王老为什么没有眼……不把你们全叫去……全……全叫去……"

她又像一只小母鸡似的，在这炕上最温暖的地方安置好了自己的两个好像才孵生出来的鸡雏。

"你今天又到宋七月家里去过？"

"怎样？"

"不怎样……就问你去过没有？"

"去过了……"

女人自己吃着丈夫残剩下来的饭和菜，她生得那样漂亮，而吃起来却不漂亮了，吃得那样地多！

"此后……你不准再到那里去……"

"为什么呀？"女人啪——的声很重地放下了手里的筷子，

"为什么？"她眼睛静静地对向了丈夫，这使他有点吃惊了，为了掩饰这吃惊，他拿起辫子梢。

"不为什么……宋七月那小子不是好东西……他尽说你……说你和他很不错……"

汪大辫子开始玩弄着辫梢，又像一只要决斗的公牛，把那大额头故意地送在老婆的眼前，狡猾地拖下着嘴角，眼睛翻上地瞧着她的脸上的动静。

"他敢说我？"她的那平常就不很宽的脸幅，现在一冰冷下来更显得狭窄了。"好，明天我非问问这兔崽子……我扯碎他的嘴——"带着很大的响动，她收拾着家具。汪大辫子却转过脸去向着墙壁说：

"拉蛋倒吧！问又能怎样的？"他一面鉴赏着自己的脑袋被映在墙上的灯影，研究着：是割去了那条辫子顺眼些呢？还是不割去了好？思想是一只不停止的轮盘，轧转上来又轧转下去……

"不，非问个'水落石头出'不可……还是你造的鬼话，还是怎样？……如果若是你扯谎……你预备着你的嘴巴就是啦……"老婆走进走出……把家具收拾到屋外，汪大辫子忽然跳起来，响亮地拍了一下大腿，又打了下脑袋：

"我这浑蛋！……我这浑蛋！……"

他一面骂着自己，一面把药袋解开来，掏出了所有的银元和那两只小银镯：

"你看……你说我没有打到一只兔子……这比一百只兔子不值钱吗？尽顾想宋七月这王八……忘了说给你……把孩子弄起来戴上试一试……试一试……明天带他们到外祖母家去……就说这是我给孩子们特意打造的……"他几乎是一口气说完了这

串话，也忘了结巴了。

女人为了这意外的没有端绪的奇迹，她有点炫惑了。她抓起这所有的东西，安置在手掌上，送到灯边；汪大辫子也随到灯边，他期望着老婆从此以后会不再瞧不起自己了，为了这意外的获得，自己做丈夫的权威也许就建立起来了，就故意连串地咳嗽了两声，挺一挺胸，把唾沫喷儿的一声远远吐向了墙角：

"怎样啊？镯子的成色不差吧？就单看那雕工……龙像真的似的……那银元上面大头大脑的那个像就是当今的大总统……王八的……他的头比我的还小咧！……"

"你在山上遇见的什么'绺子'？"女人很简截地放下了手里的东西，两只手分撑在腰上，静静地瞧着丈夫说。

"什么'绺子''桃子'？……"

"你这东西从什么地方来的？"

"自己捡的呀！……自……己……"

"捡的？——痛快说……他们给你这些东西做什么？是不是要你给'拉线'要绑谁家的票？"她直接地拆穿了他。

"不是……他们叫我给杨三带个信……刘元那孩子也在那里咧！……镯子是他给我们孩子的……"

汪大辫子带着失败地但是忠实地说过了一切。这次他感觉到自己又失败了，他和老婆的聪明竟走起来，他只是一只蹩脚的龟，老婆却是一只灵敏的兔子！

"兔子是没耐性的东西啊！"

他虽然赞叹着老婆的聪明，同时他又蔑视着兔子没有耐性和单薄。

"男人总是屋子的梁……盖房子少掉一根椽子算什么呢？没

有梁就不成了……可是也不能少得太多了呀……太多了房子也盖不成功……"

不——最终他又结论了自己的主张：

"椽子总是搭在栋身上，而栋呢也是搭在梁身上……女人欺负点男人这是应该的……男人是梁……不要太小气了……"

他看着老婆开始察看着那镯子面上的花纹，还常常吐一点口水在那上面企图擦净留在那花纹缝际的泥污。

"这真是刘元给我们孩子的？"

"那当然不是给你的……"

她的头始终是低垂着，从侧面看起来，这使汪大辫子更感到他没有理由来反对她的美丽！

"他长得很高了吧？我做媳妇到你们家里来的时候，他还是一个孩子……他在喜车前面敲着锣……一个很好看的孩子……是不是？"她说着扬起头来看一看屋棚顶——从棚顶上垂挂着的尘土丝，正在起着微微的游荡——又看一看睡在炕头上那脸色红得要溶解的孩子们，接着说，"人真是快的呀！我们的崽全是这样大了。……刘元竟能当'马鞑子'了！"

"这孩子……已经生了小胡子……看样子比我全显得老——我的帽子哪？"

汪大辫子在各处旋转着寻找自己的帽子。小辫子已经盘到了头顶上。

"做什么去？"她问着。

"到村西杨家去——"帽子从孩子的身边被他寻到。

"你送信给杨三？"

"若不……为什么拿人家五元钱……人家的钱是提着血脑袋换来的呀！……"

"杨三不是被杨洛中的炮手们看守起来了吗？"

"那也得想个方法呀……不然他们两下闹误会了……要耽误事……"

"朱三麻子很可恶！……"她不知道为什么憎恨起朱三麻子来。

"不要紧……你把这些东西好好收拾起……"

戴好了狐皮帽，从墙上又把一只大茄子似的"腰别子"[1]挂在身上，——他准备走了。

"杨三……人倒是一个好人……就是性子不好……"

从村西飘过来的唢呐声忽然停断下去，接着是一片枪声，接着是癫狂了似的群狗的吠叫声……汪大辫子将要迈出的脚，又收了回来，命令着老婆：

"娘娘！吹灭了灯呀！"

九　杨半城

"为什么这样性子急，这早就动起手来。"

汪大辫子小心地把那个独扇的快要解了体的院门掩了又掩，自己叮咛着自己，也好像在抱怨着自己：

"什么事总是这样……人家动起手来自己才去……这叫做'雨后送伞'……聪明人总应该这样做……恐怕世界所有的

---

1. "腰别子"，即早先用火药的手枪。

人……关心别人的事总没有关心自己的亲切……只有傻子才不顾到自己……"

汪大辫子的小房子正位置在这全村最后面的山坡上，像一只被村庄遗落下的鸟蛋似的孤独地存在着。在日间就是坐在屋里的炕上看，那南面连绵不断锁链似的山岭，开阔的河滩；两扇伸展的翅膀似的凌河村……全好像为了这个小宅院而存在，它简直是控制着这周围的景物和天空。

本来他要走下去了，可是不知为什么理由走了几步他又折回来，摇一摇那时才关好的院门，向屋里哑声地叮咛着：

"你不能睡呀！听见吧？村东也有枪响了……你不能睡呀！……把那东西……懂了吗？把那东西好好藏一个地方……等我回来你再睡……"他担心那银元和手镯。

"你还没有滚吗？你这个没有快慢的牛！"

他听见老婆的骂声感到安慰了一点：

"不错，她还没有睡咧！——反正……他们已经动了手……我去也没什么用处了……万一……枪子儿可是没有眼睛的啊！……它不懂得选择人！"

走起路来他的脚好像没有平常那样准确。虽然是夜间，但这条路是他所熟悉的，他几乎记清了那路边每块石头的颜色和棱角：在每处路转弯的地方，每年增添或者是老死掉几墩马兰花……这条路也就是他的祖父、父亲和他——他是从光着身子刚一会跑路的时候，就在这条路上爬上爬下——所造成，现在他的儿子们又开始在这条路上爬着了。

"等我发了财……这条路一定教它开成一丈宽……房子要教它像一座城……"

"财"该怎样发呢？这就是大辫子所为难的了：打兔子吗？

除非一只兔子像神话似的能变成一只金的。种田吗？除非那地里所生长的粮食也变成金的。……有的时候他也把希望放在儿子们的头上，不过他知道，他的儿子即使比老子再高明些，一枪能打住两只兔子……这也不会发财。……比方像杨洛中那样的家财，即使把世界上所有的兔子全打尽，在他觉得也是不能相比的。

"还是去当胡子吧！今天夜里就随着他们去……我若是跟他们……他们也不好意思就甩下我。"

从腰带间把"腰别子"提出来，觉得自己这个家伙当胡子是要不得了。

"这家伙哪成？废物！"

刘元在日间托他捎给他家中的言语，忽然横拦在他的记忆里："……如果……你见到我的妈妈，妹妹……你就说我告诉她们，不要惦记我……我的脑袋还很好地安在我的脖子上……"

汪大辫子摸一摸自己的脖子，身子重重地起了两个寒噤！虽然这夜间并不冷，也没有风。

"有老婆有孩子的人……干这总是不相宜……拿脑袋换饭吃……究竟不如打兔子安全哪！哎！穷就穷一点吧……慢慢总会好起来的……慢慢……"

村西的枪声已经没有了，村东的枪声却增加了繁密，忽然一颗流弹擦过他的耳边，翘起来的狐皮帽的一只耳扇毛梢被烫得发出了焦腥的气味，他痴呆了半晌才吐出了一口气。

"哎！好险！"他轻轻地叫着。

不再那样挺着身子前进了，他寻到一处墙转角蹲下了身子，在决定着自己是回去呢，还是硬着胆子到村西杨家看个真实。

杨三是不是真的被救去了。——是的，他察看着用手摸得出狐皮耳扇的毛梢，确是有了一点伤痕。

"但愿他去干吧！……他为什么不去干呢？他正是那样的材料呀！除掉两颗卵子以外没零碎……他不能比我……我有老婆、孩子……"

从什么地方呢才响起了锣声。接着各样不同的枪声——尖锐的，钝重的，带着破裂味的——震响了全村。在枪声里面也杂多了人声。人在街上跑着的脚步开始集合着，全向村东奔过去了。他觉得自己躲在这里也许人们会当一只狗或是一个胡子把自己射死，这是冤枉的。于是从腰里把"腰别子"提出来兴奋地向空中放了一下。

"噢！药袋忘带出来了！就这样吧，反正这样家伙也没有什么用。"

他并不奔村东，却逆着跑过的人向村西去。一边走着为的要使别人听出是自己的声音来，便和无论什么人酬答着：

"要当心啊！夜里可不是玩的呀！"

人们有的回答他，有的还同日间一样和他玩笑：

"大辫子……你怎么也滚出来啦？小心你的老婆不要教人背走了！……"

人渐渐全过尽了，村东腾起来的火焰也越来越高，像几千条赤红色的不统一的伸伸缩缩的尖刀，绞着烟柱，贯向天空。从方位上判断，他知道这必定是杨洛中家的大柴垛着了焚烧。

平常那柴垛的就近总是有人日夜巡回地看守着，每个柴垛全相同一座小山丘，为了长年堆积在那里，在夏天，上面全生起了草的绒毛。其中最老的柴垛，因了腐朽，已经显得低矬，在一面角落上开始有了坍塌。

"如果全接连起来……要烧半个月哪！"

汪大辫子记得小的时候随着祖父、父亲，担着柴担到这来送柴。那是秋天，所有杨洛中家中的地户全应该按着应缴的数目，把柴租缴上来。杨洛中的父亲杨半城，白着胡子，常常是整日地坐在柴场里不放松地看着；指点着怎样搭垛，怎样垛法才不至于多流进雨水，或是垛的顶盖才不至于被风吹翻。如果他发现不忠实的佃户们把柴捆扎得过于细了，他就会把那柴捆单独地提拎在手里说："兄弟……这柴捆为什么捆得这样粗呀？哈！哈！哈！……"他这样大笑几乎震响着全个的柴场，要使所有无论来送柴的人，还是正在唱着数目堆叠柴垛的人们，总要向你看过来，接着他们也要大笑。这笑会使你的脸变得红紫，你忘了用以解释或是辩白的言语，你会像痰涌塞了喉咙似的向他说：

"老东家……这不是故意的呀！过年秋天再补报你……"

当你这样说完，他照例还要响亮地大笑，并且铜铃似的震荡着他的声音说：

"这算什么呀？即使你把所应缴的柴全不给我……算什么呀！……我们是老乡邻……我不过是要从一点小事上品验品验人的心！"

汪大辫子记得他的祖父就是这样被杨半城试验过"心"的人。他记得那时候祖父的胡子比杨半城的胡子还要多、还要白，只是祖父的脸是黑的、紫的，祖父的眼睛是暗的，手臂上的脉管是显露的，没有穿着鞋子。

"这一回可全完了！"

这不是怀着惋惜，也不是欢喜，很奇妙地，汪大辫子竟这样叹息了一声。路旁一些门内的狗向他打着空吠，他准备了一块石头在左手，右手把"腰别子"倒提着，这样他觉得即使狗窜出来，用枪的尾巴也可以敲它们回去，至于石头那可以作镖枪用。

村东的枪声虽然很繁密，但是好像越来越远了，他回头看一看那腾起来的火焰，却更高拔起来，宁静地照红了所有的村庄，那河滩和南山的雪也被这颜色烘染着了。

天东那片残破的月亮更显得寒酸而孤僻地升起来了——锣声，孩子们的哭声，狗的吠叫……从每家的窗上才显出了焦红的灯光：

"那是大辫子吗？你怎么不去救火呢？向哪里跑？……他们有多少人呀？"

"喂！……那是大辫子吗？告诉我们……"

"告诉我们……"

从各处的墙头上露着各样的脸向他询问着。好像他们全害着热病，希望着水似的等待着他的回答。

"我怎么知道？——"

"你不是从那里来的吗？"

"……"

平常他虽然从不肯使别人的话浪费在空气里，今天他却觉得有点厌烦。他使脸低下去，想要不使别人认出，可是别人从那狐皮帽，从那特殊的脑袋，从那走路左右摇摆短胖的身子，……人总是能喊得出他的名字！

"喂！大辫子……你个活王八……为什么把头低下去啊？告诉我们……"

谁在骂他是"王八"呢？这使他激恼了——停止住了脚步：

"骂人的是哪一个，狗，狗，狗崽子？……把你的头露

071

出来！——"

墙里面只是一阵咭咭咯咯的笑声，并没有人回答，他把左手里准备打狗的石头，便向这笑声起来的方向抛过去，里面有人叫了！

"好！大辫子，你要想下死手打人吗？好，我们明天见……"

接着那块原有的石头也抛了出来，但这却不像认真地在抛他，石头超开他那样地远——他听清了这是宋七月的兄弟八月的声音，但他却不再停留和争辩，急急地走开去。

"那是一座城啊！"

由于大辫子在一切关于宋八月的联想过了以后，当他已停止在春二奶奶的门前，他又把思想拉到杨洛中的宅院，在他幼年的记忆中，那座城——虽然那时候他还没有见过"城"——除开秋天随着自己老人们缴粮缴柴以外，他单独地从来是没有进去过的机会。

"那真是一座城！"

当他后来长大见了"城"以后，他更觉得那宅院真的像一座城了，只是太小了一些。这春二奶奶也是从那座城里分流出来的，为了他看不起那城的主人们——没有高贵血液的商人和地主。

一〇　火场上

老林青坐在屋子一个角落里，看着炕上自己的老婆和女儿，她们是酬答着似的在抽噎着。这时候他很愿意把放在她们母女之间的那盏小煤油灯熄灭，使这整个的屋子完全绝了光亮倒使他安宁。他很久地坐在那里，虽然外面是怎样地奔腾：人声，枪声，锣声，以至于把这里的天全染成了红色从村东升腾起来的火焰……也扰乱不了他。这些意外的事，在他看起来全好像应该似的，全好像早就安排下的节目，没有什么可惊或稀奇。

杨三打倒了春二奶奶，当时他虽然似乎遭了一次震动，可是很快这震动的波就平息下去了：

"人总是要死的。怎么死全是一样！"

他把女儿错给了这样人家，他也并不太追悔，女儿和老婆一埋怨到他，他也不回驳，也许是拉着胡琴自己唱着，也许就这样说：

"月亮不能常常圆；也不能常常缺……有了缺陷的事情想法补上它就完了，比方我的胡琴弦断了我就接上它，到实在不能接了的时候，我就扔掉它，换一根新的……为什么总是搂着那根接不上的旧弦哭呢？……真奇怪！"

杨三爱了自己的女儿，他也是鼓励着杨三和自己的女儿：

"那个痨病的人死了……也是应该的……你们不要为了他，使你们的情义遭了阻碍呀！……"

杨三被胡子们拉去入了伙，他也还是劝着女儿：

"为什么要哭呢？他有那样好的枪法；那样的气力和胆量，又是那样地年轻……为什么不该去耍一耍呢？你想教他一辈子在田里像龟似的爬来爬去吗？还是等着别人把他好好地送进监狱里头去，像没有用的粪料似的在那里一直堆到死？还是……这总比当炮手高超些……你不要梦想着他会和你过一辈子呀！……你知道，明天他就应该送走了……我们这凌河村是爱好汉的……他如若不是这样……我们就看不起他啦……"

"他怎能再回来呢？"

"怎么不能回来呢？要回来他就可以回来。人不是不会喘气的山——为了你，他总会回来的。"

女儿虽然信任了他，他却不信了自己：

"公然地回来，杨洛中可以随时送他到牢狱里去，或者派炮手打死他，除非杨三当了兵，或是做了军官，但他是反对做炮手也反对当兵的啦！"林青近乎绝望和忧愁地想着。

如今他不再想去解劝女儿，反正待她哭到没有趣味的时候自己就会停止了。他只是不想再把这景象看下去，他来到女儿头前把她那一半垂流到地上的头发拾起来向外祖母说：

"你是做妈妈的，年岁也不小了，还在帮腔着女儿哭？——把这头发给她挽起来。"

又来到婴儿的旁边，婴儿却只是睡。他动一动那小耳朵，捏一捏小鼻子，暗暗地叹息了一声，就踱出门来。本想要到停放祖母尸首的屋子里看一看井泉龙和杨五爷，不过他又实在不爱听他们各自诉说着已经说过一千遍的关于自己的光荣。

尸首正停放在对屋的地当中一条长凳上面。一盏豆油灯准备要熄灭的样子勉强地照拂着这尸身和墙壁上没有什么变更的画像——轮廓全是那样暗暗的。祖母的真正的尸身不存在了，存在那长凳上面的好像只是几件衣服叠凑成的人形。

井泉龙还是没有疲倦地在讲谈着什么。也许过多喝了烧酒，讲谈时候的声音多是不正确，语句也是没有秩序地时断时续。

"杨五爷……虽然你没有我的岁数大，若论力气和胆量……你可真不行……这村中的小伙子们全放在一起……他们之中也得挑挑拣拣……杨三这孩子虽然还够一块料……就是太勾女人们的劲了……不然……其余的……真的……我总是不服老……

别看胡子白……"

杨五爷总是很有礼貌地答应着。只要提到杨氏族中的边栏，更是关于光荣一方面的，他总要亲切地为井泉龙斟一杯酒，笑着催促他说：

"讲下去呀！……真是……这村中谁有你经见得多呀？……比方我们杨家……"

林青不再听下去，他要到院外去看一看。朱三麻子的尸体已经有点僵硬起来，村东的红光似乎有些减弱下去；枪声没有了，从大路上和平常一样，驼铃的响声和着车夫们的吼叫声又交杂地响起……

接近早晨的风有点尖锐了，林青放下帽子耳扇，独自沿着崖边的道路向村东走过去，他听见每辆载粮大车上的人畅快地响亮着声音：

"杨半城的家里着了火啦吗？"

"除非那里，哪里着火会有这样大的火焰？……"

牲口们不断地吹响着鼻子，鞭子就更响亮地在空中盘旋，车轮在冻结的道路上更加张狂地滚动着了。

粮车过尽了，接着一个不甚高大的人影，左右加速摇摆地从后面向他奔过来——道路是愈来愈显得真切和苍白！

"林老叔……等一等我……"

林青听清了这带点沙哑的声音是汪大辫子，他停止住。

"你也要去火场吗？"

"我要同你一块走走……杨三怎么样了？"

"杨三？……跟他们去了——"

"开枪了吗？——对啦，一定开枪了……我在家里听见了枪声……伤人没有？"

"朱三麻子被他们打死了……因为这不知死活的狗崽仔他先开了枪……"

"看见刘元了吧？……"汪大辫子觉得自己这话说得不对了，很快地他就更正着，"我想刘元也许在这一伙里？不吗？你没有看见？"

"也许是在这里面？我只是抱着那孩子……我怕流弹伤了他……小生命才到这世上……怎好就完结了呢？——他们是在窗外开起火来的。"

汪大辫子安心了。他测知林青并没有注意到自己把话说错了——他第二句话是为了弥补第一句话的错误而说的，他可以显得和这件事毫没有关联。他又在庆幸着自己是聪明。但当他一想到自己没有把消息给带到，白白拿了人家的五元钱……如果一天再遇到这群人，那个老猿猴也许会给他一枪，可是他又寻找理由在心里为自己辩解着：

"五元钱在他们算得什么呢？他们是不在乎钱的……只是他们会说我是个骗子……也许不要紧的……他们也许会体谅我……我是一个有老婆有孩子的人哪！……还有杨三和刘元他们……大家全是怪不错的……怎好意思呢？……此后少去打兔子就是了……"

他的思想变成一条绳，自己重重叠叠地结起来，又解开，解开又不妥，又结起来……还有……明天我见到刘元的妈妈该怎么说呢？我能说见到他们吗？那会担嫌疑的呀！

那两只小镯变成几多副看不见的镣铐了。他很后悔为什么自己要把这镣铐甘心地镣铐起自己呢？他又想到：如果刘元一旦落了网，官军向他索要赃物用刑拷打的时候，也许把自己招供出来，为了这副小手镯，自己也许同刘元一样去被砍头——

他又想起朱三麻子曾说过，现在杀人不同有皇上时代用刀砍了，用枪毙。枪毙也许比刀砍要好一点，还能落个完全的尸首，不过他觉得那也不很妙……脑袋弄个大窟窿，据说有时候天灵盖也许给撞碎了，飞了。……在他手下曾经死过的千百个兔子，他看见那些小东西们千百种死的样子……他也见过村中一个曾经同胡子一样地被绑上过刑场的人；胡子们被一个一个地把脑袋滚落在地上了，而那个人——陪绑的——他却被放了回来。从那个时候起，那个人的脸就一直苍白到现在，行路的脚总是那样沉重而又显着软颤地离不开地面，时时有被一块很小的石子或是一点点突起的小土丘绊倒的危险；眼睛总是不转动没有光亮地盯视着远方……

"管他吧！……反正我不能把那银元塞到冰窟里去，更是那小手镯……我怎能呢？……"

孩子的小手腕一出现在他的眼前，他会把什么全遗忘了！无论是村中那个苍白的曾经陪过绑的人，还是那个老猴儿精似的当家的海交，连自己这是去做什么，几乎全忘了。

"这个老'乐天鬼'？"

汪大辫子知道林青也有过儿子，被某一年从这村庄经过的军队给拐带走了。走了以后他给他的老子来过一封信说：他要去当兵了，等当了大官，骑着大马才能回家，像村中别的当了官的人回家一样，要有枪背在肩头上……几多年月过去了，儿子就再没了音信，也没回来过一次。全村中忘了林青的儿子，似乎林青自己也忘了，有时候人们提到他的女儿四姑娘偶然也提到儿子：

"你的儿子还是没有信？"

"也许将来会有信的……"林青总是这样回答着任什么人。

但他这样回答以后，他总要借着一个缘故，或是趁着别人正笑叫得什么也不存在的时候，悄悄地溜开这人群。在行不到几丈远的地方，人会发觉他那平常快乐的昂扬着的小脑袋，就轻缓地勾垂下去，脚步也游游离离，无论谁也不能再把他叫转回来。——现在汪大辫子发现林青走路的姿势正和那情景相同，他更凑近一点挨到了林青身边，这样好像感到了一点缓和！

"老叔……你想着什么呀？"汪大辫子没话寻话地问着林青。

"想什么？老年人所想的……也许常常不和你们一样——今天早晨真很冷！这早你掖上了枪，要到山上打兔子吗？不对，这不是打兔子的枪！你也要到火场去？"

"对了——"汪大辫子回答着，神不守身地点了点那大脑袋。

"这回烧得一定很苦！还好，这是他们，若是穷人家……就完了！"林青冷淡地说着。

"穷人家能有这样多这样大的柴垛吗？那就万不会烧得这样凶！"同样，汪大辫子也没什么感情上的关联。

天色已经完全透明，太阳森凉地显得过度畏缩地从山东开始升起，人家的屋檐上、墙头上像散布了一层精盐似的漫盖着霜；每条树枝上也好像昨夜谁给黏结好了一条条白色的绒毛。汪大辫子发现林青的胡子也结满了雪霜和冰条：

"你的胡子结了冰啦！"

"只要天冷一点……它总是先结冰的，每年是这样——噢！你的狐皮帽也结了霜了！可见这也不是真正火狐皮。"林青笑着嘲弄地望了望大辫子头上那狐皮帽。

"这是人嘴上呼出来的气……这不能和雪比……火狐皮我

说是不落雪，可是它也能挂霜……”大辫子为自己的狐皮帽作辩解。

为的要消灭这霜雪的痕迹，他顾不得这早晨刀割似的寒冷，从头上毫无犹豫地把帽子取下来，用手指在那结着霜雪的毛梢上搔扒着。如果那霜雪黏结得过于坚实，几至把那毛梢连成一片，他便捧到嘴前用哈气来融解它……一直到完全没了一点霜雪，他才安心地戴在头上，这回简直使那帽耳扇和耳朵绝了缘，一直耸向上面。可是过不到一刻的工夫，那曾经被哈气所温暖过的毛梢，又开始结挂着新的霜雪了，但这回大辫子却完全信任地不再去管它。

林青同他一面走着一面观察着大辫子这些奇妙的动作，他带点酸味地笑了！同时把自己帽子的耳扇却更努力使毛梢贴到耳朵，直到不能够再贴时为止，还在这样为自己下着解释：

“大辫子俭省他的帽子是为了他的儿孙；我为了谁呢？女儿吗？女儿是用不到这个的……”

一一　杨洛中

火场上，还在杂乱地走转着人群，还有人在用水浇泼着。浇水人的棉衣上全部浸湿，有的在积水多的部分，明亮地，仍然闪着甲胄似的明冰！每一桶水泼到那庞大的灰堆上面，除开轻微地激起一些和着灰屑腾飞的烟旋以外，那灰堆完全是傲慢，该燃烧的地方还是自由自在地在燃烧……

杨洛中也出现了，他是出现在他的一些横着枪的炮手们的围绕中。他在指画和讲说着什么呢？还不能听清，在林青的眼中看来，杨洛中的下巴较起平常似乎更增长了；他的身材是出众地昂高，再加上头上盔形的貉皮大帽，这使他成了人群中的塔。不过这塔的背脊，却明显地有了弯曲。

"他还在那里讲啦！他们没能架走了他？"汪大辫子悄声地向林青说着，后者却没什么表情。

汪大辫子为什么会这样拘束起来了呢，他紧紧地靠近了林青，同时好像企图把身子再缩短一点，使自己的肩头和这小老人的肩头拉齐，不，简直最好再低下去一点，像一个乡村的孩子，初次到了一个陌生的城市，寸步不离地跟定他的引路者。虽然这地方并不是大辫子第一次来，但这辽阔的大柴栏——对面的围墙，辽远得相同一条墨色的线——立刻要使自己感到的一种不可把握的虚悬，充实不起来，他只有用这小老人来支持着。如果这小老人一离开，他会如一个初学航海者，舵柄不知道该怎样扭转和向哪一面了。林青看起来却似完全泰然，他好像一个吃了晚饭踱步在自己的庭院里的主人，他并不奔向正浇着水或是杨洛中所堆集着人的地方，却先到火焰正烧得好的地方，把自己的胡须上的冰霜融解着：

"呐！这倒变成你烤胡子的地方了！——烧得好苦啊！"

汪大辫子发出喟叹！他用眼睛试验着把这柴栏的四周总检阅了一番，如果这些柴垛存在着的时候，他永远也不容易从这面的围墙毫无阻碍地看到对面的围墙：

"还是座城啊！"

每个大灰堆相同埃及的"金字塔"似的在广大的沙原上规整地排列着。只是这些塔尖却不停地喷绞着灰烬和烟火……这应该是还没有完全熄灭的火山口。

"走，我们到那面去看看，听听这位东家爷在吩咐什么？——这用不到你犯愁吧？不忙，这柴垛不久就会再堆起来的，也许还能再多再大些；也许……喂！嗅到了吧？一些毛腥味！"

汪大辫子疑心着自己的狐皮帽也许被迸上了火星，他急速地取下来，焦灼地察看着。狐皮帽是完好的，毛梢上面凝结的霜雪已经完全脱落。

"好险！我以为是我的帽子着了火哪！"

"啖！看这里——"

那是一些烧焦了的山药似的死鼠似的东西。

"这是些耗子吗？"大辫子用脚尖拨弄着，同时用手捏紧了鼻头，"好难受的气味呀！"

"这一定是些黄鼠狼，耗子怎能有这样大，保不准狐狸也许要烧死几十条……年代一久远了，什么全要在这个地方弄一个安全的家！"

"黄鼠狼的皮也比兔儿皮值钱多了！如果再有狐狸……那真是……"插在腰间的"腰别子"被汪大辫子遗忘了，提起了狐狸，他才想起了它，用手重新向腰带下掖了掖，有点不好意思似的笑着说，"早知道这里的狐狸全烧死，先让我进来打净了该多么好！现在全白搭了；不怪说他们有钱的人不懂交情……"

他又不说下去了。他想起来这"不懂交情"的话是海交说过的，在他说起来是不方便的。可是他察看出林青对于他这句话，也相同自己平常说的话样，对于这小老人并不曾激起一点什么不同的波澜。

"你想得真是妙啊！大辫子，无怪人全说你比一头懂得什么时候下雨的龟全聪明！"

"林老叔……你不应该和我开玩笑呀？你是长辈！"汪大辫子认真地提出抗议了，大眼睛圆了起来。

"这是别人说你的呀！龟又有什么不如人的地方呢？它一样也是天生的种子……你觉得你是用两只脚走路不用四只脚爬吗？你觉得你和别人也不同……是不是？全是一样的……全是一样的……连一只兔子也是和你相同的……它一样有活着的权利……只是在自己的群里总想要表示自己的聪明和高贵的东西们……他应该死去！……像这些被烧死的黄鼠狼似的死了吧……"他用一只脚尖厌恶地把那些烧焦了的小动物们的尸体触动了一下。

林青说起话来的声音，正相同他拉起的胡琴，没有人能够截断或是阻碍它，要一直任着它自己的流走，到它自己不乐意流下去时为止。从他的话里，人常常要挑选出自己所不明白的话句，事后来考问他这话是什么意思呀？你又不是一个巫婆……说起话来总是不合于我们这样人……我们是庄稼人，无论什么话应该一说就懂！

"当然喽！比方我说'吃饭''睡觉'……不用我说你就懂啦！单单懂得这个算什么呢？一只猪……它们也懂得这些……我总觉得人儿应该懂得点别的……做点别的……不过我不知道应该懂得什么，做点什么……怎样懂，还是怎样做？……"

在他皱起的小额头，鼻子尖着，眼睛带着苦味地祈求似的看着每个人，或是远方的天空和山岭为人们解释着的时候，人们又要用诙谐的言语把这情景混淆开：

"你懂得很多了啦！拉胡琴……吃酒……把女儿给了那样人家……你……"

一到这样的时候，林青总是用沉默或是胡琴回答嘲弄着他的人们。

大辫子的聪明在林青的面前照例是没有用的，他只有巧妙地滑过去，没有敬意地扯一扯林青的袖子说：

"留着你的话到家里去说吧！——我们过去。"

当他们插进这人群的墙壁，杨洛中的声音带着沙味地正在震响着：

"……邻居们……应该多谢呀！我们家摊了事……你们全来了……我是有眼睛有心的人……今年我的地租减一成收！……这些'马鞑子'们……我必定要有办法的！……他们烧了我这点柴垛算什么呢？只要明年……它们还会照样地堆起来……他们打死了我的炮手这是活鲜鲜的人命啦！我不能不管这人命！我……"

他抖抖身上宽大的狐皮袍，又使那长的袖头甩摆了一下而后提起来，使两只袖口对好，两只手在这对好的袖口里面对握起来，这样两条臂膊便形成一个环，很自然地垂下着；像一只枭鸟似的拱起了肩背，缓缓地开合着那眼睑过于沉重，眼尾过于拖长，山猪似的大眼睛。这眼睛每一开合时总是向围绕着他的人群，显得像似不专心和不经意的样子注视一下每个人的脸。当人们的眼光和这阴森的带着深沉和狞猛意味的眼光一接触，人们会预感到一只不祥的鸟儿，也许会在什么时候到自己的头上来筑它们的窠巢吧！

"他不会疑心到我会和这件事有什么勾结吧？可是我是认识杨三的呀，我为什么要认识这个痞子呢？不，这凌河村的人应该全认识他……"

"……我说过的呀……杨三绝不是善良的人，如果他不是我的族中……我早会处置了他……"杨洛中这里终于也提到了杨三。

胆小一些的人开始从人环的前面退向了后面，到了后面在人不注意到自己的时候便溜回了家，他们以为只要一来到自己的家里便像什么全安全了。

——还是蹲在自己家里的炕上吧！常常喜欢飞出巢的鸟；走出洞的熊……总是不祥的。

"喂！向他们说一声……没有烧尽的……就任性教它们烧吧！不用浇水了……但愿这天没有风……"杨洛中指挥他的一个炮手命令着，同时他又似乎是忍痛地看着那正在燃烧的灰堆接了说，"但愿没有风……"

因了人们一个接着一个地全回了自己的家，站在最后面的低矬的林青和汪大辫子便渐渐地被显现出来了。他们很想知道杨洛中怎样对付杨三这一伙人，他们贪恋地留在这里，更是汪大辫子。

"他也许去请调官兵吧？我看，他一定要请调官兵！"汪大辫子起始表示着自己的见解向林青悄悄地征求着意见。他又怕自己的意见完全正确了，而让别人参加进自己的聪明来，接着他又肯定了一句："我想，一定要请调官兵的，不吗？你说不吗？"他用手肘拐了一下林青。

林青只是不加可否地微笑着轻轻地点着他那小脑袋，并不说什么，这使汪大辫子又感到虚悬了："你为什么哑了呀？时才你还是像一只百灵鸟似的咭咭呱呱叫着的啦……"他又问着，同时眼睛一直没离开那杨洛中。

"为什么要浪费这些话呢？这是一定的，官兵是比他们的狗还容易使唤的……不过……"

"他们也要像一只狗似的嗅着每个人吗？拣着有一点气味的

人就拖了去？比方我们全是和杨三认识的……"

"在前清……有的犯了罪要祸灭九族……连邻居也要在内……那是说有皇上的时候如果犯了逆天的罪——就是说要造反——现在改了'民国'了，也许不再灭九族了……不过我想……只是想造反……无论有皇上还是没有皇上的国家……总要把这造反的人好歹弄死吧？这是我想。……杨三他们这算什么呢？打死的人……也是应该死的时候了，在前清杨三也许被剐了……现在至多是枪毙！烧了一个人家的柴垛；打死一个炮手……至多是一个强盗罪……这算什么？这又不是造反！……"

林青的议论也和他的胡琴一样，总是被人们欢喜接待着。他这虽然是在向汪大辫子一个人解释，别人却遭了吸引，同时谁就不再去听取杨洛中那沙嗓的每次全使人感到寒栗的声音。

"喂！林青！你又在讲着公道是不是？"

突然地，杨洛中摇摆着大皮袍，像一摊黑色的云似的移向了林青的身边来。

"公道，是什么时候全应该讲的。"林青装作谦逊的样子笑了一下这样回答了。

林青和杨洛中这个巨人对比起来，是显得更不成形了，但他却像一枚发着光的钉似的立在那里微笑着，并不再看移近他的人，又继续着他和别人的说话。这使汪大辫子有点迷茫了，他想：

"这小老头是怎样了啊？为什么他今天会这样蒺藜似的突出来这样多的尖刺啊？他要怎样呢？他平常并不这样。看啊，杨洛中向他笑了，这绝不是善良的笑！看那臃肿的满是蜂窝孔的肉鼻子，拉长的下巴……全由黑而变紫了！……他们也许会怎样呢？会争吵起来？……会？……"

他把狐皮帽更紧一点地向头上按了按，轻轻地向后面移动着脚步，使身子完全和这人群脱离关系，以便自己无论什么时候要溜走，不致被什么所障碍了。

"公道，是什么时候全应该讲的！"听凭杨洛中怎样向他变换地说着杨三，老林青却只管笑着，咬紧这一句话。

在人们喧笑的声中，井泉龙的白胡子从门口被人们发现了，他一面还是拿不稳自己的脚步，一面像这冬天早晨似的朝味地大笑着，手还不停地在指指点点，错乱地向天空划着弧形……

"喂！去拦住他，这个老妖魔——"杨洛中命令着他的炮手。一个炮手斜出了人群，奔向井泉龙去的方向。明显地从走起路来看，那个炮手并不比井泉龙显得怎样年轻，他是那样吃力地在追赶。林青猜得出井泉龙是吃醉了，为了他和杨五爷看守着春二奶奶尸身，他整给他们预备了二斤高粱酒。

"这老家伙跑到这里来做什么？你看，他不肯听那炮手的话，他要抢炮手的枪咧！……他……"

林青低声地向汪大辫子说着，一面也还不放松地看着井泉龙和那个炮手在扭摆。井泉龙的白胡子像马的鬃毛似的，一刻被风飘到这个肩头；一刻飘到那个肩头……停止在这边的杨洛中似乎感到侮辱了，他骂着炮手：

"你们这些人全有什么用呢？连一个那样老的家伙全制伏不了？"

炮手中有的涨红了脸，不等待主人吩咐，就自己飞奔过去。

井泉龙卷了卷那长胡子说：

"小伙子们……你们应该再来两个呀！看一看你们老英雄的

本领吧！"

新加入的炮手并不言语，只是擒住了井泉龙一条臂膊便拖；别一个炮手便拖着那一条。

林青来了，正站在井泉龙的前边，他向两个炮手说：

"你们应该放开他，他大约是酒吃得过多了。"

"我不管……东家要我们来拖他……我们就来拖他……不怕东家教我们用枪就地打死他……我们也就这样办！……'吃谁饭服谁管。'……反正摊了人命也有东家担……"

"那么你们先等一等拖……我到你们东家那里去说……如果不准……那时再说……"

这时井泉龙的酒也有点发作了，他声音不清晰地唤着林老头的名字，也在骂着杨洛中他的爸爸："杨半城怎养了你这样一个豺狼儿子呀？你要咬死全凌河村的人吗？你……"

汪大辫子不敢挨近来，只是在林青身后保持着相当的距离在跟随，时时还把眼睛溜瞟着杨洛中的眼睛对他是不是有了猜疑？一次，杨洛中的眼睛忽然在他的脸上停留下来，这使他的心脏感到一种寒冷，他不知道自己应该怎样动作了，自己的眼睛应该看着天，还是应该看着地？把一只手移到腰里的"腰别子"的柄手上，又拿下来……觉得这也是不妥，最终还是杨洛中把眼睛离开——他才算得到点安宁。现在他要和林青躲离开点，他和林青挨得过近，杨洛中也许又要疑心上他，但自己又不甘心离开这里，他看着井泉龙那样和炮手们扭摆，一刻，真的杨洛中怒起来——他想——也许会把所有的炮手全派出来，那是可以随便把那老头子抬到什么地方去的了。

"喂！你不能教你的炮手像个强盗似的拖拽那个老头子呀！"林青向杨洛中抗议着。

"他是要跳火堆里的啦！"杨洛中勉强地装作善意而宽大的样子回答着林青。

"那么，把你的炮手叫开来，我会叫他不向火堆里跑——"

"那么，就看你的——喂！你们放下他，回来……"杨洛中命令着炮手们。

"起来……回家去吧，到里头去看什么！除开灰……"

"你可说得好……怎能不看看呢？这烧的柴全是我们一捆一捆送来的……不是他自己种的……我比他，"——他指着杨洛中站着的方向——"要心疼啊！"井泉龙他要到杨洛中近边去，要林青扶起他："来，老兄弟扶一扶我。"

"你去做什么？还是我们一同回家吧。"林青吃力地认真地来扶跌倒的井泉龙。

"不，我要问问他，为什么叫炮手像拖疯狗似的拖拉我？一个不足还两个……"

"他们怕你跑进了火堆。"

"我为什么要向火堆里跑呢？我并没有活够……我怎能教火堆半路上埋了我？……我还要留着我的眼睛看哪！啊！如今也被我看到了……这是杨半城的族中，他的家……也出了这样的事情！……只要你多活几年……我就看得要更多了……"

好容易林青把他扶起来，在井泉龙说话的时候舌头全是那样不灵活，身子摆摆晃晃，但是他并没有忘了要到杨洛中站着的地方去。看得出杨洛中的样子似乎要回到自己的宅院里去了，他听见了井泉龙的吆喝，又停止下。

"你的炮手是防备强盗的，你怎么用他们拉扯你的老邻居！嗯？我自己走来了，你有什么话好说吧！"

"我派炮手拉你，那是怕你乱窜到火堆里去……"杨洛中透力地压制着自己的愤怒。

"你不能这样说……我不比你年龄小……看看我们的胡子……"

井泉龙捞起自己胡子，更走近了杨洛中，可是炮手们却拦开了他：

"去，这老家伙今天是发了疯吗？"

"我没有疯！……只有你们东家才发了疯！……他把他族中的人逼着去当'马鞑子'准备将来砍脑袋，好报他的私仇……"

"他烧了我的这些柴垛也是我逼他的吗？你一定是和杨三有牵连……"杨洛中终于有些激恼起来，加紧地抖甩着他的长袖子，增加着他说话的语势。

太阳升起来，在火场上几乎显不到它的光和势——较远的柴垛还是没有停止地在燃烧。杨洛中已经禁止了人向上面再泼水，他知道那是没有用的，并且就近的几口井里面的水已经干涸了。

村中的人们越来越多了，也夹杂着女人们和孩子。他们平常是不容易到这地方来的。

"你逼着活人去当强盗……还说别人有牵连吗？你去到衙门请兵吧……就说杨三他们烧了你的柴垛是我拉的'线'……人活到我这样的岁数，胡子有这样长……这样白，还怕什么呀？"井泉龙大叫着，挣扎地要赶向杨洛中这面来，人们拦阻着他，推拥着他出了这柴栏的门；杨洛中也在炮手们围绕中走向自己的宅院去了。

村西的唢呐和大鼓的声音又响起来。林青他不能再在这里逗留，他应该回去准备春二奶奶下葬的事情。那里虽然是有人，但全是不中用的，那杨五爷除开用胡梳顺理他的胡子和讲述杨氏门中的光荣以外，是再不会做别的事情了。

"怎么？——还没有哭够啊？"林青走进屋子来，四姑娘几乎是没有改变姿势，头发又垂到枕头的四周在抽咽着；妈妈没有言语，只是用手摸一摸女儿这里，又摸一摸那里。林青看一看孩子，孩子也是没有什么改变，像一条红色的虫似的睡着。他又到了停放着祖母尸身的屋里。

"你还在这里？"他向睡在炕上的杨五爷说。

"啊！怎样了呀！——你到火场上去过啦？"说话的时候，他急忙地拾起挂在胸前的银胡梳。

"烧得苦是很苦……不过在那样人家……也算不了什么——并老头喝了多少酒？"

"你给预备的酒我只喝了两盅……看……这还有半盅没喝完……"杨五爷端起自己的酒杯证明着给林青看。

"怪不得呐！……他竟到那里去耍酒疯！"

"你在哪里遇到他？"

"火场上。"

"他到火场上去做什么？"

"他要向火堆里钻！"林青尖声地大笑起来。

"这老家伙活得不耐烦了——春二奶奶的尸身今天下葬吧？"杨五爷看看睡在长凳上的尸身接着说，"不知道我们的洛中同意不？依我说……凶手已经跑了做了'马鞑子'……尸首放着还有什么用呢？"

林青沉默了一刻接着说：

"你管谁同意不同意，今天午间一定要安葬——我就通知帮忙的人们，准备抬杠和绳索……趁着现在太阳还好……"

"坟坑挖好了吗？——还是得通知我们洛中一声吧？得到他

的许可总是要好一点……"

"我会派一个人说给他……我知道说给他他也不能来……更不必说到坟地上去……"

"这是诚然的……他不比我们……"杨五爷点着尖尖的小脑袋，正用那银胡梳慢条斯理地整理菱角似的白胡子……

林青感觉到杨五爷又要说到别的了，他离开了他说：

"你——杨五爷——还是在这里吧，你既不能抬杠，也不能挖坑……"

林青去了，余下了杨五爷自己，他把酒杯中还剩的那半杯酒也狠着心肠喝了；即使有人走进来，他也还是围着那放着尸身的长凳转走。一刻，又看看那墙上悬的画像，用手动动正供在香炉后面的那包着圣旨和谱牒的包袱……他想着这些东西该怎样办呢？他也曾想要把这些东西移到自己的家里去供奉起。可是当老林青走进来，他是那样轻易地就把这些东西卷作了一个团卷，放在了死者的头下！

"这全殉她的葬吧！对于别人是没有用的。"

"那将来要和人的尸首一同腐烂了呀！"杨五爷怀着深深的惋惜，眼睛盯着那被团卷得变了形的小包袱。

"你可惜它们么？那你就留起来——"林青从死者的头下又把那个团卷掏出来。

"不，让它一同殉葬吧！我为什么要这些呢？她的鬼魂会怪罪我！"杨五爷退后了一步，用拿着银胡梳的小手摇摆地拒绝着。

林青微笑着，又把那团卷塞向了那尸身的脖子底。

一二　葬

　　安葬的时候，汪大辫子、宋七月……也全来了。他们一部分人抬着朱三麻子；一部分人抬着春二奶奶。

　　这里没有人哭泣和号啕，有的只是人们相互笑谑的声音，有时候也向棺材里面的尸身笑谑着：

　　"三麻子，你放轻一点啊！你再这样沉，我们就把你放在这里，不向坟地抬你了……"

　　前面叫着，后面也叫着：

　　"二奶奶……怎样啊？这不如坐羊拉车舒服吧？"

　　走在后面的老林青和杨五爷，每人手里提一壶高粱酒；一个手里还拿着一些纸箔。

　　"人是什么呢？生了死，死了生……我们今天来送这两人的葬……恐怕不久我们也要被送了！"

　　杨五爷忽然发了感慨，把一只手里的东西交到另一只手里，用胡梳把被风错乱了位置的胡须归顺过来，瞧着林青说。

　　"这有什么呢？旧的不去，新的不来……我们若不死……小孩子怎能会长出来呢？比方我的外甥，那就总也不会被我看到了……人还是应该这样才对……像凌河的水似的，流啊，流啊……新浪换旧浪……"

　　"人谁全愿意长寿！"

　　"依着人的愿意还有完？依着你愿意，还想要你们杨家富贵长在……你们春二奶奶愿意皇上长在……我愿意我的儿子不去当兵……人把这个满足了，他的新的'愿意'又生出来了……人只有在这满足不了的愿意里面，生活得才有力气呢！比方我的胡琴，无论别人听了说怎样不错，可是它并没有真正满足我……这不像你对你的胡子和你的银胡梳那样容易满足……"

"人吃饱了肚子，他横竖是不想再吃了。"杨五爷勉强地寻到这样一句话，想要斩断林青这开河口似的议论。

"吃饱了他还会饿呀？"林青狡猾地笑着回驳过来。

杨五爷再没有言语能回答林青了。

墓穴是在一处山坳里，这是杨家祖坟的葬地。朱三麻子当然不能埋在这里面，他被埋在坟地外一块田端上，这是杨洛中的赐予。

除开唢呐哩哩啦啦响着以外，这送葬，听不到一声哭声。应该哭的人——像杨五爷——好像也很害羞放出他的声音来，全是随在抬棺人们的后面悄默地走着。

当棺材沉下了地穴，汪大辫子先是第一锹土摔在棺材盖上，响出了空洞得近乎破败的一种声音。接着其余的人们也毫不迟缓地翻摆着手里的铁锹，高声吆喝着，把穴旁边的积土，纷纷地拥下去。这时候，人们忽然听见了一缕哭声，从人围的后面透过来。

"谁还在哭哪？"大家怔了一下。

汪大辫子的狐皮帽的耳扇，很早就卷翘上去了，他怕在填土当中，谁的铁锹不留意，不，也许故意，在他的耳扇上挥扫一下；他把辫子盘成很紧很小的一个髻压在帽子里面。他想要借这个大家看谁在哭的空隙，来伸一伸腰，休息休息："原来是他在哭哪！他是应该哭一哭的啦！……这是他们的二奶奶！"

汪大辫子一面笑话着杨五爷，接着躬下身子填着坟坑。

为了人多，这坟坑很快就圆突起来和别的坟一样高大了。所不同的，这只是一个新坟，还没有生好各种野蒿和草底绒毛，而且是在冻土里掘成的。

走在归村的路中，宋八月凑近了汪大辫子身边，拍了他的肩头一下说：

"喂！大辫子，昨天夜里……是不是你……用石头向院里抛我？"

"人，你不能这样说话……一只巴掌能拍得响吗？你若不骂人，别人也不会用石头抛你……"

汪大辫子看着宋八月那高大的身材和那宽厚的手掌，虽然这是冬天，这人也不把前胸的衣襟扣好，竟像故意似的使那有毛的胸膛的一部分在外面闪露着，这固然使大辫子感到一点气馁，但因了自己平常也没有软弱过谁，加上现在有着这些同行的人，他怎能示了软呢？一旦这消息传到老婆耳朵里去，这是不高妙的，老婆也要骂他。

"骂人……总不会出伤痕吧？"宋八月微笑着，又凑近了一些，问着汪大辫子，"我骂你的伤痕在哪里呢？找出来……找出来——"

"那么！我打你的伤痕在哪里？也找出来——"

"噢——看！这不是你打的伤痕吗？你还说什么？"

"这是我打的？"汪大辫子停止住，宋八月也停止住，其余的年岁较轻的人们也停止住。

"我姓宋的自初生以来，没有诬赖过人！"

人们全看着宋八月抖出的一只胳臂来，在肩头上正有着一块碗口大小的黑痕。

"就算我打的你，你若不骂我……我怎能打你？——"

"我骂过你什么？"

"这我不能说！"

笑声遮没了一切。——汪大辫子的脸颊一直红上他的前额。

"汪大辫子——你不能因为一个老婆便什么人全疑心啊！你想能够因为谁提到你的老婆一个字，你就能像打死一只兔子那么把人打死吗？你不能……别说你……就是连杨洛中那样人家，衙门像自己家开的一样……他也不能说把一个人弄死就弄死啊！……比方杨三……按理说杨洛中早就该弄死他了吧？结果还逃了……还烧了他的柴栏，打死他的炮手……"宋七月为的要发泄昨天他被汪大辫子侮辱的气愤，便也帮同八月来和汪大辫子作难。汪大辫子的舌头感到不中用了，只是呜呜啦啦地却说不出什么道理来，人们可以看到很大的汗粒在那突出的额头上滚落出来了。

"你，你，你……们不能倚仗弟兄多……多，多……凡事总得有个说公理的地方……"他把手中用以掘墓穴的铁锹，在地上顿打着，锹脚上面黏结着的余土，便纷纷向下在脱落。

"弟兄多……也不是没打你骂你吗？也不是没要活吞了你吗？"宋八月用肩头把汪大辫子靠出了路外去。

"若不，不，不……你们这是做什么呢？"汪大辫子嘴里虽在不相让地喷着白色的唾沫辩答着，而眼睛却似寻求解救似的仓惶地在周转——存在在这里的多是青年人，老年人已经是过去了。青年人是爱看热闹的，也爱看打架，他们只是轻蔑地笑着，露着黄板板的牙齿，谁也不说什么，有的偶尔这样说一句：

"拉蛋倒吧！有能耐挑那值得斗的去斗……大辫子那样尿包货，何必单斗他？"

这话会有什么效力呢？另有人会把这话消灭了：

"关你什么事啊？还会打起来吗？他们能打起来……连南边的两个山头也会打起来……看着，……没有解劝也会自己走开的……"

"今天不是你们打架的日子哪！回去喝一杯吧！大冷的天，挖坟掘墓的……不容易！一家有事十家不安！算了吧！全是好邻居，有什么了不起的冤仇呢？全瞧我……至少在今天……"

林青同杨五爷是最后从坟场走出来。杨五爷眼泡有点红肿了；林青的眼睛也好像湿润过。为了林青现在是处在主人的地位，平时大家只要林青说出什么，又总是听从的，今天也没有例外。

"今天我们看在林老叔的面上……咱们抛过去……'骑毛驴看唱本，咱们走着瞧。'……"

"对，咱们走、走、走……着瞧……"汪大辫子摘下头上的狐皮帽迎风抖了抖，又把顶上的小辫向紧里盘卷了盘卷，而后又把帽子戴好。

回来的路上，吹唢呐的已经不吹了，人们全部哑默地走着。把一个人埋葬了，在人们似乎还感到一点空虚，杨五爷说：

"无论什么样的人……总也逃不过死！在生前这样，那样……口眼一闭……便什么全完了！比方埋在地下的我们春二奶奶，现在她知道什么呢？生前，年轻的时候，那是一朵花似的生活过了！……在花正开着的时候……谁能想到花儿落呢？"

"这是用不到想的啊！比方像太阳，每天要落，每天也要出来一样……你还想要儿孙，还想要自己不老不死……这怎样能成呢？连树全不成，旧树叶不脱尽，新树叶也不能长出来呀！……"

"无论什么事，你总是有理儿讲的……"杨五爷有礼地笑着望向林青说。

"人是活一天说一天……今天你睡下，谁知道明天早晨还起来不？人活一天做一天人的事情……不要尽做梦……比方你们春二奶奶，她是做了一生的梦……直到她死，她的梦恐怕也还没有醒过来……死在了梦中！……"

"死在了梦中？你说她？她是超人地聪明啊！她的血液是非凡的呀！这应该说是杨三的错，他是犯了'血罪'了，就是死在地狱里这罪也不能洗净！他做强盗，善终也不会照临到他！我说……"

提到杨三，杨五爷的脸变红了！他用力蹬了一下脚下的山坡上的石头，为了过度用力，几乎栽倒下去——林青警告着他：

"你，小心一点！不要刚埋完两个再来埋你。天是寒冷的，地是冻结的，更是在这样有石头的山坡上掘一个墓坑是多么不容易啊！——我劝你不要相信那些；谁的血是高贵的，谁是谁的后代啦……这有什么屁关系呢？不用说人的血，就是连一匹狗的血也是红色的呀！谁的血是白色还是蓝色的呢？一个样血肉骨头生长出来的人，我就不信有什么高贵卑贱的分别！……我一点也不信！"

"我知道你是不信这些……可是我相信……一种高贵的骨血……万不能生成一个卑贱的孩子……"

"就依你所说……我的女儿的孩子生长起来……他会给我们一个见证——"

"那时候……我们也许早像春二奶奶一样，在坟坑里睡得很好了。"

"这旁边还有别人作证明——"林青指点着走在他们四周的人们说,"你们证明着吧!……"

"证明什么呀!"谁在反问着他。

"证明春二奶奶的孙子,具有着和我们不同的像杨五爷所说的那'高贵骨血'……看将来有什么和我们不同的地方?……"

"不能拿这个孩子做榜样——"杨五爷的胡须被从山下卷上来的风摆乱了,他一面急忙用胡梳规正着它们一面说,"这个孩子……谁能保准是春二奶奶一脉相传下来的骨血呢?至少杨三……"

"杨三怎么样啊?"林青把话说得声音放成空洞的带着金属味,他眼睛瞧着杨五爷那要动又不要动的嘴唇,只是整理胡子来掩饰这迟缓,他又追问了一句,"杨三怎么样啊?你平时说话该多么干脆,今天怎么了?"

"至少……杨三他并不是高贵血液遗传下来的种子……"

好容易杨五爷才把这句话说出来,脸已经整个通红了。他满以为这句话,也许激怒了林青,他是准备着一场争吵。可是他看了看林青完全没什么变动,他又接了说:"若有滴高贵的血,杨三他就不能干这样的事!杀了人,放火,去做强盗!"

"你说的一点不错,杨三他是没有一滴高贵的血在他的身子里……也就如你一样,如你们整个杨氏族中一样……那你不能单独瞧不起他呀!……"

"别人……"杨五爷的话被林青截断了:

"诸位,先不要自己回家,那里还有一点酒菜,大家在一起喝一盅,大冷的天……"

"是啊,大家去喝一盅,这是规矩——"杨五爷为了要表示自己也是这人家的主人,跟着林青也这样邀请着别人,可是别人却只回答着林青：

"我们先不回家……陪你去喝一盅……完了，你可得拉一段胡琴听听。"

"这也不是喜事啊！"林青笑着推托着。

"谁管喜事、丧事呢……你生了外甥这总是喜事啊！死了一个老太婆……不能把什么全弄得无精彩了。"

"这不合规矩哪！"杨五爷不以为然地摇着头叹息着说，"歌而不哭，哭而不歌！"

"这年头还论什么规矩哪！连皇上全换了大总统了……让汪大辫子讲规矩去吧！还留着他的大辫子混春秋！……"

"你们懂得啥？"汪大辫子把大脑袋轻蔑地摇一摇，接着说，"……慢慢你们就知道谁是聪明的了。"

"好，我们的辫子全剃了……让你聪明吧！等大总统再变了皇上……我们全开了瓢[1]！就是真开了瓢，我的辫子也不留起来了……那算个什么东西呢！'鞑子'们的东西，像条猪尾巴……"

来到了村中各自先回了自己的家把锹镐放好了，一刻又全聚集到春二奶奶家里来。各自烫着酒，各自把预备的菜蔬弄好了，全像这个家的主人一样，看不出一个客人。

四姑娘的眼睛，好像两只永无枯竭的源泉，总是那样汪汪地被眼泪浸湿着。她并不关心睡在炕一端新生的孩子，每次吃奶还总是妈妈张罗着：

"试着给吃一口吧！看看奶下来没？吮一吮就下来了，饿得怪可怜儿的……看那鼻眼……不正是像你所喜欢的那个人？……"

孩子虽然搂在怀里，她的感情却并不能为了这孩子有一刻

---

1. 开了瓢，即杀头。

离开那思索着的杨三。偶尔她听见从东屋传过来猜拳的声音，她要扯着妈妈衣袖哭咽着说：

"听啊！是他吧？除非他，谁能有这样明亮的嗓子呢？他在贪恋着喝酒……你去看看他……"

妈妈明知道这不是，她没有方法能够拒绝女儿，而回来，她的眼泪又要增多。有时候，妈妈被感染得也不能够漠然地瞧着女儿这样伤心，这样浪费着眼泪，自己竟也陪伴着流几滴老泪。

林青进来了，他的小鼻子尖而且红，眼睛为了烧酒过度燃烧，也哭了似的有了湿润，但他却是笑着的。

"来，我看看这小东西！"他从女儿怀中抱过了婴儿准备要迈出门外，外祖母却阻止住了他：

"你中了疯呀！将生产下来还不足三天的孩子，要往哪里抱呀？"

"抱到那个屋子里给他们看看，也让他见见世面……"在外祖母从炕上移动下来时，林青已经把孩子抱到了东屋开始在人前举起夸耀着了：

"看，这是个男的……但愿他将来不要去当兵……当兵也要有音信……最好还是不要去当兵……"

"好大的骨架儿！——长大学着拉胡琴吧！"

"尽拉胡琴……不会有什么大出息……至少得练练枪法……凌河村的男子不会打枪……那是耻辱！"

"长大跟你去学打兔子好不好？……"别人向汪大辫子俏皮着说。——他今天看样子是喝了破格的酒，整个脑袋全变成了紫红！

"不是夸口说，若把这孩子交给我……别的不敢保……若说枪法……哼！……总不至于不如人……"汪大辫子夸着口。

"杨三的枪法并不比你差呀！"宋八月蔑视地看了看汪大辫子。

"杨三的枪法……只可以打狐狸……若说打兔子……"汪大辫子用鼻子"哼"了一声就避免地不再言语了，又喝了一盅酒。

"谁知道这是一个成葫芦还是瘪葫芦呢？他还这样小！再过几年吧……"谁在怀疑地说着。

外祖母从西屋子里追过来了，她从林青的手中把孩子夺过来说：

"少喝点酒总是好的……这样风，你就把孩子抱到这里来，你总是这样没正经，年纪也不小了呀！……"

林青瞧着外祖母走去的背影，为要赎回自己的颜面，响着嗓子说：

"'是儿不死，是财不散。'……死的活不了；要活的也死不了……死不了……你这样关心着……你也不会跟他一辈子……"

一任林青亮着嗓音噪叫，别人们饮酒和哄笑，西屋里却总没有回应。

把所有的酒全喝完了。每人为了高粱酒的燃烧，全放浪了形骸：有的逼着林青拉胡琴，他们要唱，一个人竟把悬在墙壁上的画像开始扯下一张来。

"今天这是丧事啊！怎么不该乐一乐呢？死了的人的骨头是一天天地烂朽下去；活着的人却是一天天长大起来……究竟还是哪一件事值得庆贺呢？"

"死的死了就完了，活人还是应该庆贺活人……谁再去装五斤酒……我们今天喝个够……平常我们除非谁家有红白喜庆事，是不容易碰在一起吃吃喝喝的……林青说得对……那么你就再去提五斤酒来大家喝喝……"

　　说话的是这村中有名的酒虫，又是这村中唯一的一个医生，只要谁家有了一些集会的事情，他总是到的。他招待别人喝酒总是比主人要周到殷勤。他的身材是稀有的矬小，相同一个孩子，只是在他的嘴巴上却早有了花白的胡须，低凹的鼻根，阔大的嘴唇，头上已经没了一根像样的头发了。门牙是长长的，相同残缺的骨柱，说话的时候，动摇着，在每句话说完，全似乎有脱落的危险，可是它们却很坚牢，在饮食筵上一样和人们比较地吃着，喝着……不停地，相同鹁鸪似的开合着他那有点金栗色的眼睛。

　　"郭学士——"人们全称他作"学士"——"你替这孩子掐算掐算……看看将来能怎样！"

　　"哎哎！还用掐算啥？杨三，刘元，这不全是样子吗？再安分一点……这里还有汪大辫子做榜样……"

　　"不能教他像我。像我能有什么出息呢？就让一枪打八个兔子……也还是一个围手……"汪大辫子今天说话舌头更不灵活了，人们听起来，他好像生着满嘴的舌头一齐在搅转……

　　"那也不能让他像杨三那样无法无天啊！"杨五爷纠正着，"他的爷爷是读了一辈子大书，虽然没考中了举！……他的爹……那也是个安善的君子人……可惜短命死了！谁知道这孩子会怎样？……"

　　"你全说的是哪里的话呢？这孩子不像杨三还让他像谁呢？……如果像了别人……那就不对了……"

　　杨五爷他不能和喝过了酒的宋八月来分辩，只冷笑着躲开他。

　　林青拉起了胡琴，每个年轻人争着要试一试自己的喉咙。

仗着酒的燃烧，人们全忘了羞耻，一刻这屋子几乎要被这粗嘎的、没有韵味的、尖叫的各种声音，高笑，拍掌……所充塞，胡琴的响声却遭了沉埋。林青也停止了手中的弓子的抽动，静静地看着这些人被酒燃烧得任所欲为，连平常最为矜持的人，如今也变成了轻薄。在所有人们全腾沸起来的时候，他却被一张沉思的网所罗捕。他想到了杨三，一个人中的秀出者，如果有他在这里，其余的人们便全要失却了光辉！现在他是感到剩下自己孤独的一个人了，好像自己忽然衰老了十年！也记忆起自己的胡须。他和杨三在一起，虽然偶尔也想到这些，可是这只相同关于别人一样，影似的，很快就从自己的忆念中被剔除出去。现在这些忆念，却好像生了有倒刺的绒毛，密密地在自己灵魂的外壳上堆集着，黏结着……要想剔出也没有用！

"啊！衰老真要擒住了我？"

汪大辫子走近了他，要夺取他手中的胡琴。

"走远些——你的手只能打兔子，怎能碰到这胡琴？"林青把胡琴掩在了背后，一只手掌撑拒在前面。汪大辫子的身子像装上了弹簧丝不停地摇颤着；涎水沿着嘴角拖成长长的绳条在垂流；手里提拎着狐皮帽，小辫子也从头顶上舒开溜在了肩膀的前面。

"林老叔……咱们爷们……连拉一拉胡琴的交，交，交……情全没有吗？哎哎！人真是……"

人们看着他走出了门外……

汪大辫子倚着一处墙角清醒着自己。幸好冬天从凌河上吹来的风时时清醒着他，他开始了呕吐。呕吐够了，他听一听春二奶奶家中的人声还没有绝灭，但他不想回去了，有宋七月和宋八月在那里这使他不舒服：

"吁！鬼弟兄啊！"

今天他爬走着回家去的山坡竟感到艰难了。平常他漫山漫野和狐狸兔子们赛跑全是平常的。他对于酒现在起了警戒：

"这酒不是好东西！说不定哪一天酒喝多了，什么全会说出去，这怎能成呢？"

从酒，他又联想到晨间看到的杨洛中：

"他为什么单独用那样的眼睛看着我啊？那是不祥的眼睛！母蛇一样的眼睛……"

他又开始检点自己了，几乎从他刚一会跑路，在夏天，连一条线也不穿在身上做孩子的时代起，他一年一年地想起来，不独自己没有得罪过杨洛中这样人家，就是连他的祖父和他的父亲也没敢和这样人家积下过仇恨，总是顺从的。在他，是已经懂得了在背地里有时候也趁着别人热闹，曾经评论评论过这杨家的专横和不公，可是——他想——这样的话会传到那家伙的耳里去吗？他会把他和杨三串连在一起想吗？那样可真是倒霉！他把这怨恨又移到了杨三头上：

"为了一个娘们子，便什么也不顾了，烧了别人的柴栏做什么呢？也许会连累了别人！而你们却是鹞鹰似的高高地任意而飞了……"

一三　一个早晨

在古历十二月二十九日的早晨，天还没有完全黎明，从村东响起了一连串马蹄打捣着冻结了的土地的声音，一直是响上了北山坡。工夫不久，这响声又开始响彻下来。

村中的人们全为这意外的动静所惊觉，这会有什么事情发生了呢？竟来了这些骑马的官军，并且还在这清晨。

井泉龙他经过几个朝代；也经过漫地走着强盗和官军的年头，他知道官军在这样早晨到村庄里来一定是捉捕什么人。不过应该被捉捕的——比方杨三等等——已经没有了，现在这村中几乎全是善良的人们，还有谁可以捉捕呢？他登上了一座石块垒成的井台上，向北张望着，他看得清楚，北面的山坡上，四处跑走着那些白色的膘肥的马匹，更是在汪大辫子住着的附近，有几匹马在那里，好像没有人在看管拴在了小树上。他感到自己的眼睛有点不济，一只手罩在前额上还问着他身边的年轻人：

"你们看见吧？你们全是小眼睛……那马……是不是拴在汪大辫子门前的小树上？从门里又架出一个人来，看得清吧……那是什么人？"

"一点也不错……你的眼睛并不弱于我们的眼睛……那架出来的是谁呢？我们也看不清……后面跟出来了一个女人……还有孩子……"

"这恐怕就是汪大辫子吧？为什么官兵要拿他？——那又过来一伙人……有马，一定也有官兵……我们问问看……"

官兵们走近了，人们看得清，围绕在人们中间，有一条麻绳缚着胳臂的正是林青。他头垂着，向这边走过来。第一个是井泉龙迎上去，他拱着手，尽可能笑着自己的白胡须，向一个像官长样子的官军问着：

"诸位多辛苦了哇！我们能不能知道，我们的好邻居林青他犯的是什么案呀？"

"你这老头……这样大早晨……我们来捕捉他……你想除开强盗案还有什么值得这样重要呢？"官军不耐烦地回答着。

"他会做强盗？这不能的——"井泉龙洪亮起声音来。

"这全不是我们该管的事……我们的事就是捉人……你这老头子闪开路……我们还要到杨洛中那里吃早饭哪……"

官兵们走过去，在这一停留的时候，有人要和林青说一句话……却遭了官兵们的阻拦！

"不能随便说话……犯了法就不能像没有犯法时候自由！"

于是彼此熟识的眼睛却陌生似的望了望——林青的鼻子尖红着，他还是和平常一般的平静，微微泄露着一点不自然的笑意。

自从林青和汪大辫子被官军们逮捕了，村中的人们梭似的彼此传达着消息。井泉龙他比别人跑得更张狂，他到处组织着求援的网：

"这怎能算公道啊？强盗们跑了，拿良民来塞牢……我们凌河村不能眼看着这不公道的种子埋下去！……让它发芽长叶！"

每个官兵的马匹全是那样地膘肥！比起耕田的马要膘肥得多了。好像这些马匹不是吃草料长大起来；它们的神气也不凡，时时摇摆着那长长的鬃鬣，翻抖着尾巴，在屁股上平常应该骨棱峻起的部分，这样的马却胖成了一条凹凹槽。汪大辫子也来了，他和林青不同的是两只胳臂全缚上了绳索，狐皮帽不自然地敷衍在头上，从后边远远地隐约地似乎是走着他的老婆。她的头发长长地披散在肩前和肩后……

"明天不是过年了么，怎么今天还捉人呢？"

人们中有的和官兵熟识的暗声地问着。而官兵却不暗声回答，较之平常更响亮地笑着说：

"这就所说是'公事'吗？公事是论不了年节的……别说今天……就是明天……正过年……要捕人也得捕……"

在汪大辫子的老婆赶到时，官兵们走了，他们也许是怕这女人会和他们啰嗦。女人赶到这里，只剩了一个空空的人圈，她向这人圈拍打着手掌：

"这是天上掉下来的灾害呀！他们捉去了他，听说也捉去了林青……他们翻遍了我的家……几乎掏遍了每个耗子的窟窿……这全是为了什么呀？为了杨三吗？和杨三打过围的也不仅是大辫子一个人哪！这样不成呀！要问个水落石头出……他们不能这样就捉去我的人……"她的小巧的嘴不停地喷吐着白色的泡沫；狭窄的小脸幅更显得瘦削苍白了！她像似企图苏醒着人们的同情和怜悯，更是宋七月，他简直要婴儿似的抱她在怀中，如果不是有着其余的人们环绕着他。

"他们——官军们——是要到杨洛中家里吃早饭，至少在那里你也能见到你的大辫子，或者再求一求杨洛中……你先去，而后我们大家再去说合说合……"

宋七月为她出着主意，她遵从着，一面恳求着所有的人们说："至少你们应该去保证他，除开打兔子，他应该是这村中最老实的人！还有那老林青，他是春天似的在我们村中生活着的呀！……为什么官家……"

"官家不拿这样人……拿什么样人呢？捉窠巢里的鸟雀总是比飞着的容易……"

前面走着大辫子的老婆，后面走着好事的人们，远远地井泉龙也追赶上来了。他本来是去到村前村后要动员起所有的人，但在他的后面却凄凉地跟随着一些零零星星的孩子们：

"你们全跟来有什么用呀？你们的大人却全老鼠似的藏在洞里头……这算什么样的邻居呀！讲讲公理的人总不像有酒吃的时候那样多吗？……"

"你也是没什么用呀？你自己看你的腿脚吧！……"

孩子们在后面嘲弄着他的腿脚，仍然是不放松地跟着他。他站下来背过脸去，吆喝着，孩子们竟也站下来向他嘻笑地吆喝着，并且还唱起了平常为他编排起来的歌：

> "义和团"，
>
> 胡子多啦！
>
> 骑不了马，
>
> 赶不了车啦！
>
> "义和团"，
>
> 胡子白啦！
>
> 耍不了叉，
>
> 上不了台啦！

过去有的时候井泉龙会疯狂地诅骂着自己的胡子：

"为什么你们这样忙，长得这样长……又很快变得这样白了呢？"

他的青春总是昨天一般地在他的奇妙的记忆里蠕活着。他要想扼死这些记忆，但是不能够，并且每次他企图一次，而接着总是更真切，这记忆以两倍的鲜明，两倍的悠长，盘绕着他。

"小东西们……总有一天……你们会尝到自己种起的酸果子呀！你们一定也要变成有胡子的人！"

孩子们对于这话是不理解的，孩子们是蜂似的爱惜有糖味的地方。这村中只有林青和井泉龙对于孩子们永久是不厌烦的，所以孩子们也只聚集地螯着这两个老年人。

"井老头去看老林头了，官兵为什么抓了他呢？抓了他去，我们的村庄，从此就算哑巴了！再没有人拉胡琴！"

大一点年龄的孩子懂得了这不是好的兆头，他们懂得凡是官兵一来到这村庄，对于人们从来总是带来一种黑色的灾害！孩子们除开喜爱那膘肥的军马和那闪光的刀枪以外，也并不欢迎这些人。

如今又把他们所喜欢的人捆绑了去，他们每颗小小的灵魂的皮壳上，全蒙上了一条"？"字形的纹裂，这纹裂将随着他们的年龄而长大而伸长⋯⋯

一四　井泉龙

门楼就是一座碉堡——方形地陡立着，上面的四周用方正的石块垒叠成城墙似的垛口，两面伸展开的墙壁，虽然没有中间碉堡高，但一样也是有着那般的垛口。

掮了枪的炮手们在碉堡的上面走来走去。这里是从来就有人在守望着，无论昼和夜。那门也是从来就锁闭着，除非杨家自己有了什么意外的大典，平常人们的出入，总是走着旁边另外一个小门，因此这正门上那大铜环的光泽，已经渐渐蒙上了一层锈斑花。

井泉龙领导在众人前面，他像一个有资格的族长样，挺着胸，摇着肩，被风飘卷着白胡须，脸色通红着，像是去赴什么喜庆的筵会样，停止在杨洛中门前的一处树台的旁边，他问着：

"诸位，我们到了，怎样办呢？我们是怎样进去！我们想官兵们……现在一定正吃着……喝着……杨洛中这回一定更要破格招待招待他们……他们这回替他出了这样的力！保不准临行还要给拿一点'干货'[1]！我们要商议商议……假如他不答应我们……"

"汪大辫子恐怕是没有救了，听说第二次又搜出了证据：一副镯子，还有五元现洋钱！他自己也招认了，他那天在山上碰到了海交帮，钱是海交给他的，镯子听说是刘元这孩子……"

"听说大辫子，抽不到几鞭子就招了么！这癞蛋！还没有压杠子……就什么全完了，这怎能行呢……恐怕还不如他的老婆有骨气咧！"宋七月无论何时一提到大辫子，总要提到大辫子的老婆——翠屏。

"你们要做什么呀？"碉堡上的炮手探伸着脑袋向下面问着。

"我们要见一见你们的东家。"井泉龙代表众人把手圈在胡须上向上面播送着声音。

"什么事呀？东家现在陪客人……又是要求什么什么？……"

"你去说一声就完了，这事干不着你什么……"

"我们不能糊里八涂就去通报……你们必得说为什么事……"又是一个炮手，从垛口伸出他的脑袋说。

"告诉你，我们代表全村的人，来保释林青和汪大辫子

---

1. "干货"，东北地方土语，即钱的意思。

的……告诉你了……你快一点通报你们东家，把门开开……这样寒冷的天，怎能把人关在门外说话呢？"

翠屏从什么地方也转来了，她也向上面叫着：

"你们诸位，平时全是认识汪大辫子的；也知道他……他不是一个坏心肠的人……虽然有时他的嘴喜欢和别人不一样，常说些讨人嫌的话……他的心总是好的呀……人是得讲'心'的啦……"

"你向我们讲这些有什么用啊？"炮手们无可奈何地笑着，这使宋七月感到了愤怒：

"不是教你们把这事情来完结的，是借你们的腿和嘴去通报你们的主子一声……懂了吗？你再要这样无紧无慢……我们就自己通报……我们会用石头通报——"

宋七月说着真的从地上拾起了一块很合宜的石头准备抛了，井泉龙却拦住了他：

"不要打破了人的头，又是麻烦账！"

"有什么呢？打死一个人，也不过腿下勤快勤快……和杨三一样到那个'绺子'上去混二年……这年头安善人……也是没有安善结果的……看吧，眼前就是榜样……被骑死的马，全是因为太老实——"

为了宋七月要用石头自己通报，炮手们才不敢再迟延下去，一刻，杨洛中和一个官兵的长官一同出现在碉楼的垛口中间，那个官兵的长官却先说话了：

"你们要做什么呀？"

"我们要保释我们的邻居。"

"你们知道……他们犯了什么刑章吗？"

"这个我们不知道……我们只知道他们全是安善良民……没

111

有伤害过什么人！……"

"这不是杀人的事情……他们勾通了胡匪！"

那个长官的每句话像用沉重的铁锤迫打着每颗带有棱角的长钉，钉向人们的顶心。特别是翠屏，她用手抓打着那倨傲的围墙，如果那围墙有着可以攀登的空隙，她无疑会攀登上去。

杨洛中只是不停地拱动着那多肉的大鼻子，使那鼻子两侧的纹沟时时起着抖动；眼睛没有变更地拉长和垂下着。风吹摆着他头上那貉皮大帽的毛梢相同吹摆一颗不安的圆形的大毛球……他看了看碉楼下的人们，又侧过头去向那长官说了一句什么，接着他严正着声音充满着教训味地向着井泉龙说了：

"你是我们凌河村最年长的人啦，你应该比他们明白一切事情……这是强盗的案件……怎么能够保呢？若能保，我就早保了，还用你们大家费事吗？这样冷的大清早晨跑到这里来……因为我也是没有办法……长官们也是没有办法……他们是犯了国家的王法！这是自作自受……"

"至少你应该把你的门开开放进我们一个人去，把我们的意思说明白了啊！……这样算什么呢？你们穿得温温暖暖，吃喝得足足饱饱……从碉楼上像天神似的……同我们答话……杨洛中……你晓得我们凌河村——是连一个孩子也能放枪的呀……他们儿孙是懂得仇恨的啊！"井泉龙喊叫的声音几乎响彻了整个凌河村。

杨洛中和长官商议的结果，是只准井泉龙自己进来，连汪大辫子的老婆也不能走进来。

"只准你自己进我的院子，其余的人们应该退到半里以外，或是简直就回到你们自己的家里听候消息吧！连一个孩子也不能留在这门边……懂了吗？"

"至少汪大辫子的女人应该进来看一看她的丈夫……即使马上就拉上刑场，他也应该有说一句遗嘱的工夫呀！……"井泉龙为汪大辫子的妻子争辩着，其余的人们全开始从这个门前退开，有的真就回到自己家里去听候消息了；有的还是贪恋地在半里外较背风的地方等待着。

渡过凌河，从南面吹过来的山风夹着有点坚硬的雪粒，常常要玩笑似的投落到人们的衣领里面，在这样季节里，人们只有盼望着春天。现在等待着井泉龙从里面带出的消息，那是比春天还被人们所珍贵。眼看着他们被放进去，以后马上那铁铸似的黑色的门扇又关闭好，碉楼上的杨洛中和那个低矬短胖的长官也不见了——那两个炮手又在走来走去。

官兵们每个人的眼睛和脸色全是被烧酒染得赤红，他们在客堂里嘈嘈叫叫或者正走来走去，从客堂一边的小屋里飘散着鸦片烟的香气。林青和汪大辫子他们正分别地坐在两只椅子上，每人面前放着一碗煮好的肉块和一壶酒，一个官兵手里支撑着步枪，正和林青说着话，也在劝着汪大辫子把他面前的酒肉用下去，他说：

"你应该用下去呀！……趁着这是在你们村庄上……到了城里……不用说到城里，就是到了镇上……你怎能得到这个呢！还是吃喝了吧！……有天大的事情……还是吃喝饱了再说……"

他们解开了他的一只胳臂，但是汪大辫子却再也提不起精神来认真吃喝了。

林青却大量地喝着酒也吃着肉，他看见井泉龙走进来招呼着：

"喂！老伙计……这里……"

汪大辫子看见自己的老婆也走进来，却出乎别人意外地他竟哭出了声音！

　　"这多么丢脸呀！"官兵们嘲笑他，他也不管，却拉着翠屏坐在自己身边一张紫檀木椅子里，好像马上就要死了那般在诀别地嘱咐着：

　　"……柱儿他妈！我们两口子一场！哎哎！谁曾想落得这样结局？……你还年轻……不愁找不到一个如心的丈夫……只是可怜我们那些孩子们……他们这样小小的年纪就没了爹……爹再不能给他们打兔子吃了！……万一……我若是真那样了……你改嫁……总要嫁个好心肠的人……第一，他得像自己亲生自养一样……看待我们的孩子！……"他说不下去了。

　　"你为什么尽说这些丧气的话呀？……"翠屏为他擦着眼泪，可是自己的眼泪，比丈夫的更不听约束！更是加快地沿着脸颊滚爬着，这使旁边看热闹的官兵，起始嬉笑地看着，现在也全背过脸去，有的也揩拭着自己的眼睛。

　　"你是女人家……怎，怎，怎知道国家的王法呢？你也不知道官家的厉害！只要那杠子向我的腿上一放，鞭子向我，我，我的肋条骨上一抽！……我我我什么不得说呀？压晕了，他们再用冷水把我喷过来……"

　　"谁让你那样实心眼哪！你若不把消息告诉刘元的家怎能有这些呢？"

　　"那怎能对得起那孩子……那孩子的家！……"

　　在那面，井泉龙正在大声地向杨洛中和那个官长在争辩，吸引了所有的人，这遮没了汪大辫子夫妇的交谈。

　　"哎哎！无论你老头的嘴怎能说，嗓门儿怎样洪亮，你能够说他们是没有罪吗？你是亲眼所见；也是我们这凌河村大小孩伢亲眼所见……我那样大的流传了几个辈子的柴栏……竟被烧得一根毛不剩！……我的炮手朱三麻子也送了命……杨三打死了春二奶奶……再这样下去……这凌河村也许不再是一个人的世界了，连最老实的人恐怕也要学着去做强盗啦……"

杨洛中一面说着话，一面抖摆着皮袄的长袖子；厚底的毡靴没有多大声音地在那方砖砌好的地上走转着。那个官长，总是用着一个姿势，捻卷着他的那黑亮的菱形的小胡子，语声没有低昂，总是用那一个音阶："是啊！""对啊！"无变改地承应着杨洛中的每句话，他轻易不参加自己的意见，总是作着姿势在倾听。

"杨东家……"井泉龙他又从椅子里站出来挺一挺胸，向后展一展那老年的肩头；他好似在和杨洛中争比着身量。但这不是的，这是他的习惯，还是他年轻当兵的时候遗留下来的习惯。他似乎要故意把自己的声音约束下，但这也还是洪亮的，以致屋里所有铜的和过于菲薄的瓷器，也还是被他震响得起着很小的嗡鸣！

"……你说的这全不能算对！你怎能把这些罪恶的担子轻轻地就放在了不相干人的肩膀头上呢？打死春二奶奶的是杨三；干了朱三麻子，干了你的柴垛……这全是杨三他们……他们又不全是生着翅膀的鸟，人在地上捕捉不到他……他们不会出了这附近的山——"他用手漫然地向窗外指画着，"这是他们的窠……你们官军老爷们……你，杨洛中又有的是炮手们……为什么偏是捉着像林青、汪大辫子这样的人来增你们的光呢！看啊！那哭得相同一条泥鳅了！那个有胡子的家伙。"他指着林青："那是只会拉胡琴哄孩子的角色啊！他又没有亲手点着你的柴垛……这全是一齐应该宽放的人……我的意思是这样……全村的人们的意见也是这样啊！我是他们推举出来……取保他们两个人无罪的……你们应该去拿真贼实犯吧！……不要跑了秃子拿和尚来顶杠啊！这不能算公道，大家不心服……"

"你说话像你的胡子那样不沾泥水吗？"那个官长最后终于摆出官架子打起官腔儿来了。他把那方方的身子端正地坐好了，接着说："……这是官家的公事呐！杨东家这样递上呈子去，县知事这样批下来……我们就这样办！批谁，叫我们拿谁……我们就拿谁！……当然喽，原告举的谁……也就批谁……如今杨东家举的汪大辫子和林青，那我们就拿他两个了；如果要是批拿你，对不起，今天我们也得把你拴在马脖子上带了去……公事就这样……有错拿没有错放的……何况这又搜出了真正的贼证……这是'通匪'……还有什么好说好赖的呢？……叫你进来容你说话就是好大面子，如今你竟这样张狂起来了，我劝你要懂得进退些……不要弄个'没意思'……"他啪地用手掌把身边的炕桌面重重地打了一下，这算作警告吧。

"那天早晨……大家伙全在我的柴栏里救火……林青却在那火上烤他胡子上的冰……"正旋走在地上的杨洛中忽然停止住，接着说，"你也回去吧，告诉我们的好邻居……这事情不能怪我不留情面……汪大辫子——"他转向了大辫子："你也请你'家里'的走吧，这时哭也晚了！官长们今天还要赶路咧……"

汪大辫子和翠屏不再说什么了，也不再啼哭了，翠屏在临走出门的时候，出乎人们意外地竟指着杨洛中，刀似的动着她的薄嘴唇：

"……不要紧啊！就是把我的大辫子的命要了……我是个女人……不能怎的你……大辫子也是有儿孙的！……你将来就是

死了……你也是有儿孙的！……他们只要一天天地大起来……就总要算这笔血泪账！……你杨洛中……"

炮手们拦开了她，大辫子也在那面叫着：

"回去吧，好好地看守着孩子们……瞎说什么呀？"

林青嘱咐着井泉龙：

"老伙计，为什么白和他们嚼那些舌头呢？有话去找石头说……去给我的女儿带一个信：我想我是死不了……至多回来胡子变得相同你！她和她的妈妈好好地生活吧！要好好地把孩子养起来……要像他那英雄的爹！——杨三……"这时林青竟毫不遮瞒地说出了杨三的名字。

当井泉龙和翠屏已经走去了，杨洛中还是痴呆地挺立在客厅的门前望着，望着……

快近中午时候，在凌河村东端的大路口上正聚集着一些男人、女人和孩子们。这全是来观看林青和汪大辫子的，因为他们马上就要被解向城里去了。井泉龙也在这里面，他向众人解释着，连一个小孩他也不忽略：

"人是捆绑在他们手里，他们说不放就不放……除非我们各人回家去拿出自己的武器来——抢——我们谁能这样做呢？我的年岁也活得够数儿了……我敢领这个头，我敢说：只要我们把武器一拿来，他们就规矩地把人给留下……我是深知道官兵们的……我愿意领这个头——谁跟着我？……"

他来回地在大人群中走着，眼睛闪光而赤红；翠屏怀里抱着一个小的孩子，手里领着一个较大的，任眼泪在自己的脸上横流着……

人们看着井泉龙，又彼此地看着，勉强地笑笑——明显地谁也不愿跟他来抢人，因为这不是开玩笑的——又同时把眼睛集向了那关闭得铸成了似的大门扇……

林青的老婆——林老太——抖着秃秃的袖子，她不向任谁询问什么，她对于这事，好像是在梦幻里，眼睛直着，就如同她与这事毫没有关联，这马上要解走的不是她的老伙伴，完全是个陌生的人！

今天破例地正面的大门打开了，一队白色的马出现在前面，马蹄敲击门洞的铺地石板，声音是空洞而无情！

林青和汪大辫子是分别被紧缚在两匹马的脖子上，汪大辫子不同林青——他低垂了头。

"闪开一点……小心马踢了……"炮手们拦阻着要向前面拥挤的人。

一直到所有的马匹和官兵全走出门来，最后出现的才是那个低矮的胖官员，杨洛中他们是并排地走着：

"队长，如果到敝村这边来，务必要赏光！到我这里来喝一杯茶！"

"什么时候'当家的'[1]到城里去……也必得到我那里去赏光，有事的时候只管请赏个信……"

杨洛中双手捧着貂皮大帽在胸前，深深折下腰去；队长却用挺胸的军礼接连地回答着。

"最后看在全村人的面上，你们两个犯人，还可以和你们的家人说两句话——准备上马。"

林老太战颤地挨到了林青的面前：

"你有什么要嘱咐的么？"她毫无表情地冷冷地问着这老人。

---

1. 平常东北乡村称有声望的人也叫"当家的"。

"把四丫头搬在一起，你们……好好地照看那孩子吧……我没有嘱咐的了……如果他们不治我的死罪，我一定还会回来的，告诉四丫头……不许为我哭……我平生就是不喜欢谁用眼泪赠送我……还有我们的儿子……"提到了儿子，林青把头转向了马颈那面，向管理这马匹的官兵说，"我们先走几步吧！……到前面等着他们……"接着又向老林太这样说了一句："万一我们儿子有了信……就是我在监牢里……也想法给我个信！……"他说了，这次却并没有再回头——就走向前去。

那面汪大辫子正把头上的狐皮帽用那半绑着的手臂好容易才脱下来，戴在了领在翠屏手里大儿子——大柱——的头上，拍一拍说：

"好好戴着它……让它也能传给你的儿孙吧！还有一支围枪……我不能让这帽子烂在别人的头上……"

孩子被这大帽子几乎遮没了眼睛，他不懂得爸爸为什么今天把帽子竟破格地扣在了自己的头上来了，他——爸爸——却被吊在马脖子上，仅留下那条小辫光光地盘卷在头顶上，那样地被人们拐去了；他又看一看扯着他手的妈妈，竟同别人一样，也还在望着那被马蹄翻卷起来的浮尘……

"妈！他们绑着爸爸去打兔子吗？"孩子问着，推一推遮压了眼睛的帽子……

一九三六年六月第一部终于上海
一九五三年九月十九日第一次改讫于北京
一九五四年六月二十二日第二次改讫于北京

第二部

一五 三人

　　没有边际的山群相同大海里的波浪，不平衡地排列着，扭结着……各自起突着不相同的角曲线，参差地流向了远方。在远方，那波浪的头和天壁相接连的部分消灭了，只是被一些暗的蓝色的烟氛和云填补了这界限。

　　每处山脚下，山岈际，谷底……凡是有着树木的村庄，存在于远方的，看起来那只相同一些鸟类的窠巢，大大小小，发着黑色被一些粗粗细细脉管似的道路隐显地贯连着。

　　河流从几座山的空隙偶尔像蛇的肚腹似的遗露出一段段来，但那已经不像流走着的水，似乎是谁为了游戏，剪好了那样一片白色的金属的断片，安置在那里——痴呆而没有光芒。

　　云正在天空堆积着……

　　"这回……许有希望了……看那云……多么沉重！"

　　"做了强盗的人……还关心到这一些吗？"

　　"做强盗也是盼望个好年成啊！……若总也不下雨，庄稼人的地不能下种……赶到一个荒年……大家全是强盗了……谁还抢谁？"

"那只好大贼吃小贼啦吧！……"

"贼是不能吃贼的呀！……"

"'贼吃贼更肥'……世间上的事情就是这样的……"

杨三整个的身子拖长在山顶上一块广平的大石头上，两只手交搭地枕叠在脑后。他的脸虽然向着天空，眼睛却低垂着不动地看着远方那段发着白色的河流，接着说：

"啊！那凌河……这样看起来，是多么接近啊？简直一步就可以迈到它……"

坐在他身边的刘元没有回答，只是将横在大腿上面的步枪，用手轻轻而反复地摸抚着——一只大的眼睛眯细起来，宁静得似乎准备射击瞄着准似的，也看向那凌河；两条浓厚的眉毛轻轻地起着斗聚。

"如果……他们若真来……一定要渡过那条河……他妈的……在这里若是枪能够得上……趁着他们渡河……敢保：'老太太摊鸡蛋，一勺一个。'……他妈的……还有个跑？……不用人多……就是咱们俩……就满够打发他们回老家去……可惜这枪够不上……为什么人造枪……不再教它能打远一点吗？……"

杨三从脑后撤出一只手揉搓着为了凝视过久有点发酸的眼睛，一面微笑地听完了刘元的声音而后说：

"我和你……今晚去我们的村子探一个信吧？"

"这得同'当家的'商量哪！至少得有两支手枪……"

"大枪也将就……你回家去看看……你不是几年也没回过家了么！看看你的妈妈和妹妹……你不常说想要看看她们吗？"

"你看谁呢？"刘元一只半眯着的眼睛也归复了原形，盯视着杨三的尖鼻子说，手也停止了在枪身上摸抚。

"我当然要看看我的情人……和那孩子！"杨三站起来，伸一伸臂膊，而后带点忧伤味地说，"他们把我的老朋友关在监牢里，一个多么有趣味的人！……他简直是整个凌河村的灵魂……没有他……刘元……我向你说，我一生也许再没有一个真正的春天了！……虽然我爱着他的姑娘……他的姑娘那是不能和他相比的……我不晓得他在什么地方贮藏了那样多的聪明……如果杨洛中那杂种一旦落到我的手里……我要把他的肉割成这样——"他用手指比量着："一条条，一条条地挂在每枝树枝上喂乌鸦……喂鹰……油烹了他的骨头！……"

他说着发响地错磨着牙齿，眼睛又投向了远方——

"你不要先发下狠，到临时再说……到临时你也许心软了呢！——我常常遇到嘴里硬得像铁，锋利得像剪刀……哼！我们的'当家的'就是这样的一个人……"刘元淡淡地笑着眯了一下眼睛接着说，"……你回去会情人……就是被捉去也不屈！……我为什么呢？我的家是我的冤家……我那爹他会第一个去报信……他捉我是不敢捉……怕我打死他……他会报信……汪大辫子若不是他……怎能和林老头一道去？他是我爹……可是如果他犯到我的手！……我不会饶恕他——我输过他的钱！那倒是真的……"

"那么……谁让你那样年纪轻轻就赌钱？"杨三故意反问着刘元。

"哼！谁让我？……你这是要替我的老子向我讲道理吗？你没有这身份，这就是说你还不配哩！……"刘元又把那一只眼睛也笑着眨眯了一下说，"你不知道和你族中的嫂子通奸是犯礼法的吗？你也不年轻轻的了……为什么还这样做呢？结果闹了这些条人命……坐牢的坐牢……"

"这不能和赌钱比哪！这是……"杨三有点不好意思起来，他说不下去了。

"睡觉和吃饭是一个屁样呀！比方当胡子……就不能说谁应该当，谁不应该当……"

"实在，你的爹把钱看得太重了！"

"这因为他赚钱很难……不过……就因为输了一点子钱就要活埋了我……怎么样我也是不能忘掉这仇恨！"

"看，有的地方又露出蓝天来了……雨恐怕要没有呢……"杨三也谈到了雨。

"春天没雨……这不是好兆头……"刘元仰起头来看着天说。

"你还是这样关心雨哪！比关心自己的脑袋还宝贝？"杨三又开始向凌河流着的方向注视着了。

"脑袋是一个人的……雨是大家的……你知道……多少黎民等着雨活命……做强盗的也没有例外——前面说过……"

刘元顺下身子去也躺在了杨三的旁边，他却翻起眼睛来望着天：

"早知道……汪大辫子为了这副小手镯受了这样的连累……当初何必给他呢？人常常是……"

"刘元……你不想娶个老婆？"杨三微笑着斜斜地向刘元正在庄严地望着天的脸上瞟了一眼戏谑地说。

"这梦早就不做了……让你做吧！……扯王八蛋！连自己的脑袋说不上什么时候搬了家……还顾得老婆？"

"一旦……投降做了官……那时候……你就该变了！……"杨三又用眼睛瞟了刘元一下笑笑地说。

"告诉你说……杨三，从打当胡子那天起……就没打算投降

126

过……那不是好汉子干的……自己当贼当够了做了官，回头来就同官军一样来咬自己往日的伙伴们，而且比官军那些兔子们还来得凶！因为官军没有他们那样内行哩……若是这样的家伙犯到我的手……哼！我非挖出他们的心……看一看他们的心是长着几个窟窿！"

"若是我呢？"杨三显得轻飘而随便地问着。

刘元却认真地瞧向了杨三的脸……他哑默住。

"假如说，我若是做了官……"杨三补充着说。

"你不能够……我相信你不能够！……"刘元摇着头笑着说。

"人是时时有变的……万一那时候我变了？……"

"你变了也不要紧……只管去当你的官去……我自己乐意一生当胡子不能说教别人也一生当胡子，不过……"刘元话断下去，用手指轻轻敲着枪身子作响。

"不过怎样？说下去——"杨三抚爱地摸一揽刘元的头说，"好硬的头发哩！"

刘元拨开了杨三的手静静地说：

"不过……你得走远一点……别和我们作对……"

"既要是当了官……就得立功了……若不……官家为什么做胡子的人们当官呢？自己的亲戚小舅子有的是——就是要借了投降的胡子为他们立功……"

"那讲不了……一样也得挖心！……就相同你们捉到我们，得枪毙一样。——虽然当初全是披着一条血布衫的伙计！"

杨三忽然尖声地笑起来了，声音震响了山谷，从山谷那面也送回了一片尖尖的笑声。刘元似乎要企图把这样不愉快的谈话题目支开去，转换了方向说："这是'山应'在笑呢！我们小的时候……常常到山里来骂'山应'……我们骂它什么……它

就学着什么……我们骂：'山应'大杂种，它也就跟着骂：'山应'
大杂种，……那时候你们已经是大孩子了……处处和我们区别
着……现在我们却一起躺在这块石头上——汪大辫子的老婆做
媳妇……我还是打锣的呢！"

"四姑娘做媳妇的时候……你是十几呢？"

"那可忘了……反正，那时候人家还看我是个孩子……可是
我已经很会赌钱了。"

"我不喜欢赌钱……"

"同你两样，我不大喜欢女人……"

"我也并不怎样喜欢女人哪！"

"可是，你可生了一个被女人们喜欢的样子呢！"

"这是没有办法的……"杨三对于自己的漂亮好像感到了
一种累赘似的悠长地吐了一口气说，"天生了我这个样子……
并不是为谁喜欢的……一个人更是被女人们喜欢着……他应
该一生全在倒霉圈里生活着……我就是一个榜样……刘元你
知道……我若是那样的下流货……我们凌河村的姑娘们……
我可以任意挑选……但是我要做好汉……我怕锁住好汉的东
西……女人就是这东西！我们凌河村是爱好汉的……只有杨洛
中这样人家他们是嫉妒着别人的强梁……就是他们……几次说
要我给他做炮手，将来也可以跟随他的二儿子去当差。一次
他又把我找了去，他的二儿子也正在家里。按我们族中的辈
数，我们是弟兄，但是这小崽子坐在椅子里连屁股也不抬一
抬……像用钉子钉在那里似的……于是我也就没有同他说一句
话……还是他老子明一点礼，他说：'佐卿，'这是他二儿子的
名字，'……这是你三哥……你不认识了么？'这小家伙微微
地把头一点说：'我不大敢认呢。'我看看这个圆圆胖胖的小东

西，秃着头，穿着黄色呢绒的军装，胸前那一行金纽扣——我猜想那一定是真金的——并不怎样闪光，只看得很沉重，微微带点红色……足有几十个……那骑马的靴子，靴勒子足足没过了膝盖快要抵到腿根了……肩头上一边挂着一个带着星的金条夹银条的小牌……他是将由外国军官学堂回来的，就准备要去当官了……他向我说：'我要到××地方去接事……我手底下虽然有两个当差的……还不够，他们又全不成……听老东家说你的枪打得还不错……又是我们自己家里人……我想把你带了去——'

"杨洛中在旁边也说：'你不乐意在家当炮手……就跟他去吧……将来你还愁没有官当吗？看一看……我们现今的将军们……哪一个不是全给人家当过听差……就拿张作霖说，原先当胡子，后来也是给赵尔巽做听差出身啊！……'

"起始为了这种意外的幸运，我的心不能制止地跳动了，喜欢得我的脸发了烧！只要答应一个'好'字……现在我真的早也许干了官了——给那小子当差的，听说现在全放官——将来也许弄个将军！可是不知为什么，由喜欢忽然转成一种憎恶！我的脾气发了，开始对于坐在我对面那个小东西，像憎恶一个癞蛤蟆似的憎恶起他来了……自己想着：'一个人，为什么要给癞蛤蟆去做奴才呢？'

"当时我觉得他们这些东西们对于别人，总是拿钱财的多少，规定一个人的价钱的……他们要用钱买穷人们的良心！买穷人们的命！……我说：'我不想去——'

"这使杨洛中有点出乎意外地惊愕了，他从椅子上坐直了身子，下巴拉长着说：

"'为什么呀？做炮手你不乐意……为什么这个你还不乐意

呢？这是别人手提灯笼全寻不到的机会哪！年轻的人……不能脾气太过火、太高傲……眼睛不能像螃蟹似的高高地生长在自己的头顶上……'

"我说：'我不想去就是不想去……没有什么缘由……别说去给你的儿子当奴才……就是有人请我去做当今的大总统……我不想去还是不想去……'

"'何必非得要他呢？两只腿的人是什么地方全有的……'他的儿子倒是很平静，杨洛中的鼻子却变紫了。我说：'你的儿子说得很对，两条腿的人是什么地方全有——'当我转身子走出去，我断续地听到杨洛中这样说：'这是个在村中不很安分的家伙！……他又是我们的族中……我想你把他带出去……能会好一点……他的枪法确是很好呢！……我想要他保护你……'

"'有钱，什么地方全可以买到卖命保护你的人……'

"这是他儿子的声音。

"知道吧？我和四姑娘相好，那老家伙，那时候还没嗅到风声呢！"杨三述说这回忆，他骄傲得两只眼睛一直望向着正天空。

"他说得很对……只要有钱……就可以买到卖了自己的性命保护你的人……朱三麻子就是一个……所以那天晚上我'干'了他……"刘元追想起他打死朱三麻子那情景。

"你这小家伙手头是很'黑'[1]的咧！"杨三拍一拍刘元的胸脯说。

"这是得看对谁……不能一概而论……"刘元自己解释着坐

1."黑"即狼的意思。

起来，从衣袋里摸出一个小铁盒抽出两支纸烟来，一支递给杨三，一支巧妙地咬在自己的嘴唇里，而后轻快地把洋火划着，先点着了自己的，而后才递给杨三。

一只兔子惊慌地从他们的面前，在乱石里滚跌着跑过去了，杨三说：

"若是汪大辫子在这……这条小命又完了！"

"这个时候打它有什么用？肉也不好吃，皮也不值钱——，只要一场雨，这山上的草就全绿了……树也就抽了芽……"

由两个人的嘴里流出来的烟旋，一刻也不能停留地被风吹下了山谷。刘元说：

"若是冬天……我们两个在这里'晾水'[1]是够受的！……"

"那么还是一个人干的好了……用不着'晾水'……做一趟活，如果运气好……就一冬不用出门了……"

"不，我还是乐意在'绺子'上……人多些大家伙在一起有意思……更是我们这位'当家的'……我是舍不得离开他……"

"人是一个难得的好人……因为我们总也没安定下……我们也没细谈过……我只知道他是我们北边一个什么屯子里的人……别的就不大清楚他了……"

杨三由躺在石头上的姿势坐起来，饥渴似的用力把手里那半段纸烟吸到不能再吸了才远远地抛开它。他看着那烟尾，还在那冬天枯萎下来的干草丛中冒着烟，并且一刻比一刻还好像加浓起来。他意想着那烟尾也许会引着了那干草而引起了烧山。但是过一刻那烟轻轻地消灭了，许是为了那烟尾本身太短小了，还不等待干草能够焚烧起来，自己就遭了绝灭。

1."晾水"即"放哨"的意思。

"你要想知道这些……应该问我……"刘元把手里的烟尾在石头上擦灭了，却装在了小铁盒里说，"如果被'跳子'¹们围上……不能够下山……这一段烟尾巴也是好的呢！……那时候……真是什么全是宝物！"

杨三看着刘元，觉得自己的年纪虽然是比他大得并不算少……可是自己却随处显着是没有他那样坚实和老成。在自己快要成了大人的时候——那就是说自己的嘴唇上初次冒出了小胡须的时候，刘元还是不被他注意的一个孩子！夏天他也许还在赤光着身子跑遍了全村……而自己……那时候已经懂得要躲避着姑娘们……身材是和村中壮年的人们有着一样的高……有的……还要比他们高一点……放枪的能耐已经被列到第一等了……正月里扮秧歌……自己装扮着一个"白蛇"的角色……背上交插着两柄银色的剑，每只剑柄上还飘荡着那样大的白色的绫绸结的花球……每一走动……那头上大檐的凉帽檐周垂的缨穗，是那样地拂摆着……姑娘们的眼睛和手指……便全要集中了自己："这真像一个真的'白蛇'呀！"一些故意使他听见的赞语，秋天的蟋蟀似的随处低悄地传播着……——这是一个什么色的梦！

"不要又胡想别的……"刘元拍了他的背脊一下，"听我把咱们'当家的'的勾当当你说一说，你就知道这个老头儿不平凡了。"刘元故意弄响着嗓子，真像一个要准备唱故事的人，先调整着他们的弦索和简板。

杨三说："为什么你要有这些毛病？"

"你不晓得么？做什么得像什么……我这是在讲故事给你听

---

1. "跳子"，胡子们称官兵的隐语。

咧！不过这里面关于姑娘可很少……"

杨三转过头去掩上了一只耳朵说：

"把你的故事讲给石头吧……我不要听你的臭故事……狗嘴里……总不会生出象牙来……"

"那么象嘴里也不会生出狗牙了！……狗头上也不能生着羊犄角——你这算什么话呢？"

刘元把杨三的手从他的耳朵上扳下来：

"放开你的耳朵……这里没有马蜂……钻不进去……这还没有到有马蜂的时候……"

天空的云彩更显得稀薄和疏离，落雨的希望又似随着过去的风一般地跑了。杨三说：

"怎样？我说不能落雨么……"

远方的山头上，有的已经被那发黄的阳光渲染着，原先那看来好像停止了的河流，现在也好像开始了颤动……一切的轮廓也全在开始明朗着。原先远天和群山的不能分别的界限，现在似乎被一柄巨大的剥刀开始了划割……

刘元两只手撑在石头上，脸向着天，一刻转向这面，一刻又转向那面，好像他企图要把那游走在天空可以落雨的云用自己的眼睛留止住，一边断瞭望似的骂着：

"妈拉个臭腿的……什么老天爷……该下雨的时候不下雨……眼看着闹荒年……人们全饿死吗？"他把身边自己的步枪举起来瞄向了天空。——杨三扯住他的手：

"你要干什么？"

"不干什么……我要看一看老天爷究竟在哪里？……若是我看见他……拼上一颗子弹给他尝尝……揍下个王八蛋……倒看看老天爷是长着几个脑袋……人们全要供奉他……"

"你乱放枪……山底下以为是'跳子'上来了呢……你干了这些年……还这样不懂规矩？"

"你拉倒吧！……我怎能那样冒失？"刘元抖开杨三的手说，"我是比量着玩玩……我怎能无缘无故地就放枪呢？——你信不信老天爷？"

"我连阎王爷全不信……我只信我这支枪……"

"对了，干我们这一行的……什么也不能信……"

"全是传说……谁真看见过这些玩意呢？全说狐狸可以成仙，可是狐狸不知道在我的枪底下死过多少了……我竟没有遇到一个狐狸，能在我枪下逃走过……也许我们遇到的全是'凡'的东西——狐狸之中我想也一定像人似的有贵、有贱……仙狐狸一定全坐在洞里炼丹……轻易打不到……这些贱狐狸们就得出来找吃的东西……替仙狐狸采药了……它们就被打死了……我想仙狐狸也怕枪……"

"枪是什么东西全怕……像我们没了枪……就像被人割去了胳膊大腿；被抽了筋一样……什么全变了……"

刘元说着，他像一个孩子爱着自己一件心爱的玩物似的，把手里的枪横在了腿上，又坐立起来，细致地擦着那枪的各部机件。虽然那枪机件上应该有暗色漆的部分，现在已经变成了光白，但是他还是在擦着……

"这真是一个难得的好家伙！你——"他看杨三把他的枪也横在了腿上，但是那枪的机柄上已经有了一层红红的浮锈了！

"你有点心不在肝吧？看看你的枪快要被锈埋上了！……为什么连擦也不擦一擦？又是想着情人？情人虽好……她不能担保你的命啊！也不能给你饭吃——这支枪也是一支好枪……还

是'过去'[1]了的'大金字'留下的……我特意在'当家的'那里给你挑了这一个……"

杨三被说着，勉强地也从背带上把手巾解下来，虽然手里在擦着机件，可是眼睛却茫然地望着远方的云。

从山的背后爬上来了一个人，刘元认得出这是陈奎。他看着他那塔似的身材，迟钝地在移动，他停止了擦枪，兴奋地叫着：

"你来做什么呀？换我们的班么？"

"换你们的班……'当家的'说……管你们两个谁……回去一个吃饭……"他喘息地挨近了杨三们坐着的石头说，"这个山真不是玩意儿……真难爬！"他把头上的灰色的包布除下来了，那头就像一个被蒸煮着的葫芦似的升腾着水汽；漫流着汗的河。

"你们谁下去？"他抖摆着敞开的衣襟，宽糙着嗓子问着。

"杨三去吧——"刘元决定地说。

"我还不大饿……还是你先下去……再来换我……"杨三推让着。

"这不是在赴筵席咧！你们小哥儿俩还这样推让着干么？那么就是刘元先去吧！你是做老疙疸的……怎样，有什么动静么？'当家的'临来嘱咐……不可大意……不是今天就是明天……这几天他们是准要来围我们这山的……我们和这些兔子们结下仇扣了……"

刘元去了。杨三看着这个新来的伙伴，他从身上把弹带脱下来晾在石头上，而后把上身的衣服也脱了，赤光着背膊；两

1."过去"，即死了的意思。

条臂像两只翅膀似的在开合，面向着山下，好使从下面来的风吹凉着那大身躯。

"啊！好凉快……好凉快！……"他回头看一看杨三正在注意着他，感到了一种不好意思似的纵声大笑了！同时也使两条胳膊抱绞起来，走近杨三，坐在石头上说：

"看什么，兄弟？"

"我看你这样'棒'的身子……"杨三伸手掐一掐那人胳臂根上突起来的像两颗球似的肉的突起；他也摸一摸杨三的，于是又纵声地笑了！这笑声像一只鸣叫的山枭似的震响着山谷！

"兄弟，你的身上还没有这些玩意吧？"他指点着自己肚腹上、肩上……一些弹疤给杨三看，最后他指点着靠近左乳的一颗较大的说，"妈的……别的全没有怎样……就是这个小家伙……看见吧？就是这个小家伙……几乎要了我！……"

"哈！这是致命的地方呢！"杨三吃惊地看着那弹疤。

"致命倒不致命……听说肺子是穿了一个洞了……"

他玩笑似的搔抓着每个疤，又使那胸毛像胡须似的捻卷起来，捻卷起来又散开地玩弄着。

"你的胸毛这样厚……为什么你没有头发？"

"这谁知道……天生就这样……人的脑袋若是像地似的能够埋种子，我必定把我脑袋种上头发……这他妈像个葫芦似的……好！倒省了好多剃头的工夫……"

杨三和"半截塔"比较着自己的身体，若把这个人从中间分劈开，只要一半也就等于自己！

"不怪你报字'半截塔'，你真够得上一座整塔了！"

"哎！弟兄们全这样玩笑我……谁愿意长这样高——白费二尺布……"

他的两只仰三角形的眼睛，深深藏埋在眉骨下面，稚气地笑着。这使杨三融解了自己的孤僻和高傲，诚意地要和他谈一谈。

"兄弟！你在'绺子'上……混得惯吗？"

"人是在有人活得的地方就能活下去……我怎么混不惯呢？我的出身也并不是少爷……"

"说的可是对……人是到哪里说哪里……不必说我不能干什么，或是我不能忍受什么……'捆得倒就挨得打'——你一转眼来了三个多月吧？"

"哦……"

杨三看着他穿好了衣服，又把子弹袋规整地扎好了，只剩下头布没有扎，他仍旧使它晾在石头上，而后把手掌勾曲在前额上，向周围仔细地看了一转——更是向着他们所注意的那有河和有着大路可以通到这里来的方向——不放心似的说：

"那好像有人在渡河？……似乎还骑着牲口……不知道是马还是驴？来，兄弟……你帮同我一齐看看……看见吧？快要到河中间——啊！天不落雨河水全浅了哪！"

确是的，有几个人在向河的这边渡走着……

"这能是他们么？"杨三也立起来凑近半截塔身边，一只手也遮搭在额前帮同他张望。两个人研究着，最后还是半截塔决定了说：

"滚他妈的吧，这不像……这是普通的行路人……妈拉个巴子的……教这些狗头们……这些日子弄得我们竟有点眼发了昏！……"

他从什么地方呢？自己摸出了一个短得怪可怜的小烟管来，可是那烟锅儿却又是那样大得不调配。

"你不会吃烟……我知道……因为我总也没有看见你动过这

玩意儿么，也许你吃纸烟？"

"我不吃——"杨三摇一摇手。

他自己坐在石头上，两只手交抱着膝盖开始在吸烟了。在吸烟的时候，他的眼睛细得似乎要不存在，只是成了两条有点可笑的缝。

虽然杨三入伙已经几个月，平常他们总是分散着，偶尔遇到一起，也总是说些"绺子"上的事情。而杨三又相同一条山狸似的，总爱悄默地躲开喧嚣，寻找着人不见的地方去咀嚼着自己的孤独！只有刘元还常常陪伴着他。

"兄弟——我叫你兄弟对吧！我的岁数一定比你大，哈哈哈……"

半截塔把小烟管擎在一只手里，又在高笑了。

杨三反问着："你多大年纪？"

"不是四十九……就是五十一……我记不清了……反正我们这'绺子'里，除开'当家的'……若论岁数……怕谁也比不上咱……'当家的'我们是娃娃朋友！从光屁股时候就在一起玩……现在还没分开咧！"

很快地他吃尽了一锅子烟，接着又装好了第二锅。在将要划火柴点着时候，他忽然停止住，看一看那托在手里的小烟管，又看一看杨三，似乎有了什么新的发现和感触似的，侧着头微笑着说：

"看见你，如今又看到我这小烟管……我就想起了一个人的相貌！他真像啊！他像我的小烟管。——他是你们一个村子里的人……叫什么……王大？还是王大辫子？有这一个人吧？你们凌河村。"

"有一个……专门冬天在山上打兔子的……姓汪不姓王……

他的辫子并不大……还是小得怪可怜，可是人要叫他'大'辫
子呢！——他被官家拿去了，还有一个会拉胡琴的林青。"

"我听说……"半截塔点着了小烟管平静地接着说：

"汪大辫子也要来挂过柱呢？早知道……教他们平白地弄了
去……莫如那时候……就让他挂个柱子——他不是能放枪么？"

"枪还打得不含糊咧！我们在一起打过狐狸。"

"那么……这是他妈的何苦呢！无缘无故地就被抓去坐监
牢……天底下的事情……真是没地方讲公理去……如果真干
了……像我们似的……真打穿过他们的脑袋……真也中……就
是被他们逮住……也不屈！"

杨三很奇怪这家伙说话怎么这样呢？在胡子中所避忌的话
怎么也说呢？他的毛不全快白了么？应该懂得这些比知道自己
有几个脚指头还清楚才对。

"我常想……一个人做个安善的良民……有个家不知是什
么味儿？……也许人老了……就要变得没有出息！想要一个
家！十年前我就……就从来没想到这些……如今一经过一个村
庄……看见人家有儿有女的人家……自己就好像有点贪馋似
的……不用问，像你兄弟这样年岁……一定不会想到这些……
骑上了马，连能不能下马全不管——是吧？"

"哦！"杨三不知道该怎样回答，他只有"哦"了一声。

整个的天被退让出来了，所有的云，全被风赶集到天的周
陲。太阳也早是盘转在空中——这是快近中午的时候。

"真怪，我们'当家的'那家伙，他从来不想到这些……也
许想到他不说，真是个天生干这行买卖的人——刚才爬了这么
几步山……就冒了这些汗！"他把晾在石头上的头布迎着风，
迎着太阳飘摆着……

一六 马

凌河的流水呀……东又东……

原上的草

一年老了一年生，

一年反比一年青……

人生好比那凌河的水啊！……

流去不能回呀！……

流去不能回！……

……

起始这山路是那样狭隘陡峭，路上的石头被山水冲洗得全顽固地森立着，这只是在雨天为着山水，从山顶到山下去一条不规则的河床。除开山水，人是很少在这里经行的。在有蒿草和乱树的地方，即使跌倒了也不要紧，借着它们的阻碍，仍然可以爬起来；如果遇到有着青色流沙的地方，那狡猾而又自由的小东西们在你的脚下滚转着，活动着……只要你一跌落下去，就会一直像一颗球似的把你滑送到山根。

刘元的步枪提拎在一只手里，从一块石头跳到又一块石头，嘴里唱着那支新从杨三学来的歌——他像一只不规则的喜鹊似的，从这条树的枝丫，蹿到那条树的枝丫……无疲倦，也不休歇……

起始还是小声地唱着，好像怕背后山头上的人们听到似的。

后来到了半山，他看一看后面的山峰离开自己已经那样远了，而到前面的人家还得要爬过两个小的山梁，这整个空旷的大山谷，如今是被他一个人主宰着了，于是他把所有的声音的力量全倾倒出来唱着，周围的山壁做着他的呼应者。

> 一年老了一年生，
> 一年反比一年青……

在他唱到有点不大顺便的时候，便把每一句试验着更换一个腔调，或者是增减着一个字眼。

"添个'呀'字该多么好呢？……我给他添上个'呀'……什么东西全是越改越好……连草全是一年比一年青么……"

他自己问着，答着，决定着。……在歌声断下来的时候，他忽然又要证验证验，是不是今年的草真比去年青呢？便蹲下身子来寻找着草芽。

"喂！刘元……你干么哪？"

这声音是悠远地从对面的山梁上播送过来的。他抬起头来辨认着，这是谁呢，来替杨三的班？

"我在这里找蘑菇哪……"刘元认出这是他们伙伴中绰号叫"蘑菇"的焦六。

"好小子……你等着我……不准跑……"

这人是那样地低矬，身子却又是那样地宽和厚，如果再急走起来，那就像一头游动的蜘蛛。

"不用忙……我就向你跟前去啦！……"

刘元在草中寻找了一刻，今年的草算寻到了，可是去年的青草到哪里去找呢？眼前这去年的蒿草早是变成了枯白！虽然他手里寻到的草也并不完全青，还只是一棵黄黄的在尖梢上微微有些绿色的嫩草芽！

"只要一场透雨，马上就全青了。"

他又开始望着远天——天周陲的云还在堆涌着，并没有完全消散——自语地说：

"有云就不愁雨！今天不落，明天也得落……"

"小元子……你才骂谁来？"焦六赶到他的面前，手在那秃圆圆的脑袋上揩抹着汗水，步枪背在他的肩上，好像一种刑罚，他是那样低矮而步枪又偏是一支长身材的。

"我真是掘蘑菇哪！"刘元把手里掘得的草芽抛向他的脸说，"看——这不是蘑菇么？"

"扯王八蛋！这又不是在林子里……石头上会长蘑菇吗？"焦六拾起一根嫩草芽来说，"你挖这些东西干么？真是黄嘴丫不除的雀儿哪！还不快回去吃饭？'当家的'问你好几次咧！"他狡猾地笑着，同时抽着鼻子。

"你去换杨三吗？——我就回去……"

"怎样，有什么动静吧？"

"还没有。"说着话刘元已经离开了一段路，焦六却还没有移动身子向刘元叫着：

"刘元……我才在山梁那面听见你唱来着……再唱一唱吧……那个曲儿还怪好听咧！……唱着把我送上山去——"

"滚你的蛋吧……"刘元并没有回头。

"好小子！……一听说'当家的'找，马上就什么也忘了……"无聊的焦六也只好一步一步自己挨向山顶去。

屋子里的人一半是睡着午觉——那大约是准备摊夜班的人们——有几个在擦着枪，也有的在玩纸牌……

"刘元……有什么动静吗？"一个正在用纸牌摆"八卦"[1]的人叫住了他。

"还没有什么……'当家的'呢？"

"刚才还在这里……也许出去了——真他妈……就一回也没检开……如果这回真开火……哼！"

"你还信这一套……"刘元脱卸着身上的子弹带；那个人仍然玩着他的纸牌。

"当家的"从大门外面走进来了，他在院中一只狸猫似的，静悄悄地走着。有时也停下仰起头来看一看天。今天他和平常没有什么两样，脸形还是那样清瘦地亮着一双四面露白的眼睛；两只手拳拢着叉在了腰间。不过在刘元看起来，他近来似乎很显着有点老迈的征候了，在眼白上时出现着红色的丝网；额上的纹路也增加了深度——虽然他处理着事情还是那样直截和敏妙！

"你回来了！那面还不会有什么动静吧？我又打发人去凌河村——你吃过饭吗？"

当家的老海交看着刘元，伸缩着脸上的皱纹笑着，——他说话总是喜欢一串珠似的贯连起来。

"还没有吃过饭……杨三大约也快下来了……我们一起吃……"

"看一看……等着去凌河村的人回来……我们就有了一定——还是住在这里；还是向别处挪动挪动……"

他躺下身子去点起了面前烧鸦片烟的小灯……

---

1. 摆"八卦"，系用纸牌玩的一种游戏，平常迷信的人就用它卜运气。

143

这是青沙山附近唯一的小村庄。它位置在山肚腹上一个较深的谷里面。这里的人们，对于胡子相同自己的家人；却惧怕着官兵，也毒恨着官兵。每次官兵经过这里称名来"剿匪"，每次却全剿了人民们的家。他们吃光了人们的所有，连一只鸡雏全不肯遗留。

"让鹰……全啄瞎他们的眼！这些杀材们……百姓要他们保护什么呢？"

连一个孩子也懂得诅骂这些官兵。兵们对于孩子们也没有胡子和善，他们总是背地用着各样不正的手段引诱着和威吓着孩子们：

"告诉我——我有'子弹筒'[1]给你……也给你钱——胡子什么时候从你们这里走的？他们在这里住多少天？……给你们家里扔下过好东西没有？他们向哪条路上去了？……"

若是看见了一个年轻的姑娘或是媳妇们，他们更要笑着邪恶的眼睛问着：

"那是你姐姐吗？啊？她十几了……有婆家没有？……"诸如此类的话。

孩子们如果是沉默着，他们就要用他们的刺刀比量着威吓着说要割下他们的耳朵。……起始孩子们恐惧地发着颤抖，只要一知道官兵来，他们总是躲藏起，后来变得胆大了，就是官兵们再拔出刀来要割耳朵，他们却先把头伸出去，并且激动着他们说：

"给你割——"

官兵们这时候就要用大笑来遮掩着自己的羞耻，插进刺刀

1."子弹筒"，即空弹壳。

去。孩子们却要吐一口唾沫在地上，胜利地骂着：

"呸！看你也不敢哪！"

"这些小崽子们将来全不是好东西！……"

"全是贼坯子！——"官兵们只好无趣味地这样说着他们的预言。

如果大人们被迫不过真正说了胡子确是从这里经过过，上了东山，可是官兵们吃过喝过以后却吹着喇叭奔向了西山。

"'匪来一场霜；兵来一场光。'……我们走了。官兵们一定也要到这里来的……这里的人家又该遭殃了！……怎么，你困了么？那么……睡睡吧！"

躺在海交对面的刘元，已经轻轻地起了鼾声——正梦着从青沙山的下面有遮天漫地的官兵们向他们涌来了，他正要和杨三开始射击……蒙眬地听着有人向他说话。

"啊哈！有点累了呢！……"他醒过来，马上坐起了身子，一面伸展着臂膀，眼睛迷离地问着：

"什么事？"

"没有什么事……你睡吧！"海交收拾着面前的鸦片烟具，也坐起来简单地吹灭了那只小烟灯。

"到底是年轻啊！要睡就睡……我却不能……我也许是条鱼托生的……妈的……常常一夜一夜地睁着眼到天明……"

"你在我这样年岁呢？"刘元问着。

"从小我就不大喜欢睡觉……不是因为这个毛病……恐怕也不能吃烟……"他用手指点着烟灯说，"我倒不喜欢这玩意……就是因为夜里太熬不了那寂寞！"

"你的爸爸和你的叔叔吃吧？"刘元试验着把那烟枪向自己的嘴上抵放了一下，马上就拿开，又放置在原来的地方，摇着头酸楚地斗聚着眉头说，"啊！不是味儿！"

海交微微地笑着……

"我的父亲和叔叔……他们吃得很凶！一天一个人总要吃二两烟膏！"

"那时候……听说他们有一两千人在手底下……是么？"

"还不止这个数目哩！……还有一半是马队……"

"为什么那时候能有那样大的'帮'呢？"虽然这些事情全是刘元知道的，可是他总还要更详细地知道关于海交的老子们一些英雄的故事，"那时候……你也骑马吧？"

"当然得骑马啦！我骑的是一匹铁青马……白蹄白嘴巴……有名的'雪里站'……现在这马的影子还在我的眼前！……"

提到了马，好像挖拨到久已潜埋在这老人灵魂里一根古老的针刺似的，使他战颤了！他卧下身子去，企图又要点燃着那盏小灯，可是他擎着一支火柴的手，却只是在那灯的上面游离闪动着，而挨不到那灯芯！

"让我来——"刘元接过来为他点着了——他把身子仰向了天棚。

"后来落到哪里去了？"刘元还是追问着那马……

"我自己打死了它！"海交窘迫地说着就又倒下了身子去。

关于这马的故事，刘元虽然同他在一起几年了，却从没有听他说过，也从没见过这老人有着这样的激动和变更！

"吃烟吧——"刘元感觉到海交似在为了什么而难过，他催促着这老人。

他没有言语，眼睛只是圆睁地凝视那发着黑色的，古老的有若干灰尘串挂着，随着风轻轻游动着的秫秸的屋顶。刘元稚气地想：

"怎么……他死过去了么？"

经过了一个时间，刘元才看着他长长地吐了一口气侧过身子来：

"我见过成堆的金子和银子……也见过一些上好的东西……这全算得什么呢？它们全不如我那马的一根毛……值得我想念！……"

"你为什么要打死它？"刘元趣味地问着。

海交也似乎归复了平静，他安上了一口鸦片烟，但是先不抽，搁放在旁边，文雅地使他的两只细瘦的小手互相搓磨着说："人总是爱自己的命胜过一切啦！……我虽然爱我那马……平常像眼睛似的不容许它染上一点尘埃……可是当我自己也要完蛋了的时候……还能顾到了什么呢？如果它不是我所爱的一匹随便的什么马，我也许把缰绳一松任着它自己随便跑到哪里去吧！……被官兵们捡去也好……但我没有这样做……它是我所爱的……不独不忍使它被那些官兵们的狗腿侮辱了它……也不忍，想象着被百姓们得了去套在那笨重的犁索上，或是捆绑在车辕子里……任着人们一鞭子……一鞭子抽落着它的每条皮，每条肉……一直抽落着……到它的死！……"

他的话断落下去，似乎准备要吸那已经安置好了的烟泡了；可是从炕的那一边忽然腾起一阵笑声——那是已经睡醒了的人们，做着抢纸牌的游戏——这是优胜者的笑声。——他侧回头去看一看又面向着刘元说：

"我们的人手全是顶呱呱的……一个可以抵官兵那些'螳螂子'[1]们一百个……只是我们的子弹不足啊！……人数现在是有

---

1. "螳螂子"，是胡子通用语，即"不中用的人"的意思。

二十了……如果再集合还是能集合一些的……可是吃的又没办法了……这里的人家……只有让他们吃我们……我们是丝毫不能够刮苦他们的——他们全是穷人……"

似乎吃了这袋烟就有办法了，于是他吃着烟在思索。刘元问着：

"那我们怎样呢？如果我们真剋[1]起来……下面的人家也不能向上给我们送吃的了……

"等一等……等从凌河村回来的人……听听那里是怎样对付我们……"

"谁去的？"

"吴傻子。他那里有亲戚……他的样子傻头傻脑的……别人也不疑心他……"

"带小枪子去了么？"

"这不能带枪……他们村子附近总是有'卡子'的，要搜查呢……"

接着海交又开始讲着他的马的故事：

"那时候……我的手枪里只剩了两粒子弹……一颗是为了来捉我的敌人预备的；一颗是为我自己……我的大枪早抛掉了……右胳膊已经伤了——不能再用大枪……可是大枪的枪栓还插在我的腰里……我取出来把它也摔碎在石头上——他们这是把我追迫到一个死葫芦似的山谷里——但是他们还不敢马上就进来，只是在谷口向空中乱放枪……妈的！白浪费着子弹空空地……嘀……嘀……哒……嘀……嘀……哒……吹着喇叭……他们好像在等候一个新娘子上轿似的在等候着我……

---

1. "剋"即打的意思，这里应读成丂儿的音。

妈的！……

　　"来到一块大的石峰下面，马不能再向上走了……我四处看一看……只有山羊和猴子对于这样地方许是有办法，对于人是艰难的！……如果我的一只右胳臂还好着……凭着自己的青春和身子的轻灵……这也许阻碍不了我什么……可是……除非我的马像神话里的故事似的……它能腾云，或是生出两只翅膀来……我怎能同它逃出这山谷呢？……我从马身上爬下来——我的马它还是静静地站着——它周身像水淋洗过似的滴流着汗！我的右胳臂流着血水……我咬着牙齿……从地上拔了一束野草……送到我的马的嘴边……但是它只是喘息……已经不想吃了……我便用这草为它揩抹着身上的汗……忽然一颗子弹飞进来……打在我身后的岩石上……天已经挨近黄昏了……太阳好像正等待着我死了才肯没落下去似的还在等待着……我知道他们马上是要来搜山了……这时候——"

　　忽然是一点奇迹发现了，竟有一颗艰贵的眼泪从这老人的眼睛里坦然地滴流出来！这使刘元感染得也竟湿润了自己的眼睛追问着说：

　　"你就在这时候打死了它？"

　　"嗯！……就在这时候……从别的方向又有第二颗子弹飞来了……外面喇叭响得也更得意……同时也听到了噪叫的人声……我知道这不能再延迟——流眼泪对于我是很难的，"他解说着，"……可是那个时候……当我摸着我那马的嘴巴……我的眼泪再也不能够制止了……我向它有着那样好看的鬃毛的头上亲了一个嘴——它还用它的舌头舐着我手上的血渍咧！于是咬紧了牙齿从它面前退走开……我记得它的眼睛还是那样温和地盯着我……可是我已经拔出了手枪——"海交忽然又把声音截止住，用手里的手巾捧遮了脸，肋骨剧烈地起着抽动……

"不要说下去吧……等有工夫再说——杨三回来了……"

从外面，步枪挂在肩头上的杨三，垂着头正走进大门。海交向刘元说：

"我要睡一睡……如果杨三回来，山上没有什么事情就不必叫我了……你们吃完饭也睡一睡吧……也许晚上还有意外的事情……"

他的脸是被那手巾覆盖着，转过了身子去。

刘元代他熄灭了小烟灯。

"焦六上去得这样晚吗？你怎才下来？准是这蘑菇在半路上偷着睡过去了……"刘元接过杨三的步枪。

"没……不要冤枉人……蘑菇去得并不晚……是我贪着和半截塔说话……下来晚了……"

"还没有什么动静？"

"只是常常有三个两个一起渡河的人……原先我们以为是平常的行路人……后来我们觉得怪可疑……为什么今天要有这些个行路人呢？又不是赶集的日子……"

"他们也许要偷偷地包围了我们这山？"

"要把我们一网打尽么？"杨三扣起眉头，轻轻地咬着牙齿，在地上来回地走了两步，除下头布来，搔一搔脑袋——他的长发已经剃掉，现在也完全成了秃光——向刘元说：

"我要和'当家的'商量商量……今天晚上我自己想要到凌河村去一趟……看一看……究竟这些王八蛋们想要对我们怎样？……如果他们真想要把我们斩草除根……那就莫如我们先下手……闯进凌河村去……先把杨洛中逮住……而后我们再缴那里乡团和兵们的枪……枪和子弹一充足……我们人就更多

了……那时候大干一下子……就是……"

"这得和'当家的'商量一下……而后再向大家弟兄们商量商量……看看大家的意思——'当家的'已经派了吴傻子去——"

"哎哎！那傻货能探出什么呢？"杨三轻巧地笑着。刘元认真着脸色说：

"哦？……你不要小瞧他……他比你和我遇事全聪明咧！——我们先吃饭去……完了再说这……"

刘元拉过了杨三的胳臂……

一七　去掏杨洛中的窝

夜间，所有的人们除开杨三和刘元以外，全出去放"卡子"去了。刘元为了日间玩得有点疲乏在炕的那端已经响着鼾声睡过去。屋子里只有杨三，再就是"当家的"海交和这个房子的主人黄发。

他们面对面躺着谈说着什么呢？杨三并不想注意去听，只是自己在这面的一段地上，孤独地踱着步……

黄发是近乎五十岁的一个中等身材的人。颧骨和颊骨全不甚发达，只有一只古式剃刀背形的弯突而瘦削的鼻子，这是在他那二等边三角形的脸幅上，表示着一点精明机变和不驯顺的特征。眼睛不知在什么时候瞎了一只，深深地塌陷在眉骨的下面；另一只好的眼睛也并不大，在那薄薄的一层眼睑的包锁里很有神气地转动着。他没有胡须也没有眉毛，耳扇菲薄得几乎要透明，不甚调协地展伸出来。

"依我看……你们还是，是，是，……躲一躲吧……"他说话如果过于急迫的时候，就要发生结音。

海交不表示意见地静止着，黄发又接着说：

"昨……昨……昨天……我跑了足有百二十里路……他们全说现在买子弹艰难……若是零零碎碎还中……多了就不行了……现在官家对于有枪的人家查得很紧……各村子全成立乡团……买多少子弹，就得有多少子弹在家里放着……官兵要常常来查……若是遇到打仗的年头就好办了……用不了多少钱……就能够从兵们的手里买下若若干……"

海交还是没有回答。杨三走过来，靠近炕沿，站在黄发和海交的中间说：

"子弹既然是这样难买……我们去'借'一点吧！"

海交和黄发全显着惊愕地看着他，海交笑着说：

"到哪里去借啊？"

"凌河村——"

"你说的是要我们去掏杨洛中的窝吗？"

"不独借子弹……恐怕还能借几十支好枪来呢！……"

海交和黄发全笑了。更是黄发，露着他那尖锐的不整齐的牙齿，努力伸出胳膊够着来拍打杨三的肩头说：

"老三……总是好胜啊！这怎能成呢？你们这里只有一二十个人……他们那里连官兵带团丁算起来……总有一百多……就让你们每个好汉一个抵三个……好狗也还抵不了狼多哪！……"最后他吸着气，不以为然地摇着头，看一看对面的正在眼睛盯着身边那盏小灯的海交接着说："你看呢……'当家的'？……我看这不妥……"

黄发这个摇头晃脑的鼬鼠似的人，使杨三感到憎恶。他用眼睛恶毒地投视了他一下，而后转向海交：

"我杨三……自从加到我们这'绺子'来……还没干过一件出色的勾当……这样，我心里总觉得过不去……就是'当家的'不在乎这些……不说什么……还有别的弟兄们……大家伙……原先那样把我从坟里拖出来……我这条命已经是捡来的了……并且我们和杨洛中结下对头……也全是为我……我今天必得要卖一点什么……若不然……我也就不和大家在一起了……"

杨三悠柔地响着声音，如同一串美妙的歌儿似的——更是在夜间静静的屋子里。

"你是决定要这样做？——"海交抬起头来，眼光阴冷地望着杨三说，"好，这也好……弟兄们一多了……脾气总不会一样的……那么……你想选拔谁和你一同去？"

这却使杨三犯了踌躇。海交说：

"吴傻子回来……他说：那边很凶，靠近村子的各山头……行人的大路口……全有'卡子'……白天看见不详细的人就检查……他也被检查过了……因为他扮了一个串亲戚的样子，又生成那样傻头傻脑……提着饽饽……兵们除吃了他几个饽饽以外……还在大脑袋上给了他一个耳光……"

说到这里人们全笑了。海交接着说下去：

"因为这样，你必得同几个洒脱手去——现在几点呢？"海交从身后摸出一个大的银壳的怀表来，坠着一条沉重的链子。

"八点钟……马上就要撒几道'卡子'了……等他回来……那时候先教他们自愿地跳出来……不足再挑，多了再拣次一点的手留下……你们去十个人，我们这里留十个人——黄当家的……你请你女人……今晚给预备点好饭……把我们预备的东西，拣好的全吃了它……"

153

"依我看吗……还是不去的好……等我给你占一课——老三，你报个时辰……"

"就是子时吧！"杨三不信任地笑着说。黄发却严肃地垂闭起眼睛，一只手退到衣袖里面去，嘴里咕咕哝哝地动着，一刻他破格地大笑起来，两只手拱在一起不停地向杨三和海交连连地点动着说：

"恭喜！恭喜！卦课是一课好卦……正落在'大安'上……管保是'马到成功'……"他接连地笑着，轻巧地跳下炕来："我去告诉我的老婆……就给你们预备饭。"

他去了。

"我不信这些……"杨三坐在炕边。海交摇了摇头说："我也不喜欢这些……我的老子他们却信得很厉害！专有一个'推八门'[1]的老道士，像军师似的在他身边陪伴着，大小事全要取决于他……就是连投降也是那个老道主张的——他说我的老子如果投降，将来可做一等将军……可是脑袋却被投降的将军们砍去了！……连那个军师……"

"今天在'卡子'上……刘元同我刚说了一点关于你的事，又被别的话岔开……"

"有时候没有事，我就常和他谈谈……别的弟兄们……他们多是喜欢玩牌的……很奇怪……听说刘元从小就喜欢赌钱……因为赌钱才和家里闹裂开……现在总算自由了……可是他竟连一些赌具睬也不睬……"

"我想……人是和水差不多……你若是任他大大方方地流去倒没有什么……你若是用石头或是堤坝障碍了它……那就要起

---

1. "推八门"系胡子队中的迷信，以八卦的生克来决定他们应走的方向。

154

急流……也要起波浪……"

"我想人是石头……如果一被铁东西碰到它就要冒火花……大碰大冒……小碰小冒……不碰不冒……"

人常喜欢把自己的经验，拿来做一切原则的例证。

半截塔回来了。他一走进这屋子，这屋子马上就显得狭隘和低矮，后面接着又是几个人，半截塔咆哮着：

"饭，——饭还不好吗？"

"你只知道问饭！"海交眼睛笑着，看着半截塔一面解除着头巾，一面又忙着卸掉弹带，扭开着衣服……

"有位兄弟——"海交问着半截塔，"要到凌河村去掏他们的窝……想拔几个人……你乐意去吗？"

"这得吃了饭再说——谁？"半截塔猜出是杨三了，"你要露一下子吗？……好兄弟……趁着年轻……好好露几手……叫天下也闻闻名……哈哈哈……"

他大笑起来，两只手叉在腰间，肚子一起一落地喘息着；两脚宽宽地离开，整个的人行路全被他障碍了，后来的人们便推开他，可是一转动的时候，他又要障碍到别人。

"你这边坐一坐吧——"海交看着炕沿向他说。

"坐下不成……一坐下喘不过气来……"他去到外面催促饭去了。一刻听到女人和半截塔在吵叫的声音。

这女人的声音是那样不正常地尖锐：

"你的肚子里是有虫子在咬着吗？每天、每次吃饭……总是你来催呀！……"

"不是这样说……大嫂子……人的肚子和肚子不一样……就像别的女人全生孩子……你却像骡子似的……一命货……那么你的肚子……我问你，为什么不能生个崽呢？……这一定是和

155

别人两样了……"这是半截塔的声音。

"你再胡放屁……我撕破你的嘴！……"

在这两个人的喧叫里又掺进了别的人们的笑声。海交向杨三说：

"人好像随着年岁改变了！……在半截塔年轻的时候——我和他是光屁股时候就在一起玩的伙伴——他从来没有想到过什么'家'……什么……孩子、老婆……现在他好像看见只要有个家的人……就想起自己。……年轻的时候打起仗来……他总要跑在别人的前面……有时候还要骂着，光着背脊……放枪来不及……就捡地上的石头……追打着官兵……真是一条龙似的啊！也没有如今这样胖——他是我爸爸的干儿子……"海交从炕上跳到了地上，背起手在地上轻轻地走了两转，而后停止住说："回头一算计……真是梦似的快！在我爸爸手下的弟兄们……死的死了……做官的做官去了……如今还只有我们两人……还是这样混！……我是一生注定应该干这一行的……我能做什么呢？像我这样人……做商人我又不爱财……做军官吗？……自小养成娇脾气……一向是看不起那些王八似的无能的东西们……怎能随着他们的手腕支使？那只有种地……可是我的老子并没有留下一条垄……一个穷人……在村子里……再不老实些……早晚也要被乡中的有势力的人物们送进监牢去……比方像你们村中那个大辫子……不就是个样子吗？看来他还是那样老实……无论算盘怎样打……我是只有这一条路……跑到底拉倒——"

为了这屋子人增多起来，不停地走动，屋梁中间悬垂着的一盏豆油灯，也好像光明了一些，只是灯苗却是不安定地在摆荡……

156

笑声，烟草的气味，试验扭拉着枪大栓希哩花啦金属的碎响……在暗暗的屋角里谁在哼唱着小曲……这不久以前还坟墓般的空旷的大屋子，现在竟像一个新添了脏腑的人似的生活起来了……

杨三叫醒着刘元：

"醒醒吧！小家伙……睡的工夫不小了！"

"别闹……我再睡一睡……"刘元一只手茫然地伸张出来推拒着。

"'卡子'上的人们全回来了……吃过饭我们要去凌河村——"

"去凌河村做什么？"刘元开始像一只虫似的动着身子。

"要去掏他们的窝。"

"全有谁？——"刘元简截地坐起来，一双大的眼睛蒙眬地向着杨三，"全有谁？——"

"人，还没有一定呢……要等吃完饭再说。"

"我算一个——"

杨三没有回答他，看着那面海交正在和半截塔说着什么。

"没有听见吗？——我算一个。"刘元动一动杨三的袖子。

"等吃过饭……看看'当家的'怎样决定——懂得吗？"

"顺便你可以看看四姑娘啦！……还有儿子……"

"这不是到那里会情人去……"杨三强制着要笑开的嘴，装着正经的样子，"他们那里的人是很多……傻子回来说……村子里尽在开会……一半人听杨洛中命令……要来打我们……另有一半人却不干……领头的听说是井老头……"

"老'义和团'吗？"

"当然是他了——他说：庄稼人这正是要忙着种地的时候……

天连点雨也不落……谁有闲工夫给他打胡子呀？——胡子又没有抢去凌河村别人家一个屁……仅是烧了他自己的柴栏……打死一个炮手……就这样调兵遣将惊天动地……弄得各家鸡犬不安……"

饭吃过了以后，海交来回地在地上走着，用着他那炯炯的眼睛，似乎在检查着两边炕上所有的人，开始说了：

"还有两个弟兄在山上没下来……别的弟兄全在这里了……我们明天要向羊角山那边拉 [1]……今天晚上杨三兄弟……要去凌河村掏一个窑……你们哪一位乐意去……吱一声……只要九个人……"

第一位跳起来答应的当然是刘元：

"我一个——"

接着是半截塔：

"也算我一个——"

"再搭上我们二位……"吴傻子和焦六各自拍一拍胸脯，由焦六代表着说。

"我们剩下的人……等他们去了以后……在半路上等着给他们打接应……刘元……你也要同杨三一同到村子里去吗？"

"一同——"刘元正在开始收拾着自己的枪；别人也开始收拾自己的枪和鞋袜……也派了人去把山头上的人找了回来。

"要加小心……"海交平静着声音嘱咐着刘元。又和杨三规定好了路线，和进行的步骤。

一切全停当。半截塔嘴咧开地笑着，各处转着，张望着每个人，除开一支大枪以外，他自己还有一支小手枪，珍宝似的

1."拉"，即是走的意思。

插在腰间，另外有一条皮带把它套挂在脖子上：

"诸位……我也许就在凌河村里住下呢……兄弟们那时候全到我的家里去吃饭……杀一口整猪……杀二十只鸡……一人一只……你们看好不好……"

"对了……那里正给你预备一个温暖的被窝呢？还有一个大姐姐……"另一个在后面调笑着他。

"说话要忌讳一点哪……"谁在这样叫了。

"第一个人……总要有一支小枪子……"海交看一看杨三只有一支步枪，别的人们因为资格老了，大多都有了手枪。

"你也应该有一支手枪——"海交向杨三说。

"有大枪就够了……我玩手枪还不如玩大枪拿手……"

"不是……因为跳墙……大枪怎么成呢？……"他思索着，最后很迅速地从炕内面的墙壁上摘下了一支手枪递给杨三，"先带着这个去吧！"接着从炕脚下又提出了一带子弹："这是二百粒……槽子¹里还有八粒……大约够用了。"

"不吧……"杨三推辞着，"你一会也要去接我们……平常用两支枪惯了……马上用一支是不成呢……"

"我们弟兄在一起，命全可以换的……何况一支枪？带上它——我一支枪两支枪是一样地用……对于他们这些土耗子们……我从来是用不到两支枪……"

红着脸，杨三接过了手枪和弹带，捆扎好了，他向海交说："那么……我们就走了。"

"好，愿你们很快很顺手就回来……明天我们好一同向羊角山拉……"

1."槽子"，即枪装子弹的部分。

在去凌河村的路中，别人全是安宁的，连刘元也是安宁的，这好像到一个熟识的人家，被邀请去赴结婚的筵席，有时候前后相接近的人，低低交换着谈笑……更是半截塔和外号"蘑菇"的焦六他们谈说得盖没了别人。……只有杨三是不安宁，每行一步这不安宁的度数也要成比例地加增，同时心脏跳击得像要脱离了胸膛；眼睛也常常起着云翳，颧骨和耳朵被烧烤着似的，如果在日间，人可以看到他的脸色是怎样焦红着。

"这是怎样了呀，痞子？"他在心里反复地诘责着自己，同时想尽方法企图把这扰乱镇压下去，但是没有用，别人的声音在他的耳边虽是不停地嗡叫，也不能使他存留一句在记忆里。他诘问着自己：

"你是怎样了呀？是恐惧使你这样么？不，绝不是……那是一些土耗子似的东西们……恐惧是临不到他们的……"

最后这原因终于被他寻到，于是心脏的跳动也缓和了些……眼睛也开始了清明……浑身的气力也渐就统一。

"啊！还是她！这个小妖婆！……"

他要努力把思想从四姑娘的身上拖开，但这思想似乎是一条橡皮的带，一端拴牢着自己的心上，那一端却被她眼不见地牵引着。

"她再这样咬着我的心！……"

他摸一摸挂在腰间手枪的柄子：

"我今夜就打死她！"

这是毫没有实现可能的决心被他想到了。自己偷着哑哑地笑了：

"这手枪……是'当家的'给你办公事用的……谁叫你来处置你的情人？浑蛋！"

忽然后面的半截塔叫着说：

"慢一点走……我的脚里跑进来一块石头呀！"

大家知道他是要休息，刘元说：

"胖家伙……你又在弄鬼……要歇歇吗？"

半截塔放纵地笑了。

一八 哑巴儿子

没有风，没有月，凌河温柔地舐着堤岸悄默地流着，可是天空的星群似乎竞争着全要从这狭狭的一条带似暗色的镜子里照一照自己的身子和光芒！每个全是那样不大方地闪颤着，排挤着要到第一排上来，只有在天角上微微发着蓝色或是红色的光芒较大的几颗，却安宁地自己尽着自己所有的光芒的剑，和这黑茫茫的暗夜做着固执的搏斗。

从林中偶尔传来枭鸟的声音，它常是刀一般地使这宁静的春的夜被划裂着。可是这夜，被划裂着的伤痕并不存在的，也并不留下一条疤纹，不久它会完好如初，以一个憀憭的看不见的球体似的浑圆，柔软，毫没有伤害过似的滚转着。

因为没有雨的缘故，虽然是夜间，这空气还是枯燥的，没有往常春天的那样浓郁的，青草的和雨过后被太阳所蒸发，被犁杖所翻腾起来的泥土的香气！这样的春天对于人们是不祥的，它不再使人们为了它而歌唱，它将要给人民们带来了灾害！——饥饿、瘟疫和死亡……

"这是一个什么春天啊？不给人们所需要的……"

当所有村庄的人们看过了那平静的只泛着轻薄的一些没有希望的浮云以后，彼此叹怨着开始对于"天"和"神"起着共同的咒诅：

"神！哪里有什么神啊？神难道不知道春天人们是需要雨的吗？春天……连一棵不应该生长的草……也是需要雨的啊！……"

日间，井泉龙从村东到村西，胡子在胸前盘结成一个疙疸走着；两只手臂挥天画地地向着人们，领导着人们……开始对于"天爷"和"神"喷放着咒骂。起始，老成的还远避着他，跟着他的只是一些孩子们；不安定的少年们……孩子们以为他这回真的要有什么"下降"了……他们听到过大人们说，井泉龙是当过"义和团"的……能够请天神下降……孩子们是要看看天神。接着一些壮年们也开始跟随了他。

"这老家伙……又要请天神么？"

"请什么天神？……你没听他嘴里口口声声在骂着'天'和'神'吗？……老家伙……大约活得有点够了……"

"不，他一年半年不能死……就冲那股壮实劲……至少还活二十年……"

像刺猬似的，蹲在街上墙角落的老成人们轻轻地议论着。

"也真怪……这天……什么时候了……还不该落点雨！不然……就是把种子埋下去……也得焦死在土里！……"

"这是老天爷的意思……昨天……在会上……杨洛中不是说过……这是我们这村中的人心不好……"

"人心……管下雨什么屁事？他就说他要去打胡子去就完了……"

"胡子也并不是一只麻雀……就是一只麻雀……它还会飞

飞哩……"

"反正……杨三他们这伙人不除掉，杨洛中的心里总是一块大病，早晚说不上什么时候……杨三这家伙非来收拾他不可……"

"反正咱是随着吧……要我们打……咱们就去……"

"按理说井老头子说的对，这是什么时候呢……去打胡子？胡子又没有抢别人的一个屁！"

"这年头……有钱有势说话才好用哩！井老头子有什么呢？除开他的岁数……"

今天井泉龙竟把村西端一所神庙里面泥做的龙王爷的脑袋给拧掉下来，并且一只手挽卷着龙王爷脑袋上的胡须，站在庙前的树台上，向围着他的人们讲说着："神，该下雨不下雨……供着它有什么用呢？还要盖庙给它住……人养活猪……能够吃口肉……养活鸡为的下蛋吃……没用的东西……人是不能养活它……神虽然不吃人的米和糠，它可是一年年地享受人间香火呀……庄稼人的钱，全是一滴血一滴汗换来的……我们不能再用钱给它买香烧……明天，我就来拆它这庙……揭它的瓦……谁来帮助我……举手……"

大人们彼此惊讶地看着，笑着……一些孩子们都无知地把手举起来了，并且打着呼哨和噪叫：

"有我！……有我！……"

这里如果有孩子的父母，他们会贼似的把自己的孩子扯开去，敲着他们的头顶：

"你……要遭天谴吗？"

有人给杨洛中送信了，说井泉龙拧下了龙王爷的脑袋提拎在手里，正在庙前向一些人讲着，明天他还要拆庙和揭瓦——

这使他感到一点为难，在地上打着盘旋：

"这是一个老泼皮……老亡命徒！他不相同林青……村中全知道他是个正直的人……怎样办呢？先把他绑起来押在'局子'里？"

他决定了要想叫炮手给局子一个信，派两个团丁去把这老家伙先捆起来收押在局子里，可是他又停止住：

"这也不妥啊！押起来将来怎样放他呢？放出这老家伙一定要找上我的门来……他也是个有儿女的人。"他又推翻了自己这决定。

自从那一次海交焚烧了他的柴栏，朱三麻子被打死了……他的心就开始被一只看不见的钩吊悬起来……虽然汪大辫子和林青已经关在了城里的监牢里，可以少掉两个与杨三通气的人，自己又增加了十个贴靠的炮手，官家为了他的请求，又在这村子里设了一个"保安分局"，也开始了编练团丁……更勒令着凡是一垧[1]地以上的人户，就应该有一支步枪，一垧地以下的要有一支打鸟枪或洋炮，没有地的"花户"或佃工，他们应该加一倍分担着钱粮。可是这也仍然填补不了自己这悬虚！为了要保持着自己在这村里地位上的尊严，表面他总显着什么全平凡，什么在他似乎全有了安排：

"我们凌河村……"他说话总是说"我们"的，"……从外面看也是几十家几百家……若是一旦有事关起村门来……我们还不是一家么？我们杨家……从几辈子起……对于远远近近诸亲好友……村里的族内族外……大小孩伢……全是一律看待……能帮什么我们就帮什么……可是外面人还说我们太厉

---

1. "垧"合十亩地。

害……其实……谁并没把谁的孩子抱扔井里去……当然欠我的租粮我怎能不要呢！如果我这样全舍起善来……我怎能活呢？我的老人们给我留下这点产业也并不是容易的呀！……不过真正有良心的人如今有几个了？……"

杨洛中说起话来总是条条理理的，他并不在话里使你碰到有棱角的字眼，可是人们是懂得他心里的棱角的。

"有良心的人不独如今没有了……从古以来恐怕就没有过一个吧？……早先我也常听你的老子杨半城那家伙讲说过：'如今的人没有良心了！'现在你又说了。将来你的儿子他们一定也说：'如今的人没有良心了！'……有良心的人……我是一辈子算看不到了吧？……说了半天……你说这没良心的人……是你们还是我们这样人呢？"

一次，井泉龙的头侧着，标直地坐在一条板凳上——他看起来总是那样比他同坐者高出一头——响朗着声音，使那大屋子的每个人全注视着他。他愉快地拧着胡子，眼睛轻蔑地笑着，直对着站在一个新由木匠造起来的方台上面的杨洛中，等候着回答。

"今天……我们不是说家常话来了……这是来开会……井老叔！"含着若干屈辱，杨洛中才把"井老叔"三个字叫出来；为了给大家看，他是怎样懂得礼节，尊敬着他父亲同年代的人！同时却像触到了什么不可忍受的气味似的，把那发着肿胀似的大鼻子，竭力地拱动着，抖一抖长袍的袖子，阴冷地笑了笑，眼睑便沉重地奔拉下来，不再注视着谁们——把话题急速地扭转开：

"青沙山那里现在窝藏着许多胡匪……听说——这是千真万确的——他们在这几天里……就要来破我们凌河村……这里面

就有杨三……还有刘元……我已经从城里请到命令了……我们先去，随后官兵帮助我们……"

"我们要下雨……我们要种地……没有工夫和胡子去打仗……要去，你领着官兵和你的炮手们自己去吧……我们不去——"井泉龙认真地站起来，手臂挥摆着说，"我们不去——"说完又坐下。

"你一个人不能算全村人的意思啊，靠你有多少地呢？别人比你的地多得很多吧？人家为什么全不反对？"杨洛中说。

"对呀！就是这样么……他们田地多……他们怕胡子……我们仅仅有那么拳头手掌大……"井泉龙把手掌伸出来比量着，"……一点点地……不下雨……不好好地种……我们一家子到秋天得把脖子扎起来！……我的儿子为什么要给你们去打仗？……打死了呢？你养活我的一家吗？还要买枪……买枪做什么？打臭虫吗？我不买枪……我的儿子也不去打仗……胡子来了要我什么我就给他们什么……把闺女给了胡子作老婆也甘心……我是穷人……穷人为什么给你们这样人家去打胡子呀？……我要下雨，我要种地……我不要我的儿子去给你打胡子……除非你把我弄死……或是像弄汪大辫子和林青那样把我也送到县城的监牢里关起来……听见了吗杨洛中？……把我弄死！……关起来！……我老井头是见过风浪的呀！……"

这时候村中的有头面的人闪出来了，杨五爷也是中间的一个。他们恐怕井泉龙再说出什么不好听的话语损伤了这村中的"凤凰"的威严的翎毛，全要趁着这个机会卖一分人情，对于自己总是有好处的。他们分成了两部：一部是去劝解着杨洛中，教他先回家去，关于青沙山剿匪的事情，由大家来想办法，单单井泉龙一家或是一个人反对也是不成。杨洛中说：

"诸位老少邻居们……你们今天全在场……我杨洛中并没说出一句倚势压人的话吧？……大家也听见了……井老头他的嘴尽胡说些什么呢？……其实这凌河村不必说他一家不去不要紧，就是十家不去也不要紧……我满可以自备十支枪……外雇十个炮手……也不算什么呀？……不过这不能破了规矩呀？……你们说是不是呢？……这是官家的命令……也是我们凌河村的规矩……去把胡子们扫净了……不独我们村子好……别的村子也安静啊！……这难道说是为了我自己么？……他不能这样倚老卖老的……在这村子里横行——"

"谁横行了？……"井泉龙也正在被一群人们包围着，他听见杨洛中这面高声地说到他"倚老卖老"在村子里横行，他咆哮着要拨开包围他的人们，"谁横行了？谁倚老卖老了？……你……杨洛中不能走……必得要给我说个明白……我老……我胡子白……是吃我自己一滴血一滴汗……喂老了的……我没有丧过天良……刻苦过别人……我没有沾过你们杨家一根草的恩惠……我没有把谁家的老婆孩子……给活生生地拆散了啊！……向你讲一讲公理这就是横行么？这就是倚老卖老么？这就是穷人们没有良心？……"

那面的杨洛中只是灰败着脸色，嘴唇不能节制地抖动着……狼似的露着长长的牙齿；他把手臂抬起来又落下去……似乎要争辩着什么……但是却没有声音发出。这面，杨五爷也不再那样文雅了，他抱着井泉龙的腰嘴里嚷叫着：

"好邻居们……帮帮忙啊！……把我们的'当家的'先劝回去……这里你们把紧他的胳膊啊！……"

井泉龙周身全被人绳子捆绑着了。自由的，只有他那红色的嘴唇和唾沫星，还能自由地开闭，自由地喷爆；再就是他那银白的相同骏马的鬃毛似的胡须，还能自由地随着头的摇摆桀骜而放纵地飘飞着……

"总得把他制服了！……总得！"

好容易杨洛中才从他这回忆的迷雾中摸索出了自己，深深地叹息了一声，接着自己向自己点一点头，接续地决定着说："总得制服了所有反对自己的人……这样一个老头子还制服不了……将来怎能制服比他年轻和强壮的人？这对于儿孙们也是必要啊！为了将来他们承继我的田产……必要叫他们像生活在棉花里面似的生活在这村中……不然这田产，这房屋……"他仰起头看一看那屋顶上每根全变成了黑色的，但却是乌光闪亮，标直粗大而坚实的栋梁："也许被别人拆掉了……也许换了主人……孩子们全是无能的了！"于是他决定先收押起井泉龙，但是他还是在地上走来走去……更深和更开阔地想开去……

他懂得他的孩子们，他们对于老子的田产似乎并不感到多大的兴趣。他们对于这个"家"需要的只是钱……他们对老子总是感到像一个障碍似的存在着，更是他的做军官的小儿子，也就是杨洛中所心爱的。

"钱又不是穿在你的肋条骨上，为什么拿出来总是那样不痛快呀？将来你的钱还不是我们花吗？……你能用自己的嘴把它含到棺材地里去吗？"那小儿子有一次讥笑着他。

"孩子！你还年轻……不懂得创业的艰苦！……你的爷爷们为我们弄到这点产业不是容易的……他们骗蒙古人……侍候俄国鬼子……什么全做才弄到这点家当……你说得很对……我是不能用嘴把钱和田地、房产带到土里去……但是我却乐意你们也像我似的……虽然不能增多……也不要减少了……传给你们的儿孙后代……"每当他的小儿子向他发脾气，他总是这样殷殷恳恳地解说着他对于"钱"吝惜的理由。

"整仓子整仓子的粮食存着不卖……留着发霉喂老鼠……而后做肥料……为什么不卖了它给我们花花——哥哥在日本也是要钱用啊！"

"你懂得什么呢？没有荒年……粮食怎能卖上价钱呢？……做肥料也比卖低价钱强……"

"等着吧……我升了大官……这点点产业我是不屑得要的呢！……"

杨洛中看看儿子那样阳气的，时时捡着偶尔落在军服上面的尘土星急忙用手指弹去的样子，自己默默地点着头，凄凉地笑着：

"这不是一个守业的家伙呀！只好指望着大的了！"

大儿子是在日本学着工业，已经几年没有回来了。他不大喜欢那个孩子，那是他的大老婆所生的，做军官的儿子是二老婆所生。还有一个女儿……这全是他所喜爱的。

井泉龙被拘留在局子里了。他的两条臂膀和腿被坚牢地背剪着捆绑起来。因了他嘴里不停止地叫骂着，警兵们便用一条带，像为一匹不安定的马戴嘴勒似的，使两条带子头从两面嘴角引向后面去，而后就在脖子后面扎结起，这样他就再不能够发出清明的声音，只有一条舌头还在嘴里呜呜啦啦不停地绞卷，于是警兵们愉快地笑着，拍打着手掌，称赞着这个方法发明者的聪明……各自走开。

井泉龙的眼睛变成赤红，被安置在一所空房子的土炕上。他起始企图要把身上的绳子挣开，但这绳索捆绑得是过于没有规矩和坚实了！一刻他周身的脉管全起着肿胀，滴滴的汗水联结起来浸湿了周身；眼睛就更变成了赤红……他哭了！接着他却试验着用眼睛在这屋子里寻找可以能把这绳索割断的东西。

别的屋子里，警兵们正在猜着拳，没有节制地破裂地呼叫、吃着、喝着。那些晚饭是杨洛中派人送来的酒和肉。……一股酒的和炒菜的香味，常常要随着不定向的风偶尔转到这个屋里来，这又引起了井泉龙的饥饿。他的牙齿开始嚼碎着嘴里的布带——他像一匹马似的，疯狂地企图咬断横障在他嘴里控制他自由奔腾的铁的衔身！

"喂！老家伙！怎样啊？够味吧？"一个喝醉了酒的警兵，裂张着他的胸襟脚步不安定地走过来，身子倚在门框上调笑似的问着。

"我们应该收拾收拾他……他把我的鼻子全打出血来！……"又是一个翘着将流过血不久现在还用棉花塞着的已经红肿了鼻子的警兵说。

"长官吩咐过了……不准乱打他……小心打出伤来不大好办……"

"那么揪一缕胡子给我的儿子作鞭鞘甩吧……这不会有什么伤……"那个警兵真要来解开井泉龙胡子的纠结；那一个又拦阻了他的伙伴。

"哎哎！他那胡子作鞭鞘甩起来怎么会响呢？怎比得上马尾巴的毛……小心他咬断你的手指头……你看那眼睛快冒血了！……"

那个要来揪拔井泉龙胡子的警兵，看一看井泉龙那带着血的向他直射着的眼睛，也似乎感到了一种寒栗！不敢再走向前。

"你——你是哪里来的？你是谁？敢来解绳子……"

突然一个高大粗壮的脸色棕紫的小伙子闯进来，这使警兵们愣住了。

"……"那个男人并不言语，只是在那老人身上寻找着绳子的结头。两个警兵来擒抓他的手，却被这男人像处置一个孩子似的挥倒在地上，警兵们喊叫起来了，接着警官也出现了——这是一个枯瘦低矬的小男人，一只眼睑上有着一个红色的疤；另只眼的眼球也不是正规的圆形，好像经过琢磨而后镶嵌上去的一块有棱体的石头，闪着不正常的光。

"绑起他来……"那警官尖声地喊叫挥着手，警兵们却只是不动，他们好像故意容许那个男人松解着绳子，自己像一个不相干的看热闹的人。一直到那个瘦小的官长跳起脚来第二次叫喊着，"你们全是死人吗？为什么不动手啊？拿我的手枪来……"每个人才彼此看一看，笑一笑，喷吐着烧酒和牙秽交组成的气息，由一个身材壮一点的警兵彳亍着步子走向前来说：

"喂！我认得你……你是井老头的儿子……你是个哑巴……"

哑巴回头看一看他，点点头，仍旧解着绳子……

"你不能在这里解绳子啊！……你的老子是犯了罪呀！……你知道？这是衙门……"

"浑蛋……我叫你绑起他来……谁叫你和他说话呀？——绑起来……"

那个壮身材的警兵回头看一看，他的官长已经把手枪端在手里；一只手指画着——适才被推倒的那两个警兵，也正站在官长的背后，帮同喊叫着：

"绑呀……眼看老家伙的绳子被解开了……"那个原先鼻子流过血的人，现在又重新流着血……

"你来绑吧——巡长……要开枪吗？慢一点……"那个警兵他却闪开了身子向那个鼻子流血的人说："你来呀……"

所有的绳子全解开了，最后被勒在嘴里的布带也取下来——上面有着鲜红的血渍——井泉龙却只是没有动静地被儿子解开着绳缚，抽去了布带，一切完了，但是他还是静静地躺在那里，眼睑垂闭着；这面那个小官只是跳着脚，玩具似的把手枪托在手里，骂着他的部下。而那个哑巴却是愕怔地回翔着他那深黑的大眼睛，一刻摸摸他老子的胸，又摸摸那手腕和脚腕各地方被绳子勒进肉里的纹花，轻轻用手舒展着揉搓着……真如同一幕哑剧——如果不是有那个小巡长咆叫着破坏这寂静。

"哑巴！这是你吗？"

井泉龙说话了。这使人们神经蒙到了一个冲击。各自警戒着，也许这老头马上就跳起来，扑向自己。连那个长官也开始不自觉地向后退缩，但是他们看一看井泉龙还是无变更地仰面躺着，眼睛睁开了一次又合闭上，从这面嘴角轻轻地有一条线似的新鲜的血流挂下。那哑巴点一点头，嘴里呜呜了两声，又摸着他老子胸膛；揉着肉上的绳纹……"哑巴……"井泉龙的眼睛又睁开了，温柔地看着儿子的脸——那是有着很多髭须，无论眉毛、鼻子、嘴和耳朵……全是粗糙的，似乎没有经过琢磨的人的雏形，是一个刚刚砍出来的石头的人头雕像那般直爽和单纯。

"哑巴！"他带颤地举起一只手来，意思要他儿子的手，哑巴把手递了过去。

"哇哇！"哑巴"哇哇"承应着，他把一双深黑的大眼睛，火似的投射着老子的胡须——那上面也有着新鲜的血渍。

"你回去吧！好好地种地养活着妹妹和妈妈……不准去当

172

兵，也不准替杨洛中去打胡子……这就是我嘱咐你的……因为你是残废人……我不再嘱咐你什么了！回去吧！我要死在他们这里——"他的眼睑又垂闭上了。同时握着他儿子的一只手也抽撤回来，空茫地在空中摆了一摆，脱力似的又垂落在身边；说话的时候那最末的声音，是不合乎他平时说话的声音——微弱了，幽沉了……

"哇哇……呜呜……"

井泉龙的眼睛又睁开了，这次的光亮似乎更暗弱了一些，他看着儿子用手抓一抓自己的手上的绳纹，又指一指站在门边的那些塑造在那里似的警兵和那瘦小得出奇的警官——他的手枪已经不抬在腰上，不知什么时候却垂在了身边，愚蠢地分张着没有血色的两片薄嘴唇，像观看一幕出奇的喜剧似的向这面望着——哑巴而后又抓一抓自己的胸膛，响响地拍打着，一串串的眼泪，便从那双洞似的深黑的眼盂里流出来了。警兵们彼此望望，窃窃地打着私语：

"这哑巴还懂得哭呢！……"

"不准哭……回去……这不是你哭的地方……这里就是我的坟墓——"井泉龙的眼睑又垂闭上了，手这次在空中挥摆是坚强的，更放粗鲁了声音，"听见吗？回去！我不要一个只会流眼泪的儿子……我要一个能报仇的儿子呀！……"他说着，人可以看出来他那垂闭着的眼睑有了充涨和不能遏止的急速的颤动，同时更新鲜的血流，从这面嘴角，由一条红色的线似的变得更宽阔了一点，变成了一条绳……

当哑巴走出门来——经过门时，他们是给他让着路的——那个警长才记忆起来似的叫着：

"混蛋们……缚住他呀！他犯了警章——"

警兵于是也开阔地叫着：

"不要放跑了……缚住他呀……"

警长的手枪又开始握贴在腰间。

一九　宣誓

几乎成了一件奇迹！一些人们今夜忽然蒙了杨洛中的招请。被招请的人们之中有在前清当过哨官的唐大成，在蒙古贩过马的何四眼……他们全是这村中嘴上有了胡须的有着相当田产和资望的人。他们惊愕地问着来邀请他们的炮手：

"还有谁呀？你们东家这真是……"

"有，多着咧……这村子里凡有胡子的就请——除开井老头子以外——"炮手们没有兴趣地回答着。

在路上他们遇到，每个人全摇摆着，穿着在前清参加过"圣典"的宽袖大马褂……没有马褂的就把自己唯一的，或是准备将来落葬时候的衣服穿出来，经心地顺理着曲卷了的胡子，无必要地拍打着身上的尘土，彼此打着问讯：

"也有你吗？不知是什么事情啊……噢！他也来了呀！"

"你这老家伙也来了呀……"

彼此回环地问答。问答的时候在每个人的脸上，似乎全标写着这样几个字：

"看，不独有你，也有我哪！……也许你是不重要的一个咧！"

杨五爷也在这里面。他比平时更显着文雅地，对于任谁说话总是表示没有意见地点着头。为了路上的风，银胡梳便经常地拿在手里，只要有风把他的胡子吹摆一下，他就要用它顺理顺理，即使这风并没有扰乱他的一根胡子错了位置。为了时时要表示这邀请他们的主人是他的族人，便时时在别人提到杨洛中的时候，就要穿插上自己的意见：

"我们杨家……看来总是非凡的！比方说……过去的不提……将来不提……就拿现在来说……我们这位'当家的'二儿子……才是多么大的年岁呢？……已经当了什么'校官'了！……这将来……到我们样年岁的时候……不也许做个大总统吗？……就是不做大总统……将军总是握在手里的……还有老大……听说在日本学工厂……人一到了外国……那就不用问……回来总是了不起的人物！……"

"这时候真不比我们那时候……这年代只要有钱就好了……我们那时候当官还得要问'家谱'咧！……'旗人'那是一下生就有皇家的钱粮吃……"

做过哨官的唐大成是一个仪表很不凡的人：走路的时候胸脯总是突起着，肩头扭摆着，无论什么时候，总是作着马上走向前给谁曲腿请安的准备姿势；脖子永久是挺竖得柱似的标直，一只手拇指上套着一只很大的玉石"扳指"，据他说：这是他打"义和团"的时候，因为生擒过两个人有功，大人们见喜，恩赏给他的，还有一只玛瑙石雕琢的鼻烟壶，据说也是什么大人的"恩赏"。

"早先做官……要是'武举'出身……总得能把百十斤的大铁刀耍几个背花……搬石头……一马三箭……现在不用了……"他好像怀着无限慨叹似的，捋拧着一部浓浓的连腮胡子的尖梢。

"这时做军官的……那马骑得也不像样儿啊！好像大姑娘骑毛驴……哪像骑马呢？"

贩过马的何四眼——平常爱戴一副茶色眼镜，用以遮住他那经年发红的眼睛，这绰号就是这样来的——逢人总喜欢诉说他青年时候贩马的一些光荣和浪漫的故事。他说蒙古男人是愚蠢的……蒙古姑娘却像鲜牛肉似的使人喜欢！他的老婆就是从先他贩马的时候拐来的个蒙古姑娘，他俩每人骑着一匹马，并排地跑回他的故乡。

一间长大的厅堂里每个角落里全高烧着红色的长长的蜡烛；房梁上垂悬着点煤油的有着乳色玻璃伞盘的"保险灯"。

主人得体地接迎着每个人，那个瘦小得出奇的巡长早在这里了，他总是和主人不甚离开地活动着，像跟随一匹马的马蝇似的，尖脆地响着声音。因为他是这村中的长官，人们不能够因为他瘦小就遗忘了他。

"呐！巡长在这里么？……"

"大家不要拘礼节……随随便便坐下说话……"他从条桌的这边又转到那边，一刻他又吩咐他的警兵或是炮手们倒茶或拿烟，"我替主人……招待招待吧！……"

在吃喝完了的时候，主人的话开始响起来了：

"今天把诸位请来……就是为了井泉龙这件事……问一问大家的意见——我从来是尊重我们乡亲父老们的意见——不是吗？白巡长也在这里……"

因为喝过了烧酒，彼此的眼睛多是红着的，全是痴呆地仰着头谁也不想先说一句话。站在条桌一端的主人说着，看一看旁边的白巡长——他却像一个蟋蟀似的鸣叫起来：

"我是打算把他们爷两个全向县城里送，或者送到区上局子里，被这里'当家的'拦下了。我们全是外乡人……并且我办事从来是'一秉大公'……就是被拨派到你们这村子里来……也就是因为我在县城里办事情不马虎。按照国家法律说……他破坏神庙就是犯法的……他的儿子还敢闯进我的局子里打伤我的警兵……替他老子松绑……这全是犯法的事。如果送到县城里……至少得在牢狱里关他们二年。如今我看在这'当家的'面上……也是看在你们大家的面上……我不送了……看看你们大家是怎样完结这件事？……最后我说——"他指一指杨洛中，"你们摊到这样一位村长……你们真是太福大了……还捣什么乱呢？……"

"巡长这些话真是金石良言啊！不过井泉龙……全村全知道他是个带有疯病的人……至于他儿子呢……是个哑巴……凡是缺点什么的人……他们的心眼也是不齐全的。……我们'当家的'从来是大量的……我们杨家……"杨五爷提到了杨家，把身子直一直，梳一梳胡子，眼睛看着杨洛中，打扫了一下嗓子说下去，"我们杨家从来是宽宏的……因为这样才能积得有发达的儿孙……如今这个井老头交给我吧……我们两个还不错……我要把他劝过来……这'剿匪'本是大家的事……连我这没有多少土地的人……还是一样跟着张罗哪！……"

杨洛中始终是垂着他那沉厚的眼睑静听着。为了杨五爷替别人承担过去这肩担子，大家的心门便全又敞开，嘻嘻哈哈凑热闹，随流地称赞着杨五爷：

"总是杨五爷哪！……什么事情总是这样干脆明白哪！总是杨五爷！"

杨五爷的脸被称赞得发了烧，似乎也忘了胸前的银胡梳……

枪声，一只初秋的雁声似的划裂着长空，使这凌河村正在睡梦中的人们或是清醒着的人们，像要换了季节似的感到一种森凉！接着两声，三声……接着，山头，河洼，整个的村庄全被这爆响组织起来了。

"妈！枪响了！"四姑娘从睡中震惊着，抓紧了睡在身边的妈妈。

"不怕！孩子！这又是什么人……来攻村庄吗？……"林老太搂过女儿轻轻地拍抚着。她一刻把头从枕头上抬起来听一听，一刻又落下，一刻又看看睡在一边的婴儿——婴儿却睡得很安宁——嘴里自己发着疑问："胡子？……如今是这样大胆了？"

"妈！'他'也许在这里面吧？"四姑娘偎贴在妈妈的胸前，微弱地颤着声音说。她好像又归复了二十年前，夜间握着妈妈的乳头睡在怀里。可是，现在妈妈的乳头在她的手里，已经是那样地不同了！泄了气似的贫瘦地软垂着，而自己的却正似两颗饱满的橡皮球，夸张地排列在胸前。

"妈！你想什么呀？我说话你没听见吗？——'他'也许来了吧？"这回她的声音不再颤着了，同时她竟摇动着妈妈的肩膀。

"谁？杨三？……"

"那么，你说还有谁？"女儿显然为了妈妈这明知故问有点生气了。

"他来了能怎样呢？他是同伙伴们一起来的……"林老太声音带着无可奈何感叹地说。

"那他就不许离开伙伴一刻……来看看我们么？难道说孩子他也忘了！这是谁的骨血呢？"

四姑娘的声音又有点带颤了。

"傻孩子！你听……你听……这枪声该多么密呀！……你

听……锣声……钟声……全响起来啦……他们这乱子一定是闯得不小呢！……他怎能够来看你？傻孩子……"

四姑娘沉默下去。

街上有人跑着和叫着的声音：

"喂！低下身子跑呀！……沿着墙根……知道吧？……有多少人呀？……"

"谁知道？……东西两山头上的卡子枪……全被'摆'[1]去了……听说局子的枪也弄去了……"

"总有一百人！……"

"……"

枪声不再那样杂乱，渐渐由村西滚向了村东，可是在村东单个响的声音，已经不再分明，只是一片爆响……

四姑娘忽然从妈妈的怀里坐起来，在黑暗中摸索着灵快地盘卷着头发，她寻找着火柴。

"你坐起来做什么呀？孩子又没有哭……小心流弹从窗子里闯进来碰到你……"林老太惊愕了。

"那么容易就会碰死人？……这样大的天空……人是这一点点……枪子又是那么一点点……"她继续寻找着火柴。借着从窗纸上映射进来的一点灰白的光，火柴寻到了，她点起了灯。

"你又点灯做什么？夜间有个'风吹草动'最忌讳点灯呀！……"林老太说着格言教训着女儿，四姑娘却只是一面整理着衣服，一面寻到一条黑色的方巾把头发包扎起来说：

"我要出去一趟……妈！"

"到哪里去……到院子里去？"

---

1. "摆"，读上平声，即缴械的意思。

"不——到街上去……"

"胡说……这时候到街上去做什么？外面这样乱！"

"不，你不用管我……"她又在门边寻到一只锈了的古式的腰刀提在手里说，"我去啦……"她的手准备去拔门闩了，这却使林老太着了慌，也顾不了自己的年龄，她相同一个巫婆似的跳下地来抓住了女儿，眼睛直直的：

"你着了疯吗？谁家的女儿在深夜里在街上跑啊？……外面响着这样的枪……你要做什么？向妈说……妈帮助你……什么事我没有答应过你呀？……"

孩子哭了，四姑娘才放下了手里的腰刀，推着林老太上了炕，把孩子抱过来，坐在妈妈的身边，一面奶着孩子一面说：

"很久了……我就要寻找杨三去……自从爸爸被抓进监牢里……我这心就更铁了！……我常想：为什么我是个女人呢？眼看着自己亲爸爸说抓进监牢就被抓进监牢……他犯了什么罪啦？……眼看着自己的仇人……每天在街上大摇大摆地走着……还被别人尊敬着……你们老两口就生了一个儿子还没有音信了……为了一个闺女……到老了，老了……还教你守着活寡……我的心怎能忍呢？杨三他也不能替他的老朋友报仇……我也知道穷人们和富人们打官司是没有用的……要钱没钱……要势没势……从古来不就这样吗？……穷人要报仇……只有一条路——当胡子——多多有了伙伴……就可以报仇了……我虽然是女人……但是我总是不信女人比男人有什么不如的地方……打枪算什么呢？古来不也有的是女人们干了很大的事情吗？往往男人们也干不来。……就是有两条绳绑着我的心了！——一个是你，一个是这孽障孩子！——我的心总是狠不下来……你呢，我走了……就剩你自己，怎样养着这孩子过呢？这孩子初生下来我倒不大在意……如今他懂得哄人了……只要我一把孩子抱到怀里……一看到那小脸……我的心肠就再不能硬起来！我……"

四姑娘的头低垂下来了。林老太的眼睛凝止了似的一直盯在女儿脸上——外面的枪声渐渐在稀薄，狗的吠叫和街上人说话的声音却显得繁多和高扬。炕边上的小煤油灯的焰苗轻轻地摇摆着，孩子吃饱了，又在妈妈怀中睡过去。——窗纸上的白色却更显得分明。

"……唉！真是说：女人的心……是肉长的啊！……"四姑娘深深地叹息了一声，把孩子从怀里捧出来又放在了原来的地方，听一听孩子响起了很小的鼾声才走离开。系好衣服，但是头上的手巾还在包扎着，虽然是在这样暗弱的灯光里，而那弯曲得相同一张上弦的弓似的唇线，和那微微发着光亮的，涂过了油泽似的红殷殷的嘴唇的颜色也还是分明的，有点突起的前额下面潜伏似的一双暗色的眼睛，是那样澄清而崇高地时时闪投着桀骜的光……

"孩子！你不要抛下我……"林老太用手臂战颤地要支持起身子来，接着说，"……你也不要抛下这孩子……他是你自己身上掉下来的肉……也是我们的骨血呀……"

短短的灰色的被脑后的发髻所遗留下来的头发，在她那发亮的头顶上没有主张似的森立着，眼睛似乎被长久的惊恐所淹染，赤红地张着，无力地拖坠着下巴：

"……自小你就是个任性的孩子……但是我却只喜欢你呀！我爱你，疼你……超过你所有的姐姐们……你的哥哥虽然没有音信……我也不想念他……就是你爸爸关进牢里去……也不能和你比呀！……他把你嫁到这样一个人家来……我终生也要恨

181

他……埋怨他……也埋怨自己……不应该半道顺从了别人的主张……"

"过去的事情常常提起来总是不好的。爸爸并不是有心造成这个错！他的心肠是良善过所有的男人……我从小就相信他……"

"哎哎！你总是替他表白……我也知道他的心肠是良善过所有的人啊！可是他常常是拿着良善的心做出恶结果的事情来……这还不如没有一颗良善的心！"

"良善的心总是每个人应该有的……做错了事情……那并不是心的罪恶……也不是良善的过错……"

林老太紧紧地揪抓着女儿的衣袖，拖近了自己身边，流着泪亲着她的脸，嘴里反复反复地叫着：

"……好孩子……你说的什么全是对的……全是对的……妈妈的心肝！你说什么全是对的……人是应该有一颗良善的心……无论在什么时候……恶鬼们怎样击打它……"

"为要保护自己良善的心……就得杀死破坏这些恶鬼……决不能容情……"

突然四姑娘伏下头去放纵着声音哭在妈妈怀中了！这使这老人又陷入了迷惑！她连连叫着；又企图要捧起她的脸来：

"……你……孩子……又是怎么了呀？你……孩子！……"

"我……一天看着我们仇人生活在太阳下面……我的心是不能良善！……也不能和平啊！"

林老太好像耳朵遭了堵塞，她只有呆看着那更加苍白起来的窗纸———一只放在女儿头上的手，也停止了抚动。

早晨的太阳从练带似的连绵着的山岭的后面，困惑地升爬上来，郁闷地烧烤着自己身边的云霞。大地上空气的流动似乎也要停止了，人们的呼吸全感到了艰窘！树枝梢上的鸟雀们乱杂地噪叫着；每片树叶似乎也全感到了厌烦——总是生活在这样一个没有雨、没有突进的春天。

在森林的深处，正静止着一些灰色的人，从那不伦不类的装束，从那衣服上渲染的新旧的血渍……人是可以断定他们是用着怎样的方式在这人类的历程中生存着的。

"弟兄们……你们……结果……了……我……吧！……"

这是带着痰喘的重浊而无力的老人似的声音向谁作着请求。可是除开这声音自己消没向树林以外，却没有听到回应。接着这断续的声音又响起来了，比起前一次的是更显得重浊和喑哑！不过这次却挟裹着一种执着的激愤：

"弟兄们……你们竟是这样狠心么？……竟眼看着我在你们面前活受罪……竟舍不得一颗枪弹么？……哎哎！……我们白白同生死了……几十年？……"

"我们怎下得手啊！……"这是杨三的声音，他蹲踞在躺着的海交身边，一只手摸着他那发灰和发白的前额；一只手揩抹着自己鼻子和眼睛哭着；蹲在他对面的刘元也哭着，半截塔却呆呆地坐在海交的脚下，嘴大大地张开着，两只腿直直地伸向了两边，没有声音任着眼泪从那海狗似的眼睛里漫流下来……

其余的人们形成了一个椭圆形的环，静静地围立在四周。

"弟兄们……不要再牵留着我……你们多牵留我一刻……就是多增加我一刻的痛苦啊！……我还有什么依恋呢？扔下我吧！我对于人世没有依恋了……人世上也没有依恋我的人……我没有娶过老婆也没有孩子……也杀过了我所不爱的一些敌人……也没有违背了我老子的遗言：我没有投降了官军……回来擒拿我旧日的伙伴……我一直是和他们拼着的……"

他的呼吸急促起来，胸脯发了疯似的起伏着，从左边的胸胁上流出来的血水也起着泡沫一刻一刻地在增加。一刻把他垂闭起来的眼睑又张开，凶暴地搜寻着，把手伸出来说：

"把我的手枪给我……杨三兄弟……让我自己送回我自己去吧！……你们全年轻……刘元……半截塔兄弟……你们闪开我……你们好好在一起混吧！……我把我老子的一句话送给你们：'不要投降'……只要你们还在干！"接着他说："……完了……就埋我在这里吧……我喜欢这地方……也许这地方也埋不久长……狼和狗会分吃了我……这是死后的事情了……谁还管它呢……我的两支手枪……一支送给刘元，这一支……"他从杨三手中接过手枪来翻转地看了一刻，似乎想要说话，但是没能够，声音好像在咽喉里遭了什么阻塞，只是一只手指一指手枪，又指一指杨三，而后把手又左右一翻摆，枪嘴便转向了自己——等别的人们从自己手掌里抬起脸来，那已经什么全安贴了！只是一具畸零而瘦细的尸身舒适地展放在地上。从那面，斜斜地有一些从树叶的间隙射进来的阳光，在那光亮的几根仅有的银丝似的头发中间辉映着——血在额角间无止尽地流着，枪身一半已经遭了血漫。

半截塔和刘元他们每人拉着这尸身的一只手蹲坐在两边无止尽地流着泪哭着，更是半截塔，他还要像个女人似的，数落出来：

"……你呀！我们是光屁股时候的弟兄啊！……我们曾说过哟……生同生……死同死……打过一千遍仗哟……枪子像雨那样落过哟……也没碰死了咱俩……漏过一千遍网哟……见过成千百的打我们的人哟……他们也被我们一双双地打死过……谁知道……你却送在这一颗不值钱的流弹上了……你自己送你

184

回了家……这世上只有孤零零的我一个人了……我还留着干什么？……"他哭着，把每一把揩下来的鼻涕和眼泪便抹揩在死者的衣服上，趁了别人没有注意的时候，他竟把自己腰里的手枪举向了头上准备要放了——

"你……"忽然后面一个人发现他，一把打开了他的腕子，可是这枪也终于响了，弹子穿过树身和树叶飞向了林外去……

别的，没有哭的和不会哭的，彼此正讲着话的，或孤独地坐在一边思索着的人们……也全围过来问着：

"怎么了？半截塔——"

"他也要不活了……"打落他枪的人，还在紧张地捏紧着半截塔的腕子回答着，而半截塔却低垂下了头，像一个刚刚呕吐过伤了酒的人，鼻子流着鼻涕，嘴里拖长着涎水坐在了地上，没有声音。

"这还成个什么样子呢？'过去'一个人……在我们'绺子'上还算一回事么？还值得这样娘们似的寻短见？赶快我们是掘一个坑还是怎样？——埋起他来呀！——我们活着的还是得活着呀！……在这里蹲久了……附近村子知道了信……也许给我们个不方便……莫非还想每个人全埋在这里么？……"这说话的是一个整脸麻斑的人，他的一只鼻孔被肉封闭了，人们就叫他作"烟囱"。

"烟囱说得很对……"别人们赞成着，"来……掘坑……"每个人抽出自己的短刀来在这树林里寻着了一片泥土较厚的地方开始掘着坑。那个烟囱用着不清朗像伤风似的声音补充着："这样的'当家的'过去了谁不难受呢？……我们总得想法给他报仇……那才够得上兄弟一场……绿林们义气咧！"他也抽出自己的短刀来开始挖掘着泥土……

这里，杨三从血浸中取起那支手枪来，他一面揩拭着那血渍，一面流着泪劝解着半截塔：

"你不能这样……除开'当家的'……现在只有你在我们这'绺子'中是一位老大哥的地位了……你不能使兄弟们散了心！……"

"我能做什么呢？……"半截塔也擦着自己的手枪，一个还没有哭够的孩子似的，勉强收包着委屈——嘴，愚蠢而可笑地张咧着，眼睛像没有枯竭的山泉总是那样湿漉漉地说，"我能做什么呀？……你们全看我年纪大……我年纪大……是白年纪大了！我还没有一个孩子聪明……海交……自小他就是我的魂灵……一个人没有了魂灵……那还怎能活下去呀！你说？……"

"你，并不如你自己说得那样不中用啊！一个人只要勇敢和忠诚……那是比聪明还要可贵呢……"杨三说。

"那你只好这样说了……"在半截塔脸上微微有点笑意了。在他临把手枪要插入腰间的时候，他拿在了面前翻摆了一下说："这个小家伙……它今天没送我回家……将来我必要用它送你的仇人——"他拍一拍死者的尸身："……听着吧？大哥！我必要用它送你的仇人——杨洛中那王八羔子和他的儿孙——通通回老家——"

正在为尸身用碎草和从别的地方撕下来的碎布揩净着肋间和头上血渍的刘元说：

"杨三也举起你的手枪来……我们三人要起个誓——"

刘元就从腰间把海交遗给他的那支手枪抽出来，使枪口对向自己的心窝说了：

"至死不投降！……至死要用这支枪替他报仇！……中途若

186

有改变……就如这支枪——"

杨三和半截塔也作过了。在说着誓言的时候，刘元的声音几乎连续不下去了……哽咽着，战颤着……完了以后，他还是继续地揩着那血渍：

"你生前是爱干净的……死后也干干净净地埋在土里吧……可惜这里没有一点水……附近的山沟全旱干……"

杨三和半截塔也到那边同着别人去掘坑。刘元最后把那不断流着血水和起着泡沫的创口，用碎布也堵塞起来——掘坑那边的人们忽然腾起了笑声……

他们竟是这样喜悦吗？什么奇迹发生了呢？值得引起他们这样的笑？

原来是一只癞蛤蟆在掘着坟坑的时候被他们发现，人们打死了它——坟坑已经掘得停当。

"连一张纸全没有烧！你生前虽然见过大块的金银……死后你可就要做个穷鬼了！"

谁在这样唠叨着，接着是一声很悠长的叹息。

"来！我们怎样向里抬呀！我抱脑袋。……全说人死了……亲人抱脑袋，他没有亲人……我就算他的亲人了……"吴傻子第一个蹲下了身子，嘻嘻地笑着，两只手准备在死者的脑袋两边，其余的人们也各自站好了自己的位置，由一个人喊了一声口号：

"来——"

于是轻轻的这个很小的尸身便被亲切的一些强壮的弟兄们的手臂举向了空中。

伤口的血水又滴流了，但这已经不再被人们注意，一任它悄然地滴流下来没有声音地消没向土中。

杨三、刘元和其余没有抬着尸身的人只是在后面没有声音地走着；半截塔没有移动，他一直是坐在掘好了的坟坑旁边，眼睛不转动地瞪着那坑底。从坑壁和坑底露出来的那些被斩断的树的须根是那样发着骨头似的惨白。那个癞蛤蟆的尸身暴露着眼睛，肚肠开裂着，仍然还遗留在坑底的一个角落里，被他发现了——人从那里轻轻地沉默地移动着脚步向这里移过来，从天顶树枝叶间隙投射下来的太阳光，像一些金色的细碎的流动的花纹似的，悠徐地在那尸身上面轻轻地漫过……

"这怎能成啊？人怎能和癞蛤蟆葬在一起呢？"半截塔跳下坟坑去，扯起了癞蛤蟆尸首的一条腿，远远地抛开去，并且嘴里诅咒着，"鬼！这是埋你的地方吗？这是为你掘的坑吗？……你也要睡在这里？……妈的！……滚开半里路去——"

坟坑跳下去是容易的，可是当他准备要爬上来的时候，才发现了困难！——尸身已经等待在坟坑近边。

"你这是怎么了呀？半截塔……这是给你准备的吗？快一点爬上来呀……人们全在等待着你……"

他脸红着……嘴里打着呜噜……到这个角落里试验，到那个角落里试验……可是每个坑角全是那样峻陡，最后他竟站在了中央，喘息着，抹着头额上的汗……向上面望着。

"你想和尸首埋在一起吗？看望什么呀？你想叫我们一辈子这样抬着这尸首吗？"抬着尸首的人们叫了。

"兄弟们……我爬不上去了，你们谁来揪我一把吧！……哎哎！一个癞蛤蟆的尸首也在这里面……我要抛它出去……跳下来容易……跳上去想不到竟是这样难啊！……为什么你们全会那样容易……"

"把你身上的肉割下一百斤喂狼吧……"

他被人们好容易拖拽上来，接着死者的尸身便被安放下去。可是人们只是向下面眼看着躺在坑底的尸身——他是那样安宁和坦然！那光亮和饱满的小脑袋，那高耸的眉骨和透露的颧骨和额骨！那有点勾曲的尖锐的小鼻子……那严密而温和的嘴唇，那疏疏的几根发白的毛发和胡须，那深深刻在两眉中间直立着的一条针形似的纹皱……那交搭在胸前两只骨质雕成似的小手掌……这是最后一次在伙伴们的眼前呈现着了！

"埋起来吧！不要看了……"杨三提议着。

"是啊！看到明年也不会再跳出一个活人来！……"

"让我来抛第一把土……我是他的亲人……"吴傻子真的他先捧了一握土撒下去。

"来！大家一齐来……"

这是比挖掘的时候要容易得多了，顷刻间，尸身的最后的一片灰色的衣角不见了；顷刻间，平地上便隆起了一个不甚大的丘坟，发着霉潮的泥土气味浓烈地飘散着。

"一样的泥土……埋下种子还会有新的种子生长出来……可是一埋下了人……为什么就永不能见面了呢？"

吴傻子奇妙地发着他的问话。谁能解答他呢？他用脚，也用手在坟的上面希望再坚固点似的拍着，打着，直到别的人们去整理自己的枪和从村中得来的枪，有的吃着烟休息着，或是谈论着这次事情，海交是不应该死，而竟死了的故事等等。他——吴傻子——还在拍打……

刘元倚在一棵树身边，他一直看着那坟坑像一张恶魔的没有牙齿的嘴似的吞下了他的老友；接着他又看着每个人用着手和脚纷忙地把那陷下的坟坑填平了又突起来，而后别人散开，只有吴傻子单独地还在那里玩着似的用手和脚围转着坟堆拍打着，嘴里像背诵着魔咒似的动着，不时还要有长长的涎水滴落下来。——在他旁边也倚着一棵树身坐着的低垂着头像睡着了似的——那正是半截塔。

这一切全像梦幻似的出现在他的眼前。他也幻觉着埋在这坟堆里的不是海交，而是另外一个陌生的人，海交也许正在青沙山哪个人家里躺在炕上独对着烟灯；或是踱走在地上，等待着他们的归去。

"喂……我们该走了……"谁在纠合着人们。

一刻间是步枪相磕碰的声音响着了——每人的肩上全是增添了一支新枪。

"我们还回青沙山吗？"

"怎能还回那里去呢？"

"那么只好去羊角山了……"

"羊角山太远了呀……还是去青沙山……明天再去羊角山……"

声音是越来越繁多，最终竟一团没有端绪的头发似的纠扭着了。

正独自轻轻地垂着头思索着踱走在一边的杨三，他本来是打算等大家决定了到哪里以后就跟随走了，并不想在这个时候加进自己的意见，可是当他看到这样一群失了寨巢的蜂似的人们嗡嗡地叫着，这很感动他！

"一只要想航走的船……总是该有个掌舵的人呢！"

他看一看坐在树下的半截塔，——那人还是那样睡着似的头低垂地放置在拱起的膝头上。

"让我来决定吧。——这是'当家的'生前的主意——我们要去羊角山……那是安全的……"杨三决然地说着。

"好，我们去羊角山……杨三兄弟……你暂时代一代'当家的'……"

杨三走在前面，这队伍一条多节的灰色的蜈蚣似的开始爬出了树林。在队尾上走着的是半截塔和刘元。

二〇　守望

将军们要彼此在这一带地面上战争和官军们要大规模地来剿匪的消息，犹如一种眼不见的灰色的烟雾似的宽大的罗网，起始是轻松地网罗着靠近大路的每个村庄里面每个神经特别敏感者的心！接着这罗网似乎有一个眼不见的庞大的蜘蛛，用它那无耻的大肚子无绵无尽昼夜不停地拖曳着，致使每个村庄里最愚蠢的除开吃和睡和工作平常连别人看也不乐意看一眼的人们，以及孩子们——他们的小小的心，似乎也被这不幸的罗网的丝组织着了。在人们一谈到这个蜘蛛问题的时候，他们也要停止下——无论站在大人后面，或是钻到大人们的前排，而听到的讨论总是这样的：

"什么时候打呢？"

"要打也总得秋天啊！这时候怎能行兵呢？——正是'青苗在地'。"

"将军们还管这些吗？……'红苗在地'又管什么哟！……随将军们高兴……我想……乐意什么时候打不就什么时候打吗！……我想……"

"将军们打仗……也得挑选季节……把田苗全糟蹋了……还

191

怎么给他们纳粮？……"

"不管什么时候打吧……打是总要打的……那时候我们沿着大路的村庄……也许要杀得一个鸡犬不留……我们这样的年纪是不在乎死的了……人世间的苦、辣、酸……各种各样的滋味也尝过了……也见过各种各样的战争……什么外国打我国……日本打俄国……本国打本国……胡子打兵……兵打胡子……无论怎样打……还是谁打谁……归根结底……老百姓总是遭殃的……虽然他们全说打仗是为的老百姓……如今的将军们这样说；早先的皇帝也说的是为了黎民……官兵们打胡子也说的是为老百姓……其实……哎哎……老百姓……只要有地种……老天爷的雨水好……没虫灾……没瘟疫……老百姓要战争干什么呢？哪一颗子弹放出去……还不是我们的汗和血呢？皇帝们要保守自己的江山……将军们要保守要增加自己的领土……"

有着各样经验的年老的人们，他们完全平静地这样说着。

"……不用着忙……你们这些小娃子们……将来也要青蛙似的教炮火烧焦了……"

"烧焦了你……烧焦了你……"

孩子们每颗小小的心房里全在锁藏着这样一个秘密：

"我要被烧焦了吗？像只青蛙？……"

孩子们是见过烧焦的青蛙，自己也动手烧过它们来做午餐——那是个不很好看的形象，肚子圆圆地胀着，四肢扭曲地伸张或拳蜷……周身焦黑……闪着肿胀了似的光亮……

"是一打仗，我们就要被烧焦得像蛙似的吗？"

"滚开……什么你全要问……你的命怎能比一只蛙啊？"

父亲们并不为孩子们解释，他们只是焦烦地蹙起眉头，威吓地挥举着手掌驱走着他们。

"今年的胡子……又要像光绪二十六年[1]了。"

"嗯！……"

讨论完了将军们将来要举行的战争，他们又要讨论今年的胡子了——更是凌河村。

村中的每个母亲们在日间要这样嘱咐叮咛着孩子们：

"不准再挨近老'义和团'了呀……小心他一时犯了疯狂……揪下你们的脑袋来……"

还没有到夜间，只要村中的牛羊群一回来，太阳将滚下山去的时候，父亲们就要这样命令着孩子们：

"不准再跑出去了——听见么——弹子穿漏了你脑袋……不听话我要扔你到凌河去喂鱼……"

男人们日间工作得虽然疲乏了，夜间还要去守望，渐渐地他们变成了焦烦，对于孩子和老婆渐渐地这焦烦便代替了那平常的温和！

局子里的警兵也增加了五名。那个小得出奇的疤儿眼巡长被调走了，却换了一个高大的生着满腮胡子的人。这人的眼睛常常是浑浊得像吃过了酒似的赤红着；常常要独自挂着手枪，或是摘下来连着手枪木壳一同摇摇摆摆地提拎在手里，敞开着军衣胸襟，故意显露出那突起的胸脯上的胸毛，头傲慢地举起串走着村中每条街，每条僻静的小路，只要一遇到谁家门前有女人停留，他也要停留住，侧起头，眼睛就更变得浑浊……

"你们家里有别的村庄来的客人吗？"他发着劈裂似的声音问着。如果女人们没有回答，静静地看着他，他就要一边走去一边说：

---

1. 光绪二十六年，在东北凌河一带胡子甚多。

193

"有客人要去到局子里报告啊！不报告可不成……"

他知道像这样不言不语的女人多半是厉害的，也知道凌河村的女人漂亮是漂亮，但能够放枪也能够杀人，于是便试验着再去寻着自己用不着费力的幸运。

"这个新来的巡长……不是个东西！……"男人们回家来女人们常常是这样地诉说着。

"怎么说呢？"男人好像没有兴致关心这问题似的漫然地问着。

"他常常站在门前看人……"

"看一看管什么！……还看掉了四两肉么？凭他……看！……他还敢到凌河村来偷老婆？……就让凌河村的女人全是好看的……全嫁不到人，怕是也轮不到他——一只猪……"

"看吧！这东西……也许在我们村子里会闹出故事来……"

"哼！那他……可就离挨'干'不远了……"

局子里的警兵虽然有了增加，每个山头上守望的团丁也有了增加，在夜间巡逻的人们不停地贯走着全村的每条路和街……可是从有了那个意外的奇迹的夜以后，在街上，杨洛中就不再出现了，虽然他的炮手也有了增加。

防备着杨三他们似乎成了防备一颗不能够预先断定在什么时候，或是哪一处天空出现的流星一样，在任何一个时辰里，每个人的枪总是不能不谨慎地背在肩上，或是提拎在手中。每颗心上似乎全绷着一条敏感的弦，只需要一些些震颤就会惊悸地鸣叫起来。

在没雨水的时候种子不能够埋下去，人们每天只是把希望的绳连系在那天空的每团悠闲的轻轻游走着的云；雨水落了，种子一颗颗地埋下了，也还是把希望的绳系在了天空的云！如今那黄青青的秧苗已经是漫田漫垄地绿着了；山坡和草原，似乎要和这为人类所眷爱的田地竞争着，用着野花野草也装点着自己的春天——更正确点说应该是夏天了——并且还是那样无边无际地连向了远天。树木的芽叶浓烈地飘散刺人的香气；秧苗却是迫切地等待着锄铲了——可是这一切再不能使村中的人们发生趣味了！若是在每年这时候，正是如同秋天等待着收割似的，每个人脸上每条皱纹的沟洼里，活泼的全充溢着甜味的笑意和温和；而今年在每个人的脸上却充满了焦烦，眼光迟滞！——现在每个人把自己希望的绳却全系缚在"平安"上了。不过这"平安"是比天空的云还要狡猾而不容易被系缚住。

"妈拉个蛋的……这是在生活着吗？……每天尽扯这些王八蛋！'战争'！'胡子'！……来！就快一点来……或死或活……总有个结束……这样一天一天地挨……算什么呢？……连一点觉全睡不安宁……"

"少睡点觉算什么呢？你又没有像汪大辫子那样俏皮的老婆……"

"如今你别再扯这笑话了……这比不了汪大辫子没坐牢的时候！"宋七月的脸红了。

"是真，假不了；假，也真不了……你如果不是那样人……就是别人的谣言把石头全穿成孔洞……算什么呢？那还不等于放屁？"

同宋七月一同在山头上守望的冯秃子，他是和七月有着一样的月亮头，只是他的两只耳朵是特别张大两片贝壳似的被黏结在脑袋两边。这人眼睛是细小的，凹凹的鼻根，颧骨高突，在没有事的时候，他总是喜欢把舌头探试地像一头牛犊似的舔着上唇和鼻尖。他是一个喜欢赌钱的人，老子给他留下的一点田地已经输去了一半，但他是这全村最有名的聪明人，凭你怎样快地数说着各样琐碎的数目，在你数说完了，他同时也把总结的数目报告出来，从没有错误过。他只念过两个冬天四个月的书，他却能背下那书上的注解来，但是到第三个冬天，他的老子用刀子逼着他，他也不肯再去念了，他说：

"我为什么要念那些我不懂的东西啊？什么'子曰''子曰'的……我要学赌钱……"

老子终于气病了——死了。

"他妈拉蛋的……赶明天……我把那一点地全输掉它！……连这支枪……看他妈的还要我守望不！再一急眼……找刘元他们去——知道吗，七月？刘元是我的好朋友哪！"

"你还有多少地！"

"两'天'[1]半——五'天'好地……干去了一半！……"冯秃子说到自己被卖掉的田地，完全坦然地笑着舐着嘴唇。

"连我这样'户'……还要出一支洋炮。就是出一支枪也不要紧，但我这样的人……身子是值钱的啊！我的身子就是我的产业，是搭不起一天工。看吧！就是河那面快靠近山顶了……零零碎碎那几块秧苗发黄的……就是我的地！看吧！碎补丁似的！怎比你们那些地呢？……看吧！在秧苗的颜色上全有分别，收成那当然更不用问了……可是，越是不好的地你还得越要加工侍弄它……粪土也得要好……雨水要好……山坡上的土地……涝点倒没有什么——可是如果涝大了也不成——山水会把所有的秧苗连着土冲跑了……不然滚下来石头也轧烂了它们……还最怕是旱天……一遇到旱天……山坡地是先完的……

---

1. 东北的田地十亩为一"天"。

每棵小苗被太阳烧着，地底下的砂石蒸烫着，真是眼见地那小东西们悄悄地蔫了下去！枯了！死了……贴在了地上！"宋七月说着，眼睛是不离开地看着那南山——可是靠坐在"卡子"石头围墙根下的冯秃子，却轻轻地引起了鼾声。

他看一看这个和自己月亮头相同的，而命运却两样的冯秃子，也又把自己的眼睛引向南山去——凝视了一刻，站起来自语地说：

"明天该铲了！"

宋七月始终是带着无限爱抚看着那南山——他坐在"卡子"围墙外面。

这是近乎正午，凌河，好像被那天空的太阳凝定住，是那样慵懒地流走着，静静地，看不到一个像点样儿的波浪。

靠近村西这一边的河岸有女人们正洗着衣服，一起一落木杵的声音还可以听得分明；孩子们赤着身子，浸着，跑着，在浅滩上；狗们，好像追逐着什么似的跑去又跑来……飞溅着水花，有时候也许把孩子撞倒了……

田里铲地的人们有的回家来，有的正在地头上开始用着午饭。公鸡们悠长地嘹亮地啼鸣着，配合着起起落落木杵撞打着石砧的声音……

宋七月站起来沿着"卡子"石围墙走了一转，想要找一找自己家的位置，可是树木遮迷了眼睛，忽然那边北山坡上汪大辫子家的房子，却是清楚接近地在他面前裸现着了，——这使七月的心初沸了的滚水似的再也不能够安宁下。自从大辫子入了狱以后，翠屏就不再到他家里去为孩子们偶尔买一点什么了。就是在街上，或是什么地方再见着，她也是那样冷冷地招呼着，像原先那样无拘束地，随便说着笑话的情景是烟一般消散得没有痕迹。

宋七月记得当大辫子被捉去以后的第几天，他曾到她那里去过，同时是这样问着她：

"这真是天掉下来的事啊！为什么捉去了他？"

"因为他太老实了呀！——天总是向老实人的头上落灾害的……乌鸦也在老实人家的房子上做窠……"

她的小脸更显得狭小了，那薄薄的勾曲的嘴唇红红的颜色和那颗嘴唇上的痣也不再那样使人魔惑。原先汪大辫子在村中的时候，他——宋七月——还时常秘密地把这个讨俏的影子在自己的冥想中伸张或是缩小着，用自己的仅有的一点温情的汁液来轻轻地涂抹着它，他曾想着：

"一旦有机会……我们会怎样呢？……她是不是喜欢着我？……我是个月亮头……但……我的心却是有绒毛的啊！"

自从汪大辫子那天早晨被拴在马脖子上捉去了，他是亲眼所见。他也看到翠屏是怎样固执地斗争着，流着泪……要会见她的男人……以及当汪大辫子临行时脱下头上的狐皮帽，扣在了儿子的头上的时光，那寒峭的晨风是怎样吹摆着他那小辫子和小辫子后面零散的头发……林青是怎样低垂着头……而他——大辫子——又是怎样地用着那眷恋的眼色频频地回着头，直到那马蹄翻飏起大路上的尘土遮没了他们……

"灾害的鸟，也会寻到这样人们的头上么？"

他在回家的路上翻翻叠叠地这样问着自己，梦幻似的自己回答：

"灾害的鸟是在什么人的头上全可做窠的，不独他们……也许我！……"

思想正像一只迟迟疑疑航行着的船忽然触到了一块不甚凌

厉的岩骨，船身虽然幸喜没有遭到破损，而这整个船的平安和均衡暂时是破坏了！马上是不可捉摸的一种沉没的感觉锐敏地捉住了他整个的心！而这感觉不独是锐敏的而且还有着锋利的带有回刺的须钩！

"啊！也许这鸟……有一天会飞临我的头上来？我是不比林青和汪大辫子更善良啊！也许灾害尽爱着良善的人？……"

他停止住——不知为什么要停止住——回过头去向那时才经过的，有着逼天孤拔的大树群的地方——那下面就是杨洛中的宅院——望着，他也不知自己为什么要这样望着。——那点缀在光秃的树槎枒中间的每个乌鸦的窠巢，好像是象征着不幸的黑点，随便可以点到每个无知人们的前额或脸上来，就相同一阵不规则的风，会把那乌鸦们的窠巢吹落下来随便可以飘落到每个行人的头上一般。

"看什么呀！七月——"经过的人们问着他。

"不看什么……我看一看那树上的乌鸦窠……"

"每个窠如果弄下来……可以作烧两顿饭的柴火呢。"

曾经有一个整天和整夜他没有言语，也忘了责罚他那善良的老婆。思想是一具被什么推转着的轮盘似的忽急忽徐地打着绞转。

"哎！她是真心爱着大辫子的哟！——灾害只要它喜欢，是什么人全可以找到的。"

最后他的思想轮盘总算在这样一个暂时的桩橛上决定地停止下来了：

"不……如果我是大辫子或林青……我不能够这样顺从啊！一只耗子……也不是这样容易捉了去就捉了去啊！耗子被关进铁笼里……那是它太迫切需要那块引诱的食物了……它忘了考

虑……人是不能够这样的……人对于给予他灾害的无论是天还是人……总应该尽力挣脱一下的……还要销毁它……不要再灾害到别人和自己的子孙……"

对于汪大辫子的老婆他也这样决定着：

"在患难中引诱一个人这是极下贱人干的勾当啊！我应当帮助她，她现在是个无助的人，她不同四姑娘！……"

那天他去汪大辫子的家中，在临行的时候，也曾红着脸，吃喳着嘴这样说：

"有什么要我帮助的……你向我说一声……钱多了我是没有……零零碎碎我还有……米粮我也有一些……因为我做小生意……要人力我是有的……穷人们帮穷人……也只有一把力气和同情吧！……"

"大辫子就是教他们砍了头我也要生活下去啊！我有孩子……他们是一年一年向上长的；就是在钉板上我也要滚着活下去……我要眼看着我的孩子们……——谢谢你……宋伯伯！"

她说起话来还是那样斩决，狭窄的脸幅青白着，眼睛火似的在燎烧。在这样的女人跟前宋七月自己觉得自己好像失落了男人们应有的倨傲和力气！从那时候起，他对于自己的老婆几多年来的憎恶忽然是春天的雪似的遭了消融！——啊！女人全是不可解的伟大哟！——他开始朦胧地这样意识着了。从那天起他把汪大辫子的一点田地承担下来由自己耕种，每个月他先给翠屏二斗粮食。

宋七月倚着"卡子"围墙似乎也忘了天空的太阳怎样炙灼着他，"酱幕斗"[1] 却放置在"卡子"里面——冯秃子的鼾声一直

---

1. "酱幕斗"——是用高粱秸皮编成大角度的圆锥形的夏日东北农民通用的帽子。

震响着，从嘴角正长长地滴流着涎水条——他的心平静下来，看一看汪大辫子的一个孩子正在院子里赤着身子追赶着一只鸡……却始终没有看到翠屏——她到哪里去了呢？

他明知没有希望却还在南山和各处能够看得到的地方漫然地用眼睛寻找着她——从山下，两个接班的人走上来，他认出第一个是他的兄弟八月；第二个是这村中身材最矬的朱百岁，他已经三十岁了，可是却只有一个十岁的孩子那样身长。

"他妈拉蛋的……这是哪里的道理呀？……一些兵们吃喝完了却躺在树叶底下唱'呀呀咿哟……'。这热的天却要我们来守望……自己的地全他妈的……要荒啦！……如果再落一场雨……"宋八月一边爬着山一边断断续续地骂着，好像又似在和那个走在后面的朱百岁在交谈，可是却听不见朱百岁回答的声音，只有弟弟的粗嘎的大嚷大叫漫山漫野地响着，他似乎看见了七月在那里等待着他们。

"喂！你们回去吃午饭吧……"他向哥哥开敞地叫了过来。

二一　"给我寻一把刀"

一只年老的脱了头毛的鹫似的，井泉龙的头顶更显得光秃了，脸上每块骨头棱角也全显得更伸张，只是脸颊和眉额上边的纹皱却深陷得一天比一天使人吃惊！白胡子还似乎是照样，丰满地在胸前飘来飘去……他常常是手背着，头微微地昂起着，眼睛有时候是急速地火似的转动着似乎要寻找着什么燃烧；有时候又似乎是凝结了的水似的，一直看向天边……从村东到村西，再回来……或是穿走着村中每条大小的街蹽走着。脚步总是那样一致，像怕要惊动了什么似的，安静而傲慢地走着。有时候从清晨到昏黑，从昏黑又到次日的黎明……有时候也许是整日地坐在什么地方或是睡在自己的家里……可是一遇到背着枪的人他就要停止下，指点着说：

“喂！你这个青年英雄！掮起枪来做什么呢？是派来捉我的吗？还是去打仗？……”

起始别人还以为他是一个清醒的人在和自己开着玩笑，因为平常青年人们常常是和他开着玩笑的，便也以玩笑回答他：

“我是当今‘大总统’派来捉你的呀！”

“啊！”这是一声破裂的尖叫，接着他的眼和嘴要胀裂开似的大张着，抖颤着全身，两只手像愤怒的鸟雀腿爪似的向这个人跌扑过来——从这时候起，人才彼此地传说着：

“井老头子疯狂了啊！”

背枪的人只要一看到他的影子，总是躲避开或是踩着另一条道路走，如果实在不能越过他，当他问道：

“年轻的英雄们……为什么你们全远开我了呀？……我没有疯狂！……我没有疯狂！……疯狂的只有杨洛中……他要子孙万代……保守他的财源——你们全背起枪来了……去做什么呢？揪下龙王的头……天就落雨了……知道吧？……天是不管龙王的事……要落雨就落雨……这是扛起锄头来的时候了……为什么要背起枪来呢？我问……”

“我们去打兔子呀！……”人们为了要不使他知道这些能够触起他爆发疯狂的事情——守望和打胡子——便构造了这样一句欺瞒他的话。

“不要欺瞒我……我没有疯狂……这不是打兔子的季节……

这是锄地的季节……打兔子是用围枪……不用这个东西……"
他有时候，要用手拍打着背在人身上的步枪，人们只有笑着望
着他。确是的，听着他这清朗的有条理的说话，人对于他的疯
狂起着动摇了：

"他是真疯狂了吗？"

可是接着他们又要想起井泉龙过去的一些故事，和村中人
们的传说，又把这动摇安定下来：

"虽然不全疯……多少是有六成疯了！……除非疯狂的人是
不干这些奇妙的故事啊！一个孩子也知道这是愚蠢的事！"

"对了……总想着……枪是打围的……不是吓唬人的……也
不是给我们的'皇上'（他指的是杨洛中）保江山的……"

当人们一看到说着这些的时候，这个老人就真是变成疯狂
的形象了：牙齿锉咬得发着震响，立刻人可以发现他的身子抖
颤……眼睛直直地张开着……他的哑巴儿子要从什么地方转出
来贴在他的身边，预防着他跌倒。可是当他恢复了清醒的时
候，又要命令着儿子：

"哪！——你怎么又在这里呀？走开……这是锄地的季节
呀！……"

他的儿子于是连连地点着头，没有声音地又隐向了他看不
见的地方去了。——等待着他下一次的疯狂！

"七月……为什么在这季节里背上了围枪？……这是拿锄头
的季节呀！……"

"我从东山上'卡子'下来——你好呀，大爷！"

"我总是好的……你有一个最良善的老婆……你不要再打
她！……听说你近来不打你的老婆了？"

"嗯！"宋七月没有兴致地回答着，因为一种焦烦又正在

203

浸浸地开始燃烧着他，他正在决定着下一次守望——他要拒绝了——可是单独拒绝的勇气总是凝定不起来。他从来没有出过头对于公众的事情提出过自己的意见来反对，就是他在孩子的年龄游玩的时候，他也总是一片叶似的任着群的波推流着；即使这流去的方向是他所不乐意或是竟有时候残伤了自己，他也是顺从地忍受着——他的老婆却变成了容纳他这一切被侮辱与损害的发泄的海！

现在，他要像一个将要啄破这忍受皮壳的鸟雏，他要看一看皮壳以外的天了！虽然他的啄角还是柔软的，腿骨也还是柔弱的，只要一阵不甚大的风也可以吹倒他……可是他既然把这整个的皮壳啄破了这么样的一个孔洞，外面的天空已经是那样高朗开阔地引诱着他，接待着他……这欢喜却代替了他的恐惧。他去见过了翠屏，也见过井泉龙，更是翠屏是那样深深地感动了他：

"啊！她是个女人哪！人是应该这样刚强一点生活着下去吧！"

他的弟弟——八月——便是一个很早就破碎了妨害自己的皮壳一头野马似的生活着了。起始他烦厌着这样粗鲁的人，于今却觉得只有这样不受侮辱和损害的人才是对的，才是有着人的滋味的生活。现在把自己心里所决定的要向这老人谈一谈，他从来是没有承认过井泉龙的疯狂。

"井大爷……我有话要向你说呢……"他遥远地看见了哑巴隐藏在一个墙角等待似的窥探着。

"要说什么故事呀？是你自己的还是别人的？"

"也是关于我自己的……"他把话截断下来，看一看有没有经过的行人；井泉龙也似乎帮同他察看着。——这是个静悄悄的午天，不独人在街上很少出现，连一只母猪也率领着自己的崽儿们到附近的水沼里安息去了。

"也是关于我自己……也是关于人……就是……我不想荒芜了自己的一点田地——再给别人去守望……"

忽然井泉龙抓紧了他的一条臂，振摇着，不说话，只是用那圆突的眼睛在七月的脸上不信任似的察看——这使七月对于井泉龙的疯狂不信任的信念起了摇颤：

"他真是疯了么？适才还是这样地清醒呀！"

从隐藏在那边墙角窥探着的哑巴也走了进来，他向他的老子指一指，又向七月指一指，摇一摇手，嘴里呜哇着不连贯的声音，这使七月更增加了迷惘！他要脱身走开去，可是那个老人的手爪是那样透力地捉紧了他，一直到使他感到了疼痛，井泉龙才悠长地透了一口气，同时手指也弛松下来，他看一看身边儿子说：

"你又来了呀！我不会跳河淹死我自己……也不会到树枝上把自己吊起来……你为什么……总是一条尾巴似的坠在我的后边呀！……去，走开我——"他在命令。

哑巴是照常地点着脑袋，眼睛深黑斗聚着眉头走开去——这是曾经演过了几多遍的剧似的重演着。

"晚间……你到我家里去吧……我听一听你要唱一支什么样的歌……你一定去呀！"

从那一次被局子绑去了以后，就不再听到他那高亮的笑声！井泉龙的笑声和林青的胡琴还有杨三的歌声，是这整个凌河村的声音，也是洗浴这整个凌河村人们灵魂的温暖的源泉。虽然林青和杨三离开了这村庄，可是井泉龙高亮的笑声，还是常常地响着，人们还可以勉强地清醒着自己。自从这笑声也消失了以后，这村庄便开始成了一块暗哑的石头，每个人从先活跳跳的心颗，似乎也一天天沉重下来，被一层又一层眼不见的烦躁的黏性的烟雾似的网罗包缠着了。每次的呼吸也似乎增加了窘迫！今天，忽然井泉龙的笑声又高亮起来了，可是听到的只有七月自己和哑巴！

"晚间……记牢……我的家——你光屁股全去玩过的——我要听听你唱一个什么歌……"

井泉龙他一面走去，一面还回着头，手从背搭着的姿势向空中挥扬着。挥扬完了又恢复了背搭，头微昂着，看着前方迈着安详的步子走了去……从后面也可以看得出他身上的骨骼有着透露和弓曲，失却了那不久以前的标挺和丰满！

"啊呜！……啊呜！……"

哑巴经过七月身边拍着七月的肩头，又指一指走远了的井泉龙嘴里"啊呜"着。在那深黑的眼睛里，忽然泛起了一点不可解的表示着什么喜悦似的波澜，眉头也轻轻地展开了一个瞬间。

"晚上……我到你们家里去……"七月好像自己也变成了一个哑子，说话的时候用着破格的声音，同时手臂也在表示地指指画画……

"啊呜！……"哑巴表示着认可似的，同时又深思似的点动着头，他那宽厚的手掌，炎热地摸着七月的手臂，那算是代表了他的言语。

"一个残废了的好人！"

到了家，七月的老婆是无有改变地柔软得一池春天的水似的接迎着他，问着他：

"为什么换班这样慢啊？八月不是早就去了么？"

"哦……"他对于老婆总是不乐意解说自己遭遇到任什么事情，他把手里的围枪，没有珍惜地推在了炕上，便坐近了饭桌无言地开始了吃嚼。

"大辫子的老婆来过了，她说……她要你到她家里去一趟……"

"她？……"七月把筷子停在嘴边，刚刚平静了的血流忽然又遭了意外的震荡，立刻颧骨上感到了一种炎热，勉强镇静着继续向嘴里填送着成团的饭粒，可是这饭粒的滋味，再也感觉不出像第一口吃在嘴里的那样香甜愉快！这只好像在为自己的肚子尽着一种义务！每颗饭粒对于他的味觉是木柴似的生疏和隔离！直到肚肠的鸣叫加紧起来，才又提醒了他——饿了。

那女人她一直是把眼睛躲避着丈夫的眼睛，像监视着狸猫的小鼠似的溜来溜去。……她记录着他的感情的升腾和降落……从升腾和降落的经行途程中，她可以预测出来他是不是又要向她头上倾泼着他的愤怒？自己该怎样承迎或躲避。……不过近来却使她失了这把握，他不再怒骂着各样使她刺心的言语，也不再随便用着什么东西毒打着她了，虽然他还是那样没有欢容地和她取着隔离……但是她觉得他和她的中间一条深不可测的、开阔的、常常响着波澜的黑色的横流着的河，却是一天天在低浅、狭窄和澄清得可以看到那河底的砂粒了，眼见着那干枯的河床是要闪露出它那从来没有在太阳下面闪露过的胸膛了。可是她唯一惧怕的还有一个源泉——那就是翠屏。

"怎能够干涸了这个源泉啊？"

她昼夜地寻思着：

"只要这条源泉一干涸……便什么全安全了！"

可是这源泉今天又开始冲流出来，但是她那诅咒和毒恨，却又溶解成了忍耐：

"也许忍耐会战胜了这恶鬼？"

在她那将将培育起来的一点春天的草似的希望的苗芽，如今又被一条恐惧和焦烦的虫儿蛀蚀着了。

"我到汪家去——"

"你就去吗？"

"……"

这好像宣布了她的一次临时的死刑。她眼看着七月一抹嘴巴，擦一擦那发光的额头，对于这个好像别人的家似的，对于她似一个不稀奇的路人似的，毫没有眷念地走了去。这使她脸上每颗麻子全变成了阴黑！她抓搔着胸膛在院子里走转着，又在屋里走转着。就是当七月怎样毒打着她的时候，她全是发着笑，没有一颗泪滴流下来，她的泪常常是流落向别人所看不到的地上。她对于七月总是宽恕，对于自己总是在管束和这样解释：

"谁家的夫妇全是争吵的！……夫妻之间是没有一条公平的尺啊！男人们永远是个应该宽恕的孩子啊！母亲们总是应该被孩子们虐待着。"

而在原先的七月却只觉得这是一个没有弹性的棉花团，有时竟为了它太柔软，这也使他激起了一种卑视的怒恼：

"为什么你会这样无廉耻的柔软啊？……"

如今的七月忽然改变，反是使她感到了一种不可捉摸的空茫！

"他改变了！为什么他忽然改变了呢？这是什么兆头呢？"

隐隐地好像有一个大的不祥的黑结竟一片时时增大和增厚的云翳似的障绝了那光明！

"但愿她不是一个水似的女人吧！"她把希望寄托到翠屏身上去。

七月思量地一步一步走得好像很艰难，垂着头，爬走着到汪大辫子家里去的山坡道路。平常他是不常经行这道路，这道路对于他如今好像意外地悠长！过了午的太阳还是不见移动似的在人头顶上直直地垂射着；落在地上的人影是那样低矬得有点可笑的样子。

七月的思想：一刻想到夜间见了井泉龙将要怎样决定呢？他会有什么高妙的方法使自己避免了那种难堪的"守望的"刑罚，随着自己的意思去锄铲着自己的田苗。并且这"守望"的日期是一条看不见头儿的绳，胡子们存在一天，他们这凌河村就要"守望"一天，恐怕到他的胡子像井泉龙那样长和那样白的时候胡子也不会断了根芽。井泉龙说过：从他有了记忆那一天，胡子们总是春天的草似的一年年地萎败下去，一年年地又发生出来……雨水们生长庄稼，也生长野草。井泉龙是凌河村中的活历史，他是为这村中记忆着所有的光荣和奇迹！

"她有什么事要找我呢？……她？"宋七月当快接近汪大辫子家这样反复地问着自己。

从院内也可以看到在炕上的孩子们是那样不规则地赤裸着身子睡着；翠屏正在低垂着头缝补着手里的什么。院心地面上薄薄地晾晒着一层嫩嫩的野蒿和荆条，这野蒿一股闷热地带着苦味的气味，时时向人的鼻头冲过来。一只长毛的每只眉头上面有个白色斑点半大的狗，在墙根一片仅有的阴凉地方，舌头拖垂在嘴外，闭着眼睛一任狗蝇们在围攻，也许是听见了人走路的动静，它勉强睁开眼睛看一看，接着就又阖上了。

"汪家婶子在吧？"他明知是在的，为了要使人知道自己是存在在这里了，还是这样招呼了一声。

"哦！……宋伯伯……进来吧……"

她是那样敏捷地收拾着手里和身边的东西，很快地迎走出来。为了要对于客人表示着敬意，把一点"欢喜"轻轻地在脸上涂抹着——七月一直是低垂着头，显得老大不自然地走进了屋里。

"孩子们全睡了啊！"他对于孩子们是没有兴味的，可是第一句话的题材他却用了孩子们。

"全睡了……大的一个……已经会割些蒿子和荆条啦……"她夸耀着似的指着晒在院心中的野蒿和荆条说，"那些一半是我割的……一半全是他割的哪！——我这里没有水——凉水是有——也没有烟……"翠屏像也感到有点窘迫。

"等孩子们慢慢大起来……能中用了……你也就轻快了……"七月没有兴致地把院内晒着的荆条和野蒿应酬似的看了一眼说，"哪！真不少哪！难为他还是几岁的孩子！若是有他爹……"七月不说下去了，可是翠屏却清朗着声音接下去：

"若是有他爹……这孩子还不能干活呢！我对于孩子们一点也不娇……孩子们是有吃有穿……该做活总是得做活……我们这样人家怎能养活白吃饭不做活的人？……只是他爹……太娇惯他了……"

"你找我有什么事？"七月似乎急欲将这个谜底墙壁戳开，直接地问着。他的头还是低垂，一面用垂在炕边的脚跟轻轻地游动地磕打着那炕围墙，两只手笨拙地相互作着扭绞……

"没有什么事……只是托你给我寻一把刀！——"

"刀？——要刀做什么用呢？你们家还没有一把切菜的刀么？"

七月的头抬起来了！手和脚也停止了游动望向翠屏。

"不是切菜用的……我要一把尖刀！原先大辫子本来有两把……一把被官兵们那回来搜查带去了……那是杨三给他的……很好看的……带着绿鱼皮鞘……另外还有一双筷子附在上面……还有一把那是剥兔子皮用的……也不很快……我想要你给我找一把长点的……越锋利越好。"

"你要做什么？"

"不管做什么……反正我不自刎！你不用担心……做什么也连累不上你！……我平日的为人……你也能相信吧？不能看我是个女的……骨头是比癞蛋的男人硬得多哩！——"

七月踌躇地摇着头说：

"你总得告诉我做什么用……你的脾气太烈性……我知道……这又不是杀猪的时节……况且也没有女人杀猪的……你究竟做什么用？"

"我要准备杀个人——"翠屏激动地说着。

"你说笑话——你要杀谁呀？"

"我要杀我们村子里新来的那个官……"

"你为什么要杀他？——听说对于女人们很不规矩——他？"

"他已经是几回了……来缠磨我……"

"这……"七月的头又垂下去了，接着说，"你杀死是条人命啊！他是国家的官员……你还是忍耐一点吧！为了你的孩子们！我劝你……"

"不，今天我找你来一方是要一把刀；一方也是为了我的孩子们……万一我杀了他……我逃跑不开吃了官司……我的孩子想要交给你……这村中大辫子和我全没有什么好亲戚朋友……就是我侥幸跑出去……我也把这两个孩子托靠你……你的女人她是这村中第一个好心肠的人！我知道她决不会错待了我的孩子们……"翠屏说到这里好像要支持不住自己的刚强了，她背过脸去向着墙壁，拭擦着眼睛。七月木然地说：

"这……总不是好办法啊！你或者去'告'他……或者把这事向村中有身份的人们说说……他们也许会讲点公道……把这头牲口的巡长……调换了……你杀人……这总不是好办法……他是国家的官员……也是人命！"

听了七月这样说着，翠屏不再面向着墙壁，转过身子来倚靠在一口蹩脚的柜子的前面，公然地擦拭着她那发着红的小眼睛指点着七月说：

"我以为你是个男人……向你说一说！……一个女人受了这样的欺侮……你还教导她忍耐……我忍耐……我忍耐……我……我已经有了一千一百个忍耐了……为了我的丈夫在监牢里……为了我的孩子还太小……我忍耐……可是如今他已经不容我再忍耐了……他今天晚上就要到我这里来住……我今天躲开……还有明天……我躲到哪里去呢？……我离不开我这家……我这家又孤孤地在这样山坡上……我忍耐做他的老婆么？还是忍耐着随便他侮辱？……还是躲进墙壁里面去？……还是躲进地缝里面去？……他是官员……他有枪……他有男人们那样加倍的力气……我怎么和他拒抗？……我不杀了他，向那些人们去讨公道么？他们会讲公道么？他们会把讲公道的人关进监牢里面去！……他们会把讲公道的人逼成疯狂了！……他们能替我这样没有希望得到报偿的人讲公道么？我若向他们去说，他们会说这全是我的过错……并且说：'为什么全村的女人……他只招惹你呀？那是因为你自己太不懂得检点了……'这是什么话呀？我能再听他们这些屁似的话来侮辱我么？……

我不管什么官员，什么人命……就是当今的皇帝……他如果侵害到我……只要我能够……我也要杀了他——我只要向你借一把刀……暂时托靠托靠我的孩子们……他爹是有出监牢的一天的……他不会忘了你的恩情……肯不肯？你马上说吧——"

每一句话中的每一个字全是一枚锋利的钉！起始七月为了自己太木然了，还不觉得怎样，可是这钉是越来越增多，越来越锋利……起始自己就好像一具摊卧在一片木板上的失了感觉的尸身，伸展着四肢，一任这钉们钉着自己的手和脚……可是在最末的一枚竟来到了他的心窝，他要挣扎起来，可是他的四肢却挽留着他在那木板上，他只有眼看着这根挨近心窝的钉，喑哑地点着头！……

"怎样呢？七月——"她直截地叫了他的名字。

"哎哎！——你只要一把刀？"他拍一拍那秃头顶，似乎在震醒着自己，眼睛细着，软弱地看着站在他对面的女人，"要多么长短才合适呢？"

"连柄……有一尺多一点也就成了——他很胖！"她比量着尺寸说，"……你要代我好好磨一磨……这消息……你总不会漏给别人吧？连你的女人……"

"哎哎！这怎能呢？我总会好好养着你的孩子们……"宋七月沉思了一下说，"但凡能躲过去……我说还是想法躲一躲……一个人背着人命在身上……总是不舒服的……"他看着她那嘴唇上的黑痣，自己想着：

"这个女人……厉害也许就厉害在她那颗痣上了吧？"

大的一个孩子睡醒了，他是和大辫子的长样很相像，一样有一个很惹眼的大额头，半片球似的小鼻子，两只小牛犊似的大眼睛，只是还缺少一条小辫子……

"宋大爷！"他是认识七月的。

"哦！睡醒了？……"他拍一拍孩子的小肩头向翠屏说：

"你的孩子们……将来是错不了的……他比我们全聪明了！只要像有钱人家的孩子们一培养………——他怎样寻上了你的门？"他又问到了那巡长。

"你会知道——我们全村恐怕也全知道——他总是各处走的……看着有女人站着的地方他就说话……或是就停留下……因为我住的这里……上坡下坡很吃力……他倒没来过，忽然一天他站在门外了……我正在院子里晾晒着荆柴……孩子们在院子里帮着我……大的孩子小声地告诉我：'妈！那个人……我们村子里的官……他看着你笑哩！'我说：'不要管他——'可是他竟走进院子里来……手背搭在身后问我：'这里就是汪大辫子家吗？'……'嗯——'我停止了手里活计接着问着他：'有什么事吗？你是……''我是这本村新任的局长……'起始他样子似乎装得很正经，接着他问我：

"'你就是汪大辫子的女人么？'

"'嗯——'

"'这是他的孩子？——很聪明的孩子！你们家里还有谁？'

"'再没有谁了——我和我的两个孩子。'

"他样子渐渐透着邪恶了，他说：

"'我到屋子里坐一坐行吗？'他的一只手插进他敞开的怀中，摸弄着那黑鬇鬇的胸毛，眼睛一刻比一刻发着浑浊。我委婉地拒绝着他：

"'不，我们的屋子太不净……请不必进去吧……'

"'这有什么呢？谁家全是养大、养小……过日子人家……我也是有家的……'他竟自己走进去了。我却站在窗外。他那

214

高大的个子几乎撞着我们屋顶棚……他指着挂在墙上的围枪和'腰别子'说：

"'这全是打围用的吗？'

"'嗯——'我回答。

"他用那浑浊的眼睛在我的屋子里每处滚转着，他走出来说：

"'哎！我看你们的家绝不像通匪的人！前任的局长……真是个浑蛋！若是我在这里……你们是不会受这样冤枉的……你自己过日子真是太艰难了吧？'

"'没有什么……'起始我几乎被这个狡猾的猪欺骗了，他竟能用这样同情似的锤子击动了我的心！可是我一看到他那邪恶的眼睛我马上就明白了，这是一只很刁巧的狼呢！

"此后他就每天来……来了竟横躺在炕上……喷着酒臭……逼着我的孩子们向他叫爸爸……用一点吃的东西引诱着……抽出枪来威吓着……我的孩子也是倔强的……他们抱着我的腿哭……不肯叫……他走了，大的孩子就向我说：

"'妈！爸爸怎还不回来呀？回来……用围枪打死这王八崽子！……'

"我为的要躲避他……白天一整天我就带着孩子们在山上割荆柴……可是他竟晚上也来了……白天他有时候也到山上去寻找我们并且永是这样说：

"'你一个人领着两个孩子……是多么苦！……多么孤单啊？……你若答应了我……你的丈夫也能有了办法……知道吧？县知事是我的亲戚……你也就不用大热天在这山上割这些玩意了……就凭你这模样……你这模样……做这样活计……真是"灵芝草"……喂了羊……'

"'我答应你什么呀？——'一次我手里掐着镰刀问他。

215

"'你那样聪明的人……还用问我吗？——你把镰刀拿得那样紧做什么呢？'他还是嘻嘻地，邪恶地笑着。我说：

"'你应该把自己看尊重点……你是这村中的官……我的丈夫就是死在了牢中……我也不用你的情……你这样逼迫我……我是要对付你的……'

"'吓！瞧不出……你们凌河村的女人……全是这样多的刺哪！'

"从那天他走了有三天没有来……我以为他许死了心……可是今天他又突然来了……看样子他又是喝了多量的酒……他说：

"'我的兵们全说过了……你是个"假"正经人……我今晚非要你陪我睡不可……给你一点工夫……好好想想吧……不要想别的……你向别人说也是没有用……若打官司……除非你做了我的小老婆许能赢……'

"我说：'随你的便吧！——'他以为我答应他了，他竟大笑着跑了去，几乎栽倒在山坡下。

"我已经下了决心了……这是不能再忍耐下去了……已经溃烂到透顶的疮疖……再不能变成了好肉……索性我们给它一刀吧！看一看他究竟能有多少脓水……我的身子里再没有一滴滴忍耐的血了……也许你的女人她能再忍耐下去……像忍耐着挨你的打一样——"

"我已经不再打我的女人啦……"七月为自己辩解着，同时脸却发了红，"自从……一次……我受了你的感应——你是不记得也不知道的——我就再也没有打过她……如今……我才知道了女人真正的价钱呀！……今天你又给了我新教训……本来我不想告诉你……可是……你知道……我现在正在心里计算着要反叛我们这村中的'皇上'呢……晚上我要去找井泉龙——"

"他不是疯狂了么？"

"从来他不就是那样么？"

"找他怎么样呢？"

"找他……你知道啊！他是我们村中唯一不惧怕杨洛中和其余的头头脑脑的人——找他……我们是想要不再'守望''打更'了……凡是没有多少地土……又是指仗自己的身子生活的人……我们全不干了！……"

"你什么时候给我送刀子来？"

七月又显得踌躇了。适才那涌在脸上的血色，现在又淡淡地消散下去，他擦一擦额头站起来又坐下，坐下又站起来……眯着眼睛，低哑着声音说：

"我看……还是想个万全的办法吧？……我总觉得这样有点不妥……你比不了我们这事……我们这是有群的……大家伙的事情……也不至出人命……全是男人……又有井泉龙那样一个百战百胜的老将……你……无论如何刚强……也是个女人……他是个男人……比普通的男人又身高力大……又有枪……若真是你一刀能捅死他……那也倒好……万一你的手一软……气力一不足……那时候……反倒要吃个大亏呢！……依我想……我们还是想个安全的办法……我去和井泉龙老头子商量……他一定有办法的……比方你把这家伙干了……我收养着你的孩子们……你自己打算怎样办呢？是自投去偿命啊？还是怎样？……"

"为什么我要自投去偿命呢？我去找杨三他们去——"

"这倒也是一条路……"七月在地上走了一个转，又拍了拍额头说，"好，我先给你寻一把刀来……他如果再来的时候……你还是先忍耐着……就骗他说你'乐意'了！……我去见井老头子……晚上我必有办法……我叫我的女人来……帮你把要紧的东西收拾收拾……另外我给你预备一头牲口……只要我们把那家伙挡回去……就教八月送你去羊角山——"

"有什么要紧的可收拾呢？"翠屏说着，微微地着了羞似的笑了。

黄昏的时候，宋七月把一柄锋利的尖刀包裹好，交给他的老婆说：

"去，到汪大辫子家里去……把这个交给翠屏……她若是有什么东西交给你……你就带回来……不要在那里多耽搁！"

"这刀做什么用啊？"她温和地低着声音问。

"这不是你这样人应该知道的！……"七月皱一皱眉头眼睛垂下去了。她知道这又是触了丈夫的憎恶，于是这女人一面走出门去一面结束着说："全遵照着你的嘱咐！"

七月到了井泉龙门前的时候，为了那奇怪的胡子，从窗外他已经认出那个庞大的投映在窗纸上的正摇动着的人头黑影就是井泉龙。

二二　逼上羊角山

自从海交葬埋了以后，刘元的年龄好像突然增加了十年！平常，人不容易再在那还是属于青年人的脸上寻到属于青年人笑的痕迹。只有他那眉眼的深黑对比着嘴唇的四围和两边腮颊上的髭须，却每日浓茂起来。

"刘元这孩子……怎么变了呢？"

"是啊！自从'当家的'一死……就变了！"

人们除开在空闲的时候偶尔这样相互地说一说以外，接着是水上的波浪似的就过去了。只有杨三是担心着刘元，他想：

"仅是为了想念海交吗？不是吧？……"

可是他察看着刘元四外的关系，又发现不出什么可追疑的丝。这刘元除开应摊的"晾水"的班头以外，回来就是躺着去睡，或是静静地看着窗外——那窗外是一些数不尽的山峰……

"他是不能爱着什么姑娘和女人吧？"

杨三默默检点着这附近有着比较可爱的女人……可是一个也没有！除开老迈就是丑陋的，不然就是一些还没成为一个姑娘的孩子们！他和自己在一起说话的时候也少下来……即使说的时候，也像替别人在酬答着。

这羊角山是官兵们从来也不敢到的地方，每架山峰全是那样大小羊角似的突起着，而出入的道路不能行马，也不能并行两个人。弟兄们分散着到外面寻找着子弹和食粮，归来大家便睡在这个安全的窠里！

半截塔被大家推举代替了海交，杨三算为副"当家的"帮助着他。杨三是由大家比赛枪法被选定的，那是在几十步以外的石头上耸立着枪弹壳，每人三枪，只有杨三每枪全打中了。

今天，刘元从什么地方呢寻到了一沓纸箔，连同海交生前用过的那支鸦片烟枪和一些零碎的东西，还有那盏小烟灯……一同包裹在一块布里，一面整理子弹带和擦抹着卸开的手枪各部机件，一面向杨三说：

"我今天要到我们老'当家的'坟上去……"

"为什么单要今天去呢？"

"今天是他的'七七'[1]了！连看看那坟是不是还有？……也许被野狗……狼们扒出来了！……"

"你记性真好！竟能记得这样清……"

刘元开始把擦抹好了的枪机件准备接合起来。

"几时去？来回很远哪！"

"把枪接合上就走——你能吧？蒙扎上两眼把枪接合上？"刘元微微有点笑意挂在了嘴上。杨三说：

"你能吗？——我不能。"

"试试看……来——你替我扎上眼睛。"

就用包裹纸箔的那块布杨三把刘元的眼睛认真地包扎起来——半截塔走进来了，他困惑地迈着步子，先哈哈地笑了一通才问着说：

"你们这是要干什么玩啊？蒙'瞎虎'[2]么？……来，也算我一个……可不准用力打……我蒙的时候……你们可不能跑得太快！……"

"不，他要试验着蒙起眼睛来接合上这手枪……"

"啊喝！真不善！咱们过去的老'当家的'有这一手……我算玩不来！……"

刘元开始接合着……

"他接合得虽很好……可是没有'当家的'快哪！那家伙……蒙起眼睛来拆卸接合手枪谁也不行……睁着眼睛也没有他那样熟快！不用说别人……我一次和他赌东道……他说他

---

1. "七七"，东北民间风俗，人死后每隔七天烧一次纸箔，直到四十九天。
2. 蒙"瞎虎"，即"捉迷藏"。

扎着眼睛拆卸接合三回，让我眼睛睁着他管保我一回也完不了……可不是么……他三回全完了……我一回还在冒汗咧……没有弄完……输了二十斤猪肉大家吃了……你还得练！……什么事情只要熟——我是个天生成的笨蛋！"半截塔认真地谦卑地骂着自己。

"他要给老'当家的'上坟去——"

"刘元吗？"半截塔正在热闹地笑着，脸色忽然轻轻地寂寞下来了，"对了，今天是他的'七七'！应该去看一看……"

"我也想一同和他去……"杨三说。

"那也好……他一个人去……不放心……我也想去……可惜我的肚子……和我的腿肚子……它们把我的什么愿望全给糟蹋了！我走不了这样远的路！……"他拍打着自己的闪露在衣襟外面的肚子怨望地说。

"你不能再去了……家里没有人……"刘元劝阻着半截塔。

"你们替我向那'坟'上说一声吧！……我们是老弟兄……他总不会责怪我的……哎哎！"

半截塔摇着头在地上走转着——刘元已经收拾好他的一切向杨三说着：

"你也要去，那么去收拾……把枪滴上一点油……只带手枪不带大枪……"

在出发的时候半截塔站在门前最高的一块石头上，手搭在额头上，撑着多毛的肚子，一直看着他们俩很快地爬下了山坡，转入了出山的小路，不见了……他还是在那里张望着……

"没有家的人……做鬼也是孤零的哪！他的坟……也许被野狗们扒开……"

半截塔从站着的那块石头坐下来，看着那偏西的太阳，计

221

数着他们的行程……想着各样的事情，昏黑了，别的弟兄们全回来了……他才漠漠地走进了屋中。

借了烧起来的纸箔的光焰，看得出那坟墓竟是意外地那样完好着！只是因了雨水的浇泼，已经没有新时的饱满和浑圆！上面有蒿草生着，但并不繁茂，夹杂在这些蒿草中间，偶尔还有一两朵伶仃地开着的紫色的小花。

"你去吧，去看一看你的情人！我就在这里等着你……"刘元站在火堆这面低头看着一刻比一刻减弱下去的纸箔的光焰，用脚尖拨弄着——纸箔灰屑便轻轻地飘向了空中，或是结挂在树的枝叶间。

杨三踌躇地围着坟墓无言地转走着，又时时停止下，似在倾听着远方的声音——除开一些狗吠叫的声音以外什么也没有。

"趁着今天晚上去看看吧！杨三！谁知道什么时候像我们这行人结果怎么样？谁曾想这老头子的骨头会扔在这里？……还是回去看看吧！看看你的儿子懂得笑了没有？——我要在这里睡一觉，等你回来好一齐走，顺便你再打听打听汪大辫子他们怎么样了？……不过你得多加点小心……不要太艺高胆大！"

刘元说着使两只手垫在了脑后，顺便就在坟堆的斜坡上躺了下去。杨三还是踌躇地在走转——纸箔的光焰已经完全绝灭，只有压在石块下的一点残余，被风吹拨着，还在闪亮着一点星花！

"去，就马上去，这点屁事情还值得那样费寻思较量么？……平常你是个对什么事情很快就有决断的人，更是对于别人的事情……怎么这点小事情自己反倒犹疑起来？——自己不敢去么？还是要我陪着你？"刘元催促着杨三。

"闹笑话！我还是几岁的孩子么？用你陪着我？……我只是

想……还是不去吧！省得见一次面……多一次牵肠挂肚！……上一次……我本想抽出空来去看一看她们……'当家的'又挂了彩！"

"你再思量……一会儿就天亮了……我们还得趁着天未亮赶回去哩！明天……我还要摊班呢……"

"那么……我去啦……小心，你睡着不要教狼咬断脖子！……"

"滚你的吧——早一点回来……"刘元有点疲倦的脸仰向天空，他真想要睡一睡了。

"哼！也许不回来呢……"杨三开始向林外走去。

"哼！"

意义不分明地刘元这样哼了一声，他眼送着杨三弯弯曲曲地穿向了林外，影子不见了，自己又看向了天——从树叶间出现的星星全是那样动摇不定，似乎准备着要行走。可是看得久了，除开在那每颗星的后面或是周围更增多了一些朦胧的白色的颤摇着的小星以外，它们还是始终没有一点变动。

让一只手在身下轻轻搔抓着那微微发着湿润的坟土，搜索地想着，无意地那些遥远的记忆——他所不愿记忆着的记忆——竟不被邀请地翻腾起来：怎样由家里从妈妈和妹妹得到了消息爸爸要活埋了他……他是怎样逃脱出来而投向了海交。……接着是那夜海交是怎样负了伤，躺在了自己的臂弯里……又怎样来在这林中……他无止无尽地和着这记忆的连环竟流起泪来了，他不去揩抹，一任它们滚落着浸进这坟土！

"知道吗，海交？睡在你坟上的这是我呀！……你是一只孤独的老山鹰似的活了这一辈子……你又是一块石头似的埋在这里了。你是有一颗不被人懂得的灵魂的……如今只有这树林……它们是看过你怎样断了最后的一口气……它们会永久陪伴着你……它们会无言地用着它们那每年新生的枝叶……记算着你死去的年月啊！……除开这还有谁呢？我么？我是你生前的你所喜欢的朋友……就是他——刘元想到自己——今夜虽然在你的坟前烧过一点纸箔，流了一点眼泪……明天该笑他也还是笑着的啊！活着的人们，全是喜欢笑着活下去，谁也不乐意使已死了的人常常把自己的快乐侵蚀着。我也是一样啊！将来我也会用着欢笑来纪念你，讲着你曾是流着泪讲过的一些故事！……杨三他去看望他的情人了，我只有你，只有这坟堆……它才能永远陪伴着你！"

刘元抽咽地，断续地反复地说着……渐渐感到一点疲乏，便悠悠荡荡地不知什么时候睡了过去。

杨三潜入了村庄，但他并不把手枪提拎在手里，仍然插在腰间，却亲切地看着每个人家窗纸上透出来的灯影！他熟悉这每个人家，他几乎熟悉那每个人家所点的是一盏什么样的灯！

"呐！大辫子的家里还在点着灯火哪！"

在他爬墙的时候，他感到那墙上的每块石头全是亲切的，他所熟识的，带着久别的友情的甜味似的在迎接着他。可是当他爬上了墙头，一看到那窗纸的灯光，和那轻轻移荡着的人头黑影，这使他的心又开始了跳起，一头要碎了笼闸的狼似的不安着了！同时也感到了一种酸软！他不知道当他叫她们来开门，她们是用着怎样的声音回答他，回答他的应该是谁？是她自己，还是她的妈妈呢？……这一切全似乎是在梦中！至少这是被梦的绒毛黏裹着了！

在他停留窗外还没有叩打窗棂，里边的人在说话了——是四姑娘的声音：

"这是七月向你说的么？"

"我去给孩子买红糖七月刚回来……他说：'真巧……你老人家来了……我还要到你那里去呢……'他便背着他的女人告诉我……问我们可有什么信息给杨三……"

"有什么信息呢？……只有孩子是一天天地大起来了……也一天天地……招人爱了！"她的声音忽然间断下去。杨三轻轻地用手指弹一弹窗子的木棂格低声地呼唤着：

"妈妈！……给我把门开开……"

屋子里的灯光突然熄灭。

"你你……是谁呀？"这是四姑娘，声音在颤动！

"我的声音……听不出来了么？"杨三简直是停了呼吸。

"哦……你真是老三？……等一等……我点着灯——妈！你去给他开门吧！——孩子睡在我怀里了……"

"把孩子给我……还是你给他去开——"

灯光重新亮起来。

"就你自己一个人？"

"哦！……"

门开了，杨三一臂抱紧了她，她却轻轻地推拒着要贴到她脸上的杨三的头，颤声地低哑地叫着：

"妈妈在屋子里呀！……"她手中原来提着的那柄生了锈的腰刀竟响着落到了地上。

七月走转在地上，连连地擦揉着额头说：

"走吧！若是孩子们醒了……是麻烦的……天是时候了……只要我们夫妻俩活着一天……你的孩子们我们要眼睛看着他生长起来的……等那个王八蛋巡长调换了你再回来……若不……你还是找一个可靠的亲戚家里去住一住？——你娘家可不能去——可惜你又没有，我的亲戚又全是穷亲戚……他们全不能多担当一个人吃饭！……"宋七月催促着翠屏。

"不！我决不连累什么亲朋！路是只有这一条……你不要看我对孩子们掉几滴泪就以为我心肠软了……不！决不！……穷人们逃生和报仇的路是只有这一条……我是想了又想了……我不是向你说过么？躲藏和忍耐全不是办法的……如今我没能亲手戳出这只猪仔的肚肠来，我的心着实有点不甘！我怎能为了躲他使别人受累呢？谁知道他什么时候能调开这里？谁又知道……大辫子什么时候能被恩赦出来？……他——那只猪——说过，如今的县知事是他亲戚，县知事的官是铁铸的，他的官也就是铁铸的了！……"翠屏连连地擦干了眼泪，她不再哭了。

"实在，也还是走了好……当初老人们说过：有好些好样的女人当胡子……骑马打枪……自己报'字'领帮头比男人还干得凶！我但愿你也这样英雄起来吧！给我们也吐一吐气！——八月把牲口已经喂好了，现在应该早等在林子里……"

翠屏挟起一个很小的包裹，连同那柄尖刀；头发用一块黑色的手巾早已包扎好了，耳朵上的那对银环也早除了去；一个男人似的束好了腰，挺着胸脯，她扯过七月妻子的手说：

"好嫂子！我知道你是我们全村中心肠第一个善良的人，我把我的孩子们托靠给你……你要像你自己孩子那样，有了过错……只管……你只管管教他们！……打他，骂他全可以……等我翻过身来……我要报你的恩德！……"

"哎哎！说一千遍也是这些话……"七月怕翠屏又要为了孩子流连下，因为他听出翠屏最后说话的声音又有点改变了，催促着说。

翠屏又走到孩子睡着的地方，在每一个孩子睡着的发着红的小脸上亲了三个吻，便再也不抬头地走出了屋子去。

七月的老婆她对于这谜似的每一幕剧似的看着，自己也在中间被转动着……可是自己不知道自己是扮着什么样的角色……和应该怎样歌唱着，这个，七月却没有说给她。她只有一直温和着眼睛，用微笑来接承这些故事的谜！

"她去当胡子去了？还带了那样一柄刀……孩子们交给我了……为什么女人应该离开孩子们呢？"

不过，那个黑色的结——宋七月和翠屏的关系——却从此在她的灵魂的头上轻轻地松解着了，烟一般地消灭了，感觉着似乎有一种拔除一切障碍的快慰的泉流，是那样温暖地开始冲洗着她的心的每一个孔窍了。

"她不再回来了吗？"

她看着他们走出了大门，又倚傍着大门看着这两条黑影一直到不见。可是当她看到自己的丈夫和那个女人竟是那样并排地贴近着，并且还是那样静悄地窃窃地说着什么，这使她又感到一种可怜的不安：

"他送她到什么地方为止呢？"

七月和翠屏他们极力挑拣着不常有巡更人们走的道路走，直到村外树林的外面他们听到了牲口的鼻子吱啦吱啦地发着响和八月轻轻的不甚灵巧的口哨声音，七月才安贴似的这样说了一声：

"啊！他在这里等着了！"接着他停止住，翠屏也停止住。七月似乎好像又要说什么，可是嘴唇空空地哆嗦了两下又停止住，用手在额头上擦揉着——额头现在已经浸满了汗水！

"七哥……你有什么话要嘱咐我么？"翠屏问着七月。

"哎哎！事到今天还有什么话？好则那里有杨三还有

刘元⋯⋯"

"只要到了那里就不用你挂心⋯⋯"

"翠屏——"他把声音又吞咽住。

"什么？"她侧着头注视着他。

"没有什么了⋯⋯进林子去吧！你们开始就上路——"

当他们一齐走进了林子，八月已经在那里一面整理着牲口的鞍鞯，一面粗嘎着嗓子在埋怨：

"怎么这时候才来呀？我几乎要睡过去了。来了还在外面瞎说话⋯⋯知道吗？山头上是有'卡子'的呀！⋯⋯"

当翠屏在林外骑上了驴子，七月向八月说：

"你只送她到山脚下就回来吧⋯⋯知道么？并老头我们明天要集会咧！"

八月并没有言语。

"七哥⋯⋯我们再见了！"

"再见了！"

驴子的脚是那样轻快的，当翠屏扭回头向七月说"再见"和他一回答⋯⋯那在地下走着和骑在驴身上的人影们已经模糊得搅成了一个灰色的团。直到这个团不见了，也听不到牲口吱啦吱啦的鼻响和那小巧的蹄打着道路的声音以后，七月才折转了身子，长长地叹息了一声，再回头看一看——已经什么也不见了，只有那发着苍白色的道路和那路旁静垂垂的黑色的树林——自语着：

"她为什么总是勾留着我的心啊！"

到家的时候老婆问着他：

"她走了么？"

他没有回答，只是背着手，看着还在睡着的孩子们向自己说：

"还在睡咧……小东西们！……"

像冬天那样，在天还未黎明的时候，人在睡梦中就要被那驼铃丁……零……当……嘟……的响声和着狗们癫狂了似的吠叫，大车的轮子和冻结的道路轧撞着的响声，车夫们响着鞭子对于牲口们的大骂……这一切已经不再常有了。即使偶尔有一辆两辆经过，无论是驼铃的声音，还是车夫们鞭子的声音……也不再引起人们的注意了！因为夏天的道路是柔软的，这只是不存在似的经过着。狗们似乎也失却了像冬天那样高狂吠叫的兴味！——只有那些鸡鸣声还是那样按着节拍，固执地飘响着，银笛似的狭窄而悠长……

杨三从靠近屋墙根一只蹩脚的椅子上——那是祖母生前常常坐过的——站起来，紧一紧头上的头巾和腰里的弹带，伸一伸胳臂眼睛星似的盯盯着四姑娘说：

"我该回去了！刘元还在林里等着我……"

四姑娘抬头看一看他又把头低垂下去，抹了一把鼻涕摔在了地上说："你回去吧！……天太亮了……走路不方便……"

"妈妈……我走了！"

林老太想要说句什么，可是并没能说出来，只是眼睛绝望地看着杨三点一点头。

杨三走近炕沿来把那因为点得过于长久而起了焰花的灯芯用指尖掐下丢在了地上，而后把那小煤油灯举在一只手里，走近了孩子睡着的地方，他端详着这个孩子的轮廓，要和自己比一比。可是跟前是没有一面镜子的，自己也忘了自己现在是变成了什么样了！只好用手指把那呼吸得正发着丝丝细响的小鼻子掐一掐，又摸一摸那不发达的有着很黑和很浓厚头发的小额头和耳朵……就悄悄地离开，把手中的小油灯，放在了原来的地方，身子又退进了那只蹩脚的椅子里向着林老太说：

"宋七月真是说……汪大辫子的老婆今晚去羊角山？"

"现在怕是早走了……"

"她去了……只是一个女人……可怎么安插她？"他眼睛看着四姑娘，"那个东西——局长——他也来麻烦过你？……"

"也许此后他更会来麻烦吧？……因为大辫子的老婆逃走了……放心去你的吧……我是不怕他的……我有办法对付这条狗！……"四姑娘接连地又是几把鼻涕摔在了地上，她的头始终是低垂着。

杨三轻轻地切响着牙齿说：

"若不……我今夜去'干'了他再走……为这村中除一个祸害！……

"不，现在不容易了……自从你们那次缴了他们的枪……他们如今不独人和枪增多了，——又在那原来的墙上添了二尺墙……墙头上还安着枣树刺和铁蒺藜……"

"那么……你们就一同去羊角山……大家活，活在一起……"

"不，我不比大辫子的老婆……她的孩子不用吃奶了，又没有妈妈……"

"等着吧！……等着吧！……我总要有一天……把这些祸害们的窠巢烧成一片平地！……烧碎了最后的一块砖瓦……要叫他们的骨头全变成灰！这是个什么世界呢？……人要想自由点活下去……就只有一条路——去当胡子么？还是只有监狱？莫非这村子里的空气……也是属于他们的么？……为什么总是这样拆散着别人的家！……拆散着别人的儿女夫妻……自己却要子孙万代……福寿长存……你以为那座城是铁铸的么？……就

是铁铸的……也能烧得它像水似的淌流……现在先让他们给自己一颗一颗地埋下将来向他们结算的种子吧！……"

杨三说着他的牙齿错擦得更显得响了！为了站起来又坐下去，那只古老的蹩脚的椅子的寿命竟被他给结束了——遭了解体，杨三也被跌到地上来。

四姑娘的头抬起来了，她眼睛睁大着毫不转动地看着杨三——他从地上站起来——鸡鸣声又弧钩似的飘飏起来。

"你该走了——"

"我就走……"

"不能再犹疑……"四姑娘斩然地说着，她的样子显得冰冷了。

"万一是……在这里忍耐不下去……那么就一同去羊角山……我们……"

"我总要等待孩子大起来……和妈妈……"四姑娘看一看妈妈坐在一边，是那样愚蠢地眨动着那发红的枯涩的眼睛，接了说，"也许爸爸……有一天会回来的……"

"这只有我们自己去劫开了监牢——等待着官家放吗？也许有这一天？……但是我是看不见这一天的日子会有的……"

"我也知道……人穷就是犯罪，穷人要想自己是个人……那只有一条路——大家就得全像古时候那样反叛起来！……"四姑娘眼睛定定地盯向了杨三这面来。

"汪大辫子的老婆是走在你们女人的前头了……若是她真去了羊角山。"

"我愿意你……连你的弟兄们……不要当她是女人看待着吧！只要她一样能放枪……一样能和你们艰难困苦地生活着……那就是一样的好汉子！"

231

"嗯！这也得看她自己了……妈妈再见了！"杨三最后向林老太扬一扬手，不见了。等到林老太能够说出"啊！再见了！我的孩子！……"的时候，——杨三已经快翻过那院墙——同时她才梦觉了似的推一推女儿肩头说：

"为什么你不送送他呀？还发傻看什么？"

"他要回来的……"

她说了，那正在痴呆地挺着的头颈，忽然勾垂下，顺势投进了妈妈的怀中仍断续地说："他……不是就……回……来……的吗？……"大声地哭了！

二三 "给我打死他！"

夏天村庄的中午水一般地静着。太阳在天空中显得小而且圆，好像永久停留在那里样，看不出它在转动——吃过午饭的人们，正在准备寻找个阴凉地方安置下自己的身子恢复恢复疲乏，好好地睡一睡再起来去工作。孩子们是永久没有休止的跳蚤，他们除开跑、跳、叫器，就是钻进崖下的凌河里面一些棕色的蛙似的游来游去……

在山头"卡子"围墙上竖立着的那如今已经变成了白色的黄旗，也似乎停了摆动！忽然是从什么地方，爆裂似的响起锣声来了，这使这些正在安息着的人们被惊醒了，像遭到什么猛然的狙击。

"怎样了呀？白天竟响起锣？……"人们以为胡子白日来攻打村庄。

"听啊！……这是靠近村西头……这锣声为什么这样破裂呀？这不像'公会'的锣……'公会'的锣是那样呛啷呛啷的啊……这许是孩子们……"

"不，这不像……听……打得更紧了……"

泥鳅似的孩子们从水里爬出来，大人们揉擦着不乐意睁开的眼睛……纷纷地集合着奔向村西。

井泉龙白胡子又结成了一个疙疸；头毛飞蓬着，因了太阳的炙晒头皮和脸色、脖子……全红了。他一只左手正提着一面在中心上已经有了缺残洞洞的破锣；一只破鞋拿在右手里，向围绕着他的仰着脸的人们挥划地讲说着什么。白色的唾沫泡沫，从他那红而阔大的嘴唇纷纷地喷出和飘落……每一颗长长的金黄色的大牙齿，时隐时现地在胡须的背后表现着整齐和康强地在闪光，上上下下地在闪动……

他正是站在"龙王庙"前的一座树台上，相同那次他拧下龙王爷脑袋来的时候一样，眼睛像有火在烤燎着害热病似的红着，在人的脑袋上闪动着。当这眼光偶然一驻留到谁的脸上来，人会感觉到一种被什么尊严的讯问而回答不出的惶恐，轻轻地起着不自觉的寒噤！

"他要下来捉我上去么？"

有的人一种要想逃避的感觉出现了。等到看见他又把这眼睛移向了别人，同时嘴里在说着不关自己本身的事情的时候，才又安宁下来，并且渐渐意识到：

"他是向大家伙说话呢……他的眼睛并不单是对着我……这是一个疯狂的人！"于是这样人的脚站在地上又恢复了坚实。

站在井泉龙身后的是宋七月、宋八月和井泉龙的儿子哑巴……再远一点是焦急似的踱着圈子的杨五爷。不过这里出现的孩子却多于大人们。

"不愿意守望的……就是说……不愿意再给这村子里有财势的人……做炮手的……就是说我们这有巴掌大的一片地……指仗自己的力气……养活父母、老婆、孩子的穷人们……自己的地荒着……吃自己饭……流自己的汗……却要两天一班……一天一班地替有财势的人在山头上王八似的撑长了脖子晒着……夜间像狗似的夹着尾巴溜着……官兵们却躺在树底下唱'妈妈好糊涂'和'十八摸'……有财势的人……躺在屋子里搂着小老婆睡大觉……从今天起……谁再不乐意干这玩意……赶紧爬到这台子上来……我们一刻还要走遍全村……招呼所有的人……"

井泉龙这样说了一阵，他就嗒……嗒……嗒……用手里的破鞋又接着在那破锣上没有韵节地挥打着。

宋七月昏暗着眼睛……嘴唇时时神经质地颤动着，手不停地擦揉着那光亮的额头；鼻子接连地抽搐着，打着不必要的响动，脸皮失了机能似的没有伸缩。八月却较起平常更显得放荡地敞开着衣襟，露着那多毛的突起的胸膛，赤着脚，裤管一直撸卷到大腿根；洞似的咧着大嘴，欣赏奇迹似的笑着。趁着井泉龙打锣的时候，他就向每个人招呼着，破裂着嗓子大叫着，孩子们爬上来了，他说：

"小家伙们不要啊！要大人……"

哑巴只是阴沉地用那双特大而深黑的眼睛盯看着每个人……

杨五爷爬上树台来了……他声音颤着，向井泉龙说：

"我们是老朋友了啊！你这是何苦呢？……你一家不乐意守望就不去吧……我已经向洛中说过了……为什么你又这样破坏全村的规矩？……上一次……"提到上一次，井泉龙拦住了他，拍着杨五爷那透骨的削肩头说：

"好兄弟！……我知道你的好心肠！……上一次他们把我捆了去你替我说过人情……我们是老交情……如今这一次……又不同那一次了……那一次我是把你们'神'的脑袋拧下来了……这一次不同那一次了……这回我又没拧下谁的脑袋来……我们这回是对'人'……这是大家伙的事情……你看见吧？……那山上每块地全荒着……不下雨的'天'……那是没有办法的……可是眼睁睁看着自己的地荒着……不让铲……对付这样'人'……总是有办法的啊！他又不是'天'……天没血没肉……摸不到它……这是我们自己的身子……怎么就不能自己使用呢？谁是他买来的驴子、马吗？……"

"哎哎！你怎又扯出这一堆不相干的闲话呢！这并不是为他自己呀！这是为全村——他并没有让谁荒了自己的地呀？……"杨五爷两手张扬着，颤动着菱角形的白胡子，下意识地又想用胡梳去整理，可是井泉龙却拦住他的手：

"你先等等梳理你的胡子……我问问你……一个人是铁铸的吗？白天守望……夜里提着灯笼去铲地吗？今天我们没工夫了……你有了闲工夫……你再把你的俏皮话来向我说——我们拉起队来……向村东头……"井泉龙大笑着，小心地推开杨五爷，用手里的破鞋又敲了两下锣，而后就用那敲锣用的破鞋子在面前画了一个很大的弧线向东面一指，"走啊！孩子们……"

他从树台上跳着下来，接着随在他后面的孩子们噪叫地跟随着；大人们也渐渐地把自己拧进了这条人的绳！

"算我一个呀！"从后面冯秃子跑着，跳着，也加进来了。……大人们虽然也走着却相互地讨论起各人的意见来：

"这井老头的话总是为我们的呀！除非他……像这样年

纪……谁还管这事啊？"

"我们怎样办呢？就这样跟着么？万一出了祸害……"

"我们怎样办？这老家伙是疯癫了……我们看看他笑话就完了……胡子对于穷富人家……全是不应要的啊！比方我那丧天良的儿子我要逮住他……哼……不用别人下手……我就剐了他……看吧！……连我这样一蹶一蹶腿脚不全的人……还不能不守望啊！……看吧……一会……局子就会捆了他去……"

这说话的是刘元的爸爸三瘸子。他的鼻梁上有一个很大的突起，以致他那两只鹞似的眼睛，更显得深陷了，同时两只大眼角，更显得尖锐而下垂显露着鲜红的眼肉。他的身材很低矬，胸脯和肩背却是很饱满地突起着，行起路来是条左腿瘸了的，脚在地上刮扫着，像似一柄收割用的镰刀——他纠正着别人的意见："凡是总要破坏大家规矩的人……那总不是安善的人……一个规矩……总是不能够拿穷人作基准的哪！……"

但是人们并没谁回答他。

……嗒……啦……啦……嗒……啦……啦……

锣声在前面不间断地响着，这人的辫绳就越来越粗大，慢慢竟也有了女人们——孩子前后跑跳着，叫着，笑着……增加这队伍的气氛。

当经过杨洛中的门前时，在门楼顶上墙垛口的后面，是那样整齐地站立着所有的炮手；杨洛中高挑的身材，出现在中间，风吹摆着他那白色的长绸衫不停地起着抖动……

他的嘴唇严严地扣闭，黑着脸上的每颗天花斑，眼睛凶猛地亮着，颊骨痛楚地咬而又咬，向身边的一个炮手说：

"为什么局子没有人来禁止他们？"

"局长喝醉了酒——从昨夜还没醒咧！"

"饭桶们！"

嗒……啦……啦……嗒……啦……啦……——这锣声已经响到他的大门前。

忽然杨洛中整个的脸色改变了，由紫而黑，下巴缩短……浑身抖颤，手臂指向正在向前进行着的队伍前头的井泉龙，破败着嗓子命令着：

"给我打死他——"

可是炮手们只是不理解地彼此望着，枪依然停止在肩头上——在日光下井泉龙的胡子和头发银丝似的更显得透明和白亮——杨洛中竟亲自抓过身边一个炮手的步枪来……他开了枪。

一九三六年九月二十四日第二部终于青岛
一九五三年九月二十五日第一次改讫于北京
一九五四年六月二十四日第二次改讫于北京

第三部

二四　汪大辫子被释放了

　　这对于汪大辫子似乎完全是一个梦！但他恍惚又清楚地记得：冬天，天还没有完全亮，他就被一班狼似的人们从温暖的被窝里一只小猪似的被提了出来，他却没有像小猪那样嚎叫过。虽然也曾没把握地争辩过几句，接连地被警兵们两个又响亮又沉闷的嘴巴打得他眼前一闪金色的星花，他就懂得了这是应该沉默的时候了。那时，他反倒为自己老婆那样不顾死活地和那些兵们争吵有些担心和发怒：

　　"你争辩和不争辩不全是一样吗？人是要听天由命的……真金还怕火炼吗？谁不知道咱汪大辫子家从祖宗到现在是这凌河村第一等的善良人家。老天爷总是有眼睛的啦，你一个老娘们家瞎吵吵什么呀？……"

　　他叫着，禁止着翠屏和警兵们争辩，愤怒地喷着唾沫星，一面还跺着脚，他似乎下意识地还要把自己管老婆的威风给那些兵们也见识一番。兵们之中的一个，终于伸出一只拇指来称赞他了：

　　"不含糊！汪大辫子真够一条汉子，有家教！一个老娘们子跟着乱吵叫什么呀！"

这使那些正在各处搜查的以及用刺刀探刺着老鼠洞的兵们全大笑了。就在这笑声中，他们把他连推带拥地扯下了山坡，当刚走出院门的时候，他扭回头似乎还想要说几句什么话，可是碰巧翠屏的一只尖尖的手指正在后面指着，向他动着那发了苍白而菲薄的嘴唇：

"你去死吧！不知死活的猪！……我跟你这'无能废'[1]真也够啦！……"

这又引起了兵们一阵笑声。不知谁把汪大辫子的脑袋扭转了一下嘲笑着说：

"看什么呀？这样的老婆，不等你到了义州城她就要坐上别人的花红小轿喽！"

汪大辫子现在第一个想起来的却还是他的狐皮帽：

"这一点也不含糊，我是清清楚楚记得扣到孩子的脑袋上啦，这是没有错的，我清清楚楚记得，那孩子还把它向上推过了……"

从那天他的耳朵就冻开了花，接着春天来了，就开始滴流脓水……一直到现在那些脓水虽然不滴流了，疮痂也落了……可是那耳扇的样子却成了两片有着若干缺口的、没有轮廓的平滑木片——但对于这损伤他是没有任何悔恨的，却感到一种充实，究竟那祖传的宝物——狐皮帽——没有落进那些饥狼的警兵们嘴里面去，它将要经过自己的儿孙也传流下去吧……

刚被抓起的时候，他在离开自己乡村几里路一个镇上的区公所里被审问过一次，没有动大的刑法，仅是打了几下手板，

---

1. "无能废"即废物的意思。

抽了几下鞭子，他就又说出了一切。到了县城，他又被审问过一次，他这一次就不等待那些刑具——皮鞭、杠子、手板……挨到自己的身上来，就什么全说得干干净净了。甚至还说了一些离开"原供"不必要的话，以致引起了问官的不耐烦：

"谁要听你这些鸡毛蒜皮的废话啊！——先押他下去。"

他起始被押在警察所的"看守所"里，接着不久就提进了正式监狱。在没到正式监狱以前，他和林青那老头也还在一起，到了监狱以后他们就被分开了，他是被放在了"坤"字监；林青却放进了"离"字监。他对于自己的罪名是模糊的；对于林青的罪名也是模糊的。只是在最后分别的时候，从法庭上下来，林青才匆匆忙忙地向他说了这样几句话：

"大辫子，恭喜你好运道！你是'嫌疑犯'，不久——至多一年就能够回家看你的老婆孩子了……我和你不同，我是'唆使犯'啊！我要住三年半——我的这只眼睛恐怕要完了。"林青指一指自己临来时被兵们用马鞭子打伤了的一只左眼，微笑着，在戴着高顶白帽子的狱兵催促下面，响着脚镣走了。这小老头还是那样自然和安宁，他像是一只到处为家的"啼寒鸟"[1]，并不想到"明天"。汪大辫子竟是什么也不能说，看着这小老人静静地拧着身子，走下了那法庭的石阶！他这时真要哭一场，他觉得这人生的海上除了这老人，他再也没有可以使自己停一停船身的小岛或港湾了！

"林老叔……"他的声音还没有断，一只肥厚的手掌就从后

---

1. 据传说，"啼寒鸟"不喜做窠，夜间它叫："冻死我！冻死我！……明天可搭窠……"第二天，太阳一出来，它就转变了自己的决定："太阳出来照照我，得过且过……"这里比喻人的无忧无虑。

面给了他一个耳光，几乎把他打下台阶。随着这打击，从牙缝里却另外挤出了一种人的声音：

"嚷嚷什么呀？这是在你们家里吗？这样随便大嚷乱叫的，怎么这样不懂规矩……"

"叫一叫有什么呀？……"大辫子从这意外飞来的侮辱中，猛然感到了一种生理上的反抗，他真的忘了这是什么地方，又像在凌河村和什么人争闹似的，大额头突向前面，小公牛似的把一双大眼睛瞪起来了。但这仅仅是一刹那的时间，当他一眼看到站在身边的那个庭兵，露了一下牙齿，骂了一声："你还对吗？"接着咬紧了嘴角，准备把第二个耳光送过来的时候，他就哑默了——他懂得这是个应该沉默的地方了。并且他一个月里从看守所那些有经验的犯人们那里，学到了他所从不知道的一些知识和法门，并且他更看重自己那"好汉不吃眼前亏"的人生哲学，以及"见风就转舵"的办法。这办法他去年冬天在凌河村南山看见海交他们时就曾经有效地用过一次，可是这灾害的乌鸦大概也是从那一天就飞进自己的命运的圈里来了，留下了这样可耻的粪便。——那个庭兵走向另外一堆犯人堆中去禁止着什么去了。大辫子看这个庭兵，一只手提着上着短小生锈的刺刀的步枪——那肥胖的身体被裹在那样瘦小的黑色军衣里的背影，那肌肉时时有要炸裂的可能……他不知为什么竟笑了一下，把憎恨海交以及杨三和刘元那心情竟也断落了下去——一片碎乱的脚镣声水似的浸流过来，他被一个狱兵喊叫了名字和号数就参加进了吗啡犯、鸦片犯、小偷等这不大庄重的一队罪犯里，被一个狱兵在前面领着，又一个在后面催赶着，走下台阶，经过一道有着黑色的铁叶子和铁钉的大门，又一道大门，一道小门，又一道小门，左一个拐弯，右一个拐弯……迷迷糊糊地就被送进一个大屋子里，那里是已经住着很多动物似的人了。直到什么人喊了他一声，冷不防在屁股上踹了他一脚，他就一颗球似的滚了进去……

他记得在自己那一队里，并没有一个低垂脑袋的，更是那些吗啡犯，他们的头发森立着，牙齿狗似的尖露在外面；每只眼睛就是一朵磷火，时时在转动，似乎要寻找什么燃烧。又似乎是怯懦地自己在照耀。

这只是像昨天一样，出了狱门天空是照样的天空，太阳是照样的太阳……所不同的这时候的风是湿暖的，不是来的时候那样刀似的刮割着人的脸。

"我失落了什么呀？"

汪大辫子确像是失了一些什么东西了，脚下感到轻飘飘的，头上空荡荡的，身上却有些沉重……他把八个月寸刻不离的老朋友——那副被自己脚胫擦磨得明光锃亮的脚镣——失落了，也失落了那条三十年来用以表示自己聪明标记的大辫子；身上却穿起了原来自己的那套破棉衣。

"这算什么官家呀？妈拉的，打完官司连套衣服都不给，那套破衣服还留下了，这算什么官家呀，一点也不大方。"他惋惜似的自言自语着，拍了一下棉衣上面的灰尘和泥菌；看了看天空的太阳——正在一颗火球似的向天中慢慢地滚转着——马上觉到身上有汗水在大量地漫流着了。他回头望了一下那狱门——它是那样既不拒绝，也不挽留，沉默和无情的样子像一张大的铁色的什么怪物的脸——这脸使他想起来一个人，那就是杨洛中。

狱门前一个守兵背了一支褪了色的步枪，正在寻找遮阴的地方走来走去——他的样子是怕要把自己睡倒——忽然他停止住，向汪大辫子懒懒地叱责了一声：

"喂！朋友，你还没有住够吗？"大辫子还正在仰着头看着院里面那高耸的望楼上一只白脖的小乌鸦似的轻轻走着的岗兵。为了他那枪刺刀在那海似的蓝天的背景里，竟像一条小银鱼样地闪闪动动，这使他有点出神……猛然被这声音一震荡，他开始了恐慌，向那门前还在望着他的岗兵露了一下牙齿，谁也不知道这是笑还是无声的回答？——就忙忙地走出了这监狱门前的胡同。

横在他面前的是一条很荒凉而冷落的大街。顺着这街他到处向人询问着，终于走出了向自己家乡去的那条大路的城门。这时候，那林青闭着一只眼睛的瘦削多骨的小脸，才在他记忆里又浮现出来。他记得他们来的时候，就在这座城门前面，一同被兵们把牵着他们的绳头从马脖子上解下来，那时候林青还微笑地问过那些押解他们的兵：

"为什么解下来了呀？就这样进城不就很好吗？犯了法的人是不怕羞耻的。"

一个兵横了他一眼，用鞭子在自己的"蹚土马"[1]上抽了一下说：

"你这小老头，到现在嘴还是这样刻薄啦！——放开你们是给你们点面子……"

"我在这城里是没有一个熟人的……"林青冷然地笑了一下，他的清鼻涕已经沿了那稀疏的几根较长的胡子结成了一串冰溜——兵们不再搭理他，他们和另外还有几个别的犯人就被夹在几匹马的中间走进了这城门。马蹄打着城门石发出空洞的

---

1. 形同袜子，皮制，内有毡袜，冬天骑马用。

清脆的声音，黄昏的凄冷的太阳刚刚栖落到后面一带山梁上，透过一带灰蓝色的烟雾，一些毫无暖意的火色的焦红，在那青灰色的一带城墙上寂寞地勉强地停留了一刻也就不见了。

今天，当大辫子临出狱的时候去看这小老人，他正在监狱的工厂里佝着身子做着绞麻绳的工作。他的头发和胡须竟然是完全白了！他被允许和汪大辫子作五分钟的交谈，可是这老人竟用沉默占去了近乎三分钟。

"林老叔，我要出去了，你有什么信捎吗？"汪大辫子却有些焦急了，他看了看那面一个看守背了一只手，用另一只手里的藤条正无聊地抽打着飞动在空气里面的麻屑和苍蝇在消遣。藤条在空中尖厉地响着；一刻又用那双困惫的眼睛，陡然地向那些正在绞着麻的囚犯们放一次光，马上走向一个孩子样的青年身边去了，藤条尖锐地在空气里响了一声，接着就是一声沉闷的肉的响动……那监工的看守警兵又无事似的走了回来，看了他们这面一眼——这使汪大辫子的背脊刷地引起了一阵痉挛性的寒凉！林青从什么地方呢，摸出了一个完全成了泥灰色的细细的破布小卷，一只眼睛闪着异样的光，急急地递给了汪大辫子，用低微得有些听不清的声音命令着：

"收起这个来——路上你用够了，回去就交给四姑娘她们吧！这算一点念心。让她们好好看顾那孩子……告诉她们我在这里像在家里一样舒服，只是不能够随便拉胡琴就是啦！——记住吧，千万不能提到我的'眼睛'……"

幸好那个监工又去敲打另一个懒惰的人了，他们算是顺利地把那小布卷办了交接。大辫子的手颤抖得几乎成了麻木，心脏怦跳得简直使他要晕倒下来，幸喜林青那坦然的微笑镇定了他。

"大辫子……你的脸色有点不大好啊！浮肿！"林青警告似的说着，又把汪大辫子的身子看了一下，"八月天你就穿着这样棉裤棉袄走回去吗？九十里，你会让它把你弄熟了呀?!"他无可奈何地又笑了一下，说："你还是等到夜里再上路吧，那会儿凉快些，这时候先找个地方去吃点东西，愿意就喝一杯酒，睡一睡，把你裤子里的棉花掏出些甩开它，这样再走……"

监工走过来，他们就这样被分开了。当大辫子想要回头再看一下，那小老人却并没有再回头，扭动着瘦小的身子，一直走向了自己做工的地方，那纺麻车营……营的声音，把那脚镣细碎的响声，很快地就吞没了……

汪大辫子他没有遵照林青的吩咐夜间行走，他不能等待，他也怕夜间路上遇到狼或者"歹人"。他手里如果没有围枪，就是连一只山兔也使他心惊的，何况自己的家是一块磁石似的正在苦苦地吸引着自己的心。他却按照林青的吩咐，把那小污布卷里的几元钱抽出一元来，他吃了，喝了……到正午的时候，他已经离开了那可憎恶的城有二十里的途程。……可是他回头望过去，仍然还可以看到那耸立在城中的塔身，它是那样巍然地一支铁色的巨大的桅杆似的挺立着，围在它脚下的那多齿的城墙，却像是一条被降服了的盘结起来的青色大蜈蚣；又像他在画片上所看过的外围铁甲的船的船墙。……一条白色的河，沿着它的南方，向一带山口里远远地伸向远方……

他用柳树条编了一个圈顶在头上算作帽子；把棉袄也脱下来，赤着发白的上身和太阳在竞走着，但他却不忍扯出裤子里的棉花。黄昏的时候，他爬上了最后一带山梁，第一眼看到的是那村前不动的凌河——腿忽然软下来了，一步再也不能前进，他趴伏在一片石头上开始了昏迷。

孩子们集合着羊群响着鞭子吆喝着，唱着，寂寞地骂着那些不听自己命令的山羊，彼此比赛着腕力和准头，用石子抛出去，看谁能把这石子不偏不斜正好打在那些羊们的鼻梁上……

一支回家的羊群从大辫子的身边经过了。那些绵羊们是柔顺的，它们或者是一路行走着啃一下路边的草尖；或者就自足地举着脑袋凝着空茫的大眼睛，在自己的群里无主张地拥挤着前进。那些山羊们却是刁狡的，它们的生命力和感觉也好像是特别强，随处嗅着，吃着，攀登着……对于自己的牧者们的吆喝和鞭打也并不怎样在意……总是执行着自己的意志。

一只小羊竟在大辫子的身边停留下来用嘴巴嗅了他一下，而后就用着有锯齿似的声音叫住两个同伴，它们开始用舌头来舔取他的手和身上的汗渍。……后面这群羊的牧童跑上来了，他是正在和另一个孩子在岔路上彼此使用着自己能够使用的巧妙而又无羞耻的骂詈道着离别，忽然他发现了自己的羊群已经离开了有半里的路程，那几只山羊又落在后面，这使他愤怒了。当人感到了自己在什么时候，什么地方为尊、为大的时候，即使最小最懦者也能行使出暴君式的愤怒和力量。

"狗养的们，我打断你们的驴腿……"一块石头飞过来了，因为忘了计算距离，这石头在半路上就落在了地上。这牧童又接连地从地上一只雀子似的寻到了准备第二次抛击的石头，山羊们终于知道了这权威者的愤怒，舍开了大辫子，跳跃着，摆动着秃秃的小尾巴跑下了山梁。——七星已经来到了大辫子的身边，这使他惊愕了：

"这是个'死倒'¹吗？"

1."死倒"即死尸的意思。

他惶恐地停止住，睁起一双怪形的小三角眼睛研究着，同时在心里也是在作着逃开还是怎样的决定。

汪大辫子深深地透了一口气眼睛睁开来，为了刚才那些山羊们舌头的乱刺乱舐，一时迷惘的精神又开始清醒。他看见自己面前正站着一个满脸泥汗，一只手提着一顶破草帽，一只手牢牢地抓着一支鞭杆的瘦长的孩子。……彼此对看了一刻，大辫子猛然就地坐起了上身，露出了牙齿，他要叫喊一声，可是喉咙为一种黏腻的什么东西堵塞住，一阵奇痒，要呕吐……竟没能发出什么声音——孩子在大辫子刚一坐起的时候，就神经质地跑开了两丈远，现在他正准备着一个要逃跑的姿势。大辫子一面摆着手企图停止住孩子逃跑，一面干干地呕吐了一刻，吐出了一些黏黏的唾沫和污痰才算透出一点声音来：

"朱……七星……不要跑……我是你……你汪老叔……"他又在干干地呕吐，孩子这时候似乎也镇定下来一些，他走近了一步：

"你真是大辫子……汪老叔吗？"孩子不信任地又把他盯盯地看了一番，提高了嗓子叫着，"怎么你的辫子没有啦？"

这使大辫子简直怒恼了，但他知道自己平日在本村中孩子群里，并没有什么威信和被尊敬的地方，孩子们是喜爱勇敢和有趣味的人物们的，像井泉龙、林青、杨三那样，他却常常是被不尊敬地戏耍着的。何况这时候，他只有忍耐地请求着说：

"好七星，你快到什么地方去弄一口水给我吧，我要渴死了，火烧焦了我的心肝……肺……啦！"

"这山梁上有什么水呀？——我的羊群去吃人家的地了呀！"孩子准备要走了，可是大辫子却指着路对面一片水田说：

"七星，我知道，那块刘三瘸子的田里就有一个泉……"孩子对于汪大辫子的渴并不如大辫子那样关心，他却问了这样的话：

"你不是被抓进大狱了吗？为什么他们没枪毙了你又把你放出来了？"

这使大辫子可真不能忍受了，他向孩子站着的方向重重地吐了一口，锉动了一下牙骨，骂着：

"滚！小王八犊子……我杀了你——"他真的摇晃着准备爬起来了，——孩子大笑着跑下了山坡，追赶自己的羊群去了。

他站起来还狠狠地向着那跑去的孩子的背影指画着：

"真他妈，没有好种子就生不出好芽儿来呀！朱……三麻子也真只能有这样的后代根苗，看那鼻子上一堆鬼麻点，这是他的好老子的标记，那就绝不是好宝贝。"

因为骂人又要引起一阵呕吐了，浑身的肌肉几乎每一寸全在作痛，骨架要崩解了似的，这和八个月以前受完了刑法以后的滋味是差不多的，也许比那还难过。两只脚掌好像是被烟火刚刚烧烤过，又像是被滚水刚刚蒸煮过，又像是脚底皮里面包裹了不少的碎玻璃，每移动一步，疼彻得使他的心全酸软到要溶解了！……忽然两颗很大的泪点从他的眼睛里摔落到地上，他懂得自己这是在哭了！……哭对于大辫子是很难的，对别人的哭他平常是讥笑的，——"唉，哭算什么呀？这是老娘们的招招儿，若是我……"下面的意思就是说，就是天塌下来的大事落在大辫子的头上，也不用想轧挤出他一滴眼泪来。

决定了：他先要到路对面的田里自己所知道的那个泉水里喝个饱，而后再走下村子去吧！

有几只青蛙正在泉水旁边小声地咕咕咯咯被他赶进草里去了，他伏下了身子——这使他惊惶得两只手臂几乎支持不住了自己的身子，在那静静的水面上，忽然一个他所从来没见过的丑恶的、浮肿的、霜浸过的冬瓜似的人脸和他面对面了，他忘了干渴……

　　水是喝过了，此时坐在泉旁边的石块上他决不定该怎样。是在这个时候趁着太阳光还没完全消灭的时候就走进村子去吗？还是等到天黑下来偷偷地就钻进自己的家，一辈子也不再出来见人呢？他幻想着孩子们现在是干着什么呢？正在吃晚饭吗？翠屏现在忙着什么呢？她做梦也不会想到自己今天就飞回来吧？她将要怎样接待自己呢？就是骂两句也好吧，他这八个月里面简直没有一天一刻不想到她。他每一次想到不能够遏止的时候，马上就要飞回来咬下她一口肉……更是当那些犯友们闲下来，他们总是谈着一些可厌恶的淫亵的话，谈论各样的女人，自己的女人……谈得是那样地丑恶、露骨和有味……可是汪大辫子并不敢，他也不屑加入这样的谈论里，他们逼迫他，打他，吐他的唾沫，……要他讲说自己的女人，但这时候他却是坚强的，他拿出了即使是杀头也不肯的气概拒绝着，可是另一面他思念她的心也就更强烈。同时他还有一种骄傲的力从心底支持着自己，那就是所有天下的女人是不能够和自己老婆相比的。自从他知道了他自己不至于被枪毙，就被一种一天比一天涨大的强烈的妒嫉之火煎熬着自己的心！第一个他当然就是想到宋七月。这小子能不能够趁着这时候把她勾搭上？比方借着照顾生活啦，帮忙一些小事情啦……就到他的家里去，像一只到处寻找缝隙和腥膻的绿头蝇嗡嗡嗡嗡地不走。他把凌河村里从老头子像井泉龙到小孩子像朱七星这样猴崽子全妒嫉过了。他一面信任着自己的老婆——那是特殊的，有刀一般斩断力和蜂一般刺的女人——可是女人究竟是女人啊！她们是有着一眼就能够看得到的软弱的毛病啊！比方喜欢听人夸奖的话啦，喜欢小殷勤、爱恋小便宜啦……自己的女人也是不能够逃开这些老猫的牙爪的啦。他把自己对于女人这"信念"坚固起来，又自己推倒，踏得粉碎，接着到了无可奈何的时候再堆搭起来……他一直是一个孩子做游戏似的在沙上建筑着自己的塔，又推倒它，踏碎它……他越是接近自己的家，这茫然的祸患和什么不可知的灾害就像是更接近他了，他像是听到了这灾害像一只猫头鹰似的，从村中已经向他用翅膀敲着节拍似的拍起了那可憎恶的声音来了。另一面，他所更竭力希望的还是那八个月以前，不，过去的三十年那样的岁月，那样平安。

"老天爷，保佑着，什么也不要再发生在我的头上吧！这已经够受了呀！"他祷告着。

太阳已经完全沉没了，山脚下的凌河村以及附近的大小村庄全被笼罩在一层淡蓝的纱似的烟氛里，只有凌河的对岸，一些较高的山峰上，还拖留着一点淡黄淡赭色的阳光；天东有的地方升起了一些半绀色的云条。凌河成了一条不动的淡白色的银带，轻缓地、一串连接起来的手镯似的扣紧着每处自己湾怀里的山脚和村庄。

一种和谐的、悠长的、女人们呼唤鸡和猪的声音还在柔软地、透明地交响着。汪大辫子眼睛盯着凌河村北山坡自己的家的方向，沿着从山梁到村庄里去的曲曲弯弯有着波浪形的起伏不太大的大路走下去了。这时候，他似乎恢复了一种力，那是一种走向母亲怀抱里似的力安静了他、鼓动了他……

二五 林荣

中国北方的秋空常常是稀有的深邃、洁净和辽阔……那些田里的准备收割的庄稼，用那红色的、黄色的、紫色的……穗头；绿的、白的、金黄的……各种叶色，织成着一片片无边无际的花毡。从山头上或者较高一些地方看过去，人会感觉到从这花毡上就可随便地走向什么地方。远远近近被一些脉管似的小路大路联结着的村庄被埋藏在树木里，竟像是鸟雀们在绿色的草丛里组成的窠巢……

晚饭过了，青年们洗去了身上一天积存下来的汗渍和泥污，上衣随便地搭在肩头上，挺露着棕色的臂膀和胸膛，在村中踱着闲散的脚步……

今天，又都纷纷地走向了井泉龙住居的那条街——他们在路上遇到并不用有礼节的言语来问候的，只是用着一般的或者特殊的以及自己发明的各种各样的骂詈，彼此呼唤着绰号，代替着"晚安"。

会吃烟的人就把小烟管衔在嘴里，或者是一柄珍贵的小刀似的斜插在腰带里；比较开通一点的，或者到过城市的人，他们对于旱烟管就不再重视了，懂得用"孔雀牌"[1]的纸烟来替代了，并且还要故意地把那没吸完的烟尾巴夹留在自己的耳朵

---

1. "孔雀牌"是最早流行在东北农村的一种十支一匣的外国香烟。匣是硬纸制的，淡蓝色，上面有一只大尾巴的孔雀。

上，必须要到了人多的地方，更是有着姑娘们的地方才肯再取下来点着它，矜持地吸着。如果要表示交情，在人前也可以把那燃烧着的烟尾巴慷慨地向您递过来，但您也得懂"交情"，轻轻地吸几口就应该马上归还。这吸纸烟也要练习吸，那第一个应练习的动作，就是看谁能够从鼻孔里把那烟像两条柔软的触须似的喷吐出来，并且还应该喷吐得那样远，那样自然，有谁若不熟悉这，那就要被人蔑视，骂他是"力笨鸡"，还要用带点残酷味的轻蔑声音警告着他：

"完全是个雏咧！……笨蛋，滚你的……到咱们林荣哥那里学学去呀……不懂得自己翻身的'磨盘石'……"

凌河村的青年们懂得把帽子歪歪地挂在后脑勺上了，这也是跟新从外国回来的林青的儿子林荣学来的。这人除了给自己带回来一只跛了的腿脚外，也给这村庄带来了各样奇妙的风。这风起始是被憎恶、被奇异和敌视的，可是接着它就无声地煽动了每个人的心了。更是青年们。他们的心开始了无节制地跳跃，竟要插起翅膀，破开那阻碍它们的胸扉骨飞向连自己也不知道的什么方向，什么地方去游逛游逛……总之——他们感到是应该飞一飞的时候了。他们似乎才第一天开始感知了自己这所存在和所知道的天地是太不值得夸耀，太不足道了。觉得一切都变得狭小和卑微了：山变得低矮了，树木变得凡庸了，人变得愚蠢了，房屋也丑陋了，就连那对于他们永久带着安慰甜味的母亲似的凌河也苗细得线一般不像样了，甚至遭受了轻蔑：

"这简直是一条只配养泥鳅的车辙沟喽，龙是不能够在这样的地方长成的啦。"

他们完全同意林荣这样轻蔑它的意见，可是林荣却又这样叹息似的说了：

"我也就是一条泥鳅似的被它养大的呀！无论到哪里，我还是不能忘了它。哈！它简直变成我记忆里的累赘了……越是看到比它大得不知多少倍的那些海啦，洋啦，江啦，河啦……还有什么湖啦，我就越要想念起这条把我养大起来的泥鳅沟！当我回到家的那一天，第一眼看到它时，哈！我简直一下子就要由山梁上扑下去钻进它的怀里让它淹死我，吃了我吧……或是洗个澡再上来……真的啦，我一点也不会埋怨。那些海啦，什么啦，它们越大，对我就越生疏……它们简直和我没有一根头发丝的关联……"

自从林荣这个跛脚的络腮胡子的人回来以后，——因为他从外国还带回来一具手风琴——仅仅是五天的工夫，这沉睡了千百年的凌河村的冬眠竟苏醒了；一种新的、从来没有过的奇妙的声音在这村庄里走着、飞着了。起始是陌生的，接着几乎又像是和这旅人一般原来就是生长在这村里似的，出去了若干年月，如今又重新意外地回了家。这声音和人们呼应着，常常到夜深还在什么地方响着、哼着，低低哭泣似的若断若续……它一直浸进人们的梦中，人们那僵硬了许多日月——自从林青入狱以后——的灵魂又被这东西浸澈得开始松软，春天的泥土似的有了生命的弹机。它不是林青那单薄的胡琴，也不是笛……它们是庞杂的，像是有许多孩子们在什么地方你一声、我一声，和谐地、自然地、柔软地吹着的小喇叭。它们是透明而又敦厚。当它在什么地方响起来的时候，老年人就坐在家里听着，抹着感动的眼泪；青年们就走出来，他们不独要听得真切些，怀着一颗爱批评、爱模仿和半炉嫉的心情，而且还要看看那演奏人的手和脸每一个不可捉摸的动作和表情，这全是有兴味的啊！就是那东西上每一颗白色的骨钉全是神秘、稀奇⋯⋯藏具着一种不可抗的魔感的力量。

明天，林荣要到城里去探望他的老子林青。本来他回来的第一天就想要去的，他竟为了使别人欢喜一直逗留到现在；可是今天晚上他还是被留在了井泉龙家里，用了十几年的光阴和一只跛了的脚从外国挣回来的唯一财产——手风琴——款待着自己的乡人们。今天却是更提早一点，在那咕咕嘎嘎的声音还没有流荡起来的时候，人们有的就已经早早地、高高地坐在了井家的墙背上、猪栏边或者随便什么地方等候着了。井老头的儿子哑巴是爱客的，他搬出了家里所有的家具：鳖了脚的板凳，没了靠背的椅子，石块，木墩，吃饭用的阔甲龟似的短腿桌子⋯⋯又特别为林荣预备了一个较高的座位，把家里那唯一的颜色鲜明红色羊毛布的坐褥垫在了那上面。这座垫虽然因了使用得太久远已经破旧了有着不同颜色的补丁，但这却更衬托出原来那鲜艳的红色，一片大胭脂饼似的红着。座位的前面还安置了一张短腿桌，上面放着一只大肚子闪着光红泥烧成的茶壶和一摞粗瓷的饭碗——井泉龙就坐在这一边，他像一个威严的王似的人物，精神抖擞地指挥着儿子哑巴说：

"你妈的，让人家有个地方坐呀，人像高粱秸子似的耸在院子里像什么样子呢？你是主人呀，你应该像你自己娶媳妇那样热心才对啦！⋯⋯"

井泉龙每一句话的结尾，那就是打开人们笑声库房的钥匙，人们那种癫狂的虾蟆叫似的笑声和着孩子们的吵叫就一齐喷爆出来了，这使哑巴的脸感到了燃烧⋯⋯他企图躲避开众人的眼睛，借着寻找什么东西的理由挤进屋里去了⋯⋯这里，井泉龙更显得得意和愉快，抖着那更显得银白色的胡须，近乎病狂地向四面八方抛掷着自己的笑声。两只眼睛被快乐燃烧着流动的星似的转向天又转向地，从这个人脸上询问似的停一下，又流到别一个脸上去了……那只被汗渍浸得有点发红了的、长丁字形的粗粗的枣木拐杖正倚在身边，他一时把它抓起来样子企图使自己也立起来行走行走，可是马上他又把它松开来，一种不被人注意的、暗灰色的蝙蝠似的、困厄的暗影，急速地从他的脸上掠过去了。他牙骨咬到痛楚的地步，勉强地粗犷起自己的声音，为了淹没过这被人忽略着的失败说了：

"娃儿们，小心我的房盖被你们笑塌了啊！哑巴……你应该拿一条麻绳来，把这些小青蛙们穿起来呀，穿起来……"

他这自以为洪亮到可以镇压下一切喧吵的呼喊，只有对于他自己是真切的、有效力的。因为他怀恨自己不能够掺进那人群里去一样地挤挤动动，一种猛烈的、不能够按制下来的嫉妒开始燃烧了他的脸和心，他要不顾一切地扑入这人群，像一匹马儿似的去把那些人们踏个痛快，可是，马上这嫉妒就转成了毒恨，它改变了方向，那是不甚遥远的，就像昨天一般，那个打断他的腿的那些人：

"我 × 你们的亲娘祖奶奶啊！你们把老子打成残废！我老井头若不给你一个报复，就不能算我爹的种子……"他咒骂着杨洛中。

他又一次安下了报复的决心，就觉得有些安宁了。他看着大门口，那里还有人在出出进进。空气越来越宁静，人声却是越来越不安……井泉龙的女儿大环子红着脸在人群里被一些青年们注意着挤进挤出，不知道她在张罗着什么。哑巴也不知道什么时候又滚出来了，和这人群指手画脚地啊呜一阵，又转向了另一处人群……井泉龙觉得这里的人全是一块完全干燥的木柴似的真诚地被燃烧起来了，只有自己，他感到自己却是一块经过长久水浸的有着干燥外皮的木柴，表面虽然也像被燃烧着了，而里面那湿湿的柴心，却还是凝然不动的，只是沁流着一些被熬煎的汁液……

他的一条腿自从那次打着锣领着全村不愿"守望"的人，经过杨洛中的门前被射伤了以后，他就成了一只受伤的狮子，不能够再随便走出自己的窝了。因此这时候，他除开这样喊叫喊叫而外，也只能在座位上自由地扭转着头，看着骑着墙头的和各处穿来穿去的人们。人们这简直是一些无秩序的斑鸠咕咕咕地乱哼乱叫着。孩子们东蹿西跳地充塞着人群的缝隙，大环子忽然从井泉龙的身后出现了，指点着各地方的人们说：

"爹！你看啊，人家全来了呀……怎么他……"她把声音吞住了。井泉龙看了女儿一眼，竟哈哈大笑起来。

眼看给林荣留的座位前边那块空地，孤岛似的一刻一刻正被这人的海在淹没着了……

"是啊！"井泉龙把脸向女儿方面扬了一下，"是啊，为什么我们的主角儿还不到啊？主角儿不到，正戏是不能开锣的喽……"他又狡猾地看了一眼，不知什么时候也凑在了自己身边的老婆。

"是啊。"她并不多说话，只是把手里的大蒲扇不停地在摇摆着。从她的面貌看起来，她简直比丈夫要年轻二十年，她的头发竟还是那样黑鬓鬓的，爱俏地挽成一个球形的不甚大的发髻平整地梳结在脑后。她有着宽阔的前额，像一幅凸起的镜似的闪耀着，那红润的脸色，饱满的精神，大而明亮的眼睛，就是和女儿大环子比较起来，那也还是不大像一个做妈妈应该有的年纪，简直就像一对双生的姊妹。她们那深黑色的眼睛和眉毛是相同的，那狭长的一条小柱似的鼻子是相同的，近乎鹅蛋形的那脸幅，不甚肥厚的嘴唇……也几乎是和女儿没有多大差异，只是女儿从爸爸那里承继的一双较大的腮颊骨，是她所没有的，因为这样，她就常常嘲弄着丈夫：

"人家作老子陪送给女儿的是金是银……你却把你那双大腮颊骨陪送了我们的女娃子啦……那算作嫁妆吗？"

"没有颊骨像什么呢？一个人像你一样吗？老东西，脑袋不像脑袋样，活像一颗尖尾巴的大甜瓜……"井泉龙每次也全不相让，寻找着各样刻毒的比喻回击着老婆。

"女儿总应该像妈妈的啦……"

"那……"他寻找着论据了，"那……哑巴也并不全像我呀！按道理说，他是儿子，就应该像老子一模一样啦，像从一个泥模子吹出来的糖人儿才对啦……"他们这样互相地控诉和驳斥是没有完结也没有什么意义的，只是作为一种生活里面的一撮盐。

他今天特别留心着女儿那要隐藏也不能隐藏的焦心的样子。看吧，大环子脸上的情感是那样地不安定，像海里潮汐的波浪，涌上来又退落开去；那脚步是不能一刻停止地走到东、走到西……那条大辫子今天也特别梳得光滑整齐，那用桃红绳扎成的辫根和辫结也特别显得耀眼地鲜明，在一群小姊妹群里，她竟像是在夏天早晨的露水里饱满的、招摇的、开放着的一朵大牵牛花，这真使青年小伙子们每颗幻想和贪婪的心不能够再安定了，他们安排下各样的箭，开始要向这耀眼的靶心扯开自己的弓……

"看啊，……好家伙……那辫根儿的颜色，简直是要烧焦了我的心啦！"

"你小子……"一个棕色的有一条鹰嘴鼻的青年人激昂地蔑视着他身边那发言的人，"……你敢到她跟前去哼一声吗？她不扯破你的狗嘴，算你小子皮肉生得结实……"

天虽然渐渐昏暗下来，每个青年的眼睛却反倒明亮起来了，他们是一些顽强的弓射手，决不立刻让自己的箭离开自己的靶心——眼睛集中着大环子。

"谁去找一找啊，怎么还不来？"性急的人们开始放大着喉咙暴躁地喊叫了。"对啊，谁去找一找……"

"找一找……"

这些希望别人去找一找的吵叫着的人们，他们自己却并不想离开那已占据好了的位置一步。

"哥哥，你去找一找他吧，人全等急了呀！"大环子拉住了哑巴哥哥的胳臂，把他的身子亲切地推拥着。哑巴被迫地移动了一下脚步，摆一摆手，却只是神秘地笑了一下，就把那刚才被移动开的脚步又固执地收回到原来站着的地方。——正在摇着蒲扇的妈妈，会意地笑了一笑。

"你笑啥呀？妈！你也笑，你们全笑……"大环子的脖颈挺起来了，转向爸爸去申诉，"爹，我说叫哥哥去找一找林大哥，他，他竟那样笑！……"

井泉龙正在数点着一个一个人们半模糊的面貌和数目，并且自言自语地嘲讽似的在说着：

"不少了呀，一百全有了零头了……尽是他妈的毛头小伙子们，猴崽子们，没有一个挂胡子的吗？人一老了就是这样猪似的懒惰了吗？"他这像是向自己寻找着解答，竟被大环子的声音打断了："你说的是什么？大一点声……说什么？……"他本来耳朵就是不大灵活的，这时候他看到女儿那样鬼鬼祟祟向自己说话的样子就更装起不灵活来：

"说呀？再大声点，再说清楚点……"

"哥哥他不肯去呀……"大环子真的急了，她跺了一下脚，不顾一切地竟在爸爸的耳边嚷叫起来了。这却使井泉龙开了心，他愉快地大笑了一阵，捉过女儿的手，脸凑上去，狡猾地笑着说：

"那哑巴太累了啊，他割了一整天的庄稼……好孩子，不用忙，他就会来的啦……"他看了一下女儿那健康的脖颈和丰满的胸膛，自己默默地决定着：

"是时候了啊，应该到生一个娃娃的年龄了呀！"

从墙头，从一些不清楚的角落里……开始了一片噪叫，里面也夹杂着骂詈：

"这里的人……简直像等新娘子下轿似的在等着你啦！你才滚了来！"

"在自己老乡面前还要摆架子吗？你这跛脚驴子！"谁在开始骂了。

"跟在你后边的那个人是谁？"

"嗯，那是谁呀？"

"哎哟哟，诸位叔叔伯伯兄弟们……这真应该打我的耳光……有点事来晚了……"

一点点红红的烟火，一闪一闪地动着出现了。从这一闪闪的光亮中间，人们可以看到林荣那没有修剪的连腮胡子是那样蓬乱地纠绞得像一个鸟雀窠，他的脖子像是有点困疲的勉强的样子，支持着那不大的脑袋……

当他和每个人寒暄着走进了为他预备的座位，那条尖鼻子前面的烟火长长地亮了两次以后，人声也就像需要安息的鸟雀的翅膀似的轻轻地开始收敛起来。

当林荣出现的时候，那是宋八月第一个先看到他的。他看见这个一只手扶着拐杖，一只手抱着一个小箱子似的东西的人，他猜想那就是林荣了。那只小箱子——他猜想——大概就是每天晚上像一群乱叫着的小喇叭，叫遍全村的鬼玩意儿了吧？八月对于无论什么凡带点韵味的一类的音响从来是憎恶的，他觉得这是一种浪费。人，生活就是活吧，为什么还要创造这些浪费的东西？学习这些浪费的东西？更奇怪的是有一些人还因它们而喜悦、而迷醉着呢？甚至那些年龄大的老太婆们还要为一些不相干的小曲，听得流了鼻涕和眼泪……这对于他简直是一个不能够解答的谜，他也并不想解答这样的谜，他觉得连这解答也是浪费。凡是乡村里，无论新年的秧歌，庙会时期的"驴皮影"戏，说书，唱小曲，以至于"京腔大戏"，这对于他全是无缘的。在别人偶尔在什么地方拉起胡琴或者吹起箫笛一类东西的时候，他总是默默地走开去。青年们就给他起了一个绰号"哑巴公鸡"，因为它既不会啼叫，也不敢听别人啼叫的声音……

除非在醉了的时候，平常谁也没听他唱过一句歌……

林荣回来了几天呢，这一群小喇叭的音响也几乎响了四个夜间。宋八月这还是第一次来参加这可羞耻的人群，虽然他再也不能够冷淡地抵抗这声音，但他还是用了成见和敌意支持着自己的刚强：

"看看去，他妈的，若是它再乱叫让我睡不好，说不定我脾气一发，就会当场踢碎了这鬼东西……"

他除开憎恶这声音，他更对于林荣默默地存着一种不能和解的蔑视！他觉得这个没出息的"螳螂子"到外面跑了这样久，

263

不独没能够弄些家当回来，还断了自己父母馈赠的一条腿，这还不算，竟还带回这样一个讨饭吃的穷家伙来，每夜吱吱哇哇乱叫，叫得人心里怪不舒服，半夜的觉也睡不好……这简直是作孽；那个老子林青弄一只破胡琴在村子里从日拉到夜，从春拉到冬……如今把自己"拉"进监狱里去了，这村庄好容易才算安静了半年，孩子们也不像早先那样乱唱乱叫了……如今这个跛腿的儿子竟又来承继了老子的那遗缺，而且这外国东西是不能和胡琴相比的，胡琴还只是两根弦，叫起来也还只是细声细韵的，只要不留心它，稍远一点对于人它就可以不存在，而如今这东西却是近乎强暴和专横了，它几乎是可以响彻一个村子，更是在夜静更深的时候。

几天来每当吃过晚饭以后，八月在自己家门前就可以看到一批批的人从他们自己的家里走出来，孩子们甚至在嘴巴里还在咀嚼着没有吞咽完的饭粒，就跑着、嚷着……加进了这慢慢增多着的零星的队伍，一些无耻的嗡叫着的苍蝇似的都走向了村东……更使他感到怒恼的是连他哥哥七月那平常一颗熟透了的老倭瓜似的家伙，在平常是不容易有什么事能够打动他的弹性的人，如今每天晚上一落下饭碗，出人意料地把破布衫向肩头上一搭，竟也去参加进了那驴子似的青年和孩子们的队伍里去——跑出了自己的家。

"妈妈的，跑了一回江湖，什么屌毛也没落下，还跑丢了一条腿，却弄了个什么鬼东西整夜乱嚷乱叫，叫得人狗不安，一些小王八们全发了疯，还有一些发浪的姑娘们听说也大模大样地去听他的了，我看这小子对井老头那大环子就没安好心眼……自己的老子被人家平白无故地说给关进监牢就给关进监牢里去，自己不独不想去报仇，连看都不去看一眼啦！人都说应该有后代，人若是遇到这样的'后代'，有什么屁用啊？简直还不如没有。林青……哎……真是……"

他除开一次次地重复着这些蔑视和憎恶的理由外，后来他竟忽然为林青这个小老头的命运有所惋惜了。在林荣回到凌河村的一天夜间，那时候宋八月正坐在院心里引逗着孩子和一只狗在玩耍，老婆为他洗着日间被汗浸透过的衣服；忽然又听到这手风琴的声音了。他用力地唾了一口就吩咐着老婆：

"睡他妈的吧，衣服用水透一透就中啦！反正明天还是照样湿——抱过孩子去呀……"

本来平常他不是这样早就睡觉的人，为了表示反对这声音，便吩咐老婆带着孩子也一齐来睡。这夜，他很快就睡过去了，第二、第三夜，他还是一听到这声音就吩咐着老婆："睡啦吧！"老婆和孩子确是睡了，而自己却不能够再安稳地睡过去了。更是第四夜，他坐起来，到院子里来打转……可是那琴声随着夜的悄静，竟也越来越真切，越来越深沉，好像是单单故意送到自己的耳边来响着似的。

"好小子，究竟弄的是什么混账鬼东西啊？弄得人睡也睡不安？……"他骂着。

在日间，青年们聚会到一起，无论是在山坡上还是在田地的垄头上大家一遇到，甚至在手里正挥动着镰刀收割着庄稼的时候，任凭那汗水快要把自己淹没了，人们却不能够中断关于林荣的讲谈。他们像对一个皇帝那样讲谈着他，尽可能模拟着他的每一个动作和打扮，甚至于模拟着他说话有点发吃的口语，发沙哑的声音以至于那跛脚走路的样子。虽然他们也知道林荣也只不过和自己一样是一条平常的泥鳅似的在凌河里长大起来的，可是这泥鳅是上过"天"了，有了龙的气息，他是到过自己连梦也不曾梦到过的世界里去游逛过的一条泥鳅了，如今已经是非凡的存在了。杨洛中的儿子们虽然也是住过外国的，但人们并不关心他们，因为他们是和这村庄的人民没有关联的，那些人们回来也没给这村庄带过什么值得人们喜悦的东西；走的时候也是一样，也没给人们留下可以追忆的东西，他们只是一阵偶尔卷回来的旋风，卷进那座"城"里消灭了，再偶尔地卷出去……并且由自己家里拉了钱财去外国，这在人们是无趣味的事，这是不能够和林荣相比的。林荣只是一只除开自己的羽毛什么也没有的光秃的鸟雀，从自己的窠里飞出去了，如今又带着这样多的智慧和才能飞了回来，又飞回自己的群……乡人们虽然第一个是注意远行人带着财产归来，但他们也是喜欢带来一些智慧和于己有益的快乐的东西的，因为财产再多终归是他们自己的，这对别人并无关联。

"比方说……"林荣说话的口头语总喜欢用"比方说"的。青年人们无论相宜不相宜，便把这口头语想法安插进自己随便一句什么话里面来。

"比方说……林荣也是和我们一样的啦，小的时候光着屁股像一只狗到处尿尿，跑遍凌河村的啦，人家如今是见过世界的啦……比方说……再怎能和咱们这些土包子相比呀！咱们终一辈子恐怕也不会跑出祖宗给我们划下的这圆圈圈儿了！生在凌河村，活在凌河村，将来死了，也还不是臭凌河村的一片土吗？……比方说……"

八月近来可以随处听到类似这样的感叹了。于是他也决定要研究研究这个见过世界的土包子，究竟有些什么不同于别人的地方。

"看看这只鸟，是不是生着四只翅膀？……"

青年们也开始传布着说井老头要把大环子嫁给林荣的谣言，这使那些强壮的和桀骜一点的小伙子们都开始感到了一点不平。虽然他们对林荣感着兴味，可是对于这样的办法，他们却是不同意的：

　　"那样一朵鲜花似的大姑娘嫁给一个不能种地的跛子吗？而且还是有胡子的！……"

　　大环子平时在青年们的眼里和心里，那简直是一条不能够捉摸的多刺的鱼，如今竟被这样一个跛脚矬子毫不费力地搭上了钩，并且还似乎是自愿，这真有些奥秘，还夹带着点侮辱味。

　　"带饵的鱼钩能够钩住鱼的嘴，却钩不牢女人的心啊！"

　　人们又为着这样的理由而感到一些安心了。

　　听说明天林荣要去城里看他的老子了，也许回来，也许不再回来，八月就决定今夜来看看这个被自己所厌恶了几天的人。但他是等着别人大约快经过完了，自己才悄悄地溜出了家，装着无目的的闲散步的样子也凑近了老井泉龙的家。起始他感觉到每个所遇到的人们的眼睛全像是特别生了讽刺的刺，专为了瞄准自己在发着问：

　　"你怎么也来了呀？"他只有颟顸地装作不理会一切的样子，维护着自己那可羞耻的虚弱，但脸却是被干剃刀刮着似的有点疼痛和发烧，接着他又渐渐觉得自己并没有被谁在特别注意，人们是一些自由的流沙，各自穿走着自己的路，转着自己的身子……他才感到一种被遗忘的轻松和快愉，于是周身的肌肉和筋骨才又重新自由起来，同别人一样，爬上了墙头，又爬下来，又爬上去……他的一颗成见和憎恶的心，不知什么时候竟被这等待的焦渴的心所替代了——一段琴声过去以后，他竟忘了自己是怎样走到这里来的，又怎样爬上了这墙头……

一阵琴声过去了，各处的人们都安静得竟像大海边一些嵯峨的岩石。

在刚刚升起来八月中秋后的月光的笼罩中，林荣坐在那里的身影看起来和平常虽然没有什么两样——谦卑的、一只安分的猫似的——可怪的是当他今天一走到井泉龙身边那为他预备的座位上时，马上就遇救似的坐下了身子，不像平常那样没开始拉琴先和各处打着招呼，并且也没有马上就把那琴盖打开，这使井泉龙的全家全预感到了有着什么不幸的事降临到这个人的身上了吧？井泉龙就是从来不乐意让已经来到眼前的快乐被任什么东西阻碍或粉碎了的，他故意不经心林荣这改变，却显着暴躁似的指点着院内外的一些人，用一只手在面前平面地一挥，大声地问询着：

"今天怎么来得这样晚啊？看那些人啦……他们简直要拆掉我这寨啦！你这救苦救难的菩萨若再不下降……"

"啊哈！不得了！人竟是这样多！"林荣勉强装出一个兴奋的姿势，但却是漠然地、淡淡地看了一转，最后把眼睛模糊地在大环子站着的方面停了停，头就低垂下去了，那样子是装作在摸索什么的样子，一面把头上的鸭舌帽掀下来掷在面前的桌子上，也忘了像每天似的按一按那头发，只是从腰间扯出一条很大的粗布手巾来不断地揩拭着头额和前胸，接着却照平常一样把那只烟火已经熄灭了的歪柄茄子样的烟斗，擦了一根火柴又重新点燃起来吸着……这时一种安宁的平静的力量，才又轻轻地从他周身各处凝聚起来……

绵软的、一种深灰色的绫绸似的静默那时是包笼着每人每颗勉强压抑下去的跳动着的心。因为林荣这每一个动作那全是每个青年农民们要暗记着、背诵着的……

"该开始啦！"完全出乎人们意料以外，这第二次催促林荣开始的竟是宋八月。这也出乎八月自己的意料以外，但人们却并不为这意料以外有什么惊奇，接着就是一连串没有怜惜的催促的声音……

"别吃烟啦！井老头你和他喊喊喋喋地尽讲些什么呀？"

"有什么体己话说出来大家听听……"

"今天他来晚啦，应该拉到半夜，还应该唱一个洋人歌。"

"不要，我们听不懂……那声音也不好听，活像山羊叫。"

"快，快……井老头子你还在说什么呀？……我们拆烂你的院墙啦！"

井泉龙的头终于从林荣头边离开了，他大声地假装威严地吆喝着：

"你们敢！家伙们，安静一会吧！也该让人家吃一袋烟喘喘气呀！谁再乱吱吱叫，我就用扫帚扫出你们这些小老鼠去……"

"你是老老鼠……"这次却把孩子们激怒了，他们从四面八方、各个角落里、房顶上，发出了喊叫：

"你是老、老、老、老、老鼠，你是剩了一条腿的老白了毛的老耗子啦！……"

井泉龙从来是凌河村孩子们的朋友，也是被攻击的敌人。他一听到这些敌人们的反攻，一种青春的力量便从自己每条脉管里陡然地一群惊恐的鱼似的醒过来了，它们奔腾，它们撞击，它们要裂开那狭小的脉管的河流而游泳……声音再也不能够控制地从那宽大的喉咙里竟是一串连珠炮弹似的射向四方。从夏天那次示威以后，已经很久不听到井泉龙的笑声了，这笑声今天也突然把人们脉管里那些沉淀的东西给翻腾起来了，每颗心又开始轻快而喜悦地跳跃起来了。

"对呀，小家伙们……你们欺负我……等我腿好了，看啊，我要用一条麻绳来把你们串起来挂在房檐上晾蛙蛙干……也用柳条抽你们的光屁股……那时候可不能讨饶，讨饶的就不算好汉……"井泉龙回击着。

"你的腿算不能好啦！你要一辈子是一只瘸了腿的老耗子啦！……你……"

第二次再引起来的井泉龙的笑声虽然还是那样洪亮地贯彻着所有的人……但这笑声的尾梢却忽然显出一种勉强、空漠、干枯……带有一些凄凉似的颤味了。

"别和这老家伙斗嘴啦！他是在用缓兵之计哪！……"大人们是聪明的，他们分别地约束住孩子们，同时警告着井泉龙："你再这样鬼头鬼脑的，我们可要真的拆掉你的院墙啦！……"

第三次井泉龙的笑声，就又恢复了那金属味的洪亮和充实。

林荣嘴边的烟火每次一闪动，那躲在尖尖的鹰嘴小鼻根边的小眼睛像是一直在垂闭着。平常那眼盂就已经很深陷，如今就更显得深陷；低压的眉毛因了过度的斗聚，如今竟形成了两条绒毛的小帘幕是那样在垂盖着它，人就不能确定地知道他的眼睛什么时候张开？什么时候又闭了起来？他的额头和林青很相似，并不宽大，也深深地刻画着一些纵横的纹路，飞扬的头发垂到额前来了，他撩开了它们——就抱过了那手风琴。

先徐徐地伸缩着琴的身子，使那些键条轻轻地吟鸣两声，放下了烟斗，突然暴急的雨点似的一排狂乱的声音向人们的头上、心上……泼打下来了。人们像是正在岸边安静着的船，那安定自己的锚索寸断了，一任这躁急的、碎乱的、蛮横的风雨飘摇着、击打着，或是在碎裂着……

我的家乡在兴安岭的南边，
俄国啊，我们是隔着一条山的好邻居。
你们吃的是黑色和白色的大面包，
我们吃的是黄金似的小米呀，
三月桃花色似的高粱米饭。
那河里生出的鱼就爱那里的水呀！
那里长出来的树木啊，就爱那里的土地！
邻居究竟不是自己的家啊！
俄国啊！你放了我吧，
我已经给你们的沙皇流过不算少的血汗了啊！
你们把一头赊来的驴子，
不要使它的皮也回不得家呀！
俄国啊，你放了我吧！
要和你们打仗的不是我呀！

没有人要求，林荣却自己伴随着一阵几乎挣断似的琴声唱起了这支歌……

二六 音乐的夜

汪大辫子别开了林荣，走不多远就转进了一条小街。当他经过这街转角偶尔斜过脸向林荣走去的方向望了一下——那个幸运的人正被一片欢呼的人声接进了井泉龙的家——这伤害了他的心。

他茫然地走着……不知道自己现在应该到哪里去。或者在什么地方停留停留歇一歇腿脚，再回到自己的"家"去看一看吗？——他想着——已经没有了这力量，那个家已经使他丧掉了所有的英雄气概和仅余的一点气力。模糊中，他现在只有一个愿望，那就是盼望在井家的那些贪婪快乐的野兽们早一点把林荣吐出来吧！……只要天一亮他就可以领着孩子们去羊角山，再就是在这时候连一只熟识的狗也不要遇到他吧，他的心胆破裂了，他担心到路上遇到的朱七星，那个冤孽家的孩子，会把自己回家的消息再告知杨洛中，他也许像那天早晨一样，再被拴在马脖子上，一路拖进义州城。……他甚至全有些担心官家也许把他放错了，而后再后悔，再派一批人追着把他抓回去，送进监牢，这样，他要被那些原来就没被放出来过的人们所讥笑了。他是并不爱那些人们的，他们和他虽然都是戴着一样铁打成的脚镣……但这还是不能和自己相比的，那只是一群凶恶的、粗暴的，或是软弱的毫没有一点智慧的光亮和非凡心思的俗物们。……他怎能再被这类的人们讥笑呢？虽然他们打过他，一直到最近才不再辱骂他……

他走着，一路用手指轻轻地摸触着人家院墙上的石头。那些石头有的还保存着一些日间太阳的温暖，院子里面偶尔响起来人们说话的声音，他还是像昨天一般地熟悉，他不独能够叫出他们的名字，记清面貌，就连那说着每个字眼的时候，在这些人们的脸上或手上所引起来的一些特殊的动作、表情和姿势他也是记得清清楚楚的啊！可是这些浪费的追念对于自己有什么用呢？只能增加着生疏和凄凉。他如今是这世界上最孤独和最可怜最不幸的人了，别人再大一点的不幸，再重一点的灾害……算得什么呀？那是不能和大辫子——他自己这样想——相比的，只有他才是应该被同情的，把世界上的人类所有的同情全应该填补了自己，他觉得自己这可怜的陷坑也依然要有无限的空隙存在着啊！这凌河村的人们竟是那样自私地毫不感到大辫子的存在或不存在地尽情快乐着自己，生活着自己，这还像个什么世界，什么人间呢？人就是这样还不如一粒沙似的在自己的群里被忽视、被忘怀了吗？他愤怒了，他把这愤怒竟转向那些叠墙的石头——正好在他摸过的石头里边一块石头的过于尖锐的棱角划痛了他的手指，他停止住不再前进：

"好势利的鬼！你看咱大辫子倒了运，竟连你们这类小东西也敢欺负我了啊！等着吧……等着吧……总有一天我会把你们锤得粉粉碎丢进河里去……叫你们变成最坏的泥沙……永世千年叫你们滚……滚……永世千年不得安定……一直到大海里去……滚……滚……——"他考查着这是谁家的院墙，"这是谁家混账的院墙啊？尽有他妈的这样混账石头……"

从那墙头上挺伸着的几棵高高低低灰色珊瑚枝似的枣树，加上院子里正有一个女人大声地和孩子吵闹着的声音……他记忆起来了，这是宋八月的家，一个再没有理由可以掩护的坏人的家。他曾帮同过他的哥哥欺压过自己。

"呸！除非这样的鬼兄弟，才会有这样鬼石头的墙，等着吧，你横行霸道的东西们，它自己就会倒塌的啦。"

他把额头重重地拍打了一下，要躲避一种就要袭击来的灾难似的唾了一口唾沫，头也不再回转一下，就急速地走过了这人家。

大辫子已经来到村庄西头，那从村子中间发出来的琴声有的时候竟依然能够很清明地送到他的耳边来，那断断续续呜呜哇哇……竟像一个絮絮叨叨讨债主似的声音追迫着他，使得他竟不能够安宁地在什么地方站一站脚，或者是蹲下来休息一番。他看见竟还有一些散散落落的人影从各处走出来，静静地或者三三两两在一起时断时续地谈论着、争吵着什么，一面也走向那琴声传过来的方向去了……有的时候，后面也跑着一只时时抬起一只腿脚到处浇尿的狗……

因了饥饿和秋夜里的寒凉，他也曾想随便走进什么人家去温暖温暖，更是好好地吃它一顿晚餐，即便没有任何菜，仅是有半盆高粱米饭——要带一点水的——再加上一点豆酱和葱叶……

啊！那便什么全满足了！可是一种自尊心却此起彼落地近乎残酷地踢打着他这欲望：

"这算什么想法啊？人得讲志气！冻死也要'挺风而立'，饿，饿死也要'挺肚而行'啊！这算什么想法啊！就算是饿倒在凌河村的街道上，也不能爬进谁家的门槛一步啊！让他们知道知道咱汪大辫子不是禁不起煎熬的草包啦！"

在大辫子这一次意外的入狱以后，虽然一些不必要的棱角和智慧失落了，另一面却增加了他另一种豪情和自尊！因了这理由，他觉得自己就应该更不同些，让人们知道自己已经非同往日的大辫子了，这已经是受过磨炼的"金刚"，受过淘洗的沙了！……

随伴着这支持自己"自尊"的力量，就把束裤子的腰带更紧一点，重新移进一个新的纽结，这样，就更能够使自己多坚强一刻了。但这坚强是越来越不济，时间是一刻比一刻减短下来，接着是一串串卑贱的近乎可羞和可怕的念头，蚂蚁似的咬着、窜爬着他的心窍了！他相信了人在饥饿的时候，不独能够抢夺、能够杀死最亲近的人吃掉他们的肉！一切东西全闪着诱惑的光。……他甚至想到现在如果有什么人给他一点东西吃，他会像一条狗似的在地上为他滚着、爬着、去取媚他……而后接过那东西来……虽然吃完以后，为了报复这羞耻，他会咬死这个可恼的给予者。

在他的裤腰带结扎到最后一个纽结的时候，肚子就起了一阵非凡的疼痛，呼吸像要断绝了似的，周身的血管肿胀到要爆裂了，肚子里咕噜噜咕噜噜的响动并不停止，空虚、软弱……所有的心、肝、肠、胃大概也全移动了位置准备要坠落出来了。全身贯流着一种半麻痹的松解着一切筋骨的力，膝关节大概是脱了臼，脚开始在地上拖着行走，这如同两具没有目的的钝犁头，只要一块稍微顽固一点的石块，它就可以毫不固执地停留下来，把整个的犁身摊落到地上……

嘭——的一声，裤带断了。正在他的周身放肆地浸流着的黏腻的汗水竟遭了惊恐，一股寒凉闪电似的掠过了大辫子的全身，他惊讶地先用手揪紧了那要褪落下来的裤腰，朦胧地叫了：

"这怎能成啊！"慌乱地看了一下四周，幸喜这里是没有行人的，这使他才安了心。用脚把那委落在地上的一半盘卷一半伸长着的裤带狠狠地踢了一下，他竟破口大骂起来：

"你也要丢我的脸啊，我受一千个一万个人的欺负怎么能受你的欺负啊？你是我亲手造成的，王八蛋，我也会一寸一寸地断了你……你可不能够像那些王八们也把我抓进监牢里去吧？嗯？……"

那裤带被他接连地踢着，无声地滚着……每一次也并滚不出多远，依然是那样曲蜷着或者伸长着摊卧在那里。这使大辫子不能忍受下去，他一面用手把裤子绞好——这方法是在监狱里学成功的——不让它脱落下来，一面从地上竟一把把那碎布拧成的裤带抓起来，他企图要把它挣碎成一寸一寸。但这废物如今却顽强起来了，在他每一次挣动它的时候，它只是微微被颤动了一下，又毫无损伤地垂悬在两手中间，这更激起了大辫子非要毁灭它不可的决心，他开始用牙齿咬着、撕着，而后再把一头绕在一只脚上，踏在地面上，再用两只手拧扭着……叫骂着各种各样自己所知道的下流语言：

"你是我亲手所造的啊，我还毁不了你吗？你并不是脚镣子啊！你敢说……你是脚镣吗？你是铁打成的吗？你……"

裤带终于被他破成几段了，一直到感知了周身的汗渍全滴到了地上，肚子里的五脏六腑真的要坠落出来了，眼睛开始喷射着金色的星花，两条小腿再也不能够支撑自己了，他软瘫在地上——他悠悠忽忽地睡躺下去，再也不想挣爬起来。那被抓紧的一些乱布丝却滚合成了一颗汗泥的团……

从村东杨洛中家的方向传来的更梆声虽然在村外，有的时候也还可以听得很清明，这像人的不很平均的脉搏，也夹在那有时低落下去的琴声中间节拍似的和谐地响着，但它们的意义却是不同的：一种声音是防止着贼盗；一种声音却是在苏醒着、洗涤着、启示着……人们灵魂的喜悦和悲哀……

天空的星光被升起来的月光替代了，惨淡地躲向天的深处。——大辫子来在了凌河的岸边。因为在地上睡了一刻，他的肚子现在不再那样鸣响，对于饥饿反倒淡然到有些奇怪的程度。

沿着河岸上走着。他的一只手本来是捉着那腰带所撕成的布团，想要投向河里去，免得留在地上，也许有人认出那是他的东西，这就有点耻辱。但当他如今看到那河身有的地方竟是那般平静无疵，整个的天空完全沉落到河底了，如果不是较远的地方还有着水流动的声音提醒着他，就简直不会再相信那是水的倒影——它已经看不到存在的痕迹和边涯——这简直是一面通到另一个世界的没有椟框的透明的窗，只要他一伸脚，就能够从这窗孔里走进去了。使他有点恐惧的是它竟是那样不可知地深啊！……他竟忘了应该把手里捏着的这些肮脏的东西投到什么地方或是在什么时候把它们投开……

河北岸的山坡上有几处人家还正在点着灯火；村西头林四姑娘家的灯火好像特别焦红和明亮，他知道她们这是在等候林荣的回来。那琴声还在响着好像从来就没有间断过，也没有要间断下来的意思，这使大辫子将将安静了一刻的心又烦乱起来了，同时也记忆起把手里的破布团应该马上就投下去，对于那明净的河水，也忘了顾惜和流连。

"这怎能成啊！"他忽然想起了去羊角山那也不是三五里的路程，提着裤子就能够跑到的。

"人真是'聪明一世，糊涂一时'啊！"他为了自己这偶然发现的智慧感到喜悦了。他毕竟是非凡的，在这可恐惧的一刹那的愚昧中，自己的智慧竟能够这样一条闪电似的劈开这愚昧的云，他又为这喜悦卑视一切了。

就在河边的一块石头上坐下来，趁着月光，他拿出来近乎稀有和浪费的耐心，把那碎布条重新拧搓起来又成了一条绳，系在了腰间。忽然他想着明天到了羊角山，他必要把自己这智慧和耐心以及那种近乎英雄的经历——入狱和回家的一切——加上一些得当的渲染，要全部告诉给老婆。还有杨三那头骄傲的小鹰，至少他是没有过这样可夸说的故事的吧。也应该使那羊角山上每个人全知道，这样，他们就不敢随便降低自己了。也许就因为这，他们会像一群小羊似的在自己鞭子下面伏伏帖帖地吃着应该吃的草。他们举他做寨主了，老婆呢，就是压寨的夫人，孩子们是小寨主……他招兵买马，先杀上凌河村来，抢了杨洛中那所大宅子，把杨洛中全家也绑在马脖子上，各处带着跑；把宋八月弟兄们绑在大庙的旗杆上，先打他们每人一百嘴巴，不，八月应该多揍他五十，如果他不叩头流泪讨饶，就把手一挥，就有人砍下他们的脑袋来……还有，把他们家那围墙的石头一定要粉碎！而后就杀向义州城，劫牢反狱救出那瞎眼的老林青，叫这小老头儿喜欢得把眼泪和鼻涕流进嘴里；而后就杀上京城，而后……他想不下去了。那鹰鼻小嘴杨三的面影忽然微笑着，把自己这小说似的梦给完全消散得无影无踪。——一群看不见的蚂蚁又开始咬着、串着他的心了！这次却不是因了饥饿……

他向四姑娘家的方向看了一眼，就更增加了自己的疑惑和空虚，自己的老婆一定是代替了四姑娘被杨三这小子给弄上了，若果真是这样，他一定要杀死他，像一只兔子那样让这小子裂开他的脑袋。接着他就设想了怎样动手的方法，也把平常从传说里，从小说里"剁双头案"的各种故事参照地温习了一回……饥饿代替了嫉妒又侵袭上来了。为了一种奇妙的虚伪的自尊心，在四姑娘的家里他眼看着那腾发着香气、闪着红色油脂般光亮的高粱米粥，桌上各样盐渍的咸菜：酱黄瓜，香瓜瓢，短绳似的绿豆角，凤仙花梗……他竟拒绝了林家那真诚的招请……

"我总是吃过饭的啦……若不……就是你们不让我，我也会自己像个家里人似的爬到炕上去吃个臭饱吧！……咱们是什么样的交情啊！……"那时候他确是不饥饿，因为他看过了自己的家，从林家也知道了关于那一切，悲痛已经把他胀饱了！为了表示自己对于随便什么灾害全平静，竟更不必要地表白了过多的诚恳："我是这凌河村长大起来的娃娃啦……谁还不知道我身上有多少根汗毛？林老叔我们一同共过这样的患难……杨三，我们也是好弟兄……只是我打的是兔子，他却打狐狸！……"

起始他还记得他自己确是用过了自己所有的巧妙的言词推辞着这款待，后来他就茫然地不能自制地说了一些题外的话了……他说到杨三，接着又说到自己的老婆，他以为一个女人是不能和强盗们在一起的。他恍惚记得，四姑娘听着他这些流星似的言语，脸色竟是那么无常地变幻着，两只吊角的大眼睛，闪着，闪着，时时像是用颠摇怀抱里的孩子的动作来企图压下这不安，大辫子就觉得他似乎更应该残酷些把每一个字眼全说得有着带毒的刺，这是一种他现在所需要的喜悦！

"……人的心……谁知道人的心！人的心全是水做的啦，它会流动，也会结冰……遇到什么样的框子它也就变成什么样子……遇到什么孔，它就怎样流进去……我坐了这几个月的大狱，不瞒你们说，我就更懂得了人心是水做成的啦！它还是结冰的时候多……"

林老太她完全不懂大辫子这些玄妙的话尽是说些什么。她疑心他也许在监狱里被吓得失了魂魄弄成了半疯，她是曾经看过这样从刑场上被解放回来的人的，他们是一生就在这样疯疯癫癫胡言乱语里活着，一直到死。一种恐惧抓紧了她的心，她想到自己的老伴，——这个小老人，也许完全变成一只喑哑了的小公鸡，或者就一直噪叫着到死的时候吧？在过去的日月里她是有一些淡然的，对于这个乐天的、空想的、和自己性情完全不相合的丈夫，觉得他离开了自己却是一种安宁，如今儿子一回来就好像代替了这老人……可是自从今天汪大辫子给她们带回来那个小包，她的一种不知是什么样的感情忽然苏醒过来了……她今天背了女儿竟是偷偷地哭了一场。

"大辫子，你尽是在胡说什么呀？你林老叔他真的还像在我们凌河村那样一条鱼似的浮来浮去吗？在大狱里也能这样自由吗？不像人家传说的，那里的臭虫全是长长的长了尾巴的吗？每天有人要挨打？……"

"这当然啦……"他觉得有点不妙了，他不能违背林青的嘱咐："告诉她们，我一切全好，全平安，还像在村子里一模一样……"这样说下去他要被逼迫得说出那狱中的一切真情了，他不能不含糊地支开这个蚊虫似的紧盯着自己的老太婆了："这当然啦！'一切全好，全平安！'这是他亲自告诉我的，我又亲自告诉了你们。不是吗？他还把自己在工场里额外赚的一点钱给你们带回了家，这就是说他'全好'啦！我们并不在一个'号'子里……"他开始走向了四姑娘的身边，注意那孩子了：

"这孩子……这样大了啊！就冲这小贼似的眼睛也一定是个非凡的角色了！长大一定要好好练练枪法……要像……"要像谁呢？——他不说下去了。

"中国还有这样像'家'一样的监狱，'一切全好，全平安'吗？"许久沉默在地上缓缓地走来走去的林荣，那时忽然停在大辫子的面前，用着一种不能够捉摸的表情，细眯着一只小眼睛，眉毛一高一低地抖着，用了有点沙哑的声音逼问着他，"真是这样的吗？在外国是没有这样好的监狱啦！……我住过俄国监狱……”

“这当然啦！……”大辫子竟不能够运用自己的智慧想出第二句的答话了，他从林荣身边退开了一步……

这空幻的追想又真把一阵翻腾的饥饿的波浪暂时替代过去。

“有什么非凡的啊！人总是人！……”他有些后悔，在四姑娘家里为了一时的礼节，对于别人的孩子，更是杨三的孩子他竟说出了那样称赞的话来，这是不该的，并且他还摸了那孩子的头发……在这孩子降生的那一天，他记得自己是和杨五爷认真争论过一番的，他不能承认什么非凡的血统就会生出什么样非凡的种子来。他知道自己所有的祖先全是一些一生在田地里爬去爬来的田老鼠，没有一个非凡过的人。这样，他有着这样智慧和聪明，以及自己儿孙们就要永世千年被排列在愚昧的队伍里了么？就总不能生长出一个非凡的人了吗？随时随地无论对什么人他也是不能容忍这样判定的。他要一代一代地非凡起来，他的儿孙将要像一尊多节的塔似的，一节比一节更高更尖锐……和一切的塔一样插进那无限的天空……他此刻来否定了自己刚才不应对于那孩子的称赞：

“至多是一个强盗崽儿罢啦……有什么非凡的呀？”他甚至可怜到那些为了一些谎话所迷惑的人们，“咱大辫子是不能为这些谎话所迷惑的鹰。”

琴声断下去了，他倾听，他想着这一回林荣是应该回来了吧，他也许正行走在路上；这一回他也放下了决心，无论到了谁的家，他一定要他们给自己马上弄一顿饱饭吃，不管是什么样的礼节和耻辱吧，这是不能够阻止饥饿的。大辫子恶意地寻了一个新的智慧的珠宝，他把它和监狱里以及这次回到村庄所获得到的一些珠宝，作为一颗最大的，颜色最鲜明的，一同串上了自己智慧的绳索。——人是什么呀？人也是有狼一样牙齿的兽啦！在要保存自己的时候，它们会毫无羞耻地咬死这个或那个啦！最亲近的人，他也不能够替代你的死和你的痛苦，不要相信人的眼泪和笑声……反正是一样——他正在寻找着一片什么样最安全的盾甲，好把自己这将来的生命好好地包裹起来……

他站起来，又望一望四姑娘家里的灯光——那灯光好像没有什么变动，偶尔也有着一闪闪的夸张的人头似的黑影掠过去，掠过来……——其余人家的灯光几乎是完全灭绝了。他要先到林荣家去等待他，而后再去看井老头，再去七月家去看看孩子们——他对于看井老头是没多大兴味的，只是这老狸猫一切主意还要得他来决定。和这老头比起来，汪大辫子觉得自己却又是一片没有骨头的海蜇了。——琴声竟又响了起来，并且这次竟是激昂得超过了每一回，这可真要使他气炸了每条肺管——他竟低低地破口大骂起林荣来了：

"你这驴×的种子，什么邪魔迷了你心眼啦！你要拉到什么时候为止啊？……"

愤怒过后，他又只能像一条失了势的狗一般沿着这河身行走着了。偶尔一条鱼跃跳起来，唤起了他的贪心：

"这若是半斤的一条，"他计算着，"只要两条……嗨……他妈的……真的又是一条……——只要两条就可以吃一顿饱了……"

孩子时代把河鱼在石片上煎烤的一些经验就更鼓励了大辫子的贪心，他拾起了一块石头要想把它抛下河里去，凭运气，那鱼也许就会顺顺当当被打死或打伤，那时候——当他手里的石头刚刚举过头顶，似乎在思量，又似乎在瞄准的中间，那跳起了的鱼早就不见了，在水面上只空空地留下了一团团闪颤着的波纹，那沉浸在水底的月亮，一片白铜片似的被折皱着……——他在等待着……石头在头上举得使臂膊发了酸痛再也不见有一条鱼跳起来。那被折皱了的月影，却已经又平静地还原在那跃过鱼的地方了，这竟像一只讥讽的眼睛！——他把石头就向这眼睛投下去，眼睛是被击碎裂了——但河水很快就又补好了这伤痕；那眼睛更增加了讥讽味地睁得那样清明……

每一步他都像踏在棉花上似的空虚了，一个愿望在招请着他：死灭下去吧！那是说应该连同这全村人，以至于全世界的人，甚至连所有的畜虫类……他最后竟哭起来了。

起始，他还是矜持地无声地使泪水从眼里静静地流出来，一面也还是不转动地注视着河对岸那些自己所最熟悉的和常去打兔子的山峰，接着他竟把身子佝倒下去，把脸全部埋落到交叠在两膝头两臂上面纵声地大哭了。

夜深了，林荣决定把这一支曲子拉完，无论怎样也不再拉下去。他想着大辫子，想着明天的行程，想着那别了十几年的老子，更使他为难的却是这眼前时刻在跟随着自己的一双可怖的眼睛——大环子的眼睛——他不知道应该怎样熄灭从这眼睛的瞳孔燃烧出来的火！抵抗这火！或者是就接受起这火……他的手指虽然一直在每个键盘的骨钉上没有停止过，也没有响出过任何讹误的声音……但他的心却泥土似的生出了很多的苗芽！它们狂乱地生长着，死灭着，又生长着……有一些苗芽它们蔓生植物似的竟生了枝叶，长了蔓须，打了苞，沿着一条不知怎样引伸出来的，该引向哪里去的思路的绳，爬着，开放着，萎落着各样的花朵……他虽然是存在于这样密密叠叠人的圆心中间，而且自己是太阳似的在散放着热与光，教人们接取着，沐浴着，游泳着……自己的周身和脑袋被汗水所浴洗着，但今夜，他却一直忘怀着自己是在做着什么事，身体和灵魂相反地却似被浸在一种冰河里，又像是几年前独行在西伯利亚的大雪原上被清晨的冷风吹割着……肌肤一条一条地在碎裂——他一下子竟封闭了所有的键盘。人们的呼吸竟也好像受了袭击似的一下子遭了封闭。

"拉下去呀！……拉下去呀！……没有完……我懂得这还没有完……"

这简直是近乎无礼和粗暴的要求了。孩子们虽然有的困疲得就在自己站着的地方做起了梦，可是只要琴声一断落，他们总是第一批先高声地尖叫起来，接着是青年们打"接迎"，壮年和中年人们却只是等待着结果……

宋八月他困惑了，自己竟决不定应该属于哪个群队了……他具有着一颗野蛮的喜欢滋事和爱噪叫的心，却也还要保持自己壮年人应有的庄重，他终于加入了孩子和青年们的一群。他那噪叫的声音和孩子、青年们却有着清楚的分别，如同一群噪叫的燕子中间夹着一只破着嗓子的乌鸦。

"拉下去……"宋八月声音压倒一切地蛮横地吼叫着。

"还没完啦！我记得这个曲……你不能骗我……它还要有那样长，"这人用手比量着尺寸，"一段段……比汪大辫子的辫子还要长咧！……"

汪大辫子的名字忽然被提出来了，这是多么生疏而又熟悉的名字啊！这名字在人们的记忆被埋葬得是这样长久了啊，有的人虽然为了这人名轻轻地回忆了一下，马上是一朵浪花似的就降落下去了。

这用手比量着长短，证明那曲子并没拉完的是朱三麻子的儿子朱七星。汪大辫子这名字却着实地唤醒了林荣的心，他要向人群里解说一些什么，但他却没有向人群说话的习惯，他是习惯于无限度地倾听着别人……他点起了烟斗。

"对啦，吃一袋烟……吃完了就该拉啦……看看我们吧，是把你当成兵马大元帅的样子给你列着阵脚咧……"

林荣笑了。他仰起头来看了一下天中的月亮，像刚刚磨洗过似的透明地亮着，他的心胸感到一阵开阔，有一种被尊重被信赖的喜悦的热流温暖了他周身；洗净了那些烦乱的思路，也动荡了那刚才所投下去的决心……

"把饭和水送与饥渴的人吧！"

他记忆起这句家乡的俗语，在外国他也听过一些传教的和尚们嚷过："谁需要你什么，就给他吧。"他虽然并不留心那些和尚，因为他也没有看见过那些和尚认真地把自己的什么东西给过什么人，可是他们这句话竟在自己一切失落的记忆中间存留到现在。他把自己的乡人们暗暗地重新看了一转，他奇怪着自己，为什么竟和他们变得这样生疏而遥远啊？他们竟像洁净的人和不洁的人们那么有着界限和距离了！他在外国不是连这村中的一条狗、一块石头、一棵树……全记忆过，想念过吗？——一朵愁苦的云把自己这刚刚明亮起来的心意竟又给填塞得绝了光！

"摆在自己面前的筵席反倒不想吃了吗？"

"好！大环子……你又想叫那老白毛出什么妙计啊？不害羞……"

大环子确是正伏在井泉龙头边喊喊嚓嚓地说着什么，井老头连连点着那闪着光亮脱了毛的鹭鸟似的脑袋……

人们的语言越来越抛开了轨道在行走，同时那人的围墙竟也像一具弹性的钢箍，越来越缩紧，中间的一片空地，竟剩得那样不足道地狭小了。孩子们为了不能保持住自己的据点，就破口大骂……但人们并不为这生气，彼此挤弄着眉眼，微笑着，固执地向前蠕动着身子。工夫不久，那片仅有的空地竟也占满了人。

"挤破了壶啦！……"

大环子喊叫的声音还没有完全落尽，安置在林荣面前那张跛腿桌子真的就塌落了下来，一种杂乱的被践踏的碎瓷片的细响在响着了。

"别挤了啊，小心挤坏了那宝贝琴啊！……"这是宋七月，他埋伏似的从一处墙角里哀恳地呼嚷起来，在这不能够停止的浪群里，人们挤着，笑着……说着近乎可羞耻的一些不负责任的胡言乱语，也哼起那刚学来的零零断断的歌……

林荣惶恐地抱紧着琴，他不能够马上就起来，拐杖不知道哪里去了。大环子早退到窗口前拉紧着妈妈的袖子，无主张地张大着眼睛在喘息，井泉龙的白胡子也不再看得分明，只是他那并不认真的呵斥声和那洪亮的笑声还依然凌驾在所有的声响之上，带金属味地飘荡在空中……

"妈拉的……你们真要反了天啦！……快快闪开……我要干你们啦……"

谁也不知道什么时候宋八月竟从井里提来了两桶冷水，他不等待人们的回答，一桶水竟岩石似的攻打过来了。随着一阵破裂的叫喊，那原先被淹没过的空地竟过多地被退让开来……

"八月你个损阴德的，你是驴子养的呀！……"

"揍他……"

"揍他……"

"揍……"

被水打着的人们要开始反攻了，八月并不回答什么，也不等待……接着把第二桶水又照样地向着这些骂的人更多的地方泼洒过去……

"妈拉的……你真赶尽杀绝呀！……"

"要你们这些狗崽子们……可、可、可……有什么用啊？……"

墙头上的孩子们却拍打着手掌，呐喊着，鼓励着八月：

"八叔……再来一桶啊……再来一桶……"

八月是建了奇功的将军了，脑袋微微扬在一边，两只手横叉着腰眼，两腿柱似的大大地撇开向两边，粗鲁地在喘息。这得到了大环子以及一切不同意那些捣乱的人们的喝彩，林荣也笑得不能再咬紧自己的烟斗了……

"好八月，你干得好啊！……哈哈……"井泉龙把一只大拇指高高地撑向八月的方向，这使八月更增加了威风，把两只水桶兵器似的拉近了身边：

"你们有尿的小子爬过一个来呀！……尝尝八叔叔的干面馒头……"他把一双拳头在面前笨拙地摇转着，地上那短短的身影也可笑地动着……"尽是口头上乱咋呼那不能算英雄……"

在人群的面前谁乐意做第一个牺牲者呢？后面的人呼喊着、命令着：

"上呀……去抱住他的腰……"

"上呀！……上……"

那更远的人叫喊得也就更响亮，命令也就更严厉；前面一排被推拥过去了，可是他们马上就退回来用全身子支撑那后面的压力，也扭头骂着：

"妈拉的……为什么你们不来'上'啊？……尽躲在后面说太平话……"

终于还是林荣有点艰难地站起来解了这个僵持的战争。

"兄弟们……"他的嗓子是不响亮和有点沙哑的，人们像是专爱这声音似的却是静静地听他，"……一言为定，你们每边的人全退开两步去，再也不能向前挪一寸……我就再给你们拉一回……"

"好——还要唱一支歌……"

"好——唱一支歌……咱们一言为定，我一唱完，你们就各回各的家，不能再胡搅了……等我从城里回来，我们每天晚上这样乐……一言为定……"

"好———一言为定……"

"这一回你们可满足啦！……"井泉龙趁势挥动了一下拐杖，"赶快滚，这成什么样子了，竟敢到老英雄家里来闹饥荒……你们等我腿好了……"

"没有你的事……"人们——连孩子——一齐大叫了，"老白毛……没有你的事……"

在八月和人们比斗着的时候，林荣已经把那琴关好在箱子里了，如今他只好又解开了它。

大环子也又出现在爸爸的身边。邻家的小女伴们交头接耳地远远地指点着她……她有时也敏感地注意一下别人……

八月退开了，他是充满着战胜者的喜悦……

哑巴收拾开那解了体的桌子，向着人们指点着地上那些碎瓷片，呜呜啊啊地呆笑。

这次琴声却真是和着歌声响起来了……

我的家，在东方，也是一片青青的草场，

那多骨头的医巫侣山啊，

在春天，

就是一只绿色的山羊；

有一条银色的带子啊，

轻轻地把它锁绑——

那就是凌河呀……生长我的村庄……

人们并不是为了理解，只是为了新奇和感动，他们等待着林荣一直和着琴把这支歌反复地唱了三遍，似乎还在等待着什么……

"完啦！"井泉龙颤着声音叫着，他凑近林荣，一把抓紧他的一条臂膀，眼睛充满了泪，深深激动着，不顾一切地摇着，"……好小子，只有你才是我们真正凌河村的种子啊！不管你跑到天边沿上去……你总不能不算是凌河村的种子吧！你……"他是不大懂这歌词的，他却懂得这声音，这就够了。因为这样的歌它并不像自己从小听惯的那些秧歌和城里的大戏，更不是那些《茉莉花》《四季调》《哭五更》《送情郎》……使人们轻飘得要流清鼻涕的小曲；这歌曲是沉重的，像锤似的击打得他心灵发颤的东西，他竟不知道自己是哭了！

起始，人们是无言地轻轻转开身子，接着就轻轻腾起了照常的喧嚣……

林荣坐在座位上，一面空茫地看着这潮水样退去的人群；一面长长地闪动着自己烟管里的烟火……

二七　宋七月和宋八月

跟随着人的吵叫，宋七月寻到弟弟八月一同从井家走出来。

路上，七月看着那些青年人、孩子们……精力旺盛地互相打闹、追逐、高笑……更是孩子们竟是一些小老鼠似的围着人群、串着人群……毫不正规地走着路。一临到岔路口，人们并不用规矩的礼节或言语告别，而竟是用着拳头、巴掌、脚……在对方身上随便什么地方报复似的攻击一下，有的就被迫逐一段路，而后才遥远地笑着、骂着分开。

七月和八月的家是靠近村西头的，那就要送尽所有的人们才能来到自己门前。

"进来坐一会吧。"七月停住在自己的大门前邀请着弟弟。

"明天还要下地咧，我的那块'三角地'还没割完哪！"八月虽然在踌躇，但是也并没有显出非走开不可的样子。七月是懂得弟弟的，又添加着说：

"过节的时候还剩有一点酒菜，我们吃喝光了它吧！……"

八月就不再言语。七月熟练地拨开了大门的栓纽，柳条编组的大门扇吱吱喳喳地发着响声……屋里面七月的老婆带着惊诧味地叫了：

"谁呀？"

七月并不回答，只是闩好了门扇；那只瘦弱的癞皮小狗从什么地方汪汪地叫了两声——这简直是近乎一种应酬——屋里面的人没有听到回答，这一次发问的声音就有点不正常，还夹杂着一些颤味：

"到底是谁呀……怎么不吱一声啊？"

"谁？——还有谁呀，贼会来偷你吗？"

小狗听出了是主人的声音，抖着身子从墙角一个有阴影的地方跳出来了，在月光下看起来它也还是那样瘦细得不可爱，一条老鼠似的细尾巴神经质地摇摆着竟企图来舐吮七月手指尖。

"滚开！……又是才吃过屎的嘴……"七月嫌恶地把手提向胸前。

屋里的灯火点起来了，从窗外看着那窗上的人头影摇晃着，它蓬乱地几乎要占满了那整扇的窗口。

"快点呀……"七月开始用脚尖触动着屋门扇机械地叫着。听得出屋里的人是着了慌乱，一路上发出了一串串什么东西被磕碰着的声响。

"孩子们全睡了吗？"七月并不看一眼闪立在门边的老婆，压抑着一种激怒似的厌烦地问着。

"他们起头非要等你回来才肯睡呀！……他们死也不肯……现在却睡得像两条狗了……"

这女人越焦急，她的声音就越不分明。凡是遇到这样的时候，七月就照例不向下再追问什么了。跟在后面的八月却玩笑地向那女人"哼"了一声，算作礼节。

院里的小癞皮狗无聊地空茫地向远方吠叫了两声，就又归到原来的墙角。

七月随便八月自己去寻找应该坐的地方，自己却端过了灯，走近两个孩子睡着的地方。这像两只赤身的青蛙：那大的一个完全是大辫子的缩型；小的一个却像他们的妈妈。他在每个孩子头额上摸抚了一下，感到他们已经睡出汗来了。忽然那小孩子红得要溶解样的面颊，竟奇妙地引起了七月一阵猛烈的心跳。一霎时，面颊似乎也要溶解的样子了，一种热力腾浮上来，昏暗了眼睛……老婆却正在身边无头无尾地说着：

"……他们要等你回来睡呀！……'伯伯怎还不回来？伯伯怎还不回来？……'直说直说的……更是小的一个……他哭啦……他不要我……他们要'月亮'，不要我这'星星'……"

八月在一边大笑了。他笑的是这两夫妻的绰号，竟被自己所豢养的孩子们知道了，而且竟这样地叫着他们。

"你这恶鬼……你笑啥呀？"那女人扭转头向正坐在一张吱喳吱喳破椅上的八月叫过来。

"我笑'星星'到底不如'月亮'明亮有面子啊！看啊……"他向窗外指了一下，"……不是吗，月亮一出来，那些星星就都完蛋了，还不如一只萤火虫啦！"

七月也被这话引动得发了笑，他哀悯地看了女人那麻脸说：

"去，把那剩下的一点酒菜全搬出来热一热……我要和老八吃一杯酒。……"

女人去了，八月也过来并肩地站在哥哥身边，指点着孩子们说：

"这个小王八蛋——"他指点着那大孩子："和他那个爹简直是一模一样……真是没差了种！……小的一个可长得怪好看的……也真像翠屏那小老婆……单看那小嘴和小脸，他妈的……真……"他讽刺地向七月笑了一下。

"听说大辫子回来了。"

"谁？大辫子回来了？谁说的？"八月粗暴地放宽了声音，眉毛斗聚着，看着哥哥那种竭力装作漠然和严肃的样子——七月正在一只手颤颤地把灯送向一边去，一只手揉擦着眼睛。

"朱三麻子的儿子七星在山梁上看见了他……"

"七星说的？"八月等待着哥哥身子转回来，追问着说，"……他怎能够回来呀？凭他？他怎能呀？我是千真万真知道，那城里大狱的墙比城墙差不多高，不像我们家的这些院子墙样，他妈的一迈腿就跨过去了……凭大辫子那样尿包……就是十个也爬不出来的啦！……他怎能呢？那里还有兵看守着……他……看到的也许是被枪毙了的鬼魂吧？——七星那小子的嘴靠不住……和他的老子一样，撒谎、偷东西著了名……"

八月不信任地把身子一顺就躺在了炕上，他两手交叠在脑后，一面不转眼地看着今晚有点神情奇怪的七月——他正在地上轻轻地走来走去，无必要地动动这里，动动那里；也不停地揉擦着那发光的额头，但是这一切动作全似乎总镇静不下一种内心的迷乱，那种迷乱倒像是越来越深刻，也忘了别人在观察着他……——一面八月自己却慢慢地走进了一种自己从来没走进过的思想的园林。这园林是新奇的、愉快的……有着各样颜色、开了的、半开着的花；有着不知名、叫不出颜色和形状的一千万种鸟叫的声音……他的心为这些东西所柔软了，增加了弹性，他要占有那一切，一辈子也不再走出来。……有一种不知是什么样的水似的感情的温流从遥远的不知是什么岩石缝里沁流出来，洗涤着自己那生了茧皮的粗糙的心孔，微微痛着、痒着……像一条绒毛的弦在锯拉着、刮着……那些积存已久的什么东西。……一种新生的凶猛的力量从这锯拉的中间喷流出来了！……他要呕吐，要吼叫……要获得，要驰跑到不知道什么地方去……比林荣去过的地方还要远……还要远……一直到他困疲得不能再跑了，滚腾的血像泉水似的从割裂的血管里流出来……他就无所挂念地死去吧！不久以前，他去城里一次，那是为了去接杨洛中大儿子和他那日本老婆……这要跑的思想就是在那路上不知怎么从心里就一棵庄稼似的生长起来了。今夜听到了林荣这琴和歌，这庄稼的穗头竟开了花……

"你是怎样了啊？……快天亮了……妈的！"七月在屋外申斥老婆的声音毁坏了八月这梦游。接着……那柴秸连连的折动声，刀勺相碰的金属声，锅里的油水被煎熬得吱叫声，以及身边孩子们的鼾声……才使八月不再幻想下去。

"啊！……"他叫着，挺起了身子，一股浓浓的菜味和酒香兴奋了他。

"这是过'八月节'剩下来的一点酒菜……"七月样子已经变得有点安定了，他坐近桌边微笑地向弟弟解释着说，"……那天想找你来一同吃……你没在家……"他把一只大肚子鹌鹑似的小沙瓷壶从桌子上捏到手里，把八月面前酒盅斟满到要漫流出来的程度，自己却斟了个"八分盅"，又把酒壶仍然放归原来的地方……那小沙瓷壶就更像一只直着脖子的鹌鹑，肚子是那样圆突突地鼓胀着。

"那天，"八月回忆着，"是前天？还是大前天？我替杨洛中去城里接儿子啦——他们自己的人手不够用。"他把面前斟好了的第一盅还冒着热气的酒，很简单地把脖子一仰就送进喉咙里去了，把酒壶抓过来又斟满了第二盅；把哥哥那原来的八分盅——七月虽然也喝过了一口，却像依然是八分盅——也斟满了，直到那酒从盅子里漫流出来淌到了桌子上……

"你自己喝吧！……我还是不能够多喝，一多喝点就脸红，头也晕……这酒还是为你预备的呢，这是我亲手由烧锅的糟房里灌来的，没经过混合……"

八月响响地咂着嘴唇，他并不大听哥哥这些浪费的解释，专心一意地吃着，远远地向地上吐着骨块。小癞皮狗不知什么时候也溜进来了，蹲在地上歪着脖子殷勤地等待着从人的嘴巴里落下去的东西，它就迅捷地拾起来，咬出咯嘣咯嘣的响声……

"给杨洛中这样人家干事情总有点不甘心……他妈的，总好像有着很大的仇似的……自从去年冬天那一回事——就是林青和汪大辫子那一回事——加上他们今年夏天对井老头这回事……啊哈！我才知道杨洛中这老家伙是又狠又毒辣了！我也才知道'包老爷是黑脸'的了。从前我觉得这老家伙还不错，见了村里的人，无论老、小、孩伢……总是一团和气……谁知道真咬人的狗是不露牙齿的啦！……虽然这样说，对于这老家伙，一见面就又觉得没什么了，也没了气……好像大家全是一样好乡邻……可是……我对他那些种子们就不同了，我感到和他们没有一点血脉相通的地方，他们简直是外国人！虽然这些小王八们也是吃着我们这凌河村的水土长大起来的，可是他们半道儿竟变成外国人了！……他同我们说话也不用我们的话了，那是用了外国样的话了，他们也像是对外国人说话了！真他妈的！……这算什么年月啊！……"

杨洛中大儿子从日本国回来，这也是这村中的大事。人们用着各样各式的猜测来推断那个日本老婆会不会煮饭？……那个日本男人是不是杨承恩的大舅子？……他们是怎样吃饭和睡觉？……但因为这太神秘了，人们就冷淡地丢开了它，转向了林荣这一边。

八月把一只猪耳扇最后的一块也投进嘴里去了，不觉地又伸手去取那第二只……可是他的手半路上竟缩了回来，看了一下七月，七月却正思量地在饮着酒——八月不好意思地笑了一下，自己解释地说着：

"吃喝太多了啊！去——"他没必要地向小癫皮狗挥了一下手掌，这狗却并不听从他；酒使人的血冲上了脖脸和眼睛。

"吃啊！怎不吃啦……"那女人什么时候一片影子似的竟颤颤地闪向前来了呢？她鼓励着客人："全吃完了就算啦……把这一只……"她竟把自己一只像鸟爪脚似的枯瘦的手伸过来指点着另一只猪耳扇鼓励着八月："……也吃了它……你七哥他不大喜欢吃肉……我又常常吃'斋'……孩子们也不能尽吃这东西……只有你啦！……"

"吃了它……"七月笑着也帮同老婆鼓励着弟弟……八月的嘴巴就发出一阵碎乱的响亮的咀嚼声，最后使那只猪耳扇也消灭得无影无踪。

七月看着弟弟竟能一只饥饿的野兽似的吃嚼着、喝着各样的东西，他此刻说不清楚自己的感情是羡慕还是欢喜，只是微笑着把自己的酒盅缓缓地举起来在嘴边上浸润了一下，就又放在了原来的地方。

"七嫂……"八月又举起了酒盅，"……来喝一盅……在地上尽是荡什么呀？……看你那小脚……小猪蹄似的小心跌倒啦！……"其实酒盅里已经空干了。

愉快又使这女人的泪水流下来了，她身子前后左右晃荡的度数也就越大，像一具不倒翁，又像是一只被波浪打击得醉了似的小风船。

"来吧……就坐在八月那边……"七月今天对于老婆竟像雨后的太阳似的特别闪了光！但这对于久久生活在潮湿的阴影里

的菌类，却成了一种意外的灾害，她惊愕着，没有举动也没有回答。

"来呀……"八月向炕里挪动了一下，用手掌敲打着那狭窄的枣木的炕沿木，"就坐在这里，坐下来呀……头发都快白光了，还装得像个新娘子似的害羞咧！……"

"我不呀！……我真不呀！……让我站着好……我看着你们吃喝……比我自己还好……我不呀！……"

位置虽然空留出来，那女人却摇摆着那宽大的秃秃的袖管要逃跑似的拒绝着，几乎把灯火全要弄灭。

"吃我们的吧，她的脾气你还不知道吗？天生的……平常也是这样……"七月的脸色阴沉下来了——让着八月。

在七嫂已经感到不凡地满足，她竟能够在丈夫面前随便和人说说笑笑了。八月虽然是家族里的人，这在过去也是不容易的。更是今天，丈夫竟然也让自己去吃酒，这简直是天掉下来的从不曾有过的奇迹！她是不会喝酒的，可是已经感到完全醉醺醺的样子，到灶坑里没有必要地去添了一把柴，一只眼睛直直地看着门外地上用霜铺过似的月光，一种不平常的、凉凉的眼泪竟流浸到嘴角边来。——她是忽然想起了几年前自己那只眼睛也是在这样的时候，这样情景下面，七月喝了酒打瞎了它的。可是今天她却把这被损害的疤，作了自己能忍耐的近乎光荣和骄傲的幸福的标记了，她竟是带着感念的心情来温习这一切。

"杨洛中大儿子日本老婆……你见过吗？——"七月问。

"当然见过啦……她还穿的是中国衣服啦！……"八月说。

"和中国女人有什么不同？"七月微笑着好奇地追问着八月。

"不同的地方多着咧……身子矬粗、短胖的……两条腿又短、又粗、又弯……大嘴，小鼻子……嘴里镶着不知是金还是铜的牙齿……脸和脖子全是白粉啦……有这么厚——"八月用手指夸张地比量着那厚度，"更是那两条眉毛……哈！真他妈的有点怕人啦！那简直是纸扎的'金童''玉女'¹啦！……老实说……半夜三更若遇到她……那非跑不可，简直是个'吊死鬼'！……可是不知这妖怪竟擦了些什么东西。……她坐在前面的车上，我们后面走着的人远远地就闻到香味儿了……那味儿真有点迷人。我们就是一路上闻着这香味跑回来的……一点也没觉得疲乏……"八月放纵地大笑了几声。

"那个杨承恩你见过吗？——还有那个日本人？"

"当然见过啦！——他假装不认识我——其实我小的时候还揍过他。……不像样了，脸色青白，也留着和那个日本人一样的小黑胡子……简直也是个日本人。如果在他和那日本人们叽里哇啦翻洋话的时候，除非他的爹，谁也不敢断定他还是中国种！……那个日本人矬得像个小叭儿狗，短手短脚的，生着一脸胡子，……走起路来两面拐，像鸭子……只是那两只黑豆钉似的小眼睛有点特别……他和杨承恩那小子全穿的是半长不短的外国式的衣服，发光的高靿皮靴子……"

"这和锦州城里的那些卖洋药的日本人样子差不多了。"七月看了看八月那半醉了的样子，静静地沉思了一会，忽然不以为然似的摇一摇脑袋接着说，"娶一个外国老婆？……这不妥当啦！……"

"这有什么呀？女人还不是一样的货吗？"八月有了七成

---

1. "金童""玉女"是死了人，用以烧化的纸人，意义是用它们把死者的灵魂引向西天"极乐国"。

醉，说话的舌头已经有些不灵活，话也越来越撒野，"女人总是一样的吧……没有一个……是横生着的吧？……"

七月很为弟弟这撒野的话有点害羞了，他支开了这个题目：

"……我是说，万一两国再一交兵——你知道，我们国和日本国是交过兵的啦……那一回我们打败了，还赔了几万万两银子，把什么地方的地皮还割了两块给了日本人……他们就发了财！我们就穷了，听说那时候就是什么将军有个日本老婆，把我们打仗用的地图给她本国偷去了。打仗的时候又把我们的将军用酒灌醉了……我们就败了。从古以来，外国就常常用'美人计'来扰乱我们的天下。在戏上，杨六郎是懂得这道理的，因为杨宗保招了穆桂英做老婆，他就要杀死这逆子……日本和大鼻子俄国也打过仗的啦……俄国也被打败了……听说俄国的将军也是中了日本人的'美人计'。这日本国是善用'美人计'和'奸细'的国家啦……——并且将来养起儿子来怎样算呢？"宋七月有一点忧愁的样子轻轻地摇着亮脑袋。

八月的醉已经增长到了八分，但为了表示自己刚强，却勉强地直起了脖子，用力睁大着时时要黏结起来的眼睛，表示自己的意见：

"什么中国、外国……老婆总是一样的啦……生孩子管什么？在猪窝里长大的就是猪；狗窝里长大的就是狗……狗还不是狼变的？……杨承恩那小子还能做将军吗？'美人计'能够'计'去个什么 × 毛呢？"

"你已经醉了……要回去吧？"七月向八月商量着。

"狗才醉了呢——酒还有吗？"他凶横地向七月看了一眼，又模模糊糊垂下头去自言自语着，"我倒很想尝一尝'美人计'的滋味咧！……"

七月送走了八月他还在大门外停留着。他眼送着八月那打着回旋歪歪斜斜摇晃着走去的身影，他想着：

"他会跌倒下来吧？"

他又悄悄地跟着他刚刚走了几步，八月的两条长胳臂忽然扬向空中挥舞着，接着喊出了一种难堪的粗嘎的叫声，这家伙竟是在歌唱了：

> 我……的……家……呀……家……呀……
> 山……呀……羊……呀！
> 我……的……老……婆……呀……孩
> 子……呀……
> 银……锁……链……呀……妈的……
> 屁……呀……

他这分明是学着林荣在唱，却并没有一点相像的地方；这确是在唱，可是这比起不优美的哭声，还要使人不能够忍受！

七月跟着他，一直看八月摸到了家门开始捶打着门扇了，他才默默地转回来，关好了大门，不想马上就去睡，看一看天空，又静静地向远方似乎想谛听出一些什么声音来。远方是静的，只有河对岸时时还有一些枭鸟在嘎叫，这引起了他的憎恶，这并非是为了那不祥的传说，而是那些声音太刺耳，不调协，碎裂了他此刻渴要一种和谐的心。

像冬天深夜那般，偶然一种惨厉的幽怨的狼嗥声，竟从远方的山谷飘过来了，这却引起了他的诅咒：

"恶东西们……也要和善良的鸟兽一同生长在这世界上吗？这是天老爷的意思还是它们自己的意思啊？……"

他寻不出——他也不想寻出——这些狼们为什么也和其他善良的鸟兽和人"同在"的理由。

他似乎也从来没想弄一支猎枪亲自动手，把自己所憎恶和认为不应该"同在"的东西们消灭一番。

"这是没有法子的啦！人怎能消灭得了所有的狼和所有的猫头鹰呢？"

在憎恶到高潮的时候，这叹息就代替了他的憎恶，接着他就平息下去，偶尔看到别人打倒一只狼或捉到一只猫头鹰，他却常要被激动到流泪的程度，鼓励着：

"打呀！全打死它们！……这是祸害！下一次我出钱买火药给你们……"

他并非是喜欢狼皮和一根枭鸟的翎毛，他只是无理由地厌恶它们，但又不愿为了这些鸟兽的血汁伤损到自己的善良。他是爱惜着自己的善良的，他不愿自己亲手欠下一角钱的血债，无论对兽还是对人。因此他就不常常吃肉。……他一面爱着八月那样任所欲为无遮拦的粗鲁，同时也憎恶他，否定他，那是当这粗鲁妨害到自己，或是妨害到自己认为那些应该得到善良待遇的人们的时候……

癞皮小狗早又转出来了，它窥伺地看着主人每一个举动，最后当七月停止下来的时候，它就又来企图舐吮他的手指尖……

"去——"七月这次却不甚严厉地吆喝着，用脚尖漫然地驱逐着它，可是这小狗却是缠绵的，它起始还闪开几步，小尾巴垂溜下来，等待着机会……一等到人忘了它存在的时候，就又毫无嫌忌地贴近过来，并且还用着自己的脖子和嘴巴擦撞着人的腿，叫出哽哽的声音。

"你还没吃饱怎的？"他感情和思想的蔓须，从一种茫然的辽阔的什么地方忽然收敛回来，轻轻地一朵无声的云似的归落到这小狗的头上来了。他静静地看着这无知的小动物那尖尖的狐狸样的小嘴巴和一双闪着湛绿色光焰的小眼睛，像是在等待回答。七月惘然地感到动物的心和人的心，以及人和人的心……却总是存在着不能够看见的一堵什么墙啊！这墙是永不能连根推倒的，它们永要存在着一层膜皮，这膜皮将要随宇宙以俱存、以俱在……人的种种努力，只不过是把这墙，把这膜皮……大致地推到更矬更低；刮磨到更薄更嫩，一直到透明，一直到能通呼吸……但它们不久又要重新生长了！它在不同的时候，不同的条件的排击下……就又有了"新生"。……看啊！小癞皮狗却只是尽可能摇着小尾巴，用牙齿有限度地咬着、扯着……七月的裤管，更娇惯似的哽叫着一些不知是什么意义的声音……

"你这蠢东西……"七月一脚把这小动物轻轻地擩开了，又开始了踱走……一种记忆像一条金属的箭，描画着银色的长弧，从自己遥远的记忆的天空贯透出来……自从汪大辫子的两个孩子到了自己家里来以后，他就把这癞皮狗遗忘了，它病，它瘦，它脱落着皮毛……一直变到像现在这丑恶的样子，这全是在他的关心以外了。如果不是老婆还像一个孩子似的照常对待这小动物，它也许早就被拖到山沟里去喂了狼、鹰和乌鸦……虽然原先七月曾经那样像儿子似的关爱过它。

"你这丑陋的小东西……坏蛋！只有靠你送我的终啦……"

他情感苍凉地揩一揩鼻头，又在那小狗头上拍打了一下。关于一些狗们的德行竟惭悔了他：

"老人古话说得真好：'儿不嫌母丑，狗不嫌家贫。'这是……多么有意思的话啊！人！"想到了人，他就感到一股森凉沿从背脊一直流澈到全身，最后使他起了两个寒噤，"……啊！人！是什么呀？人能和狗相比吗？有饭喂了狗，它一生要记忆着你，向你摇尾巴，舐吮你的手……喂了人……哼！喂饱了，喂大了，他会杀了你也说不一定啊！……"

他恶毒地把一口痰水吐在了地上——不知什么时候七嫂竟出现在房门边：

"睡啦吧！……一个人在捣什么鬼哪？天不早了。"

"睡你的去吧！……"他勉强压制下愤怒，但这女人今夜竟这样大胆而又不知趣地啰唆起来了："……孩子终归是人家的啦！鸽子窝里怎么会长久养着麻雀呢？"她好像仅仅是为了说这最末一句的警句而来的。

"不要脸，滚进去！——"随着骂詈，七月竟向那女人走近了两步——她才悄默地溜走开。等到七月走进屋里准备要睡下来的时候，已叫起了第一遍第一声的鸡鸣声。

"小东西们，我们的缘分从今天算尽了！……去吧！……"

他在孩子们睡着的头前停留了一刻，并不点起灯火，趁了从窗纸上映射进来的月光，孩子们的轮廓竟是看得那么分明！他伸出手来像要在孩子们的额头上摸触一下，忽然把已经落下来的手掌很快地又抽了回来，走向一边……一片柔和的光亮，轻轻地从他的额头上闪过着……

在井家，这夜竟成了一个节日。

酒的香气，饭菜的香气，再夹杂着一些烟的气味……使这不大的房间形成了一种奇妙的平静与和谐的感觉。

林荣和井泉龙已经吃喝完了，每人安泰地吸着烟，或者剔着牙齿……哑巴默默地打扫着院子，大环子母女坐在较暗的一个屋角落里，没休没完地喊喊喳喳地说着。只有汪大辫子忘怀一切地还在吃着、喝着……满头升腾着汗气……偶尔匙子和碗磕碰出一些响动才像是使人们想起了彼此的关联。

"大辫子，你一定要吃喝光了所有的，不能够剩余一点一滴……剩一点你就不是你爹的种子了……"

"我一定要吃个精光……你放心……"大辫子虽然是那样慷慨地回答着井泉龙的鼓励，可是已经不能再多咽下一口饭菜了，他感觉到从喉咙里像是伸出了一只小手，已经在渐渐地推拒着那每一次放进嘴里去的东西了。最后那小手竟扼紧了喉管，再也不容许一粒米一条菜叶通过了，他向那桌上所余的东西怀恋地投视了一番，最后才无可奈何地放下了手里的碗筷，照例又引起了井泉龙的笑声：

"啊哈！我知道你就快不行啦！若是我在你这样年纪，就是把肚皮撑破了也不能丢这个脸……"他眯着两条亲切而讽刺的眼睛，"吃饱了吧？蹲过大狱的人他们的肚子就要变大了。——我真想念我们那老伙伴，他不要死在里面啊！……"他想起了林青。

"那样大的年纪了，说话还是这样没深浅……一个人怎么好好就会死了呢？林青老叔的年岁并不比你大呀……"在墙角正在和女儿喊喳着的井老太忽然向井泉龙这面警告过来了。大环子随着妈妈看了爸爸一眼，接着就直直地望着林荣——他正把烟斗从嘴里拔出来，微微笑了一下平静地说着：

"伯母还是不要怪罪伯父吧……这是我们中国人的迷信……不喜欢听丧气的话，外国人就有点不同……"

井泉龙得到援军了。他把半靠仰着的身子直直地坐了起来，两只手掌分按在膝头上，放大了喉咙说：

"看啊！"他把按放在膝头上的大手掌忽然随着自己的叫声，合拢地互相击打了一下："林侄子是到过外国的，他什么不明白？……外国人并不迷信……是不是？我知道！从'八国联军'进北京的时候……他们用枪炮就打哗啦了我们的'义和团'……从那时候，我就……"

林荣竟截断了他的话，接上了自己的。也许为了吃过一些酒，他的脸色和声音全有些活泼激昂了，一双小眼睛也闪闪地有了光彩："……外国人也是迷信的啦……不过他们并不大忌讳说到死，他们相信死可以上天国呢！……"

"你信了外国的天主教吗？"一种奇异的桀骜的光从井泉龙的眼里竟那样尖锐地透射出来，紧紧地摄住了林荣的脸，林荣却完全没有觉察地正在细致地整理着烟斗；有点要瞌睡的汪大辫子却遭了一下震惊，他知道"天主教"这三个字对于井老头是一面挑战的仇恨的旗！那上面是涂着他的光荣和耻辱的血……他想着这会有什么事要发生了吧？他盼望从林荣的嘴里不要说出什么更可怕的事吧。他的瞌睡此刻竟风似的跑了，想要插进一句什么话混过这僵局，可是林荣却先他而说了：

"我信什么？……我什么也不信……外国人全呼叫中国人是可怕的异教徒……他们管蒙古人、回族人，全叫异教徒的……"

一种欢喜从井泉龙的脸上闪现出来了，他又一个孩子似的笑着了。

"俄国人并不信天主教的……他们信希腊教……"林荣不自觉地竟顺口说了一句俄国话。但是他马上就觉得似乎有点不应该，接了就更正着："我说的这句俄国话也就是这教名的意思……他们不独信耶稣，还信耶稣的妈妈马利亚，上帝耶和

305

华……他们的人死了在坟上是三横的十字架，天主教就是一横的十字架……"

"想当年那些洋人们……竟也叫我们来信他们的'天主'了，真他妈想得巧……我是连本国的玉皇大帝全不信……怎倒信外国的神？……自从那年反'义和团'以后，我告诉你吧，连他妈的灶王爷全不信了。"

正在屋外灶头边洗涤着碟碗的井老太也搭起话来了：

"是啊，这不就是你不信龙王爷的报应吗？剩了一条腿困在炕上……"

这话刺痛了这老人的心了，他竟半晌没能响出什么声音，脸色一刻由红到紫……

"我们这里讲话用不到你搭言……"显然这是一种含着激怒和威严的挑战性的警告。外面除开碗盏响动的声音外，竟寂静了。这老人稍稍又平和了自己向着林荣和大辫子：

"女人家总是没有办法的。不管是多么明白的女人，一说到'神'，她们就糊涂了！就像苍蝇掉在蜜缸里，自己再也爬不出来了……明明是人在那里捣鬼，她们却硬说是神的意思……外国的女人也是这样的吗？"

"女人……天下总是一样的——俄国的女人离开圣母的名字，她们简直是不会说话了……"

"我的女人她并不信神啊！……谁知道这是一个什么兆头？"汪大辫子终于寻到一个开腔的机会了，他连连地打着饱嗝。

"你他妈……"井泉龙又忘怀一切地说笑着了，"对于你那样呱呱叫的老婆你还疑心吗？该死！她比你刚强一百倍……听说她在羊角山大家弟兄全信服她，还有刘元……也被人信服……听说杨三的名声不大好……大约这小伙子太仗持自己的本领了……尽显自己不顾别人……做头领的人，其实并不在有多大本领，要能容得下人，有胆量，有肚量，公公道道……这样就成。三国上的刘备论他的武艺那是不能和关公张飞比的……就因为他肚量大，人家就全保举他做皇帝，连孔明那样神机妙算的人，全被笼络到'鞠躬尽瘁，死而后已'哩……楚霸王就不同了，仗着自己力气大，本领强——结果弄得剩下自己一个人，乌江自刎……可是若说真佩服，那我还是佩服霸王那样人，他并不借别人的灯光吃烟……我是不爱刘备那样用眼泪打江山的人……——大辫子你真决定去羊角山吗？我看你孩子还是不要带去的好……"

窗外面有人在走动着，哑巴扫院子的声音已经早听不见了，可是并没有看见他们母子走进来。井泉龙推测着这脚步声也许是女儿大环子，他不禁暗暗叹息着现在的女孩们竟这样大胆地不顾羞臊地在关心着自己的命运了。他也很想把这事很快地说了吧，虽然自己踌躇了又踌躇，终久也还是要由自己说的。自己平生对于任何事情从来没有过什么忸怩和这般长久踌躇过，但对于这件事，却竟有些感到一些不自然了，竟好像自己要配人的样子。他也知道老婆今天晚上这样例外地顶撞自己，大概也是在厌烦了自己这踌躇，他决定先把汪大辫子的事理清，而后就"单刀直入"来说明自己的心愿。——他看汪大辫子也正在那里犯着踌躇：

"怎么……想好了吗？孩子在七月家里养着蛮好的，你看谁当强盗还带着孩子啊？"

"我怎能当强盗啊？"大辫子急忙更正着井泉龙的话，"……我们汪家你是知道的，没有出过一个强盗是凌河村任谁都知道

307

的事……一直是田鼠似的爬着活过来的，一直到我爹……"

"那么你想怎样呢？"井泉龙认真地钉问着他。

"我要把翠屏找回来……"

"找回来怎么样呢？"

"我要一个家啊！我不是杨三这类人们一流……"

"那么……你为什么还要带着孩子去哪？"井泉龙有些迷惘了，他猜测不出大辫子的思想是怎样行走过来的，要到哪里去。……

"我女人的脾气你是知道吧？——单独我去了她不会回来的，带了孩子们去那就会软了她的心！……再刚强的女人她们也不能刚强过自己的孩子……"

井泉龙倒很为汪大辫子这意外的聪明使自己感到一些惭愧了。他犯了寻思。正在地上闲踱着的林荣却插了言：

"外国的女人——无论哪一国的女人全是一样哪！她们简直是和母狗、母猪、母鸡……一个样……为了自己的崽，她们会勇敢到不像人样！我在俄国和日本的战场上看见过。在俄国国内有一回到皇帝那里去请愿的俄国女人们，全是用自己的身子去迎接刺刀和枪弹啦！为了保护自己的崽儿们……"

林荣这证明像是只在为自己诉说着，井泉龙和汪大辫子却是茫然地各自打算着自己的主意。

"女人们……是奇妙的哪！……"井泉龙他又忘了自己应该怎样说法才能得体，却先是这样远远地说到了女人，接着他又思量着该怎样把自己要说的话烘托出来呢？他感到人的言语这东西是多么无用，多么粗糙，多么笨拙啊！……假设人全能够像玻璃似的，你这里一想什么，一需要什么……那个人就明白了，他也就玻璃似的有了回答……这该是多么好！那时候人就完全可以在暗哑的世界里生活着了，除开笑声、歌声以外，就可以不需要任何声音。儿子哑巴也就不再那样整天啊啊呜呜……他就可以和别人一样生活了，一样被看待着了吧？——他听到窗外老婆和女儿又在那里喊嚓着了——最后他终于不耐烦地放下了决心，拿出若干年前"义和团"烧教堂那样的坚决，面对着林荣，清朗着每一个字眼的声音：

"林荣……我要和你说一点正经事……"林荣从一种迷蒙的回忆里被井老头这意外的清明的声音所唤醒，他停住了那悠悠荡荡正在散步着的身子，他觉得这老人一定要有什么正经的话要向他说了。同时几天来自己那蒙蒙胧胧所意识到的一种意念，也就开始一只被囚禁的老鼠似的惊醒起来了。这似乎是一种期待又是一种恐惧，他把身子引近墙边一只跛脚的椅子那里，勉力地安静着，望向井老头这一边，回答着说：

"我也好像有点什么话要向你说的样子……"他坐定了身子："我刚才正想着，我不知道该怎样说法，你说吧，——也许我们要说的会是同一样的事情……那就好了……"

汪大辫子忽然敏感地觉得自己似乎是一种多余的存在了。他迟疑着，自己是留在这里呢，还是应该走避走避？他终于从炕上移动下来，拿起了自己的衣裳，下意识地用手去捋了一下辫子——空了，这使他感到了不大自然甚至有一点怅惘！

"老伯，我要到七月家去了。我想来想去还是该领着孩子们一同去吧……我们回头见啦！……"他又向着林荣："你明天就去城里吗？……见了林老叔就说我问他好……你总得给那看守兵几个钱，一切我全说过不要忘了钱！……"

第二遍的第一声鸡鸣声银笛似的响彻了全村。

最后的焦烦而苦闷的暑天过去了，接着就是秋天了，饱满

309

的云掷下了自己应该掷下的货物——它们就烟似的散向四方。只有天，它是永久象征着人类澄明的理性样永恒的主宰者！

当井泉龙和林荣争论的时候，这竟是一场不很愉快的小风暴了。终于还是井泉龙低下了自己那热情昂扬的头，他向坐在对面椅凳上自己的家族——老婆、女儿、儿子——扫了一眼，除开哑巴，她们全是那样呆呆地低垂着自己的脸；也向靠近炕外角拘束地坐在那里吃着烟的林荣看了一眼——那烟斗的闪光，正一刻比一刻拖长而悠徐地在闪动。

"这是我的错呀！"平生以来，谁也没听到过井泉龙用了这样的声音、这样的字眼——这是低沉的，模糊的，每个字眼每个音节那全像是包裹了过多的随时可以滴流出来的水分——在这样说话，他勉强把那固执的背腰挺直了一下，"……好孩子！我们是老世交……你又到过外国……不会怪罪我这老浑虫吧？！……我几乎……做了人世上最可羞耻的事哪！真是，俗话说得好：'有知不在年高，无知空活百岁。'……这话今天竟应到我的头上了。我此后再不敢拿自己的'老'、自己的胡子和头毛的白不白来豪视一切啦！你教训了我……我将要像一条狗那样学着谦虚啦！……等我学得够好了，那时候再让我去死吧！……"

"我这只是来看看我的家。……其实呢，我已经什么地方全住得惯。我想念我们这村庄也是真的，但是我却不能够再在它的怀里，像从前小孩时候哪里都没去过那样住下去了……"林荣一面解释着自己的心境；一面却是极力在挑选着更合适的语言、合适的声音……要企图更委婉更委婉地描画出自己的心，唱出自己的心！因为这样，他的话就常常要被阻碍，焦烦地同时又似乎是歉疚地看着每个人……每个人，全像待食的小燕儿似的等待着它。更是哑巴，因为他的耳朵不太灵便，竟是那样吃力地张着他那长睫毛的大眼睛；大环子的头却一直是低垂着，手里在卷动着辫梢……她卷起来，又把它舒放开，又卷起来……她一直重复这动作近乎一千遍了！为了不可抗的一种激情的催迫，到后来，林荣他就不能够让自己再那样思量地、有尺寸地讲着自己所要讲的话了，他像是要呕吐出所有的脏腑，到了焦急的时候，他的声音竟变成了老子林青那样的声音——尖锐得怕人，也承继了林青那样在性急时就要口吃的习惯：

"如今我在我们这村庄已经住了五天……竟使我的那样好的一个梦碎得无影无踪！我还想着要把我的俄国老婆连那孩子接到我的家乡来哪！……我的老婆，她是那样一个能够吃苦到使你们吃惊的女人！她有力气，她像一条母牛那样强壮……那样老实……她又是那样忠心地爱着我。……我们在外国也是受着贫穷的……我是在一批灾民里娶了她的。……那时候她们国里也正闹着各样的饥荒……他们的皇帝想要独吞我国的东三省；也要吞灭高丽国，于是就和也要吞灭我们东三省和高丽的日本国开战了……他们打仗是在我们的土地上打的……我们的老百姓死在俄国和日本两面夹攻的下面的，那比俄国和日本人还要多多啦！他们——中国的老百姓——就像麦草似的被这些杀人的滚子辗来辗去……"

"在'义和团'的时代……"井泉龙忽然激昂地插进声音了，"我也到过天津卫和北京城，我是看过鬼子们杀人的方法啦！他们不愿意用枪打，专门乐意用刀砍……他们说中国人喜欢用刀砍！他们说：'你们的皇帝不就是用刀砍你们的脑袋吗？我们也愿意学一学你们的皇帝啦！……'后来他们竟把中国古来的刑法全在我们那些师兄、师弟的身上去试验过了：'点天灯''下油锅''千刀万剐''活剥皮'……最时新的，他们也仿照我们古来的办法，把肚子里有孩子的女人们的肚子活剖开，绑在大炮上向我们发炮弹，说这样就能够破了我们的'法术'了。……他妈的，就是不用这方法，一个肉身子的人还能够和铁做的炮弹碰脆吗？他们想尽各种各样方法杀人。也用他们自己的洋方法哪！他们把一个人直直地绑在柱子上，轮流着发枪，练习准头，也用上了刺刀的枪在人身子上刺来刺去，一直到人变成一摊泥……"井老头的呼吸不平匀了，但是固执地还要说下去的样子，却被老婆给打断了：

"我听过你一千遍、一万遍啦！……你总喜欢打断别人的话……一说起你的一部'经典'什么'义和团''红灯照'的……就忘了天底下还有第二个人了——她林大哥还是讲你的……"

哑巴竟也讽刺地向自己的老子笑了一嘴；女儿大环子用鼻子哼着。这却使这老人的感情复杂起来，最后他竟气愤到要流眼泪了，终于他打了一下大腿，大声而牵强地辩解着说：

"怎么？这是仇恨哪！人对于仇恨怎么能够说就一个屁似的轻轻忘掉啊？自己不能报，至少也应该传给他们下代子子孙孙……呸！女人们是不懂得仇恨的价钱的！……因为这样，女人终究是女人……男人们的仇恨是咬在牙齿根底下的，越咬越结实……女人们的仇恨是怎样的呢？是夹眯在眼皮里的，只要一阵泪水子，就像一根毛、一颗尘土星似的完全给冲跑了……冲跑了！"

井泉龙夫妻这样半真半假的吵闹，却使林荣想起了自己的老子和妈妈，——那几乎也是这样吵闹着过了一生的人！他也看过外国人的夫妻，他们虽然是用不同的语言吵闹着，骂詈着……但吵闹也还是要吵闹。但却使他获得到一种近似真理性的解释：人类就是这样吵闹着、扭打着生活过来的，也将要这样生活过去吧？自从他娶了老婆，他就更证明了这真理是像太阳存在一般不能够移动了。他慨叹地眼望着大环子这面说：

"是什么人说过：'吵闹是生活里的盐！……'真不知道这话是什么意思？"

出乎意外地大环子竟对林荣这话作了正面的回问：

"你和俄国嫂子也吵闹吗？"屋子里的空气变化了，大环子这样坦然明白和林荣交谈的事以前是少有的。惊讶的风吹拂到了每个人的脸，更是母亲，她定定地看着女儿的脸，今天竟没有一点过去那样女孩儿家的爱娇和怕羞的痕迹了，她好像一下子长大了十年，这使井老太全有了点不好意思。因为在井老太每次和林荣说话的时候，也还不能够完全自自然然地忘了男女中间那道墙，虽然林荣是她的晚辈，论年纪她几乎是他的妈妈的辈数；如今意外地这匹小母马——大环子——竟这样跑在自己的前面了，她真不知道这是应该还是不应该？

"你怎么……竟问你林哥哥这样话哪？你们看，这样大的姑娘了还是这样傻头傻脑的，说话不管深深浅浅……这亏得是你林大哥……若是别人，就要笑掉我们的大牙了！……"

妈妈是企图缓和这有点预感着不祥的就要来的什么风雨，她用力地看了女儿一眼，而后禁止着："不要胡说白道了，去睡吧……"

大环子并不理会妈妈，她竟一只挑战的小公鸡似的眼睛直望着那坐立不安的林荣：

"你和爸爸说的话，我在窗外已经听得明明白白的了——我直截了当告诉你，就是你没有那个俄国的老婆，我也不会再嫁你这个人的了！我是个乡下人，是不应该和你这样见过世界的人高攀哪！……你说得很对……我应该就在这凌河村找一个能种田、能卖力、强强壮壮的小伙子嫁了他……你说得很对，我将来就按照你这样话办……"

这些话竟是毫没有头绪的。大环子说完了自己的话，竟一阵风似的响着鼻子走出去了。剩下的人彼此望一望，妈妈站起来指画着井泉龙：

"总是你这老东西惹的祸害！……你伤了孩子那高贵的心！……"

"我又惹了什么祸害啦？……啊？"一直到井老太已经走出了门外，静了一刻，井泉龙才觉醒了似的打着炕沿木，空空地叫喊着，"我怎样伤了你这'凤凰'的心啦？啊？——"

哑巴也静静地溜走了。林荣却装作与自己无关似的无可奈何地吸着烟斗。……这些里里外外总是使自己不称心的事，真使井泉龙糊涂而困烦着了。他要下地来走动走动，把那白头毛焦烦地扯了一下——他看见林荣已经站起来，整理着琴箱上的背带了——他也寻到了自己的拐杖。

"怎么？你就要走吗？不忙，反正回去你也不能睡了，再吃一斗烟，我还有些事要请教你。刚才我们争吵以后，我虽然像明白一些事理了，如今我又有些糊涂了。我真不明白女人们！我虽然也是和女人过了快半生的人啦……为什么她们的脾气全是夏天的天气似的阴晴不定啊？你是明白的，你是见过世界的人，我请问你……"

林荣踌躇着，终于还是接受了这老人的请求，他又装满了一次烟斗：

"孩子们得不到他们要获得的东西……就要哭啦，我看女人们并不比孩子们大方多少！……外国的女人们也是一样……我的老婆已经二十五六岁了，她还常常哭呢……她甚至因为孩子惹了她她也哭……男人们不是这样的，他们的眼泪是有数目的……是计算着流的……这一回我回来，她就是哭了三整天……一直到我上了火车，她从车窗扯着我的手，还要不让我回来……她说：'你们中国人是没良心的，在俄国就娶了我们俄国女人；一回国就把我们忘了，就又娶了你们中国女人了……你们娶女人好像买一双靴子那样随便啊！上帝是不允许这样啊！'我说什么呢？我说：'凭圣母的名我发誓吧，我是有良心的中国人，我一定要回来……你是我的，这孩子……'我摸着她怀里最小的那个孩子，他生着不黑不黄的头发，不像我也不像他妈妈，我说：'……也是我的，还有这琴……"——林荣摸触着手边的琴箱——"'这是和我不能分开的三件宝物啊！这就是这世界上我所有的一切了！……可是我必须在我没死以前回去看看我的家呀！'一直到火车开出了车站，我还看到她用孩子的小手挥着手巾……我不愿意先写信回来，我原先打算只是回来看一看吧……看一看吧……同时也想着就在自己的家乡住下去吧！在我还没走进这村庄以前，我的心真不知道是应该怎样在胸膛里安置着了……如今，我是决定了……这村庄再不能够是我的'家'了……等我去城里看过我的爹回来，我也许把妈妈和妹妹一同接出这个没有人性的村庄吧……老伯，你知道……一个在青年离开自己家乡的人，就像一只鸟离开他们老窠巢——虽然他们已有了新窠……它是怎样想念着飞回来看看这些曾经栖歇过自己的树林和枝丫啊！谁知道这迎接它的却是一些可恶的猎人！他们拆了它的窠……还要等待着机会也射它一枪……我知道杨洛中父子们，他们会使这整个凌河村拆毁

315

了，凋零了……他们要在这凋零中收到利益……我在俄国是见过像这样整千整万专以使别人零落、使自己收到利益的人了……那里的人还有皇帝和'神甫'帮助他们。……我的老婆是一个小火车站老铁路工人的女儿。这工人因为吃醉了酒，死在火车轨道上了。听说他还有个儿子，但不知道跑到哪里去了，听说在当兵……他原先就是一个农奴，就是属于杨洛中这样人把他弄零落了的。……在外国，也知道我国的'义和团'。他们的人民也整千整万起来作乱啦……他们却不是杀洋人，他们是向那些开工厂的东家们要面包吃；他们在乡村里把像杨洛中这样人家的房子烧了，田地夺了，不再缴租粮了……他们要他们的皇上杀死那些和日本人打败仗的将军们。……我亲眼见过在他们的京城'彼得堡'……有那样多得数不清的人，男的、女的、老头子、小孩子……哭着、打着胸脯，向天空画着十字祷告着，唱着……跟在一群'神甫'后面，抬着他们皇上的那样大的相片，举着各式各样的旗，到皇帝的宫门口去请愿。——可是他们那'仁慈的'皇帝却恼了，开了枪……子弹真的穿进人的身子了！人成排成排地打倒在街上了，在那石块块的马路上开始流了血！从那一回我就又由俄国的京城跑到了别的地方……别的地方也是这样……开枪。人民们在城市、在乡村……苍蝇似的到处聚集着、飞着……因为找不到事情做，我是挨着饿……也讨要着吃……我拿着我的'身份证'，上面写明了我给俄国军队做过翻译，打伤了一条腿……我在西伯利亚一个小城里的车站上，为别人补靴子，生活着。——就在这地方我认识了我的老丈人——我不知道……我们的国家是不是也有那样的一天，我担心……杨洛中这样人家是在制造这样的日子啦！……我不明白，像我老子那样人，连一只麻雀全不怕他的人……还有汪大辫子……这是个于人完全无害的人……他们竟无缘无故地就仗着势力给送进监牢……那真正有害的人——像杨三——他们却在那样自由地放纵着他……我想不到啊！我回来会遇到这样一个意外的梦！像戏剧似的梦！越来我越觉得中国、外国一切全是相同的。我不愿瞒你说……我和杨三、汪大辫子全不能比的……我只是一个喜欢把憎恨和愤怒吞到肚子里的人！我不愿意吐出来，更不能够举起复仇的拳头……只有喜欢流荡……这点点性格像我的老子……我没有我们凌河村青年人那样刚强的气魄！我怯懦……从一小就是这样……我不能够和孩子们打架到头破血流……我能够用躲避和沉默抵抗强暴……如今我的腿伤了！……这就更助成了我无能……在外国好像也没改变了我的无能……"

这完全是意外的。井泉龙嘴张着，眼睛细成一条缝，听着这个越来越和自己显得遥远了的人的声音，他一时竟不能够把林荣这些话的意义连贯起来，感觉到自己竟丧失了五十年！——又是一个光身娃子似的在村外跑来跑去的时代了。他惊异于一个见过世界的人，世界竟会把一个人完全脱胎换骨，变成另外一个人了吗？这一番林荣又提到"老婆"，他却不再激起像刚才不久以前那般激昂地反对他了。对于外国人他好像也有了一番新的影像，他竟把自己也引向了外国去了。仿佛那些哭着、叫着、捶着胸脯、唱着歌的流血在街上的人们就在自己的眼前了。他真切地听到了那枪声，看见那在划着空气的长刀的白影里，一排排扭绞着倒下去的尸身，冒着气的鲜血漫流着……他自己竟也是这人中的一员了。梦魇似的他竟在身边的炕桌上猛然地拍了一掌：

"啊？……我不信，外国也有这样的事？你说，外国也有这样的事？……"

"那些来杀中国人民的外国兵，在他们本国内也一样杀着他们本国的人民……他们是只听他们皇帝的命令的……并不管杀的是哪一国的人民……什么事我都是亲眼看见才说的……"

井泉龙虽然眼睛在向着林荣，但他已经陷入了一种深深的茫然的思索的网里了——这是那不久以前他打着锣经过杨洛中门前那鲜明的英雄的场景……

在林荣离开井家的时候，天空的月亮颜色显得淡薄了；天东方已经横抹起一条青苍色的长带。第三遍的鸡鸣声四处乱响着；谁家槽头上驴马们长长的悲鸣，使远方的山谷悠悠地送过来那些回音……这乡村的一切的交响的旋律又开始奏起，人也又在这夜间似乎经过重新刷洗和加色过一番的画面上活活动动起来了……

他深深地把这清晨的空气呼吸了几口，回头看一看井家门前，已经显得很空荡，但偶尔一两声井泉龙那高亮的咳嗽声还能够清楚地听到。

到了家，妈妈和妹妹已经睡下了，听到他的声音才醒转来，第一个醒的却是妈妈：

"你怎这样时候才回来呀？——天亮啦！"

"嗯！……他们不让我走，拉完了琴又吃饭……"他像个远远归来的旅客，无神地勉强地回答着妈妈，就把身子藏进屋角里那只圈手椅里，茫然地，有点安静又有点纷乱地想着一些交杂的过去不久的影像和井泉龙那铃似的和他争辩过的声音："……中国人的老婆总应该是中国人啊！……中国人到外国招驸马……那是古时候的事了……"林荣也曾举了不少的例子，更是杨洛中的大儿子新近娶了日本女人带回乡村来的事。"不要

318

提他！"——井泉龙激愤地说着——"那不是人类的家族！……我们能够和非人类的家族比吗？你是林青的儿子……你说你能够和他们比、和他们并列吗？你到城里去问问你的老子吧……我和他中间是许过亲的了……"

林荣回想着，他是怎样用了自己尽有的智慧、聪明和语言，好不容易才把这执拗的老人折服了。更亏得是大环子能够那样斩然地解开了这围困——可是如今在林荣的同一意念中，竟又有了一种突然而起的想头出现：——娶了她吧？……

林老太已经点好了灯火爬下炕来，孩子哭了，四姑娘却还在沉沉地睡着。妈妈摇撼着女儿：

"醒醒吧！你哥哥回来了……睡觉还是这样不规矩啊！……"她把女儿跌落到地上的枕头拾起来，又把那褪下的被子扯上来掩好了那裸露着的胸脯……

"妈，我要去了。"林荣寻找着妈妈给他准备好了的路上用的一切东西——一个小布包，里面包着母女几天来为林青赶做的衬衣裤，一双半旧鞋，一些米粉做成的干粮……

"胡说。"林老太不以为然地反驳着儿子，"不吃早饭怎么走路啊？歇一天，明天再去吧——这井老头子总是这样不懂人情……"她埋怨着井泉龙，一面摸摸索索准备着去烧饭了："你到对面屋去睡吧……饭好了我叫你……"

"不，我马上就走，我的心安不下——"林荣试验地坚持着自己的意见。

"吃过早饭再说！"林老太却坚决地命令着。

天色已经完全明亮了，街道上渐渐寥落地飘浮着人声。四姑娘也醒转来，她一面奶着孩子，一面仰过头稚气地看着哥哥——她的长头发一片暗色的纱似的在枕边的四周披散着，有的也垂流下来几乎要萎落到地上。她那显着有些耸高的颧骨和那丰满的嘴唇，鲜红得像是要溶解、要滴流……

"我也和你一道去不成吗？"四姑娘这稚气的提议使林荣那正在翻扰着的、困倦的、落寞的心情……冲淡了。他向妹妹看了一眼，不能克制地笑一笑，接着是童年时候一串回忆，退败的兵马似的飙急地无秩序地穿过自己记忆的街……他觉得妹妹还并没长成了人，大家依然还是个孩子，他是一直爱着这个有点执拗和沉默的孩子的！就是在各样不幸的流浪中，只要一安定下来，第一个记起的就是她……而后才是爸爸和妈妈……他的眼睛轻轻地浮上了一层湿润。

"你也一道去？"他讽刺地笑着向她点了点头，"监狱里是不准女人们看人的……"

"你骗我……徐二傻子的老婆就经常去城里探望她的汉子啦……哼！若不是妈妈总阻拦我……我早就和她一同去看爸爸了……"孩子的不如意的哭声阻断了她的话。

"哪个徐二傻子？就是……住在北山脚，给人家看坟地的徐二傻子吗？那两夫妻全像一座塔似的人？"

"还有几个徐二傻子啊？"四姑娘顺理着孩子的脾气。

"他怎么坐起牢的？"

一种疲乏开始擒住了林荣的周身，感到两臂酸痛，他打起哈欠来。

"因为他看管的坟墓被人盗开了，剥去了死人的首饰和衣服……"

"是杨洛中家的人么？"

"你这话问得多么怪！……杨家的坟还会埋葬别人家的骨头吗？"

"我是说……是不是杨洛中自己家里人？你们杨家是大族啦……"

"杨洛中他们自己另立'新祖'了……据'风水家'们说，他们这块坟地的地气已经尽了，应该另寻新穴地……才能够发达子孙……"

"他们定了谁作新祖？"

"杨洛中的爹杨半城……还有他的妈妈……"

"贼怎么偷了他？"

"大概落葬的时候穿戴得太阔气了，引起人的眼馋……"

"全是些什么东西？"

"除开绸缎衣服以外，首饰以外，还有好些金银宝物！听说埋的宝物越多就更能旺地气……发达子孙……"

"啊……这一回地气不是泄了吗？"兄妹俩一齐大笑了。

"我看杨洛中泄气的日子总不远了吧？"

"你也学会看风水了吗？"四姑娘惊愕地正经地望着林荣。

"我会看'人水'……我看他们的'人水'像是一代不如一代了。从他们这一件件赶尽杀绝的事并不是好兆头……我还记得在杨半城时代，他们还不咬自己村里的人，对于自己族中的穷人们也还有些关照……杨半城那老头子虽然也苛刻，有些地方也还宽宏……至少他们不会逼着自己族人——像杨三——这样年纪轻轻的人就上了邪路……汪大辫子和爸爸这样事也不会发生吧！这是人变了吗？还是世界变了？……"林荣用了深长的喟叹把自己的话句结束着。

"杨洛中的家也并不是一个安乐的窝哪！……每天真是吵得一团糟，大老婆和小老婆，女儿和儿媳，儿媳和儿媳，媳妇和婆婆……"四姑娘为林荣述说着杨洛中家庭那些可羞耻的故事，林老太进来了，她装作严正的样子命令着女儿：

"太阳快照满窗子啦！怎么还不起来？谁像你，每天早晨总是小猪似的在炕上腻着不起来！起来——"

"我这不是奶着他哪吗？……"四姑娘指着孩子顽皮地寻找借口，同时在孩子那焦红的小脸上拧了一把，学着妈妈的口吻命令着，"起来！……你个小坏种……全是你拖累了我……"孩子就响起了格格的笑声……

早饭以后，林荣提了手杖辞别了妹妹和妈妈，在他转过最近一个街角时，他回头看见妈妈正在用她那宽大的衣袖反复地擦着自己的鼻子和眼睛，妹妹一只手抱着孩子，一只手在招扬着，那似乎是在教导着孩子在呼喊："喊舅舅呀！叫呀，小废材！……什么话也不会说……"

二八　寻妻

羊角山位置在凌河村西方，约有三四十里路程远近，是属于松岭山脉的一支。遥远看去，每座山全是那般尖尖地参差不齐地耸向天空，那确是像初生的山羊角，又名狼牙山。它们的颜色在晴好的天气看过去是青苍苍的笼罩着一些淡蓝色的烟氛，如果天气一阴暗，它们也就阴暗了，那就有点像用生铁烧制成的或者是谁排列在那里的一些大块的有棱角的焦炭一类的东西，它给人们的只是一种森严和桀骜，毫没有一点可以使人眷爱的感觉。

这里也有人们在生活着，但他们却竟像是超出这个社会法则以外生活着似的，他们不缴纳捐税，也不遵从任何法律，他们是像天空的鹰一般地生活着。虽然他们也耕种、也打猎，主要的还是靠着掠夺、绑架和贩卖各种可以一本万利的货物：鸦片、吗啡、枪弹以及作为"胡子"们的家。……因为他们所生活的这地带是属于几个地域的边界上，哪一个县的官军也不愿和不能独自消灭这个区，更不愿自己树立下这可诅咒的不祥的恶敌。他们只有彼此愿望着，从这山林里面每年探伸出来的毒手不要次数太多了吧，更重要的是不要探伸到那些有大名望大财势人们的身上吧，这样他们就会让他们——山里的人——平安着。他们也平安着。即使偶尔因了上面过度严厉的命令来到这里围剿一番，那结果也还是圆满的。事先他们会讲好攻战的条件，胡子们送出几个没有多大油水的"肉票"和一些破乱的赃物；官军们在山外激昂地向天空打着空枪，胡子们在山顶上也应酬地打一些空枪，这样就完结了这场戏剧性的战斗。胡子们也有时把犯了自己规法的伙伴先打死，而后把尸身从山上滚下去，或者故意送到距离官军不远的山坡地方让他们割去耳朵或脑袋，官军们就可以吹着胜利的喇叭回去报告自己的战功。

他们每年都是声明着要联合各县各边境举行围剿了……但谁也不知道有了若干年月，这喇叭总是这样空空地每年吹着季节风似的鸣响一回就过去了。

人们若干年就在这喇叭的风声里静静地聚集着、分散着、死亡着、生活着……在他们从别的地方游荡倦了，或者是被追击得不能够安宁了，就飞回这个安全的窠……而后再飞出去……

杨三他们葬埋了海交以后，就来到了这羊角山。他们除非偶尔也个别参加别的帮伙出去打劫或者绑架一番而外——但这全是没有多大油水的只是度着生命而已——闲下来除开吃和睡、打猎、和同伴们比比枪法而外，再就练习着吸鸦片烟赌博和寻找一些浪荡的女人们……没有战斗的队伍是容易堕落，也容易生长着纷争。

自从海交死了，这队伍竟像是失去了一颗能够主宰一切的会跳动的心了！弟兄们有的挂到别的"绺子"上去了；有的单独地飞出去，去寻找自己的幸运……除开半截塔、杨三、刘元而外，如今这"绺子"上就只有十来个伙伴了。伙伴们竟像老鸟的翎毛，轻轻地渐渐地零落着……这使刘元暗暗地怀着一种沉重的每天增加着的悲伤！虽然这队伍的首领是半截塔和杨三，可是在刘元却是更不能容忍这衰败的。他和这队伍是有着血肉的关联，每一个兄弟的离去，就像自己的身体被解去了一肢……海交那些铃似的语言，更是临终那和着血渍的语言，在他周身血管里响着，这声音又像滚转着的蒺藜似的刺痛他，使他不能够好好玩乐，也不能够好好安眠。他的样子更喜欢沉默了，青春早就轻蔑地跨过他的年龄，在他的额上、眉间……留下了不应该有的一些深深的纹沟，头发上也开始浮起了白星点，更是那眉毛和络腮胡子，它们不独浓黑，而且还好像每天都有新的添增。刘元的胡子已经生长到一寸长短了，但是他完全忽略着它们……他常常是深陷着眼睛坐在一个什么地方去思索，或者整天整天地擦着、拆装着那支海交给他留下的驳壳枪。那枪有些部分如今被擦磨得已经有了不应该有的光亮和损伤。

自从翠屏上了山来以后，一个时期他曾经破坏了这习惯。可是近来这习惯又复活了，似乎还有了新的增加——伙伴们偷偷地展开着他们自己的意见和谈论：

"刘元这小伙子有什么心事了吗？"

"这小家伙总是那样有心事的样子……谁也不知道他的心究竟有多么深！……"

"他大概又想起咱们老‘当家的’来了！……自从老‘当家的’一‘过去’，他就更老成得像一棵枯树根，全没了一点青年人的活气了！……饭也吃不多，这不是好兆头……"

"在我看……他和杨三中间……好像有些地方不大通火吧……可是他们的嘴却全是那样紧啦……"

"谁像你和我……是用碟子喂养大的鸭子，连个屁也装不住？弟兄们的心不通火这不是好兆头……冯秃子你应该知道啦！……你是他的老朋友……"

人们集中着意见要冯秃子去解劝刘元。冯秃子已经输光了他所有的田地，也打死了那个使他破产的债主，在一个月以前才从凌河村逃上了这羊角山。

"我会劝个屁呀？我……"冯秃子搔着光脑袋，"……他从来不和我讲一句闲话……这小伙子……简直变成了两个人……"

"他是常常到汪大辫子老婆那里去哩！……"一个斜眼睛大牙齿的人邪恶地笑着，"……我是叫不惯女人的名字的……"

"你他妈……胡说白道吧……他会敲碎你的狗牙……"有人在警告着这邪恶的人。

羊角山的道路是肺细管似的分布着，每一条细管零落地贯穿着一些人家，它们在山口却有着一个总聚会的地方，那是一座庙。在那里大家轮流担任着"晾水"。在平时，他们就各自住在自己的窝里，仅由一个人管理着从山外周围几十里传来的情报，比如：有官兵来了，或是经过的大队或零星的驮队商人……也有专门探听村庄里一些有田、有产、有余钱大户的动静的人，等着机会就好绑架。

今天在山口值班的是刘元，还有别的"绺子"上几个弟兄。

刘元坐在一个小山头上一处没有什么树木能够遮住他的眼界的地方，望开去，那最远最远能够望到的有树木的村庄，那就是凌河村——这时候凌河苗细得像一条头发丝那样的银线，若隐若现地横在他的鼻子前，好像只要一伸手就能够捏到它……夹在那些田野、村庄、树林……中间的大路、小路……也是显得太狭窄了；出现在那上面的人、车、牲畜……灰色斑点似的简直看不出他们在行走，只是因了那些田野村庄的陪衬……才显出他们是最小的蝌蚪似的在一些水草中间游动着。这是下午两点钟左右的时光，田里面收割的人们，歇过了午晌，已经开始斑斑点点地出现了——他想要寻找那座埋葬着海交的树林……

忽然有一团人影，从远方的大路上竟向这面山口的路上缓缓地转近来，那是一匹牲口，后面跟着一个团团的人——这使刘元微微感到一点惊讶。在平常凡是经过羊角山的远方的旅客，他们全是遵从着向导和驮夫们的劝告，尽可能离开这山脚，远远地绕着路途的。因为这是有名的"梁山泊"，它已经成了旅客们用它做宣誓的能够裁判人们运命的神祇似的象征：

羊角山呀尖又尖！
"阎罗殿"呀"鬼门关"！
雁过拔根毛；
鬼过也要挖只眼……

这歌谣是每个常行的旅客、驮夫、山四边的居民们所熟知的，甚至于比自己的姓名和家谱还熟悉些。至于真的山四边的居民他们却并不那样恐惧，更是小户人家和贫穷的人们。他们懂得这山中的规矩，这些胡子们在他们还不到太饥饿的时候，是"兔儿不吃窠边草，老虎不伤喂己人"的。这山中的居民又多半是山四外居民的亲戚朋友，因为这样他们反倒是平安了。官军们既不敢来勒索，村中的大户们不独不敢仗着官家势力横行，反倒是要和山中的"绺子"们结托着，替他们到各处明明暗暗买卖各种东西……这竟像是个没有"王"也没有"奴隶"的朋友式的国家的存在。

使刘元惊讶的是向这山中走近来的人竟在这样时间里出现了，这是和这里的惯例不合的，那只有是远方的来人。那些山中的居民和四外的居民，他们回家或者来访问自己的亲属朋友，总是在清晨，太阳没出来以前，或者在黄昏的时候……

"这是谁呀？什么人？"他立起来把手遮在眉额上，向自己发问着。他记忆起那次翠屏来羊角山好像也就在这般时候，他也正是这样在这小山上望着那些村庄、道路和树林；更是凌河村的方向……

为了要排除这孤独的寂寞，他决定要迎出几里路去看一看这来人是谁。虽然他是并不想再做一个人间的人——那就是说再做个安分的农民，用锄头去从土地里毫无侥幸心地获取自己衣食的人了，但他的心却一刻也不能和这"人间"绝了牵连！这是很久很久苦恼着他的事。他还和一般农民一样，担心着季节，担心着不适宜的风和雨，以至于撒种和收成……每天几乎一千遍转走在他记忆里的是那凌河村夏天宁静的夜晚；经过洗浴似的清晨……孩子时候的游戏和伙伴，慈心的妈妈和妹妹们。虽然那跛脚的老子不应在他的想念的范围以内了，但是这人的面相和身影却也要常常像个熟悉的客人似的，随便出现着，占据着他应占的位置……虽然他曾竭力想要用最恶毒的憎恨来阻止这个曾经要谋杀过自己的仇人，不在自己这可贵的柔软的心境上出现吧——他以为这样人是只配和最适宜出现在人的心境最恶劣的时候：——那或者是当他鞭打一个可恶的"肉票"，或杀死一个悭吝的财主的时候……才应该。这记忆会帮助他的憎恶和决心，或是毫无慈悲地一鞭一鞭抽打那些鱼似的光身子，或者一枪就打开那些可憎恶的脑袋。……当他的心情柔软得像一颗绒毛的球，薄嫩得像婴儿嘴唇上的细膜皮的时候，他万不愿意这个不能够容赦的人——为了一点钱就要杀死自己的亲儿的毒虫——竟也大模大样地出现在自己的忆念中。这影像每次不由自主的出现使他感到悔恨、苦痛和羞惭！他笑骂着自己，也发下过记不清次数的誓言，他决绝地不独不要想起父亲这个老跛脚的恶魔，就连母亲和妹妹那几乎是从坟墓中把自己含着眼泪拖出来的人们，他也不想再见了啊！……他企求着要永远毁灭那使他痛苦的绒毛似的柔软的心境和过于嫩弱的心……他要刚强、再刚强些，他要学着像其他伙伴那样，无思虑地过着自己的日子，无顾虑地放纵着自己，无流连地也无迟疑地抛弃着一切，获得着一切……只有这样才是完成一个做强盗的应该有的心！也是应该有的本分。他羡慕杨三，这人——在刘元看来——竟是一个天生具有着强盗的坯子和性格。在杨三仿佛完全和这样群队是有着血缘的，一母所生的样子。这人具有着一般强盗们的快乐、轻飘、蔑视任何东西的习惯，他们不让一点随便什么烦恼纠缠着自己的行动，或牵挂自己的心！有时候偶尔也许有一些什么不愉快的东西压到这类人的肩上来了，但他们摆除这类东西竟能够像一棵草摆落露珠那样自由，只要把那窈窕的枝叶稍稍一翻摆，就可以毫无痕迹地像抛落下一颗露珠似的抛落下这些东西。刘元对于半截塔那样一条鲇鱼似的生活着的人他也是带着羡慕的。那人除开吃和睡，喝酒和骂人，在空闲的时候和同伴们、女人们开开玩笑以外……他是从来不计较明天别人或者自己的命运的。他能够孩子似的很快地流出银子似的眼泪，也能够在正流着眼泪的时候，雨天的雷电那样，划开阴云，大笑起来……刘元和杨三以至其余的人全是那样绝端不同地生活着。刘元虽然有些妒羡这些生活得这样自然的人，但另一方面他又是憎恶这些人们，譬如杨三总是那样高昂地举着自己的脑袋，一只孔雀似的时时顾惜着自己那高傲的翎毛……这是他不以为然的。更是近来，杨三和一般的弟兄们竟不大交往了，只有在要分配事情的时候，他才和伙伴们勉强讲着一些必要的事，而后就总是一颗流星似的，骑上马，飞向别的"绺子"上去和那些个能够在一起玩乐、说笑的"当家们"的队伍中去消磨时光。杨三最近又在爱着一个这山中有名的"美人"了。他的每次显着是幸福，但是带着勉强味的笑声，是一天比一天放纵和响亮了。可是他那和弟兄们中间渐渐积起着的一堵生疏而沉默的墙，也一天比一天加厚加高了。但他似乎并不大重视这墙，也不重视这墙的加厚和加高的，为了这现象刘元曾几次劝告过他：关于如何增加队伍和替海交复仇的事……但杨三早就不再提念。

"杨三，你不能这样和弟兄们生疏着啊！半截塔他是个老好人，恐怕是人世上再也得不到的第二个好人了……可是我们不能指望这样'好人'做什么事啦！在职分上，他虽然是大'当家的'，可是我们这队伍主要的台柱儿还是你。我们这队伍一时一刻也不要忘了我们老'当家的'临终时的吩咐和他的仇恨吧！……我是连在睡梦里也不能忘了埋葬那老人的情景和那树林啊！……"

除开提醒这仇恨，关于那"美人"的事，刘元甚至流着泪对杨三也进过不止一次的谏言：

"丢开那个妖精吧！我警告你——杨三……"

关于这"美人"是出过一些祸害故事的。曾有两个有名的青年首领为了争取她，在决斗的时候，竟互相杀害了。为了这事件，在海交活着的时候，曾经要连同这女人一齐埋葬过，因为这山中的人们代她父亲哀求才被赦免了。第二天海交就毫不容情地和自己的弟兄们立下了"约言"：如果谁敢于再去接近这女人，那就要这人自己动手敲碎自己的脑袋。一个绰号"花蝴蝶"的弟兄，竟破坏了这"约言"了，这人也就毫无辩解和怨艾地在海交和弟兄们面前，用自己的枪爽快地射进了自己的脑袋，海交和弟兄们含着泪埋葬了他。在这事发生的第二天夜晚，海交就带领着自己的队伍悄然地走出了这羊角山……

在起始，杨三还有些羞惭地红着脸默默地听着，有时也还笑一笑，讷讷地为自己辩解辩解：

"好兄弟！"他恳切地拍打着刘元的肩头说，"你相信三哥吧！……三哥决不会为了这样一个娘们子就迷了心魂的……我还是想着四姑娘哪！……我又怎能够忘怀那些可耻的仇恨哪？只是现在我们自己的人手又单薄；如今的官军也不比从前容易对付……村子上又各自有炮手和乡团……这必须要和别的'绺子'联结在一起，要借用别人的一臂力量……你比我明白得多，我们这队伍不比老当家在世的时光了，我们要在'绺子'中间重新振起过去那光荣的威望……才能够让人家听从我们啊！……还有……仅仅是说为了海交报仇这是不容易的，必定要把'油水'放在第一位……这样就容易了……我整天和别的'绺子''当家的'们接头，也就是商量着这些事情啦！……我们要怎样把杨洛中这老东西弄得他家败人亡，才称我们心愿……好兄弟……相信你三哥吧！……"

杨三慢慢地连这解说也越来越减少下来，到了最后，他几乎是尽可能地躲避开刘元，竟接连几昼夜不再回到自己的队伍。即使回来，也是磷火般地闪现一下，就又轻轻地飘开去了。偶尔遇到刘元，他也总是用各种理由解脱着身子，先用一番言语封锁住刘元的口舌：

"……真不巧啊！……每到一个'绺子'上，他们总是扯住我不放，不是替他们打主意，就是谈枪法，再就是商量一些买卖上的事情……他们对于我已经越来越尊敬，也越信任了……我们的大事是不久就能够有眉目了……我还得要到北斗那里去……定规好了……"他谄媚地笑着，照例拍一拍刘元的肩膀，就爬上马身……

刘元只好默默地计划着这每天在凋零着的队伍的生活；为弟兄和杨三之间解消着隔阂……久了，弟兄们对于刘元竟也不信任地沉默着了，接着是借了一些理由，轻轻地流向别的"绺子"上去，或者就独自去寻找自己的路子。剩下的大部是曾经和海交有过较长历史的人，他们还在等待为海交复仇的日子……在半截塔——陈奎——酒后清醒的时候，刘元也曾经和这"好人"商量过不止一回：

"这怎么好呢？照这样下去，我们的队伍要凋零完了。"

"怎么好啊？……"这"好人"似乎也懂得忧愁了，大眼睛每次总是饱满地含着泪，空空地拍打着那大手掌，"怎么好啊？……好兄弟你说……人为什么全这样没良心？嗯？老当家死了还不到一年，他们就这样改了心肠了！……你说……还是饶了我吧，让我做个平平常常的弟兄吧！我不能再做这'当家的'了……我不是这样材料啊！……我早先就说过，我只是一摊泥，只有海交在世他懂得怎样用我这摊泥！……他一点也不亏欠我，也不浪费我……他总是把我用到最好、最有用的地方去……那时，你知道，我也就真的变得最好、最有用了哪！……他这人……啊！他是我的灵魂！一点不假……真真实实是我的灵魂……人没有灵魂还会做什么呢？你说，好兄弟……人没了灵魂还会做什么呢？马是没有灵魂的吧？它要用鞭子打才能跑，才能走！……我比马还不如……我是泥！……你们让我做个平常的弟兄吧……让杨三来替代我……"

每一次刘元所获得的除开类似这样流着泪的真诚的自白而外，他是什么结果也得不到的。他又是只有退回来，计划着弟兄们的生活，使那从这队伍要飞去的人，慢一点举起自己的翅膀。这每一次的失败虽然使他的心几乎灰败到不能振作，但一遇到机会——和对于杨三一样——他又不能克制地要对半截塔固执地进攻着：

"你不能够少喝一点烧酒吗？你每天总让烧酒泡着你吗？要寻你个清醒的机会和你商量一点事全办不到……"

"不能少！……好兄弟……烧酒一点也不能少啊！……少了我就不能活下去啦！我也不想活下去啦！……它们成了我的血……人没了血怎么活下去啦？……你说……好兄弟……"

"我不喝酒不也是这样活着吗？世界上并不是每个人全靠这'血'活着的……海交就并不喝酒……"刘元无可奈何地面对着这个大孩子，相反地，他感到自己比这个年长近乎二三十岁的人都苍老了二十年。

332

"我不能比你，更不能比海交，世界上别的人更不能比我……好兄弟呀！……海交在世，背地就常常说到你，他说你是个妖怪，是个什么精灵……你的年岁一点也不相配你的心……你是一棵巴掌大的小松树……可是你竟有一棵一百丈高大树那样的样子和坚硬的心肠了……我是什么呢？……我是一根生在烂泥塘里的傻芦苇……我的叶子只会趁着风沙啦沙啦……沙啦……地乱响……身子虽然高高的，心却是空的啊！……芦苇是不能够制止自己摇摆的东西……那酒就是生长我的水……我的肚子里有了酒虫子了……它们咬着我的心肝五脏……如果我不灌足这些王八崽子酒虫子们……好兄弟……我为什么总想有个'家'呢？只要一清醒……我就想到自己是应该有个家啦！老婆丑一点不要紧，只要她能生几个活蹦乱跳的孩子，她能够对我知疼知热的……妈的，我一辈子也不碰倒她的一根汗毛。……我是看不起打老婆打孩子的那些狗熊们……"他兴奋地说着，每句话连贯着像开了闸的水，唾沫星四溅，大嘴无节制地开咧着，眼珠像两颗要突落出来的球……还时时扯动着别人的胳臂，企图来分享他这过多的激情……

　　"你怎样养活他们呢？"每次发这样回问的人，对于半截塔，这简直是执行了一次残酷的死刑！他的激情会风里的烟似的马上就飘得无影无踪了！这样他会一直不言不语继续三天。在这三天里烧酒就喝得更多，他可以把白天和夜间串连在一起地睡过去，可是一到第四天，他又会忘怀一切地说着那同一的愿望了……刘元却从来不用这样或随便什么样能够伤到他的话戏谑这"好人"的。除非到非回答不可的时候，他总是任着半截塔尽情驰骋着自己的言语和感情……他只是默默地听着，偶尔也有趣地笑一笑，或插进一两句不至于伤到这"好人"尊严的玩笑：

"你总得先戒了你的烧酒吧！……世上的女人绝没有一个喜欢这样整年整月用烧酒当饭吃的男人的！……"

"这容易……"半截塔激昂了，"这容易……如果今天入'洞房'，明天就戒酒，谁再喝一滴子就是狗！连狗也不如的活兔子！……说了就算……"

他这认真的样子，真似乎是谁在向他来做媒了。他也会说出比这更严重的誓言，这誓言越严重，使刘元却偷偷地感到一种自己也不甚明了的哀伤，他明明知道做强盗的人发生了这样念头——这"要一个家"的念头——竟一条蛇似的缠住了人身，而且固执到竟一天天在和人的血肉凝结在一起……这并非是个好兆头，这对于队伍是危险的。但他真心里觉得像半截塔这般大年纪和善良的人，确实也应该属于那样有个温暖的家，无风无浪生活到死的一流人的队伍了，这强盗的生涯，已经不该再是他的生涯了吧！……可是，什么是他的家呢？又什么是他的生涯呢？哪一株树，哪一根太平的枝丫是专为给强盗们架窠而生长的呢？……海交就已经很好地清明地给他们这样人描出了收场的远景……

"不要尽想这些吧……这会冷散弟兄们的心啦！你是我们的首领！"在最终，刘元还是要硬起心肠对他提出这样的劝告了。这也是不止一次的事。

"好兄弟……你说得完全对！这是没有出息的想头啦！……"明显地这"好人"也感到羞惭了，"强盗们是应该像一只狼似的，不是死在人所不知道的什么地方，就应该死在一万个人的攻击下面吧！……只有狗才太太平平死在狗窠里。小兄弟……你说得完全对啦！海交也是常常这样说的，他也真的是这样生活过来的一只狼！……"

　　无论什么时候，只要一提到海交的名字，那真像是给半截塔注射一针生命的血液，他会马上从昏聩中清醒过来，从要瘫痪的软弱中刚强起来，会像一只衰老了的困顿的狮子，从新振奋起鬣毛来，那过去了的青春的英雄的梦境，又会在他的眼前清楚地浮现出来了：

　　"啊！你们怎么会想象啊！……你们……"这时候他就要海水涨潮似的摊献出自己心脏所有沉潜的、漂浮的各种杂物到岸边上来，不管谁喜欢接受还是不喜欢接受，"你们想想看……那'光绪二十六年'以前的年月吧！那真是做强盗的比金子还宝贵的年月啊！……海交的老子和他的叔叔，全两条铁柱子似的旺旺壮壮地活着……他们的名字叫潘清、潘河……两个双生的弟兄，简直是一个模子里铸出来的人！全有一头银子样的白头发，银子样的白胡须……骑着一对银子样的大白马，也全有那样铜钟似的声音啊！……他们带领着连自己也不知道有多少数目的人马……那真是……一片会行走的人马的大海啊！……我是见过海的……那真像海！……不过我们的队伍比海那真是要好看多多了！……海……仅仅是一个颜色，灰的或是黑的……我们这海，却是数不清的各种各样花色的海！弟兄们全是任意地用各色的绸缎扎裹起自己的脑袋来……有的不要脸的家伙们，他还要穿女人们的大袖衣服咧！啊……把那有着一百条飘带、一百样颜色的女人裙子也扎在自己腰上，啊哈！他们还毫不害臊地一面走一面扭扭捏捏怪声怪气地唱呀唱！……那些刀刀枪枪在太阳光下面闪呀闪呀！……那真像是海里的鱼！……那些银色的鱼呀……鱼呀……"

　　如果在他提到自己和海交的时候，那简直是醉了酒一般无

335

节制地呕吐着自己的感情和言语！那遥远的一切在他竟是昨天才经过似的……他讲着，人们听着……只要一伸手，人似乎就可以摸到这些故事的本身，就可以拿过来属于自己的……

"海交不像我啦，他是不轻易漏一滴水的'王八瓶子'[1]哪！……那就是说，在平常他总是舌头像一颗瓶塞似的把自己的喉咙塞得严严紧紧的，除开喘气和说必要的话……他简直就不发声。……我可不成，妈的！我是一个漏粉的瓢，你们见过漏粉条的瓢吧？那瓢是不能留一滴东西在自己肚子里的，它全要从肚子上那些孔洞漏出来……我要说……我有话不说出来……那些话……他妈的，就要像尖嘴的老鼠……它们啃咬着我的心！……从一小我们俩的脾气就是这样黑白分明……就是这样别扭……可是又是这样地合适！天！真奇怪，我们简直是身子和影子那样不能够分开一步……像他的老子和他的叔叔那样不能离开！那时候，他也没有这样瘦，我也没有这样胖，好像也没有这样高吧?!（这使人们哄笑了）我们也骑一样的马，用一样的枪……腰刀也是一样的，全是用大红绸子包着把子……只是穿衣裳……我爱那大红的，他却永远是黑色的。……我们的靴子全是'蒙古式'的，它有尖尖的脑袋……黑色的靴身子，满绣着大朵大朵绿皮子的云头花……

"在每占领一个村堡或是镇店的时候，总是我们俩打前锋的，而后两位老'当家的'才像两位尊贵的王似的骑在马上，随在大队里平平安安地走进来……我们俩骑在马上并排地跑着……哈！那些女人们……——我们从不打败仗……"

一说到女人的地方，这半截塔竟不好意思似的自己先格格

---

1. "王八瓶子"即指有软木塞的"行军壶"。

地大笑得不能够停止了……这就引起了青年弟兄们的惊奇！那会毫不容情地锤钉样地叮问着他：

"……要老老实实全说出来，你弄过多少女人？全是怎样弄法的？不许撒谎……撒谎你就是个……'螳螂子'的孙子……"

"如今说一说吧！——这大概是没关系了——那一对老家伙已经死了二十年；海交也'过去'了……这不会再有人算我的旧账了……"他还是顾忌地看一看所有的人围——这些是全比他年纪轻的人。他把手指头悄悄地伸出一只来竖立在空中。

"不信！你……你就弄过一个女人？撒谎……至少是一百零一个，再就是一千……"人们不信任地叫着。

"好兄弟，不要不相信……仅仅就是这一个，几乎就丢了我这吃饭的家伙啦！……"他响亮地拍打着自己光秃秃的大脑袋，惶惑地辩解着，"……不要不相信……我们那队伍是有名的'铁汉队'……在平常你随便吃啦，喝啦，穿啦……浪费子弹，这全不算回事，单只有一件事，就是不准弄女人。……这两个怪物当家的，你犯了别的规矩全都能够宽赦，只是犯了替官军当奸细，打仗向后退，无故杀死自己的弟兄……再有就是这弄女人的罪名……这是一定处死的啦！……由我亲手处死这样的弟兄就记不清数目的了。处理这事的是二'当家的'——就是海交的叔叔——他只要问过你，向地上吐一口唾沫，向外面一指……那你就完了！在性情上，这两个老弟兄却是绝对不同啦！……一个是春天，他总是那样笑着，使你毫无拘束地在他的面前说说笑笑嘻嘻哈哈……他宽大得可以让你在他的面前打滚。……二'当家的'就不同，这简直是个秋天造成的人！……他没有笑，也没有温暖……他总是那样猜疑地冷冷地看着你……不说一句废话，见了他让你每根汗毛全逆起来……他说过的话就谁也不能够更改……连大'当家的'全不能……比铁板上钉钢钉还坚牢……弟兄们全怕他，背地全称他为'二阎王'，称大'当家的'却是'活菩萨'……可是这阎王却公平得像尺和秤啦！……他简直每一句话、每一件事全是用尺量着，用秤称着做的……他从来没做过一件糊涂事，错误的事。……他不娶女人，也从不提女人……你想，对于这样的人你能有什么方法逃开自己的罪呢？我和你们说……若不是海交——我倒真愿意那时候他们干了我吧！省得如今孤孤零零地留下我独自受这洋罪！——他偷偷地放跑了我，而后他自己就在腿上打了一枪……说是被我打伤的……一直到'二阎王'独自引了一支兄弟们到别处去了，我才又回到那原来的队伍上……"

他夸说着他所钟情的那女人几乎是和他一般高大的！有着一双母牛般的大眼睛，鲜红红又宽又厚的大嘴唇，一双又黑又长又弯倒八字形的粗眉毛……笑起来的声音真是使人的心脏全要破裂开……她是一个镇上被打死的小军官的老婆……她独自经营着田地和一个家，男孩女孩全没有……强盗来了她不逃跑……她第一眼就钟情了半截塔……

"你们想……好兄弟们……和这样的女人过一辈子，简直天塌下来全不算一回事啦！……听说她后来也死了……不知为什么，她是用了那样的方法，自己把自己喉管剪断了那样死的……"

对于没完结的悲剧，人总是企图要补足它。有的人他们是一直咬压在自己的牙根下面；有的就一次又一次地诉说着……一直到最后的一寸呼吸断了，最后的一根纤维也僵硬了，最后的一颗细胞也停止转动了……这悲剧才算是真正完成最后的一个节目。整个人类是这样贯穿着一连串的悲喜剧行走过来，行走过去的；一个人也是这样行走过来，行走过去的。——这伟大的斗争的悲剧的美啊！它将永远以一种不可抗的诱惑的力量闪光着、咬紧着人、魔惑着人、旋转着人啊！……人为它生活，人也为它死亡……

刘元一路上回忆着半截塔那些故事，不觉已经来到了山口，他看清那是汪大辫子和一个别的"绺子"上的弟兄正在那里打着交涉。一匹驴子上骑着两个孩子——小的一个在后面抱着大的一个的腰。刘元认识那驴子，第一回翠屏来的时候就是骑的它，这是一匹身材很高，黑色毛皮，有着白色眼圈，白色嘴巴特征很显明的驴子。它是宋八月家的。

"你怎么到这里来了啊？"刘元从旁边使大辫子不经意地出现在他的面前了，重重地摇了他的肩膀一下。

"啊哈！"大辫子惶惑地同时得救似的松了一口气叫了起来，"好天爷……你可来了啊！……"刘元的到来，一支柱似的支持住了汪大辫子那正在空虚不定的心，他把大眼睛用力转了又转，挺了一下腰身，声音一个字比一个字洪亮起来了，一直洪亮到不自然："这位当家的他问我好久啦！……他不放心我进去啦！……你说像咱这样人……还会是那些不干不净的人吗？……这位兄弟……"汗水在大辫子新剃过不久的脑袋上更多地漫流着了。头上的每条脉管凸起得很高，竟像一条条正在呼吸着、动着、要爬出头皮来的青色的蚯蚓……

"大哥！"刘元向那个坐在路边树荫下一块石头上，斜着眼有一条凸出的大胡羊鼻，嘴里正咬着一片草叶，刚才和汪大辫子说话的人，谦虚地笑着说，"麻烦你们了……把这个人交给我吧。他是和我们'绺子'上有瓜葛的……他的老婆是我们队上的账房……"

"这是没什么交代的啦……兄弟……只要你照看他……"那人开敞地说着，疲乏地打了一个哈欠，草叶仍是咬在他嘴边；另一个人是蹲在较高的能够看得远的一棵树下的石头上的，他步枪夹抱在两腿中间，那像一只大猿猴。

他们是"北斗绺子"上两个弟兄。

"这家伙……"那咬草叶的人一只斜眼闪了一下光，笑了，他指点着大辫子，向刘元述说着，"这也是你们凌河村的人吗？哎哎！怎么你们凌河村还出这样的角色呢？他不像你也不像杨三……连话也说不清啦！……我问他那一切进山的'过门'……他全不懂，这还不算……他说话还是那样吞吞吐吐，忽东忽西……我真有点疑心他不是好东西了……哪哈……"

"他是住过大狱的哪……也许大狱把他吓昏了……"刘元玩笑地代大辫子解释着。"我们走吧……"他一面命令着大辫子。

那个咬草叶的人看着大辫子赶了驴向他连连地道了歉，向山里走出十几步了，他从石头上忽然跳下来，拉住了刘元，笑得两只斜眼流着泪说："三当家，你先等一等，我告诉你这家伙才乐子咧！"刘元也只好停下忍耐地听着。

"是啦！……他说过……他刚刚由城里大狱里滚出来……他说是来入伙……我问他：'你带了胳膊¹来了吗？大的还是小的？有几条？谁引见你来的？拿出手续来。'你猜他怎说：'胳膊带来了……连我儿子，我们爷儿三个共有六条……我是大的……他们是小的……'这真使我又欢喜又吃惊：看不出这家伙倒能带六条胳膊上山入伙。在平常能够带一条胳膊全不容易，多是空着两只手来抓生活的……我打量他的身上，看不出他把枪放

1."胳膊"即枪的意思。

在哪里的象征。我问他：'你把胳膊放在哪里了？告诉我，我们好派人给你取来啊！' 刘元，你知道，有些人他们常常是人先跑来，把枪埋到山外什么地方。……你猜这家伙怎么样？他竟指一指自己和他两个孩子说了：'这不是吗？大胳膊长在我的身上；小胳膊就在两个孩子的身上啊！……一共六支，一支不少，……' 这玩笑真使我有点发火了，真想搂他一个耳光。我放下了脸色，他的嬉皮笑脸的样子有点改变了，最后我看出他有点发抖了，我就更严厉地盘问着他：

"'你究竟是来干什么的？你是活得不想活了是不是？要和红胡子来开玩笑吗？说，你的葫芦里究竟是装的什么药？' 我故意响亮地拉了一下枪栓，也转头向树底下的老孙招呼了一下，他远远地也响了一下枪栓，孩子们却吓得要哭起来！

"'说实话，我是来找杨三的；找刘元也成……' 他真的吓着了，言语已经呜噜不清……

"'你找他们做什么？'

"'他们是我们一个乡村里的人……我找他们有事……'

"'你驮着孩子来做什么？' 我问。

"他不能回答了，我从来没有看见过这样大得奇怪的脑袋，它一绺一绺地冒着汗。

"'这孩子是他们的干儿子……我带给他们看一看……' 我知道他这是胡扯，但也不乐意揭破他。

"'这里没有叫杨三，也没有叫刘元的。' 我故意给他一个绝望，'你回去吧……官军看到你到这条路上来，他们会捉你去当红胡子办……'

"'说实话……我知道他们是住在这里的啦！……我知道……'

"'不管你知道不知道……他们住在这里不住在这里……你既然来了，就把这条驴给我们留下吧，让我们弟兄们吃一顿烫驴肉好不好？'我的样子装得完全是认真的。

"'这怎能成啊？这……驴子是借人家的……'

"'强盗抢东西，还管这东西是姓什么的吗？'

"'好当家的！'我看出他已经感到很大的不安了，他的声音越来越谦恭，也越失掉了信心。

"'杨三他们当真不在这里吗？那我就回去吧！……我知道你这是和我闹着玩笑的啦……凭你们那样大的队伍……绝不会稀罕我这条小毛驴……那么我就转回去了……他们到哪里去了呢？'最后这一句他是在自言自语了，认真、忧愁地低下了那脑袋——这真使我要忍不住发笑了……同时我也很喜欢这家伙说话很聪明——这时候，你就跳出来救了他的大驾……"

"你总是这样爱开玩笑！这是个胆小的人，小心你吓出他的尿来……"刘元在大胡羊的肩头上打了一掌，又向山坡上的人扬了一扬手说："我要追上他们，走岔了路又麻烦……"

"他的名字是叫什么？……汪什么成吗？……"

"我们全叫他汪大辫子……"

"唔！他就是……被凌河村的杨洛中送进大狱去的那家伙吗？"刘元点一点头。大胡羊又捏住刘元的肩膀头摇撼着说："你们那个满洒脱的'女账房'就是他的老婆吗？"刘元仍然是点一点头。他看着这人那双斜斜的胡羊似的大眼睛，浑浊地迟钝地带着一种邪僻的表情闪亮了一下，似笑非笑的声音模糊地自言自语着：

"啊！他会有这样一个老婆？真是'好汉无好妻，赖汉娶花枝'哪！……他应该叫汪大秃子了……"

他们扬声大笑地分开。

在刘元走出几步，回头看一看大胡羊——他已经又跳上了那原来的石头上，步枪抱在手里，凝定地望着山外的远方，那侧面的棕色脸形的轮廓是分明而尖锐，那确像是被贴剪在那灰白天壁上一个棕色铜质的人形……

二九 羊角山

夜间，汪大辫子被招待着了。几个月以前翠屏来羊角山的时候，那也曾经这样热闹过一番的。在这寂寞的深山中，它平静得如一座无风的湖，除开哪一个"绺子"上接到了有油水的新"财神"[1]会热闹一番而外，在平常，即使有一个极无价值的人到来也是好的。这样，人可以呼吸到山外面的一些不同的风，从这风里，那是夹有着一些不同于这里的人间的气味的。

筵席是摆在一座庙堂的大殿上。这里的泥像们的脸已经被人们用黄纸遮盖起来，在平常这就是半截塔他们的会议厅，也是拷打"秧子"们的刑房。在墙角正堆着一些打断了的鞭子、树条，以及染着血污的绳子和铁链一类的东西；墙壁上歪歪斜斜地挂了一些长刀、短刀……

一连摆开了四张八仙桌子，高脚烛台上四支红色的大蜡烛，正在桌子四角猛烈地燃烧着。一切全已经齐备，人也从吵吵闹

---

1. "财神"即是肉票，"秧子"也是肉票之意。

闹的动乱中渐渐静默下来了。桌子上大碗里那一只只剥光了的鸡鸭；皮色红红的肥猪肉……正在浓烈地飘浮着香味和白色的蒸汽……这些肉类和蒸煮过的鸡鸭们又复活了，样子竟像是在颤动——浓烈的不可抗拒的高粱酒的香气，压倒一切地横行在空中……

半截塔已经站起来，一只手正端了一大碗烧酒，另一只手指完全伸直和张开，在空中平平地挥动了一下，声音被撕裂似的响起来了：

"罢啦！活王八们别嗡嗡啦……听咱说话啦！……"

"谁堵着你的嘴吗？看啦，我们'当家的'脸蛋红喽……"半截塔的脸，不知是因了烧酒的薰蒸，还是真的被这不庄严的插话给弄得绯红，他不知道自己应该怎样处置自己了。他本来是想要喝一口酒镇定一下的，可是又有人在笑着来禁止住他：

"不能这样啊……哪有做主人的自己先喝酒？这算规矩吗？"

人们哄哄地大笑了。为了这笑声过度地放纵，竟使坐在半截塔旁边的汪大辫子感到了一种惶恐和不安！这完全是个梦境啊！他怎会和这样一些人生活在一起了呢？他茫然地看着一切……就相同在城里初次被推进大狱的时候一般，他完全不能够解释，他怎么会应该和那些"罪人"们生活在一起了呢？而且还生活得那样长久！这眼前的却是一群真真实实的强盗啊！……将来还会有什么样的生活等待在自己的前面呢？这真是一个可怕的梦！……

"滚你妈的吧，天底下就没有什么规矩是应该给强盗们遵守的啦……"半截塔竟一口气把碗里的酒倒进喉咙里去了，而后用手掌连头、带脸、带胡子宽阔地抚摩了一下，他坦荡了，哈哈大笑得比别人更癫狂了。

"我们的人……就是二'当家的'（指杨三）没回来吧？……多多给他留些吃的，他不大喝酒……不用留太多的酒……我们就开始吃喝吧！……"他带着笑声准备坐下来了，刘元却提醒了他：

"你不是还要说话吗？"

"对啦！……我要说话……"他又重新站直了，拍打了一下光脑袋，有点羞惭地说，"真是浑……蛋！我应该说……我们今天是欢迎汪大辫子兄弟上山啦！……他就是翠屏大嫂的丈夫……你们全知道翠屏是我们呱呱叫的好伙伴啦……这汪兄弟新近从大狱里出来……他是因为我们的连累……被杨洛中那老雕送进去的。……这家伙能打很好的枪……听说打兔子是凌河村的第一个能手，'老太婆煎鸡蛋，一勺一个'。这就算说完了……开始吃吧！……来，我先敬你一碗酒……不许不喝……这是我们这里的规矩……这是强盗们的规矩，不能不从……就是这么说，强盗可以不遵从什么人的规矩，可是不管您是谁，到了强盗窝就得从强盗的规矩……就是这么说……"半截塔平平地端了一碗烧酒送向汪大辫子面前来。

这一回可真使汪大辫子万分地窘迫了，他决不定自己应该站起来，还是照样地坐着？终于还是站起来吧！他的站起来的头顶却才只能达到半截塔的肩头一般平。

"谢谢你啊！……好'当家的'……我不能喝酒……让我吃吧……这酒要杀了我……我不能……"

他的双手在胸前颤颤地摇摆着，作着推拒的姿势，但又是那样不敢表示出过度的坚决……

"不成！"有人喊了，"每一个上山来的人全要先喝三碗酒……这是规矩……"

"若不……我们就不信任他……当他是官军的老鼠……"

"喝也得喝……不喝也得喝……"谁把一只短刀砰的一声刺在桌子上了，红色的刀柄还在乱颤……

"自己不喝，我们会动手灌他，连鼻子带嘴……像灌一个不肯出钱的'土包'[1]……"

"你的老婆比你慷慨多啦！……她没用我们劝……自己就喝干了三大碗……她一点也没含糊……"

汪大辫子周身麻痹了。他觉得自己此刻完全是一只无助的小野兔被围在一群豺狼们喧叫的网里了！这喧叫声音在他听来是尖锐的、粗涩的、重浊的、沙哑的、破败的、铜铃似的；嚎的、叫的……玩笑的、凶残的、热烈的、寒冷的……这简直是一条条粗细不同的绳索，一齐向自己的脖子上、身上、四肢……蛮野地缠绕过来了……他仅仅是把眼睛轻轻从那桌子四周溜转了一下，天啊！他的周身由麻痹马上转到了战栗！从那些尖形的、方形的、歪斜的、惨白的、朱红的、暗灰的……一千样形状、一千样颜色的脸幅上，每双眼睛的光芒，几乎是一致地放射着透明的、绿色的、玻璃尖钉似的光芒向他集中着！——连自己的老婆和刘元也在内——这是个什么世界啊！他再也没了一丝拒抗的力量，完全顺从地接过那酒碗，一鼓气倒进了咽喉……颓然地坐下来。接着是一阵暴跳的狂乱的笑声遥远地从他的耳边排流过去了。夹在这笑声里面，忽然响起了一声尖锐的叫声，出乎他意外的这却是翠屏：

"还有两碗哪……"

所有各季节，山谷中的夜晚常是宁静的，同时也有它的嘈

---

1. "土包"即吝啬人的意思。

杂，这是属于季节的虫子们吟鸣或者其他鸟兽的声音。水潭和小河的近边，在夏天和春天那是蛙们的练声场，这些小动物们几乎是不断地歌唱着，那些回声和山谷的回应接连在一起，几乎从十里路以外，人全能够听到那哇——哇——哇……惊人地响着，连成一片地交鸣着。如今蛙们似乎是到了应该休息的时候了，叫得已经显得零落，代替它们的却是数不清的蚊虫们，每当黄昏的时候，那些细小的吟鸣的声音集合起来，犹如千万条金属的细裸线被微风吹弹着。……冬天，当有月亮的夜晚，狼们、枭们、山乌鸦、狐狸、山狸……就在距离人家较远的山头上，用着各式腔调凄凉地，或者暴戾地嘎叫着……这时候所有人家的狗，就酬答似的汪唵……汪唵……地打着空腔……

正当人们被烧酒弄得沸腾到要癫狂起来的时候，从不甚遥远的方向，透过来一串马的嘶鸣声。……正在吃着、喝着、谈笑着的人们静了下来……

"这是杨三爷回来了啊！"刘元第一个指一指外面为大辫子解释着。后者只是机械地点一点脑袋。人们看着一个不幸的将要被酒醉虐待的人竟感到一种愉快！刘元正在唠叨不清地说着："这马是海交先前骑过的啦……它的声音是几里路全能够听到，你们只要听一听，它比笛子还嘹亮咧！……更是在夜里……"

在不断燃烧着的欢笑里，人们的脸全像春天的花朵，任意地开放着了！这里再没了罪恶，也没了善良，有的只是一颗颗燃烧着的干柴棒一般的心，一滴滴松油汁般鲜洁的血液，他们毫无保留地向这欢笑的火焰上倾倒出自己的所有……让它们燃烧、凝结、火焰升腾……这杨三到来的消息，却使这火焰忽然蒙到了一次鲜明的挫折！每个人的脸幅开始凝定了，每只眼睛不再是春天的花了，它们又回归了阴沉和碧绿……但是稍稍凝定了一刻，就又开始了一阵小小的扰动：有的离开桌子自己去走动。半截塔和刘元他们一同向外走着……门外已经听到了马蹄敲打石头的声音……仅在这一刹那的时候，那墙壁上的长刀和短刀，墙角的鞭子和绳索在汪大辫子的眼里又开始跳动着了……重新的一种恐怖，他感到自己又是被圈在豺狼群中一只无助的野兔，一个畸零的存在；又恢复了自己是属于这群中的"异类"的感觉。恍惚有了一只看不见的大爪把他抓起来，抛出了这个群队以外一种不可知的远方……他的心脏虽然跳跃得要冲出胸膛，脑袋里像有人在擂鼓，整个的身子，整个的脸……简直是在一种不能够忍耐的火焰前边被薰烤着的样子，可是他不知道为什么对比的却总有一种寒凉的东西——说不出形象，更说不出确定的感情——那像水银吗？还是一条多脚的虫？——在他的每一条血管里流着，或者咬啮着他的每一条筋、每一块肌肉，还是注进了他的每条骨头的孔道，流转着、沉坠着，冰凉着他的髓油和心孔……在这冷热交攻的颤抖里，他竟扯过了翠屏的手，一只狗似的望着她的眼睛——她却完全安定，但又似乎完全懂得这颗求救的心……她用手竟慷慨地把一种安定的力量，输向了这个要萎落下来的人。

"你醉了吗？"翠屏微笑着像对一个随便什么人似的自然着声音问着汪大辫子。

"我要呕吐咧！……"

"等杨三来了……我们就回去睡吧……"

"还等杨三来了吗？"他是想要看到这个人，他又似乎又不想看到这个人。他听到外面杂乱的笑声更响了，马蹄打着石板和哧啦哧啦马响鼻子的声音也更真切。这屋子里已经不再有什么人坐在座位上，他此时竟浮起了一个可笑的念头，要想偷偷地从翠屏的脸上测知出点什么可以怀疑的证据来……但他失败了，她的脸除开两腮和嘴唇红得要溶解要滴流……而外，其余的部分仍然是刀子雕刻成的那般严峻和清明啊！即使在最动荡的欢笑的时候，她那菲薄严峻的小嘴唇，笑过应该笑的，说过应该说的以后，马上又是嵌合在一起似的扣紧起来。她是棵不知名的什么树木，无论什么样的风，只能够稍稍摆动一些它的枝枝叶叶，而那主干总是一根棍样地能够挺立不动！过去，汪大辫子为了她这"挺立"，曾经憎恶她，骂她……因为这伤害了他作为男子的自尊的心……可是一遇到一些可恐怖和迷惑的风波，他就要孩子似的要贴靠在这摇不动的小树的身上，同时哼着、叫着……吸取能够坚强起自己所需要的力量了……一到风波平安了，他当然还是憎恶它，骂它……诅咒它……她的这"坚强"……"这怎么是一个女人应该有的东西啊？最好的和最强硬的骨头总应该生长在男人们身上啦！……女子们算什么呢？……神是把她的骨头安放错了……若是我是神——"他不以为然地否定着这"坚强"。

现在这男人又到了贴抱这棵坚强的小树身上来吸取自己力量的时候了，这使他的心渐渐感到了均衡和安宁。忽然他竟有了一种要放起声音像一个孩子一般毫无拘束地大大痛哭一场的欲望，眼睛开始润湿了，鼻子酸痛了……这时候却被一片滚进来的人群的笑声和叫声给中止住。——翠屏从面前很快地扶起了大辫子的脑袋，从容地站起来，向杨三打着招呼：

"喂！杨三……又是什么鬼把你缠住啦？这时候才回来？"

"你不要冤枉人……我和北斗商量一件要紧的事哪……来晚了……真对不起你们小两口……喂！大辫子……"杨三跑过

来竟是那般热烈地抓紧了大辫子的两个肩头，透力地摇着、喊着……猛然一阵疯狂的呕吐竟从大辫子的嘴里直冲了出来，正好喷满了杨三的整个前胸。那鸭蛋皮色密扣对襟的上衣，满是染流上了酒污和菜污……这是个意外的惶惑，他忘了后退，连声地惊叫着：

"他怎么醉到这个样子啊？……"杨三怔怔地看一看大辫子，又看看自己的前胸，他变声地大笑起来了。人们也开始了大笑……

大辫子迷茫地被人们扶着坐下来，他的两只手分撑在两只腿上，两只大眼睛水淋淋地饱含着泪水；鼻子和嘴不停地流着水条，他定定地直直地望着杨三。

杨三把肩上散披着的一件黑色裤缎的小马褂已经爽快地甩向了一边，揩抹着自己前胸上的酒污。背上背着的"马兰坡"[1]的大草帽，也丢向了一边。原来垂在身后驳壳枪上一挂朱红色的大缨穗，竟游荡到胸前，他撩开它们。在大辫子眼里，杨三是一切全照旧！头发仍然剪齐到脑后，只是脸色黑瘦了一些，小鹰嘴鼻更尖锐了些，嘴角严紧，但眼光却增加了一点惶惑不定的感觉，这是在凌河村所没有的。

"唔，唔……我的杨三兄弟……"出乎人们意料以外，大辫子竟又站了起来，眼睛直着，身子摇晃着走向了杨三，并且面对面地双手搭在了杨三的肩上，呆看了一刻，又接着模糊地说了一句，"……想不到我们弟兄……还有再见到的这一天啦！……我！……"身子一俯，脑袋向杨三肩头上一搭，竟

---

1. "马兰坡"是一种麦草编的大檐平顶口字形的草帽，上面可以用黑色绒片剪贴一些云头或蝙蝠一类的花纹。

号啕地放出了一串破裂的哭声……它震响着这整个的庙堂和天空……

翠屏和一些人们扶着汪大辫子回去以后，其余的人们也接连地各自走散，除开一些喜欢吵闹的，惯于说笑的，爱怪声怪气油腔滑调哼唱几句的人们还吵闹了一阵以外，其余的一回到自己的铺位上，就全睡倒下去了，这里剩下的只有杨三、半截塔和刘元。半截塔是已经把脑袋担在了身后的神桌沿上，两手软软地下垂着，凶猛地响起鼾声来了。杨三思量着什么似的一只胳臂肘撑住桌子，手掌托着脑袋；另一只手玩转着那枪底缨穗也显得有点疲倦的样子。但他却似乎时时要挣开这疲倦，不要自己睡过去，他坐直起来，望望正坐在斜对面的刘元——刘元把每只酒碗里剩余下来的酒正向一处汇拢着，差不多已经积汇了满满的一碗，同时正在很有兴味的样子凝神地看着碗里面的酒泡花——那些东西正在快快慢慢一刻一刻地自己在消碎着……一直到最后，一个最大的花泡也幻灭似的消碎了。当那水面又要归复到平静的时候，他却又要再制造起一次那泡花来，他开始捏起一根筷子……

"刘元……"杨三踌躇到不能再踌躇的时候，终于不自然地笑了一笑，叫住了刘元。可是接着他又把这应该继续的声音吞锁住。

"什么？"刘元停止住正在搅制泡花的游戏，眼睛抬起来，明澈地望向杨三。为了这眼光，一种复杂的不安的感情从杨三的脸上，竟一抹电光似的掠了过去，接着却成了一种意外的自然和平安。

"汪大辫子……是来入伙的吗？"显然这并不是杨三所真正要问的事情。

"不知道……他没有和我说到这件事。"刘元放下那酒碗。

"那么……他到这样地方来做什么呢？他不知道这是强盗窝吗？这会对他不利……听说他还把孩子们也带来了，真的吗？"

"大概是看一看老婆吧……让孩子们也看看妈妈……一个人新从患难里爬出来，第一个就应该找一找自己的亲人吧……"刘元回答着杨三，但神情却似思量着另外一件什么重大的问题，有点神不守舍。

"翠屏和你说过什么吗？她是不是要跟大辫子回凌河村？"

刘元不回答，他站起来把其余的蜡烛全吹熄，只留下他和杨三中间的一支，又去把半截塔努力摇撼了几下：

"喂！起来，到屋里去睡……"

半截塔只是模糊地在喉咙里啊啊呼呼了一阵，脑袋迷迷茫茫地抬了一下，又落下去了。接着他又继续响起那奇特的夹着一些哼哼咳咳响动的鼾声……刘元还要企图去摇动这醉汉，杨三这次却禁止住他：

"不要摇他……就让他那样睡一睡吧！……一会，还有些要紧的话我们三个人要一起谈谈，这应该说一个整夜……要说的话实在太多了！……翠屏近来常同你说说谈谈吧？……"

"我近来不大到她那里去了……"刘元并没坐下，他站着，互相按着自己的手骨节发响，同时，严正地近乎问询地望着杨三那有点不怀好意似的笑着的眼睛。刘元的头影扩大在墙壁上，那直立的头发，厚重的眉毛和那短短的髭须……有时也能够映照得很分明。

"她对于你不是很好吗？"杨三也正经起脸色，开始也用眼光向对方进行了回攻……

"她对谁全不坏呀！"刘元悠然地拉长着声音，努力笑了

352

笑，"所有的弟兄们也全佩服她，敬重她啦！……她为我们所有的人们缝补衣服、做东、做西……一天忙到夜晚……谁不应该对这样效劳自己的人好一点呢？只要还有点良心……"

"她对你……更好些吧……是不是？"杨三刚刚想要轻松一下感情，可是他一看到刘元那越来越正经毫不退让的眼睛，自己也只好矜持地严正下去。

"你这话里是包着什么杂碎呢？"刘元把眼光投向一边。

"没有什么杂碎……我看得出……直截地说，翠屏她爱上你——你承认吧？"

"……"

出乎意外，这话并没能够惊动了刘元，他只是把头略向下低垂了一些……

"你承认吧？"杨三现在竟一只猎狗追逐着一只野兔似的，紧紧跟逐在后面。那小鹰嘴鼻，勾曲而尖锐，向刘元探嗅似的伸进着，那鲜红而严峻的嘴角，微微开启一条缝，那是表示笑着，一线白色的牙齿的光轻轻地闪现出来。

"她不爱我——"刘元的头随着这斩截的声音一同直立起来，人初次看到从他的脸颊上微微闪现出两片红色的晕潮，虽然他喝了并不算少的酒。"杨三，你当心……不能胡说……我警告你……"他的眼睛又恢复了那原先的澄澈和威严。

"那么……你一定爱着她……"杨三也不再退让，他把自己的短发向后梳拢了一下——他如今又留起了头发——接着说，"我敢断定……你是爱着她！……好兄弟，说实话吧！这里没有别的弟兄们……我是一直关心着你的人！……就像你关心我一般……你是到了应该被女人们折磨折磨的年纪了……人不能总永远用锁头锁着自己的心生活的吧！……人应该经验各种各样的折磨……好兄弟……我愿意今天晚上，大家全摆出自己的心来说话……我还有更多的话要问你、也要向半截塔说……不过半截塔又不能和你比……咱们是老乡邻，又是弟兄……说吧！……人要在酒后吐真言的……"明显地，杨三再也不能够使自己的感情包裹不露了！他站起来又坐下，坐下又站起来……最后他竟至不能固定地再停留在一个地方，开始了走来走去。刘元看着杨三那宽肩细腰苗条的一条藤似的身子再搭配上那些起着颤颤的白绸子的衣衫和红色的枪穗……那真是一种魔惑的存在啊！在平时，积存在自己的心里那些憎恶的渣滓，竟忽然春天的冰似的消融了！再加上刚才这一串又尖锐又酸楚的言语……一个不甚遥远的景象，马上又浮出在眼前——那是当杨三到青沙山不久，他们一同在一架山的石头上守望的夏天的午间和其余的日子——那时候，海交还没有死……

"杨三……"刘元声音被一种东西在喉间塞住，杨三也停下正在走着的脚步，眼睛湿红着，但那眼光依然是锐利地望向刘元……

"刘元……好兄弟……今天晚上你要说的就全说完了吧！……全说了吧！……即使你要杀了我……也说出来吧……我不愿意弟兄与弟兄们的心中间再有一堵墙了……"像对大辫子似的，他竟从桌子这面伸过了臂膀去捉住了刘元的肩头，激昂地摇撼着叫着了，"好兄弟，要说的全说了吧！……"

"杨三，你完全变了样啊！"当刘元挣出了这样一句明了的声音的时候，两串晶莹的泪珠早已经从他那毛茸茸的脸上滚落下来了。他捉住了杨三的手：

"不要摇晃我吧！……我要呕吐……我愿意也把半截塔叫起来……我们大家伙到后面的屋子里有什么话再说吧！……这里

是大厅，我们说话会吵闹了两厢睡觉的弟兄们……"

　　杨三只好依了他的意见，他们一同叫醒了半截塔。这人起始大开地伸舒着四肢，连连地打着哼咳和哈欠……才睁开了一双浑浊的大眼，怔怔地望了望自己两边的刘元和杨三：

　　"怎么，天亮了吗？我正在做一个又香又甜的梦咧！……妈的……又是一个'梦'！"

　　"又梦到娶老婆了是不是？……"刘元酸楚地笑了一笑挖苦着他。

　　"狗家伙……"他打了刘元一掌，"……你总是把没出息的事向你老大哥我身上安排……一个人怎能够每天尽想这些屁事呢？那还算个什么绿林好汉？……"他眼睛向杨三眯细地笑了一下。

　　"站起来……我们到后面你的屋子里去谈谈。"

　　"又谈什么啦？"半截塔嘻开大嘴望着杨三，他像是还不愿意就站起来的样子，嘴里嘟哝着，"你们这些小鬼……总是谈谈谈谈的……那……有海交在着的时候……他总也不麻烦我……只是要打个什么仗啦，或者掏哪个王八窝的时候他才用得着我，也只是说：'陈奎……去拿你的枪……'或者也叫我半截塔或者就叫小奎……这些名字反正随他高兴叫哪一个，'多带点子弹……同某某某去到什么地方……把那家伙干了……或者就绑来他'……你们看这该多干脆？干完了我的事，我就随便去喝烧酒，睡我的大觉……他会像对一块木头似的那样随我的便，甚至于忘掉我。……好……自从你们让我干了这鬼头领……这简直要折磨死我啦！今天谈、明天谈……又该谈什么啦？"

　　"谈一谈我们的队伍吧！……"刘元提议着。

355

"是啊，应该谈一谈的时候了！"出乎刘元意料以外，杨三今天竟也要谈"队伍"了，过去他是厌恶逃避谈这问题的，这使他感到有些奇怪，他想着杨三也许真的要重新振作一下了，他竟心花开放起来。

"当然我知道……你们一找我就是谈'队伍'，……总不会有别的什么香喷喷的事情和我来谈谈……这样剩了屁吹过似的几个人了……连男带女带老带小只是这几个人了……还有什么谈头啦！你们说！……"

"不谈怎么样呢？"杨三觉得只要和这样的人一接触，他就感到这宇宙马上是宽大起来了，一切是平安和如意，一切是善良，一切是坦然……这似乎是一具无边无际的大炕床，铺满了厚绒毛……人可以在这上面无思无虑地睡死过去……但有时他也卑视他这松弛和漤懈；——刘元和这正相反。

"谈又怎么样呢？"半截塔孩子气地翻了一下大眼睛，粗鲁着语气。

"我们总应该打一条出路……眼看着别的'绺子'上天天火焰向上涨……我们倒是'老太太过新年，一年不如一年'，这样不独丢我们自己的脸，也对不起那地下的死人啊！"

半截塔的眼睛吃惊地闪光了一下，望着自己斜对面的杨三，停顿一刻，蓦然用了大手掌在桌子上拍了一下，吃吃喳喳地叫出了这样一句使人有点不十分明了的话：

"我看他对不起我！……他倒安安心心地睡下去啦！留我在世界上受活罪……把这些烂家务安到我的肩上来啦！……他有灵、有圣，应该把我也带去，这才算好弟兄呀！……"

三个人全沉默住了。刘元原来就只是听着杨三和半截塔对话，自己没有开腔。

从殿外的厢房里腾腾落落响着的人们的鼻鼾声、梦语声、咂嘴和磨牙声，再和着一些蚊子们营营的细响……这一切全是很分明的，各自不相混地沿了自己的旋律走；各不相混地各自调整着自己的节拍……这是一篇看不见的曲谱啊！它们有时是矛盾地竞奏着，有时又是完全地和谐着……谁能够完全知道它们的真正的开始和终点呢？谁能够完全知道它们什么时候停止这交响呢？这夜竟像是要永久这样停止在这里了……这宇宙就在这一刹那的时间里固定下来了吗？所有的人，所有的山和海，所有的一般生物，所有的一切现象——云、雨、风、雪……全就那样一下固定了……像不转动的电影似的……那将是怎样一个奇迹啊？它不能吗？它必须要行走吗？它必须要奔向一片不可知的海里去淹死自己吗？一切全必须这样吗？不能有一次或者有一个例外吗？难道谁全没有一种例外的绝对的意志可以闪开他们所要闪开的，遇到他所要遇到的么？那些耻辱、灾害、生长、死灭……

一串飘来的马的鸣叫声才算把三人中间这一刻凝冻了似的沉默暂时碎解了，杨三蓦然有所记忆的样子叫了一声：

"听啊！马大概没人管了吧？……这些人们……"他咬了一下牙齿说："你们先到后院去……我到槽头上去瞧瞧……这些鬼，有了酒简直什么也不顾了……"杨三一面抱怨着应该喂马的人们，一面一阵风似的自己就飘出了这大殿。……刚才杨三对于刘元所引起的那种复活了的喜悦，刚刚春天的苗芽似的拨开那些沉重的原属于冬天的僵硬的土块在生长了，马上是又遭到了一次寒冷的封闭！刘元感到杨三他并没有当真地洗涤过自己的心，他还是那般苛刻、自私，一个真正的官老爷似的毫无恩情地责备着自己的弟兄们！这杨三像是天生就应该被别人所服侍，天生就应该对于别人一点没有怜悯，没有关心，没有宽恕，没有爱……有的只是责备！天生地应该是一根自负的旗杆立在人群中间，独自任意地飘摆着自己那意志的旗——这就是他们——刘元和杨三——永远不能够相一致的分歧点，永远不能够谅解的憎恶和隔离的墙！

"听吧！"刘元冷冷地笑着说，"这家伙……刚刚流过后悔的眼泪，马上就又在抱怨起弟兄们来了！"刘元向杨三走去的方向静静地说着："弟兄们全是用自己的脑袋来换自己的饭吃的啊……是为谁来做奴仆的吗？连老'当家的'在世，对弟兄们也从来没这样过……他，杨三，对人们有什么恩德呢？我不能容忍这坏脾气……这样再容忍下去，弟兄们不是跑光了，也要杀死他！……"

半截塔沉思地用脑袋为刘元的这每一句话点着圈点似的匀整地动着。接着他长长地叹了一口气站立起来，手掌缓缓地在胸膛上漫然地摸抚着那些毛髯……接着用一只指头向厢房的方向指一指，又勾回来向着自己的心窝指一指，手掌又轻轻地左右摇挥了几下，而后声音低哑着凑近刘元的耳边：

"好兄弟……声音放低一点……听我说……明白吗？人不将心换心是办不到的哪！不管什么时候，什么天地……我就是一直把自己的心挂在脖子上，不愿意把它挂在胸膛里面活过来的人！那样太闷气了！为什么我们十几个人，能够打跑他妈的成千成万的官军哪？你说说这奥妙……"刘元是静静地等待着半截塔说下去的——半截塔就更近乎神秘的样子放低了声音，把一只手指忘情地在桌子上重重地敲打了一下，"……就是他妈的……他妈的……一点'心换心'啊！什么奥妙也没有！他们——那些官军们——一千人要有他妈的一万颗的心啊！……

每人有十颗还要多。我们不管有多少人吧，我们却总是他妈的一颗心啊！……好兄弟，你一定要懂得这奥妙的……'绺子'上没有了这样的'心'，那就完蛋了！……我们老'当家的'，他就是人世上最懂得这'心'的人……杨三兄弟他还不懂得……因为他……还是个雏咧！……他没有真真正正和弟兄们在一块血布里滚爬过……懂了吗？他没有和大家的心黏结在一起……他还要好好地戴几次'花'[1]，好好地和弟兄们在一起再滚爬他二十年……"半截塔坚决地竖起两只小棒样的手指头："……一定要二十年！……他就会不同了……他和弟兄们就会像用一个鼻子孔出气那样生活了。现在不能怪他呀……他还是个雏——一个雏总要这样的……我……"

刘元不耐烦地拦住了半截塔：

"弟兄们……全要散了心啦！……明白点说，若不是有你，若不是有老'当家的'生前一点旧情义……早就散伙啦！……人也许就干了他。——他除开和那女人搅以外，我还听到了更不像样的消息……他和官军有了勾搭——"

半截塔看着刘元这认真焦急的样子，稍稍踌躇了一下，眉毛扬开着，竟纵声地大笑起来。刘元并不笑，也不惊愕，他不以为然地望着半截塔，问着：

"你又来和我弄'空城计'吗？我懂得你这老计策，……"

"为什么是'空城计'啊？"半截塔并没有改变自己的笑容。

"有几回事，本来我知道是完全没有办法了……你却是同弟兄们说：'有办法，有办法！'我懂得你这唯一的法宝是开空筒大炮！……"

---

1. "带花" 即负伤的意思。

半截塔更笑得不能够克制自己了，简直流出了鼻涕和眼泪，竟半天不能够吐出自己所要吐的声音来，直到听见杨三从后面大声地抱怨着走回来，他才断断续续结束了自己的话：

"……好兄弟……这'空城计'的法宝，你一定要好好地学……千万学会吧！……这是万能的'捆仙绳'啦！……不要太多听那些闲言杂语，'听传言，失掉江山'……人全是有好吃的东西自己吃掉了；坏的话，——懂得吧？坏的话才带给你……'捎吃的捎少了，传话传多了。'这一点也不假……我比你多活了二三十年啦！……我说有办法，不就是什么事全有办法了吗？只要有水就没有撑不过去的船啦！……好兄弟……记住这……"

他的声音越来越高亢，最后的话竟是对正走进来的杨三和刘元一同说着的了。

"这些人们……太不成样子了……"杨三眼光尖锐而猜疑地望了望半截塔和刘元——脸色灰白。

"他们忘了马？"刘元努力平静着声音问着杨三。

"过几天……连人也要忘了啦！"杨三把提进来的鞍子和马勒大声地丢在墙边，继续抱怨着，"这还像个'绺子'的规矩吗？鞍子……鞍子也不揭；……草料，……草料也没有加……这还像是一个'绺子'？简直是'花子帮'……'懒虫堆'……"

"这有时候……也要自己经一经心吧！……那马平常在家的时候，夜间那遍草料……全是我给它添……老赵年纪大了，今天他又多喝了点酒……在平常我知道……他是心疼那马的……别人不能够逆了它一根毛……它已经跟了他六七年，我知道……"刘元的这种解说越来越平和而安定。但这种平和和安定却正是杨三一贯所不能够忍受和憎恶的：

"对于每一个人的过错……你总是替他们说的比他们自己说的还要多！……掩盖得还要好！……我难道就不能够说一说他们吗？我……"杨三的脸色陡然红了上来，鼻子尖锐了……

"……"刘元本来像是马上也要有一句什么话投掷过来，但他思量了一下，仅是腮颊骨动了动，眼睛向杨三衡量地望了一下，却把挺直起来的脖子勾曲下去了……

"天不早了……到我的屋子里去说吧！……你们总是喜欢在针尖上摆擂台哪！"半截塔说着扯过杨三的一只手；刘元拿起了那支快要烧尽了的蜡烛，三条广阔的影子开始投向了天空……

三〇　下山

三天过去了，在汪大辫子却像是度过了三十年。这三十年却又是不能和在大狱里相比的，那像是在冰窖里过去的，而这却是在一种不能够忍耐的温暖的锅里度过来的。他的心被这温暖不断地滚煮着；又被浸在各种味道的汁液里，不断变换地被腌渍着……一直到最后他觉得自己已经失掉了任何感觉，变得解体和麻木的时候，才恐惧到他会就这样死倒下去！

"大辫子不要死啦！"他呼唤着自己的名字。

他是不甘心死在这样不明不白的山谷里面的，这不是应该埋葬他的地方，那会被世人们一直要作为一个真正的强盗看待了。他要方方正正埋葬在凌河村自己的祖坟里。

第四天夜里，等待孩子们睡着了，同平常一样，翠屏在一盏小油灯下面又开始在忙碌地为那些弟兄们缝补着各样东西：脱了袖的小汗衫，露洞的袜子，缺了钮带的子弹带，等等。

今天大辫子看着翠屏那每缝下去的一针，那不是缝的那些布片，却简直是在缝着自己的心！——这使他疼痛！

"我明天要走啦！……"他竭力显得有礼、克制地试验着投下去这第一个试探的鱼钩，他眼盯着那浮标，也注意着水上的每一颤动的波纹……——他察看着翠屏脸上的动静……

翠屏手里的针线停止下来了，她抬起头来望了望大辫子——他正在大大地向她睁起着那大眼睛——头又勾垂下去，继续而急快地穿着手里的线和针。……停顿了一刻，出乎他的一切预想以外，她竟什么也没说，仅仅是这一刻的停顿，在汪大辫子，又等于经过了一个年！他不知道自己这钩儿应该钩起来的是什么了：是幸福还是死亡？虽然那波纹是动了，浮标也显然地动了。

"你不再多住两天了吗？"她这句话像是早就预备好了的一条不轻不重的小泥鳅来打发这渔夫的，她说得太安然了。

"我……'我们'……怎能够常在这样地方住哪？……"他把"我"字下面轻轻地、巧妙地挂上了一个"们"字——他就更一刻也不散神地盯视着翠屏脸上的表情了。

"他们待你不是很好吗？我知道，他们把平常连自己也不轻易就吃的东西、不喝的酒……全拿出来请了你了。"翠屏咬断了仅余下的一段线，又开始穿起第二条线，毫无停留地又把那穿好了线的针插进了布片里去……

"这却是真的啦……"大辫子表示着真诚的感激，嘻嘻地笑着，"这却是真的啦！你知道我从来没被什么人这样好好地款待过……"他谄媚地向她看了一眼："就是在我第一回到你们家去

'拜新年'[1]也没有遇到过这般的吃喝……他们这简直是……招待新姑爷！……不过……和强盗们做朋友……"

"我警告你……"翠屏忽然打断了大辫子的话，停顿了手里的针线，眼睛明亮了一下说，"在这里说话要当心……这里的人是不高兴那样吃着自己、喝着自己，还不把自己当做朋友看待的人们的……他们的脸是有两面的，红的一面翻转来就是黑的，那就是说，一面是'桃园结义'的关公；一面也就是'铁面无私'的黑旋风李逵——你去看过他们'拷秧子'吗？"

"去看过了……是在窗外偷偷看的。"

"为什么不进去看一看？"她又继续忙快地缝起了针线。

"刘元告诉我……我这样人进去不方便，一来怕我心肠软，受不起；二来怕那些秧子们认识了我对我不方便……"

"你看见谁在那儿掌刑？"

"一个小身材，斜眼睛，有连腮胡子的。那天晚上，坐在我们正对面，一碗一碗喝酒的那个小猴儿精……"

"另外还有什么人？"

"有几个我不认识的……刘元也在那里……"

"你看的工夫很大吗？——刘元动手没有？"

"刘元没动手……他只是在旁边审问着……我只听着第一鞭子抽下去……我就跑开了……啊！那号叫的不像人的声音……像母狼！……"

"官军们是不是也这样打法？"

"为什么呀？……你一个女人家要知道这些事为什么呀？"

---

1. 东北的风俗，新婚后第一个年正月，姑爷必须同姑娘带着礼物到母家以及母家亲属各地方去"拜新年"。这要被招待得好！

大辫子他不晓得这个女人是要走向什么路了，她竟那般容易地把他要说的题目引得这样远、这样歪了。他不能够再跟着她跑下去，这样他所抛下去的鱼钩，不独不能够得上自己所要钓起的鱼来，也许倒让这鱼钩把自己引进水里去了，这是可怕的——他急急地捏住了这正在滑走着的钓丝：

"我是说……我们应该回家啦！……孩子们……还有借八月家的驴子……你明白，这全是不能久留的啦！……那鬼弟兄几乎嘱咐过我一千遍……七月那老婆……还有七月，他们全流泪了……要我把孩子带回去……更是八月那小气鬼……他竟说他把驴子借给我到这样的地方来……那比把他自己的脑袋塞进老虎嘴里全不安心……我答应，如果我丧失了他驴子一根毛……我就把我们那五亩最好的田地——你知道啦，就是我们房后的每年保收成的那'锅底坑'[1]——押给他，……这样他才牵出了他的驴子来……他是只答应三天的期限的……"

这些个真实的诉说好像也早在这女人的心念中，她脸上依然并没有更多一点什么变动，相反地她却还不放松自己那刚才的问话：

"我只是要知道知道那些官军们，是不是也这样打那些犯了法的人？……你把什么全说了……你只是没提到官军的刑法……"

"这当然也是一样啦！……比方我……"他自己感到自己的脸忽然燃烧了一下，他是明白，除开那鞭子，并没有等待那大的刑具挨到自己的身上，就什么全说了的。但是在老婆面前怎能这样说呢？他咳嗽了一下，"……他们也是用各种方法拷打过

---

1. "锅底坑"是一种外高中凹的田地，不怕天旱。

我啦！……我只是咬住牙齿什么也不说……他们要压我的'滚杠'[1]……不知为什么竟没有压……"

"他们也这样打过老林头吗？"翠屏的脸又抬起来了，这一回大辫子的眼睛却轻轻地转向了一边。

"他们嫌他年纪老了……只是随随便便抽打了他一顿……另外几个真正的盗案就不同了……他们把那些人压八个人的'滚杠'，一面压着还在肋骨上抽鞭子……人昏过去用冷水再喷活过来……问一阵什么：抢劫过多久的日子啦？多少次啦？'窝主'[2]全是谁家啦？多大就做了强盗啦？……接着再压、再要口供……就是这样啦！……"

翠屏沉默了。大辫子也沉默了。他几天来是尽在思量着，这女人为什么会有了变化呢？真的会变化吗？她对待他竟是那般和气而有礼了！那完全不是早先了啊！……在早先，她每天总是一只蚊子似的嗡嗡地叮着自己，骂着他各样刻薄的话，如今不同了，她待他亲切、有礼貌、不说一句浪费的粗声粗气的话，她沉默的时候总比说话时候多，这却使大辫子恐慌了。因为他不知道这该是什么兆头，她和他越是表现得亲切、周到……他从她那即使是笑着的眼光里，也越是感到了遥远而生疏。她竟一句也不提到关于凌河村的那个家。

"你愿意再等两天吗？我想为你和孩子们弄两件衣裳。'绺子'上曾分给我一些布……"

大辫子从翠屏的口风里，他是预感到将要有一个什么"不幸"就要到来了，但他还是鼓励着自己投下了最后一张赌牌：

---

1. "滚杠"是一种很厉害的刑具。
2. "窝主"是存留强盗们赃物的人家。

"有布？最好啦！带着它吧……回去剪裁总是一样的……天不会马上就冷下来的哪……"

"也好，你就把布交给七月的女人，请她替你们帮帮忙……"

"那么……你呢？"他使自己的声音最后也变得斩截。

"你是说……还让我也回凌河村吗？"

"当然啦……那是我们的家！……"

"我早就不这样想了。"翠屏把嘴里的一段断线头噗——儿的一声远远地吐向地面去。

"你是说……不愿再和我过下去了吗？我们有孩子……我们是……父母匹配下的扎髻夫妻……你明白……"不知是因了愤怒，还是怎样，他鼻子一阵酸，喉咙被扼塞，语句说不下去了……但这却清醒了他的勇气，"我不愿意——"他横蛮地叫着："我不愿意！……我拼了我的命啦！……我明白……你变了心肠！……你看不上我这无能的庄稼汉了！……你要往高枝儿上爬了！……顶上是有天的啦！……我不怕什么强盗，有一条命是什么全够啦！……连阎王爷全打发他高高兴兴……我一定要你跟我回凌河村——"

"我若是不回去呢？"翠屏依然是安静地毫不错乱地继续缝着剪裁着……她手里那正是缝补着刘元的一条破了裆的蓝色灯草绒的裤子。一条线头噗——儿的一声又从她那菲薄的棱角清楚精巧的小嘴里吐向了远方。

"你真是这样决定了心吗？"大辫子的眼睛盯住了她手中那条裤子，"这是谁的裤子呀？我认识那颜色，也认识那补丁……这是刘元的啦！……我汪大辫子的老婆……就一辈子给别的臭男人们，就是说……强盗们……补裤子吗？这不能够……不能够……这丢我汪家的脸！好女人……你不要让我说出不好听的话来吧！……

"我心痛呀！……过去我不究啦！……只要你明天跟我回凌河村……我什么都不究……我向天发誓……我们还是好夫妻……夏天我们种地；冬天我照样上山打兔子……我们还是好夫妻……家丑总不能外扬……就是啦！……我什么也不究……"

"我知道你，"翠屏的声音陡然尖利起来了，"大辫子……关于我……你早已经像一条狗似的在每一个人的身上嗅过了，你以为我不知道吗？好，你把你所嗅到的东西，就在今天晚上全给我通通倒出来吧！……你若倒不出来……我是不能够饶过你的……我给凌河村那胖兔崽子巡长预备的刀子还留在我这里……它快要生锈啦……它到应该用一用的时候了……反正不是我，就是你……我已经活得有点够数儿了！……你是有种的儿子……不能走……也不能找别人来拦阻……就是我和你来算清这笔账……你说吧——"

这女人简直变成了一具着了风的小风车，她急快地转着，收拾了包扎了所有身边的东西，简截地丢进了炕角，陡地一把明晃晃的尖刀，从炕席下面抽出来，啪——的一声摔在了炕沿上——这时真使汪大辫子不知应该怎样处置自己了。这时候他唯一的愿望就是孩子们快醒了吧！这也是一种解救；或者随便走进一个什么人来吧！……——孩子们睡得竟是那样香甜，照例在这般的时候又是不会有什么人再到这地方来的。

"你选择吧！……你觉得这刀子不合适……这里还有枪——"

真的又是一支小小的八音手枪，从什么地方扯出来，她也把它扔在了炕沿上。

一种可怕的黑暗逼迫地压着大辫子整个的心房的每一个孔

洞了！他轻轻地向对面的屋角退走着，又斜斜地想要走近那门边……翠屏虽然两腿交盘地坐在炕上，脸是侧向别一边，但她似乎不用眼睛就能监视着大辫子的每一个动作的。她冷冷地笑了一下，脸并不转动地说：

"你想要躲出去吗？"她的语气，虽然照旧地明朗、斩截，但却有些温和下来的征候，这使大辫子要溜出去的企图，暂时就停顿了一下，但是他也还并不马上就离开那个一步就能够跨出门外的有利的地位，他正考量着此刻应该用什么话和什么态度才算得体呢？在平常，他们争吵的时候他总是第一步先溜开去；一面还故意说几句使她增加气愤的话……反正过一个时候，只要他嘻嘻地笑着走回来一切也就完了。他是懂得"夫妻没有隔夜仇"这句话的价值的。但今天他也懂得不能再用那一套老戏法了，他应该好好考量一番，对于那刀子他倒不大在乎；但对于那枪……他是懂得的，那子弹比他跑得要快得多了。现在的老婆已经不再是凌河村时那个老婆了，她不再像是一个虽然叫得使人有点难受，却仍然生蛋在自己窝里的小母鸡了。

"这总是杨三不好哇！……"他试验着用一用过去的一些战法，把一切自己的过错先推到别人的脑袋上去，再洗清着自己，"但是我怎能够相信他呀！……这是个坏种！……你说，咱们总是扎髻夫妻啦……'最亲不过父子，最近莫过夫妻。'……这老人古话说得是这么样地好……我们有了孩子……也……"仅仅是这一刻，从外貌上看过去，大辫子所有的骨肉，连一滴血……像全改变了的样子，他和几分钟以前，转变为完全两个人。

"杨三他说我和刘元不清白……是不是？"

"这当然……是他这混蛋信口胡说啦！……你想我怎么能信

这样胡说哪？……我懂得这些人的人品……人不能够什么人的话全听，就是这道理。……是不是哪？……何况……"

"你这几天尽为这事睡卧不安，是不是？……"她对他这诉说早就懂得了它们的价值，她刀似的用自己的话斩断着它们。

"人是这样啦！……"汪大辫子的语气开始云雾似的变幻不定了，"……人……"他不能够再说出了一个确定的语句，那大额头上于这样季节毫不调配地，竟渗出了两粒很大的汗珠，还在轻轻颤动地闪着光……

"我不管你听谁的话或不听谁的话，还是尽听到些什么！……也不管你有一千样、一万样的鬼想头……我反正不再回凌河村，我没有你那样牛皮做的厚脸皮……除非我……"翠屏的声音陡然在咽喉里也被什么搁塞住了的样子，格格地响了一阵——她终于用哭代替了这声音。

这对于大辫子却是服了一服天赐的"松解剂"。一霎时他感到自己是从一千条绳子捆绑里被松解开了；他觉得自己是一片不能自主的败叶，从一种绝望的飘摇里，如今又被安放在土地上了，他感到一种平安！长长地吞吐了一口空气，他懂得这场雷雨是不会再有什么大发展了。只要女人们的眼泪一流下来，她们愤怒的火那也就到了该熄灭的时候，他还试验着向翠屏坐着的炕边移动过来，有点胆寒地指着那尖刀和手枪说：

"柱他妈……你把这些东西收起来呀！……我们有话还总要用嘴才能说得清呀！……枪和刀是只能杀人的，它不能说出人的心吧？"

"滚开！——"蓦然地翠屏的脸竟一根轴似的转过来了，"不准你走近我……再多走一步……我看你再敢走一步？——"她这声音不是说出来的，竟是从一种狭细的枪筒里连同着眼泪和鼻涕射击出来的。

"反正总是一样⋯⋯我们话总要说得清⋯⋯我就坐在这里⋯⋯"他选了炕对面一只旧木小柜安置下自己。这时小的一个孩子忽然从睡梦中哭着醒了,孩子企图要爬起,还呼唤着宋七月老婆,翠屏却按住了他,拍着,命令着:

"不准哭⋯⋯好好睡⋯⋯明天妈给你做好东西吃⋯⋯再哭? ⋯⋯我把你丢进山坑里去喂狼⋯⋯好孩子⋯⋯"孩子挣扎了一刻,呼叫了一刻⋯⋯才又安然地睡去。很快地追随着那大孩子的鼾声竟也呼噜噜地响起了那小小的粗鲁的鼾声⋯⋯

大辫子眼睛不转动地看着这情景,他忘了这是在什么地方了。只是这一刻他看到了他的那个过去的家、家、家⋯⋯她的声音却打碎了他这可怜的回忆的一切幻影。

"杨三⋯⋯这只无羞耻的狼⋯⋯他怎样和你说的?"

"还不是那样的吗? 他说你不会跟我回凌河村了⋯⋯他说⋯⋯——你听,这孩子⋯⋯他在呼唤着养他的人啦! 小猫狗是禁不得温存的⋯⋯人⋯⋯啊! 人! ⋯⋯也是一样⋯⋯谁养他⋯⋯他就亲近谁⋯⋯"汪大辫子深深地显得无限慨叹的样子自言自语者。翠屏虽然明显地不乐意接起他这投钓的钩,但两个人的声音竟全像归回了同一河床的水流似的,安详地流着了⋯⋯它们渐渐正规和平静。汪大辫子长久深思似的望着对面炕墙上的那盏小灯火:它一刻跳动,一刻又安静地荡来荡去,他觉得这就是这时刻他的心情了。

"他还说什么了啊? 他在什么时候和你说的这些话?"

"就是我来的第二天,我自己在路上走着看山景⋯⋯就遇到这只狼! 他正骑在马上,看见我就跳下来了,那样敏捷,那样快! ⋯⋯"

"同他在一起的还有别人吗？"翠屏思量地问着，又去解开了那针线包……

"有一个挂着步枪的人，有三十多岁光景，是个秃眉毛，露着很大的黄门牙，上嘴唇还缺了一片肉……我一点也不认得那个人……"

"他一开头就是向你说这些屁话吗？——他准又是到北斗那贼'绺子'上去了……"她这尾句是向她自己说的。一面肯定着什么似的轻轻地点着头："这些下贱的坏种们竟勾结着官军了……"她又开始了缝补。

"杨三对我比在凌河村里亲热得多啦！……他这亲热真把我温暖得要流出眼泪来了……哈！但是我一看到他那鹰嘴小鼻子和那金黄色眼珠的吊梢的三角小眼睛……那眼光……哈！那眼光才又把我的眼泪止住了……使我的要热起来的心凉了一下……哈！现在想起来……那时候真把眼泪流出来……那就不大够味儿了……"他的脸上浮上一层带着幸免味的微笑说着。

"你来的头天晚上……不是趴在他的肩膀头上哭过吗？"一种春天的溶解的风也开始从翠屏的脸面上拂走过来，那每条皱纹开始在蠕动了，但她却刚强地制止住了这蠕动，她依然矜持地严肃地看定了对方；大辫子也依然陷在一种深深的沉思里的样子，像似并没有来注意她这变化，接着平安竟又开始了自己的诉说。这使翠屏那过度矜持的心也感到了一种空虚，她更使自己心气平静些，能够尊重地听着对方的申诉了。

"那时候……"汪大辫子的声音开始像经了水湿，沉重而委顿，"我看到谁，全想要哭一场啦！……但我强忍着。杨三正在那样的时候走进来……他一下子竟冲破了我那饱关着眼泪水的闸门……我不能够再多忍耐一点点了……我哭……啊！别提它了吧！这是不大够味儿的事……"他追悔似的打了一下额头："你知道人的心吗？依我看……人的什么全能够长大，比方胳膊、大腿、手、脚……全能够坚硬……只是这人的心哪……它们却永远是孩子似的嫩弱弱的啦！……它不能长大！……也不能够坚硬！……我不知道别人……我的心哪！它就是软嫩嫩地像一块新出锅的热豆腐那样颤着，冒着热气！……好老婆你总该知道吧？说良心话，凭我汪成怎么能够配得起你？——论人品、论家当，我什么全不像样……什么全不如人……只有这一颗心……是对得起你的啦！——你不愿意听这样话吗？我还不知道你的心吗？嗯？……"

翠屏的头越来越低垂下去了，有一条水晶似的，长长的鼻涕条从她那直直的小鼻子下面垂挂下来了，她并没有揩除它。汪大辫子的声音越来越缓慢，也越掂播着斤两似的顿挫地响着：

"你是生成着一副刀子嘴巴……说话不肯让人……那样尖利，它不留余情……可是看那心吧！一颗什么样的心啊？……依然也还是豆腐的啦！一颗豆腐的心。……杨三和我说：'大辫子……你应该把你的老婆接下山去啦！……一个独身的女人和强盗们住在一起……你想想看……别人会怎样说？……如果你还在大狱里，或者你也真的入了伙，这倒没什么好说，可是你能吗？你有孩子，也有够自己吃喝的田地，好好坏坏总算也有自己祖传下的一个窝……你不能比我这样的人……我这类人好像天生成就是应该走这样的路了……我不能够安安分分像别人那样一年四季尽在地里爬来爬去……我要生活得好，还要不费力气……还要站在人们的头上……我就不能够不用我的脑袋做生意了。你也知道……我若不是摊了那人命……'杨三他说到这里向地上吐了一口说：'呸！这老妖怪（他这是指春二奶奶）——我也许不会走这条路……我也许去从军……也许就做个炮手也是逍遥自在的吧？……你还是劝翠屏回凌河村安分过日子去吧！……我真心实意劝你……你那天夜里趴在我的肩膀头上哭……哎哎……我的心真酸透啦！我也想哭一场……我没有你们那样会流眼泪的福气……我永远不能够畅快地按照我自己的愿意流过一滴眼泪！……'他的话说得多么温暖？多么亲切又多么中听啊！真使人舒服……那声音真像百灵鸟的声音一样迷人啊！我说：'杨三……我向你说真心话……'那时我思量了一下；他那俏皮的小眼睛一直盯着我——这时那眼光也不再那样刺人了，眼珠好像也不那样黄了，真的，又像正月里扮的'小白蛇'了——我终于一句没留后手地说了：'在凌河村我讨厌透你啦！……杨三你知道，你的枪法比我好……你比我漂亮……女人们——除开我的老婆——她们全像夸奖一朵花似的那样称赞你哟！……听我说，我连对你和四姑娘生的孩子全讨厌……我断定那不会是个什么了不起的角色……另一面……'说到这里，我又停顿了一下，我看着杨三那脸色，一会儿红……一会儿白……像雨天的雷闪那样不安定。……我本想不再说了，可是我说溜了嘴，我那时简直要把自己的心连肉带血全掏出来送到这个人的鼻子下面去……我说：'……杨三，可是另一面……凌河村里的我们这样年岁的一辈数……我也真只有佩服你呀！你的枪法比我好，那不用说，你怎么知道，像我这样的人，心里总是偷偷地佩服那真真的有本领的人、比我高明的人呢？……就是这些话……'这回我可真的看到了那家伙的眼睛里有了泪了！这不是少有的事吗？能够在这样的人的眼睛里看到泪，这比在石头上敲出火来还难啦！他又抓住我的肩头这样摇着（大辫子比着手势），用他所有的力气像是要把我的骨头摇零碎，要把我摇断气，那样摇着……'够啦！……杨三，'我说，'我的五脏六腑要被你摇烂了！'他这时竟一句话也不能说，紧咬着那好看的小牙齿，足足地那样看了我半天，他才又重复了他说过的那句话：'一定……大辫子……你一定把你的老婆带走吧……我们……也许还有再在一起打围的一天哪！……'我是并不留神他那后半段话的，我想他那是在做梦，还能和我在一起打围？一个已经做了强盗的人还能够老老实实去做个安善良民吗？即使他自己乐意，官军和杨洛中也不会允许他这样！我说：'我要她自己情愿啊！……你是知道她的脾气喽！'

"'不，不要听女人们嘴里讲的话！'他说，'……要懂得她们的心！要抓住这心！……她想念孩子……也想念家……我全知道，她的房东告诉我，她是常常一个人偷着流泪的；也念着孩子们的名字的……只是刘元这孩子，有点心术不正……'杨三，他一提到刘元这名字，这家伙的眼光可就陡然变成钉子那样尖利了！……我猜想他这时候的心一定也跟着像路边石头那样硬起来了吧！他接着就说：'你知道……昨天晚上我打了刘元这小子一个耳光……若不是半截塔……我们中间也许有一个早就完蛋了！……'他告诉我他和刘元这争吵也是为了我们。他说应该让你和我一同回凌河村，刘元却说你应该留在这里，'绺子'上正需要你这样一个人……"汪大辫子忽然把话停顿下，他侧起耳朵向远方听着——似乎有两个人正高一声低一声地交谈着走近来了——那粗涩的开朗的一个声音，无疑是半截塔；另一个却听不分明。

"是他们吗？"翠屏也分明地听到这声音了，"这时候他们

374

到我这里来做啥呀？"她急急地收起那尖刀、手枪和正修补着的东西，用衣袖又急忙地把自己的脸揩抹了一番；汪大辫子从那矬柜上迟疑地也站立起来——窗外面这时候也正响起了人声：

"你们还没睡吗？"

"刘元吗？还有谁？进来吧……没有睡。"翠屏已经迎在了门边。第一个走进来的是刘元；半截塔一路嚷叫着也挤了进来，那过低的上门限几乎碰到了他的脑袋。

"啊呀！好险！你们的门怎这样低啊？几乎敲碎我吃饭的家伙啦！……"他摸了一下脑袋，"我输了，我和刘元这小子在路上赌东道，我说你们早就睡到'八达岭'[1]上去了，他说不会……我输了……因为我平常在这时候总是睡到像一条死狗了……好，明天我杀一口猪请大家吃喝！……"

半截塔一出现，这原来就不很大的小屋子，此刻就像完全被这人的身体和声音所充塞着了。

翠屏住的地方是距离那庙堂约有半里路一所三间的小房子里。这是用石块、秫秸和泥土搭造起来不久，但那石块垒成的院墙，却是古老的，它已经有几处倒塌得不成样子。如今人们就在那倒塌的地方出入着，它们已经代替了正式的大门，那真正安置大门的地方，却早被一些野麻和高大的香蒿封闭起来了。这一带原是很久断了人烟的地方，只因为半截塔他们从青沙山转回来，村子里比较好的地方全住了其他的"绺子"，——今年"绺子"们因为官军剿得紧了，村庄的"联庄会"也接连地成立起来，就全回到了这安全的家。——他们只好选择了这

---

1. "八达岭"系地名，言其远。

一带地方作为自己的堡寨。翠屏对面屋子里那是一个聋了耳朵的身体很好的老女人带着一个八岁的孩子住着。这是死了的大英字的妈妈和儿子。大英字死了以后，他的老婆就改嫁了别的"绺子"上的人，剩下的老太婆和孩子就由海交的"绺子"养活着。这老婆婆和孩子，原来是住在村子里的，翠屏上山来，住在庙堂里不方便，半截塔和刘元商量了就把这老太婆和孩子搬来和翠屏同住在这里。每天的饮食就由那孩子到庙堂里去取来。

翠屏就这样度过了她的从来没有这样安闲和寂寞过的几个月的生涯。……起始虽然不惯的，现在她却感到这对于她却是很适宜的地方了。自从居住在这里以来，常常来看她的只有刘元。半截塔来还是第一次。其他的弟兄们，是遵守半截塔的约定的，没有事情是不能到这里来的。弟兄们要修补的东西，那多是由刘元顺便带来，或者由孩子带回来。一切关于"绺子"上的事情，也是由刘元和她来接头。他们这完全是一种家族似的生活着，人们没有多大亲近，也没有什么生疏和故意的回避……弟兄们全叫翠屏做"汪大嫂"，他们对于她也从来是不说逾格的戏谑的话。她上山的第二天，就自己提出愿意给"绺子"上弟兄们做一些女人能够做的事，缝缝补补浆浆洗洗……她不愿在这里吃闲饭："你们的饭是用血脑袋换来的呀！……我不能够白白地吃这样的饭！……"接着她就用自己的热心和工作很快地获得了弟兄们的佩服和尊敬。在背地里，他们也不用谈论别的女人那些字眼加到她的身上，即使偶尔有这样人……他们也立刻就会获得到别人的警告和纠正的：

"妈拉的……你的嘴巴又该买两斤咸盐腌起来啦！这有老'当家的'在着，哼！听到你这样胡说乱道自己的姊妹……

哼！说不定他眼睛一眨……哼！就'叩'[1]了你这'狗尿苔'[2]……半截塔这是个活菩萨……他待人太宽了，这怎能像个'绺子'上的头领呢？"

事实，人在过度宽大和温暖的袋子里生活久了，就要变得怠惰和无能！他们将要同对于反抗"严苛"一般也要开始对他感到厌憎和诅咒了！——人们似乎永久是需要一条不太松、不太紧……能够管束自己的绳子的动物啊！

在翠屏刚一到山上的时候，接连三天，杨三总是来看望她的，他告诉翠屏说，在她上山的那天夜里他正好在凌河村……

"真不巧……我早知道那夜里有你……我真会像一个姑娘似的把你保驾上山来啦！……四姑娘嘱咐我要好好照看你这'女寨主'……她很羡慕你……但是她怎能比你呀？那还是个不能离开母鸡肚子底下一步的小鸡雏；你是有勇有谋的'一丈青'[3]……你……"

"四姑娘，她是我们凌河村的凤凰……"

翠屏对于四姑娘这种有礼貌的真诚的恭维，竟使杨三高兴得完全忘了矜持地扯开了自己的话匣子："论人品说吗，我们那凌河村能和她比的还有谁哪？——除开你——翠屏……"

那时对于杨三这种无尺度的称赞，使翠屏的脸绯红了，霎时，心跳得竟是一只惊跳起来的饱满的皮球再也不能够安定下去。平常在心里对于杨三那些矜持的、固执的、厌恶的成见的积累，忽然以一种可恐惧的速度春天的雪似的完全崩落下来

---

1. "叩"，即处死刑。
2. "狗尿苔"，菌子一类。
3. "一丈青"，《水浒》里的女英雄。

了！……她觉得在自己面前这完全是一个不可抗的可恐惧的人！她梦魇似的——虽然自己还清明——但竟失掉了抬一抬眼睛的气力！只要这人再前进一步，她就会完全失掉了守卫自己的力量……她会母鸡似的伏下自己的身子了……正在这样悲剧与喜剧的运命的转轴幕口，刘元竟走来了，这才微微地有一些汗粒从她那鼻尖上沁透出来。她急快地用了一种衷心感谢的欢呼接待着刘元，一个战士重新结束自己战甲似的趁机会同时暗暗地抖擞好了自己那几乎被委顿下来的翎毛——从此以后，杨三虽然也曾用过各种精巧的钥匙企图要再打开一次这女人心扉上的锁孔，却失败了。他再也没了这机会。女人们如果在第一次投下来的钓钩上逃脱了，她们将要以惊恐的心，记忆着使她们误吞下鱼饵所得到的危险了！……第四天代替杨三来探望她的是刘元了。因为在杨三来翠屏这里的几天中间刘元是不大来的，即使来了，不管杨三在不在，他总是说完要说的话，办完要办的事，就微笑着安静地告别了她。在翠屏的眼里，刘元像是有意和自己要保存着一种回避和生疏的样子。

"刘元……为什么你总是这样'讨火者'似的来了就走啊？……为什么你不能坐一坐和我说说话哪？你嫌我吗？"她说话总是机关枪的子弹似的连串地集中地响着。

"呐！……和女人说话不大惯咧……"刘元半玩笑地回答着翠屏。

"哎呀呀！……好稀罕你这个大男人！别看你生了胡子，我是不怕你的……就是你到了一百岁……我是你老嫂子了，'老嫂比母'——将来你一辈子不讨老婆吗？那时候和女人说话就惯了，是不是？……"

在起始，刘元却也是感到一种自己也不明白的羞涩和不自然；翠屏却不同了，她是优越地以一种特有的女人们对于年龄较小于自己的男人们的自大的心，她还是把刘元当作一个孩子一般地看待着。因为她只记得她出嫁时候，那个黑眉乌眼孩子时代的刘元，敲着锣，围着喜车，和别的孩子们一般地跳着、跑着……如今刘元虽然已经长有了一部成人般的胡子，肩头和骨骼也表示着那是"成人"的样子了，而翠屏却忽视了一个人的长成，她对他竟毫没有恐惧——像对杨三那般——和不自然地担过心。

"刘元……我到这里来只是投奔你和杨三啦！……我把你们当亲兄弟看待……我也愿意你们这般看待我吧！……我这里没有一个亲人……只是依靠你们了……你汪大哥……"提到这里的时候，她的眼睛便湿红着了，"……谁知道他哪年哪月才能够出来重见天日啊？这年月！没有天日的年月，一个人的生死谁能保得准呢？……我再有天大的本领……终归是个女人家……我顾不了他了，只好凭他自己的命运吧！……连孩子们我全管不了了……如今我只能先顾自己。难为你，好兄弟，向'绺子'上'当家的'们说，我不愿白吃'绺子'上的饭……我要替弟兄们缝连补丁……愿意你们有空工夫时也教教我枪法……我一定要报这笔仇恨！不然我死了……也不能够闭上眼睛！我不能指仗儿孙，我自己的仇恨要自己管……"

翠屏上山来的第二天，她就清清楚楚地说出了自己这愿望，这使"绺子"上的每一个人感动，更是半截塔，他双双地竖起了粗大的拇指头，向每个人嚷叫着：

"啊哈！好家伙啦！……多干脆！咱半截塔就是佩服这样的女人……佩服！一千个佩服！……"

不久翠屏就掌管了这"绺子"上的账房和仓库。有时候，一些"绺子"上的大事，她竟也能常常参加着了，这是半截塔给了她这权柄。人们也教给她使用各样的枪，每个弟兄全抽出自己的子弹让她练习射击，不久她就成了一个很精巧的射击手。刘元几乎是每一件事全要翠屏给作参酌，像是他从来自己没主张过任何事情似的，在她面前他真的又年轻了十年。他对翠屏的见解和果断，常常是带着对于母亲和姊姊那般尊敬的感情和惊讶：

"翠屏你若是个男子汉那就不得了啦！我说你能够做一万个弟兄们的大头领！……我敢保你比我们死去的海交当家全要不差啦！……若在官军里你也一定能做个一品的大将军……我说……"

"那我一定放你做'先行官'……像樊梨花对薛丁山[1]那样……"她发觉自己这样比喻的话说得不相宜了，他们彼此就坦然地用大笑解开它。

"樊梨花和薛丁山是夫妻啦……你和我是什么呀？……你说？……"刘元近乎大胆和顽皮地说说玩笑了。

"滚开……我不和你缠这些'讲今比古'……我要给弟兄们缝衣服呐！……"

人们每一到了类似这般感情不能够分清界限的时候，他们就全自动地锁住自己的言语，不再多说下去；或者刘元就借故走了开去……他们全防备着自己，也全防备着一种东西，谁也不愿意向这可恐惧的界限以外多迈进一步了。

跟着时日，杨三对于翠屏和刘元却渐渐增长着憎恶和嫉妒，他第一件事是反对半截塔竟给了一个女人来参与"绺子"上大

---

1. 樊梨花、薛丁山这全是唐朝故事中的人物。

事的权柄：

"我不惯和女人们在一块平排地商量事情，那不像样……"

"好兄弟！……不能这样说……她是'账房'……是管我们命脉、管我们的血的人！她不能不知道我们的一切啦……过去刘元兄弟管账房，他是参加'绺子'上一切的事……你知道……"半截塔坦荡地援例地解说着，这更增加了杨三的不耐烦：

"她能够和刘元比吗？"

"不能这样说……兄弟，人是谁也不能和谁相比的。让她参与这些事，完全是我的意思……"

"当然啦！您是'大''当家的'……有这权限……"杨三的话酸刻起来。

"好兄弟……不能这样说……因为那几天你不在啦！——我觉得这是没什么的……"

半截塔总是一片无拒绝的海洋似的以自己的咸味冲淡着杨三这类含有浓烈酸味的语言。在过去，每到这样的时候，杨三常常就再没了投刺第二枪的兴味和勇气了，就只有脸色绯红着恨恨地咽下自己的不快，这一回他却近乎挑战地投出了第二支投枪，在枪尖上还涂抹了更多的黑色的恶毒的汁液，竟一直指向了刘元的心窝：

"我们三'当家的'，一定也乐意这样了？"他笑看着刘元，"有个娘儿们在一起商商量量，总要比老是几个光杆的男人们要有趣多了吧？……是不是？……"

刘元那时的脸不独陡然地改变了颜色，也变了形。两条浓眉毛不匀称地挑起着，嘴唇失却了血色，两缕阴冷的光芒从那深陷的眼盂里，恶蛇似的投射出来了——这使杨三不禁起了一个寒噤，下意识地捏住了腰边的手枪握把，借以勉强镇定着那摇荡起来的心魂……

"杨三——"刘元的嘴唇完全是不能克制地抖动着，他不是说出来每个字眼，而是牙齿与牙齿击打出来的，每个字眼艰难地呼吸着，又停了一刻，才算正常了一些那过于激怒的声音，"……我向你说，杨三……我看在我们还是伙伴的面子上，杨三，我警告你……你说话，你说话……应该自尊自重一点啊！不要逼得大家全上'梁山'，懂吧？不要大家全上'梁山'……"

"我不过是说一说玩笑啦！……"杨三似一个机敏的舵手那样，马上扯转了原先的帆绳，向另外方向扭开舵柄，竟开始用了那样低微谨慎轻松的语气说着了，"真的啦！……我自己是不惯于和女人们商量事情就是啦！……其实只要你和大'当家的'认为应该怎么办……我还有什么说的呢？我还会为了这点小事情伤到弟兄们的和气吗？怎能说到上'梁山'不上'梁山'呢？是不是？……"杨三这种见机转舵的才能，半截塔和刘元们是常常背地里赞叹着的：

"他真是一条涂油的泥鳅龙啊！……'笑面虎'！"

从那一次，杨三就足有半个月没有回转到自己的"绺子"里来。接着杨三和官军们有了勾搭的风声就在各个"绺子"里轻轻地、暗暗地传流着了。弟兄们也开始用了不信任的眼睛估量着半截塔和刘元。在汪大辫子上山的头一夜，弟兄们已经正式向半截塔提出了关于杨三的事。半截塔和刘元也知道了官军们派来了人在北斗的"绺子"上住着，正谈着投降的条件。同时也知道因为某一个"绺子"上把一个大官员的亲戚绑了，弄杀了，这震怒了将军，各县的官军们这次不能不认真联结起来，再会合这羊角山附近各村庄的连庄会，到冬天附近，要来洗清这山谷了。也不准有人家再在这山谷里居住。也公然地向最大的"绺子"上派来了"说降人"。到期不降的就开始围剿⋯⋯

"替我们告诉杨三那兔子⋯⋯我们已经知道了他的诡计啦！他正在替我们的脑袋找主顾、讲着价钱⋯⋯告诉他⋯⋯他要去投降，他只管滚他的，看在弟兄们一场的情面上，我们不愿意为难他⋯⋯我们自己的脑袋我们自己会找买主，也会讲价钱，不劳他的大驾⋯⋯"弟兄们公开地提出了抗议，也表明了各人的态度——不愿投降。

今天早晨杨三走了以后，弟兄们也一致地说了自己的意见，他们不准杨三再回到这"绺子"上来，如果杨三敢于迈进这庙堂一步，就要敲碎他的脑袋。他们让半截塔和刘元转达。这件事却使半截塔懂得了忧愁，他不能够再像对其他事情那样用笑声解决一切了。从早晨到黄昏，他和刘元商量着，和每一个弟兄们解说着，而弟兄们却全约好了似的，只有一个回答，说得是那样冷静和斩截：

"让他去投降来回头咬我们的屁吧！⋯⋯我们不愿意要一个没有良心的狼崽子做我们的伙伴了——更不必说首领啦！"

这些弟兄们大部分是海交生前的老伙伴，他们只因为要给海交报仇才待在这"绺子"上。他们也一致地说过了，一定要报了死去的海交的仇恨，那就是说他们还一定要把凌河村用血和火洗刷一回才能甘心。那时他们也许不再在"绺子"上讨生活了，或者是去漂流四方。

"杨三这白脸狼崽子⋯⋯我们为了他，丧失了我们像自己眼珠子那般珍贵的老伙伴⋯⋯哈哈！多么好！他如今倒把屁股一拍要去投降啦！⋯⋯还要用我们的脑袋做本钱⋯⋯哈哈⋯⋯'做梦娶老婆'，……想得多么个'美'！狗养的……我们若不是看在好人们的情面上……我们一定要让他眼睛看着天[1]，……抬出这羊角山……"

"半截塔……你完全缺少一挂干红胡子的五脏六腑……难为你混了这几十年绿林……还是一个老太婆那样妈妈婆婆地玩'善心'啦！……若不是你和刘元……我们早就用脚踢出这屄头杂种，谁能忍耐这样久，要一个活人兔子做自己的'首领'啊？……"

人们的骂詈越来越粗野了，这使半截塔和刘元全感到了难堪。他们觉得这事件，已经是打碎了的碗，不能够再如样地锔补起来了。从清晨一直商量到黄昏，最后他只好同意了弟兄们的意志。

"好伙伴们……"半截塔好容易忍隐地艰难地说着每一个字眼，"……就是这样啦：……你们说怎样办就怎样好吧？……我是说……我是说……我不愿意轻易就失落了一个弟兄啊！更是杨三，'千军易得，一将难求'。……我是说……"

"我们不要这样的'将'，也不要这样贼兄弟，狼弟兄……"

"还要把那枪和马连子弹……一点不能少……留给我们……怎样上山来的应该怎样下山去……妈的屄！……"

他们近乎强迫地推举了刘元和另外两个弟兄办理这件事。

夜间，半截塔和刘元商量过了，决定先把大辫子夫妻连同孩子们打发出山去，而后再解决这些事。他们知道，这将要翻起一番可怕的风波，那时候，北斗"绺子"上也许已经投降了官军，那就会帮了杨三反攻回来。北斗的"绺子"上是人多的，

---

1. 即死的意思。

再加上官军们的支援，这场战斗的结局半截塔他们是知道得很清楚的——他们就不能再在这羊角山住下去了。

临来翠屏的地方以前，刘元秘密嘱咐了可靠的弟兄，把和杨三平常较好由凌河村来的冯秃子监视了——每个人的心，似乎全开始为了这一场要到来的不可免的杀戮而胀大着了，障碍了平均的呼吸……

"就是这样了吧！——刘元……我们该回去啦吧！"

半截塔带着一点不自然的拘束，从炕对面的那木柜子上臃肿地站立起来，继续擦着他的两只大手掌，好像那上面有着什么永也擦不尽的什么东西似的——望着刘元说。刘元正在身子佝曲着，坐在炕边的一角——也默默地站起来。

"好，回去吧！——"他先望了望依立在门边的大辫子，而后向坐在炕中心两个孩子身边的翠屏说，"'绺子'上的零碎东西还全在那个柜子里吗？"他指着地上半截塔坐过的那木柜。

翠屏早已把一本账目、一包钱财，还有那支小手枪，摆在了炕上，她指点着：

"……自从大辫子上山来，我知道……我也许会同他一路下山啦！……我把这些东西在昨天就整顿好了……刘元，我愿意你好好查看一番……这是那手枪，子弹也是原数目……柜子里还是装好那些零东西……"

半截塔正在地上摇摇晃晃地走来走去，突然忘怀一切似的他纵声大笑了。这使所有的人微微感到一点惊愕！更是大辫子，他惶恐地望着半截塔。

"你真是好福气啊！"他说着笑着连连地拍打着大辫子一只肩头，"你……啊！摊到这样一位'女诸葛'……你有福啦！你……"半截塔深深地喟叹了一口气又转向翠屏："好翠屏……

我们一共这样巴掌大的家当……难为你还把它看得这样重要啦！一切交给刘元就是啦……还查看什么哪？"

"不能这样说，'当家的'……"翠屏严正得每一句话像用刀切出来似的，"我办事从来就是爱一清二白……我们要'先小人后君子'……比方刘元交给我账目和钱财的时候……一个小零钱我全要他弄清楚……弟兄们的钱财是不容易的，我明白……"被强制着，刘元只好把那账目、钱财、柜子里的东西查看了一番，而后，就是那支小手枪，她近乎命令地说：

"把这枪和子弹也收起来……刘元……"

"这是'当家的'自己送给你的啦。"刘元微笑地望着半截塔。

"是啦，这是我送给你们的，赏我点面子……收下这个……算我们大家在一起一场的一点'念心'……"半截塔带了一点悲怆味低沉地说了最后一句话，他又不安似的转走起来……

"我用不到它呀！……"翠屏把那手枪又向炕边推了推，"我用不到……"

"你们凌河村的坏种不是很多吗？至少那狗警官，也应该给他一颗铁豆儿尝尝——"

"一支枪有什么用呢？"因了半截塔这孩子气翠屏也笑了，"反倒多了麻烦……等我再上山来的时候，再用它，先代我存着吧……"

"那么，这一点东西……"半截塔从腰里摸出了一只粗大的黄金手镯，啪——哒一声竟扔在了翠屏的面前，"……你再推辞就不够朋友了！放心啦！……即使我落了'网'……好姊妹……我半截塔也不会连累到你们……这给孩子们弄点像样衣服穿！……"

这金镯子沉重地打着炕面的响动声使大辫子吃惊了。忽然一个寒噤清醒了一串清明的回忆：那就是去年冬天，在凌河村山坡上，刘元把那双银的小手镯怎样交到自己的手里……在他的衣袋内和着那银元怎样响着……这情景，以及后来他被马脖子带出自己的家，离了凌河村，狐皮帽怎样扣到孩子的脑袋上……这情景……简直——晕眩了他！

"不能啊！不能！这一点也不能啊！……"他简直是害了热病似的叫着了，手掌摇得要脱了骨节，眼睛铃似的扩大着，直直地盯着那镯子和刘元。那镯子在大辫子眼里竟像一条灾害的蛇……它开始蠕动，开始伸展……开始吞吐着那火焰似的舌头，露出了那银刀似的牙齿爬向他来了……这种突然的惊怪，使翠屏全感到了迷惘，只有刘元是明白的，他把那镯子收起来，笑笑地向着半截塔说：

"这个……让我办吧！……我先送你回去！……回来我就送他们出山——趁着月亮……"

怔怔地，半截塔看着这情景，他不知道自己应该怎样，只有更用力地擦着那手掌。他依从了刘元的劝告，惘然地向正从炕上移身下地来的翠屏点了点头，做了一个手势，告别着：

"那，再见啦！"

"再见啦！我盼望你们能来烧掉杨洛中那王八的窝……"翠屏轻轻地笑着说。

半截塔又一次地两手扶在大辫子的肩头上，奇妙地看了他一秒钟，轻轻地摇撼了一下：

"好兄弟……好好活下去吧！你是一个奇怪的人啦！你的老婆就是你的太阳，要好好看待她，跟着她行走，那是没有错的啦！……"

"嗯……生活吧！……你也这样……你也是一个奇怪的人啦！……"大辫子感到这说话的好像并不是他自己了。

第二天，有雾。出山口的时候，还没有出太阳。就在山口那棵大树下，翠屏他们和刘元还有另外两个弟兄告了别。大辫子背着小的一个孩子——很快，雾就分割了他们……

"……把这个好好揣起来——它并不是灾害！"忽然刘元赶出了几步，把夜间那只金手镯，强迫地塞进了汪大辫子的怀中来……

一九四二年九月二十一日第三部终于延安
一九五三年九月二十九日第一次改讫于北京
一九五四年六月二十五日第二次改讫于北京

第四部

三一　杨洛中准备办寿

　　这年九月九日正是杨洛中的五十五岁大寿。大儿子杨承恩已经由日本带着一个日本老婆回来了；在九月一日那天，二儿子杨承德也由城里骑着马带了两名马弁回来了。另外两辆轿式双轮车，一辆是装着各式的礼品，坐着一个女佣人；另一辆却是坐着他新婚不久的姨太太。这是从一个有名的"姑苏班子"里赎出来的"清倌"，年纪只有十六岁，名字叫金莺。杨承德已经由少校副官升到中校副官了。因为他和一个将军的儿子有了同学的瓜葛，他就懂得了自己的前途。只要将军的儿子一有升迁，他就如托着水的船似的升腾起来。因为那将军的儿子在钱财方面是并不很如意的，他那做将军的老子是贫苦的流氓出身，虽然他有着数不清的钱、田产和商号，可是他却不愿意儿子把钱随便浪费出去。他要给自己的后代安置下"万年大业"的根——更贪婪地购买着上好的田地。因此每一次他总是附带着一顿臭骂，才肯把一点钱扔给这儿子。杨承德他懂得了这一点，在用钱方面，他总是充当着慷慨的主人。这一回他给老子来拜寿，主要目的也是为了钱。他也知道哥哥已经从日本回来，听说他是要开设一个什么工厂——这当然也还是为了钱的问题了。

这寿日不独是杨洛中家族中一个非常的节日，对于凌河村几乎也是一个非常的节日。人们每天讲谈着，推测着，盼望着……更是孩子们，他们的小鼻子、耳朵……几乎是日夜地尖起着、打听着、嗅着诸般的消息。每天也总有亲亲友友到杨洛中家中来，把所有的空闲房屋几乎全占满，全村的人们一清晨就能够听到那些杀宰猪羊的声音。杨五爷成了一只穿花的蝴蝶，他是总揽这大事的人，这对于他也是个节日——是表达自己忠心和天才的光辉的节日。

"又到哪里去呀？杨五爷……忙坏您啦……"

"这有什么办法啊？"他回答别人问话的时候，就抚摸着那胸前的银胡梳，"自己家族里的事，又是百年不遇的大事……我再不张罗张罗，还有谁哪？少东家们又全是新从外面回来……让他们安静安静吧！"

人们只要稍稍在街上一停留，就可以看到他带着一些人，从这家出来到那家去，借用着一些所需要的各样东西——锅、盆、桌、凳、铺铺、盖盖……只要见到人，他也总是光辉地笑着，打着招呼。一次杨五爷忽然遇到了汪大辫子——他正在低了头，一只手提了一柄镰刀，另一只手提了一串缠绕起来的捆柴绳思量似的走着路……

"啊呀！……好大辫子，听说你回来了，为什么今天才看到你呀？"他竟毫无隔阂地企图去扯大辫子的手。大辫子却倒退了一步，惊惶地睁起那大眼睛，冷冷地望着，同时手里的镰刀竟下意识地作了一个防御的姿势，这使杨五爷感到一点寒冷。

"我是你杨五叔呀……"他似乎在向一个梦游的人在讲话，

在提醒着对方，同时自己也下意识地在防备一个万一不幸的袭击样子——他开始退后了两步。

"杨五叔又怎样呢？"大辫子手里镰刀轻轻地沿着腿边垂顺下来，他懂得了这是只用不着防备的鸭子，它那张嘴和脚全不是为了战斗而生长的。

"你到哪里去？你愿意我问问你吗？"杨五爷有点神情不定地继续问着。

"我还能到哪里去，无非是割一点柴草吧。"大辫子不耐烦地眨了眨眼睛。

"你是怎样回来的呀？他们就这样放了你吗？"一种天真的亲切的关心的温情，竟湿润了杨五爷的眼睛。大辫子的脑袋低垂下去，用手里的镰刀把路边一棵半枯的野蒿竟沙——的一声割了开去，模糊着声音回答着：

"人……只要有命总是要活下来的啦，该着井里死河里就不会淹死他——您去忙您的吧，我们有工夫再谈……"

大辫子竟将杨五爷犹如那段将将斩落的蒿草似的，毫无眷恋地给留在了路旁，把头上的破草帽扯动了一下，走了。

杨五爷他不晓得该怎样处置自己了，几乎也忘了应该到哪里去，还是做什么，他竟痴痴地送着大辫子那独独的身影转过了一带墙角不见了，才明白了自己是不应该再站在这里了：

"这个浑蛋！他好像变了样呀！——那大狱竟变了他吗？"自言自语着，他徐徐地叹息了一声，摇了摇那小脑袋，他才又记忆起胸前的银胡梳……

他是预备到一些人家去借些毡毯的，竟经过了井泉龙门前。井泉龙正在院中走来走去，面向着太阳用一条纸捻通着鼻子，大声地打着喷嚏，他竟忽然叫住了杨五爷：

"喂！喂……杨老五你到哪里去呀？"

"呐！去借点东西……"杨五爷本来是不愿遇到井泉龙的，要悄悄地溜过去的，但是又不能不停一下，因为这井泉龙常常会使他那整齐的翎毛受到损害。他认为这井泉龙是一个专门喜欢把别人的"尊严"认为有趣的事情，或者不是踹在脚下，就是给涂抹上一点泥污才甘心的家伙。——他准备应酬一句就过去了，但这井泉龙却竟缠住了他。

"你就是这样一阵风似的吹过我的门口吗？好家伙，为什么不进来坐一坐看看我？嗯！……"井泉龙说着已经从院中移到了门口，他手里已经不再支持着拐杖了。这种带着某种强迫味的邀请使杨五爷却犯了踌躇，他决不定应该怎样了，马上就走去吗？还是停留下来说几句应酬话喂一喂这条老疯狗？最终在井泉龙那尖锐的讥讽的微笑着的眼光盯注下，他依从了。

"你的腿……真完全好啦吧？"他迟疑地有点不甘愿地把身子向井泉龙移近了两步。

"它——这贱种……"井泉龙拍了一下大腿，"比他妈不挨枪时还舒服啦！早先每年冬天它还要犯一犯寒病咧……你回去应该告诉你们杨洛中，他应该再来一枪，把这一条……"他把那只好腿重重地又拍了一掌："再给我治一治……"

杨五爷看着井泉龙那磨着牙齿，眼睛闪起了光，恶毒地笑着从反面说着每个字眼的样子，他懊悔自己是不应该问这样无趣味的话了——他企图把这引起来的话锋转向一边去：

"哑巴那孩子在家吗？林青的儿子什么时候走的呢？"

"坐啦……"井泉龙似乎也感到向这样一个人随便泄露自己的愤怒是可羞耻的，他马上温和起面容，指一指大门两旁两块平面大石头说，"坐啦！好兄弟，我多么想看一看你！自从林青一入狱，简直要闷死啦……凌河村像我们这般年纪的老弟兄，能够谈谈说说的真快要没有几个啦！我听说你正在给你们的'凤凰'忙着办寿事么？"

"是哪，总得给张罗张罗才像样哪。你知道那样个大家族，竟没一个像样的办事人，在平常全挺胸叠肚地逞英雄，一遇到体面一点的局面，就全缩起脑袋来了……"杨五爷显然是极力要从杨洛中的家族中拉开着自己，要把自己安置在一种显得不相干的地位上——和别人讲话他是并不这样的，正相反他几乎是以一个卫国的大将军那样，承担着杨洛中的光荣，也回击着某些对于杨洛中的不恭和诬蔑，如今在井泉龙面前——他知道井泉龙是怎样仇恨着杨洛中的——他却变得如一颗涂了油的珠儿似的，灵活地滚转着自己的每一句话和每一个字眼，他决不使它们随便碰到井泉龙那正挺立的虾须似的仇恨的枪尖。

"这就是啦！"井泉龙把两只大手掌轻轻地交打着，狡猾地笑着一双小眼睛，点着那竖立着几根白头毛的大脑袋竟附和着杨五爷说，"是哪！做皇帝也不容易啦！也一定得有个好宰相，几个真能够杀杀砍砍的大将军……狗这东西究竟不是狼，一离开家门或主人，它们的尾巴就要夹进腿裆里去了！要打围也得用猎狗，叭儿狗怎能成呢？"

"是啦……"杨五爷不晓得这话应该怎样接续下去了，更不知道井泉龙这老怪物葫芦里究竟是装的什么药。他知道这老家伙是比夏天的天空还不可测：它能够马上下雨，响起雷声和闪电；也能够一刻刻的工夫天朗气清，像一湖没风的水那样平静下来，你可以随便到里面去洗脚。……这时候他真有些进退两难，只能直直地坐在那石头上，两只脚规矩地并齐着，一只手平正地安放在膝头上，一只手又只好摸起那银胡梳，无必要地梳理着胡子，借以把自己装得平静些。井泉龙似乎并没有注意到这些，他继续说着自己的话，声音是那样出乎意外地越来越温厚、饱满、圆润、低沉地流走着……

"……杨老五……我可真佩服你啦！你是我们这凌河村里的糖！但是糖是不能多吃的啦，多吃了就要发酸；也不能够天天吃，天天吃了牙齿就要生虫子了。林青这家伙却是我们生活里的盐啦，人的生活怎能够一顿饭没有盐哪？你说？"他看一看杨五爷那装着理解一切注意倾听着的样子在点着头。实际他是懂得这杨五爷的，他的聪明只是一颗颗镀瓷的泥球，那是不能够和林青那水晶似的里外通明的球相比的。他长长地叹息了一口气，把眼睛超过了杨五爷竟向那远方的青沙山和羊角山的方向望过去了。这种平安的、有趣味的谈话，渐渐竟使杨五爷忘了方才的戒备，喜悦提起了他的勇气：

"你是什么呀？你活得全白了毛了，你懂得自己是什么吗？"他有趣地望着、问着井泉龙。

一阵笑声震响了。显然杨五爷这问话使井泉龙正在郁结着的心情融解了，他站起来，跨过杨五爷坐着的石块方面来，竟和杨五爷并排地坐到一起，用了几乎是低得使人听不见的然而显然是喜悦的声音，同时用一只手掌轻轻地连连地拍着杨五爷大腿回问着："照实说……好兄弟……你说我应该是什么？一定要照实说……我总不能是沙子吧，嗯？"

"你自己懂得喽……"杨五爷把身子轻轻躲开井泉龙一点。

"你，老家伙……不说实话……我……就这样捏死你……"他真的把一只手的手指分张地勾曲起来，比量着，奔向杨五爷的脖子了。

"老疯狗！"杨五爷尖声叫起来，脑袋向后面躲闪着，同时用那苍白细长的小手掌把井泉龙的手掌撑拒地推开着，"你是猫头鹰……懂了吧？猫头鹰……这是我说的是你——"

"猫头鹰？——你说的是我吗？"井泉龙的手忽然软软地垂落到膝头上来了，"好兄弟，你再想一想……这猫头鹰能够是我吗？"他不以为然地轻轻地摇着白毛飞蓬的大脑袋。

"除开你还有谁啦？还有我吗？我只是一只于人无害的鸽子吧！"杨五爷开始用了讥讽的眼睛笑笑地可怜地望着他这同年纪的老弟兄。

"真的，杨老五，我不反对你自己说你是一只鸽子……可是你是这世界上最善良、最于人无害的……也是最无用的鸟雀啦！人喂养你，却又不稀罕你像鸡那样下蛋，也不像鸡那样想吃你的肉，你真是一只银毛毛的鸽子啦！——可是我却反对你叫我作猫头鹰——"井泉龙又天真地摇着他那秃头，那几根森立的白毛就在空中被动荡着了。

"猫头鹰是英雄的鸟雀啦！——你不是老英雄么？"

"不啦，我不满意猫头鹰那样行为，这东西竟趁着别的鸟雀们全睡着的时候才去攻击，这是阴毒的、不光明的鸟雀……我井泉龙可总是在太阳底下战斗的啦……我不是猫头鹰……你再想想……"

"因为你总是给这村子里带来不安宁，这样你是和猫头鹰差不多啦……"杨五爷肯定地说。

"你……"井泉龙眼睛陡然张开了，颊骨错动起来，胡子起着颤抖，一只手竟抓紧了杨五爷的手臂摇起来，杨五爷他完全昏茫了，不知道应该怎样，也不知道马上就会发生什么不幸的结局，他咿咿唔唔地不知道在哼着什么，井泉龙竟叫了起来：

"你也能这样说么，杨老五？给这凌河村带来不安宁的是我么？你也能这样说么？你……杨五爷！"

"我，我们是闲谈啦，你知道，我们是老弟兄……"杨五爷一个敏捷的船舵手样，他把自己那饱满的、正在向前航行着的帆绳急忙扯落了，"我们是老弟兄啦……你不能挑我的字眼儿呀！人说话是不能每句全用尺量着说的，比方……——我是该走的时候了，我……还要去别的人家借一些东西……"

随着杨五爷，井泉龙竟也站起来了，他又像陪送一位最好的客人似的，亲切地倚在杨五爷身边，勉强地走着，但却激昂地继续辩解着：

"……你不能这样说……好弟兄……谁也不能够这样说……"他用着一只手指在空中点画着，样子是在为自己说出的每个字眼旁边增加着慎重的圈点："……那给凌河村带来一切不安宁和各样灾害的……那绝不是我，也绝不是猫头鹰——鸟雀们怎么能给人带来灾害呢？——人的灾害总是人自己造成的啦……人不应该咒骂鸟雀，人应该咒骂人……人不应该咒骂猫头鹰……人应该咒骂那'凤凰'……你懂吧……我是说应该咒骂，应该打死那人中的'凤凰'……——我告诉你，那林老头一只眼睛已经瞎了！你们的'凤凰'却要'寿比南山'啦！你回去告诉你们的'凤凰'，就说井老头的腿托他的福又能走路了，我还要给他拜寿来咧！除开这五十五岁，我还盼望他像王八那样再活一千年！那他就能瞎一千个人的眼睛了！王八的，他倒真想活一千年啦！……去你的吧——"他在杨五爷的肩头上竟玩笑地重重地拍了一掌，而后看着杨五爷那样狼狈地跟跟跄跄向前抢了两步几乎跌倒在地上，他竟扬声大笑起来了。

"让杨洛中那王八……等着我给他去拜寿呀！……你一定要告诉他，我井泉龙说了就算数儿的，我还要给他三拜九叩叩头咧！哈哈哈……"

他遥远地还向杨五爷那正在转过街角的背影嚷叫着、大笑着……

像经了一场严霜的荷叶，杨五爷的脑袋再也不能够挺直起来了。他本来是要到村西头唐大成和何四眼那里去借一些洋式吊灯和供器的，为了急急要避开井泉龙那笑声在后面的追逐，竟急急地折进一个胡同向村北一条路上走下来了。他是企图到北面山坡下，沿着那条弓背路再转向村西。幸好一路上没遇到什么人，他才渐渐把这仓皇不安的心情安定下来，又把那没秩序的脚步变得有秩序了，也又回复了平日自己那种斯斯文文的走法。

"这是哪里的事啊？"自己说着，轻蔑地向地上唾了一口，"我总是愿意这村里的人，全像一家人似的和和气气生活的啦……这老狗头……他却总怕天下太平，什么事总是由他头上来开花——这又是一个题目……"

井泉龙那要去给杨洛中拜寿的话，竟像暑天的云越来越浓黑，越来越增多，越来越沉重……起始还是从天边升起来，后来竟一只鸟似的追赶着他，压向他头顶，压向他心头上来了！将将平匀下来的呼吸又开始了急促。他眼前感到一阵昏花，耳朵里鸣叫着，喉咙里苦渴似的痒痒，情势像要呕吐，他急急扑到路边一带短墙下一块石头上坐下来。

"啊呀呀！天爷爷，这又是一场祸事啦！"他是知道井泉龙这老家伙的，说出什么来就能够做出什么来，他说要把星辰日月摘下来，就能够攀着梯子去上天。他知道在杨洛中这非凡的吉日里将要有一个灾害到来了！这灾害是带着血腥气味的预兆的。这情景他几乎就看到了：井泉龙飞蓬着他那白色的头毛和胡子，摇摆着，大笑着……旁若无人地从大门走进来，走过二门，走上花坛的石阶，走上大厅……人们怎样惊愕地望着……杨洛中怎样黑着脸色……而后……——他不敢想下去了！接着那就是一个人躺在血泊中……他断不定应该是谁，是井泉龙还是杨洛中，还是另外什么人？……总之，他知道，一定有一个人要在血泊中躺定了。"天啊！"他无助地向四外望了一圈——除开墙壁和一些树木以外什么也没有——"我要怎样才能使这灾害的鸟不再飞出窠巢来呀？"他把从墙头的泥土上抓下来的一把枯草根在手里扯撕着，忽然一阵薄薄的泪水竟迷蒙了眼睛。

吱溜溜、吱溜溜叫着的两只苍鹰，正在无云的秋空里时高时低地打着盘旋。小雀们从这棵树荫穿到那一棵树荫寻找着自己的隐蔽所；雄鸡们已经高声地发出了警戒的信号，也开始听到女人们、孩子们……接连地叫出了呜——嘶、呜——嘶……驱逐这些饥鹰们的吼声——一只正在盘旋的鹰，忽然一颗流星似的投坠下来了，接着是一阵暴乱的、人和鸡交杂的粗嘎的叫声，翅膀扑打着空气强烈的撕裂声……那只投坠下来的苍鹰，竟又那样勇猛飙急地翻向天空去了，一只不算小的鸡雏被攫在空中嘎叫着——飞向天的一边去。那另一只瞭望在空中的苍鹰，也跟着吱溜溜——吱溜溜尖叫着飞去了。

"啊！完啦！"杨五爷被惊愕住了，直到那鹰们已飞得无影无踪，他才绝望地这样叫了一声。他是看得那样清切，仅仅是这一眨眼的时间，这条小鸡的生命就完结了！剩下来的只有墙那面一些女人们不停的叫骂声、诅咒声……

"这就是灾害啦……"他轻轻地拭去了眼里的泪水，顺便把胡子也梳理了两下，"人是眼睁睁地看着灾害飞来又飞去……

它们真像鹰那样自由啊！人是只能在灾害没来到以前喊叫着；灾害去了以后喊叫着……"他曾想过了各样可以能够制止这灾害的方法，但是每一个方法他自己又全把它们踏得粉碎了。他知道杨洛中和井泉龙中间这仇恨的墙——这和着血筑起来的墙——在他们这一代那是不容易推倒了；就是到下一代，这墙也许还越垒越高，越垒越厚。究竟垒到哪一天为止呢？这不是杨五爷能够想到的事了。但他却盼望着人总不要把这和着血泥的墙垒叠下去吧……无论谁少添搭一块砖石全是好的啦，但这第一个少搭一块砖石的应该是谁呢？这就是他一生也不能够决定的事了。从杨洛中这方面看，他确是非凡的、人中的凤凰。他们杨家的家族也是非凡的，降低这样家族的尊严，也并不是杨五爷甘心的事；那只有井泉龙了。……可是他有时平心想一想，从孩子的时候就和井泉龙在一起，他是不能够寻出井泉龙一点不公正的地方，这个人总是那样一根竹竿似的正直和通达；一团火似的永久温暖着人们的心，他给予人的总是帮助、力量和幸福，而自己承担起来的却是灾害、不幸、麻烦和吃亏。他像是这凌河村公用的一柄巨大的斧头，人们在需要它的时候就使用它，它已经被使用了几十年，这斧子的身体被消磨了，棱角光秃了，刃口也有了残缺了……可是因了它永远被动用，它的脸面就永远那样闪亮而光辉，一面银色的镜似的……看不到一点老年的锈蚀的斑花，有的只是被使用得不好的损害和战斗的创伤！

"他——井泉龙——这个生杀砍着过来的人，怎么能够低下那骄傲的脑袋啊？"思量的结果，杨五爷断定了自己是毫无办法也毫无用处了。如今他只好从石头上站起来，决定回去把和井泉龙这发生的事全盘说给杨洛中吧，随他们怎样处置。他想杨洛中那两个到过外国的儿子也许会能有阻止这灾害发生的办法吧？——但这是不能够使他相信的。

"这要看一看这些到过外国的孩子们的本领了！"他摇一摇头，何四眼和唐大成的家他也没兴致去了，转回身要准备从原路回去，又忽然想到井泉龙这老狼也许仍然在自己门前走来走去吧？于是他又转过身来，决定绕一点路，由后村的弓背路抄回杨洛中家去。

他来到了北山坡下面——这正是到汪大辫子家去的岔路口——翠屏正领着小的一个孩子，她一只手遮搭在前额上向南山的方向张望着什么，他忽然心思一动想要去看一看汪大辫子的家。全村的人全知道翠屏曾在羊角山上和强盗们住过了，如今又大大方方地回来住在了自己的家中，人们虽然懂得这是没什么的，也懂得那是为了那个巡长的缘故，也懂得大辫子仅仅为了贪一点小便宜吃了冤枉亏，可是人们却不乐意和这不祥的人家来往了。他们总预感着也许有一天这不祥的乌鸦又会到他们的顶上来做窠了，那也许会连累到自己，人是不应该自己提着灯笼去寻找灾害的。杨五爷在杨洛中家里听到那个警官和杨洛中也常常谈到关于汪大辫子和翠屏。他们关于汪大辫子似乎说得很少，关于这女人他们却常常惊恐着自己的心，更是杨洛中：

"你派弟兄们常常去巡查吗？有什么可疑惑的人到这家去过吗？"

"你放心喽……洛中。"为了表示亲近，这巡长已经不再称呼杨洛中的姓了，"不独可疑惑的人不能逃过咱们的监视……就是连他们墙头上每天落过几回乌鸦……咱们局子全知道……你放心喽……有咱段某人在你凌河村，你就是把银元宝摆在椅子上，大敞开四门睡觉……也绝出不了岔子！一切全有我……一个女人家算得什么啦……只要你什么时候不高兴他们在这村子里住，只要通知一声，那就像捉一只麻雀似的把他们扔进大狱里头去……”

“这倒不必！”杨洛中当时摇一摇头，“我杨洛中对于自己的乡邻从来抱着‘冤仇宜解不宜结’的主张。如果他们不是太欺侮我过甚了，或者妨害到全村的安宁了——像井泉龙老头那样——我杨洛中总是要替下一代积一些恩德。我的两个儿子一个名叫承恩，一个名叫承德！也就是这个意思。不过你还是得多加小心，不要大意了！”最后杨洛中是勉强同时又带着讥讽味地阴冷地笑了几声。杨五爷懂得杨洛中对于这巡长是厌恶的，但是也知道杨洛中是不敢如何的，因为这巡长的来头不比其他巡长，杨洛中可以一条狗似的那样看待他们，使用他们，甚至一脚踢开他们。这巡长是本县县长嫡亲的小舅子；警察所长——有名土匪出身绰号“王麻子”，又名“王大马棒”——的嫡亲表弟。这是有着钢铁般支柱的角色。虽然这巡长对于杨洛中越来越无礼，每天几乎住在他的家里，吃着、喝着、吸着鸦片烟……这还没有什么，最使杨洛中忧愁的一件事，就是这个满腮黑胡子，高大粗鄙而丑恶的“金刚”，竟在打着自己女儿珍珠的算盘了。这也是全村的人所周知的事了。每天当这个熊似的、不分冬夏故意敞着胸脯、把那支驳壳枪手里提拎着或者挂在肩头上的人一出现，那就是一朵黑色的云，一块黑色的铅……塞满了杨洛中的天空，压紧他的心孔……更是当那双布满血丝的永远像酒醉着的浑浊的大眼睛，从各处搜索回来和他一碰到，杨洛中的周身寒冷了！那脸色由紫转到黑，由黑而转到一层霜似的灰白！杨五爷知道，几乎全村人也知道了，杨洛中正在暗暗地企图把杨三从羊角山招降回来。

"娘儿两个在这里看望什么哪？"杨五爷他和气而有礼地问着翠屏了。

"嗯……没看望什么——这孩子要看鹰捉鸡……"翠屏勉强回答着。

"啊……鹰捉鸡……鹰这东西总给人们损害的啦！"

杨五爷喘息着，抹着额头上的汗渍，这山坡虽然不甚高也不甚陡峭，可是他却显出很吃力的样子了。

"好久不见啦，杨五爷！"翠屏虽然是满怀着一种敌意似的猜疑望着这个平常和自己家中毫无瓜葛和来往的老人——更是自从他们由羊角山回来以后，除开宋七月弟兄们和七月的老婆再就是井家的哑巴和他们有着来往以外，就没什么人了。他们的家竟是架在一棵孤独树上生活着似的了——他做什么来了呀？接着马上是一种不祥的预兆，闪电似的触起了她的感觉——大辫子又出了什么事了吗？——贯串了她的全身。她知道杨五爷是属于自己仇人那一个群队的，绝不会有什么平安的幸运的消息带给她吧？但她稍稍一迟疑，马上就坚定了自己，她用着平常的、灵快的语句笑着……酬答着杨五爷。同时也马上准备了等待随便什么不幸和灾害的消息降临吧——在她总是一样的。

"我本来走过去了……是又转回来的。没有什么事，只是来看看你们啦……我已经是若干年月没有爬上你们这带山坡了。"

"呐！……请到里面坐一坐吧！"翠屏推开绊在自己腿边的孩子，邀请着。这时她的心气渐渐感到了一点平静。

"不啦吧……"显然是一种疲倦擒住了这老人。他把头向院内窥探了一下，背着手，像一个长头鸟似的呆了一刻，忽然颤颤地伸出一只手企图要摸一摸那正依在翠屏身边孩子的小脑袋，"这是你……大的一个孩子么？"孩子却避开了他。

"这是第二个哪……第一个到他的外祖母家去了——看哪……这样大的孩子，还是这样缩头缩脑，让杨五爷去亲亲——"孩子却固执地扭住了妈妈的大腿不肯离开，翠屏笑着却也不太勉强他，又解说着，"这孩子孤零惯了，怕见生人……我们这里是不常来人的。"

"呐！……孩子们总是喜欢熟人的。应该让他去和邻居孩子们常常玩一玩——玩一玩……"他说着早就缩回了自己的手。他是知趣的，他对于任何事总是不勉强的，更是对于孩子们，他并不认真爱他们，他不愿那些孩子们的泥点污沾到自己，他总是像一只鸽子似的洁净着自己的羽毛和脚爪。他自己一生也没有过儿女，他和自己的老婆，人们认为是很像这村中庙堂前那两棵旗杆，不生枝叶不长根芽地永久保持着那样的距离度过了四十年！

"大辫子去割柴草了么？我看见了他。"为了翠屏那样真诚的邀请，不由自主地杨五爷竟走进了院中并走向了进屋的房门。刚刚走到了那低矮的房门前，他忽然又止住了脚步，像想起了什么似的，竟转向院中一棵枣树下面一圈石垒的圆台上坐了下来：

"我在这里坐一坐歇一歇腿脚吧……这里有太阳……你们这院子还是这样洁净啊！坐到这里，我就想起了和你的公爹少年交好的那些日子了。这真是像昨天的事一样……可是他们已比我先走了一步了。"他把被一阵轻风飘落到自己腿上的几片枣树叶谨慎地捡开去。翠屏也在对面一块古老的磨盘石上坐下来，把手里一只正在钉缝了一半的鞋底子，又开始钉缝起来。乡村的女人她们总是用随便什么劳动填补着自己的时间的，同时她也在准备回答客人的询问。

"你们的生活……还和过去一样吗？"杨五爷把这小院子每个角落，甚至墙头上的每棵草，全检阅了一遍的样子问着。

"嗯……一样的……"

"这些墙……"他漫然地指一指四围的院墙，"又重新垒过了是不是？"

"连房子也全重新收拾过了。"

"全是大辫子一个人弄的么？"

"宋七月和八月，还有井泉龙老大爷的儿子哑巴，他们帮他的工。更是那哑巴，搬抬这些石头，几乎全是他一个人。他似乎像是在修理着自己的家，他由早晨到天黑一直是做着，谁也不能够让他歇一歇……他连我们家的一口饭也不肯吃……大辫子却倒像一个替别人来帮工的人了！"

杨五爷只是表示赞叹地点着小脑袋，一抹轻轻的红红的血色，渐渐从他那文雅的颜面上透露出来了。

"呐！难得啦……井老头竟有这样一个好孩子！"

"这个人，"翠屏忽然有些激昂了，眼睛开始闪亮着，"他虽然不会说话，可是却是个不用说话就能让人懂得的人。他聪明得能够用手和眼睛代替他的嘴巴了。……我觉得他比那些只会卖弄伶俐的舌头唱歌儿的百灵鸟或是画眉鸟样的人，要可爱也有用得多了……我想世界上若真全是这样只用手和眼，不用舌头活着的人，那一定是个永远太平的世界吧！杨五爷您是知书明礼的人，您觉得我这话好笑吧？我是常常这样想呢……我……"

"唔……"杨五爷周身的神经细胞似乎被什么烧红了的针在

连连地钉刺着了。他看着翠屏那完全坦然说话的样子，虽然感到一点安心，觉得她那不是故意在刺点着自己——只是说着她自己的想法，可是他感到自己身下的石头也开始灼热起来。他不知道应该怎样处置自己了，马上站起来就走出门吗，还是怎样？……一种后悔的感情也来炙烧着他——此刻翠屏又停止了手里钉缝的动作，眼睛定定地望着他，是那样专心一志地在等待着回答。幸喜在一边玩着的孩子不知为什么哭起来了，才算排解了这个可怕的僵局。

"爬起来——"翠屏严厉地命令着那孩子，她并不去扶他，"谁让你自己跌倒啦……"孩子无望地只好自己爬起来，惘然地走向妈妈身边，翠屏微笑着，替孩子掸擦去身上的泥土和脸上的眼泪向杨五爷说：

"孩子们给他们吃，给他喝……是不能惯着的。更是像我们这穷人家，一到了能够干活的年岁就应该去干活。穷人家是不能养'闲肉'的——我那大的孩子已经托在他外婆家的村子里替人家去放羊了。"

"为什么不在我们凌河村里找一个主家？比方我们杨洛中的家里……"杨五爷懂得了自己这话说得不得体了。人的言语是不会飞回窝来的鸟雀，只要飞出去，就永远地飞出去了。

"孩子还是自小就让他们离开父母远一点好，省得娇惯了，——就是饿死、冻死……我也不会让我的孩子给杨洛中那样人家去放羊的……"翠屏脸色虽然陡然阴沉了一下，可是马上就恢复了平常的样子，冷淡地解释着自己的意见，手里又开始了那鞋底缝纳——孩子也又去做搬砖弄瓦寻找蟋蟀的游戏……

"大孩子几岁了？"杨五爷倒真像关心着汪家的孩子们似的

一本正经地问着。

"八岁了。"

"也应该让他们念几天书啦！……"

"念书有什么用？"翠屏冷冷地笑了一下，反驳着，"还是一个字不识倒好，像我们这样人家还打算考'状元'么？"

"'人不学，不知义'啦！孩子们总应该念几天书，若不，就等于少两只眼睛。"杨五爷又开始在梳理着胡子了。他的两条大腿交叠着，神情归复了自然。他知道自己是这村庄中差不多应该算是第一个有学问的人，不独读过了四书五经，也曾经下过"考场"，虽然并没挂上名，但那总算见过世面了。一提到读书，马上那些他读过的那些书本子上的字句，就开始是成条的一些灰色的小蛇似的，抬起小脑袋，蠕动着、聚集着、竞争着出现了。可是这又使他感到了惶恐，他不知道究竟让它们哪条先爬出来才合适呢？虽然一般圣人们的"浩然之气"那热力攻上了他的胸窝，他应该执行圣人们的遗训，要宣传圣人们的"玉不琢，不成器"的道理，他不等待翠屏的回答，接连着打开了他那话的河：

"自古说'寒门出贵子'啦，还有，'将相本无种，男儿当自强'，还有'斗大黄金印，天高白玉堂；不读书万卷，怎得见君王'，还有……"他思量着，精神焕发着，还想要寻找出、组织出一些"人不读书不可也"的理由来，可是翠屏却用一柄锋利的小刀似的，直截地割断了杨五爷这话的绳：

"我不懂啦！您杨五爷！"她轻巧地抿起小嘴笑了一下，"这些个圣人们书本上的道理，我可一点不懂啦！我只知道人不穿衣吃饭就要冻死、饿死……人应该报仇恨……"她稍稍停顿了一下，接着又针似的说下来："人应该自己跌倒自己爬起来，人不应该尽听甜言蜜语，应该要看看这些说甜言蜜语的人尽干了些什么事！我不是说过吗，人连话都用不到会说，更不用说知书识字啦……知书识字不过是心眼更恶毒，更阴险，更辣，更会暗算自己的邻人们罢了……使人们更鸡犬不安，天下更不太平……我不愿意我的孩子们生四只眼睛，做这样千人骂万人恨的豺狼虎豹——听说，如今不是没有'皇上'了么？那就是读了书，又到哪里去见'君王'啊？我恍惚也常听杨五爷说过：一个人如果没有好根源，就是说没有好骨血……就什么'气候'[1]也成不了吗？您知道，他们汪家是什么骨血传世了；我娘家也一样是从祖先开头就是在田地里一年四季爬来爬去弄一口饭吃的田老鼠……这样骨血的子孙，还能够妄想么？这不是癞蛤蟆想吃天鹅肉么？归根结底，不过是把自己的肚子摔开罢啦！杨五爷——您说我这话可对么？"

"呐！呐！"杨五爷可真不知道应该怎样抵御或回答这个女人这一阵急雨点似的言语了。那刚刚用一些"圣人"们的言语好容易支持起来的一柄零落的伞盖，竟完全无用了，只是空空地、战栗地抱紧着那被摧败了的伞盖的骨骸，任着这些飙急的雨点敲打着头盖和周身……最终，还只好抓起来了由翠屏投给他的那条"绳索"，才算把自己暂时救助了，才算没被这雨点积成的水流所冲倒："是啦……好骨血确是很重要的啦……我这只是说，'尽人事，听天命'，当然人还是不能够违天的……骨血这东西就是天给的东西了……对啦，骨血很要紧……"他呆呆地无趣地坐了一刻，而后站起身来，惘然地又有点羞涩地向翠屏望了一眼，笑了一笑，说：

---

1. "气候"即发达成为"大人物"的意思。

"我是应该走的时候了。"

"杨五爷您是有什么事情吧？"在翠屏想着，杨五爷这样人如果没有非来不可的事情，那是随便什么风也吹不到他们门前的。她提醒着他。

"什么事情也没有……只是我路上遇到大辫子了……忽然想到要来看看你们的家……你知道，我和大辫子的爹是相好的朋友啦——那还是我们杨家没有分家的时候，他在我们杨家做长工……"

"嗯！"翠屏半信半疑地想着，原来杨五爷是来尽一尽那死去"故友"的情分的，这使她忽然感到一种近乎被侮辱的愤怒，想要马上用一句恶毒的话骂出这条拍卖自己"人情"的老泥鳅，但当她一看到那老人是那样文雅地、谦虚地……垂着那可怜的小脑袋，她竟有些不忍了，用力地压制下自己这种暴戾的、要破裂什么似的感情，把声音尽可能变得清朗柔润地说：

"这真要谢谢五叔哪！还没有忘了我们的老世交！如今这年头的'人情'是不同啦！"

"你应该好好劝劝大辫子，那孩子心地是好的，这和他的爹一般善良……只是脾气太执拗了，更是他的嘴头专喜欢说'谤话'……这一点点……他可不如他的爹……我说……"

"嗯！可是……俗语说，'山河易改，禀性难移'……他这人就是那样驴子似的性情，其实谁全知道，驴子是最老实最胆小的牲口了……只是它却执拗得比什么牲口全厉害……这就是出力不讨好，吃亏的根源……"

"所以说啦，'人不学，不知义'……如果他多念过一点圣人书，他就懂得'明哲保身''勿友不如己者'和'瓜田不纳履，李下不整冠'这道理了。这一回的灾难，就是个教训了！他自从由狱里出来，可有什么改变么？"

"有什么改变？"翠屏眼睛急速地闪动了一下，她很知道和杨五爷这样人说话的时候，那是不相同和宋七月、和自己差不多的人们说话的，这得要时刻担心着。她知道人是不应该单为了那善良样的外貌和笑着的嘴唇就忘了一切的。她也很知道这样读过圣贤书和一些有财势的人的牙齿不是生在嘴里，而是生在肚子里的，他们咬人的时候并不显露出来。"能有什么改变呢？只是不大喜欢说话了，也不乐意走出自己的家……您知道，早先他是这凌河村的街老鼠啦……如今他却变成了一匹炕头上的猫了，死也不肯走出去。除非去割些柴草，连一些能够常去串串门的地方也不去了。"翠屏巧妙地回答着。

"这样也好，人到三十岁是应该变变气质的年纪了，俗语说，'遇一回风，才补一回船'哪！有什么人常到你们这里来么？"

"只是，七月和哑巴还常来一来……"翠屏最后终于懂得了这杨五爷到他们这里来的目的了——他来侦察。

"对啦……少和人来往，少是非……"杨五爷走出了大门口，第一只脚已经踏上了下山的第一块石磴，他忽然又转回头出乎翠屏意料以外地低声到快听不见的程度，问着她：

"那个……巡长……他到你们这里来过吗？"

"他？他……为什么要到我们这里来呀？"比闪电还快，一股血潮冲上了翠屏的脸。接着是那几个月以前她去羊角山时的情景，接着是半截塔把那只金镯子啪——嗒一声扔在了炕上的情景，她觉到好像又要有什么新的灾害要到来了，她咬了一下牙骨，镇定着："他怎么能够随便到人民百姓家里来呀？他是个地方官……"她倒想从杨五爷的口中知道一些什么灾害的征兆。

"这就好……"杨五爷试验地、稳妥地踏着下山的每块石头，还继续说着，"……这不是一个正道人……我们凌河村是不应该用这样人做我们的长官的……我总觉得不应该。……我已经和我们洛中'当家的'说过不止一次了……应该换一换他……可是我们是没办法的……他的根源太硬了！……告诉大辫子，只要我们脚正，就不怕鞋歪啦！"

"嗯！"不觉不由地翠屏竟也跟着杨五爷走到了半山，直到听见后面孩子的哭喊声，她才停止了脚步。

"杨五叔……我不送您了。"

"不送啦……不送……"杨五爷回头摇着那苍白的手掌，连连说着，"一定要好好解劝大辫子，不要心眼太窄，孟子说过：'天之将降大任于斯人也'……"他本来是要把这全套语句一齐背出来的，但他觉悟到这对于大辫子这样"小人"是不适宜的，马上又重复了那句话："不送……不送……"

翠屏回到大门前抱起孩子，目送着杨五爷那摇摇荡荡的瘦长的身影……她思量着一个"决定"。

从凌河对岸，渺渺茫茫她看见一团柴草的形影正在向这面动着，她猜测那也许是大辫子回来了吧？这时候关于那镯子的事，竟横上了她的心头，她是懂得丈夫的胆量和聪明的，在"恐怖"的面前，这镯子却只能增加他的恐怖。

"二柱，看看爸爸回来啦……"她一面引逗着孩子让他看向远方，一面却把自己思量着的"决定"决定了：

"到城里去住吧！"

几天前林荣从城里回来，很快地竟把妈妈和妹子一道搬进城里去了。从城里听说还要坐火车到更远的什么地方去。这要到城里去的念头如今竟窜进了翠屏的思想里来，同时她是相信着，人只要肯工作，无论到什么地方，就总能生活下去吧？人无论在什么环境中，什么人群中，全应该掌管、创造……自己的命运吧？从羊角山这几个月生活中，就更增加和坚定了她这雄心和"到远方去"的想法。她相信能够在强盗队中生活过的人——那就是说在血腥和枪刀尖上滚过来的人，世界上还会有比这更可恐惧的事么？——她决定要和大辫子商量这件事——到城里去。

三二　家族之夜

晚饭过了，所有居住在杨家的亲族们，照例作着相互的访问，或是集合成若干的小集团，进行着各样的游戏和消遣。吃烟的，摸纸牌的，玩"升官图"的，走棋的……还有一些中年以上有鸦片烟瘾的人们也集合到一起，在那烟雾迷漫的安静中，交换地谈着自己村中的奇闻以及自己的聪明和"英雄"的事迹。他们也谈到县中的官员，将军们的置买产业、纳妾，以及没有多少根据的国家大事。他们由"光绪皇帝""慈禧太后"谈论到"宣统"，谈论到"有前清就要有后清"的"相对论"的哲学观点。他们任意按着自己的兴趣给每个当代闻名的人描画着脸谱和增添着奇迹。他们一致认为袁世凯是乌龟转世；孙文是有着假眼睛的人。他们背诵着李淳风的《推背图》，从李闯王到张作霖……他们全认为一切是古人早就在五百年前定下了的。虽然他们说清朝的天下气数尽了，他们也一致不相信没有

413

皇上是永久的事。他们认为这是"乱拔地"的时代。一些起起落落的人物，那只是一些"精灵"在作怪，或者是"草龙"们在度着自己的几年风云，等到"真龙天子"一出现，这些"精灵"——鱼、鳖、虾、蟹，这些"草龙"……就要一齐消灭了。他们举出历史上的"五胡乱华"、"残唐五代"、张献忠、李自成、洪秀全、"义和团"……各样的例子和证据，要证明着天下必定是"合久必分，分久必合"。也相信"邪不能胜正"，慨叹着太平年代的消亡……

从历史……他们就常常落到了田地和家财的批评了，以及到羊角山剿匪的新闻。

青年男人们偷偷谈论着某个姑娘的长样和穿着，或者对自己有过些什么示意；姑娘们评论着彼此衣裳的颜色、式样、材料，以至于批评谁的脚裹得周正不周正，小不小，合不合乎标准，鞋帮上的花朵新鲜不新鲜，脸上的胭脂擦得匀净不匀净，嘴唇儿点得宽或窄，辫子长不长，头发黑不黑……以至于耳环和手镯或其他首饰是真正的赤金或十足纹银的吗？还是夹银的或是镀金的；是自有还是借来的，还是婆婆家所赠？……这些是决定每个人的身份和品位的标志，也是每个人在人前用以决定自己的态度和语言的水准器。这中间，杨洛中的女儿珍珠是这人群中当然的"王"！

当每天晚饭以后，杨洛中由杨五爷陪伴着也总要到每处亲友们所住的地方去走一转，照例要问一问他们吃得好不好，睡得安不安；在女眷那一面，就由杨洛中的老婆们执行着这任务。

但今天他却没有这样做。匆匆忙忙吃过一点饭菜，辞开了大厅上的亲友，就回到自己的书房来了。他感到心神很不能照常平安，心脏空悬悬地似乎不由自主地在天空中荡来荡去；周

414

身有一点发酥发软的感觉，疲乏，要想睡一下，但躺在靠床上一刻又睡不着，就只好走来走去……

　　杨五爷把这一天他如何遇到汪大辫子、井泉龙以及翠屏的家全告诉过他了。其余的事那是没有什么可以激动他的，只有井泉龙也要来给他"拜寿"的事，这却是一声晴天里的雷！他不知道这又将要演出一出什么戏了。在他心的底层，无疑地他是恐惧这老鸷鸟再飞翔起来的。虽然他用枪打了它，但他却常常偷偷地深深懊悔着欠下了这笔不能偿还的血债。他甚至暗暗盼望着这老鸟因此就死了吧，他拼着一笔钱作官家的贿赂，算是一件人命案，却不愿他仍然活着在这凌河村。可是这老人却依然生机畅旺地生活着，从传言中，那伤了的腿也竟一天一天地在复原着，能走动了；人们渐渐又听到了那金属味的笑声了……这些消息，竟是一些钢铁的蒺藜，纷纷滚来压缩和击打着杨洛中的心了！他知道这正像他看过那些熔化了的钢铁闪着银色的、红绿色的焰光，它们虽然是暂时静止着，但却是随时可以崩裂了那熔锅奔流出来烧毁一切……也许就一直流进他的心，它们代替了血液，串贯了周身，以至于浸入每一寸骨管，使那些髓油全变成烟云……按着杨洛中的习惯，无论什么事，表面总是装作坦然的、一切有主张的样子，除非到了再也不能够矜持的时候，他从来不愿意泄漏自己的恐慌和不安。他严格地控制着自己的欢笑和愤怨的感情，只有那鼻子的颜色却是容易变化的。凡是熟知他的人们，全是由这鼻子的颜色和声音测知一切的。比方在他愤怨的时候这鼻子就发着紫色或黑色；喜悦的时候就闪着红色的光辉；无主张和怨哀的时候，它就接连地哼——哼地响着……他平常对于井泉龙，表面上也是淡然的，他像避免着火似的随时避免着说到这个不祥的名字，以及与这

415

老人有关的一些事情。甚至于一提到"井"和"龙"这样的字眼，对于他似乎全是一种不能忍耐的讽刺。当别人不懂得这些缘由，偶尔提到这类事情时，在一个生疏的客人面前他是用别的话岔开它们；较熟的人或自己家里的人，他就要沉默地用那双大而长的蛇眼睛向你注视着。一直威胁到你感到这是忌讳了，闭了嘴巴，他才转开脸，去空响着鼻腔——今天，他把愤怒竟积累到杨五爷的头上来了，咬了下牙骨，从那大而整齐的牙齿缝里用力地吐了一撮口水到地上骂着：

"这老贱骨头……他总是带回这样丧气的消息来，为什么他偏要去招惹这只老疯狗啊？"

明显地杨洛中是埋怨杨五爷不应该带回这样可厌恶的消息，同时更生气杨五爷不应该和井泉龙去接近。如果他不去，井泉龙也许不会想到偏偏到自己的寿日来和他找麻烦，他几乎疑心杨五爷不忠于自己了，虽然他又明知道这老人忠于自己像一条从小养起来的狗那样坚定，甚至他叫他去死，那老人全不会多想一想就去死了的。但是这疑心却不能够马上被降伏下去的——从窗子上的玻璃，他看见杨五爷从对面跨院的月亮门里走出来，正在匆匆地走向自己这方向来了。他极力地把一些烦乱的情绪克制着，装作平常的样子，吃了一口茶，点起一袋水烟来，咕咕地吸着，也借以平静平静自己。

"他们全好吗？"杨洛中安静地吹熄了手里的"火引"的火焰，把吸过了的烟灰从烟管里吹出去，而后又吹出烟壶的余烟……

"他们全照常……他们全问到你，我说你身体有点不大好，嗬！他们全是那样担心着你呀！马上要来探问你……我好歹才劝止住这些人！"杨五爷坐在杨洛中对面一张椅子里，用一块折叠得方方正正的白手巾，轻轻地揩抹着那闪光发亮淡黄色的前额，接着就掐起了胸前的银胡梳……

"有什么新事情么？"杨洛中第二筒水烟丝又装好了，那一支长头鹅形的白铜和"景泰蓝"装成的大水烟袋，托在那肥大的棕色的手掌里是相配的。他却先不吹燃"火引"，眼睛显得和悦地望着对面的杨五爷问着。

"没有什么新事情，只是那个段巡长又来了。他要找你，要和你当面有话说……"杨五爷深思地同时带着憎恶地说着这些话。杨洛中皱起了眉头，先不言语，咳——的一声吹燃了那"火引"，咕——咕……地又吸光了一筒烟，也又经过了那同样的动作——第三袋烟又装起来。

"你没告诉他吗？——说我身体不舒服？"

"这个人的脸皮厚和难缠性你是知道的啦……他说他一会要亲自来看你，有要紧的话要和你说——他正在一帮吃大烟的客人中吃烟，吃完了烟他一定要来的。"

杨洛中噔——的一声把水烟袋蹾在了桌子上，陡然站起来唾了一口，自语着：

"真他妈，天底下我就不相信还有这样厚脸皮的东西！我一定得想方法除掉他，我们凌河村是不能够容留这样肮脏的癞蛤蟆蹲着的……"

"还是忍一忍吧……"杨五爷小心地轻轻地劝解着，"他的根源是不容易挪动啦……你知道……"

"根源！"杨洛中站住在地中央，望了一下杨五爷——他正在小心地梳理着那胡子——，"什么根源？如果……他再这样，我要连同他的'根源'一同告到奉天省城将军那里去……"

"这……是太犯不上啦，这要钱！又要破费时间，常言说得好，'官护官，吏护吏'啦！……"

"你以为我们会到正当的衙门去告他么？"杨洛中阴冷地笑了一下，"这还不是到狼嘴里去白填肉么？我是说，只要有一百两鸦片烟托人送给将军的'五太太'，那就一切全妥当了。"

"敢情……这样吗？哈哈……"杨五爷竟破例地笑出声音来了，"这家伙他正在缠着承德那孩子说天说地咧……"

"他说什么？"杨洛中脑袋侧起来眼睛盯紧着杨五爷问着——声音粗糙。

"那家伙说……他觉得在这个小村子里做个'巡警狗'太委屈了他，他应该到正牌军队里面去，有多少个'相面人'说他将来一定能够做一个一等的将军。他说他也懂得一些相法，他预言我们的承德不出十年以外，一定能够摸到将军的印把。他说如果这话不应验，他那时候愿意把自己的眼睛挖出来丢在地上随便大家当泡儿踏……他说他要跟承德去当差了……"

"将军？"杨洛中似乎并没注意这话的全部，他只是把"将军"这两个有意义的字眼特别挑选出来说着。同时一圈再也不能够控制的笑意，从他的嘴周，水晕环似的延展开了，但接着他抹了一下鼻头，很快地又把这笑意掩藏得无影无踪，脸上的每条纹沟又归复了那原来的深刻和凝定："这……不用他说吧，就是凌河村一个孩子也会懂得这前途吧？五哥，你想想看……"

"这当然啦……这当然……"杨五爷连连地点着小脑袋答应着，"段海东这人是拍马屁的能手，不用他说，就单凭我们杨家这德行和血统，做个什么将军并不能算稀奇！何况我们承德那相貌——我们背地里说——那真是'虎头狼额，封侯之相'，更是那样'通天柱'式的鼻子……长这样鼻子的人很难得，听说如今的张作霖将军就是有这样一条鼻子的啦！……"

"单靠相貌也还是不行的……这还要德行和本钱咧！"杨洛中深思地把那天蓝色宫绸长袍的前襟掸扫了一下，他由踱来踱去的姿势，又坐进原来的椅子里，将拿起了那水烟袋，陡地一种什么东西刺醒他的记忆了，嘣——的一声又放下了它，马上站起来，违背他平常那种矜持的习惯，竟那样急急地走了两步，来到了杨五爷的面前，粗鲁着声音：

"那老疯狗……他还说过什么吗？"

"老疯狗？"杨五爷为了这意外的逼进，感到无所安置自己了，他把身子紧紧地向椅子里面贴靠到不能再靠，那银胡梳落到胸前了，两只手透力地抓紧了椅子的两边把手，那苍白的小手上的每条筋络，全是那般要挣断似的绷起着。这样，彼此静静停了一秒钟，杨五爷才明白了这"老疯狗"的意义：

"你说的是……井泉龙吗？"

"嗯！那老疯狗！世界上最下贱的疯狗！"

"我不已经全盘告诉了你么？"

"他是说……他'一定'要到我的寿日来捣乱么？"

"这也许是疯话！他是说……他要来给你拜寿啦！"

又是出乎杨五爷意外，这只"凤凰"竟一只翻毛的乌鸦似的急速地闪摆着那长袍下襟，转回原来的椅子里面去了，手指颤抖地抓起那水烟袋，不知他是真的要抽烟，还是想要用这东西来镇定自己。他坐下去，又站起来，他从"火引筒"里抽出一根"火引"来，但他马上又把它放进去，用一只手指，竟直指向杨五爷的脸："你……你……马上就去告诉这老疯狗吧，他如果真活得不想活下去了，就让他来吧！来吧……也抬一口棺材来，也让他的儿女穿着孝服带着纸箔来……把他的准备入土

419

装殓的靴、帽、衣、袜……也全整整齐齐穿戴起来吧……就在我的寿日我会打发他欢天喜地去'西天'的啦……五哥，你去，你就去告诉他……我等着他来给我'拜寿'哪……你告诉他……我杨洛中是拼了一百亩地买他这条老狗命的……你去，五哥，你要照着我这话去说……一个字也不准更改……"

终于他艰难地总算把一筒水烟点燃起来，吸着了。

杨五爷却似被钉留在那椅子里似的，他一时竟像不能动转也感到自己再无了力量站立起来了。除开由对面的跨院时时响起来的一些人们的笑声——这笑声中最放纵和破裂的是那巡长的笑声——和填补这笑声空隙的一些细声细韵的"留声机"的声音而外，这屋子里是静的：一些烟云轻轻地翻卷着，游荡着，墙上一幅等身的《达摩渡江》简笔大画像，静静地垂挂着，两面一副纸色和墨色全暗淡了的对联，这时却占据了杨五爷的心。

来自西天结缘东土，
九年面壁一苇横江。

更是那横批"无法无天"四个字使他蓦然起了一个寒噤——他确定井泉龙就正是这样"无法无天"的一个人。

"这是犯不上生气啦……"杨五爷好不容易才伸伸缩缩吞吞吐吐微弱着声音，试验着吐出这几个字眼，同时也慢慢把身子坐直起来，好像他自己就是那井泉龙了。眼睛内闪流着一抹犯罪和请求似的光，望向杨洛中那正在垂着眼睛吸烟的脸，颤颤地说着："……我想……我应该再去劝劝他啦，这个疯人年纪越老也就越狂悖……"

"有话去和狗说吧……和这种人是不能再讲什么乡邻情面了……你就痛痛快快告诉他，他想要在这凌河村里'拔山峰'……那是妄想！只要有我杨洛中在着一天，他就老老实实敛一敛翅膀吧……我对他已经忍耐得够数儿了……不用劝……"

杨五爷的话突然被杨洛中这样给撞击得零零落落，一时他竟又不知道该怎样接连起自己的思想来了。一直到杨洛中接连地吸完了两筒水烟，他才像一个残败的将军似的，总算把那被凋零的思想和语句的队伍重新又编整起来：

"不是这样说啊……宁叫他不'仁'，我们不能够不'义'啊！我们杨家从来是宽大的，我们要让别人看一看我们的度量，我们……"

杨洛中的话又一柄刀似的斩进来了：

"度量？哼！和谁全可以讲'度量'……和这老疯狗就不能讲度量……"

"还是让我去劝一劝这无法无天的人吧！哎哎！"杨五爷站了起来，他把衣襟整理了一番，又自语着，"我去劝劝他……"

"五哥，还是少和这样人说废话吧，就告诉他，有多大本领就使用多大本领吧，我们撩着衣襟等待他……"

"你不用管啦吧，多一事就不如少一事好……'冤仇宜解不宜结'……我今天晚上就不来了……"

杨五爷一面掀起门帘走出去，一面那样温和地说着。杨洛中从窗上的玻璃看着这个修长瘦削的老人谦卑地走去的背影，自己长长地叹了一口气，同时一颗悬摇不定的心也轻轻地开始沉落着，一种强烈的，同时又是无把握的欲望，它们云气似的从这心池的壁底缓缓地腾浮起来了。那就是：

——但愿这灾难不要到来吧！

随着一片可憎恶的笑声，几个人影摇摇晃晃接连地从对面月亮门里走出来了。并排地走在前面的，杨洛中认得出那是二儿子杨承德。那个段巡长一只手臂正搭在杨承德的肩头上，毫无顾忌地说笑着。这人身边摇晃着的，正是他时刻不离的那支坠着大红枪穗的驳壳枪。后面走着的是本村的唐大成、何四眼，还有刘三瘸子。虽然黄昏了，但从每个人的行动和轮廓，他是认得无误的。忽然一种疑惑和憎恶，尖锐地刺激了他：

"他们干什么来了啊？"

擦了一支火柴点上了灯，他又突然地坐进了椅子，重新点起了一筒水烟……

"洛中大哥……你得的什么病啊？我们探病来啦。"还没有走进门来，段巡长就这样大嚷大叫着了。杨洛中无可奈何地只好站起来迎接着：

"哪里……没有什么病，只是有点头晕！"

"这一定是水烟抽得过多了，看你这屋子，简直成了'烟云洞'啦……哈哈哈……"

别人全是有礼地按照自己应该坐的地方坐下去了，只有段巡长却两脚大开着站在地中央，上身的青库缎短马褂完全敞开了前襟，露出里面天蓝色软绸的密扣纽的小夹袄，也从那未扣全的衣襟中间露出了那脖子和一部有着黑鬈毛的前胸。一顶棕色的瓜皮形的呢帽盔高高推在后脑勺，两只手反背在身后嚷叫着：

"你的寿日，我们应该大大玩乐一番啦，也应该让这凌河村的那些个没见过世面的泥鳅们开一开眼界……我打算……到城里邀一伙清唱的班子来……全要女的……"

"不必啦！"杨洛中谦逊地回答着，同时向所有屋子里的人们扫射了一眼——二儿子杨承德坐在离灯对面不远的地方，一只戴着红色宝石戒子肥白的小手正在默默地摩挲着胸前那闪光的第几颗泥金纽扣。——杨洛中知道这所有的人是懂得这段巡长的照例的牛皮和谎言的。彼此会心地笑了一番。

"真的啦。"段巡长从来是并不为这些笑声就能冷落了自己的说笑或者挫败了自己的牛皮和谎言，他拧了自己那浓浓的发着棕红色的口髭，蹬了一下皮靴脚，继续发表着意见：

"真他妈，这山窟窿的地方，离城这样远，路上又不能够行走大车，若不然，一定得弄他妈的一台'京腔大戏'来玩玩！让这里的人也听听那山西红的梆子腔，那他妈的简直不是人嗓子，离他妈的十里地全能够听得见！还有那一汪水这花旦，虽然是男扮女，你如果不知底细，赌了脑袋你也不敢说是他妈的男人扮的。那脸蛋，那腰身，那声音，那举动……更是那双眼睛……哈！真是'一汪水'啦！真的，就是真的水也没有那样灵活，那样亮啦！若不是路途远，咱老段敢保险，无论叫他们城里那些戏班还是唱班……说来给杨洛中东家做寿，他们全要欢喜得抢着，爬着来咧！……钱不钱那倒还是小事……"

人们明知他这是在说着不可捉摸的风似的谎话，但人们却甘心为他这谎话所魔惑着，甚至于真的相信他会马上办到一切似的，竟被他这谎话擒住了心。连杨洛中也没有例外。

"段巡长，你还是讲一讲羊角山的事吧，杨三真是投降了官军了吗？"刘三蹶子暗藏着无限的关心，同时却狡猾地先提起杨三投降的事。他从来不乐意在任何人面前提到儿子刘元的名字的。但是他却不能够一天把自己的心从刘元他们所在的地方分截开来。只要是间接直接于刘元他们有关的消息，他总是先竖起耳朵。刚才在别处他听到段巡长吞吞吐吐，提到这关于羊角山的事，他就跟着来想听一个水落石出，他知道段巡长一定要来和杨洛中谈论这件事的。

"他……投降了？杨三？"杨洛中带着绝不相信的表情，愤愤地望向段巡长，"你是怎样知道的？"

在没有回答以前，那段巡长先猖狂地大笑了一阵，拍着肚子，一只拇指竖起来，把手臂长长地伸向杨洛中鼻子前面，而后才压抑着声音，好像只为了杨洛中一个人听取似的说：

"就是说啦……咱老段若是没有这点本领，敢于到你们凌河村来大摇大摆做官长吗？"他把手收回来又和着鼻涕口水大笑了一阵，才算把话纳进了正规的河床："就是说啦，别说羊角山那样明晃晃点着一万盏灯似的地方，就是在方圆一百里以内，无论什么大小变化，咱老段若不知道那还了得！就连凌河村的女人们谁的一根针落到地上的响动，吹一点牛皮来说，咱老段要想知道全能够知道……"

"可是雷在你的耳朵边响就听不见了是不是，段巡长？"唐大成说。

段巡长是有些恐惧着唐大成的。到了这时候，他才算平安下自己的感情，拉了一张椅子把身子随便挤了进去，向唐大成的方向不好意思地笑了一下说：

"老唐，你是老'兵油子'了，我斗嘴斗不过你……咱们还是'英雄不斗'吧！我们谈正经事——"他巧妙地把唐大成那准备要进攻自己的枪尖拨开了，说："等过了洛中的寿日，咱们拼上三天工夫，准备他十斤二十斤酒肉，我一定要和你见个高低，那时候咱们是'八仙过海，各显神通'好不好？"

"好！我们那时候替你们观阵——说正经事吧。"马贩子何四眼拍打着那白地镶着宽宽的黑绒云头边幅鹿皮的大马褂，有些焦急地劝解着。杨洛中不耐烦地接连吸着水烟，有时也看一看二儿子——这家伙竟能那样反复地摸着那些纽扣，在思量着什么心事似的静静地坐在那里。

"杨三，是和'北斗绺子'一道投降的啦……北斗我们是老朋友……这一回我一定要去看他……"巡长说着。

杨洛中显然是并不关心这段巡长所提的"北斗"或"南斗"的，他只是关心着杨三以及他们那个"绺子"是不是也投了降，还是被打零散了。

"那么杨三他们那个'绺子'呢？"杨洛中虽然自己要竭力保持着身份，但那焦灼的火却烧得他不能够平静了，他如今只好直接地逼问这时要把话题扯到天上或地下的段巡长。他的眼睛像一条饥饿的蛇似的，充血地望向对方，——段巡长不禁起了一个寒噤！

"当然啦，杨三是他们'绺子'上的台柱，他一扯，那'绺子'也就完了，可是杨三却受了伤！"

"是官军打的吗？"杨承德忽然插进了话。他那小胖手正停留在胸前第二颗纽扣上。

"官军怎么还打投降自己的人哪？那是他们自己'绺子'上的刘元……"

段巡长说到这里，人们的眼睛却像约好了似的一齐集中向刘三蹶子坐着的地方——这人正慢慢低下了脑袋……

"听说刘元这家伙手头很'黑'啦！……"段巡长继续说下去，"……还不等杨三有所防备，他就给了他一枪。因为杨三先动手要干他们的大当家半截塔，这时候，刘元就开了枪。若不是杨三跑得快，'北斗绺子'上事先有了接迎的准备……这一回也许杨三就完蛋了。"

"杨三枪法不是这凌河村里呱呱叫的么？为什么他吃了伤？"杨承德显然对这事感到了兴味，同时他也记起了杨三在他面前那强梁的影像，不禁有了一种报复似的愉快冲上了这青年人的心，他天真地笑了。

"我的二少爷！"段巡长不能自持地笑着浑浊的眼睛，望着杨承德那圆胖胖的小脸，咧开那阔大的嘴巴，"杨三枪法也只能在你们凌河村里称王称霸啦……要知道'天外有天，人外有人'，像杨三那样的枪法，在绿林里真是一百条牛身上的一根细毛毛梢啦……我是见过好枪法的，那就是闭起眼睛来，随便把枪向外一甩，也绝不落空……并且好枪法一定要有好胆量，我敢相信，杨三这人是不够有胆量的……我敢相信……"

"对啦……骑马也得有胆量……"马贩子何四眼插话了，"骑马总得要不怕挨摔……"

"在前清……拉弓射箭也一样……胆量不足就不能撑住弓把……比方下考场……"

"那么……杨三既然要投降官军了，为什么又回到他们'绺子'了呢？"杨洛中简截地拦住了唐大成和其余的人们的话，专心一意地望向段巡长，追问着。

"就是说啦……杨三这人要逞强，他回到'绺子'上去，要去取他的步枪……并且还要拐带几个弟兄跟他走，还要把一匹马骑着……这样就崩了箍……那大'当家的'半截塔我知道，那是世界上最无用的人，他忠厚得简直像个泥菩萨，像个棉花包……他说：'杨三，听说你要投降官军去了，又回来做什么？'据说刘元他们并不拦住杨三投降的，可是杨三却目空一切地说：

"'我回来拿我的步枪，还有那匹马，还有，有的弟兄乐意跟我去的……就跟我走。'

"'杨三……'听说那半截塔还是和平常那般宽厚着自己的声音说着。只是他不再称杨三为'兄弟'了。

"'你走还是自己走吧！除开冯秃子这里是没有人跟你去了。他们全等待着要给老"当家的"海交报仇呢……那枪和马……'半截塔这时看了看正坐在墙角的刘元一眼，可是他竟没有勇气说出自己最后的主张来。

"'好！一些"螳螂子"我也不想要……'杨三已经准备走出去了，这时刘元就站了起来，他叫住了杨三：

"'杨三，你到哪里去？'

"'我去拿我的枪和马……'大概杨三已经明白了一些兆头了，为了表示自己的镇定，听说他还向刘元笑了一下。这时候刘元这小子的脸色却变黑了。

"'你先等一等吧，我要问你一句话，你还记得我们夏天在小山头上说过的话吗？'

"'什么话，我记不得了！'杨三回答着。

"'你忘了，我再告诉你一遍：如果你投降官军，你只管去，看在弟兄们相处一场，我们不乐意和你为难，你，但是你得走远一点，也不要和我们作对……'

"这话大概使杨三有点不够面子了，因为那'绺子'上的弟兄们全在沉默地看着他，他也就给刘元一个回报：

"'这要得看大家伙的运气了！'

"'什么运气？'这声音是几个人一齐吼叫出来的。杨三知道这风头不顺了，他是聪明的，马上就改了口：

"'我是说……我们大家全应该躲避点，请你们放心，我杨

三决不是出了狼群就真心去做猎狗的人……我有我的苦处！'

"'随你的便吧，你愿做什么狗就去做什么狗……咱们骑毛驴儿看唱本儿，走着瞧吧……'这话不知道是谁说的。听说杨三已经走下那大厅台阶了，这时候忽然由刘元领头大喊了一声：

"'站住，杨三！'刘元这小子的枪已经端在手里了。这时候听说竟把杨三吓呆住了，他竟忘了应该怎样，啊！他的脸色完全吓白了……别的弟兄们也全把枪口朝向了他。

"'这是什么意思？'杨三还是装作坦然的样子，冷笑着说，'你们想要仗着人多……"叭"了我吗？你们既然说了话不算话，就来吧！'杨三竟敞开了衣襟拍着胸脯尖叫起来了。

"'我们并不想要你这条狗命——你到哪里去？'这还是刘元。

"他渐渐走近了杨三，半截塔也站起来，他的样子是大概还要解劝的。

"'我要去取我的枪和马……'

"'"你"的枪和马？那是海交留给自己"绺子"上的，你再没有权利动它了——你还得把这支枪留下。你已经不配再带这枪了……'听说杨三那手枪是海交临死时送给杨三和刘元每人一支的。

"'你要这枪么？'这话提醒了杨三，他伸手去拔身边的枪了——这时候半截塔这傻瓜竟从中间来劝架了，他竟忘了一切，又像平常一样叫着杨三：

"'好兄……'那个'弟'字还没有喊出口来，杨三竟给了他一枪。刘元这时候也给了杨三一枪……这时候外面也响起了枪声——这是'北斗绺子'上的人和'海交绺子'上的人干起来了……"

这段巡长是吹牛皮和讲故事的天才！他描画着，形容着，使每个人全像是亲眼目睹，亲身参加那样……感觉着，相信着。

"杨三怎样啦？"杨承德惊愕地睁圆着两只孩子似的大眼睛，追问着。

"当然跑脱啦！亏得一堵墙救了他，不然他一定被打成一堆肉酱了。"

"后来怎样了？"

"后来，大概两方面又开了几回火，因为众寡不敌，刘元就带了仅剩下的几个人，从羊角山拉出来了——那个半截塔听说确实是完蛋了。他因为伤得很重不愿自己弟兄们顾全他，就自己从一个山崖上滚下去，摔死了自己——"

"刘元这一伙人呢？"

"听说奔向狼打滚山了。……"

暂时是沉默的。忽然杨洛中问着段巡长：

"你这消息全是真的吗？"

"怎么不真？"段巡长为了杨洛中这怀疑感到侮辱了，"这是从羊角山来人送的信啦！那人还说，听说刘元他们人虽然剩了不多，还要给他们老'当家的'海交来我们凌河村报仇咧……他们去狼打滚山就是想联结那里一个名叫什么'占山好'的'绺子'的，这占山好和海交是老朋友……"

大家一听到这灾害的火焰又要烧到自己的头上来了，听起来就不再那样安闲了。第一个是杨洛中，他陡地站起了那高大的身子，在地上踱了两步，又坐回到原位去，向刘三瘸子坐着的方向冷冷地笑了一下，说：

"我们这凌河村确是出过很多'好汉'了！老的，小的……

俗语说'兔儿不吃窠边草'，可是我们这些好汉们，却专能在自己的家门口，像屈死的鬼魂旋风似的那样转来转去……像杨三啦，井泉龙，还有汪大辫子、林青……这些人，还不是他们自找吗？该想想看，这凌河村的哪一家、哪一户、哪一个人……还不是我们杨家的近亲远友……说真心话，我真不愿我们这凌河村的人有一个犯罪犯法的……每一个人犯了罪、犯了法，我的心比他们自己还要痛！那就像我自己犯了罪、犯了法一般……可是我又不能不治啊！我是一村的村长，远了有国法在那里管着我；近了你们看，这段巡长不就在这里吗？我只好'内不避亲，外不避仇'按照公理做了。因为这样，人们就把一切冤仇的毒箭纷纷地向我的身上射来了……听说井泉龙要在我的寿日给我来'拜寿'。你们诸位想想看，这个疯疯癫癫的人，就是他一个人，几乎就要把我们这凌河村闹翻了天！如今听段巡长说，不是刘元又要带人来抢我们这凌河村了么？这倒真是内忧外患的年头哪！……"

刘三瘸子的前额和那剃刀背形的鼻头上，开始有着豆样大的汗粒出现着了。在气愤到极点的时候，他说话是结巴的：

"诸……诸……位乡……乡长们……"刘三瘸子一只手努力地在空中挥打着，他已经从座位上站立起来，为了保持身体的平衡，另一只手却扶着椅背，"若若……是我那败家家……的逆子……真真……真的敢敢……来攻打我们凌河村……我是一定定……要要……拼出我这把老骨……头……来打前锋……若果是能捉住他那更好，不用别人费事，我亲手要把他剁成肉酱给……给你们看一看……看一看……咱刘三说得出……就就就办得出……办得出……"

刘三瘸子的脖脸完全是绯红的了。话虽然已经说完，他的手竟还在空中挥打了几下，才算缓缓地又归回了自己的座位，眼睛挑战似的盯向杨洛中，屋子里暂时是沉默的。

"刘三的'家法'我们是早晓得的！"何四眼挥摆着他那鹿皮马褂的大袖子说着，他是企图缓和一下刘三蹶子和杨洛中之间这僵持的局面，"若不是因为刘三的家法太严，刘元这孩子还不至于走了这下坡路……至于洛中这关心我们凌河村的心思，这是天地皆知的了……我们不应该在这些小事情上使老弟兄们的情面擦伤了皮！……"

"何四眼这老狐狸，不愧是跑过蒙古，说起话来总是那样饱饱满满的……哈哈哈。"唐大成趁着何四眼的话尾巴，忙着也把自己解围的意见编续进来。为了溶解这一时有点凝冻起来的空气，他使自己还大笑了一会，又向了段巡长的方向说："趁着段巡长在这里，我们还是应该大家伙商量商量，总要想法不要让狼咬到门前来才好啦……古兵法上说得好：'攻心为上，攻城次之。'最好还是'不战而胜'，我们要想想看，有什么方法能够使刘元他们这'绺子'不来骚扰我们这凌河村……"

"总是我们老行伍……无论什么时候总有个'马架儿'！好一个'不战而胜'！哪哈哈……"明显地段巡长这表面上的称赞，使唐大成把对于这人的成见又溶解了一番。他所要的是别人在人前能够尊重自己，这就一切全满足了。顿时他对于段巡长那些积累起来的憎恶，马上风里的烟似的飘得无影无踪了。——虽然过几天他又会照样憎恶这个可憎恶的人，可是眼前他却觉得这可憎恶的人竟变得有些可爱了。

"是啦，"杨洛中也从脸上堆出了一片笑容，语气也意外地温和起来了，"咱们这在座的哪一个还不是老弟兄？谁的脾气体性大概全知道得明明白白的……我这人，你们全知道，有话总是讲在当面……做事情也很少单为自己一家一户打算过……譬如说……"他忽然把话顿了顿，侧了耳朵向外倾听了一刻。外面像是有人在走动和说话，接着门帘一动，第一个走进来的是杨洛中的大儿子杨承恩，后面却是那个日本人。这日本人如今竟完全穿起了中国式的长袍来了。

杨承恩用日本话和中国话介绍着那个日本人。

"这是我在日本国的同学天野太郎先生……"

天野太郎和每个人过度亲切地握着手，为了寒冷似的，嘴里不断嗞哈嗞哈地喘着气，同时生硬地连连地用中国话说着"久仰……"。

一个外国人的到来，已经使每一个人感到一种不安了，更是那种握手的礼节，完全是生疏的。那唐大成以为这是外国人向他们试探力气了——在"武道"的规矩里有这一套——当那日本人不甚大的短短的手掌一送进他的手里来，他竟运用了所有的力气，把那日本人握得猛然地尖叫起来了。等到人们知道了情由才一齐哄笑起来。那日本人不独不生气反倒竖起了一只短短的大拇指连连地称赞着唐大成说：

"你的好！……好！……大大的力气的有哪！……"

为了要表示自己身材优越，段巡长竟也出现在那日本人的身边了。一只手拍了天野肩头一下，另一只手打了一下自己的前胸，嘴角自满地抛成了一条线问着：

"天野先生……"显然段巡长是和这日本人已经认识过了："你们的日本国……也有像我这样高大的身材的吗？"

天野惶惑地同时是憎恶地用那双尖利的小眼睛把段巡长从上到下看了一眼，轻轻移开了一步，回答着：

"有的，有的……大大有的……"他求援似的向着杨承恩站着的方向不自然地笑了一下，那一双金牙齿，陡地闪露出一缕寒冷冷的光芒。

"你们日本国将来打仗能够打过我们吗？中国人若全是像我这样高大的身材……"段巡长还在不知趣地向那个日本人啰嗦着。可是杨承恩却代那日本人解了围：

"天野先生……这边来吧……"那日本人得救似的走近了杨承恩的身边，谦卑地坐下了身子，只有段巡长还无趣地站在地中央。杨承恩因为段巡长和杨承德那般地接近，对这人已经早就存着一种固执的憎恶，现在他又公然来欺辱自己的朋友——又是妻兄——他觉得有义务给这个人一些回报了。他摸抚了一下自己那刚刚刮过的青青的腮颊，阴冷地向着那斜对面正在反复——脱下来又戴上——玩着自己手指上一只宝石戒指的弟弟，又向凝然坐在弟弟这边的父亲看了一眼，接着用日本话向那日本人说了几句，趁着段巡长将要走近座位旁边，他冷静地笑了一下说：

"日本人并不怕大个子的。俄国人的个子全要比段巡长还高大，可是他们在一千九百零四年打仗的时候，无论海军和陆军，全是被打得望影而逃的……个子大小，在现代是没有多大关系的，主要还是要靠知识和学问。一个国家要想强盛，一定要靠工商业发达不发达，单靠个子大，单靠军队是不行的……大清国军队就被打败过……"他说到这里看到弟弟承德正把那只戒指套上了手指，这青年军官那圆胖胖的脸蛋陡地加红起来了，那双圆眼睛憎恶地向哥哥这里望了一望，又低垂下去，杨承恩就更坦然地带着一点残忍味地说下去：

"我愿意说句真话，若看见了人家外国的那军队和警察，我们这些军队和警察，简直就可以不要了，干干脆脆拿这些钱开办一些工厂吧……这样不独能够强国了，就是那些四不像的流氓们也不至于逞强作恶了……眼前的例子，在省城里有将军，在各地方有驻防的军队，也有警察，可是一些胡匪们还不是在那里称王称霸吗？养了猫如果不能捉拿老鼠，那还莫如把养猫费去的饭菜，就喂了老鼠吧……这样也许还少了一些麻烦咧！"

在杨承恩说话起始，段巡长还是猜不透这最后一张牌应该摔在谁的头上，所以他嘴巴拉开着，还笑着眼睛频频地表示赞叹地点动着那大脑袋。到后来他懂得了这支冷箭竟是为他而发的，那嘴巴就不能够再照常地拉下了，脖子也由摇颤变得凝定……两只手透力地抓紧着椅子把手，望望这个，又望望那个人的脸。显然地，每个人全像在同意着杨承恩这说法，只有杨承德像是和段巡长表示一致的不平和不安。杨洛中样子正在思量着一件辽远的大事似的，他什么表情也没有，一尊石雕像似的坐着，和他背后墙壁上那张"达摩"像却正好对比。

"杨老大……"段巡长五只手指在空中伸展出来，像要按捺住所有的一切，另一只手按住了身边驳壳枪的柄手挺挺地站立起来，纷乱的唾沫星点开始在他的胡子上飘起飘落，"你这完完全全是外国人的说法……这是你在外国住得太久啦，又讨了外国的媳妇，有了外国的亲戚……说不定洋鬼子给你偷偷吃过了什么迷魂药了。……你忘了我们自己的国，连你们的凌河村你全瞧不起啦……哈哈！凡是到过外国的人，他们全是喝了外国人的迷魂汤……他们一回来就瞧不起自己的国，连外国人放的屁全是香的啦！不久以前那个名字叫什么……林……荣的狗东西……他不过是替俄国人挖了一次战壕，替俄国人做了几天奴才，在外国讨了几年饭……一回到他自己生长的村庄，竟也装起洋腔来啦……啊哈！他若不是走得早，我真想把他捆起来，痛痛快快地抽他一顿炮儿鞭子……要知道'现官不如现管'……你杨老大竟敢说官家的警察所长是猫么？我要把这话用公文写到县监督和警察所长那里去……我一定要这样做……你勾引外国人到我的地面上来……这就触犯国法……你还要劝说中国不养兵，不养警察……你要叫外国的兵、外国的警察到中国来住吗？好啦……我这匹猫也不再管什么耗子了……我看看你杨老大的本领吧！"

段巡长起始越叫越激昂，一只大皮靴脚竟乒乒乓乓在地上打起了节拍来，一股股酒臭和唾沫的水点几乎点染到每个人的脸上了，最后他把那长大的手臂在空中一拦，出乎人们意外竟一撮旋风似的卷起了门帘，走出去了。

冷静了一刹那以后，还是刘三蹶子第一个站起来向外面呼喊着：

"段巡长……全是自家人啦，有话慢慢说，请回来……请回来……"

外面并没有回答，只是一阵暴烈的皮靴脚打着砖地的响声，一刻比一刻远了。杨洛中也站起来，向着他的大儿子冷峭地望了一眼，但是却转向了唐大成和何四眼：

"你们几位到段巡长那里辛苦一趟，去劝劝他吧，这个人……今天大概是又多喝了一点酒……"

"好啦，这件事情交给我们办。"唐大成第一个满口有把握地承应下来，拍了何四眼肩头一下，"老何……我们两个就去吧，省得'夜长梦多'，这个人就是这样'爆竹'脾气……如今我们是得罪不得他咧！"

唐大成和何四眼去了以后，杨洛中却特别把刘三蹶子留下，同时向着两个儿子说：

"承恩，承德，你们先回自己的房里去吧。关于你们的事，让我再好好想想，因为你爷爷给我们留下这一点家产也是不容易的，我不能够含含糊糊就放鹰的……不管你们是要在工商业上找发展；或是在军队里去找发展，那总得有一些利息拿回家来——你说是不是？"他最后这句话却是向刘三瘸子要求着回答：

"是啦，'创业容易守业难'……不管你们有多大能耐，到过多少年的外国，老人的话总是有'根'的。他们绝不会给自己儿子亏吃……自己的十只手指头不管咬哪一只吧，全是痛连自己的心的！"

关于杨家两个儿子回来争产的风声，已经形成了凌河村主要的话题和猜测的谜了。所以在这里杨洛中也并不隐瞒。

两个儿子机械地向自己的老子和刘三瘸子弯了弯身子，杨洛中礼貌地把手伸给那日本人，不自然地说清楚着自己话的每一个字：

"天野先生……在我们这里……太过得不舒服了吧？"

"好的，大大好的！……和我自己家里一样的……"那日本人把身体弯折成近乎九十度角度，深深地鞠躬再鞠躬着，一同告了退。

"刘三哥，你不会为了我刚才说话太直，怪罪我吧？"

"哪里……我们是老弟兄了……怎么会会……为了一句两句话话……就介介介……起意来了呢？"刘三瘸子说着，一面用了一块蓝色的手巾，连连地揩抹着前额和鼻头那些汗珠。

"为了我们凌河村的安全，你看……这次事情要怎样办理才好？"杨洛中破格地谦卑着声音。

"什么，什么事啊？"刘三瘸子神经质地挑了一下那长长的寿星式的眉毛。

"就是……"杨洛中犹豫地停顿了一秒钟，终于还是决定地说下来，"……就是关于海交那'绺子'要来扰乱我们凌河村的事……"

"这、这、这……能是一定的吗？"刘三庄严地听着，回答着，还继续揩抹着汗水……

"总要有八成准了。因为'人急了造反，狗急了跳墙'，他们这'绺子'也许新从羊角山被挤出来，没有可安身的地方，说不定要到我们这里来掏一把，而后就拆了伙，先向四面八方散开，等到明年'青纱帐'[1]起来的时候再凑起来……这不是他们很好的打算么？"

"他、他们会、会有……这样打、打、算么？"

"这些人们是聪明的啊！他们并不像我们吃饱喝足了什么也不想。他们几乎日日夜夜在计算着别人的财产和力量的……他们的耳朵比兔子还灵敏……比老鼠还精明……"

"这不应该啦，"刘三蹶子平静地摆了一下头，"为什么……他们偏要到我们凌河村来掏一把呢？"

"很明白啦……"杨洛中有些不能忍耐了，就更直接地挑破了刘三蹶子的一些不透明的疑惑，斩钉截铁地说，"……因为……第一个好借口，是他们的老'当家的'海交——那可恶的老匪首——是死在我们凌河村的手上了，他们借口报仇，这样就能抓紧一些弟兄们的心，也容易和别的'绺子'上借力量，他们'绺子'上是讲这一套'义气'的。别的'绺子'上也可以借着这名目肥一肥自己，这不是一举两得么？还有……"杨

---

1. "青纱帐"指高粱等类长成的季节。

洛中眼睛陡然威棱逼人地望向刘三蹶子的眼睛，但他又马上使那大眼皮垂落下来，遮住了那光芒，显得轻松地笑了笑接了说："再就是……刘元这孩子听说如今是这'绺子'上的主持人了。他是我们这凌河村的娃娃，这村里哪一户人家，哪一堵墙上的石头，谁家有几根烧火棍……怕他全要清楚的啦……'人以熟为宝'……他们绿林中要掏哪一个寨，也要先熟才能下手，何况……我们这凌河村还有这样多的内奸——"说到了"内奸"，杨洛中陡地把声音咬锁住，耸起耳朵向外面听了一刻，——除开偶尔从别的院中传过来一些男女的笑声而外，一切是安静的。

"你懂了吗？三哥！我们这凌河村内奸太多了！"杨洛中半昂起了头，悠悠地叹息了一声，"唉！难道我真乐意管这些闲事吗？我不懂得关起大门来'各扫门前雪'过自己的太平日子舒服吗？谁乐意得罪一些仇人？这还不是为了我们这凌河村大家伙儿安居乐业吗？难道就只为了我杨洛中一家吗？可是偏有那样不明大义的人，每一件事情他总要出来领头作对……仗着自己有一把年纪，仗着自己的泼皮……哼！我看这样人的末日也不远了，'冷眼观螃蟹，看它横行到几时'吧……我杨洛中并不是不能够制服他，只是念起了老乡邻的情义，真是有些不忍罢了……可是他如果再这样下去，我也就不能顾得那许多了，也不能不放出我的最后'掌心雷'……"

刘三蹶子是完全明白杨洛中这所指的"内奸"就是井泉龙。他也听到了井老头要在杨洛中寿日来捣乱的风声，但这于他是冷淡的，他只是要知道杨洛中把自己单独地留下，究竟是藏着一些什么诡计呢？是不是因为自己的儿子要来攻打这凌河村，要把自己作质呢？想到这里，他周身起了一阵不自在的寒凉，刚刚消灭下去的汗珠，又重新在鼻头上站立出来了。

"这、这……这、这……内、内、内、奸、奸……是应该想法先除、除去啦……"他察看着杨洛中的眼色和举动。他是知道这人的鼻头一发黑，事情就有些不妙了。现在那鼻头还是红红地耸立着的。

"还有汪大辫子那老婆，她在强盗窠里住得那样久……不过这全没有什么的，我全有办法，三哥……"杨洛中把一只手肘撑住了茶几儿上面，身子转向刘三蹶子这边，"……我看你给刘元这孩子写一封信好不好？"——这完全是出乎刘三蹶子猜测以外的。

"洛、洛中、中……你这是什、什么意思？给一个做强盗的儿子写、写信——这是通、通、通匪！……"

"你不用担心，我给你证明清白，我知道你……我是要你写一封信去劝他投降官军……"

刘三蹶子几乎是疯狂地摇着头和手，他的一条腿也在连连地跺着地，他的嘴更有些不中用了。

"不、不、不、不……能、能……我们父、父、父、父子……早断了情、情、情义了……他、他、他遇到我、我、我一定要、要杀、杀、杀我，我也要杀、杀、杀了……这、这、这败坏人伦的种种、种子……这、这、这不能！"

为了要平静刘三蹶子这激动的感情，杨洛中沉默了一刻，接着就说出了一串道理：

"你知道——听我说——杨三已经投降官军了……听说有一大批官军这一回要决心从各方面向这些东西们围剿了，这正是时候……你去信就这样说：你说你念起了父子的情义……过去的事情一概不提了……只要他从此改悔自新……你说我（指一指自己的鼻子）念起他年幼无知，愿意向官家替他担保性

439

命……并且还能弄点差使……如果他不投降……就说官家连你带他的妈妈妹妹……要一齐送到大狱啦……""真、真……要这样吗？""这是'苦肉计'啦……"杨洛中纵声地笑了。趁着刘三蹶子陷在一种无主张的沉默中，他又继续说下去："我知道刘元这孩子天性很纯厚，他一定不忍他的妈妈和妹妹受连累！"

"这小子……心肠是狠的咧！"刘三蹶子渐渐地平安下来了，脸上绽出了一抹抹笑容，"……我想他不能这样干。"

"试试看啦……又谁知道杨三会这样快就投降了官军？"

"知、知子者，莫、莫、若若父、父……这孩子和杨三不同……"

更经过了反复的商量，刘三蹶子终于答应下回家去想想，再和老婆商量商量——他辞别了杨洛中。

杨洛中送走了刘三蹶子，自己在院中走了两转，看了看天空的银河和星斗，胸中微微感到一种轻快和舒畅，忽然一只枭鸟的声音从河对岸传过来了，这使他马上又记忆起来什么似的：

"呸！讨厌的东西！"他恶毒地唾了一口，模糊地这样咒骂了一声，就急急地走向了屋中。

三三　汪大辫子去城市

就在这当天夜间——井泉龙送走了杨五爷不久——汪大辫子忽然一只狗似的悄悄地溜进来了，这使井泉龙全家微微感到一点惊讶。在这般的时候，汪大辫子平常是很少到他们这里来的。

"怎么！是你啊？"井泉龙正坐在一只椅子里和老婆、女儿热烈地辩论着刚才和杨五爷辩论的事——就是九月九日那天，井泉龙还应该不应该去找杨洛中的麻烦——大辫子一走进来他们的声音截断下来了。

"呐！是我啦……"大辫子回答的声音微弱和含糊得几乎不容易听清，同时他还鬼头鬼脑地向外面指一指说，"小点声音啦——我已经在你们猪圈后面等得不小工夫啦！这个老杂毛却总不走……"这"老杂毛"他指的是杨五爷。

"你有什么事情啦？——这样季节，你怎么竟把狐皮帽戴起来了？哈哈……"

"……是啦，我戴上啦……不然它的毛要脱成光板了。妈的，什么东西全是这样，不用它，它自己就会坏……"大辫子摘下了他的狐皮帽。

"说呀，这时候你来有什么事？我知道你这小子是'夜猫子进宅，无事不来'的……"井泉龙笑起眼睛来问着。

大辫子并不马上就说出自己的事情来，却先向坐在屋角边一条长条板凳上正在向他笑着的哑巴命令着说：

"老巴，你去看一看外面有人没有？把大门关起来，加上闩……"

等哑巴回来，摇着手势，啊呜着，表示一切全停当了，又坐进了他原来的地方。仅仅是这一刻的工夫，人们似乎是坐着一只谜的船在一片无声的、方向迷蒙的海上航行着。不知道就在这一刻的航程里，会有什么幸或不幸发生？

"说啦……"井泉龙显得不耐烦的样子抓搔着头毛，脸色完全是涨红的。

"刘元来了——"

"谁？"井泉龙不相信自己的耳朵似的，几乎把脸贴到大辫子鼻子上，这使那哑巴不禁地笑了一下。

"我说的是刘元——"汪大辫子更放低了声音。

"我懂啦……"井泉龙一只手紧紧地捋着胡子，"他们是来攻打凌河村的吗？有多少人马？"

"就是他自己啦！"汪大辫子伸出一根手指头来。

井泉龙捋着胡子的手松开了，又回归到原来的座位上，失望似的望向汪大辫子，模糊着声音问着：

"他，他自己……跑进这老虎嘴来做什么呀？"他把头低垂了，立刻又抬起来，自言自语地说："年纪轻的孩子们，总是凭着血气、凭着胆量干事情……他们不相信聪明……"

"他要来看一看你……"

坐在炕上的大环子和井老太，正像两只偎依着的大小鸽子，她们为这消息一刻亮起眼睛，一刻又偎依得更紧一点，小声地咕咕着。更是大环子，当她最后听到刘元要到他们这里来，一股神奇的热力的光，马上从那双大眼睛闪射出来，同时不自觉地竟寒颤了一下。心急快地跳动起来了，她摇着妈妈的手，嘴唇抖擞着：

"妈！刘元要来了，——听见吗？"

"少说话……"井老太把自己的手抽搐了一下，命令着，"听……"

"这孩子……在你那里吗？"井老头问。

"不，他等在另一个地方……我那里不安全……一些王八警狗们常常到我那里去巡风——我还告诉你，我们想要搬到城里去住了。"

442

这又是一个意外的消息。

"你们？……翠屏和孩子们也去吗？"井老太自己对于这消息也不能忍耐了，问着。因为不久以前林荣全家从凌河村搬走，这给了她一个新奇的启示，她懂得了人不独在凌河村可以生活，在别的地方也可以生活了。她感到一种动摇和空虚，她竟幻想着自己的全家也有离开这凌河村的一天吧？省得尽为井泉龙和杨洛中这斗争弄得她担心挂胆，但她马上就压碎了自己这幻想。如今竟听说汪大辫子也要离开这可留恋又可憎恶的村庄，这似乎是一种不可能，但又是一种现实，同时她那压碎了的幻想竟又复现出来了，占据了她的意念："大辫子！你说的这是真话吗？真的要搬出这凌河村吗？"她不相信地又追问了一句。

"嗯！我有打算啦……等过两天我再和你说……好婶婶，我们今天先不说这事吧！"汪大辫子不愿意多延误时间，他直截地问着井泉龙：

"我就去……告诉刘元吧？"

"好小子，你再稍稍安静一刻刻，让我想想……"他向哑巴看了一眼，又向大辫子问着，"今天是初几啦？有月亮吗？"

"月亮将生芽……已经落下去啦！"回答的却是大环子。井泉龙向大环子看了一眼，自己平时喜欢开玩笑的脾气又发作了：

"我们大环子……总是喜欢有新客人来串门哪……可是这个客人可不能比林荣了……这是个蝎虎子……哈哈……"井泉龙从椅子里挺立起来，用手掌在空中挥摆了一下，说：

"管他妈！让哑巴跟你一同去领刘元来——大辫子，你还回来么？"

"我，我就不回来了……我已经知道了一切……我……们爷

443

儿俩明天再细谈吧！"大辫子把在手里摆弄着的狐皮帽又小心地扣到了头上，大额头在那不甚明亮的灯光里闪亮了一下，走了。哑巴跟在了他的后面。

汪大辫子和哑巴去了以后，井泉龙依然呆呆地坐在椅子里，眼睛看向正前方，下巴微微翘起着，一只扩大的侧面的头影，清明地印满了整扇的窗面。大环子和妈妈正坐在这灯影的中间。

"你还在想什么怪想头啊？你难道真是活得不爱活下去了么？一定要到那里去找死！"井老太教训一个孩子似的警告着丈夫。

"……"井泉龙不回答，也没有任何一点动作，仅是这一刻，那是完全像一具石质的或者一种无光金属雕成的雕像了，连那头毛和胡须，全没有一点动荡。

"这个人哑巴啦……"大环子笑笑地讥讽地说着，企图帮助妈妈把这老人苏活过来，但也是没用的。这样一直过了有一刻工夫，一直到从遥远的方向传来了一声长长的凄厉的野狼的噪声，这老人的灵魂才像是从什么辽远的地方，巡行回来入了窍，先把脑袋低垂了一下，马上又直抬起来，接着有些吃力地撑起了身子，背起手，在地上摇摇晃晃来回走了几步，出乎意外地竟挨近了母女两人的身边在炕沿上坐了下来，用一只手指甲轻轻地把炕沿木叩打了两下，眼睛竟笑得挤成了两条弯弯的缝，低声地说：

"我说过，女人们是不懂得真正仇恨的价钱的啊！——我们也到城里去住，好不好？"

关于前一句话，母女们已经听过不仅一千遍了，这是当这老人一不被她们理解或被顶撞得无可如何的时候，他就要举出这最后一支标枪——也是最后一面盾牌。接着照例他就不再说什么话，或者自己解嘲似的大笑一阵，或者就默默地走开。只有这后面的问话，是和井泉龙绝不相属的，今天竟从这老人的口中说出来，这使她们简直糊涂了。

"你真是疯了么？"井老太声音虽然是端严的，甚至有些责备的，但眼睛却带着无限怜悯，望着自己这孩子似的老伙伴。

"我不能够……我不能够……再在这凌河村里，每天让这仇恨像腌黄瓜似的淹着我啦！好妈妈，你是懂得我的，我不能够总在这样不酸不咸不冷不热的仇恨的缸里泡着我的脑袋……这会闷死我……我喘气全不自由啊……"

"我们到城里，去吃喝西北风活着么？"井老太忧愁地问着。

"好妈妈，先不要愁这些，我是走过各样城市的，它们会养活各样的人！我听说如今的城市里更需要人了，连我和你这样老货色听说全有用……哑巴这孩子是忠心的，他不会饿死我们啦！还有大环子……"他凄惘地望了望正在梦似的也在望着的女儿，奇妙的一股酸心的泪水竟蒙上这老人的眼睛了。他笑笑地揩了一下，拉过了女儿的一只大手掌摇着说：

"你不是总喜欢要到城里去看看么？我们这一回真的到城里去住……说不定，你也许会像林荣那小子似的，有机会到外国去见见世界哪！……我不愿意把你随便丢进那些粪坑里去——像别的女人那样——一辈子做家里转磨的驴子，只是生孩子、喂孩子的猪、母狗……为丈夫们泄气愤用，随便抓起小发髻就来踢打一顿的'熊头'[1]。我要你成一只凤凰，能够自己任意飞、任意叫、任意玩玩耍耍的凤凰……愿意吧？我们的'凤凰'！

---

1. "熊头"是一种用皮子缝成外壳，用猪膀胱作球胆，脚踢着游戏的中国古式球类。

说呀！……说……"大环子被爸爸所感染，竟也认真地掉出眼泪来了。

当丈夫和女儿玩笑着，井老太却深深地陷在一种悠远的沉思中，她也知道了这凌河村已经不再是他们应该居住下去的地方了。虽然她并不是从这凌河村长大起来的，可是她已经和这村庄结有了血缘，生了根芽！一旦离开，这简直是不可想象，但又竟像真是可能有的事了！这房屋，这家具，每一桩、每一件熟悉的事物……啊！房前房后每一棵树木，甚至墙头上每一棵草……她全是眼看着它们在生长起来和枯死！她一抬头看到了屋梁上那一双燕子的窠巢，从那被烟气熏染发了黑色闪光的颜色中，那也已经有了相当的年月了。如果他们走了以后，这屋子将归什么人居住呢？那燕儿们的窠巢是不是还能够照常被存留在这里呢？明年春天那些燕儿们从南方飞回来，是不是还像他们在这里那样熟识呢？每年春天她看着那些燕儿们从南方回来，衔泥、衔草修补着自己的窠巢，接着，雏儿们孵出来了，大燕子们又飞来飞去捕捉食。当每一只捕食的大燕子们飞回来，那些小雏儿们是那样竞争地过度张大着那镶有金色边沿的小嘴，唧唧喳喳地噪叫着！有时候一只雏儿偶尔被挤落下来了……她们就为它伤感，更是大环子她甚至为这小雏儿流泪，如果是挤落下来的雏儿竟死了，或者被大燕子们所遗弃了。井老太虽然笑着女儿这孩子气，但她却也真正为了女儿这孩子气常常温软了自己的心！……秋天，她们目送着那些被教成了的小燕子们跟着母亲们飞来飞去，最后目送着它们飞向那温暖的南方天空去……

"这不能呀！"井老太梦魇似的叫了起来。同时一股泪水从那清明的大眼睛里源源地也流出来了。"我……不能离开这个家！我不能……"

井泉龙和女儿怔怔地望着她。

"你是说……你还留恋着凌河村么？"这时候，井泉龙显得坚强而清醒了，但他却温和着自己的声音。

"我舍不了……这个家！我舍不了……"井老太最后简直是大声地在呜咽。

"我是什么全舍得了啊！"井泉龙用一只手臂在空中漫然地向四周圆圆地挥抹了一下，冷冷地笑着说，"我已经马上仇恨这一切，嫌恶这一切了……在刚才我还把它们看成天堂，看成宝贝……现在是有什么妖怪钻进了我的心啦！我的眼睛变了色了，变了光了……这是泥鳅沟、猪窠、十八层地狱……我要马上飞开这凌河村啊！不在今夜就在明天……若不然我就得自己去死！若不然这里会烧死我、淹死我、闷死我、雷轰死我啦……我不管谁走不走啦……我一定要走出这凌河村……一定啦……"

这老人，开始在地上旋转地说着了。好像有火在烧着他的周身，烧着他的五脏六腑，他撕乱着胡子，撕开了衣服，还抓着打着那瘦骨嶙嶙的胸膛……

"你疯吧！你明天就走……谁也不稀罕留下你这样人，你以为这凌河村谁家没了你就不能过日子吗？你走吧……"

井老太是明白的，凡到了这样的时候，无论什么样的话对于这老人全是没有用的了。那只有让他自己任意志奔跑，等到疲乏了，他自己不再想奔跑了，那就会像一只羊似的趴在你的身边不动。在平常，井老太总是会使这"老儿马"按照自己的方向走路的。可是今天却有些不同，在先前她拦阻他不要去杨洛中那里去"拜寿"，因为她从杨五爷口中，已经听出了杨洛中这一回是预备下更恶毒的网罗要捕杀这只可怜的老鹭鸟了，这是她所不能容忍的。但是这老鹭鸟却偏要向这死亡的网罗去探伸自己的脚爪，这也是她所不能够容忍的。几天来她知道他已经和那哑巴儿子商量着了：

"九月九日那天——你若真是我的种子，就不能够再一条狗似的在后面盯着我，让我去干个痛快吧。我要当着杨洛中那些狐亲狗友，当着凌河村这些'舔沟子''溜须毛'的下流东西们的面前，骂他个'泰山不落土'。我要剥下他们杨家的肮脏皮，让他们看一看这些肮脏狗们的狗×、狗××……听说他们还有外国客人啦，这样更好……让外国人也看看我井泉龙的拳头——我井泉龙就不是好惹的啦……我不能够白白地吞下我的仇恨……我不能……想当年，连那些黄头毛蓝眼睛的鬼子们，也曾被我追得鸡飞狗走啦……我这一回看一看他们还敢把我老井头怎么样？……'拼出一把生灵骨，探探黄河几澄清'——今年不是他死就是我活的年头——今年……"

他又嘱咐了儿子，如果他被杨洛中家打死了，不用去收尸首，也不用打官司，因为他从来是不相信打官司的。

"不用管我，你们好好过自己的日子。等把你妹妹嫁了人，你的妈妈入了土，那时候……你乐意给我报仇就报仇，不乐意报也就滚你自己的蛋！……我没有多少田地钱财给你留下，我也不愿意把我的仇恨给你留下。我自己的仇恨，我自己会清算它……"

自从听说杨洛中要办寿的消息，几天来，他——井泉龙——时而自言自语，时而就在院子里长久地转走着。有时候在夜间也坐起来，独自到院子里去数着天上的星星们的名字，也常常叫着自己的名字。两只眼睛深陷着，赤红着……脱了轨道的彗星似的，忽而东，忽而西地转着。饮食也开始了减退，这忧愁的云，正闷压着井家每个人的心！他们不知道这结局将要是怎样出现的，更是今天听了杨五爷带来的消息，明显地，这灾害的火箭已是不能挽救地搭上了那灭亡的弓弦了！这九月九日的到来，正像有一只看不见的多毛的大手，已经按日按时地增强和增大地扯开这弓弦了……

忽然，一抹抹智慧的闪光亮了大环子的心，她看见爸爸走出了屋子，急急地扯了妈妈一把说：

"妈！你就说……你同意爸爸去城里住啦！"

"为什么呀，你也是想城里想疯啦吗？你……"妈妈误解了女儿的心！她敌意地望着大环子，严肃地问着，"为什么呀？"

"你不是不乐意……他去杨洛中那里去找灾害吗？"

"……"妈妈回答不出来，她怔怔地望着大环子。

"你如果说……我们去城里住吧，他不就会把他那报仇的心转向城里了么？"

"为什么你会这样想呢？好孩子……告诉我……"此刻妈妈的智慧竟也一颗云后的月亮似的，轻轻地闪亮起来了。一层薄薄的泪水，又浮上了她的眼睛，同时觉悟似的也露出了一脸笑容："我也想过啦……像你林荣哥哥是个残废的人，却跑遍了全世界，如今还把全家带进城里去了，连汪大辫子全要飞一飞了，我们就不能吗？我们……只是，我舍不了这个家，好孩子你知道'故土难离'呀！……还有，我对于将来那太没有抓手的日子，真有点怕啦……我虽然没有见过海，也没坐过海船，可是听人家谈论过海……海那东西是没边没沿的啦……坐在海船上人们的心，听说是像没有根的浮萍那样荡来荡去的……我们将来的日子不也是这样的浮萍吗？……我们在这里是生了根的呀！还有一点土地……"

井泉龙正在院中高声地咳嗽着，他竟接起了井老太的话：

"好啦！在这里的日子是'井底泥'，他妈的……"

"你在外面大吵大叫什么呀？你不能够进来好好说吗？"井老太尽可能地温软着声音。

"井底泥……泥——他妈拉腿的，如今竟连这不见天日的泥全要做不成啦……贼杂种们，他们让我做不成泥，我也让他们喝不成水……咱们搅一搅吧……搅一搅……"

由远而近地有一串狗们接连吠叫着的声音，井泉龙的脚步声音似乎是走向大门方向了。大环子把妈妈的衣服袖子扯了一把，低哑着声音说：

"妈！是……哥哥他们回来了吧？听……"她跑到放灯的地方，急急地把那灯芯拨了一拨。

"你……把灯拨得那样亮做什么？"

大环子并不回答妈妈，只是怀着一种什么神奇的期待似的笑着。一直到妈妈坚决地命令着：

"不能要这般亮的灯火，懂吗？快把它再拨暗一点——这样大的姑娘了，怎么还这样孩孩气气的哪……"大环子似乎也懂得妈妈的意思了，接待一个做强盗的客人是不能够用这样明亮灯火的。……终于也只好不甘愿地又把那灯芯拨暗了一些。

第一个走进来的是井泉龙，在他后画默默地跟着一个黑灰色的人影——这是刘元。

哑巴把大门闩好了，也跟着走进来。

"你好哇，大娘！"

这完全不是一个孩子应该有的声音了，它粗糙和沙哑，这破坏了井老太的想象，她感到遥远和生疏了。这不应该是刘元吧，甚至这人全不是吃喝着这凌河村水土生长起来的吧？……
他是陌生的了，他是从遥远的什么地方偶尔经过这里的一个旅
行者吧？——但她又明明知道这就是刘元，并无错误。

"我好啊！你好！刘元……你是刘元吗？去面向着灯……让
我认认你——"

刘元微笑着，当真把自己的脸去面向了灯火，同时把那掩
着嘴巴的灰布头巾也敞开来：

"认一认吧……没有含糊，这是真实地道的刘元……不
信么？"

井老太像察看一件古董似的，从上面看到下面，从左面看
到右面，再反复地看回来……这使躲在门边的大环子竟扑哧地
笑出了声音。

"就是你啦！好孩子……就是你……"这老人不知是为了喜
悦还是为了酸心，竟感动得哭了，"我和你妈妈是要好得像亲姊
妹……我们是生长在一个乡村，又是邻居，又是亲戚……我们
做姑娘的时候是一对双生姊妹似的离不开啦……自从她嫁了你
的爹，我们虽然在一个村庄，可是并不常往来啊！你大爷——"
她指着井泉龙："和你那爹不投缘，我也和那个守钱奴不投
缘……好孩子，你为什么要生这样长的胡子啊？你为什么这样
瘦，这样黑……你的眼眉全要把你那好看的眼睛遮起来啦……
我只要一看到你这眼睛，我就认得你了……你的眼睛是和你妈
妈年轻时的眼睛一模一样啦……一模一样……是一对会说话的
活珍珠……还有这稀有的眼睫毛……"

这简直是杂乱无章的近乎神经病似的数说了，以致引起了
压抑很久的正在旁边踱着步的井泉龙的不耐烦：

"够啦，我的娘娘！这不是让你'夸北京''相姑爷''卖砂

451

锅’……叙家常啦……为什么要来这么长一大套？——他还要吃饭咧！”

“你吵叫什么？我几年不见到这孩子了，还不许我说说道道么？”为了井泉龙那样太蛮横的禁止，这伤到了井老太的自尊了，她愤怒着眼睛望着丈夫的眼睛，井泉龙那头上几根白头毛正在空中摇摇晃晃地摆荡着。

“好啦！让你说说道道吧……等你把那些警狗们说道来了就好啦。那时候你就要‘吃不了，兜着走了’……”井泉龙明显地自知亏了理，只好趁势把脖子缩了一下，两只肩头轻轻耸了耸，一转身走向女儿身边来，低声地命令着：

“你去和哑巴给你刘元哥弄点吃的，越快越好——懂了吧？”

“弄什么吃的啊？”大环子也显得执拗了。她眼睛翻着，憨憨地似笑非笑地望着爸爸。

“我给你个耳光子！”井泉龙当真把一只大手掌陡地闪举在空中了。他自己也知道这是不能够吓唬住女儿的，只好又轻轻地自己垂落下来，从命令变到商量：“好孩子，你总会知道弄点什么啦，不管是米，是面，还是干粮……不是还有一点咸肉么？”

“不是给你昨天喝酒全吃光了么？”大环子更显得顽强地嘴鼓起来了，望着这个外强中干的老人。她知道每一次总应该怎样战胜于他。

井泉龙无计可施地搔了搔头皮，自言自语着：“啊！早知道……有人来，我就不该吃它啦……其实喝酒——不一定就要吃肉的……”

低声地和井老太谈着什么的刘元，走过来了。

“不必费事，我什么也不吃，我自己带着有干粮，只是弄些开水喝喝，在天亮以前还要赶回‘绺子’去。小心，不要弄得

452

打草惊蛇……那就不好了。"

"有什么打草惊蛇的？"井泉龙大声地说着，"我们住的这地方你知道是四不靠人的。那些警狗们平常是不敢到我这里来放个屁……就有天大的事情，饭总要吃个饱——'人是铁，饭是钢'……人是枪炮，饭就是火药……"井泉龙执拗地发挥着必须吃饭的道理。

"你不能把你那破锣嗓子放轻一点么？"井老太警告着丈夫。

"哪呀呀……"井泉龙用一只手指颤颤地指点着井老太的前额，眼睛细成一条缝地笑着，"哂！你那个公鸡嗓子并不比我好听多少、低多少呀？——"

刘元只好同意了他们的意见。井泉龙忽然记忆起一件事情似的，他指一指刘元又指一指大环子，责怪着：

"为什么你们不说一句话啊？还不认得么？嗯？还要我介绍？……"

两个青年人被窘迫了。刘元木立着身子眼睛闪闪地亮着，大环子竟低下了脑袋。最后还是刘元勉强地寻找出一句解围的话来：

"这是大环子妹子啦！出落得我真有点不敢认识了——我离开凌河村的时候，我记得……"

还不等待刘元把话说完，大环子竟身子一扭跑出去了，这引起了井泉龙一阵豪放的笑声。

"我们的凤凰今天怎么败了阵啦？哈哈哈……'败阵的凤凰不如鸡'……"他又用了一个成语的警句结束了自己对于女儿的嘲讽，接着他就拉过了刘元的手来，"让我们来好好谈论谈论吧！你如今已经是'寨主'了！我们凌河村无论怎么说，它是非凡的！呃！世界上……哪有这样年轻轻就做了'寨主'的英雄？那除非是《隋唐演义》上的小罗成……我相信那是胡诌……人是不能够靠胡诌的话走道路、过日子的——一切应该眼见……这就是我的意思……"

哑巴在院中轻轻地响着口哨，他似乎在巡逻守望。妈妈和女儿已经使锅、盆、碗、勺和着灶里柴火的嘶叫着的声音一齐响动起来了。——刘元把那灰色的外衣轻轻地解开着……

"你们真是这样打定了主意，要在那天掏这老王八的窠巢？"井泉龙兴奋得不能够克制自己地又一次钉问着刘元。

"嗯！"刘元检查了一下手枪又插进了腰间，才安心地坐下来。

"你们预备了多少人手？"

"我们三个'绺子'合在一起……总要有三十多人——这全是能够出手的。"

井泉龙勉强地沉静了一刻，想让刘元安定安定，他的眼睛却一刻也不离开地望着刘元每一个动作，刘元正捧着一大碗开水在连连地喝着。刘元周身几乎完全是用了灰色包裹起来的。如今头巾除去了，在灯光偶尔闪亮起一下的时候，井泉龙能够从这青年人湛黑的头发里，很容易就找到了一些银色的星点点了——这使井泉龙感到惊讶！

"好孩子……怎么在你这样年纪，就应该有这样的东西啊？"他竟走过来认真地到刘元的头上来察看了。

"早就有啦！你在白天还要看得更清楚咧！它们用不了到您那样年纪，我想它们就会比您的胡子全要白！"刘元微笑地望着这不值得惊讶的事而竟被惊讶了的老人，他一面把碗里的残水泼在了地上。

"这是'少白头'！只有命运太苦的人，太操劳的人……才

454

能在这样年纪白了自己的头发！你们是怎样的啦？"井泉龙仍回到座位上，完全困惑地，两只手分撑在膝头上，直直地望向刘元。

"好命运的人，就不会挤到强盗的队伍里去了。"

"你们的日子很不好过么？我知道，早先的强盗，他们生活得全像个'王'似的啦……我知道——"

"如今的强盗，连吃一顿饱饭也不容易了！——你知道，最近羊角山的事么？"显然地刘元是不乐意把一些话扯到那类在生活上能够引起自己不愉快的、困苦的题目上去，他把话直截地扭转来。做强盗久了的人是不愿意回念过去的，更不愿意展想将来，在他们只有"现在"！他们每天是生活在、行走在春天的冰上的：第一步踏过去，不知道第二只脚是不是能够抬起来，就被沉没下去……他们用"不信任"和"猜疑"时时警醒着自己，不信任任何幸福的希望，不信任任何人，他们只相信手里的枪和腰里的子弹，只有和它们同在，在他们才有了生命，有了灵魂，有了胆量，有了一切……他们一致坚信着，人类是无所谓什么真正情义的，时时刻刻可以叛变的，可以用自己最亲切伙伴的脑袋去做赌注，去做自己投降的"见面礼"。因此就是在最亲密的伙伴中间，他们一面是真诚地相信着，一面也真诚地清醒着自己——戒备着。他们从来不愿意真正倾吐自己的心，更不愿意使别人知道自己娇嫩的、软弱的部分在哪里。他们全用着一层层坚硬的皮壳——像一只野猪[1]那样包裹着自己的身子——也严密地包裹起自己的灵魂。年代越久远，这

---

1. 野猪夏天在松树上擦痒，皮毛上涂了松脂，而后在沙土上去滚转，久了，就把皮毛形成沙土和松脂的毡甲，有时枪弹全不容易贯入。

皮壳也就越坚实。那作为人类灵魂向上的智慧的光芒，慢慢也就消泯了，这灵魂一直到成为一颗黑色的泥质似的东西，那作为人类的痛苦和温情，也就不再出现了。——这情境是每个做强盗者真心企求和爱悦着的，他们觉得只有这样他们才有安宁，才有快乐……他们才会一颗石块似的，毫无思虑，无时无地不觉得自己全是合理而坚强地存在着了。但刘元他还不能！连海交、半截塔也全不能……于是他们就遭到了如今的零落和溃败，以至于到灭亡自己的时候还会感到悲痛！

——他们的灵魂被磨砺了，被坚硬了……也被毁灭了！

"杨三投降了官军，这会是真的吗？这条软弱的可羞耻的小'白蛇'！我就知道这不是块真正的'火种石'……林老头却爱了这样一颗假珍珠！竟糟蹋了自己那样一个好姑娘！无怪这老可怜虫眼睛在大狱瞎了啊！这样的眼睛是应该瞎的啦！它对于这世界是一种没有用处的眼睛——"

一提起了杨三投降官军的事，井泉龙竟比刘元还愤怒，他磨动着牙齿，那一只好的腿脚在地上顿打着，带着责难的语气和声音问着刘元：

"你们怎样啦？你们为什么不能够像一摊泥似的干烂了他呀？你们的枪是当喇叭吹吹玩的吗，还是怎样……还是你们的枪没了子弹，还是全生了锈！"

"……"刘元望着这老人那两只眼睛火似的向他燃烧着，他不知道应该怎样回答了。突然井泉龙竟伸过手来企图拍打插在刘元腰间的那手枪和子弹带了，声音低哑到几乎不能够听清：

"为什么？为什么？……你不能用这枪干了这小王八崽子？嗯？这将要是凌河村的祸害啦，为什么你不给人们消灭一条祸害的毒虫，像打死一条有毒牙的蛇似的……嗯？"

"我干了他一枪——"刘元安静地但微微有些遗憾地说着，"可惜没打死他。"

"为什么……你不接连干他第二枪、第三枪？嗯？你不干碎他的脑袋？嗯？……"

"我的心肠软了！我的枪那时候也出了毛病！它夹了壳……"

"枪出了毛病这是假话……"井泉龙狡猾地把眼睛横扫了一下，摇着那皮面发红的秃脑袋和那白白的头毛，嘻嘻地笑着说，"你心肠软了是真的啦！一个强盗是不能够有平常人那样一般心肠的，更不应该有女人的心肠……"

巧得很，不知为什么事，井老太竟走进来了。她不管来源去水地竟插进了自己的话：

"女人心肠又把你怎样啦？"

"哎呀呀！好娘娘，干你们的事去吧，'这船上没有你们的货'——我是说，你根本就不想打死他……对不对？"井泉龙向井老太摆一摆手，仍是向刘元说着。

"嗯！"刘元只好承认了。

"这就是说啦！"井泉龙渐渐又变得愉快和嬉笑的样子了，这使刘元才感到一种轻松的安宁，这屋子马上也像是充满了春天。"如果有你们海交'当家的'在世，他就决不会干这样没有牙齿的事。我听说半截塔是个世界上第一等的'好好人'，'好好人'是不应该做强盗的，他只配卖豆腐，连屠夫全不能当……"

"这是过去的话了！"这触起了刘元的感情，他的头轻轻地低垂下去，用一只脚尖踢触着地面，"如果有海交'当家的'活着，杨三他决不敢！一切事情也绝不会弄到这样败败落落了。半截塔也不会就这样完了。就是北斗的'绺子'，他们也不敢——不必说不好意思——这样明目张胆地和官军们勾结起来。"有两滴泪水轻轻地落在刘元的脚尖前面了——这是井泉龙所忽略的。

"这就是说啦……年轻的人还不懂得'仇恨'这东西真正的价钱哪！也不懂'放虎归山，回头必定伤人'这道理啦！我看……这附近的'绺子'全要不得安定了！杨三这小子从一条泥鳅——经过这样一回'跳龙门'就要变成一条入了海的龙了！我们等着瞧吧……"

关于羊角山这一切，刘元从井泉龙的口中，知道杨洛中也会知道了。杨五爷在第二次来找井泉龙的时候，把从段巡长那里听来的一切，曾经如数地说给了井泉龙。杨五爷这人的袋子里是不能够有一句话被存留的。

第一遍鸡鸣声响起来的时候，刘元从座位上立起来，把身边摊放着的头布拿在了手里，向井泉龙说：

"我不能够再耽搁了，天太亮上山是不方便的！"

"好，随你的意吧！"井泉龙安泰地点着头，其余的人们也好像寻不出一句有理由的话来可以挽留挽留这客人。

"好孩子……你不能够想方法使你的妈妈和妹妹看看你？她们为了你要哭瞎了眼睛啦！你不能么？你……"井老太对于刘元这已经是第五次请求。井泉龙也照样第五次地用类乎这同样的话代替刘元做了回答：

"你糊涂！你糊涂得简直像一条酱缸里的蛆虫！不独没有聪明，连耳朵和眼睛全没有！只是任着自己高兴……游来游去！你为什么应该让他去招惹不必招惹的是非呀？"

"你才糊涂咧！"井老太不再相让了，她用一只手指指点着丈夫回骂着，"你连一条蛆虫全不如，你……你为什么不想一想

458

别人也有母子情分啊！"

"这不是讲母子情分的年月啦！……万一这消息被刘三蹶子知道了，他报了官……你来偿还这一场麻烦债吗？"

"刘三蹶子怎么会知道啦？只要偷偷地……去送个信息……"

"你们这些妇道人家，每一个人总以为自己是天下第一个聪明巧妙的人物啦！总是喜欢掩起自己的耳朵偷铃铛，以为别人听不到声响是不是？哼！"

"知道，知道又能怎样？常言说'虎毒不吃子'咧，难道说，刘三蹶子连一只禽兽全不如么？他会去报官？……"

"你看过虎毒不吃子么？"最终井泉龙就这句话竟不能够使井老太回答了。他得意地狡猾地哈哈地笑了。接着补充着说："人比他妈狼虎要毒得多哪！不独'子'，连他们的亲生爹妈全要吃啦……我就听说……杨洛中的儿子们，有要打死他们的老子共分家财的风声！"

刘元已经把自己结束停当。他察看过了自己脚下的鞋子，又重新结好了那鞋绊；最后把那枪又检查了一番，重新插进腰间。他的两只手思量地互握在身前，静静地看着那灯火，头巾的两端像两片灰色的什么植物的大叶似的分披在他的耳后两边。他此刻周身的一切——除开那微微起伏着的胸脯以外——全是凝定着的。他似乎在听取着那两个老人的相骂，又似乎在思量着自己的什么事，最终他微微笑了一下才结束了这两个老人无止息似的纷争：

"这是无益的事！我决定是不能见她们的。"他的语气转成决然地说，"不管能不能，在我还没有从这强盗的队里走出来，这是说，我还没有脱去我这强盗的'血布衫'……"他又把自己那灰色的短外衣抖动了一下："我不愿意让她们看到我！

她们会因为过分伤心把我也哭得软弱了！她们早先从我的老子的镢头下面救活了我，那是为了救我活一条命啊！她们没想到我把我这条命又卖到这条路上来了。她们也许会想过，与其我被官军们捉住，眼睁睁地杀了我，还莫如让我那老子在我睡得不知不觉的时候，一下子砸碎我的脑袋，那倒好得多了……至少……"刘元不说下去了，他随即把脸转向了井泉龙："老伯，就是这样吧——那天晚上我就看你们的信号。"

"嗯！"井泉龙就稍稍思量了一下，也决然地说，"只要你们看到有'起花'[1]穿上天空，你们就准备你们的事吧。"

这些话是井老太、大环子不大分明的。哑巴却似乎是明白的，他两只手互相绞抱在胸前，站在墙边闪动着那双深陷的大眼睛。

"关于大环妹子的事……还是等将来再说吧，也许……"刘元眼光忽然逼向了大环子坐着的方向。

"一言为定啦！她将来就是你的了，没有更改，——你要沿着河边走，不要走村中……"井泉龙提醒着刘元。

刘元一条影似的走了。

这一切对于井老太和大环子似乎是谜，又似乎在梦中。因为当她们在对面屋子里弄面食的时候，这老人和刘元究竟说了一些什么，决定了一些什么呢！又将要有什么新的灾害的火烧到这全家的头上来了呢？他们知道这老人的一生几乎是专在制造灾害的火里生活过来的。而这火的结果常常是把自己烧伤了，可是还不等到这被烧伤的疮疤落了痂，他常常又要试验着点起第二把、第三把火了。因此这小小的家庭里竟也分成了两

---

1. "起花"是一种新年用的能升空的小焰火，有一根麦秸的长尾巴。

派：大环子和妈妈是一派；那哑巴却是爹爹的绝对忠心的助手。为了这样一对父子，母女两个人的心，一直是两颗悬在高高的过新年的"灯笼杆子"[1]上的风中的纸灯笼似的，它们摇摆着，颤抖着，又明亮着……

"妈！"大环子扯了一下妈妈衣角，向正在地上那样舒泰地两手背搭在身后，满面春风踱着步子的爸爸努了一下嘴唇，"问问他……他刚才和刘元又做了什么'鬼豆腐'[2]了啦！"

"我一辈子也再不管他们的屁事了……有那样工夫我还去坐在门前去'数山顶'[3]咧……去睡吧！不要缠我……"井老太认真气愤地推开了女儿的手，命令着，"听，哑巴已经去睡啦……"

确是的，哑巴已经在左厢房自己的小屋中，小声地在啊呜着，明显地那是模拟着林荣曾经唱过的腔调。

"不，"大环子固执地扭住了妈妈的一只衣袖，"一定要问……若不，我不睡觉……"大环子对于刘元临行时说的那些奇奇怪怪吞吞吐吐的话，和那样对她看法的举动，她感到对于自己是有关系了。

"好孩子……不用让她问……来，爸爸告诉你——我把你嫁给刘元了！"井泉龙说。

姑娘们的心和爱情是不能够随便开放的花朵的，只要开放过以后，它们就不能够再回复到那没有开放过以前那原苞的样

---

1. "灯笼杆子"，过去东北过旧历新年的习俗：于院中竖一高杆，约三四丈不等，尖顶捆一束松枝，或是风信旗、风车等。上有小滑车，灯笼可自由系上落下于三十夜中起到月终止，每夜悬灯。
2. "鬼豆腐"言鬼做的豆腐不可靠，此处系指"诡计"。
3. "数山顶"言无事可做消遣的办法。

子了：不是继续开放下去，就要中途萎落或飘零……

自从林荣回到凌河村以后，不知为什么，大环子的心竟被一种什么锋利的刀似的东西，轻轻给那样一划，裂开了！这是没有痛苦的，却像是正有一种胀满着的花苞，恰是等待这样一次划割的到来，那被划落出来的汁液，在这姑娘的周身开始加速地流走起来了：她要笑，要动作，要高声说话，要歌唱，甚至要流泪……她似乎知道又似乎不知道这是为了一个什么目的。她爱热闹地在人面前出现，但又爱孤独地躲在什么地方深深地去冥想。时而是暴躁的、不安的，心房不平衡地跳着，又沉静着……无缘无故地又要红起了脖脸……更是在那琴声一响动起来的时候，这姑娘的全身似乎成了一片无主的云似的被飘浮在空中了，梦似的浮游在那无涯的天空，在自己脚下那无边的轻轻经过着的山岭、村庄、河流……那些大大小小团团的云——银色的、灰色的、淡赭色……——花朵似的飘转在她的周身，仿佛只要一伸手她就能够随便掐一朵插在自己的鬓角边……这姑娘从来没有经过这样的感情、这样的幸福、这样的梦、这样的不安和哀愁……一切是鲜明的啊！这世界竟像是昨天才涂成了各种各样的颜色！但有时又像是一切全无味，一切是失了颜色和声音。每个人的脸，也全是各样花一般地向她开放着，也又是蒺藜似的向她刺痛着；人们每一双眼睛那简直又似在探索着——寸步不离地——她心中的秘密！她愿望着，同时又似乎是憎恶着。那每个人各种各样的笑声，也似仅是为了分担她的快乐而存在、而有了意义……她厌烦着这些眼睛啦，这些笑声啦……但是她竟又不能够离开它们了，一离开，会使她又感到自己不存在、无价值、孤独和悲伤了！……她觉得自己像一块冬天的泥土似的灭绝一切生机了。

她爱林荣么？不，她不知道这意义，她也不愿知道。她只是喜欢这个人的出现。因为这虽然是个跛了腿的有了胡子近乎中年的男人了，但她觉得有着某种东西他是超出过这村中所有的青年小伙子的。这人随身有着一种春天似的，不，那该是秋天似的明净的气息，使人感到平安。林荣完全没有村中青年小伙子那些蛮野的、土气的、挤眉弄眼……的习气。他的存在竟像那琴的声音，是一种透明的，宽阔的，又是不能够捉摸的……

　　她的爸爸妈妈中意了，自己也中意了，要把自己嫁给这个人了，而且井泉龙和林青也有了成约。她没有想到什么应该或不应该的事。她过去虽然知道一个姑娘到了她这样的年纪总是应该有一个婆家了，这是乡村中所有的姑娘们从一明白了一些事的时候就准备了的，但是在大环子她却从来是不大留心这些的。在林荣还没有回到凌河村来以前，恍恍惚惚虽然也有些人到井泉龙家里为大环子提过媒，那却总是遭受到井泉龙这样简单的拒绝：

　　"我的孩子不忙啦……我要像一个儿子那样养到她自己高兴去嫁人时候为止哪！"

　　井泉龙和井老太也从来不把这些事同女儿说，虽然他们也常常在盘算着一个理想中的女婿。

　　大环子是在爸爸和妈妈、哥哥娇纵下面一个男孩子似的长大起来的。她几乎对于一般姑娘们所应有的习惯和动作全是生疏的。

　　林荣去了以后，她也没什么，只是感到一种空索索地不自在。她那饱满的、和爸爸相匹敌的笑声不再容易在家中出现了。她像是一转眼长大了五年，她对哥哥也似乎在懂得了保持着某种限度的距离，不再像早先那样追着、打着……常常扭作一团了。一种明显的寂寞同样也侵蚀着哑巴。

"怎样啦？"井泉龙时时警告着老婆，"这不是好兆头了……这些孩子已经生长了'心'啦！"

为儿子娶个媳妇，为女儿寻个女婿，这两件事，近来竟两朵乌云似的拢紧了这两个老人的心，它们越来越浓重。

谁肯把自己的女儿送给一个哑巴呢？又是这样一个既无多大田产也无家财只有一个半疯的老公公的家族。对于像大环子这样的姑娘，不管井泉龙是那样地自己珍宝着，而在一般人们却也是不大乐意迎娶这样一匹小野马似的姑娘来做自己的媳妇的。他们要的是能顺从、能工作，又能生犊儿的一只小母牛似的女人。

出乎意外，井泉龙如今竟这样斩然地把大环子许给了刘元，这似乎是奇迹又似乎是个很自然的结束。井老太竟完全忘了争论，她呆呆地望了一刻，只是这样问了一句：

"这是真的么？"她梦似的问着井泉龙。

先是啪——的一声，一只闪光的金属的东西，从井泉龙的手里落到井老太身边的炕上来了，接着他微笑地命令着说：

"好好收起来吧——这就是'订礼'。"

大环子完全是自然的，她竟像是这事与她毫不相干的样子，看着那只镯子——她觉得它倒像是一个粗大的马车套上的大铜环。

"这强盗，竟用一只车套上的铜圈作'订礼'么？他是应该用枪和子弹不更好么？"她孩子气地想着，几乎要笑出声音来了。

从对面屋子里此刻正响着爸爸的忽高忽低的鼾声，还有妈妈偶尔的咳嗽声；东面厢房哑巴哥哥的梦呓和咬磨牙齿声……今夜这一切全是那般真切地烦扰着大环子。她睡不着，眼睛毫无转动地看着那些方格形的窗棂，渐渐发白起来的窗纸。她反复地想象了又想象，从林荣到刘元，又到这村中她所认识的那些青年小伙子们……她要把他们彼此比较一番，但她却想不出一个恰当的、具体的什么东西能够不长不短、不肥不瘦……地把自己所要比拟的人以及自己所要体现的感情和想象形象出来。她搜索着，从有记忆那一天起，自己所看见过和听说过的东西……天啊！这太贫困了！除开那山、那凌河……还有什么呢？那些能够行动的日常所见的，就是：驴啦，马啦，牛啦，猪和狗啦……各样的家禽啦——燕子、麻雀、乌鸦、喜鹊……以至于老鹰。虽然在春天，哥哥常常也捉回些各样不常见的野雀：咽喉下有着红毛的、蓝毛的，或者头顶上生着一撮白毛的，以及有着黄的、五颜六色……各样羽毛的小动物们，但她是不能够用这些来比拟这些人的。他们不适宜，那些鸟雀们是太娇弱了。另外比较特别的，她是看见过一些猎人们在冬天打回来的：有着白尾巴毛的狼，生着獠牙的野猪，火红色的嘴巴上生着黑胡须的狐狸，小尾巴的黄野羊，花毛的兔子……有一次他们竟意外地拖回一只黄皮毛生着黑色梅花点的豹子来了，她觉得这可以拿来比拟一下刘元，但她马上又抛开了这想法：

"不，"她否定着，"他不像啦，那豹子是黄色的，还有黑梅花点……他却像一只灰一色的大老鼠哟！"

把自己的未来的女婿无意中比拟成一只老鼠，这是不能使她甘心的，她憎恨自己这愚蠢！

忽然一个形象进入她的想象中了——她几乎欢喜得要把身

465

子坐起来，竟脱口地说出来了：

"那是一棵松树啊！"她是记起了凌河村北山上有着三棵松树。那是并排生长着的，从儿童的时候，她就看着它们，无分春夏秋冬、白天晚上……总是那样静静地挺立着。即使在冬风最大的时候，她看着它们那些顶梢的枝丫也仅仅是微微有一些骚动，其余枝干却似生铁铸成似的那般凝定着。自小的时候，在早晨或晚上，她就常常望着它们那些点染着金光的枝叶或者背衬在明红或者淡绀色的天壁的树身；温习着爸爸曾讲过的关于这三棵松树的来历和故事，以及那下面埋着三座坟头的故事——那是三个英雄弟兄人物的故事。

"就是啦……他是中间的那一棵……"她决定了。这是三棵中间身干最标直，枝叶最饱满———一棵伞形的大菌类似的——比较也最年幼的一棵。

从树木比起来，她觉得林荣是不能算一棵松树的了，这人应该是那些在春天的凌河边悠悠地荡着自己绵软枝条的垂条柳了。它们虽然使人和鸟们全欢喜而爱悦的……但是却缺乏一种使人尊敬的力！

至于那些凌河村的小伙子们，如今在大环子的眼睛里，更降落到不足数的品级了，那只是一些粗蠢的山刺榆，不成形的河湾柳，苗条洁净而脆嫩的小白杨……以至于一些灌木丛……庸俗多刺而又无聊和多余似的存在着了。

她为什么要把刘元比作那三棵松树中最小的一棵呢？除开那棵松树本身是比较其他两棵要标致英挺以外，再就是她听说，那最小的松树下面是埋着三个人之中最小的一个，也是最英雄一个的坟头。

凌河村的孩子们，从有记忆以来第一个故事他们总是从大人那里承受这"三人松"和那埋着的三个坟头的传说。这三个人就是凌河村的创始者，但是他们的真姓名不知道了。这是三个结拜的异姓的弟兄，几多年前，他们从什么地方漂流到这里，他们就在这凌河边搭起了一座兽皮的帐篷，生起了篝火，到河边去捉鱼，到四外去打猎……生活着。一天他们忽然从什么地方掳夺到一个女人，就做了他们之中一个年长者的妻子。

一天忽然来了一群人向他们进攻了。第一和第二个全被杀死，第三个虽然受了箭伤，可是他却保护着那女人逃进了深林。那群人退去了以后，他就和这女人做了夫妻。……这样过了一个时候，就生了一个男孩子。一次他到较远的山中去打猎，天黑回来他的妻子已不见了，帐篷也被烧得剩了一堆灰……他点起了一大块"松明"[1]四处寻找着喊叫着……一直到天明。第二天他沿着一条血迹在半里路以外，他发现了孩子的尸首，那小脑袋已经被掼碎在石头上，还有他女人的衣裳破布片和一些被撕落的长头发……他明白了，就不再喊叫也不再寻找了，就默默地带起了自己的武器，走了。隔了几天，他忽然提着一个包裹回来，那是他仇人的脑袋。他把这脑袋在他的两个结义的弟兄坟前用"松明"和松枝烧成了灰，他自己就在那两个坟的中间先掘好了一个坑，下面铺一层干松枝和"松明"先用火在四角点烧起来，而后他自己跳下去，用手中的小尖刀割断了自己的喉管……就这样完了。据说因了这火，所有的沿着河边的树木全烧光了，只有如今埋葬这三个人的三棵树独留着，一直到现在。

这故事本身是不是这样呢？由谁传说下来的呢？这不是人

---

1. "松明"，是松树身中含有过多松脂油的木材。

们所要知道的事。至于那树下面三个乱石堆是不是埋着些什么呢？这也不是人们所要知道的事。人们只是为了美丽而让它们存在着。凌河村的人们以此自豪，他们每年为这些石堆做一次修补，做一次祭奠。他们以这石堆作为监誓的神明，以这石堆鼓励着儿孙们复仇和前进……

三人松，
青青青！
不怕雨，
不怕风，
不怕雷劈和闪，
不怕水火和刀兵，
只怕南海一条龙……

这"南海一条龙"是象征着什么呢？这是附会着一千样解释庞大着这个谜被流传下来了。人们为了避忌这个"龙"字，从来是不为孩子们的名字用这个字的。可是井泉龙却用了它。这激起了村人们的恐惧，也激起了憎恶和愤怒。他们以为这个人将是这凌河村"风水"的毁灭者了。他们不允许他用这个"龙"字，逼迫他改成别的字或者就用"隆"字来替代，但是井泉龙却坚持着，他的理由是：

"我是井泉里头的'龙'呀，它能成什么大祸患哪？那歌谣里是说怕南海的龙啦……"但人们写到他的名字，却要把那个"龙"字改成这个"隆"了。

大环子她一匹溜缰的马似的驰跑着自己的幻想，没有疲倦，没有休歇，最后她竟想到刘元也许是那"南海的一条龙"吧？

但他又明明是和自己一般从这凌河村里两棵菌子似的长大起来的儿女啦，他怎么能够到过南海呢？这南海又在哪里呢？是不是传说中"观世音菩萨"住的那片生满斗大莲花的南海呢？也许他生前是一条生在南海的龙啦，今生遭了难，就降生到这凌河村里来，等到灾难一受满了就仍归南海为龙去了。……但是，从古以来，只有皇帝才是龙转生的啦，刘元能够有皇帝的福分么？——她想到这里，自己的脸蛋和眼睛马上感到燃烧了，心房加紧地跳动着，几乎不能够再想下去，激动到微微感到一点要呕吐的样子。她听了听四周的动静，除开从厢房传来的哥哥的鼾声以外，从东屋里忽然传来爸爸那粗鲁而真切地争吵似的又似乎回答着谁的声音：

"你这人……放着觉不睡……胡说什么？有话就不能够等到明天说么？你……"

接着是细微到听不很清楚的妈妈的声音，接着还是爸爸那高亢的不顾一切的回答：

"为什么不一定啊？汪大辫子先走……我们过一个月……他们……干完了这回买卖——也就要散伙了……听说要有更大批的官兵……追剿他们了……"过了一刻还是爸爸的叫声："好啦！好啦……奶奶……我总算给你这只'凤凰'配到一条'龙'啦……你还有什么说的……凤凰总要配龙啦！可是我这'龙'倒配了你这头……乌鸦……"一串不大正派的笑声过去以后，接着是寂然的沉默。不知为什么，爸爸今天这笑声，竟激起了大环子一种嫌恶的暗示着邪癖性的感觉。那刚才被燃烧着的脖脸和胸膛，如今又开始被一种火焚烧着了。她索解着爸爸将才说过的那每一句话和每一个字眼，以及那声调……她把它们任凭自己愿意添上各样的枝叶和花朵，满意地欣赏着，暗暗

469

地笑着……一种春天到来似的喜悦冲洗着她的每一个心孔……可是接着她又把这枝叶和花朵拆毁下来，她让它们只光秃秃地剩了一棵枯枯的枝干。……于是那每一句话，每个字眼，每种声音……全是死寂的，毫无意义的了……它们像冬天的山，收割过后的田野，冻结的凌河……一望全是荒凉啊！她幻想着刘元被数不清的、一眼望不到边际那样多的官兵们团团围在一个山顶上了，随着呐喊的声音，军号不住嘀嘀嗒嗒悲凉地、急促地、肃杀地……尖叫着的声音，枪弹从四面八方像六月的苍蝇和蚊虫那般响着，飞着……接着，刘元被打伤了，从那陡陡的山坡上一颗球似的滚下来，被捉住了。他们把他绑到了凌河岸边，就当着她的眼前，他们的枪瞄向他的脑袋……

"啊！不能……你们不能……"

她惊叫了一声，急忙把被子蒙上了头脸，跟着是一片黏腻的冷冷的汗水漫过了她的头脸和周身——妈妈从对屋里有声音叫过来了：

"你怎么啦？大环子！"

"没，没什么……"她用一只手镇压着心窝。

"你怪声怪气地叫什么呀？"

"我做了一个梦……"

妈妈不再追问下去了，她也渐渐归复了平安。过了一刻，一种疲乏轻轻地抹拢了她的眼睛……

第二天下午，汪大辫子从镇上回来，他显得愉快地笑着，把一封信带给了井泉龙：

"井老叔……这有你一封信……"

"什么一封信啦？"这对于井泉龙是一种奇迹似的出现了。他颤抖着手指，张大着眼睛……从大辫子手里接过那已被揉折得不像样的一个不甚大的信封。他并不打开它，先拿到鼻子下面嗅着气味似的看了一刻，而后又远远地把手臂推向前面，眼睛细起来向那个信封猜疑地研究似的自语着："这真能是捎给我的么？这……"

"那不是清清楚楚写着你的名字——'井泉龙大人安展'么？"大环子企图要从爸爸手里拿过来替他拆开，但这老人却那般灵敏得出奇地闪开了，仍然换了一个方位研究着：

"什么你全抢啦……"他装作生气的样子申斥着女儿，"难道我还不认识'井泉龙大人安展'么？你认识那几个斗大的字还不是我教的？——我是说……这是什么人的信？它为什么？……"

"那边边上不是明明写着'林荣寄'么？"

所有的人们：林老太、哑巴、大环子以及正在抹着额汗的汪大辫子，他们全是像接待一封密旨似的静默着。为了井泉龙那样过度矜持地拆着信的举动，竟使井老太感到不耐烦了：

"别装模作样啦，这里面又不是装的火，它会燎了你的胡子毛吗？"

井泉龙不理会一切地把一张不甚大的带着红格条的信纸，在两手里撑开来，为了他那手颤动得过度厉害，那字迹就不容易看清。这样继续了两分钟，终于算结结巴巴读出来了第一行……

"'井伯父老大人膝下……'你们听啊！他称我为'老大人'啦！"井泉龙胡子神经质地抖动着了，眼睛充满着泪水，旋转地从这个人的脸顾盼到那个人的脸，"这见过世界的人总是不同啦……他并没忘了我是他老子的世交咧！我也是'老大人'哈哈哈……"

他大笑着，鼻涕和泪水纷纷地从脸上掉下来了，竟把手里的信纸一面旗似的在空中挥舞起来，他简直兴奋得要一条狗似的躺到地上去滚转……

"'……我及我的母妹外甥等，全平安到达此地，请勿挂念，我之俄国妻也同居一起，我每天挣钱足够一家吃用。等我父刑期满了，他也来此地，问候伯母、哑巴及大环妹子，还有汪大辫子兄弟。'"

被这信中提到的人，他们的脸全漫上了一层笑容。哑巴嘴里啊呜着，他用一只手指刮抹着自己的脸，指一指那信，又指一指大环子，手指头摇晃了两下……自己破裂着声音怪笑起来。大环子是明白他这意思的，那是说林荣已经和自己的俄国老婆在一起了……她的脸竟红了起来。她要动手去打哥哥，可是哑巴却灵巧地跑出了屋子……

井老太也开展着一脸笑容：

"谢天谢地啦……他们真平平安安地到了哪！"

汪大辫子已凑近了井泉龙身边，他们开始在研究那通信的地址以及猜测着林荣是用什么方法在养活着那样多的一家人口呢？他们又把那信逐字逐句地反复读了三遍，坐下了，开始各人说出了自己的意见。首先井泉龙显得豪气十足地说：

"这还用问吗……林荣那家伙是见过世界的啦，难道一个见过世界的人，还不能够养活那样几口人么？城市里的洋钱是撒满在大街上的，几乎能盖没了脚面！只要你肯弯一弯腰杆，捡起它们来就是啦！你们不要忘了林荣是会说洋话的人……会说洋话的人只要叽里嘟噜翻一阵，就能够发洋财，我是见过因为会说洋话而发了洋财的人啦……在光绪二十六年……还是什么年……"

汪大辫子知道这老人又要扯到他那光荣的时代——"义和团"——他马上截断了他的话：

"我为什么在城里的大街上没看到一块洋钱在街上滚啊？"

井泉龙瞪了他一眼，说：

"你这小子，蹲了一回大狱，怎么还没有把这'抬硬杠'的坏脾气改过来啊？你去的那算是什么城啊？那是个穷掉底的城啦！不用说那里的金钱财宝全被那些官们刮走啦，他们连地皮全要刮去三尺啦，怎么能还有洋钱留在街上呢？就是真有洋钱……你是刚刚由大狱里出来的……那眼睛已经被那大狱快闷瞎了，你会看到什么吗？除非金元宝把你绊倒了，你才会看到它——林荣去的这个城，听说是个'宝城'。那里有几国洋人的火车道，有几国洋人的火轮船……那里的洋楼听说比我们这城里的十三层大塔全要高啦……街上的人，每天全像阴天的蚂蚁那样多，那简直是每天在'赶集'……你小子想想看……若不是洋钱满街滚，怎么能够养活这样多的人啦……你看……"

唾沫星点像小雨似的飞着，胡子上，鼻子上，甚至连井泉龙自己的头毛上全被飘落上了！汪大辫子并不是为了井泉龙这道理所说服，而是为了这老人那过度被自己感情所燃烧着的样子所慑服了。同时井泉龙还正在拍着、指点着那信纸上的字句：

"……再看一遍……这不是明明写着'我每天挣钱足够一家吃用……'么？你这小子，你还怕什么呀？你的老婆又是那样一只能干的小马蜂……"

这信给人们带来了希望和春天！井老太竟也像自己的女儿那般兴奋活泼起来了，她那显得苍老的脸上，竟也闪出了一抹抹青春的红光。人们似乎马上就要一只破鞋似的丢开这凌河村，飞向那个理想的"宝城"，又争着抢着发表着自己的意见了。

"汪大哥！你们几时动身啊？"大环子凑近汪大辫子身边，眼睛闪闪地亮着。

"这怎能说一定啊？这……"

大环子显然为了大辫子这种忽然显得很阴暗的样子和迟疑的、吞吞吐吐、支支吾吾的答话有些怒恼了，竟不大客气地责备着他了：

"你这人，照大嫂子差多啦，"她把那红红的大嘴唇轻蔑地撇了一下，"说话总是含不出冰、吐不出水、糊里糊涂……"她贬损着大辫子，同时却称赞起翠屏来。

"事情总得要商量商量才能定夺……这不能算一件小事情，你们女人们说话总是那样上下嘴唇一碰就出来了，男人们怎能这样呢？"大辫子显得一本正经的样子教训着大环子。

"哎哟哟！……"大环子顽皮地装作呕吐的样子，"好稀罕你这块男人啦！翠屏大嫂子，哪一点不比你这男人道儿多呀？哎唷唷唷……你还是个男子汉咧！……瞧不起！"

大辫子被抢白得有点脸红了。他开始结巴着，想要寻找一句智慧的、聪明刻毒而又恰当的语言给这姑娘一个回击，可是大辫子的聪明和智慧，却总是在他真正需要它们的时候就不见了。最终只能勉强地这样回应了一句：

"你……早早晚晚也总总总……得找一个男人啦！井井井老叔是不能养你作'家闺老'[1]喽！看你、你……找个什么样的男人吧！"

井泉龙正在桌子上叠折着那封信，他哈哈地笑起来了，说：

---

1. "家闺老"即老处女的意思。

474

"好大辫子，你放心，我们这凤凰总得要配一条龙喽……你放心……"他又向井老太和大环子母女两个挥一下手："你们娘儿两个暂时到外面去散散心肠吧，我和大辫子要商量点事！"

"我们在这里，难道还分吃了你们的事情么？"井老太感到有点伤到自尊地说，脸色红红着。

"我们偏不出去——"大环子怂恿着妈妈。

"那我们只好到南河滩去商量了。——走，大辫子，我们到南河滩去……"井泉龙去装作寻找自己拐杖的样子。

最终还是妈妈和大环子让步了——走了开去。

两天后一个下午，宋七月在家里设摆了一桌丰盛的酒席，把汪大辫子夫妻连同孩子们一齐请来了。由宋八月作陪客。

这距离杨洛中的寿日还有三天。

吃喝过了，宋八月因为有事要回去看看，屋子里只剩下了汪大辫子夫妻和七月夫妻，孩子们出去玩耍。最终七月把自己的老婆也要支出去：

"你去到八月那里要点茶叶来。"

"我们自己还有啦。"那女人支吾着。

"叫你去你就去吧——我们那茶叶不好，八月新近从城里买了一些好的了。"

"是啦……"这女人看到丈夫的脸色又认真地沉下来了，就急忙用袖头揩抹了一下那流着泪水的眼睛，向翠屏告着别：

"好婶子，你坐啦，我就回来，我就回来……"

"喝一点白开水就算了，为什么还要麻烦嫂子……"翠屏一半是向那女人，一半也是向七月说的。

"让她去！"宋七月脸色微红着，又向那老婆挥了一下手，"去吧——"那女人就一只狗似的溜走了。

汪大辫子为了吃喝得过多，他领着刚刚跑回来的二柱在地上走来走去，他忽然指着墙上挂着的那支自己的火药枪说：

"这枪……就送给你吧，算咱们兄弟一场情义，一点念心吧。"汪大辫子这是思量了颇久了，最后才慷慨地、决然地说了。

"我要它有什么用呢？我又不能打兔子。"七月淡然地笑着回答，同时也把那枪看了一眼。

"不是这样说……"汪大辫子想要寻出使宋七月应该接受这火药枪的理由，他拍一拍手里领着的孩子的头顶说，"这个孩子，就算你的孩子了。等将来他长大回凌河村，也可以用它啦……"

"你还要叫你的子孙，也像你一样，打一辈子兔子为生么？"七月讥讽地看了大辫子一眼，接着把眼光落到那孩子正在发散着红光的小脸上。转过脸来，偶然和翠屏的眼光遇到了，他急忙低下了脑袋……

"我和大辫子商量过要有一百次了，我是要把这二柱儿留给你和嫂子，他会比跟着我们要享福多了。我的脾气又不好，他爸爸的脾气又没正行，孩子跟着我们——说老实话——他是得不到多大好处的……"

听着翠屏的话，正行走在地上的大辫子脚步停住了，两只眼睛开始睁圆着，看看七月又看看翠屏，脖子挺直，那突出的大额头也忽然闪起了亮光……一直听过了七月的回答，他才又使自己照常地走动起来，那孩子竟似一支无生命的手拐杖，被他任意地拖来拖去……

"孩子们总是应该跟自己亲生爹娘在一起的好……这样，大人孩子两安心。"七月头并没抬起来，他只是反复地注视着自己那双近乎肥大的双手。他把话直截地又转向汪大辫子："你们明

476

天到底什么时候走啊？"

"总是越早越好吧。"

"那么……我就叫八月在鸡叫三遍的时候，把牲口送到你们那里……怎样？"

"再早一点也成……"

"不，太早了也不好……"七月心情沉重似的默默地摇了摇那秃光头。

接着是一阵沉默。

宋七月老婆取茶叶回来了，她告诉七月，八月不来了，他有点胀得肚子痛。

七月把自己做小贩的货物拿出了一些——落花生、染了红白颜色的落花生糖、西瓜子，还有几支"孔雀牌"的香烟……——这使汪大辫子和孩子全感到兴奋了，他松开了孩子的手：

"看啦，你干爹……要倾家荡产了！"他抓了两只花生角，一只给了孩子，一只自己来剥吃着。

送走了汪大辫子夫妻和孩子，宋七月就空空地坐在自家大门前石头上茫然地望着。他感到自己像是失落了一件什么东西，这东西是几年来支持着自己生命流走的力量，如今它竟一缕烟尘似的从自己的身中被抽走了，他的生存的欲望，忽然竟像南面渐渐被夜色笼罩起来的一些山头似的，越来越黯淡，越来越模糊，越来越遥远……最终它们竟像沉没进一带浓灰色的大海里似的要不见了。

他手里还在掐紧着一件坚硬的、微微有些发凉的东西——这使他那恍惚的、飘飘荡荡的感觉慢慢又凝定起来。这东西是一只小小的孩子们挂在胸前的"银麒麟"，是翠屏临行亲手送给他的。

他把它举近眼前看了一下，陡然周身和全心感到一阵再也不能够抵抗的酸楚的击打——他无声地哭了！

第二天清晨，正在第三遍鸡鸣声落下去的时候，汪大辫子全家由宋八月伴送着，悄悄地走出了凌河村。

三四　寿日

早晨，微微有一点雾，太阳出来以后，天空就一刻比一刻清明了，到早饭以后的时候，整个的天宇就像重新磨洗过一般，再也看不到一点点云丝。

杨洛中大门前的牌楼是昨天就搭好了。这是用松枝、柏枝以及红色、黄色……彩绸结扎起来的，它比原来的门要高出一倍，有四条用红绸子缠好的粗粗的柱子，样子是仿照一切庙堂的"牌坊"。

牌楼的每列檐下和檐角，全悬挂着一些大小不同的椭圆形的红纱灯，上面贴着寿形的金寿字。在牌楼中间那颗灯是特殊地硕大，它竟有两只粮斗合扣起来那般的身量，那寿字的金色也特别耀眼，特别大，也特别精致。这些灯从昨夜已经试点过一回了。

有两只鹤和鹿，完全是用了仿照那动物本身真正颜色的绸缎扎结起来的，它们分列在牌楼第二层檐翅的两边，那身量大小和原物也差不多。在那鹿和鹤的尖嘴里全衔着一种云头形的金色的草类——这是俗名叫"灵芝草"的——据传说，这草是生长在"天堂"上的"南天门"左近，人吃了它能够"起死回生"和"长生不老"。在平常神人们就派这鹤和鹿化成童子，拿着宝剑看守它们，小心被贪心想不死的人类或想成仙的动物类来偷盗它。

一尊有着粉红色的过大的脑袋和银白色眉毛、胡须，弯着两只小眼睛笑着的"寿星"，被正正地安置在这牌楼正顶中。这偶像是用鹅蛋黄色的缎子为袍子，上面也绣着金色的寿字和镶缀着一些闪光的金属的小星花。它的一只手撑着一支金色龙头、红色身子的拐杖；另一只手却抱着一柄"玉如意"和一束软绫绸扎成的花朵——那花的瓣和叶，在一种不易觉察的微风里，微微地颤动着——这"寿星"是二儿子杨承德从省城里亲自监造带回家来的。

由大门到上房的正厅要有半里路，经过三道门口，是一条长长宽宽的，用水磨过的方砖铺造的甬路。这路背脊微微有点隆起，再搭上两侧那参差而又整齐的耸立的砖的尖角，这竟像一条平睡在地上的有着鳞甲的青灰色的大蟒蛇……

人们，开始像一些活动的、斑驳的、鲜明的色点似的出出入入各处游动着，愉快地呼喊着人们名字的声音；清朗的笑声；远远从后面传过来猪羊们被杀宰着的鸣叫声；大门外影壁墙两边拴马桩上牲口们的嘶鸣声……留声机尖声尖气的哇哇声……是那样不和谐地交响着。

四处墙角和正门碉楼上的抬枪的红坠布，竟也一律换成新鲜的了——挂着枪的炮手们头上也全换上了新头布，穿了新衣、新鞋袜，显得幸福分沾地微笑着，各处巡逻着，引导着接连到来的各式各样远方的客人们。在杨家兴奋燃烧着每个人，这竟像是成了每个人的寿日或节日！

479

拜寿的时间是规定在正午。这以前，客人们随自己的意走动着，吃茶、吃点心、听留声机、听说书、听弹唱、互相谈天说地……各人随着自己的高兴选择自己的趣味所在的地方随便聚集着。

杨五爷是总招待，又是全权总理这大事的总管。他此时被任命可以支配这杨家由"管事"到炮手……任何人。他几天来就一架风车似的转着，夜间，他也还一直要转到夜深才肯回转到自己的家。在第二天，还不等待第二遍鸡鸣声落下去，拖带着一路的狗们的吠叫声，他就来叩打杨洛中家的大门，这使值班的炮手们全感到了不耐烦！"谁？"炮手明明知道那薄薄的长长的急急走来的暗影就是杨五爷，但他们却要故意使他麻烦和吃惊一番——稀里哗啦地扭响着枪栓。

"啊！是我……啦！"

"你是谁？报个字号。"炮手玩笑而又认真地问着。

"是我啦……好刘秃子，连你杨五叔的声音全听不出了么？"最后他只好喊出了他所熟悉的那炮手的名字，也只得报出了自己的名字来。

"杨五叔！您真好大的精神啊！"在开门的时候炮手们讽刺地说着，"五叔！您什么时候也这样办—办寿啊？"

杨五爷虽然也感到一阵热血腾上脖脸，但他从来是不和这些不知礼的年轻小伙子们计较长短的，他总是含糊地敷衍着走过去：

"瞎扯什么啦！"

"小心狗咬了你哪！"炮手故意警告着他。

"这里的狗是全认得我啦……"

炮手们嘻嘻哈哈地笑着，故意使杨五爷听见地互相说着俏皮话：

"我们那两位少东家若全有杨五爷这股劲，这样关心我们老东家，那就好了。现在恐怕这两块料还正在搂着自己的小老婆睡在天国里吧？"

这天，杨五爷来得更是早。他把自己也打扮了一番，像是第一次，他把自己那灰白色的小辫，从头顶上竟垂落下来了，并且还加了一条新的黑粗线的带有缨穗的辫绳。平常这小辫总是被盘卷在那顶呢帽里的。那菱角形的白胡子梳得也特别整齐，它们的角儿尖锐固定得竟像金属的样子了，大概他是用什么胶起了它。一件银灰色的补着一些大大小小方方正正颜色近似的补丁的哔叽长袍也穿出来了。这是前清箭衣样老式的，前后襟有着开风。这衣服被折过的痕迹还是那般鲜明地存在着，它那浅绿色的里子和脚下那双半旧的官式的黑缎靴的底子部分，一齐有着一些虫蛀过的孔洞了。这些东西只要稍稍一动作或者一扭扯，它们就会纸似的分裂开，但如今穿在杨五爷的身上，它们却显得合适而坚牢。

在杨五爷的身上值得夸耀一番的，却是那件联襟的黑色"张绒"大马褂了。虽然有的地方已经磨成了光板，但有些地方那用更较黑的绒毛织就的大寿字形，也还显现得那般真切和鲜明。这是说明着一件质地良好的东西，虽然到了完全破敝的一天，它们的特质也还是存在着的。更是那四颗一组组刻有花纹的圆形的黄铜大纽扣，细致地闪着光，这明显里面是掺杂了真正的黄金。

"五爷……您这马褂可不含糊啦！地道的货色！"

"哪！"杨五爷感到一种不好意思的羞涩了，用手指触一触那纽扣，又茫然地在前襟上摸抚了一下，才想起了回答这称赞

481

人的好意的语言了！

"就是啦！这还是我们春二奶奶嫁到我们杨家来送给我的啦！几十年……"这回忆引起了他忽然一阵酸楚，眼睛里马上感到一种湿润，他揩干了它们，这是人们所忽略的。

"这纽扣……是不是真金的！"关心纽扣的人问着，还察看着。

"这应该是真金的了……真金是不生锈的，它们就从来不生锈……"一种愉快的光辉漫过杨五爷的脸，他想趁机会把春二奶奶的历史宣说一番了，可是对方却似乎并不注意这些的，他们却注意到这纽扣如果是真金的，如今能够换到多少银元的事。他们向杨五爷商量着：

"杨五爷，为什么你不把它们换成银元存起来啊？这二十颗……"他们仔细地数这纽扣的数目，并且用手试验掂摸着它们的分量和察看它们的成色。这使杨五爷感到一种错综的、复杂的……似乎是骄傲又是耻辱的感情！但他从来是不愿意用自己的话直接伤害到任何人的，只好婉转地解说着：

"我爱那些花纹啦！看吧，它们每一颗全是一个单独的样子……"确是的，这每一颗纽扣的花纹全是不同，有的是"寿"字、"囍"字、"福"字、"禄"字……还有"喜鹊踏梅花""凤凰戏牡丹""鲤鱼跳龙门""蜻蜓点水"，以至于"八仙"中的单独人物……

人们虽然称赞着这些雕工的可惊，但很快又转到金子和银子以及自己的见解了：

"若是我有这东西，我早把它们换成银元啦。这样一颗小纽扣，总能换到这般大（人用手比量着）十个银饼饼，那是多么显眼的东西啊？"

"杨五爷……是不在乎这些的，银子又怎能比金子高贵呢？杨五爷是爱高贵的喽……哈哈哈……"

杨五爷终于也鼓足了勇气，把这些不能忍耐的箭似的讽刺话努力拨开，也回了一弓：

"人是不能够尽看重金子和银子吧……"他的几天来为了没能好好睡眠的眼睛，如今竟布上了红丝。胡子的尖角也在颤动了："就凭这样的花纹，怎么能够一下子就舍它们到金炉子里去？我却愿意讨要着活……却不乐意卖了它们……它……"他下面本来就要说出来"这一切还在其次，主要还是春二奶奶所赠。这是人的情义，人怎能够卖了别人的'情义'呢？"，但他却用了两声干干的咳嗽代替了它们，开始伸手去摸取那银胡梳——人们也无趣地，各自嘻嘻地笑着走开了。

杨洛中从东跨院月亮门里出现了。他散穿着一件翡翠蓝色无花软缎子宽大的夹长袍，没有戴帽子，黑多白少编得光顺顺的不算太细太短的发辫子轻轻地在太阳下闪着光。他已经看到杨五爷：

"五哥，你来一会儿！"

杨五爷跟在杨洛中后面，悄默地走进了他的书房。

"客人来得很多了么？"他让杨五爷坐下以后，自己却并不坐下，他从那窗上的玻璃向外望了一望，习惯地在地上走了两步，干干地呛嗽两声，两只手在身前对抄起来，拱了一下肩头，沉郁地问着。显然地他是并不是认真要谈论关于客人这类题目的。

"呐！"杨五爷却认真地伸出一只苍白的细手来，想要计算数目的样子，先把第一个拇指压折下去，"总有二三十位了……女客也有一些……"

"全是什么人？"

杨五爷捡着那名誉、地位、身份、财产……最出色的先报告着，而后就是较近的亲属。关于一些平常的人们，他只是笼统地说一声：

"凌河村的人们……全在三三两两地走来啦！"一种满足的光辉，使他那脸上原来是一些细致的，为了几天过度操劳而变得粗糙和加深的皱纹，舒展了一下。但杨洛中虽然轻轻地点着头倾听着，遇到了意外的高贵的人名，偶尔把眉毛挑一挑，或者矜持地笑一笑，但这些动作、这点感觉像一点点星火被吞灭在一种无涯的寒凉的大海里似的，马上就被消泯得无影无踪。接着是一种铅似的沉重，压紧了他的四周和心胸！

"你们向客人说过么？我身体有点不大好，要等一等来招待他们么？"

"当然啦，每个人全要先亲身来看看你，更是那些路途较远一点的人……我全向他们说了你的意思。你一会还是出去见一见大家，使他们心里也得一点温暖……"

"我是就要出去的……"杨洛中思量了一下，"除开承恩、承德、何四眼、唐大成……还有谁在招呼着客人？"

"还有段巡长！"这话似乎刺痛了杨洛中，他把鼻子拱动了一下说：

"他……他什么时候来的？"

"差不多一早就来了……他张罗得顶欢，几乎连女宾那边他全去招呼了。……换了一身缎子的新衣服，新皮靴，连枪绦全换的是新的。新剃了头皮和胡子，那简直是一颗大青皮的香瓜了！"杨五爷文雅地笑着。段巡长自从那次和杨承恩吵了嘴，中间虽然经过调解，因为儿子不肯，杨洛中只好亲身去道了歉，从此段巡长就一连几天没到杨家来了。

"他……连女宾也招待起来了么？"杨洛中眉头锁着，重重地垂下了眼睑，"承恩的妈妈和承德的妈妈全在女宾那面招呼着么？"

"是啦。"

"珍珠她们呢？"

"她是和她的嫂子们，在招呼一些年轻的姑娘们、媳妇们……"

杨洛中本来是有一句什么话要说出来，但是他却吞咽住，无意地他竟在一沓为他预备的寿衣寿帽前面停住了。——这是一套六品的前清的官服，一顶有着孔雀蓝尾毛，翠玉管白色砗磲石顶，红丝缨，貂皮为饰的官帽，和一件藏青色有着白色鹭鸶花纹"补子"的外褂，一双黑色软缎白底的官靴。这提醒了他往昔的光荣，这官服还是他的老子在世时，为他花了一万两银子捐得来的。如今是"民国"了，它们已经成了废物，但在每逢年节或者什么大典的时候，他也还要穿戴起来。他把那亮晶晶白色砗磲石的顶珠用手指摸触了一下，忽然神经质地把手指缩回来，眼睛直望着杨五爷问着：

"那个老疯狗……他一定要来么？"

"昨天我和你说过了，他一定要来……"

杨洛中紧紧地扣起了牙骨，他的眼睛一转不转地盯紧着杨五爷。这种逼视使杨五爷轻轻地感到一点不自然，他手指颤颤地又去拿取银胡梳了……

"你把我的意思透露过给他么？——这里是没有好筵席给他预备的！"

"他说过啦：'请洛中放心，咱们是老乡邻一回了，我怎能

485

在他这样的日子开玩笑呢？不要看他打伤过我的腿，这算不得一回屁事哪……皮肉破了终有长合起来的一天，人打过、闹过……也总应该有个和解的一天啦！虽然伤过的地方要有个疤，打破的碗锔起来也要有一个裂纹……我是要趁这个机会去和他和解哪！不独要使凌河村大大小小知道我井泉龙是不记仇恨的，也要使远远近近来的人，也拿我们凌河村这风气做一做榜样瞧……'他并且和我指着太阳拍着胸膛发过誓愿，说，如果他若有一点不规则的地方，说话不算话的地方，不使你的寿日过好……他要我此后就不必把他当'人'瞧，他更了他的井家姓字……"

"这……"杨洛中从杨五爷的面前走开了，轻轻地摇了两下头，表示着不信任。

"我知道，他这人虽然疯疯癫癫，说了话可就算数儿的。从小我就知道他这脾气——这比铁板上钉钢钉还要可靠……所以我放了心……"杨五爷坚信地补充着说，挺了挺那可怜的细脖子。

"我也知道……他虽然是疯疯狂狂……他说话可是从来不打折扣的。"一缕缕安心的笑容从杨洛中的嘴角浮现出来了，同时那阴沉的脸色，也轻轻地开始泛起了一层淡淡的红光。"好吧，随他来就来，闹就闹吧……我们杨家的家风，从来是不愿对不管什么冤仇大敌赶尽杀绝的。那就是说，'佛门大开'。万一这老疯子自己明白了自己过去种种过错，'放下屠刀，立地成佛'，这也是我们凌河村一件好事……他若是来捣蛋，我已经吩咐过炮手了——就绑起他……"他本来是要说"就打死他"，可是他又吞锁住。却把这谈话急遽地转了弯：

"汪大辫子他们是全家走的么？"

"他们全家也不过是四口人吧，大孩子好像不在家……"

"他们……是真的搬到汪大辫子老婆的娘家去一起住么？"

"这不甚清楚哪。"

"他们这样人家……还是不住在凌河村倒好些。"明显地杨洛中对于汪大辫子全家的存在与不存在是没有什么兴味的。所使他不能够完全淡然的因为汪大辫子曾经过自己的手把他在大狱里关过几个月，他的老婆又到过羊角山。这样走了倒好，他虽然并不担心汪大辫子这样人会给他带来什么灾害，但对于翠屏这女人他却有一些担心。她也许会为强盗们暗暗地作着"内应"。

从月亮门里一个人影一耸一耸地拐进来了，他们马上认得出这是刘三蹶子。他一面一跛一跛地走着，额头上的汗颗宝石粒似的闪耀着——心颗陡然从杨洛中的胸膛内又猛跳起来，他不知道刘三蹶子关于刘元的消息带来的是吉还是凶？关于井泉龙和汪大辫子那两条绞着自己心的弦绳，暂时松弛了，可是这条弦绳，却是使他再也不能保持自己的冷静和平衡了，他竟冲到了屋门前去接迎着来人。

杨五爷是懂得杨洛中习惯的，这人是不乐意有三个以上的人一同谈话。他趁机会就走出来，说要到各处去照看照看客人，先向杨洛中而后向刘三蹶子招呼了一下，说：

"早啊！三爷……三奶奶连侄女儿她们也来了么？——我要照顾照顾去喽……"

"来、来、来……了……咱们全是自家人……你还是忙别的去吧。"刘三蹶子连连向杨五爷摇着手，帮助着自己的发言。

"三哥，你先进去坐吧。"杨洛中把身子闪开了门口，让刘三蹶子拐进去，他接着走下一段台阶向正要走去的杨五爷放低了嗓子为难似的说："五哥，你可以暗暗关照……段巡长一声，关于女客那边，他还是不必去照应吧。你就说乡下的妇女们全是怕官们的，……就是这意思，明白了吧？"

"呐……"杨五爷谨慎地听着，一只手轻轻捻着胡须尖，"这真是有些不成体统哪！那样一个'黑煞神'似的人，还挂着枪，妇女和孩子们是要吃惊的啦！"

刘三瘸子正在揩抹着额头上的汗渍，一只手擎举着今天新戴起来的一顶青缎平顶的瓜皮帽盔，上面正闪耀着一颗大得很显眼的红色丝绳的帽结儿。

"是他们有信回来了么？"杨洛中直截地问着。

"信是有、有、有一封……"刘三瘸子手指颤颤地从那帽衬里面掏出一个纸单来，递向了杨洛中，"这狼心狗肺黑心黑血的狗种子，竟连我一个字不提啊！他只是问到他的妈、他的妹子……这还是儿子么？你说？……"

杨洛中事实上早就不在听刘三瘸子在说什么了，他把那纸单默默地读了一遍又一遍……最后他无声地把那纸单又递给了刘三瘸子：

"就是这一张纸么？"

"就、就、就、是……这一张……"刘三瘸子把那纸单折叠到半路又打开来，接着他又折叠，"就是这这这一张纸啊！也就是这这这样屁崩似的几句话……"

"信是谁带来的？"

"狼打滚山下一个村子里人带来的。"

"是你亲手接到的，还是你家里人接到的？"

"是、是、是家里人……"

杨洛中又从刘三瘸子的手里把那叠好的纸单接过来，展开着……这一次他手指的抖动已经比第一次要减轻了些。他把眼睛重重地揉擦了一番，眼睛不动地似乎在思量什么似的盯在那纸上的一个地方，忽然问着刘三蹶子：

"这字！是他亲手写的么？"

"是啦！"

"从这信里看出来，这孩子好像还没有忘掉我们凌河村。"

"是啦，他信里……"刘三蹶子激情地凑近杨洛中，用手指点着一行字说，"这里就、就、就写着：'……自从我我我离开凌河村，没有一天、天、天、天不、不是想着它，在放卡子之时，我就常常登在山头上望家，我不能回去呀，他们要绑我送城去请赏呀，我是红胡子呀……'"

"他关于别的正经事竟一个字也没提，他倒好像没接到你们的信似的？"

"信……一定接到了！前面不是说着接到这信使他很难受，一夜没睡好觉么？"

"他常常有信么？"

"这是第一、一、一……回啦……"

"你再给他写一封信，就说我完全担保他，如果愿意投降……"

刘三蹶子开始踌躇了。杨洛中懂得了这人的疑虑。

"你再告诉他，说我们凌河村最近又增加了枪支和人手，听说官家也要大举围剿了，若不趁这时候把自己拔出来，将来要后悔可就来不及了。"

"不成……"刘三蹶子摇了一下头，"不、不……成，这孩子的脾气……我、我……知道，不能够用用……硬的！更不能吓唬……那马上就会会……进攻我们……凌河村……"

一种焦灼和不耐烦，使杨洛中再也不能矜持自己了。一层黑色的尘雾，罩上了他那肥满的鼻头，他随即站起来，甩抖了一下衣袖，愤然地说：

"好，那就让他们来吧。我倒要看一看这些乳毛的孩子有多大本领！不过那时候，刘三哥你不要说我杨洛中不顾乡邻的义气了……"

杨洛中这种无来由的激动，竟是出乎刘三蹶子的意外，他的脸色开始涨紫了，抽搐着那剃刀背形的峭鼻子，急切地他竟寻不出一句恰当的话来回挡杨洛中这猛然泼下来滚汤似的言语。

"我说、说、说……"刘三蹶子又增加了结巴，"洛中……今天是你的寿日啦，我们不能够为了这样事破了吉利，是不是？"

杨洛中也懂得了自己这激怒是近乎浪费，不应该，但是马已跑蹦了缰，一时扭转并不是那样容易的事，他只好继续着自己那自尊的语气，说：

"什么寿日？什么吉利？——若是我有这样的儿子……"他把声音迟疑住——从月亮门那面似乎有什么人向这面走来了，脚步打着砖铺的甬路的声音是那般响亮和沉重，他想着这也许是段巡长。一个高大的人影闪现出来了，果然是这个人——他把眉头皱了一下，刘三蹶子却接着他的话意很刻毒地回攻过来了：

"洛洛洛中……人不能太太太……夸口了啊！你若是摊着这这这……样的儿子……如果你抓不到他，咬不到……你你你……也是白白白瞪眼哪！'笑话人，不如人，拍拍屁股赶赶赶……上人！'这是老人早说的古语了！我的儿子是不如人人人了……我倒愿意亲亲亲……手手……打打死死……他他！我愿意……承恩恩……承承德德……他们千……千……万万……要给给你你……做脸！还有……你那珍珠女儿……"刘三瘸子把自己那大红结的瓜皮帽愤然地放在脑袋上，准备走了，可是他还补充了一句，"什么时候我那忤逆的儿子他敢来攻我我我们凌河村……我我一定要第一、一、一……个抓着枪去打打打……死他他他们——我刘三……是说过了就算的……咱是老弟兄了，我不愿在今天和你争争吵吵……这是你的吉日呀！"

段巡长正在喷吸着一支纸烟，一路上竟是哼着小曲儿走来的：

> 正月里来呀，正月儿正，
> 正月十五呀……雪打灯……
> 雪打灯呀……雪打灯……
> 小妹妹陪郎呀……到五更……

听到了这声音和词句，一种可耻的不能够忍受的毛刺样的感觉，竟从杨洛中的骨髓里生长起来了！他竟忘了刘三瘸子什么时候和怎样走出了这屋子，至于这人后来说的尽是些什么，那成了一阵不能够捕捉的风！他这时只有一个欲望，只想用一个什么东西把段巡长那颗正在摇摇晃晃闪着青光的大脑袋，像一颗脆瓜似的击得粉粉碎碎……

"洛中，你应该冠戴起来啦，你是有什么病啊？"这段巡长一只大龙虾似的腰儿一弯已经闪进屋里来了。

"没有什么病……只是微微有点不自在。难为你这样早就来帮忙！"愤怒和嫌恶的火焰，已经燎烧到杨洛中的咽喉了，只要它们再勇猛些，就可以喷爆出来烧焦了一切……但是他却用了一种残酷的力量压下了它们，咽下了一口口水，还笑着请段巡长坐下。段巡长似乎从来不注意任何人的感情和脸色有什么变幻的，他总是憨憨地说出自己所要说的，做出自己所要做的。

"看啦！"他先把一只腿伸挺出来，用手掌拍打着，"这一双靴子不含糊吧？这是新近才从省城里托朋友定做来的呀！这完全是'德国式'！一色的'小芝麻皮'，再看这底子……"他把脚掌尽可能地扬向了杨洛中："……简直像木头啦！再加上这铁掌，他妈的这结实得简直可以让我穿到棺材里去啦！"接着他又说明了自己完全要捧杨洛中的场面才把它穿出来了。也说明了自己换新衣和剃头割胡子的动机：

"我知道你今天这里体面的客人一定很多……我就决心把我那宝贝的胡子压根割了去。看，这总可以年轻十年的样子了吧？嗯？"他连连地反复摸抚着那青幽幽的腮巴，两只大大的浑浊的眼睛直直地望向杨洛中，那样子是在等待着回答。

"呐！"杨洛中却正在极力要记忆起刚才刘三蹶子临行时尽说的是什么话？什么"笑话人，不如人，拍拍屁股赶上人……"，还有什么"承恩……承德……珍珠女儿……"。想到了女儿，他的思想的路马上是一堵墙似的被截堵住了。眼前这个人，不正是一个恶魔似的在盘算着自己的女儿么？他刚才镇压下去的愤怒的火焰，马上刷——的一下竟结成了一团恐惧的冰！寒刺着他的五脏六腑和周身，牙骨不自觉地竟叩打了两下！他的眼睛急忙地从段巡长那野猪似的注视下，逃开了。

"刘三蹶子……怎么看我来就去啦？这老狐狸！"段巡长把一只眼睛眯起来，有深意地阴险地笑着，"……我若不是看在洛中你的面上，我段某人，要叫这凌河村翻一个身啦……"

"这是什么意思呢？"此刻能够把话题引开这是杨洛中所盼望的，同时也使自己慢慢恢复了感情的平衡，又归复了平常那样深沉庄重的样子，装作谦虚地问着，"有什么可以看到我杨洛中的面上呢？我杨某人还会对这凌河村有点好处么？"这竟引起了杨洛中的一种牢骚的，自己的功绩不被凌河村人们所尊视的近乎伤心的感情——这时他对于段巡长的憎恶和愤怒，马上感到一种雾似的宽松了，甚至觉得这人竟有些可爱的地方了。

"你总是这样谦虚得使人不痛快呀！"段巡长忽然纵声地大笑起来了，这倒使杨洛中感到一点不自然。"就拿这刘三蹶子来说……他自己的儿子在那里明目张胆地做强盗，他却大大方方在这里过太平日子，若这不是在凌河村……哼，哼！我老段就要让他的小家当来个底儿朝天……"

"他们父子早就断了瓜葛了。"杨洛中不知为什么如今倒替刘三蹶子解释起来了。

"关于这一点……"段巡长竟过来在杨洛中的肩头上拍打了一下，这又引起了杨洛中的不愉快，这于他是不习惯的。段巡长仍然流走着自己的话："……洛中你还是不成哪！一个人若想弄一个人，没有缝还要下蛆，平地还要起风波哪！何况他们是父子……我不过是说一说……看，这是什么？"

一张纸单，正夹在段巡长的手指里。

"这是怎么回事？"杨洛中站起来挨近那纸单。

"这就是刘三蹶子给他儿子的亲笔信啊！通匪的证据，上面还提到您的大名咧！"

"你怎么得到这东西？"

"哪哈哈……"段巡长笑得肚子起伏着，"若没有这两手，

493

咱敢到你们这凌河村来吃这碗饭么？”

杨洛中沉默了。

“我还通知你一个消息吧，就在这几天里面，刘元他们还要攻我们这凌河村哩！”

一层九秋的霜雪漫过了杨洛中的脸了，还不等待他插言，段巡长就承担起一切地把两只手臂从空中向自己的怀里一揽，响响地拍了一下那宽大的胸膛，叫着：

“你放心啦，天塌下来全有咱老段担着哪！让他们来试试吧，这一回我是要让他们知道知道‘火神爷爷’是有几只眼睛的。……你只管做你的寿，安安稳稳睡你的觉，这一回我是要把刘元这孩子像一只小羊似的把他捎回你们凌河村来，省得丢这村庄的脸……”

杨洛中并不为段巡长这豪言大话就感到宽心的，相反地对方那每一句大话，就更增加了他的空虚，他眼睛漠然地望着段巡长，问着：

“你这消息是真的吗？”

“总要有八成真了。”

“你那局子里……现有多少人能打仗的？”

“总有十几个啦……”

“枪和子弹……怎么样？”

“总可以对付一阵……反正你放心。”

段巡长这答话越来越松懈了，最后竟像一条滑了轴的琴弦，松懈到毫无韵味和声音了。杨洛中虽然清楚地知道段巡长这是一只没有真正肠肚的纸老虎，但此时他却不能不当个真正的老虎看待他了。他一时竟不知道应该怎样排列这盘棋，更不知道先走出哪一个棋子了。他想要去找杨五爷，但又停止住，他知道这个人在这样事情上是毫无用处的。这个人的智慧和聪明不是为了这些而预备的——这使杨洛中感到孤单了！

"段巡长，你马上就回局子去一趟好不好？"

"这是什么意思？午时马上就到了，我还要替您拜寿哩！"

"我们是要准备一番……我自己家里有什么损伤倒不要紧，一些亲友并不是小事。我是说，你回去把你的弟兄们布置一番，我这面就准备招集连庄会的人们……"

"我敢保险，用我的这支枪再搭上我的名字，打赌……他们绝不敢来，更不用说今天……"

杨洛中不以为然地摇了一下脑袋，最后他显得坚决了，近乎命令似的说：

"段巡长，这是不能当作儿戏的事情，您还是回去把你们的弟兄准备一番吧！"他举出了过去白巡长的例子提醒着他："过去的白巡长就是为了那一回凌河村被攻打，才调走了的……"

还不等杨洛中结束了话尾，段巡长似乎感到一种侮辱了，他陡然地把那高大的身子从坐着的椅子里挺立起来，一只手在空中一挥，嘎声地叫了起来：

"哈哈！你杨洛中太看不起人啦！你怎能够把咱段某人和那样无能的白叭儿狗相提并论哪？你……"这使杨洛中感到后悔了。在平时他知道这段巡长的脾气，提到别的在他全可以不计较，唯有提到这白巡长他是不能容忍的，更是把他名字或是什么和那人提在一起。自己因为一时感情烦乱竟忘了这个忌讳，现在急促地他竟不晓得使这匹咆哮起来的劣马应该怎样归缰了！但是他马上就卑屈下来——这是违背他的习惯的——只好眼睛装作不见一切地说：

"这也没什么啦……咱们全是熟人……"

"好啦，你们杨家既然瞧不起我这个小官官……好啦……咱们就公事公办好了。好稀罕你们这台绅土家，不管你们有做将军的亲戚，有当军官的儿子，到过外国的儿子……这在咱段某人的眼睛里也算不得四两毛！好，你们有本事就把我弄掉吧，我懂得你和刘三蹶子那老狐狸是想要弄我出这凌河村的，你们私自和强盗们通信这就是证据……你们是想要让你们的亲人——不管杨三还是刘元——来顶我这角色，你们就能够任所欲为了啦！我告诉你们，赶紧踢开这些妄想吧……'做梦娶老婆'人世间没有那样大喜的美事啦！"最终他竟把刘三蹶子那封信在空中招展了一下，说出了自己的宣言：

"好啦，你们也不用勾心斗角啦，我明天就写信到县城里去，让县监督和警察所长他们另派别人来接我的差吧，在有这么多的绅士、大头子的凌河村里我是干不下去啦……咱们公事公办，对不住，我把这封信也一同派人送了去……"

这段巡长的每一句话，全像是一只锋利而歪曲的钉向杨洛中周身钉打着。同时又像有一只不可抗的手拖着他，一步一步走向一种恐惧的、空虚的、阴森的、一刻比一刻深陷的泥潭……他感到一种不可抗的战颤了。

"段巡长……"一直到那个青头皮的庞大的动物，阔大地在砖地上响着他的皮靴脚已经快转过了那月亮门，杨洛中才这样半意识地喊叫了一声，但这已经完全成为浪费！

一千种、一万种纷杂的情绪，开始在杨洛中的意念中翻腾、纠绞、扭结……以至于要使他不能够呼吸了！终于他悠悠忽忽坐进了椅子里去，呆呆地向窗外看了一刻……绝望地把身边的茶几砰——的声一掌打翻，随着那壶碗碎裂的响声他竟大叫了一声：

"×他妈的，让天塌地陷吧！——"

院外面有了一声"二起脚"[1]的爆竹响了——从月亮门那里，忽然有一片女人的笑声——女儿珍珠一团花似的和自己的小老婆，还有杨五爷——他脸色红红地微笑着，一阵春天的风似的飘了过来……

接着一片大小爆竹声响过以后，像还流连在那空中的硝烟似的，徐徐地、悠扬地响起来的就是一片笙、管、云锣等的雅乐声音——拜寿的仪式开始进行着了。

杨洛中和他的大老婆，穿戴着前清式的官衣，端然地坐在大厅的正中。在他们的后面是一张长条的有着云翘头的朱红色的大条案，上面摆着一尊鎏金的约有尺半高的"寿星"，再后面是一幅一丈高的金色的大"寿"字，完全用红色的软缎陪衬着。"寿星"前面是一排闪光的白银供器，上面摆满了用面粉仿照真正瓜果的形式和颜色精工做成的各样供品，另外一些桌案上却是排列着各样的寿礼，有女人们精工的针线，男人们的书画，以及一些络着彩色纸网的寿面和寿桃……

两只近乎三尺高低修长的银烛台，正在熊熊地高烧着两支粗大的红烛。为了叩拜，地面上铺着一列列猩红色的大绒毡——一切是堂皇和肃穆。

杨五爷细声地带着韵味地唱着礼，先由家族以内到家族以外，按着顺序男女一对对地参拜下去……一些平辈数的人们杨洛中只是谦逊地让他们和自己对鞠了躬。

一些乞讨的花子们在大门外高声地响着竹板唱着喜歌；准备筵席的人们用一只手臂高高托着木盘，走着讨俏的步法，高

---

1. "二起脚"是一种点燃一次能在地面和空中连响两次的爆竹。

高地愉快地彼此笑着声音招呼着，过来过去。……那盘中的酒菜的香气随处在飘荡……

拜寿的礼节过了以后，人们开始说着、笑着、哄哄着准备吃喝了；女客们一些红红绿绿杂色的蝴蝶似的轻轻移动着……卖弄着风情和眉眼，不甘愿地走向女客们的食堂。其中最引起人们惊心的当然还是珍珠了。她今天穿了一件无花的火红色大缎子旗袍，外面套了一件黑缎子的"十三太保式"的坎肩，横在胸前那排宝石的纽扣随着人的每个动作，每一颗全闪动着颜色不同的光彩。她那两只吊梢的明朗的大眼睛，是那般无邪地滚转着。几乎每个人全为了这双眼睛的照耀而明亮起自己的心！

她不和那些大脚或小脚别的姑娘们一般打扮。她是仿照男孩子的，脚下不是穿的绣花的鞋子，却穿了一双黑绒的用绿色皮子镶着边沿和云头花纹"蒙古式""抓地虎"的短靴；背后两条粗大的发辫是用一朵大的鸭蛋青色绫绸的花朵联结起来的。在那胭脂擦抹得红白鲜明的脸边还插了一朵桃红色的大花花。

一些姑娘们全像蜂似的围绕着她，对比起来又像一朵肥大的花朵生在一些细碎的小小花朵和枝叶的中间……她给予了自己同辈中以颜色和生机……

一切人们几乎走尽了，杨洛中也回去更换衣服，准备回来要向来宾们招呼一番。只有段巡长还留在大厅的台阶上。他的两只手背在身后，两只眼睛一直送着那些女人们背影，更是最后的，那团团大红的石榴花似的珍珠的背影，简直烧焦了他的心，沸腾了他所有的血液！他再也不能忍耐了，他要扑过去……

"段巡长！"这是谁呢，使他从这一刹那的要燃烧起来的魔火遭到了阻止呢？

"唔……杨五爷！"他对于这杨五爷此刻的到来，又是感谢又是憎恶！眼睛凶残地望过去，一只手摸到了腰间的枪柄，他准备着，如果这老鼠敢于轻视他这心情和意念，他就开枪打碎他那可怜的小脑袋瓜！但五爷却谦恭、有礼、和平……一如平常的样子，两只眼睛温和地向他文雅地笑着，这使段巡长松了一口气，同时一阵由羞恶而激起的发烧的血液，冲上了脖脸，更浑浊了眼睛。

"刚才……因为忙着拜寿，我没能够和你好好地谈一谈啦，总括一句话，无论怎样，咱们全是自家人，就是洛中有一言半语不周到，你是知道他的脾气。你又是走南闯北豁达大度的人，总不应该让别人看笑话……总括一句话……等吃过饭我还要和你好好仔细谈谈啦……"

其实关于不久以前和杨洛中争吵的事，为了刚才这闹闹哄哄一阵在段巡长的记忆中几乎完全忘光了。现在经过杨五爷一提，他才从那些纷纷扰扰红红绿绿女人们的形象中记忆起杨洛中那张涨紫的沉重的长脸，他和他争吵过以后自己是怎样气愤地走出来，半路又怎样遇到了杨五爷……

"本来是没什么啦，不过他们杨家父子的眼里太没有人了。咱段某人就是这样的脾气，你敬咱一尺，咱敬你一丈……你若是拿咱们不当'菜'，咱也没工夫理你那份'狗尿苔'[1]……好啦，等喝过酒，客人们散一散，咱们好好谈谈……我还有事要拜托你五爷哪！"

"呐，呐！"杨五爷答应着，不意地竟被段巡长重重地在

---

1. "狗尿苔"，一种黑色的菌类，传为狗尿所生。

自己那单薄的背脊上拍打了一掌，几乎弄个跟头，向前抢了一步，仓皇地为了那一串淫邪的不能克制样的笑声震骇住了。

杨洛中换了便衣已经走了出来，后面是跟着承恩和承德两个儿子。他们一例是穿戴着蓝袍黑褂，白袜青鞋，红帽结的瓜皮帽，这是在杨洛中的意志下装戴起来的。仅是为了这装戴也曾费了一番风波，大儿子是要穿洋装，二儿子却要穿军服，最后终于在杨洛中的坚持下，让步了。

在一所通敞的五间房子的大厅堂里，杨洛中由杨五爷和两个儿子陪伴着，按桌让了酒，最后由何四眼和唐大成立起来号召着所有的宾客们：

"诸位好亲好友们，让我们回敬主人一杯寿酒吧，祝他'福如东海长流水，寿比南山不老松'哪……"

随着一片震响厅堂欢呼的噪叫声，一只只高擎着酒杯的手臂举起来了，杨洛中也只好把手里的酒杯举起来：

"好亲好友们，我真折受不起啦！我愿我们大家伙全多福多寿……"一片雅乐的声音又在窗外响起来了。就在悠悠扬扬这奏乐声中，主人率领着宾客们一齐饮干了自己的酒杯。

一个炮手匆匆地跑了进来，这使所有的人们神经轻轻遭了一下刺激，更是杨洛中，他知道这是该有一件什么祸事到来了。他的心开始感到一种沉坠，接着是猛然地一跳……还不等待那炮手开口，他手指颤颤地放下了那酒杯，声音粗糙地问着：

"有什么事吗？"

"没有什么事——井老头子来了。"

杨洛中抬起眼睛来把这整个厅堂空空地扫视了一转——坐得较远的人们已经开始了吃喝和猜拳了。他咬啮了一下牙骨，正要说出自己的决心和处置，杨五爷却转过来，后面也跟来了段巡长。唐大成和何四眼们在自己的座位上关心地不断地向这面张望着。

"让我去看看吧，你先回自己的房子里坐一坐——我看这是没什么哪……"杨五爷劝着杨洛中。

"不用多费唇舌了，让我派两个弟兄绑他到局子里去……办他个'扰害家宅'的罪名就够这老东西滚爬了……"

"火上不能浇油啦！"杨五爷客气地拒绝了段巡长这提议，继续向杨洛中说着，"你就向大家说一声……你还要到别的席面上去招呼招呼宾客，请他们大家千万不要客气多吃多喝……"

终于杨洛中依照了杨五爷的意见，向正在吃喝着的人们告了别，人们对于主人离开这里却感到一种轻松……

井泉龙已经站在了大门前，正在那里向牌楼指指点点地和几个炮手似乎在说什么。那部长长的白胡须轻轻荡来荡去，闪着细碎的银色的光波，随着是那一串为杨洛中以及凌河村人们所熟悉的金属味的笑声……

为了要不使井泉龙感到等待的焦急，杨五爷急急地移动着脚步，他感到一阵呼吸困难。——井泉龙发现了他。

"这回好啦。你们的五爷出来了……应该问问他，我是强盗么？我是给你们东家拜寿来的宾客呀！杨洛中就是这样招待他的老乡邻么？谁家办寿用炮手招待宾客呀……你们这些娃儿们……"

炮手们彼此挤眉弄眼地笑着，也开着玩笑：

"因为你是老'义和团'呀……"

"刚才洛中还在问到你啦，如果你再不来，就要派人接你去了……"杨五爷笑容满面地接迎着。

"好老五……真有你的……话说得这样好听做什么？哈哈哈……"井泉龙不信任地把一只大手掌在空中摇摆着——他后面跟着哑巴。

两个老人的手臂竟掺搅在一起了，缓缓地向院里移动着……

井泉龙今天竟也换了一身装：一件银灰色粗布肥大的长袍，高高卷起了袖头，腰间系了一条黑色的粗布带子，带子两端各留了一段垂披在两边胯股左近，衣服的半面前襟斜折起来——露出了一部褪了色的大红里子——襟角掖进了腰间的带子的中间。黑色的肥大的裤脚下面却穿了一双尖头的"蒙古式"的牛皮靴子，那古旧的颜色已经分不清是灰是黑了。一只手捉着那根粗粗的枣木拐杖——它已经发了鸡血似的红色，并且有了闪光——一顶宽檐的如今也是弄不清是什么颜色的大毡笠，高高地戴在了脑后。

杨五爷对于井泉龙这一身衣服也是熟识的。在春天或秋天什么节日或是什么人家的喜庆日子，它们就要在这老人的身上出现了——这几乎经历了二十年！

井泉龙行路显然还是很难的，杨五爷只好耐心地等待着他，同时心里盘算着该怎样使这台戏唱得圆满收场呢？他甚至有一个奢望，他奢望着经过这一次的会合，杨洛中和井泉龙中间的那些仇恨和成见也许就烟消云散了吧？他们会和好得像一家人，这样对于整个凌河村也是一种福气。他是知道得很明白的，杨洛中虽然表面上是那般自尊自重着、刚强着……但对于井泉龙的存在，是一条虫似的咬啮着他的心的。在杨洛中也确是如此的，更是那一次他开枪打伤了井泉龙的腿，为了这笔血写下的债务，它们竟像一条阴影似的追随在他的意念中，它时时出现着，时时不断地向他袭击着……这使他变得暴躁而焦烦，他不知道应该怎样结束这笔纠缠的冤债，更不知道井泉龙将要以怎样的方式和在什么时间才来向他追讨这债务的利息和本钱……他有时甚至希望这追讨快一点到来吧，即使这利息再重一些他也愿意的，也总比这样阴暗地、无声地等待着，纠缠着……要使他好受得多！当然对于这追讨的到来也不是他所甘愿的，甚至是恐惧的。但却有一点是相信的，那就是井泉龙是不能以林荣、汪大辫子以及凌河村其他任何人相比并的，这老人是懂得仇恨，也善于积存仇恨……也懂得让自己的仇恨在什么时候和怎样冒开它们的花朵的！——杨洛中知道它们迟迟早早总要开放在他的面前，这却是一定的了。

"让他来吧……看一看他能有几尺风浪吧……"

到最终他只好无可奈何地、愤恨地这样放下了自己的决心，决定就不再想到他了。因为这使他内心感到一种侮辱，他是应该不为一切所牵制所影响的啦，他一生应该像一只大的石轮那般压碎一切地行走着自己的路的，这是说，不能够为了一块偶尔遇到的顽梗土块就使自己停止了。虽然杨五爷曾几番想要他软弱一些，探听他的口气，但他终于是一只豪猪似的森森地竖起着那箭毛，拒绝着：

"随他去吧！对这样人是不能够再退让的了……"虽然他也曾经想到是应该退让退让的时候了，但不知为了一种什么力量鼓惑着，使他那要退让的心又坚硬起来了！使他那要低垂下去的脑袋又高扬起来了！他恐惧着这一退让，将要把他永久跌进一种再也不能飘浮上来的可羞耻的深渊的样子。

杨五爷并不把井泉龙一直领到那正在吃着、喝着、猜拳行令和嚷叫着的厅堂，他却把他引到一间僻静的小书房里。

"我是来给你们的'凤凰'拜寿的啦，为什么把我领到这个小燕子窝？"井泉龙的眼睛在这小屋子里周转着。这是一间很精致的小屋子，里面摆满一些铜佛、玉器、炉鼎以及一些装饰的古董之类。他把手杖和帽子放在了一边，却并不马上就坐下："这是杨半城生前住过的屋子啦……"井泉龙昂起了脸察看着。

杨五爷向哑巴做了一个手势，同时说着：

"你去到厅堂里去吃饭吧……我和你爹有话谈谈，你不用在这里侍候他了。"

但哑巴却笑笑地摇了摇头，两只大眼睛盯问着井泉龙。

"你先去吧——过一会再来接我……"井泉龙看着哑巴走出的背影，骄傲地说，"这家伙只有我能命令他……连他妈妈全不成！"他向杨五爷狡猾地笑了一下："你怎能说得动这驴子哪！哈哈哈……"

杨五爷捻转着胡须尖，似乎正寻找着一句什么恰当的言语，他被井泉龙这笑声弄得有一点惶惑不安。

"呐呐！这个真是你的种子啦！"

"你们的'凤凰'不在吗？"

"他去另一个院子里去给宾客们敬酒了，他就会来……"

"这是说……寿已经拜完喽！"井泉龙用一只拳头轻轻捶着一条大腿根。——他坐进了身边一张红色花梨木的太师椅子里。

"没有什么大举动……洛中本来也不想办……这还是一些家里人和亲亲友友们的意思。"

"人能平平安安活到五十多岁已经是一百岁的一半过了头，这是不容易的事，是应该贺一贺！"

为了井泉龙今天说话这样庄严，这样没了那些芒刺，这使杨五爷渐渐感到了安心。他想着这老人那些从"义和团"年代带过来的邪气，如今也许消尽了，他轻轻地宽心地叹息了一声。

"我是听到爆竹就赶来的喽！谁知道终归还是晚了！"他把自己那只伤过的腿拍了一下，带着认真的样子责备着，"全是怨它⋯⋯耽误了这样大事！"

"你和洛中是老弟兄了，用不到这样拘形迹啦⋯⋯"

"这，怎能这样说？他是我们凌河村的村长，一个做村民的怎能够忘了村长的寿日⋯⋯这是不成体统⋯⋯"

杨五爷决定去把杨洛中找来，希望让他们面对面谈谈。常言说："人怕见面，树怕剥皮。"经过这一次面谈，他们的心也许会彼此通亮了。可是他一看到井泉龙那两只眼睛向天棚上翻了一阵，眼光陡然异样地闪亮了一下——这又像他发疯时的那样眼光了——这使杨五爷犯了踌躇。万一杨洛中他们见了面，言语一不投机，弄成僵局了，这不是玩笑的事。并且此时还有那样多的男男女女的宾客，这对于杨洛中的尊严和井泉龙的生命的前路是不可知的啊！虽然他相信井泉龙和他约过的话，他只是来给杨洛中拜拜寿，连带观观光，决不会闹什么风波的，但他知道这风波是随便什么时候全能够翻腾起来的。因为他是知道杨洛中的准备和井泉龙的性格的。——他一时竟打不出一个妥当的主意来了，困惑地摸抚着那细致的前额——感到已经有了汗渍在沁出。最后他决定先去和杨洛中商量一番再作决定。

"你先歇歇腿脚，我去看看洛中⋯⋯连让他们开一桌酒到这屋子里来，那大饭堂里太吵闹了！"

杨五爷准备走出去了，井泉龙却扯住了他的衣袖：

"这是什么话呀，这是吃寿酒呀，怎么能够在这样小屋子里像老鼠似的偷偷摸摸吃呢？这应该去和大家伙一同……不是吗？"

一阵响亮的脚步声，段巡长从外面一个小角门里出现了，他正在走向这间屋子来。井泉龙松了杨五爷的衣袖，脸色陡然变了，他顺手揽过了身边的拐杖，问着：

"这家伙……"他向外努努嘴："是来……替洛中保镖的么？还是……"

杨五爷没来得及回答，只是摇一摇头，那段巡长已经一掀帘子挺了进来：

"喂，井老头……我听说你来了……"

"呐！巡长老爷！好久不见啦！"井泉龙半欠起身子应酬着。

"正好，段巡长你陪陪井老头吧，我去看看洛中……"杨五爷走了。

一霎时浓浓的烧酒的臭气使这小屋子整个被充满了，井泉龙感到要呕吐，他立起来去掀开了那门帘——段巡长已经把身子放进一具躺椅里，两只腿长长地伸向地当中，喘息着，继续喷吐着酒臭，用一只手指在剔挖着牙齿里面残存的食物。他的眼睛更显得浑浊了，静静地把井泉龙从上面看到脚下，又看上来，正好四只眼光闪电似的遇到了，马上是一股滚热的憎恶和愤怒冲上了井泉龙的脸腮，把刚才那偶尔出现的恐惧和不安完全扫除了，为了要镇压下这急剧的冲动，他努力高高地咳嗽了一声，站起来，小心地把一口痰远远地从那开着的门吐向外面去，扭回身子他向窗外去看望了——忽然杨洛中的女儿珍珠一只红色的大蝴蝶似的，在不远的前面——从这个角门到那个角门——横飘了过去。这使井泉龙想到了大环子，她们还是同年同月同日生的。接着他又想到了刘元，想到今天夜里那

506

场景……他为了猛然地兴奋，浑身感到了一阵不能克制的颤抖……紧紧地咬起了牙骨：

"狗养的们，你们今夜就会全完蛋了！"

他幻想着自己现在存在的这个小屋子和它里面的一切，用不到明天这时候，也许就完全成了一摊灰烬……他的那只伤了的腿，感到一阵疼痛，他归回到自己的座位。

段巡长的手上点着一支纸烟了，但他却打起了鼾声——一颗灰星落到了手上，这烧醒了他。

"哪哈……睡着了！"他自语着，同时竭力想要记忆自己为什么到这里来了呢？第一个他是知道井泉龙来了，他觉得这是自己应该卖些威风给杨洛中看看的时候，万一他那久久幻想着的一个梦——做珍珠姑娘的丈夫——因了井泉龙的被压倒，也许能成功也说不定。他知道杨洛中对于井泉龙是有着恐惧的。第二个理由，他是知道珍珠常从这个院子里穿来穿去的，他决心先要向这姑娘试一试风情。他狂暴地把那支纸烟吸到剩了一段根端，开始用了一种侮慢的讥讽的姿势和声调向井泉龙开始了挑战：

"你的腿完全好啦吗？"

"嗯！我想它总应该好啦！"井泉龙极度克制着感情和声调，他微笑着，变得近乎一种不自然的谦卑，这是从井泉龙身上段巡长从来没见过的。他感到了一种得意。

"听说你年轻时和洋人们打过仗的么？我也是恨那些洋人。在城里……我曾偷偷地打过洋人们。"

"嗯……这是年轻时候的事了！"

"你的女儿……听说在有人给说媒，许定人家了吗？听说她是和这……"他用一只手指叩打着放在自己身上驳壳枪的木壳，意思表示这屋子的主人，"……杨洛中的小姐珍珠姑娘，同年同月同日生的吗？"

"嗯！这是一种偶尔凑巧的事！"

段巡长陡然把手里的烟尾巴斜斜地抛出了门去，竟自己疯狂似的放荡地大笑起来了。这使井泉龙的心被收缩了一下，他疑心关于大环子许给刘元的事，这条狗也许嗅知道了？那样，就一切全完了。但同时他又确信这是不可能的，这条狗也许为了酒，此刻胡言乱语不能克制自己。另外他也知道一些风声，知道这段巡长正在打着珍珠的算盘。

"井老头，"段巡长从躺椅上直坐起来，望向井泉龙，"你是真心诚意来给杨洛中拜寿的么？"

"回禀大人——"井泉龙眼睛翻转了一下，马上用了演戏似的口吻，笑着说，"您这话是什么意思啊？"

"你们不是仇家么？"

"回禀大人——这又是什么意思啊？"

"他不是打伤过你的腿么？"

井泉龙开始觉得自己应该慎重些了，不要上了这只狐狸的圈套吧。人常常会在一时粗心里使自己一生啃着后悔的骨头的。

"冤仇是宜解不宜结啦。"

无端地，段巡长竟又一次地大笑起来。这也使井泉龙也又一次感到一点惶惑，他也更疑心关于他和刘元所约定的一些事，大概他已经知道了一些什么了？他和杨洛中、杨五爷定好了准备，把他看守在这里。——他向窗外望一望，企图看到儿子哑巴，同时也索性反进一步试探试探这段巡长的口风，但他却把话巧妙地从侧面抄探过来：

"段巡长，我们什么时候吃您的喜酒啊！"

"这话是什么意思呀？'回禀大人'——我这年轻轻的还要办寿么？"

"这当然不是办寿的酒……"

"那么，还有什么酒？"

"是讨一房太太的喜酒喽……"

段巡长那双浑浊的大眼睛竟异样地闪出光彩来了，他从躺椅上探出身子来一条大蟒蛇似的探向了井泉龙：

"你这话……是听谁说的？"

"连凌河村的孩子们全知道，段巡长快要做杨洛中的姑爷了，您为什么还要瞒着我这老残废呀？"

段巡长竟一跳从那躺椅里跳近井泉龙的面前，用一只指头在那老人的面前摇晃了一下，这不知是为了欢喜还是为了惊恐，他那猩红色的厚嘴唇竟颤动得半天才吐出他要吐出来的字眼：

"你这老头子……别胡说！小心人家拔下你的胡子来……"

井泉龙就从那刚才跑过去的珍珠一联想，他懂得了这段巡长那刚才的嬉笑无常，言语颠三倒四和为什么他偏偏到这个屋子来的道理了。他微微向后面闪了一下身子，躲开那酒臭，用一只手轻轻地摸抚着胡子尖梢，继续安定地微笑着说：

"不瞒您说，段巡长，我们凌河村的人——连一个孩伢子全在内——全盼你们这头亲事能成功……我说这话是……可以算大家的意思呀，谁能拔我的胡子啊？"

段巡长用了那新皮靴的后跟交换地拧转着那砖地，每拧一下就显现出一个白色的圆涡……

"你这老狐狸……别来给我灌迷汤了——我肚子里的酒已经要把我迷倒啦……"接连一阵含着酒臭的饱嗝连串地出来了，

这人真是有点要呕吐的样子，这引起了井泉龙一种残忍的报复的意念，他要索性使这只可怜的动物死在他自己的梦里吧！眼睛亮了一下，他接着说：

"你总该懂得……杨洛中是怎样看待他这姑娘吧，仅仅从那个名字——叫珍珠呀——你就知道，那真是珍珠呀！不但珍珠弄到手，珍珠还要带金条进门咧……"

段巡长显着不解地望着井泉龙：

"什么金条？银条？我只要珍珠……"

"杨洛中家藏着一百二十根大金条……这是人尽皆知吧。你怎么会不知道？回禀大人——"

"这倒听过一些风声……可是他还有儿子哪！"

"就按'三一三十一'来分，女儿也能弄四十条……珍珠加金条……哪哈！可惜我老了，不然我还要试一试咧！哈哈！珍珠加金条！"

井泉龙这些话，简直是一团再也不能够按捺的火，从外面把段巡长焚烧着，同时这人自己内在的一种贪心和欲念的火也再不能够被封锁住了，他忽然一把竟抓住了井泉龙一只肩头，疯狂地摇撼着，无伦次地号叫着说：

"井老头……到现在我才知道你是天下地上第一个好人啊！凌河村所有的人全是混账王八蛋，我全瞧不上他们……只要我愿意，我就能够用鞭子随便抽他们的脸，像抽一条母狗那样，像抽一头驴子那样……我还有权把他们绑起来，像一只小鸡似的把他们扔进大狱里去……高兴让他们什么时候出来就什么时候出来……就像我从鸡窝里把小鸡们放出来那样随便……这不是我段某人喝点尿水酒吹牛皮，说浪言大话……全不是……咱段某人的根源你是知道的吧？……就连杨洛中……他也不敢把咱当一般过去那些王八蛋的警官们看……过去像白巡长那小叭儿狗……只是杨洛中的一条狗……咱段某人却要是他们的主人……一个国家的官长，总应该是老百姓的主人……只有这样，地面才能够太平……"

井泉龙的牙骨咬得已经到完全麻痹的程度了，但在表面他还是装作安然的样子，一只手慢慢地捻着那胡须最长的几根尖梢，并且还点着头。不等待他回答，那段巡长又开始说下去：

"……井老头，我向你说心里话呀……我倒真有点怕你呀……我说不出理由来……我一点也不瞧不起你，你是这凌河村的好人！我明天要敲着锣走遍全村证明你……"他的声音陡然放低了："……我向你实说了吧，我想那珍珠……想得简直要活不下去啦！黄金不黄金……咱段某人是不在乎这一点……"

他在地上旋风似的兜了个转身，一只手按住了身边的驳壳枪，另一只手嘣——的一声打了一下胸脯，而后长长地竖起了一根大拇指向井泉龙保证着说：

"一定，井老头你等着吧……我一定让你喝到我的喜酒！若不，我就不再姓段，我就爬着滚出你们这凌河村……我……我一定要做杨洛中的姑老爷！"

"嗯！"井泉龙为了这人天真的自信，从憎恨、烦恶……忽然对这人竟涌出了一股哀怜的泉水来了。他好像还要说些什么，竟被段巡长的自言自语"我要先找杨五爷这小公鸡做我的媒人……"打断，接着是一声空空的咳嗽声，杨洛中和杨五爷从角门里出现了——井泉龙警告了段巡长一声：

"他们来了啊。"

从中午以后，井泉龙就和段巡长猜着拳比赛着酒量，一直到黄昏，他还是那般清醒地、在每一次段巡长的"拳"败了，他总是把酒杯高高地举到自己的眼睛一般平，金属味地叫着：

"来呀——请！"

显然地段巡长已经不是凭着自己的意志在饮下每一杯酒了，那只是成了一种生理上自然的反应：

"请呀！"

他虽然也在叫着，但那语音已经不再清楚了，嘴里面的舌头已经不像舌头，只是一个肉团团在滚转着的样子。

在起始，杨洛中和杨五爷还勉强陪伴着他们一起，接着他们只好退走出去，更是杨洛中，他不知道要怎样度过这今天！

所有一切亲友比较重要的他去应酬了一番。他们有的告辞了，有的在听着留声机和一些瞎子艺人们唱鼓儿词。……杨洛中全托靠了唐大成们代管一切，他推说着自己的身体不甚好，除开杨五爷他不准谁到他的房子里来。

"他是不是说的醉话？"杨洛中看着静默地坐在椅子里的杨五爷，勉强压下了自己的激动，先冷冷地笑了一笑，"我想他是说的醉话吧？……他怎么敢这样想？"

"我看……这不能算醉话呀！在他和我们说的时候，他虽然喝过了酒，我敢担保他是清醒的……"

杨洛中牙齿错咬得竟发出声音来了！他嘣——的一声在桌上拍了一掌，开始破口大骂起来了：

"好！我看他这姓段的怎样做我杨洛中的女婿？天底下还有这样不自量的人么？不必说我杨洛中的女儿，就是凌河村的不管哪一家的姑娘，找不到婆家宁可垫了粪坑，做了粪料……也轮不到他的头上啊……他真是'癞蛤蟆要吃天鹅肉'想高口味想疯了啊！我一定要到省城里去控告他，连他的那些根源一起……"

杨五爷是懂得杨洛中这发怒的规律的。凡是到了类似这般的时候他就不应该多说一句什么浪费的话，这是没有用的，白白增加他的火焰，最好是让他自己去焚烧。等到他焚烧得过了高度，快要到成了灰烬的时候，只要轻轻地一拨引，那就会按照着自己的愿望走了。——杨洛中的愤怒急速地激增着，他马上要把这世界的一切咬嚼碎了似的错动着那坚实的大牙齿，下巴长长地向前探伸着，审讯似的问着杨五爷：

　　"他这些话全是当着你和井泉龙的面说的么？"

　　"嗯。"

　　"那井老头说过什么？"

　　"他没说什么……"杨五爷显得不安了，眼睛怯怯地向杨洛中的眼睛望了望马上就低垂下来。

　　"这不能……他一定说过什么，也许这就是这老坏种出的道道儿，他要向我报仇……他自己不敢，他要利用那亡命徒和我起风波……哼！……为什么五哥你不痛痛快快说呀……他们现在还在喝着我的酒啦！把一块肉喂了狗，它永远会向你摇尾巴，我却把好酒好肉喂着和我做对头的冤家们啦……我要立刻赶出他们去……要立刻……"为了表示他的决心，那肥大的手掌就又在桌子上重重地击打了一掌。

　　"那井老头真是没说什么哪，"杨五爷虽然显得有些不安，但在这不安的后面，却也潜藏着一种文雅的固执，他掏出一块折叠得方方正正的手帕，把前额轻轻地揩抹了一下，温和地辩解着，"人是不能够冤枉人……在那段巡长和我说这事的时候，那井老头只是微笑着轻轻地喝着自己的酒……一直到最后那段巡长问他：

　　"'你看这事情应该吧？'

"'人世间的事情，有什么应该不应该哪，男大当婚，女大当嫁这总是应该喽……'

"他仅仅是说了这一句话，就不再说什么了。这时候你由外面回来走进院子了，我们也就压下了这谈话……"

"好哇……好个'男大当婚，女大当嫁'……他妈拉的，他为什么不把姑娘嫁给这条狗啊？他的姑娘不也正是到了'当嫁'的时候了么？"

杨洛中这样把他愤怒的火，急转地又烧向了井泉龙，杨五爷是不以为然的，但他却没表示出自己反对的意见来，一任杨洛中用了最恶毒和最下流的话在咒骂着井泉龙，最后他竟一个孩子似的伸出一只拳头来向窗外恫吓着，说他如若不把这老祸害从凌河村除掉，就是他死了，他的眼睛也不能够闭上的……

"五哥！你去通知他们一声，就说……我杨洛中家里的门槛，从今以后不许他们再迈进来一步，如果他们谁再敢……就马上敲断他们的狗腿……叫他们马上就滚出去……"

杨五爷并没有重视杨洛中后面这些话，他似乎正思量着一条什么路……

"五哥，你若是不好意思去说，我就派一个炮手去说……"杨洛中看出了杨五爷不同意他的意见了，脸又变得沉黑了。

"这样话……是不能说啦……我想。"

"为什么不能说？"

"段巡长终归是我们凌河村的长官……那井老头你们是刚刚和解过的喽。"

"我会和他和解吗？"杨洛中一只手指向遥远地指着，看着杨五爷，"那除非我死了，我说过我死了也不能闭上我的眼睛，我告诉我们的儿孙……井泉龙是我们杨家的第一个大灾害，第一个仇人……"

"那么……那段巡长呢？也不让他再来了么？"

杨洛中哑默住了。那刘元要进攻凌河村的记忆，压倒一切地一阵暴风雨的云似的把一切昏黑了……他无力地把身子塞进了一只椅子里，那多肉的下巴竟失了控制似的拖坠下来了……

"我们不能够弄得仇敌太多了啊！"杨五爷这细细的声音此时在杨洛中的感觉里竟不存在了。——他的耳朵里正响着一阵雷似的轰鸣和千百万蚊虫似的交响声……

井泉龙竟和段巡长一路从杨洛中的家里走了出来，哑巴从什么地方也转出来——跟在了后面。

送他们到大门前的是杨五爷，他告诉他们说杨洛中有些不舒服，不能够亲自来送他们。

"我们是老乡邻，还有什么客套说的哪……——大概他们扎这牌楼用了'三人松'枝叶了……神人怪罪了他吧，哈哈……"

井泉龙用手里拐杖指点着那牌楼，一半认真一半玩笑地自言自语着："这回凌河村的人们可知道了，破坏这凌河村'风水'的不是我这条'龙'，却是这一只'凤凰'了……"他这话似乎在说向那空茫的晚风，因为并没有谁回答他。他也像是不预备谁来回答，独自看着那天西半圆的新月，一跛一跛地慢慢走着。他忽然起了个寒噤：——

"这月亮对强盗是不利的啦！"

但接着他就明白了这月亮不久就会落下去的——一到了后半夜应该完全是昏黑。他的心就又坦然而轻松了。

在门口和杨五爷密语完了的段巡长摇摇晃晃也赶上来了，他竟扯住了井泉龙一只袖子：

"你猜——那老公鸡说什么吗——你是个好人，我告诉你——他们要我把弟兄们调来替他们守家咧！"

"你答应了么？——就是今天夜里？"井泉龙周身的神经感到一股针刺似的收束。

"我说啦……只要他们招了我做女婿，我明天就把我自己连同我的弟兄，还有我那匹菊花青的大走马全搬到他们家里来，像一群忠心的狗似的永远给他看守着家财……"

"今天你们来不来？——"

"为什么今天要来？为什么要问这个？——"他把井泉龙的衣袖沉重地扯了一下，停住了脚步，眼睛亮起来了，但接着不等井泉龙有什么回答，他又照常走动起来了，并且自己邪恶地笑着作了解释，"……我还要好好做一夜梦哪！"

井泉龙的心又轻轻地沉落到原来的地方。在岔路分手的时候，他蛮野地摇着井泉龙的肩头：

"你是个好人啊！我明天敲着锣在凌河村证明你——我要你吃我的喜酒……看啦……一定……"他响亮地拍打了一下身边的手枪木壳，"他如果敢把那姑娘嫁给别人，看我老段若不要了他……就不是我爹的种子……我就是母狗养的！"

"这当然……"井泉龙完全不知道为什么说出了这样一句连自己也不知道是肯定什么或否定什么意义的废话。

正月里来啊……正月正……
小妹妹呀呀……陪郎到五更……

井泉龙听着也看着那摇晃着的长大的灰影和不成韵调的歌，渐渐远了，模糊了，忽然两个绝对不同的奇妙的想头竟蹿进他的思想里来。——他幻想自己的手杖马上是一支步枪，百发百中的步枪，他只要一举手，这只熊就会毫无反抗地倒下去了；另一个意念，他竟要走回去把自己和刘元他们今夜的约定，通通向杨洛中说了吧，并且应该流着泪，用出自己平生所有的真诚，通通说了吧……这样此后大家要像亲骨肉似的生活着，推倒了所有历年来叠留下来的那些仇恨和意气的墙……人为什么每天搬着，聚积着……一些愤怒的砖瓦石块，彼此争夺地比赛着……建筑那些毫无乐趣和用处的、丑恶的、恐怖的、仇恨的墙呢？人的一生难道就是为了竞赛建筑这些墙，聚积这些砖瓦石块而存在而养儿育女么？日间在筵席上他真切地看到了他甚至可以向自己发誓，他真切地看到了有一种温软的、细致的、愧悔的光辉，从那人的脸上的那每条固执的纹沟里，从那眼中最深最深的深底里，漾荡……不，那应该说是泛溢或者说不可遏止地迸射出来了！连他那条最值得憎恶的朦肿的黑色鼻头，也为了这光辉所美化了！可惜啊！这仅仅是一刹那！就接着是一层冷冰的黑色的雾把这一切淹没了，封冻了……那上面又浮出仇愤和阴险！就是在这一刹那，井泉龙也几乎就要把什么全说出来了。

　　如今这是第二次——第二次啊！他一想到用不到天明，那刚才他所存在过的地方，就将要有血、火、死亡、哭声、诅骂声绞成一支歌……描出一幅画了！一阵寒颤猛然地漫过了他的周身，陡然那一只无邪的红蝴蝶似的珍珠的影像飘进他的记忆中来了，他陡然停止住了脚：

　　"这不能啊！这不能……"——他竟想起了珍珠——"那可怜的孩子她是和我的大环子同年同月同日生的啊！这不能……"

他的身子转回来，正遇到了身后哑巴一双灯似的眼睛在盯视着他。——闪电似的这使他想起了被捆在警察所里那时候哑巴的眼睛——和这是相同的。

"啊！"身子又一根轴似的旋转了回来——那只伤了的腿脚，因了这一过度急速的动作，竟引起一阵难忍的剧烈的疼痛！这才使他记起了自己应该放下手里的拐杖；也沉静了他这可笑的跳跃起来的慈悲的心！——仇恨啊！人不能忘了仇恨哪！

两条人影缓缓地从他们的对面出现了，那正是大环子和妈妈。

"你们怎这样晚才回来呀？我们的脖子全要盼断啦！"妈妈的声音里是有着抱怨的。

"嗯！晚啦！"无声的一双大大的泪颗从井泉龙的眼睛里跌落到地上了。咬了一下牙骨，他开始微笑着看向了那天西正在轻轻下移着的朦朦的半圆的新月牙。

三五　井泉龙被捕

不独凌河村，就是周围几十里路以内的村庄，也已经知道了这消息——杨洛中家中遭了抢劫。

这消息是春天的旋风，它不独越转越庞大，越高，越急快……而且挟带的尘土和草叶也就越多。本来是仅仅把杨洛中的第二个儿子——杨承德——绑架去了，而人们却加添地传说着，不独二儿子，连大儿子，还有大儿子那个东洋的老婆全被绑架去了。这样，不久东洋鬼子就要发来人马，像光绪二十六年"八国联军"进北京那样，遇到人就杀，要把这一带变成血山血海了。本来仅仅是烧了几间不重要的仓房，人们却传说着，不独杨洛中家里已经烧得片瓦无存，连凌河村全烧去了半边街，若不是因为这强盗首领是凌河村出生的娃儿，还顾惜自己的家乡，连那半边街全要烧光了。那半边是因为这强盗首领的妈妈跪在地上哭着，喊着……抱着他儿子的腿苦苦哀求，才算保存下来。那强盗首领还是个年轻的不足二十几岁的孩子，他的打扮像早先的"义和团"一模一样，脑袋用火红色的绸子包扎着，浑身黑衣服，一手拿枪，一只手拿着明晃晃的大刀，像风车那般旋转着。眼睛像两盏灯，嘴里还不停地喊叫着：

"杀呀！杀呀！烧呀！烧呀……报仇！报仇……"

他这喊声一响过去，从四面八方黑压压的旷野里，也不知道是人是鬼，也不知道有多少数目的喊声就也回叫起来了，简直是山崩地裂地响成一片……

那些有天才的传话家，他们用着自己所喜好的颜色，自己善于使用的笔法……按照自己的意志，添画着花朵，添画着枝枝叶叶……穿插着可能增加这消息的各样的效果。接着，这消息再旋转回来，人们竟也被自己所添造的这些枝叶和效果所迷惑，所困恼着。接着，不是人旋转这消息，而是这消息像旋转一些败叶和尘土似的，开始旋转着人们，主宰了人们了……由有趣到恐惧，由旁观到自己惊骇……由白天到夜间……似乎真有一个高齐天、低驻地那样庞大的黑色长毛的灾害的妖魔，张着血盆大口，伸着鹰爪似的大手，无声地跨着漫山漫野的大脚步，向他们追赶过来了……

"东洋人要发大兵替他们的姑娘报仇啦！……要把这附近的

人杀得一个不剩鸡犬不留啦……"

"那绑劫凌河村杨洛中的强盗们……早早晚晚也要照样把这一带村庄再来一次啦……"

人们生活得久了，经验得多了，不独把可能的事要猜疑成不可能的事；同时对于无论什么不可能的事，他们却常要信为可能的了。对于前一个思想——东洋出兵——这是每一个人担心着、恐惧着的；对于后一个消息——胡子们再来——那却只有每一个村庄的富人们和半富的人们感到了真实的惊心。他们开始像一些惊恐的老鼠似的彼此窜来窜去，商量着、计划着……怎样让这灾害的雨不要淋到自己的头上来吧，让这可恶的灾害的河怎样转一个弯不要冲到自己的门前来吧……至于一些穷人们，他们却感不到什么，一些剽悍的青年们，他们的心却竟像要开放的花苞，反倒要希望着这暴风雨似的奇迹早一天到来吧！过去的由老人们传说下来的以及自己朦胧经过的那些反乱的故事：什么"义和团"啦，"跑洋人"啦……他们却要再亲身经过一番。青年们是不怕反乱的，他们怕的却是无风无浪死一般的安宁。

只有一个消息那还在疑传中，就是杨洛中被丢在火堆里是烧死了还是活着呢？再就是杨洛中的女儿竟不知去向了。有人看见说就在那夜是那凌河村的段巡长从火堆里背出她逃跑了……

各种消息传出去以后，如今的凌河村本身却倒显得无事似的安静起来，竟像是这故事不是发生在这块土地上似的，人们见了面全避免谈论这件事，却谈论着一些不甚相干的生活上的琐事：谁家真正收成了多少粮谷，谁家的牲口怀了驹……以至于今年冬天的雪能够落几尺深……但人们却全预感到不久就将要会开出一朵什么灾害的花来了，但不知道花朵是开在什么时候，开在谁的头上，怎样开法。……

杨洛中现在病中。真正的病情，只有偶尔从杨五爷的口中才能知道一些。但杨五爷也不常见了，即使见到他也是那般慌慌忙忙地和人们大致招呼一下就过去了。他那银胡梳虽然还是照旧挂在胸前，可是近来却没有一个人再看见过他在人前使用它，他那原来上翘的菱角形的白胡须，如今那尖角已经不常见了，它们只是和一般人的胡须一般形式，尖角下垂地存在着了。只有那颜色还是保持着一种特殊的洁白。

"洛中的病怎样啦？"人们应酬地问着。

"不久就要好起来啦。他那样的身体……是算不得什么事喽……"

在人们眼中，如今杨五爷似乎在有意规避着和任何人交谈了，他答复杨洛中的病情也是含含糊糊，这就更增加了人们的猜疑的精神。他们甚至猜疑到也许就在这几天里，说不定这只"凤凰"就要升天成佛——死了。

杨洛中的大儿子杨承恩，在家中被抢劫后的第三天夜间鸡叫第一遍的时候，就悄悄地用两辆轿车载着日本老婆和那日本大舅子，由十个炮手护送着到城里去赶火车走了。由那些护送的炮手们传言说，这一次杨承恩是带了一百根金条走的，因为一路上那些拉车的骡子们身上总是出满着汗水的。他们甚至听到了那金条叫唤的声音。

杨洛中把所有的雇工连一些佃工全武装起来了——约有三十个人。他们每天每夜在那宅院四处巡逻着，每天他们吃着足量的肉，但却不给酒。大门一直关闭着，但那被烧残的牌楼上一些杆木、松枝……却还存留在那里，好像并没有人想到收拾开它……

　　人们起始是偷偷地估量着杨承德被绑去的方向，落在什么人的"绺子"上，能不能够受委屈等的事情，接着是估量那赎回的身价：

　　"你们看……要这个数目吧？"他们并不用嘴说出数目来，却只撑出一只手的大拇指——代表说一万元。

　　"滚你的吧……你打算绑去一只小鸡小狗咧，那是一个'人'哪……至少要这个'整'，这个'零头'……"第二个人除开第一次也举出那大拇指，第二次却把大拇指和食指一齐撑出来，作成一个"八"字形——这是代表一万八千元。

　　"呸！你打算是你和我们家里的儿子吗？"第三个人轻蔑地提醒着每个人，"……若是我们的儿子，连他妈一百八十个铜子儿他们也要不去……他们'撕'[1]了他，咱们再他妈生一个……这算得什么？要知道这是杨洛中的儿子啦！至少要他妈三万元！"

　　"你以为强盗们不会算账目吗？——你们说的那个数目，依我看全不足一个零……单是杨承恩就带走一百根金条……你们知道，那杨承恩怎能和杨承德比呢？那杨承恩不过是杨洛中身上的一片脚底皮，不过就是长在他的身上，说句不好听的话，是他的种子罢了，他怎能和杨承德比呢？这家伙才是杨洛中真正的心尖尖、眼核核咧……为了这心尖尖、眼核核……他妈的，就是五百根金条也能出啊！"

　　人们的估计竟不按照着数学的规则行走了，为了这，他们开始争吵了，发誓愿了……最后还是由聪明的人结束了这

_____

1."撕"即杀死的意思。

纷争：

"钱财是在人的家里，算盘却在强盗的手里，只有强盗们才是真懂得多少豆子该榨多少油呢，我们瞎吵什么？这不是'读《三国》掉眼泪，替古人担忧'么？"

青年们是特别关心着珍珠的事的。他们全知道了在那夜里，段巡长趁着一团乱的时候，他竟把珍珠背出了杨洛中的家在什么地方过了一个夜间，第二天那姑娘才哭着跑回来。杨洛中知道了一切情形以后马上就晕过去了。听说段巡长连夜就去义州城了，一直到现在还没回来。

"可惜四姑娘她不晓得这消息……"

人们全为宋七月这句话神经上感到火刺着似的跳动了一下，眼睛全集中到他那月亮头——宋七月淡然地微笑着，却并不抬起眼睛来看任何人。

"你这是说……人要相信'报应'喽！"何四眼拱脊的大鼻子上架着那茶色的大眼镜不知从什么地方转了出来，不怀好意地睒一下眼睛。

"我们看着吧！种什么种子，那就应该出什么苗。那些拐带别人儿女的人，他们是应该小心自己的儿女被拐带的一天……"

何四眼的咽喉像被什么东西堵塞住了的样子，脖脸马上飞红了，停顿了约有一分钟，他喷着唾沫星才算冒出了一串愤怒的话来：

"宋七月，大丈夫说话就明去明来，真刀真枪……放暗箭那算不得英雄……"

谁全知道宋七月那话是暗刺何四眼拐带"蒙古姑娘"的一些故事。他不独拐回来做老婆，他还转卖她们。这最后的一个

523

给他生了崽，他才算留下了她。因为跑蒙古骗蒙古人自己积下了一些资财，才不再做这些贩马和贩卖人口的事了。这已经差不多成了人们应该遗忘了的历史，连他自己似乎也已经遗忘了，想不到今天宋七月竟冷不防一口咬到他这可羞耻的老根上，几乎使他愤怒得不能够自持了。在人们哄哄的笑声中，宋八月竟也凑趣地添搭了一番：

"人的财钱怎样来，就应该怎样出去……人的老婆不知道是不是也这样哪！"

在平常，何四眼虽然极力把自己要和少年时候一起贫贱过的人们区别开来，极力要去和杨洛中、虐大成……以及一些村中较有田产、资财和声望的人们来拉平……但人们不独把他和自己区别开，同时却也把他从那上层的板凳上单独拉下来，却并不用看"高级"的眼睛看待他——这是使他一直感到痛心的事。虽然他表面上却要以这村中高级人们的样子和资格出现着，但他自己却懂得人们是怎样当真看待着自己的。这使他在心里、在脚下感到一种不圆满的空虚。……

"你们这是'打虎亲兄弟，上阵父子兵'的办法呀，你们是弟兄是不是？……"

起始，人们对于这偶尔的争吵是不大关心的。他们知道这偶尔的争吵就是生活里的盐。人要生活，这盐是不能够缺少的。同时他们也很知道这盐味的分量并存在不多少的，所以他们并不专心地注意何四眼和八月他们这争吵的发展，各自还是去接谈着自己对于这次事情的见解和意见。陡然何四眼的声音提高起来了，他竟像一只公鸡那般叫着了，也那般竖起了脖子和脑袋：

"我知道……你们弟兄是有'来历'的……我知道……"

宋七月也再不能那样冷淡了，他吃惊地睁起了那冷淡的眼睛，嘴唇微微动着，他看着何四眼那连连冷笑、用牙齿咀嚼着似的喷吐着每个字眼，忽然一种可恐怖的战栗冲激了他，一连串可恐惧的影像以一种再也不能够快的速度从他眼前幻化过去了。他开始后悔自己为什么挑起这个不该挑起的争端，正思量着应怎样把这事端的火熄灭下去的时候，八月竟一尊塔似的横进了他和何四眼中间来，这人是比何四眼要高出一个头的。

人们的心弦绷直了，七月的心弦也绷直了……

"你，何四眼……再说一遍……什么叫'来历'？我知道你是给杨洛中做巡风哪……"

七月是懂得八月脾气的，这是个喜欢手和嘴一齐举动的人，在骂过去的时候他的手也就要打过去——何四眼是打不得的啊！

"回你的家，还是去收割吧，这里有你什么事啊？"七月反倒拿出了作兄长的样子向八月申斥着，同时企图把八月推开。但八月却胳膊一摆几乎把他弄个跟头，倒反向何四眼面前赶进了一步，大声地吵叫着：

"不，我倒要问问他，什么叫'来历''去历'的？他这样说话不清不白可不成……究竟是别人有'来历'还是他妈的……他有'来历'……你说——"

八月的一根手指头几乎触到了何四眼那拱脊的大鼻子。在别人把他们分开到相当距离的时候，何四眼把那茶色眼镜推到前额上去了，奇迹似的人们今天竟发现了那双发着红烂的小眼睛，一面流着泪水，一面还骂着：

"我敢说，你们有'来历'！若不你们……你们……你们……你们私通羊角山的强盗们……"

一片黑云似的八月飞了过来，一巴掌竟把何四眼那茶色眼镜从额上竟给打向远远的空中去……

人们开始混乱了……

冬天，夜是漫长的。第一遍鸡叫过去了，第二遍鸡叫过去了……天色虽然显得有些灰白白的样子，但这到黎明还要经过第三遍鸡叫……人还可以香香甜甜睡一觉。

大车上的驼铃从遥远丁零当啷贯串着响过来了，接着是鞭子碎裂着空气的响声，车轮盘和冻结了的道路咬啮声，被冲撞的时候发出来的喀喀声，牲口们的蹄铁打着地面透明而清脆的响声，嗯嗯啦啦的鼻喘声；车夫们张狂地怪声怪气的吆喝声、骂詈声，——一阵接着一阵地过去了——这一切和平常的冬天似乎全照旧。

在第三遍鸡叫声还没有起来的时候，忽然一连串细碎的、噗噗啪啪的马蹄声响彻了这全村。在这样时候，这样响着马蹄，人们的经验全知道这又是不祥的了。在去年捕捉汪大辫子和林青他们，也大约就是在这般的时候，马蹄也是这般响着——于是这记忆竟一条冰铁的箍似的箍紧了人的心！有的开始默默地检点自己了：

"要捕捉我吗？我是连一米粒大的犯法事也没敢做过呀？怎能捕捉我呀？"

接着他们就要去开自己，从村东到村西，每个户、每个人……全检查过了。但一检查到井泉龙的门前他们的心就全猛然像沉落了的样子停了跳动，同时也忘了再检查下去的勇气。近几天来已经有了风声，关于杨家被绑劫的案件，井泉龙在里面有了牵连。

段巡长由县城里回来了，听说由县知事和警察所长亲自来信做媒，杨洛中已经把女儿正式许配给他，单等明年春天正式迎娶。如今的段巡长已经以"姑爷"的身份每天在杨家大大方方地出出进进了。

又听说珍珠姑娘每天哭着叫着，有过三天不吃饭，要跳井又要上吊，每天由她的妈妈陪伴着，解劝着……现在渐渐好了些。最使杨洛中为难的倒还是杨承德的小老婆，她每天哭着要丈夫，她说杨洛中偏心舍不得用钱赎儿子，却把钱交给大儿子去和日本人开工厂。万一她的丈夫有了好歹，她也就死在杨家……

杨洛中自从那夜跌伤了一只脚，接着心脏起了变化，稍稍一有点刺激马上就要透裂似的跳动得浑身无力，有时候也晕眩过去。但他对于杨承德却不愿用钱赎回，这使他不甘心，他已经一再呈请县城里发兵去围剿，他一定要眼看着刘元这一帮人被捉获枪毙……

"好，让他们把我的儿子杀了吧！想要让我出一个铜钱也不能，让他们杀吧……即使我绝了种，我也不能向强盗们低头啊！我要我的钱全化成金银水去灌大海……他们这些恶贼们也休想摸到一个'大'呀……"

从这"宣言"的后面，人们也听到了他说过一定对于和这案件有关的人们要好好报复一场。

为了这，整个凌河村的人们开始谨慎着，也开始减少了自己和人们的闲谈和外出。

只有井泉龙他还是照旧，从村东到村西，大声地笑着，无顾忌地谈论着各样的事，但人们却借故远离着他了……

"人不能够因为自己没了油，也让别人不点灯啊！人也不应该甘心在黑夜撞死自己呀……"

事情终于清楚了——一共是捉捕了四个人。

在太阳刚刚一升上了东山头，凌河村东头已经聚集了一些男男女女以及一些小孩子们。晨风是寒冷的，刀似的刮裂着每个人的脸；地上以及随处的石头上轻轻覆漫着一层灰白色的霜。——二十匹白色的马，喷着大气，分成两行缓缓地从村口走出来了。马上的人们一律是灰色的衣帽，他们使自己只剩两只眼睛的洞，余的全用皮毛或者绒布缠裹起来了。帽遮檐上衣领上那些皮毛是白色的——这是一些呼气结成的冰霜——步枪有的斜背在背上，有的就倒垂地挂在一只胳臂肘弯里。偶尔一支马鞭子的红缨穗，火星似的在空中挥舞一下，这使这白素的寒冷的清晨，似乎带来了一点温暖！

走在这两行马队中间的第一个是井泉龙。这老人除开头上多了一顶火黄色长毛的狗皮帽，身上多了一件散披着光板的羊皮短袄以外，他竟把给杨洛中拜寿时穿的一套衣服和那双"蒙古式"的皮靴全穿戴起来了。并且那前襟也是斜折起来，平常虽然褪了色的红衣里，如今却显得格外有些鲜艳地闪动着了。一只手还拖着那枣木拐杖，他的脸色竟红过了平常，那胸前飘摆着的胡子也好像白过了平常，也长过了平常——他竟像是自己在散步或是去赴什么宴会那般安定地走着。第二个是刘三瘸子，他的脚急躁地跛着，同时一只手还不断地在额头上揩抹着什么。第三个是宋七月，汪大辫子的那狐皮帽已经出现在他的头上了。第四个是宋八月。……一条灰白色的麻绳，贯串着这四个人左面的胳膊。

这队伍忽然停住了，由一个兵高声地叫着：

"趁着段巡长还没来的这工夫，我们行个方便，你们每个犯人的家眷可以来说几句话啦……但不能够到他们跟前去，要在我们的队伍外边……小心要马踢了你们……"

这是一种"恩赦"。于是在队尾啼哭着，跟随着的人们，开始用了所有的力气奔向自己的家人了。接着是由八月的老婆破裂似的第一个引起了一片诉说和号叫的哭声……这使马们全惊愕了，不断响着鼻子抖擞着鬃毛……开始扭绞着，旋转着，要奔驰开去。

七月的老婆是最后赶到的。她踌躇着前仰后合地拧着自己的小脚，用了一只秃秃的袖管不断揩抹着眼睛在等待着七月的遗言。但七月只是把头抬了一下就低垂下去了，用一只脚尖踢开地上一个小小的土块。

"你有什么话要嘱咐我吗？"她终于勇敢地问了。她的心感到一阵不安的狂跳。

"没有什么，——如果汪大辫子他们有信来，想法通知我一声就是了——万一我不马上被枪毙！"

在那面，刘三蹶子正咬着牙齿诅咒着刘元。他抱怨着老婆和女儿不该放走了这冤家，如果那时候他一铁锹劈死了他，哪里还有今天这灾害……

"这时候抱怨有什么用吗？"他的女儿不以为然地反驳着爸爸。

"是啦，老三，我们岁数也差不多应该入土的时候了。'人活百岁终有死，不如早死早托生'，别怨天怨地啦！哈哈哈……"

井泉龙这意外的笑声，竟使所有的官兵全惊愕了。

"喂！井老头……你倒满开心啦？"一个官兵笑笑地说。

"回好老爷们的话，人为什么不应该开心啊？您知道在大狱里还有我一个老伙伴哪！这是去瞧朋友！"

官兵里面就有一个是那一次捕捉林青他们的。

井老太和大环子她们终究是刚强的，加上井泉龙那样禁止着她们："你们不能够在我面前哭哭啼啼像送丧似的，我还没死哪……就是真死了，也用不到这个呀……不要让仇恨跟着眼泪全跑完了呀！好好活着你们自己……"她们始终克制着没敢哭出声音来。在后面八月的老婆正在指着杨洛中住宅的方向破口大骂着——在碉楼顶上除开一些炮手，似乎杨五爷也立在那里。

一串马蹄声，接着一团灰色的云似的，段巡长从村口飘出来了。

"走呀！"他的马鞭子在空中发着尖锐的鸣声挥舞了一下——队伍前进了，留下的是一片诅骂声和抽咽声……

"好啦！杨洛中……这一回你就可以子孙万代啦！"

当那队伍移动以后，冷不提防，井泉龙竟扭回头向那碉楼的方向还那样大喊了一声。

"不准乱喊……"段巡长飞过来了，一鞭子抽到井泉龙的脸上——那老人却轻蔑地安静地什么也没回答，——看向远方那正在升起着的太阳和大路——一条细细的血流开始挂到那银色的胡子上来了。

队伍的后面，哑巴垂着脑袋走着。他牵着两匹装备好了的驴子，那是为了井泉龙和刘三蹶子而预备的。

在井泉龙他们被捕捉后的有一天早晨，杨洛中家的门前碉楼上一支抬枪杆筒上，竟发现了一个小布包——那是杨承德的一只耳朵和他一封长长的亲笔信，在信的最后那是用血写着这样的话：

他们说，这回割我耳朵一只算作信号，再在一个月以内，如果你不把钱照数送来，不想把那些冤枉的人保释出来，他们就把我剁成肉酱用油布包还给你……

530

就在这一天，杨洛中竟晕过去三次……但当他醒转来的时候，他还是坚持着：

"我不能让强盗们捞到我一个铜子啊！我要全数剿灭他们！……"

一九四三年一月九日第四部终于延安
一九五三年十月四日第一次改讫于北京
一九五四年六月二十六日第二次改讫于北京